W0374627

Lin Rina

VOM WIND GEKÜSST

Windkind-Dilogie
Band 1

DRACHENMOND VERLAG

Copyright © 2020 by

Drachenmond Verlag GmbH
Auf der Weide 6
50354 Hürth
http: www.drachenmond.de
E-Mail: info@drachenmond.de

Lektorat: Tanja Selder
Korrektorat: Michaela Retezki
Satz & Layout: Astrid Behrendt

Umschlagdesign: Alexander Kopainski
Bildmaterial: Shutterstock
Karte & Stammbaum: Lin Rina

Druck: Booksfactory

ISBN 978-3-95991-366-9
Alle Rechte vorbehalten

Für meine Schwester Rebecca.
Weil ich dich für immer liebe.

Und für Jazz.
Weil du die ganze Zeit dabei warst und dieses Buch bei jedem Schritt begleitet hast. Und das seit acht Jahren.

Stammbaum der Wagenleute

Marc
Laila Tai
Garan
Ayo
Dante
Justin
Vivien
Hanna
Miso Angu
Kai
Beress Abdell

Nordstämme
Ostwüste
Teallach
Amrin
Afon
Talmis
Albahr
Nordfluss
Berill
Mari
Windküste
N
W
O

Prolog

Ich saß auf der Treppe vor meinem Wohnwagen und starrte in den langsam heller werdenden Himmel. Er war klar und wolkenlos.

Ein paar Vögel segelten im stetigen Wind, der sanft über mich wehte. Ich sah ihnen zu, wie sie sich von ihm treiben ließen, absanken und wieder aufstiegen, sich gegenseitig jagten und mich mit einem Gefühl der Sehnsucht am Boden zurückließen.

Der Wind kreiste um mich, fuhr mir in die Haare und streichelte mir die Wange. Ein leichtes Lächeln stahl sich auf meine Lippen, weil er mich aufzumuntern versuchte. Er schlich weiter um mich herum, zog spielerisch an meinen Kleidern und flüsterte mir Dinge ins Ohr. Erzählte von der Weite des Himmels, vom endlosen Blau des Meeres und von der Freiheit. Die Freiheit, die ich nur haben könnte, wenn ich mit ihm käme. Wie so oft lockte er mich und ich seufzte.

So lange hatte ich das Meer nicht gesehen. Und es würden noch sicher zwei Monate vergehen, bevor ich wieder dort sein konnte. Ich vermisste es, in die Endlosigkeit zu starren und mir vorzustellen, sie mit dem Wind zu erkunden. Mich einfach vom Boden aufheben zu lassen und wegzutreiben, hinaus über die weißen Schaumkämme der Wellen, zu den kleinen Inseln vor der Küste. Von oben die Schatten der großen und kleinen Meereslebewesen beobachten, mit den Vögeln spielen, versuchen, den Sonnenuntergang zu erreichen.

»Cate!«, drang eine bekannte Stimme an mein Ohr und ich schrak aus meinen Gedanken auf.

Augenblicklich krachte ich schmerzhaft auf die Holztreppe unter mir und schnappte bestürzt nach Luft.

Der Wind löste sich von mir, pfiff Justus heftig um den Kopf und kehrte empört zu den Vögeln zurück.

Ich hob den Blick, blinzelte irritiert zu dem großen Mann hoch. Es war mir gar nicht aufgefallen, dass er herangetreten war.

Stumm stand er da, die eine Hand fest um seinen Bogen geschlossen. In der anderen hielt er etwa ein halbes Dutzend Rebhühner, die er mit einem Stück Zwirn an den Füßen zusammengebunden hatte.

Aus dunklen Augen sah er vorwurfsvoll auf mich herab.

Er musste nichts sagen, ich wusste auch so, wie seine Worte ausfallen würden. Ich hatte sie bereits hundertmal gehört. Um ihm nicht in die Augen sehen zu müssen, wandte ich den Blick ab. Meine Wangen glühten.

Du passt nicht auf, Cate! Du bringst uns alle in Gefahr mit deinem Leichtsinn. Was, wenn jemand gesehen hätte, wie du fliegst!

Ich versuchte mühsam, den Kloß runterzuschlucken, der mir im Hals steckte. Wieso konnte ich mich nicht einmal zusammenreißen? Warum fiel mir das so schwer?

Es war früh am Morgen und daher mehr als unwahrscheinlich, dass mich ein Fremder gesehen hatte. Doch mit dieser Argumentation würde ich bei Justus nicht weit kommen.

»Es tut mir leid«, murmelte ich nur und sah wieder zu ihm auf. Hinter ihm am Himmel segelten noch immer die Vögel in ihren ruhigen Bahnen. Wie elegant sie waren … und wie frei.

Er folgte meinem Blick und als er sich erneut zu mir umdrehte, war kein Vorwurf mehr in seinem Gesicht zu sehen. Stattdessen kam er zu mir und ich machte ihm Platz, damit er sich zu mir auf die Stufe setzen konnte.

Das Holz knarrte heftig, als er sein Gewicht darauf absetzte. Freundschaftlich legte er mir den Arm um die Schultern und drückte mich sanft. »Mir auch«, sagte er und ich lehnte meinen Kopf bei ihm an. Beschützend zog er mich noch ein Stück näher an sich. Sein Körper war warm, viel wärmer, als ein Körper sein durfte, und mir wurde augenblicklich flau im Magen.

In letzter Zeit passierte das häufiger und es lag immer an Justus, dass mir so komisch wurde.

Früher war das nicht passiert, da war ich mir ganz sicher. Wir waren seit Jahren die besten Freunde, ja fast wie Geschwister, und so etwas Derartiges hatte ich da noch nicht gefühlt.

Ich wusste auch gar nicht genau, wann das angefangen hatte. Egal wie lange ich darüber nachdachte, ich konnte mich nicht erinnern, wann es zum ersten Mal passiert war.

Nur eins war klar: Dieses Gefühl war jetzt da und ging nicht mehr weg.

Ich war … nein. Nein. Wahrscheinlich war ich nur krank. Ganz sicher. Das sollte ich mal von Fin untersuchen lassen.

Wir saßen eine Weile da und sahen zu, wie die Sonne langsam über den Baumwipfeln aufging und die Schatten der Nacht sich in den Wald zurückzogen. Keiner sagte etwas. Wir blieben einfach nur hier und genossen die Stille.

Das hatten wir gemeinsam. Eine Eigenschaft, die in Justus' Familie eher eine Seltenheit war. Doch wir beide konnten stundenlang zusammensitzen, ohne diese Stille stören zu müssen.

Das wäre den anderen nie passiert. Sie waren allesamt laute, temperamentvolle Menschen, die gern lachten, überall mitredeten und sich leidenschaftlich stritten. Aber sie waren auch gutmütig und warmherzig, und sie liebten einander so, wie es nur wenige Familien taten.

Als der erste Sonnenstrahl die Treppe berührte, schwang beim Wagen neben uns die Tür auf und zerriss damit unsere wohlbehütete Stille, als sie außen gegen die blau bemalte Holzwand krachte.

Marc stand im Türrahmen, war nur mit einer Leinenhose bekleidet, die ihm schief auf der Hüfte saß, und gähnte ebenso herzhaft wie unüberhörbar. Er streckte seine muskulösen Arme über den Kopf, sodass ich seine bläuliche Feuerclantätowierung deutlich erkennen konnte, und kratzte sich dann an Nacken und Bauch.

Justus ließ mich sofort los, zog ruckartig den Arm zurück und brachte so unauffällig wie möglich Platz zwischen uns.

Ich spürte einen Stich, der mich unerwartet im Herz traf. Trotzdem bemühte ich mich um ein einfaches Lächeln, tat, als wäre es ohne

Bedeutung, dass er so plötzlich Abstand genommen hatte. Warum tat es mir so weh? Es war doch nichts Ungewöhnliches.

Justus zuckte nur mit den Schultern und erhob sich von den Stufen, die wieder herzerweichend knarrten.

»Guten Morgen, ihr Bagage!«, rief Marc uns zu, der uns gleich entdeckte, und grinste schief.

Und damit war es vorbei mit der Ruhe. Innerhalb der nächsten Minuten kam Leben in die Wagenkolonne. Die bunten Farben, in denen die Wagen bemalt waren, strahlten im Morgenlicht noch deutlicher, sodass man jede Unebenheit und jedes bereits abgeblätterte Muster erkennen konnte.

Justus nickte mir noch mal zu, hob die erlegten Rebhühner auf und ging damit zum lilafarbenen Wagen. Dort öffnete gerade Tanja, seine Mutter, die Fensterläden und kam anschließend heraus, um ihm die Hühner zum Rupfen abzunehmen. Hoffentlich würde sie daraus ihre Rosmarinsuppe zubereiten. Die liebte ich sehr.

Marc, der inzwischen ein Hemd und eine anständige Hose trug, scheuchte Dante lautstark vor sich her, damit sie anfangen konnten, die Stände aufzubauen. Van und Tai hatten schon den ersten aufgestellt und stritten sich über irgendetwas. Hanna, Mei und Ayo trugen die Waren fröhlich schwatzend zusammen, um sie fein säuberlich ausbreiten zu können. Garan und Elia kämpften mit Stöcken gegeneinander. Bree kämmte der strampelnden Sally die Haare. Tanja rief zum Essen.

Ich beobachtete sie alle. Jeder hatte seine Aufgabe und jeder Morgen lief auf dieselbe Art und Weise ab. Sie schwatzten, lachten und stritten. Siebenundzwanzig Menschen, die mit mir zusammen in den Wagen lebten. Sie waren eine große Familie.

Bis auf mich.

Ich war nicht wie sie und konnte es auch nie werden. Ich wusste das, und ich wusste auch, dass sie es wussten.

Nicht dass sie nicht versuchten, mich ständig und überall miteinzubeziehen. Die Wagenleute bemühten sich wirklich. Doch egal wie sehr, ich war nun mal keine von ihnen.

Langsam stand ich von den Stufen meines Wagens auf, verscheuchte die trüben Gedanken und ging zu den anderen, um mir etwas zu essen zu holen.

Es gab Haferbrei mit Honig, Obst und das Gebäck vom gestrigen Abend.

Justus saß bei Marc und Dante im Gras, lachte über etwas, das Marc gesagt hatte, und boxte ihm mit dem Ellenbogen in die Seite.

Sein Lachen war ansteckend und ich musste unwillkürlich lächeln.

Er sah gut aus. Sowohl wenn er lachte als auch wenn er nachdenklich war. Selbst rasend vor Wut, was durchaus vorkam, fand ich ihn noch immer faszinierend. Zumindest solange er nicht auf mich wütend war.

Er war ein großer Mann, selbst in einer Familie, in der alle ziemlich groß waren. Mit dunklem Haar, das in der Sonne glänzte und ein wenig zu lang war, sodass ihm einige Strähnen in die Stirn fielen. Sein Gesicht war schmal und kantig, das Kinn immer von groben Bartstoppeln bedeckt, was ihm etwas Verwegenes und Geheimnisvolles gab. Etwas, das einen unweigerlich anzog.

Vor allem die Mädchen aus den Dörfern.

Justus hob den Kopf, als er bemerkte, dass ich ihn ansah, lächelte er und winkte mich heran. Mein Herz schlug schneller und mir wurde augenblicklich wieder flau im Magen. Warum war ich in letzter Zeit so leicht aus der Ruhe zu bringen?

Ich setzte mich zwischen ihn und Dante ins Gras. Dante nickte mir nur mit vollem Mund zu und wandte sich dann wieder an die anderen.

Marc redete und aß gleichzeitig. Er sah Justus kaum ähnlich, obwohl sie Brüder waren. Sie hatten nur das gleiche dunkle Haar, doch die Gesichtszüge waren völlig unterschiedlich. Marc hatte einen breiten Kiefer, einen vorwitzigen Zug um den Mund und eine laute Stimme, die er möglichst oft benutzte.

Er hatte wohl gerade irgendeinen anzüglichen Witz erzählt, denn in Dantes Ohren pulsierte das Blut und er verschluckte sich vor Lachen so sehr, dass ich ihm auf den Rücken klopfen musste.

Ich mochte die Jungs. Sie waren einfacher als die Mädchen. Sie sagten wenigstens, was sie meinten.

Natürlich war ich auch mit den Mädchen befreundet. Am besten verstand ich mich wohl mit Justus' jüngster Schwester Mei. Hanna war herzlich, aber wir konnten meist nicht so viel miteinander anfangen. Ayo war sehr nett, jedoch auch schnell eingeschnappt. Und von Bree wollte ich erst gar nicht anfangen. Allem Anschein nach hasste sie mich.

Wir hatten gestern unweit eines Dorfes auf einer Lichtung im Wald haltgemacht. Ab dem späten Vormittag kamen die Bürger herbei, um sich unsere Ware anzusehen, nach unserer Reiseroute zu fragen, um uns Briefe und dergleichen mitzugeben und sich nach dem Feuerspektakel heute Abend zu erkundigen.

Ich saß an einem der Stände und sah einem untersetzten Mann mit einem raffinierten Schnurrbart zu, wie er einige Perlenbroschen beäugte, die Hanna mit ihren geschickten Händen und endloser Geduld fertigte. Lachend redete er mit Ayo, die gerade dort verkaufte, und sie kicherte über seine Witze.

Er trug farbenfrohe Kleider aus teurem Tuch und eine weiße Schärpe spannte sich über den Wohlstandsbauch.

Der Wind war nah bei mir und spielte sanft mit einigen losen Haarsträhnen, die er aus meinem Zopf gezupft hatte. Leise wisperte er mir zu und erzählte von einem fliederfarbenen Haus in der Mitte des nahen Dorfes; groß, mit einem Stall voller Pferde.

Der Mann entschied sich für eine hellblaue Brosche und hielt sie zufrieden ins Licht. »Die ist für meine Frau«, teilte er uns begeistert mit.

Ich lächelte, weil ich nicht anders konnte.

Er betrügt sie, flüsterte der Wind neben mir. *Er schläft mit dem Dienstmädchen und verprasst sein Geld mit Kartenspielen und leichten Mädchen.*

Schockiert schüttelte ich den Kopf und scheuchte ihn mit einer unauffälligen Geste fort.

Auch wenn ich solche Dinge über die Menschen nicht wissen wollte, flüsterte der Wind sie mir trotzdem viel zu oft zu. Sobald ich jemandem zu lange meine Aufmerksamkeit schenkte, tat er es, weil er es konnte. Er wusste alles, war in jedem Land, in jeder Stadt und jedem Dorf, auf jedem Feld und in jedem Wald. Er war in jedem Zimmer mit offenem Fenster und erhaschte jeden Moment im Haus, wenn er durch den Kamin blies.

Und er gab sein Wissen an mich weiter.

Ich hatte schon vor Jahren aufgehört, es wissen zu wollen. Schnell hatte ich erkannt, dass die Menschen allesamt verdorben waren. Da machte ich mir keine Illusionen.

Aber manchmal wollte ich einfach glauben, dass ein Mann seiner Frau eine Brosche kaufte, weil es ihm Freude bereitete. Und nicht aus einem schlechten Gewissen heraus, weil er ein Spieler war und sie mit anderen Frauen betrog.

Als Ayo dem teuer gekleideten Herrn das kleine Broschentäschchen aus gefärbtem Leinen reichte und sich lächelnd bedankte, musste ich meinen Blick abwenden. Plötzlich fand ich das Lachen des Mannes gar nicht mehr so ansteckend und sympathisch.

Unauffällig stand ich auf und ging. Niemand hielt mich auf. Ich hatte sowieso keine Arbeit zu erledigen. Manchmal half ich beim Verkaufen. Doch ich war nicht gut darin, mit Fremden zu sprechen.

Jeder hatte seinen Platz. Auch ich. Allerdings anders als die anderen.

Ich gehörte nicht zu ihrer Familie, ihrem Volk. Ich war kein *Kind des Feuers.*

Ich war eine vom Windvolk. Das Mädchen, das der Wind geküsst hatte.

1

Es war mir, als würde sich das Licht der Sonne verändern, je weiter wir nach Süden zogen. Es war strahlender, heller und es schmeckte nach Wärme und Heimat.

Erst gestern hatten wir mit den Wagen den Nordfluss an der Südlichen Übergehung überquert und das Fürstentum Albahr hinter uns gelassen.

Nun lag Mari vor uns und ich fieberte dem Moment entgegen, in dem wir das Meer erreichen würden. Nirgendwo war die Luft schöner als in der Nähe des endlosen Wassers.

»Kommst du mit in die Stadt, Catie?«, rief Marc quer über die Lichtung, an der wir das Lager für den nächsten Tag aufgeschlagen hatten.

Angu und Tai bauten gerade die Stände auf und Hanna trug einen Korb mit Kleinigkeiten herbei.

»Ja, Cate, komm mit«, ereiferte sich Mei mit fröhlicher Stimme, legte ihrem Bruder lässig den Arm um die Schultern und zwickte ihn in die Seite.

Marc wich vor ihr zurück, sie setzte nach. »Schnell, Catie, bevor sie mich zu Tode kitzelt!«, keuchte er, und auch wenn es sich dabei wohl um einen Scherz handeln sollte, klang Marc doch ein klein wenig zu panisch.

»Vom Kitzeln stirbt man nicht«, behauptete seine Schwester und zwickte ihn wieder.

Ich gab nach. Das sah viel zu lustig aus, um nicht dabei zu sein, und hier war ich sowieso nicht hilfreich. Also legte ich das Kleid beiseite, an dem ich gerade den Saum hochnähte, und erhob mich.

Mei brach in Jubel aus und erwürgte dabei beinahe ihren Bruder, der sich von ihr zu befreien versuchte.

»Was brauchen wir denn?«, fragte ich und musste ebenfalls lachen, weil die beiden zu komisch aussahen.

Der Wind hatte beschlossen mit ihnen zu spielen und brachte Meis Haare zum Tanzen, in denen sich die blauen eingeflochtenen Bänder ihres Feuerclans langsam auflösten, weil sie sich weigerte, sie zu erneuern.

»Wir geben Briefe ab«, sagte Justus, der hinter mir auftauchte, und ein warmer Schauder lief mir über den Rücken.

Mein Herz machte einen kleinen Sprung, und ich war doppelt froh, mich entschlossen zu haben mitzukommen.

Ich ging wirklich selten mit in die Stadt oder auch nur in die Dörfer, an denen wir vorbeikamen.

Zum einen war es mir unangenehm, zu viele fremde Menschen um mich zu haben, da der Wind einfach zu viel über sie wusste.

Bei der Familie, die mich umgab, hatte ich ihn davon überzeugt, mir die Dinge nicht mitzuteilen. Keine Ahnung, wie ich das geschafft hatte, denn er plauderte zu gern auch über die Menschen, die mir nahestanden. Aber deren Geheimnisse wollte ich nun wirklich nicht wissen.

Zum anderen war es gefährlich. So viele Menschen auf einem Fleck machten mir Angst, auch wenn ich das ungern zugab. Ich war ein Mädchen vom Windvolk. Die Menschen hatten uns gehasst, weil sie auf unsere Kräfte neidisch gewesen waren, genauso wie sie sie gefürchtet hatten. Dabei waren wir keine Bedrohung. Ich konnte nicht verstehen, wieso man eine Gefahr in jemandem wie mir sah.

Erpicht war ich also nicht darauf, dass jemand erfuhr, wer ich war.

Das Feuervolk hielt es da anders. Es hatte sich von Anbeginn der Zeiten vor den Menschen verborgen und seine Fähigkeiten geheim gehalten.

Wenn schon das friedfertige Windvolk so gefürchtet wurde, wie würde man erst auf ein Volk reagieren, das das Feuer leiten konnte.

Es hatte eine eigene Stadt inmitten des Egralin-Gebirges, die über dicke Mauern verfügte und in die niemand hineinkam, der nicht zu ihm gehörte.

Ich war bisher die einzige Ausnahme seit Errichtung der Stadt. Man gewährte mir Asyl, aus dem einfachen und traurigen Grund, dass es das Windvolk nicht mehr gab und ich die Einzige war, die den Genozid vor zwölf Jahren überlebt hatte. Ich allein. Ich war die Letzte meines Volkes.

Doch würde es mir wirklich helfen, mich immer zu verstecken und mich meinen Ängsten nicht zu stellen?

»Bringt mir ein kleines Fass Butter mit!«, rief Tanja uns hinterher.

»Ja, Mama«, antworteten Justus, Marc und Mei beinahe gleichzeitig.

»Und fragt nach Koriander.« Sie kam auf uns zu und drückte mir einen kleinen gelben Seidenbeutel mit Münzen in die Hand. »Und Cate. Achte ja darauf, dass sich die drei gut benehmen. Man kann nie wissen, was sie anstellen, wenn du nicht ein Auge auf sie hast.« Um ihre warmen dunkelbraunen Augen bildeten sich Lachfältchen, als sie mir zuzwinkerte.

Justus' Iris hatten genau die gleiche Farbe.

»Als ob wir so schlimm wären«, beschwerte sich Marc mürrisch und verpasste Mei einen letzten rächenden Knuff in die Seite.

»Gerade du solltest lieber den Mund halten. Wegen dir haben wir immer den meisten Ärger«, erwiderte Tanja mit ernster Miene und stieß ihm mit dem Zeigefinger gegen die breite Brust. »Wehe, du lachst dir wieder ein Mädchen an, das so dumm ist und sich von deinem Charme einwickeln lässt.«

»Mama«, empörte er sich und zog eine Fleppe. »Du tust grad so, als wäre ich ein Lüstling.«

Energisch stemmte Tanja die Hände in die Hüften und hob herausfordernd die Augenbrauen. »Was du nicht sagst.«

»Müssen wir nicht los?«, warf ich ein, bevor die Scherze zwischen den beiden zu ernst wurden und sie sich wieder heftig in die Haare kriegen konnten.

»Dann los«, bestätigte Justus, der sich bei den Streitereien zwischen Marc und seiner Mutter meistens raushielt, sich dafür aber immer darüber amüsierte. Auch Mei grinste etwas zu gemein und Marc zog ihr dafür an einem ihrer unzähligen langen Zöpfen. Sie streckte ihm die Zunge raus.

Der Weg zu Stadtmauer war nicht weit. Wir gingen durch eine kleine Tannenschonung zu einer gepflasterten Straße, die an einem kleinen Brunnen vorbei und dann direkt in den Ort führte.

Es war uns wichtig, nicht in Sichtweite der Siedlungen haltzumachen. Man konnte nie wissen, was bei uns spontan in Flammen aufging und dann hatte man lieber keine unerwünschten Zuschauer.

Nur ein paar wenige Menschen waren bereits auf dem Weg zu uns, um die Stände anzuschauen, die die anderen aufgebaut hatten.

Wir näherten uns der Mauer, begegneten mehr Leuten und der Lärm der Stadt war bereits zu hören.

Es war keine große Stadt, doch größer als die Dörfer, an denen wir in der letzten Zeit vorbeigekommen waren. Es gab bunte Tore und viele Straßen. Als wir auf den Marktplatz zukamen, wuselte es nur so von geschäftigen Menschen. Vor mehreren Ständen mit Obst und Gemüse drängten sich die Leute. Frauen tratschten am Brunnen und füllten ihre Krüge und Eimer. Kinder eilten mit ihren Schreibtafeln und Büchern zur Schule. Männer saßen vor ihren Geschäften oder gingen in der Morgensonne ihren Handwerken nach.

Justus und Marc waren die Ruhe selbst und bahnten sich zielstrebig ihren Weg durch die Menge. Ganz dicht blieb ich bei ihnen und versuchte mich zusammenzureißen und dem Unwohlsein keinen Raum zu geben, auch wenn es sich anfühlte, als könnte ich nicht atmen.

Überall waren Menschen. Sie gingen dicht an mir vorbei, rempelten mich an, traten mir auf die Füße.

Ich achtete darauf, keinen lang genug anzusehen, damit der Wind mich nicht mit Wissen überschüttete.

Doch sie alle sahen mich an! Oder bildete ich mir das nur ein? Ich konnte ihre Blicke spüren, auf meinem Rücken, meinen Händen, meinem Gesicht. Ich konnte sehen, wie sie meine helle Haut und meine im Wind tanzenden Haare betrachteten.

Nein! Ich schüttelte den Kopf, drängte die Gefühle zurück, die nicht echt waren und bloß meiner eigenen Panik entsprangen. Man konnte mir nicht ansehen, dass ich ein Windkind war. Oder doch?

Was, wenn sie zu genau hinsahen? Wenn sie den Windhauch, der mich immer begleitete, richtig deuteten? Wenn sie wussten, wer ich wirklich war?

Meine Heimat war nicht weit weg von hier. Es war eine Reise von höchstens vier Tagen in Richtung Süden, zum Meer. Dort war das Stück Küstenland, das einmal dem Windvolk gehört hatte.

Die Menschen hier in den Dörfern waren Teil der Aufstände gewesen. Hatten uns gefürchtet, uns gehasst und alle auf einmal in einem Akt sinnloser Gewalt abgeschlachtet.

Ich bekam keine Luft mehr, als sich die Menge um mich herum enger schloss, mich erdrückte. Panik schlug wild um sich, flutete meinen Kopf.

Wieso war ich nicht einfach im Lager geblieben? Wieso hatte ich mich meinen Ängsten stellen wollen?

Eine Hand legte sich auf meine Schulter und schickte Todesangst durch meinen Körper, wie ein harter Schlag gegen die Brust. Mir setzte das Herz aus, meiner Kehle entfuhr ein halb erstickter Schrei. Die Beine versagten mir den Dienst und der Schweiß brach mir aus.

Justus schlang mir in diesem Moment die Arme um die Mitte und hielt mich aufrecht. »Cate«, stieß er hervor und mein Schreck spiegelte sich in seinen Augen.

Bei allen Winden!

Zittrig holte ich Luft und klammerte mich an ihn. Denn es war kein Meuchelmörder, der mich angreifen wollte. Es war nur Justus.

Er zog mich an sich, so nah, dass ich die Hitze seines Oberkörpers durch den Stoff seines grob gewebten Leinenhemdes spüren konnte. Mein Herzschlag stolperte und mir wurde noch schwindliger.

Es war, als ob jemand die Welt hinter einem Vorhang verborgen hätte, trüb und unscharf verschwand sie und alles um uns herum wurde bedeutungslos.

Nur Justus existierte. Seine Hände an meiner Taille, die mich zurück auf die Füße hoben. Seine Wange war so nahe, dass sie meine leicht streifte. Eine dunkle Haarsträhne kitzelte mich am Ohr.

»Was ist passiert?«, fragte er bestürzt und der Augenblick fiel in sich zusammen. Ich blinzelte.

Justus steuerte uns auf eine Seitengasse zu, raus aus der Menge, und das Gewicht, das auf meinem Brustkorb lastete, hob sich.

Doch kaum hatte er mich losgelassen, knickten mir die Knie ein und ich landete auf dem staubigen Boden. Justus beugte sich sofort zu mir herunter, musterte sichtlich besorgt mein Gesicht.

Auch Marc und Mei tauchten von der Seite auf und wirkten nicht weniger betroffen.

Ich musste noch einmal blinzeln, um ganz zu mir zu kommen und die beißende Panik aus meine Lunge wegzuatmen.

Der Wind drehte sorgenvolle Runden um meinen Kopf.

»Äm, ja … ich denke, ich …«, stammelte ich und versuchte mich zu konzentrieren. »Es waren nur die vielen Leute. Ich wäre doch besser nicht mitgekommen«, flüsterte ich und meine Stimme klang immer noch zitterig. Mühsam probierte ich mich an einem Lächeln, das in einer schüchternen Grimasse endete.

Der Wind versteckte sich in meinen Haaren und zerzauste sie noch mehr.

Justus seufzte lautlos, eindeutig erleichtert, doch sein Lächeln sah genauso gequält aus wie meins.

»Sag vorher was, damit du uns nicht so einen Schreck einjagst, verdammt, wenn du einfach so umkippst«, warf Marc mir leise vor und es überraschte mich, dass er so sanft fluchen konnte.

Moment, was hatte er gesagt?

»Ich bin umgekippt?«, fragte ich verblüfft. Wann war das denn gewesen?

Auf dem Platz. Ich bin auch erschrocken, flüsterte der Wind und pustete mir eine Haarsträhne aus der Stirn.

»Justus hatte dich ja sofort«, versuchte Mei mich zu beruhigen, drehte aber nervös ihre Zöpfe auf dem Finger auf.

Sah ich so furchtbar aus, dass alle sich solche Sorgen um mich machen mussten?

Ich blickte zu Justus, der mich noch immer beunruhigt ansah.

Ich bin in Ordnung, sagte ich ihm mit den Augen und er nickte. »Lasst uns zuerst zum Haus des Stadtrates gehen«, entschied er mit fester Stimme. »Da müssen wir nicht wieder über die Hauptstraße.« Die Gelassenheit ihres älteren Bruders wirkte auf Marc und Mei offenbar gleichermaßen beruhigend.

Der Wind tanzte um meine Fingerspitzen, als jagte er sich selbst.

Ich ergriff die Hand, die Justus mir reichte, und genau in dem Moment, als ich seine Haut berührte, durchzuckte es mich, als würde ein Blitz in mein Herz einschlagen. Der Wind zerstob erschrocken in alle Richtungen. Justus half mir auf die Füße und ließ mich wieder los. Doch mein Herz wummerte weiter, entschlossen, aus meiner Brust auszubrechen.

Es war mir unbegreiflich, wie er es nicht bemerken konnte.

»Lasst uns die Straße da vorn nehmen. Ich denke, ich weiß, wo wir langmüssen«, sagte er jedoch ungerührt zu Marc und zeigte in irgendeine Richtung. Die beiden setzten sich in Bewegung und Mei hakte sich bei mir unter, um mich mitzuziehen.

Ihr Blick ruhte auf mir, als befürchtete sie, dass ich noch einmal umkippen könnte. »Cate?«

Ich sah zu ihr auf. Obwohl sie ein Jahr jünger war als ich, überragte sie mich schon fast um einen Kopf. Aber in ihrer Familie waren ja schließlich alle groß.

»Ja?« Ich legte einen festen Schritt vor, um ihre Sorgen zu zerstreuen, und versuchte mich auf anderes zu konzentrieren. Das Pflaster hier in den Gassen war uneben und rau. Überall spross Moos aus den Ritzen hervor.

»Geht es dir wirklich gut?«, wollte Mei wissen. Misstrauen schwang in ihrer Stimme mit, jedoch sehr viel weniger Sorge, als ich geglaubt hatte.

»Ich denke schon, warum?« Ich ließ den Blick schweifen und sah zu der Wäsche, die viele Meter über uns von einem Haus zum anderen gespannt in der Sonne trocknete. Zu den luftigen, hell bemalten Fensterläden oder den beiden Frauen, die uns schwatzend entgegenkamen. Bloß um nicht zu Justus zu sehen, der vor uns herging.

»Dein Gesicht ist feuerrot«, behauptete Mei und musterte mich argwöhnisch. »Wenn ich es nicht besser wüsste, würde ich behaupten, du bist ein glühendes Feuermädchen.«

Innerlich seufzte ich. Sie hatte recht. Zudem schwitzte ich, obwohl meine Hände eiskalt waren, und mein Herz raste immer noch, als wäre es vor mir auf der Flucht.

Der Wind war zurückgekommen und versuchte mir das Gesicht zu kühlen. Es half nichts.

Mei hatte sicher eine Erwiderung von mir erwartet, aber ich schwieg, wagte es nicht, den Mund aufzumachen, als sich mir langsam der Grund für all das aufdrängte.

Ich wusste es ja bereits, aber es mir einzugestehen war viel schwerer als gedacht. Justus war immer wie ein Bruder gewesen und die Tatsache, dass er etwas anderes für mich sein könnte, machte mir Angst.

Mein Blick wanderte nun doch zu Justus, der uns durch die engen Seitenstraßen des Dorfes um den Marktplatz herumführte.

Er sah im gleichen Moment zu mir, als wüsste er doch, dass ich an ihn dachte, und lächelte so, wie er es immer tat. Ruhig und frei von versteckten Absichten.

Es raubte mir den Verstand und zauberte auch mir ein Lächeln auf die Lippen, das ich nicht kontrollieren konnte.

Bei allen Winden, ich war nicht krank! Nein, ich war bestimmt verrückt. Und Justus war schuld daran.

2

Das Haus des Stadtrates lag nicht weit vom Marktplatz entfernt. Ich blickte durch die Gasse auf die Menschenmasse, die sich um die Stände des Marktes drängte, und war froh, nicht hindurchgegangen zu sein.

Marc schlug an die große, mit feinen Schnitzereien verzierte Holztür und sie erbebte unter seinen wuchtigen Hieben. Über der Tür geriet das Wappen des Bürgermeisters ins Schwingen.

Hier im Süden, wo das Wetter im Sommer sengend heiß und im Winter äußerst mild war, wurden die Häuser luftig und nicht besonders massiv gebaut. Türen und Fenster ließen immer einen leichten Windhauch hinein, selbst wenn sie mal geschlossen waren.

Ein junger Mann in weißen Gewändern öffnete uns die Tür und sah uns fragend an.

»Wir haben ein paar Briefe auszuliefern«, teilte Justus ihm mit und zog einen Stapel gefalteten Papiers aus einer ledernen Tasche, die an seinem Gürtel baumelte.

Der Mann nahm sie ausdruckslos entgegen und bat uns mit einer Handbewegung hinein. Der Vorraum wirkte leer und wurde lediglich von einem Schreibtisch, einem Stuhl und einem offenen Regal mit vielen kleinen Fächern geziert. Die großen Fenster ließen den Lärm des Markplatzes hinein.

Ich liebte die Art, wie die Häuser hier gebaut wurden, mit all dem hellen Holz und den zahlreichen Schnitzereien.

Der Wind mochte sie auch. Fröhlich spielte er mit den naturfarbenen Gardinen wie eine Katze mit einem Grashalm.

Ich ermahnte ihn, sich zu mäßigen, als er sich vorsichtig an den Papieren zu schaffen machen wollte, die fein säuberlich auf dem Tisch gestapelt lagen.

»Ich bin Ratssekretär Lar«, stellte der Mann sich vor und sah flüchtig die Briefe durch, die wir gebracht hatten. »Ich danke vielmals für eure Mühe. Schulden wir euch noch etwas? Oder wurde die Rechnung fürs Überbringen dieser Schriften schon beglichen?«, fragte er ernst und mit wenig Emotion.

Er nimmt diese Arbeit sehr ernst und ist sehr gewissenhaft. Er hat deshalb Ärger mit seiner Frau, weil er zu viel arbeitet, flüsterte der Wind und zupfte spielerisch an dem Dokument, das obenauf lag.

Lar merkte es sofort und legte einen Briefbeschwerer auf den Stapel, ohne ihm viel Aufmerksamkeit geschenkt zu haben.

Ich sah mir den Mann an, wie er mit regungslosem Gesicht zu Justus blickte, und konnte mir kaum vorstellen, dass er verheiratet war oder wie seine Frau wohl aussehen mochte. Er war nicht hässlich, das war es nicht. Er war nur so … regungslos.

»Sieh dir das an, Cate«, wisperte mir Mei zu, ergriff meine Hand und zog mich zu den Fenstern, die vom Marktplatz wegzeigten. Durch die durchscheinenden Gardinen konnten wir auf die Straße hinter dem Gebäude sehen.

Ich folgte mit dem Blick ihrem ausgestreckten Finger. In der Nähe der Hauswand standen drei junge Männer, die lässig eine junge Frau umringten und ihren Erzählungen lauschten.

Sie hatte langes weizenblondes Haar und ihr tiefblaues, goldbesticktes Seidengewand betonte ihre schlanke Figur fast genauso gut wie ihre adrett in die Taille gestützte Linke.

»Die Stickereien sind wunderschön. Das hat sicher Monate gedauert, bis sie damit fertig war«, raunte Mei und sah schmachtend auf die blaue Seide.

Erst musterte ich die Frau und dann Mei. »Dir würde das bestimmt auch stehen«, sagte ich lächelnd und ihre Augen glitzerten geschmeichelt.

»Wirklich?«, fragte sie noch einmal spitzbübisch nach und biss sich geziert auf die Unterlippe. Mei liebte prachtvolle Kleider, so wie alle Mädchen in ihrem Alter, was ich ihr nicht verdenken konnte. Lachend lehnte ich mich an sie.

»Ich bezweifle aber, dass sie es selbst bestickt hat«, raunte ich und wandte mich vom Fenster ab.

Es war ein Geschenk von der Prinzessin von Berill, flüsterte der Wind.

Mit einer unauffälligen Handbewegung scheuchte ich ihn zu den Vorhängen zurück, damit er mir nicht noch mehr erzählte.

Marc stützte sich neben Mei an den Fensterrahmen und pfiff leise durch die Zähne. »Wer ist denn das?«, fragte er mit einem anzüglichen Lächeln auf den Lippen.

Ich musste einfach die Augen verdrehen, als er sich vorbeugte und ebenfalls zu der weizenblonden Schönheit hinausstarrte.

Mei funkelte ihn böse an und ich kniff ihn ziemlich fest in den Arm.

»Das sag ich deiner Mutter«, witzelte ich amüsiert.

Marc sah mich erschrocken an. »Ich habe gar nichts gemacht!«, verteidigte er sich und verschränkte reserviert die Arme vor der Brust. Ich musste mir ein Grinsen verkneifen.

»Ich kann hören, was du denkst«, erwiderte ich herausfordernd und hob demonstrativ die Augenbrauen.

»Kannst du nicht«, zischte er, trat aber dennoch vom Fenster zurück.

Ich musste keine Gedanken lesen können, um zu wissen, was Marc dachte. Dafür kannte ich ihn schon zu lange und seine Mimik war viel zu leicht zu durchschauen.

»Kann ich wohl«, behauptete ich weiterhin und wollte noch eine Stichelei nachsetzen, da sah Justus zu mir und zog meine Aufmerksamkeit sofort auf sich. Er nickte Richtung Tür.

»Wir gehen«, teilte ich den anderen mit und scheuchte sie vom Fenster weg zum Ausgang.

Bevor einer von uns jedoch nach der Klinke greifen konnte, wurde die Tür von außen geöffnet und ein Mann trat in den Raum. Blond, schlaksig, vielleicht Anfang zwanzig, in Justus' Alter.

Er hielt uns die Tür auf und schenkte mir ein auffallendes Lächeln. Eins, bei dem die Mundwinkel sich nur minimal bewegten und die Augen zu glänzen begannen. Sie waren so blau, dass es mir sofort auffiel und tief wie das Meer. Er neigte leicht den Kopf zur Begrüßung, als ich an ihm vorbeitrat, und eine vorwitzige Locke fiel ihm in die Stirn.

Etwas in mir prickelte wie sich auflösender Schaum und ich sah rasch zu Boden. Hatte ich ihn etwa angestarrt?

Mit einem schweren Gefühl in den Beinen eilte ich die Stufen hinunter auf die Gasse, ohne mich noch einmal umzusehen, und hinter mir fiel geräuschvoll die Tür ins Schloss.

Justus und Marc ließen den Blick über den Marktplatz schweifen, auf dem das Gedränge nicht mehr ganz so groß war wie gerade eben noch, und ich schnappte die Worte *Butterfass* und *Kräuterstände* auf.

Justus reckte den Hals und versuchte wohl herauszufinden, wo sie die Besorgungen für ihre Mutter erledigen konnten.

Als hätte er es nötig, sich so zu strecken. Seine Körpergröße erlaubte es ihm, immer einen Blick über die Menge zu haben, und ich beneidete ihn darum. Er war den Wolken näher, wenn auch nur ein kleines Stück.

Mei blickte immer noch mit gerunzelter Stirn zur Tür des Stadtrates. »Kanntest du ihn?«, fragte sie und riss mich damit aus meinen Gedanken.

»Wen?«, gab ich zurück und zwang mich, die Augen von Justus abzuwenden.

»Diesen Mann gerade.« Sie zeigte zur Tür. Ihre bunten Armbänder klimperten. »Er hat dich angesehen, als ob ihr euch kennen würdet. Er hat dir sogar nachgesehen.« Da hellte sich ihre Miene plötzlich auf. »Oder«, flüsterte sie geheimnisvoll und kam einen Schritt auf mich zu. Mir wurde mulmig zumute. »Oder er findet dich toll. Vielleicht hat er dich angesehen, eure Blicke trafen sich und die Liebe ist ihm unerwartet ins Herz gefahren.« Sie legte theatralisch eine Hand an die Stirn.

O Mei. Widerwillig schüttelte ich den Kopf. Aber ich hatte eigentlich auch nichts anderes erwartet.

»Ja klar doch«, gab ich ironisch zurück, nahm ihre Rechte und hoffte, dass sie nicht sah, wie meine Ohren langsam rot wurden. »Ich glaube, die Jungs wollen weiter«, versuchte ich abzulenken und tat, als wäre es mir gleichgültig.

Als würde sich irgendein Wildfremder für mich interessieren. Das wäre doch absurd.

Mei lachte nur, sprang zu ihren Brüdern und zog mich mit. »Habt ihr den Mann gesehen, der uns die Tür aufgehalten hat? Ich denke, er hat ein Auge auf Cate geworfen«, verkündete sie sogleich, strich sich kokett ein paar ihrer Zöpfe aus dem Gesicht und wackelte albern mit den Augenbrauen.

»Im Ernst?«, sprang Marc sofort darauf an und grinste wölfisch.

Mir war sofort klar, dass er vorhatte, mich mindestens die nächsten zwei Wochen damit aufzuziehen.

Ich konnte nicht länger aufhalten, dass das Glühen von meinen Ohren in meine Wangen wanderte. Dabei lag mir an diesem Fremden nichts und an seinen möglichen oder auch eingebildeten Gefühlen schon gar nicht.

»Redet keinen Stuss«, fuhr Justus die beiden unvermittelt an und sah sie mit einem Ausdruck an, der deutlich machte, dass er sie nicht für voll nahm. Doch das führte nur dazu, dass sie anfingen, unkontrolliert zu kichern.

Mein Kopf wurde immer heißer.

Justus verzog genervt die Lippen, griff nach meiner Hand und zog mich zu sich. Vor Schreck ließ ich Mei los.

»Achte nicht auf sie. Die haben nur nichts zu tun«, redete er mit ernstem Gesicht auf mich ein und neigte den Kopf näher zu mir. Sein Blick wurde noch eindringlicher.

Alles in mir kribbelte. Seine Finger waren so unglaublich warm. Ich schluckte gegen meinen ausgedörrten Hals an. *Halte deine Sinne beisammen, Cate!*, sagte ich zu mir und versuchte mich zu konzentrieren.

»Fühlst du dich stark genug, es mit der Menge aufzunehmen, oder soll ich mit dir zurückgehen? Marc und Mei können die Besorgungen auch allein machen«, fragte er und ich musste lächeln. Er machte sich Sorgen. Mal wieder.

Schon immer hatte er sich als mein Beschützer gefühlt. Seit damals, als er den Deckel eines Wasserfasses geöffnet und darin ein kleines weinendes Mädchen entdeckt hatte, dessen Eltern gerade in einer Schlacht ums Leben gekommen waren. Er hatte mich gefunden, meine Hand genommen und manchmal, so wie jetzt, hatte ich das Gefühl, er hatte sie niemals losgelassen.

»Es wird gehen«, versicherte ich ihm und konnte nur hoffen, dass das stimmte. Warm lagen seine Finger um meine.

Justus nickte und der Ernst wich seiner üblichen Gelassenheit. Er richtete den Rücken wieder auf, trat aus der Gasse auf den Platz hinaus und hielt mich dicht bei sich.

Die Menschen traten instinktiv zur Seite, als er durch die Menge schritt. Feuerleute hatten diese Wirkung, flößten anderen Respekt ein, auch wenn es ihnen vielleicht nicht bewusst war.

Mei und Marc kamen hinter uns her. Sie scherzten immer noch über heimliche Verehrer und wie vielen armen Bauernsöhnen ich wohl schon das Herz gebrochen hatte.

Als ich ein kleines Butterfass bei einem Stand am Rande des Platzes bezahlte und Marc es von der gebückten Marktfrau entgegennahm, bemerkte ich plötzlich, dass der Wind seit einiger Zeit verdächtig still war.

Stumm rief ich ihn und erwartete, dass er an meinen Haaren ziehen oder mir über die Wange streichen würde. Doch nichts geschah.

Ich rief ihn noch einmal und sah mich um, ob ich etwas entdecken konnte, was ihn aufhielt. Ein loses Tuch, das er bewegen wollte, oder ein Stück Wolle, das er über den Boden jagte. Aber ich fand nichts dergleichen.

Meine Füße fühlten sich an wie am Boden festgenäht.

Den Wind nicht mehr zu spüren, setzte ein zweites Mal an diesem Tag Panik in mir frei, die mir eiskalt im Nacken saß und mir den Brustkorb enger schnürte. Etwas stimmte nicht.

Justus blickte zu mir, sah mir meine Unruhe wohl sofort an. Matt seufzte ich in mich hinein, denn ich machte ihm heute nur Ärger. Er verstärkte den Druck um meine Hand und öffnete gerade den Mund, um etwas zu sagen, als ein lautes Rauschen erklang.

Der Wind schwoll plötzlich an und fegte heftig über den Platz. Und da spürte ich ihn wieder, die Verbindung zwischen uns und die Leichtigkeit kehrte zu mir zurück, als mir die Haare aus dem Gesicht geweht wurden.

Männer hielten ihre Hüte fest oder rannten ihnen hinterher, Frauen versuchten ihre Röcke zu halten und kreischten, als der Wind sie hochwirbelte. Eine Schar Mädchen stützte ihren Milchstand und Marc konnte sich das Lachen nicht verkneifen, als eine Böe einem davon die Unterwäsche entblößte.

Der Wind ebbte so schnell ab, wie er sich aufgebäumt hatte, und sammelte sich als laues Lüftchen in meinen Haaren. Er wirkte seltsam erschöpft.

Ich fuhr mit den Fingern hindurch und streifte ihn dabei beruhigend. *Was ist los?*, fragte ich, bekam aber keine Antwort. Nur noch mehr Erschöpfung.

Und dann begann er leise zu singen.

»Was war das denn?«, zischte Justus und zog mich unauffällig vom Butterstand weg.

»Keine Ahnung. Ich war das nicht«, entgegnete ich verwirrt.

Der Wind summte weiter, wurde lauter und dann erklang die Melodie auch neben mir. Überrascht drehte ich mich um und brauchte nur einen Augenblick, bis ich die Quelle fand. Das Lied kam durch das offene Fenster eines kleinen Ladens zu mir herübergeweht.

Ich hielt die Luft an, als mich Emotionen übergossen wie ein Eimer kaltes Wasser. Die Melodie weckte etwas in mir. Bilder, Gerüche, verschüttete Erinnerungen. Eine Frau in einem langen grünen Kleid, der Duft von Vanille, eine goldene Kette, Salz in der Luft, blaue Muscheln und die starken Arme eines Vaters, der mich auf seine Schultern hob.

Ich blinzelte. Diese Melodie kam mir so bekannt vor.

»Hörst du das?«, fragte ich Justus und drückte ihm, ohne nachzudenken, den Beutel mit den Münzen in die Hand.

»Cate?« Er sah mich verständnislos an, als ich seine Hand losließ und mich umwandte.

»Dieses Lied. Ich kenne es. Kannst du es hören?«, wollte ich erneut wissen, wartete aber nicht auf eine Antwort.

Die vertrauten Klänge zogen mich an. Ich ging ihnen entgegen, achtete nicht auf die Menschen, an denen ich mich vorbeischob, und betrat den winzigen Geschäftsraum ohne Tür.

Der Wind kam unter meinen Haaren hervor, streifte sanft durch das halbdunkle Zimmer, das vollgestopft war mit Ramsch und Glitzerzeug. In gleichmäßigen Bahnen begann er um einen Gegenstand zu kreisen, der vor einem der hinteren Fenster hing.

Bedächtig ging ich darauf zu und betrachtete ihn. Es handelte sich um einen hölzernen Ring, an dem silberne Röhren unterschiedlicher

Dicke baumelten. Immer wieder ließ der Wind sie gegen eine Kette blauer Muscheln stoßen, sodass die verschiedenen Töne zum Lied beitrugen, das der Wind weiter vor sich hin summte. Wie in Trance drehte er seine Runden um das klimpernde Gebilde.

Ich streckte die Hand aus und berührte eine der blauen Muscheln. Es waren die gleichen, die ich gerade in meinen verschütteten Erinnerungen gesehen hatte. Sie schimmerten im Licht der Vormittagssonne, das durch die Fenster fiel, und erinnerten an das Meer und an Wellen und …

»Ähm, kann ich behilflich sein?«, erkundigte sich eine Stimme von der Seite und ich fiel zurück in die Wirklichkeit.

Erschrocken drehte ich meinen Kopf und sah auf einen Mann hinunter. Er war erstaunlich klein und hatte schütteres Haar, ein winziges Brillengestell auf der knubbeligen Nase und eine geschäftstüchtige Miene.

Nicht weit von mir entfernt stand Justus in den Türrahmen gelehnt und beobachtete mich mit erstauntem Gesichtsausdruck.

Ich war selbst überrascht. Normalerweise machte ich mir nichts aus Trödel und noch nie hatte ich aus eigenem Antrieb so einen Laden betreten.

»Was ist das?«, fragte ich den Verkäufer und fuhr mit den Fingern durch die herunterhängenden Silberröhren, die dadurch aufgeregt klimperten. Der Wind löste sich widerwillig aus seiner Bahn und tanzte zu den Vögeln, die am Himmel kreisten, als wäre nichts gewesen.

»Oh, das …« Der Mann rückte seine Brille zurecht. »Das ist ein Windspiel.«

»Windspiel«, echote ich, als hätte ich nichts Besseres zu sagen, und sah wieder zu den Muscheln.

»Ja. Diese Muscheln sind etwas Besonderes. Man findet sie nur an der Windküste im Süden.«

Mir zog sich bei diesen Worten der Magen zusammen und mein Puls beschleunigte sich. Zögerlich berührte ich das schimmernde Blau und hörte das Meer in meinen Ohren rauschen.

»Wie viel kostet es?«, erkundigte sich Justus, löste sich vom Türrahmen und schlenderte auf uns zu.

Überrascht musste ich feststellen, dass er das erste Mal seit Wochen nicht zu den vorherrschenden Gedanken in meinem Kopf gehörte. Ich hatte sogar vergessen, dass er da war.

»Ähm, mein Herr. Es ist mir wirklich peinlich, ähm.« Der kleine Mann spielte mit seinen dicken Fingern nervös an den schimmernden Knöpfen seines Hemdes. »Ähm, es ist, soweit mir bekannt ist, nicht verkäuflich.«

Justus zog die Augenbrauen zu einer bedrohlichen Miene zusammen.

Es war bei ihm bloß ein Ausdruck von Nachdenklichkeit, doch auf den Mann, der neben ihm wie ein Zwerg aussah, musste es angsteinflößend wirken.

»Ich, ähm …«, stammelte dieser sofort los, strich sich fahrig das Hemd glatt und glitzernde Schweißperlen sammelten sich auf seiner hohen Stirn. »Ähm, man könnte natürlich darüber verhandeln. Es ist ein Sammlerstück. Ihr stammt nicht vor hier, nicht wahr?« Sein rechtes Bein zuckte.

Der arme Kerl musste richtig mit der Angst kämpfen.

Sachte legte ich Justus eine Hand auf den Arm, damit er davon abließ, den Armen in Grund und Boden zu starren.

Er sah mich an und ich versuchte ihm ohne Worte mitzuteilen, dass er ein wenig sanfter vorgehen sollte.

Seufzend wandte er sich wieder dem Verkäufer zu.

»Wie viel soll es kosten?«, fragte er erneut und bemühte sich um einen freundlichen Ton.

»Ähm … sagen wir mal, ähm … zwanzig Silberlinge?«, erwiderte dieser und zwinkerte unsicher. Der freundliche Ton hatte ihn wohl etwas mutiger werden lassen.

Meine Augen wurden groß, als ich die Summe hörte.

»Zwanzig Silberlinge?!«, fuhr Justus ihn grob an. »Das ist der Preis eines ganzen Kappa! Lebendig!«

Der kleine Mann schrak zusammen und wäre vermutlich am liebsten geflohen. Sein Gesicht wurde noch blasser.

Auch ich war zusammengezuckt.

»Zehn, ähäm, zehn Silberlinge. Aber weiter runter kann ich nicht gehen.« Die Stimme des Verkäufers hatte einen jammernden Tonfall angenommen.

Justus knirschte mit den Zähnen. »Acht«, sagte er bedrohlich und ich legte ihm wieder die Hand auf den Arm. Das war zu viel. Selbst acht Silberlinge waren noch überteuert.

Der Händler zog ein Tuch aus der Hosentasche seiner weit geschnittenen Leinenhose und wischte sich damit den Schweiß vom Gesicht. »Neun«, gab er halblaut von sich und ich musste zugeben, dass ich seinen Mut bewunderte.

Justus nickte. Weiter runter konnte er ihn kaum treiben, ohne dass der arme Kerl einen Nervenzusammenbruch erlitt. Er zog einen roten Beutel aus seiner Ledertasche und öffnete ihn.

Überrascht sah ich ihn an. Mir war auch nicht bewusst gewesen, dass Justus so viel Geld hatte. Er holte neun silberne Münzen heraus und legte sie dem Händler in die zitternde Hand.

Es war kaum zu glauben. Neun Silberlinge! Er hatte gerade neun Silberlinge für ein Windspiel bezahlt.

»Nehmt es«, sagte der Mann und zog sich sichtlich erleichtert in die Schatten seines Ladens zurück.

Ganz vorsichtig nahm ich es von dem Haken und betrachtete die metallenen Röhren, in die jemand buntes Glas eingearbeitet hatte, mit Ehrfurcht.

Der Händler reichte mir ein Stück weiches Tuch, in das ich es einschlagen konnte. Ich bedankte mich mit einem Lächeln und verließ mit Justus den Laden.

Ein paar Schritte weiter warteten Marc und Mei auf uns. Marc wedelte sich mit einem Bündel Koriander Luft zu.

Justus ging auf sie zu, doch ich hielt ihn am Arm zurück.

»Neun Silberlinge?«, fragte ich ihn skeptisch und zuckte unsicher mit den Schultern. »Ich glaube, ich habe nicht genug Geld, um es dir zurückzuzahlen.«

Ein schiefes Lächeln erschien auf seinen Lippen. »Musst du auch nicht«, meinte er und ich schüttelte den Kopf.

»Aber«, wollte ich gerade zu einer Erwiderung ausholen, als er die Hand ausstreckte und mir eine Haarsträhne aus dem Gesicht strich. Nur ganz leicht streiften seine Finger meine Stirn und schon spielte mein Herz verrückt.

»Es ist ein Geschenk«, sagte er eindringlich, sah mir in die Augen.

Mein Hals war ganz trocken, meine Wangen fühlten sich heiß an und ich nickte zaghaft.

Er hatte mir ein Geschenk gemacht. Ich konnte es kaum fassen, so glücklich war ich darüber. Neun Silberlinge hatte er ausgegeben. Nur für mich!

»Aber es war so teuer«, brachte ich meinen letzten leisen Widerspruch hervor und versuchte, keine Regung in Justus' Gesicht zu verpassen.

Doch er lachte nur. »Sehr wahr. Erzähl das ja nicht den anderen.«

3

Ich lag auf meinem Bett im Wagen und bestaunte meinen neuen Schatz.

Obwohl ich so gut wie nie in diesem Bett schlief, bestanden die anderen darauf, dass es mir gehörte. Wahrscheinlich, weil sie mich nicht ausschließen wollten.

Der Wind tanzte mit den Muscheln, erzeugte leise Klänge. Das Licht verfing sich in den silbernen Röhren und das Glas zauberte bunte Muster an die Wände.

»Verflucht noch mal!«, keifte Marc lautstark von draußen und ich hob den Blick. Mit verzerrtem Gesicht schüttelte er seine schmerzende Hand. Alarmiert ließ ich mich auf den Boden gleiten und rannte hinaus.

»Verdammt!«, fluchte Marc weiter und kam auf mich zu. Den zur Hälfte abgebauten Verkaufsstand und Dante, der die Überreste aufrecht hielt, ließ er einfach stehen.

»Kannst du mir den verfluchten Splitter rausziehen?«, fragte er und streckte mir die Hand entgegen.

»Natürlich.« Ich setzte mich auf die Stufen vor der Tür und Marc ließ sich daneben ins Gras fallen.

Eingehend begutachtete ich seine Handfläche und fand schnell die gerötete Stelle. Der Splitter saß ganz schön tief, war aber nicht allzu groß.

»Willst du damit nicht lieber zu Fin gehen?«, wollte ich wissen und drückte knapp neben das Holzstück, um es ein wenig aus der Haut zu schieben.

Marc zuckte zusammen, verzog schmerzerfüllt den Mund und gab einen zischenden Laut von sich. »Bist du verrückt? Die Quacksalberin hackt mir womöglich gleich die ganze Hand ab«, schnaubte er und sah beunruhigt zu seiner Tante Fin hinüber, die mit Tanja zusammensaß, quatschte und Bree ein grünes Band in die Haare einflocht. Bree war mächtig stolz darauf, wie schön die Farbe ihres Feuerclans zu ihrem feuerroten Haar passte. So sehr, dass sie mir damit immer wieder auf die Nase binden musste, dass ich nicht zum Feuervolk gehörte und daher keine bunten Bänder tragen durfte.

Stumm schüttelte ich den Kopf, drängte die beißenden Gefühle weg und konzentrierte mich wieder auf Marc.

»Oder sie schmiert mir eine ihrer stinkenden Salben drauf und ich rieche dann tagelang nach totem Tier oder Moorschlacke. Nein danke«, wetterte er weiter und verhalf mir zu besseren Gedanken.

Ich griff hinter mir in den Wagen und zog den Nähkorb hervor, in dem noch mein Kleid mit dem halb hochgenähten Saum lag. Ich zog eine Nadel aus dem Heft und sah mich nach Mei um.

Sie saß auf Justus' Wagendach, hielt ihr Gesicht in die Sonne und baumelte mit den Beinen.

»Mei«, rief ich und winkte sie heran.

Geschickt kletterte sie an der Seitenwand herunter und kam mit schnellem Schritt auf uns zu. Mit Schwung ließ sie sich neben mir auf die Stufen plumpsen, sodass unsere Hüften zusammenstießen, und grinste mich an. »Was gibt's?«, fragte sie und legte mir spielerisch den Kopf auf die Schulter. Sie musste sich dafür nach unten beugen, was sehr verkrampft aussah, mich aber zum Lachen brachte.

»Was hast du da oben gemacht?«, erkundigte ich mich und hielt ihr die Nadel hin. »Einmal mit Feuer säubern bitte.«

Rasch zog sie einen feurigen Faden mit Daumen und Zeigefinger um die schmale Metallspitze, die kurz aufglühte. Es zischte leise, als Mei die Flamme allein durch ihren Willen wieder verlöschen ließ.

»Ich habe das Dach repariert«, sagte sie beiläufig und Marc schnaubte.

»Das war aber auch nötig«, schimpfte er und unterbrach sich selbst mit einem Fluch, als ich mir mit der Nadel vorsichtig Zugang zum Splitter verschaffte.

»Heul nicht rum, du Memmenbruder«, blaffte Mei ihn an und steckte eines ihrer vielen Zöpfchen wieder zurück in den Knoten auf ihrem Hinterkopf. »Vor einer Woche hat Tante Fin mir einen Splitter aus dem Fuß gezogen. Der war locker doppelt so dick und ich habe nicht mal mit der Wimper gezuckt«, behauptete sie, schlug die langen Beine übereinander und wippte mit dem Fuß. Ich bezweifelte ihre Geschichte sehr, sagte dazu aber nichts.

»Pah, das Märchen glaubt dir nicht mal Juju«, erwiderte Marc großkotzig und straffte die breiten Schultern.

Ich lächelte und sah zu Juju, die nicht weit von uns mit ihren kurzen Beinchen über die Wiese stakste. Sie war gerade mal drei.

»Au! Kannst du nicht ein bisschen sanfter sein?« Marc giftete mich mit zusammengekniffenen Augen an. Und ich hätte schwören können, dass eine Träne darin glitzerte.

»Kannst du ein bisschen weniger fluchen und netter zu deiner Schwester sein?«, fragte ich ihn meinerseits und wies ihn an, nicht hinzusehen, wenn ich den Splitter herausholte.

»Warum hattet ihr eigentlich ein Brandloch in der Decke?«, wollte Mei von ihrem Bruder wissen und zeigte auf den Wagen, von dem sie gerade heruntergeklettert war.

»Sagen wir, Dante träumt manchmal sehr lebhaft«, gab er zurück und verdrehte die Augen.

»Ich mache das doch nicht mit Absicht!«, verteidigte sich Dante, der sich zu uns gesellte. Er hatte es wohl aufgegeben, den Stand allein abzubauen.

Der junge Mann hatte die Fähigkeit, Feuer mit seinem Körper zu erzeugen. Eine Kraft, die im Feuervolk hoch geehrt wurde. Wenn man es kontrollieren konnte.

Denn so fantastisch das auch klang, haperte es noch etwas an der Umsetzung. Mit viel Konzentration schaffte Dante es, nur eine Hand oder seinen Kopf in Brand zu setzen. Aber es kam oft genug vor, dass sich der Rest von ihm ebenfalls entzündete und er am Schluss ohne Kleider dastand.

Die Tatsache, dass wir ihn alle schon einmal nackt gesehen hatten, trug auch nicht gerade zur Steigerung seines Selbstbewusstseins bei.

Dabei bräuchte er genau das dringend.

»Du bist doch nur neidisch, dass ich Feuer selbst erzeuge, während du dir immer erst eine Fackel vors Gesicht halten musst«, würgte er Marc rein und schob trotzig das Kinn nach vorn.

Das war sein einziger Trumpf, denn Marc brauchte zumindest einen Funken, mit dem er seinen hitzigen Atem entzünden konnte, im Gegensatz zu Dante, der selbst Feuer hervorbrachte.

Doch Marc ließ sich dieses Mal nicht beirren. »Ha! Dafür weiß *ich*, was ich tue, wenn ich es tue«, erwiderte er mit einem anzüglichen Ton in der Stimme. »In jeglicher Hinsicht.«

Gezielt spießte ich das Holzstückchen mit der Nadel auf.

»AU! Bei allen sengenden Feuerstürmen!«, fluchte Marc, als ich ihm den Splitter aus der Wunde zog.

Ich hielt ihm das winzige Stück Holz vors Gesicht und wusste schon, was er über das kleine Splitterchen denken würde.

Marc begutachtete erst die gerötete Stelle an seiner Hand und nahm mir dann das winzige Stück Holz ab. »Das ist alles?«, fragte er und hielt ihn gegen das Licht. »Der ist ja winzig«, meinte er sichtlich enttäuscht. Er hatte wohl etwas Dramatischeres erwartet.

»Sag ich doch: Memmenbruder.« Mei zuckte selbstgefällig mit den Schultern und lehnte sich zurück, um sich wieder die letzten Sonnenstrahlen ins Gesicht scheinen zu lassen.

Ich hatte dafür gesorgt, dass der Himmel wolkenlos war, und der Sonnenuntergang an diesem Abend würde sicher wunderschön werden. Allerdings konnte ich ihn mir nicht ansehen, da die Bäume um uns herum die Sicht auf den Horizont versperrten. Und fliegen war nicht drin, obwohl alles in mir mich hinauf in den Himmel zog.

Ich seufzte sehnsüchtig, steckte die Nadel zurück ins Heft und schob den Korb auf seinen Platz neben der Tür.

Dante und Marc erhoben sich, nicht ohne sich weiterhin gegenseitig aufzuziehen. Mei rannte ihnen hinterher und lachte über Marcs Schimpftiraden.

Gemeinsam klappten sie den Stand zusammen und räumten alles dahin, wo es hingehörte, während ich ihnen zusah, das Wetter aufrechterhielt und dem Wind lauschte.

Die Dunkelheit kam schnell. Van und Justus hatten gerade die letzten Fackeln entzündet, als die ersten Dorfbewohner auf dem Weg auftauchten. Aufgeregt redeten sie miteinander und gafften zu uns herüber, in der Hoffnung, einen der Tricks schon im Voraus zu sehen.

Doch das war vergebliche Mühe.

Marc und Dante waren in ihrem Wagen und zogen sich für den Auftritt Kleidung aus robustem Kappaleder an. Auch alle anderen bereiteten sich vor. Van und Felice, Miso und Angu, Tai und natürlich Mei und Justus.

Laila hielt sich seit ein paar Wochen zurück, da ihr Babybauch immer größer wurde. Wir alle wussten, dass sie auf einen Jungen hoffte, während Tai lieber ein Mädchen wollte und der Rest der Familie die ständigen Diskussionen darüber längst leid war.

Zu Lailas Aufgabe gehörte ein langes besticktes Kleid, auf dem unzählige Glasperlen glitzerten. Hanna machte es Freude, die silbernen Stickereien auf dem nachtblauen Stoff weiterzuführen, immer wenn sie dafür Zeit fand.

Ich hatte mich oben auf unseren Wagen gesetzt und überblickte die Szenerie.

Es sah aus, als wäre das ganze Dorf gekommen. So ein Spektakel ließ sich kaum jemand entgehen.

Obwohl ich es schon Hunderte Male gesehen hatte, war ich doch jedes Mal aufs Neue von der Schönheit der Feuerspiele überwältigt. Und von der Eleganz der Akteure.

Ayo begann die Trommel zu schlagen und Stille senkte sich über das Publikum.

»Willkommen! Willkommen in dieser wunderschönen, sternenklaren Nacht!«, rief Laila mit ihrer klaren Stimme, die mit Leichtigkeit bis in den letzten Winkel der Lichtung drang.

Ich mochte es, wenn sie die Begrüßungsworte sprach. Ihr Tonfall hatte etwas ähnlich Beruhigendes wie der von ihrem Bruder Justus.

Im letzten Winter hatte sie ihren Liebsten geheiratet, was für eine Menge Trubel gesorgt hatte. Tai und sie hatten schon seit Jahren füreinander geschwärmt und miteinander geflirtet, sich jedoch nie getraut, einander ihre Gefühle zu gestehen. Ob nun aus Schüchternheit oder weil Tai der Letzte eines aussterbenden Clans war, konnte ich nicht sagen. Dafür kannte ich mich zu wenig in der Politik des Feuervolkes aus.

Doch mit der Zeit hatten sich die Wogen gelegt und die beiden erwarteten ihr erstes Kind.

»Dies ist eine Nacht, die für viele unvergessen bleiben wird«, fuhr Laila fort und hob elegant die Arme. »Eine Nacht voller Geheimnisse, spektakulärer Kunststücke, Feuerkunst und Magie.« Sie ließ ihre Hände umeinander tanzen, um ihre Worte zu unterstreichen, und ihr Blick schweifte über das Publikum. »Und nun ...« Sie senkte die Stimme und die Menschen lauschten gespannt. »Lasst das Spektakel beginnen!« Sie verdeckte die Linke mit der Rechten, und als sie sie wieder voneinander trennte, brannte darin eine blaue, sich windende Flamme.

Die Dörfler holten erschrocken Luft. Obwohl viele von ihnen die Feuerspiele jedes Jahr aufs Neue besuchten, schien es sie jedes Mal wieder zu überraschen.

Applaus ging durch die Reihen. Laila verbeugte sich mit einer Hand auf dem runden Bauch, die andere mit der langsam verlöschenden Flamme nach vorn gestreckt. Dann verließ sie den mit Fackeln abgesteckten Platz im Halbkreis der Wagen und zog sich zu Ayo, Hanna und den anderen Musikern zurück.

Ich lachte in mich hinein, amüsiert von dem Trick, dem die Dörfler auf den Leim gingen. Die ganze Ansprache, das Spektakel, das Feuer. Das alles diente nur zweitrangig der Unterhaltung. In Wirklichkeit erfüllte es den Zweck, zu verstecken, was die Wagenleute wirklich waren.

Erzählte man den Menschen offen, es handele sich um Magie, um Feuerkunst, um etwas Übernatürliches, dann glaubten sie es nicht. Sie lachten darüber und freuten sich, nicht auf die Täuschung hereingefallen zu sein. Für sie waren es nur Tricks wie Kartenzauberei und Zirkuskunst.

Es schien schon fast zu einfach. Die Feuerspektakel schützten das Feuervolk, schützten ihr Geheimnis, die Wahrheit, dass es die Feuermagie wirklich gab.

Ayo begann wieder zu trommeln und ich rief den Wind zu mir. Ohne zu murren, legte er sich in meine Hände und ließ die Lichtung windstill zurück.

Ihm machte es nichts aus, mir jedoch gab es das Gefühl, etwas zur Sicherheit der Vorstellung beizutragen, wenn ich ihn ruhigstellte. Obwohl er sich dazu nie äußerte, vermutete ich, dass er sich die Feuerkunst auch gern ansah.

Marc trat mit einer Fackel in die Mitte und spie durch die Flamme eine gewaltige Feuerwolke.

Beress und ihr jüngster Sohn Garan setzten mit ihren Flöten zu einer verspielten und schnellen Melodie an.

Mei tauchte hinter einem von Marcs riesigen Flammenstößen auf, als wäre sie im Feuer erschienen. Sie zog mit allen Fingern Feuerfäden zwischen ihren Händen, die flackernd heller und dunkler wurden, und drehte sich zum Tanz. Die Fäden wirbelten um sie herum und ihre vielen schmalen Zöpfe peitschten um ihren Kopf, als sie sich drehte und die Arme in die Luft warf.

Die Musik wurde schneller und schneller und Meis verschlungene Bewegungen ebenso, bis sie aussah wie ein wirbelnder Feuerkokon.

Dann endete das Stück abrupt und die Feuerfäden um Mei zerfielen zischend zu Rauch.

Tosender Applaus folgte auf die plötzliche Stille. Ich klatschte mit ihnen und der Wind flog begeistert um meine Hände herum.

Der Junge mit dem blauen Hut ist in sie verliebt. Schon seit dem letzten Jahr, flüsterte er mir zu.

Meine Mundwinkel verzogen sich wie von selbst zu einem Lächeln, während ich nach dem besagten Jungen Ausschau hielt.

Es war nicht schwer, ihn zu entdecken. Er stand weit vorn, hatte gebräunte Haut, blonde Locken, die unter seinem Hut hervorlugten, und sah Mei mit glänzenden Augen hinterher.

Wie sehr es mich auch freute, dass Mei bewundert wurde, so tat es mir für den Jungen auch leid. Er würde sie niemals für sich gewinnen.

Auch wenn es nicht verboten wäre, sich mit einem Menschen außerhalb des eigenen Volkes einzulassen, würde sie sich nicht für ihn interessieren. Das Feuervolk war so stark in seinen Traditionen verwurzelt, dass Mei nicht im Traum daran denken würde, ihm ihr Herz zu schenken.

Aber wenn er nicht schüchtern war, blieb ihm zumindest die Möglichkeit, ein wenig mit ihr zu flirten. Darin waren die Feuerleute nämlich auch besonders gut. Den Charme spielen lassen!

Doch die Vorstellung ging weiter und ich verlor den Jungen aus den Augen.

Felice und Miso traten auf, begleitet von Ayos rhythmischem Trommeln und Brees engelsgleichem Violinenspiel. Während Felice in einer Feuerschale allerlei Dinge aus dem Feuer formte, bewegte Miso sie in die Luft und hauchte ihnen zauberhaftes Leben ein. Es war ein wirklich beeindruckendes Schauspiel.

Kaum erhoben sich die beiden wieder und verbeugten sich zum Klatschen der Dorfbewohner, begann mein Bauch zu kribbeln. Denn nun folgte endlich mein Lieblingsteil des Spektakels.

Justus, Marc, Van, Angu, Tai und Dante erschienen mit brennenden Stöcken, die sie in einer perfekten Choreografie durch die Luft wirbelten, sich gegenseitig zuwarfen und darunter durchtauchten. Justus gab seinen an Tai ab, öffnete die Hände und erzeugte schimmernde Feuerkugeln, mit denen er kunstvoll jonglierte.

Mein Herz klopfte mir bis zum Hals, wenn ich ihm dabei zusah, wie er sich drehte, sich die Muskeln an den Armen anspannten und das Feuer geheimnisvolle Züge auf sein Gesicht zauberte.

Marc spuckte Feuer durch die Flammen seines Stabes. Glühende Funken schossen durch Vans Hand in den Himmel und explodierten mit lautem Krachen. Laila, die immer noch am Rand stand, verwandelte sie in viele bunte Flammen, die auf das Publikum herabregneten.

Miso achtete peinlichst genau darauf, dass niemand davon getroffen wurde und alle Funken vorher erloschen.

Falls ihr etwas entging, gab es noch mich, die der Stelle die Luft entzog, um das Feuer zu ersticken. Ich agierte sozusagen als letzte Sicherung, auch wenn ich nur selten gebraucht wurde.

Angu und Dante setzten ihre Hände in Brand und zogen flammende Schlieren durch die Luft, malten Blumen und Schleifen. Letzterer brach seine Vorführung allerdings ab, als sich das Feuer über die Arme ausbreitete. Er trat zur Seite und zwang es unter großer Anstrengung zurück zu den Händen. Sein großer Auftritt würde noch kommen.

Die Instrumente spielten ein wildes Lied, das an Kampf und Abenteuer denken ließ, mit schnellem Rhythmus und schreienden Violinsaiten, die den Puls nach oben trieben.

Selbst mir raste der Puls und ich musste mich konzentrieren, da gleich das große Finale anstand. Ich konnte es an der Musik erkennen. Der Wind wurde unruhig, als ich mich aufrichtete und bereithielt.

Dante trat in die Mitte des wirren Feuerspiels und vergewisserte sich, dass Marc hinter ihm war. Für einen winzigen Moment entzündete er seinen ganzen Körper, sodass er eine lebendige Fackel abgab. Doch ehe es jemand im Publikum genauer sehen konnte, holte Marc tief Luft und spuckte durch Dantes Feuer eine gigantische Feuerwolke, die über das Gras leckte und das Publikum vor Freude aufschreien ließ.

Bevor die Flammen jedoch ausbrechen und Schaden anrichten konnten, stieß ich den Wind hinunter auf den Platz. Er raste los, kostete jede Flamme und löschte sie mit einem Mal bis auf den letzten Funken.

Im gleichen Augenblick, als die Feuer erloschen und die Lichtung stockfinster zurückließen, endete auch die Musik und das Spektakel war vorbei.

Das Publikum applaudierte mit Verzögerung, dafür so tosend, dass der Wagen unter mir vibrierte.

Ein Gefühl von Glück und Stolz breitete sich in meinem Bauch aus und ich grinste so breit, dass mir die Wangen schmerzten. Es fühlte sich gut an, Applaus zu bekommen, selbst wenn die Menschen aus den Dörfern nicht wussten, dass ich zu dem pompösen Schluss genauso beigetragen hatte wie die Feuerleute. Aber das war mir auch nicht wichtig.

Justus entzündete eine einzelne Fackel und lief den Halbkreis ab, um die Lichter erneut zu entfachen.

Einige offiziell aussehende Männer traten aus der euphorischen Menge, scheuchten die aufgeregt schwatzenden Leute beiseite und trugen lange Tische heran.

Es dauerte nicht lange, bis sie aus den mitgebrachten Körben allerlei Gebäck darauf verteilt hatten. Auch Fässer voll Wein und gezuckertem Limonensaft wurden aufgestellt und dörfliche Musikanten lösten die unseren ab.

Die Bewohner der Dörfer zelebrierten unser Erscheinen gern in einer Art Volksfest, das jeder Landstrich auf seine eigene Weise beging. Hier im südlichen Mari feierte man mit Beerenwein und süßem, traditionellen Gebäck.

Ich liebte das Hefegebäck dieser Gegend. Es erinnerte mich an Heimat und eine Geborgenheit, die mir ab und zu in meinen Träumen begegnete.

Gerade biss ich von einem ab, das aussah wie eine Schnecke und zusätzlich mit kandierten Nüssen bestreut war, als mir Mei auffiel. Sie wurde gerade von einem jungen Mann angesprochen, der seinen blauen Hut nervös zwischen den Händen zerdrückte. Da traute sich einer also wirklich.

Lachend ging ich näher heran, um zu lauschen, war gespannt, was er ihr wohl sagen würde. Sie lächelte, als er ihr anbot, ihr einen Becher Wein zu bringen, und strich sich verlegen von seinen Komplimenten die Zöpfe aus dem Gesicht. Sie wurde nicht mal rot dabei und zwinkerte ihm kokett zu. Sie war in solchen Dingen so viel gelassener als ich.

Meine Aufmerksamkeit wurde abgelenkt, als ich den Blick eines Fremden bemerkte. Hinter den beiden lehnte ein Mann an einem Tisch und trank aus einer Holzschale, ohne die Augen von mir zu nehmen. Sein Starren war so intensiv, dass ich es fast körperlich spüren konnte. Wie ein Prickeln, das mich runterzog und zu Boden drückte.

Wie versteinert stand ich da. Es war derselbe Mann, der uns im Haus des Stadtrates die Tür geöffnet hatte. Der, von dem Mei behauptete, er hätte mir nachgesehen.

Ein Unwohlsein beschlich mich, als er mir zulächelte. Dieses besondere Lächeln, das er bereits bei unserer ersten Begegnung gezeigt hatte. Schnell senkte ich mit flammend rotem Gesicht den Kopf und drehte dem Mann eilig den Rücken zu.

Ich hatte keine Ahnung, was ich davon halten sollte, und war zu feige, um mich noch einmal umzudrehen.

Wind, mein Freund. Was tut er? Und wer ist er?, fragte ich im Stillen. Doch die Antwort blieb aus. *Wind*, rief ich energischer, aber nichts geschah. Irritiert schüttelte ich den Kopf und legte die Hände an meine heißen Wangen.

Das war schon das zweite Mal an diesem Tag, dass er mir nicht antwortete. Was war nur los mit ihm?

Sonst war er immer so versessen darauf, bei mir zu sein, mir die Haare zu zerzausen und mich damit zu locken, meine Möglichkeiten und Freiheiten auszuleben. Was war heute nur anders als sonst?

Ein Klimpern drang an mein Ohr. Klar und deutlich, obwohl die Menschen in meiner Nähe laut redeten und Musik die Lichtung erfüllte. Doch ich wusste gleich, dass es das Windspiel war, konnte es bis in mein Innerstes hinein spüren. Dieses Windspiel trug etwas Besonderes in sich. Lag es an ihm, dass der Wind sich so seltsam verhielt?

Mit hochgezogenen Schultern schlängelte ich mich zwischen lachenden und schwatzenden Dörflern hindurch und lief zügig zu meinem Wagen. Fetzen des Liedes, das mich am Vormittag in den kleinen Laden gezogen hatte, kamen mir entgegen und übertönten die Tanzmelodien der dörflichen Musikanten in meinen Ohren.

Hastig eilte ich die Stufen hinauf und da war er. Mein Wind.

Ich war so erleichtert, dass ich mich gleich viel leichter fühlte. Der Wind kreiste völlig erschöpft um die silbernen Röhren und sang mit den Tönen des Windspiels vor sich hin.

Ich streckte die Hand nach ihm aus und hatte keine Erklärung für das, was gerade geschehen war. Als sanfter Hauch zog er meinen Arm hinauf, streichelte mir den Hals und kroch in meine Haare.

Was ist mit dir?, fragte ich ihn, doch er antwortete wieder nicht. Da war nur noch mehr Erschöpfung. Genau wie am Vormittag.

Argwöhnisch musterte ich das schimmernde Gebilde. Schwächte das Windspiel ihn in irgendeiner Form? War es schlecht für ihn? Aber wie konnten eine Ansammlung von Röhren und blauer Muscheln dem Wind schaden? Es war doch der Wind! Eines der vier Elemente, der Urheber von Meereswellen, vom Rauschen der Bäume und von Stürmen.

Wie sollte so ein kleines Ding ihm etwas anhaben?

Ein Geräusch von draußen ließ mich aufschrecken und ich spähte vorsichtig zur Tür hinaus.

Im schwachen Licht der Fackeln konnte ich zwei Gestalten ausmachen. Die eine war klein, schmal gebaut und kicherte, während die andere sich groß und stämmig gegen das Licht der Fackeln abzeichnete.

Als sich beide an Justus' Wagenwand drängten und sich küssten, wurde mir schlagartig klar, dass es Marc war.

Natürlich war er es. Als er sich ein wenig zur Seite lehnte, sah ich sein Wolfsgrinsen. Und auch das Mädchen wurde vom Lichtschimmer gestreift. Ich erkannte die weizenblonde Schönheit aus dem Hinterhof des Stadtrats. Die Stickereien auf ihrem Kleid schimmerten im fahlen Lichtschein.

»Das ist dein Wagen?«, hörte ich sie flüstern. Sie kicherte, als Marc zustimmend brummte und sie am Hals küsste.

Ich wandte den Blick ab und versteckte mich im Schatten, bis die Tür hinter ihnen zuschlug.

Das war ja mal wieder typisch. Hatte ihn seine Mutter nicht am Morgen noch genau davor gewarnt? Dieser triebgesteuerte Hornochse.

Vorsichtig trat ich nach draußen, um nachzusehen, ob sie wirklich verschwunden waren. An der Türklinke hing ein in Metall gefasstes Trinkhorn, das an einer Lederschnur baumelnd den Feuerschein der Fackeln zurückwarf.

Das war ihr Zeichen. Justus und Dante würden ihn heute Nacht nicht stören und sich einen anderen Ort zum Schlafen suchen.

Ich lief zu den anderen zurück. Sie hatten in der Mitte des Platzes einen Kreis geöffnet, in dem sich Paare zum Tanz aufstellten.

Um mich abzulenken, sah ich mich nach Mei um, die ich bei Ayo und Bree fand. Von dem Jungen mit dem blauen Hut keine Spur. Die drei Mädchen kicherten, tauschten Blicke mit einer Schar Burschen aus, die bei den Platten voller Gebäck standen, und bedienten sich ungesehen am Weinfass.

Sie würden morgen mit Kopfschmerzen erwachen, das wusste ich bereits jetzt. Und dann bekämen sie gewaltigen Ärger mit ihren Müttern, die ihnen vergorene Getränke schon mehr als einmal verboten hatten.

Gerade wollte ich hinübergehen, als hinter einer Ansammlung von Dörflern Justus auftauchte. Wie von einem Magneten wurde mein Blick von ihm angezogen.

Auch er hatte einen Krug in der Hand und nahm einen tiefen Schluck daraus. Ich bezweifelte stark, dass er sich für Limonensaft entschieden hatte. Doch diese Überlegung wurde sofort nebensächlich, als ich die wunderschöne junge Frau sah, die neben ihm stand und mit ihrer eindeutigen Haltung all ihre Vorzüge zur Geltung brachte.

Mit einem Mal zog sich mein Herz so schmerzhaft zusammen, dass ich aufkeuchte.

Die Frau fuhr sich mit ihren langen, schlanken Fingern durch die goldenen Haare und lachte über etwas, das er gerade gesagt haben musste.

Auch er lachte und wandte sich ihr ein wenig mehr zu.

Seine Augen funkelten geheimnisvoll und sein Lächeln war eine einzige Einladung.

Mein Magen verkrampfte sich, ich glaubte, ich müsse mich übergeben, so schlecht war mir auf einmal. Trotzdem war es mir unmöglich, den Blick zu senken oder einfach woanders hinzusehen. Meine Beine zitterten und ich konnte mich kaum noch halten, als Justus den Kopf neigte und den Abstand zwischen sich und der jungen Frau noch verringerte.

Sie grinste lockend und wand sich in gespielter Geziertheit.

Er wird sie küssen. Bei allen Winden, das war zu viel für mich. Ich konnte es nicht länger ertragen.

Es brannte wie Feuer in meinem Inneren und ehe ich wusste, was ich tat, rannte ich zurück zum Wagen. Wie von Sinnen stürmte ich hinein, griff in das Fach am Ende des Bettes und zog mein Schlafbündel hervor.

Keinen Augenblick später war ich schon wieder draußen und lief in den Wald. Das Blut rauschte mir in den Ohren, das Herz schlug heftig gegen meine Rippen.

Erst als ich die Fackeln nicht mehr sah, blieb ich stehen. Mein Schlafbündel fiel zu Boden, löste sich und rollte auf dem Waldboden auseinander.

Angestrengt atmete ich ein und wieder aus, versuchte Luft zu bekommen, doch es fühlte sich an, als säße jemand auf meiner Brust. Meine Augen starrten auf meine Hängematte aus Kappafell, die Schafwolldecken und das kleine Kissen, ohne sie wirklich zu sehen.

Die Musik vom Platz konnte ich mehr erahnen als hören und das war gut so.

Ich konzentrierte mich weiter auf meine Atmung, den Wind und das Rauschen der Blätter in den Bäumen. Langsam schloss ich die Lider und ließ die Welt für einen Moment verschwinden.

Mein Herz entkrampfte sich ein wenig, nur um sich im gleichen Augenblick erneut schmerzhaft zusammenzuziehen. Vor meinem inneren Auge sah ich Justus. Meinen Justus, wie er *sie* anlächelte. Mit diesem geheimnisvollen, alles versprechendem Blick, der nur mir gelten sollte.

Die ersten Tränen rannen mir über die Wange und ich schluchzte auf.

Ich spürte den Wind kaum noch, der um mich herumwirbelte wie ein kleiner Sturm. *Bei allen Winden!* Warum tat es so weh?

Nur mühsam befreite ich mich aus der Starre meines Körpers und befestigte die Hängematte zitternd und schluchzend zwischen zwei Buchen. Wie immer legte ich die Decke und das Kissen hinein, schnürte meine ledernen Schuhe auf und hängte sie an den Schnürsenkeln an einen Ast.

Vorsichtig hob ich vom Boden ab und es war mir gerade völlig egal, ob mich jemand dabei sehen konnte. Die Matte schwankte leicht, als ich mich in ihr niederließ. Frustriert kroch ich unter die Decken, zog sie mir eng um die Schultern und weinte, bis der Schlaf mich in dunkle Gleichgültigkeit zog.

4

Gerade setzte die Morgendämmerung ein, da weckte der Wind mich sanft, als er mal wieder versuchte, meine Haare auf dem Kissen zu drapieren. Er stellte seltsame Dinge damit an, wenn ich schlief. Meist waren sie einfach nur hoffnungslos verknotet, manchmal breitete er sie fein säuberlich aus. Einmal war ich auch mit einem gedrehten Zopf aufgewacht.

Guten Morgen, säuselte er, als ich blinzelte, und schmiegte sich an mich.

Ich lächelte. Deutlich spürte ich, wie sehr er mich mochte. Er liebte mich. Mich, die Letzte meines Volkes. Und ich liebte ihn.

Ich streckte die Finger unter der Decke hervor und fuhr damit durch den Wind, der warm meine Haut berührte.

Das Lächeln verging mir jedoch gleich wieder, als ich an Justus denken musste, und wich einem lautlosen Seufzen. Ihn liebte ich auch.

Innerlich fluchte ich alle Flüche, die ich je von Marc gehört hatte. Wie hatte mir so was nur passieren können?

Natürlich war mir schon länger klar gewesen, dass ich verliebt war. Und spätestens seit gestern Abend konnte ich es nicht mehr leugnen.

Hoffentlich hatte mich keiner gesehen und es wusste niemand außer mir. Wenn die anderen es erfuhren, würden sie sich die Mäuler darüber zerreißen. Oder mich beiseitenehmen und mir erklären, dass, egal was ich da empfand, niemand aus dem Feuervolk jemals mit jemandem zusammen sein konnte, der nicht wie sie war.

Bei allen Winden! Welch ein Schlamassel.

Ich zog die Hand unter die Decke zurück und vergrub das Gesicht hinter meinen Haaren.

Wie dumm ich doch war, mich zu verlieben. Ich musste damit aufhören und doch brauchte ich nur an gestern Abend zu denken und mein Magen verkrampfte sich.

Was war nur mit mir los? Es war doch nicht das erste Mal, dass Justus mit einem Mädchen geflirtet hatte. Das passierte eigentlich andauernd.

Trotzdem machte es mich diesmal so wütend!

Wie war ich denn damit in der Vergangenheit umgegangen? War es mir egal gewesen? Hatte ich nicht so genau hingeschaut? Ach, verflucht.

Es tröstete mich nur wenig, sicher zu sein, dass er nie eine von ihnen mit in seinen Wagen genommen hatte, wie Marc das gern tat.

Um vor Wut nicht laut aufzuschreien, drückte ich mein Gesicht fester ins Kissen und biss hinein.

Der Wind passte sich meiner Stimmung an und frischte auf, drehte sich um die Hängematte und wirbelte trotzig Laub durch die Gegend.

»Cate?«, fragte eine raue Stimme verschlafen.

Ich hielt die Luft an.

Justus! Er war hier. Mein Herzschlag setzte zur doppelten Geschwindigkeit an.

Natürlich! Dieser verdammte Mistkerl lag direkt unter mir.

Marc hatte den Wagen für sich besetzt und das hieß für Dante und Justus, dass sie woanders übernachten mussten.

Dante kam dann meist bei seinem kleinen Bruder Garan unter. Na ja, und Justus schlief draußen. Unter meiner Hängematte auf dem Boden.

Ich hatte ihm schon tausendmal gesagt, ich würde ihm auch eine Matte weben, wenn er das wollte. Doch er hatte jedes Mal abgelehnt. Die Erde sei sicherer, als in der Luft zu schlafen, hatte er erwidert. Und unter mir sowieso, denn das Regenrisiko war dort minimal.

»Ich weiß, dass du wach bist«, murmelte er und ich hörte das Lächeln in seiner Stimme. Er hatte wirklich die Dreistigkeit, so zu tun, als wäre nichts gewesen. Wie mich das ärgerte! *Dieser blöde Haufen Kappadreck!*

»Der Wind pustet wie ein kleiner Orkan. Du wälzt dich von einer Seite zur anderen und schnaubst wie ein Kappa.« Er lachte.

Erneut biss ich ins Kissen und kniff die Augen fest zu, um vor Wut nicht zu weinen.

Ich antwortete ihm nicht, versuchte meine Gefühle zusammenzuhalten und spürte, wie die Sekunden verstrichen.

»Alles in Ordnung?«, fragte er sanft und plötzlich spürte ich seine Hand an meinem Rücken. Sie war so heiß, dass ihre Hitze durch die Hängematte drang.

Das war zu viel für mich. Zu viel für meine Wut, für meine gespannten Nerven und zu viel für mein Herz.

Wie ein Pfeil schnellte ich aus meiner Hängematte in die Luft und stürzte mich mit einem Kampfschrei auf Justus.

Erschrocken riss er die Augen auf, als ich auf ihm landete. Dann holte ich aus, war entschlossen, mit meiner Faust gegen seine Brust zu hämmern, um meiner Wut Ausdruck zu verleihen. Und um meine Gefühle zu vertreiben.

Doch Justus wich im letzten Augenblick aus, packte mich und drehte sich mit mir zur Seite. Der Schlag erwischte nur seine Schulter, aber meine Fingerknöchel knackten trotzdem schmerzhaft. Es tat höllisch weh.

Wir rollten weiter durchs Laub und ich biss ihm wutentbrannt in den Oberarm. Wie damals, als wir noch Kinder gewesen waren.

»Aua! Cate!«, rief Justus verwirrt und schockiert zugleich.

Mir war das ganz recht. Sollte er sich ruhig erschrecken.

Er drückte meine Schultern mit den Armen zu Boden und hielt mich mit dem Gewicht seines Körpers nach unten gepresst. Wütend versuchte ich, ihn zu treten, doch ich bekam die Beine nicht frei.

Aus seinem Gesicht wich der erste Schreck einem langsam aufsteigenden Ärger. »Was ist denn in dich gefahren? Bist du verrückt geworden?!«, blaffte er und sah mir in die Augen, als wäre dort eine Antwort zu finden. Blätter rieselten ihm aus dem Haar und in seinen schwarzbraunen Augen glomm der Funke der Wut.

Sein Bein lag zwischen meinen und er war so warm, dass mir schwindlig wurde. Mein Magen flatterte fürchterlich und ich verlor zunehmend die Konzentration.

Verzweifelt nahm ich mich zusammen. »Geh von mir runter!«, schrie ich ihn an und Justus zögerte nur kurz, bis er reagierte und mich losließ. Hastig setzte er sich auf und gab mich frei.

Ich zögerte nicht, schwang mich vom Boden in die Luft und auf die Füße. Der Wind blies mir die Haare aus dem Gesicht.

Justus sah mich halb wütend, halb irritiert an.

Ich musste hier weg. Mein Ärger verrauchte langsam und verwandelte sich wieder zu einem quälenden Gefühl in der Brust. In meiner Hand pulsierte der Schmerz, aber ich ignorierte ihn. Mit einem letzten Schnauben drehte ich mich um und marschierte in den Wald.

Der Wind folgte mir, wühlte weiter Blätter auf und rauschte durch die Bäume.

Hinter mir hörte ich, wie Justus sich aufrappelte und mir hinterherlief. Äste knackten, Laub raschelte.

»Lauf mir ja nicht nach!«, kreischte ich, obwohl ich mir langsam doch etwas albern vorkam, und stapfte umso entschlossener weiter. Der Boden fühlte sich unter meinen nackten Füßen feucht und kalt an.

Justus war stehen geblieben. »Habe ich was angestellt?«, rief er mir hinterher, aber ich antwortete nicht. Sollte er ruhig selbst herausfinden, was er getan hatte. Ich würde ihm dabei sicher nicht helfen.

»Hast du etwa deine Tage?«, fragte er dann und ich kam vor Überraschung ins Straucheln. Das hatte er jetzt nicht wirklich gefragt? Die Wut, die schon fast verraucht war, loderte wieder auf. Ich wirbelte herum, hob in der gleichen Bewegung die Hand und riss Justus mit einem gezielten Windstoß die Füße unterm Körper weg. Noch während er fiel, stapfte ich weiter.

Nur das dumpfe Geräusch des Aufschlags und sein erstauntes Aufkeuchen waren zu hören. Und das verschaffte mir einen kleinen Funken Genugtuung.

Erst als ich einen kleinen See erreicht hatte, blieb ich stehen. Die Sonne ging gerade über den Baumwipfeln auf und ließ die Wasseroberfläche glitzern.

Ich schickte den Wind los, um nachzusehen, ob ich wirklich allein war. Es dauerte nur einen Augenblick, bis er zu mir zurückkehrte.

Er hatte zwei streitende Eichhörnchen entdeckt und einen Hirsch, der auf der anderen Seite des Sees Haselnüsse fraß. Ansonsten war keiner in der Nähe.

Nicht einmal Justus. Er hatte die Warnung offensichtlich verstanden und war zurück zu den Wagen gegangen.

Er hat deine Sachen mitgenommen, teilte mir der Wind mit, während ich die Schnürungen an meinem Kleid öffnete.

Ich schälte mich etwas umständlich aus dem groben Leinenstoff, wickelte das Brustband auf und entledigte mich auch meiner restlichen Unterwäsche.

Ein Bad würde mir guttun. In vielerlei Hinsicht.

Ich atmete tief durch, nahm Anlauf und sprang in einem weiten Bogen bis zur Mitte des Sees.

Es platschte laut, als ich die Oberfläche durchdrang. Eisiges Nass umfing mich. Alle Geräusche wurden gedämpft und für einen kleinen Moment war ich in einer anderen Welt. Eine Welt, in der ich allein war, weil mir nicht einmal der Wind hierher folgen konnte.

Doch langsam ging mir die Luft aus und ich bekam Kopfschmerzen von der Kälte des Wassers. Doch wenigstens hatte ich es geschafft, für ein paar Augenblicke einfach alles zu vergessen.

Ich brach durch die Wasseroberfläche und schüttelte mir das Haar aus dem Gesicht. Einige Strähnen blieben an Stirn und Wange kleben.

Es war herrlich. Viel zu kalt, aber wundervoll. Genau das, was ich jetzt brauchte, um wieder einen freien Kopf zu bekommen.

Zitternd und mit schnellen Zügen schwamm ich zurück ans Ufer und rieb mich im seichten Wasser mit kleinen Kieseln ab.

Mir klapperten die Zähne, aber ich schrubbte weiter, bis meine Haut kribbelte und von allein wieder warm wurde. Sorgfältig kämmte ich mir die Haare mit den Fingern durch, die im nassen Zustand dunkler aussahen, als sie eigentlich waren, und zog einige Blätter und Ästchen heraus, die vom Kampf mit Justus stammen mussten.

Ich zwang mich, alle Gedanken daran aus meinem Kopf zu verbannen, um später darüber nachzudenken. Diesen seltenen stillen Moment wollte ich nicht kaputtmachen.

Noch einmal tauchte ich im tieferen Wasser unter, um die Sandreste abzuwaschen, und stieg ans Ufer, um mir die Haare auszuwringen.

Der Wind wirbelte um mich herum und pustete mich in der langsam wärmer werdenden Morgensonne trocken. Rasch schlüpfte ich wieder in meine Kleider und machte mich mit nassen Haaren auf den Weg zurück zu den Wagen.

Nicht mehr lange und wir würden weiterreisen. Zum nächsten Dorf.

Sicher rief Tanja gleich zum Essen und danach trieben wir die Kappa von ihrem Weideplatz unweit der Lichtung, um sie vor die Wagen zu spannen.

Tanzend zog der Wind seine Kreise über den Waldboden, rauschte nun sehr viel sanfter in die Baumkronen und ärgerte einige Vögel, die darin nisteten.

Ich lächelte. Meine Wut hatte ich im See abgewaschen, doch der harte Klumpen im Bauch war geblieben. Und auch der Schmerz in meinem Herzen.

Es würde wohl noch eine Weile an mir nagen und ich würde mich in Zukunft hüten, Justus beim Flirten zuzusehen. Vielleicht erleichterte mir das die ganze Sache. Oder auch nicht.

Ich seufzte und schüttelte die Haare auf, damit der Wind sie schneller trocknen konnte.

Justus dachte bestimmt, ich hätte den Verstand verloren. Schließlich hatte ich ihn ohne Vorwarnung angegriffen. Jetzt, da die Wut verraucht war, wunderte ich mich über meinen Mut und fragte mich, wie ich so etwas Peinliches hatte tun können. Schließlich hatte ich ihn angegriffen und versucht, ihn zu schlagen. Mein Herz hatte sich mal wieder über meinen Verstand erhoben und wir waren über den Boden gerollt, sodass er …

Meine Ohren wurden sofort feuerrot, als ich daran zurückdachte, wie er auf mir gelegen hatte.

Bei allen Winden. Und ich wusste genau, dass es mir gefallen hatte.

Frustriert bedeckte ich mein Gesicht mit den Händen.

Wie sollte das nur weitergehen?

5

Der Wagen ruckelte heftig, als wir vom weichen Waldboden auf den festen Weg ratterten.

Das Kappa, das vorgespannt war, muhte empört, da die Halterung an seinem Rücken zog.

Ich mochte diese riesenhaften, gutmütigen Tiere. Sie hatten so freundliche Augen und waren doch auch beeindruckend mit ihren breiten Hufen und den zwei in Spiralen gedrehten Hörnern.

Zwar reiste man mit ihnen nicht besonders schnell, aber dafür hatten sie Ausdauer und waren stark. Jedes von ihnen zog allein einen Wagen.

Da ich nicht zuständig war für die Kappa, beschäftigte ich mich wenig mit ihnen. Vor allem, weil der Wind sie besonders gern ärgerte und ich ihn dazu nicht auch noch anstiften wollte.

Heute früh saß ich bei Hanna auf dem Kutschbock und sah dabei zu, wie der Wind dem massigen Tier Wirbel in das bastartige Fell drehte.

Hanna hielt die Zügel, wobei es nicht viel zu tun gab, da das Kappa in gleichmäßigem Trott dem Gefährt vor uns folgte.

Sie sah müde aus, jedoch nicht so sehr wie Mei und Ayo, die sich hinter uns an die Wagenwand lehnten. Bei jedem Schlagloch hielten sie sich mit schmerzerfüllter Miene den Kopf, tranken abwechselnd aus einem Wasserschlauch und blinzelten in die strahlende Morgensonne.

»Wie wäre es mit ein paar Wolken, Cate?«, stöhnte Ayo und zog sich ihr dunkles, krauses Haar vor die Augen.

Mei äußerte sich nicht. Sie wusste, was ich davon hielt, wenn sie Wein trank. Würde sie jammern, bekäme sie eine Standpauke und darauf hatte sie wohl keine Lust.

Ich im Übrigen auch nicht. Gedankenverloren starrte ich in die Luft und war froh, mit niemandem reden zu müssen.

Hanna war glücklicherweise feinfühlig genug, um mich in Ruhe zu lassen.

Der Wind kitzelte das Kappa, streifte darüber hinweg, raschelte durch Blätter und tanzte mir durchs Haar. Die Zeit verging still. Der Wald zog an uns vorbei, wurde lichter und schlussendlich ließen wir ihn hinter uns.

Zu beiden Seiten der Straße erstreckten sich bald goldene Felder. Mais, der schon hoch stand, Weizen und Hafer, so weit das Auge reichte.

Zwischendurch hielten wir an einem Bauernhof, damit Tanja Eier kaufen konnte.

Bree kam von einem der hinteren Wagen zu uns und setzte sich zu Ayo und Mei, die ihr müßig Platz machten.

Auch Bree hatte schon mal besser ausgesehen. Da ihre Haut von Natur aus blass war, wirkte sie noch kränklicher als ihre Freundinnen.

»Meine Brüder nerven mich zu Tode«, jammerte sie und ich verdrehte die Augen. Ihre zwei jüngeren Brüder waren nicht immer einfach zu handhaben. Aber das lag wohl in der Familie.

Elia war zwölf und Cookie im letzten Monat acht geworden. Bei beiden würde es noch dauern, bis sich ihre Feuerkräfte entwickelten. Bree, die schon seit etwas mehr als zwei Jahren im Vollbesitz ihrer Kunst war, rieb ihnen diese Tatsache nur zu gern unter die Nase.

Zumal Jungen da sowieso später dran waren. So wie ich das bisher beobachtet hatte, erwachten die Feuerkräfte bei ihnen etwa im sechzehnten Lebensjahr. Das musste etwas mit der körperlichen Entwicklung zu tun haben. Mädchen waren da, wie bei so vielem, zwei Jahre früher dran.

Ayo legte wortlos die Arme um Bree, die ihr Gesicht in Ayos strubbligem Haar vergrub, als die Wagenkolonne sich wieder in Bewegung setzte.

»Mei«, murmelte Bree und schob ihren dicken roten Zopf zurück. »Was ist denn mit deinem Bruder los?« Sie streckte die Hand nach dem Wasserschlauch aus.

»Mit welchem?«, fragte Mei und reichte ihn ihr.

»Justus«, antwortete Bree und in mir machte sich sofort zittrige Aufregung breit, die mich hellhörig werden ließ, ob ich nun wollte oder nicht.

Vorhin war ich Justus aus dem Weg gegangen, nachdem ich das Lager wieder erreicht hatte. Die Kappa waren schon eingespannt gewesen und jeder hatte noch einmal nachgesehen, dass nichts vergessen wurde. Justus war beschäftigt und ich hatte mich eilig im grünen Wagen versteckt, bis wir losfuhren.

»Keine Ahnung, was ist denn mit ihm?«, stellte Mei die Gegenfrage und lehnte sich nach hinten. Bis das nächste Schlagloch kam. »Kappadreck!«, fluchte sie leise, als ihr Kopf gegen die Holzwand schlug, und legte anschließend die Stirn auf ihren angezogenen Knien ab.

»Er hat sich beim Frühstück Haferbrei geholt, aber keinen Löffel davon gegessen. Und dann hat er sein Kappa falsch herum eingespannt. Klar, die Dinger sind vorn so zottelig wie hinten. Aber die Hörner hätten ein Hinweis sein können«, sagte Bree in dem spottenden Ton, der so typisch für sie war, schraubte den Verschluss des Wasserschlauches auf und setzte zum Trinken an.

»Vielleicht hat er gestern ja zu viel Wein getrunken«, bemerkte Hanna spitz und es war das Erste, was ich heute von ihr zu hören bekam.

Sie war eine starke Verfechterin von Disziplin und Tugendhaftigkeit. Und sie wünschte sich, dass ihre Schwester Ayo und deren Freundinnen das ähnlich sehen würden.

Die Mädchen verstummten schlagartig. Die Kopfschmerzen und das schlechte Gewissen nagten sicher an ihnen.

Ich schwieg ebenfalls, war noch in Gedanken bei dem, was Bree gerade erzählt hatte.

Heute Morgen war ich Justus als Erste begegnet, direkt nach dem Aufwachen, und er hatte nicht gewirkt, als ob ihm der Wein von gestern zu Kopf gestiegen wäre.

Also blieben noch ich und mein verrücktes Verhalten, für das ich mich mittlerweile in Grund und Boden schämte. War es möglich, dass ich ihn so aus dem Konzept gebracht hatte, dass er bei einem Kappa hinten und vorn verwechselte? Oder war danach noch etwas vorgefallen?

Gedankenverloren drehte ich die Finger ineinander und starrte in den Himmel.

Ich könnte den Wind fragen, doch traute ich mich das? Missmutig seufzte ich in mich hinein, biss mir auf die Unterlippe und gab schlussendlich doch meiner Neugierde nach.

Wind!, rief ich und sofort war er bei mir, um fröhliche Kreise um mich zu drehen. Er mochte es, wenn wir unterwegs waren. Dann waren wir der Freiheit zum Greifen nah.

Was ist mit Justus? Was hat er heute gemacht?, erkundigte ich mich zögerlich.

Für gewöhnlich fragte ich den Wind solche Dinge nicht. Die Geheimnisse anderer sollten auch die anderer bleiben. Aber ich musste einfach sichergehen, dass nicht *ich* der Grund für Justus' sonderbares Verhalten war.

Aufgeregt schwang der Wind hin und her.

Wie genau willst du es denn wissen?, gab er zurück und ich gebot ihm mit einer ungeduldigen Handbewegung, endlich anzufangen.

Er ist zu deinen Sachen gegangen und hat sie zusammengerollt, begann er und meine ungeteilte Aufmerksamkeit regte ihn dazu an, stärkere Böen durch die Felder zu schicken.

Dann ist er zum Lager zurück und hat sie in deinen Wagen gelegt. Er hat geseufzt und sich die Haare gerauft. Und er hat mit der Faust gegen den Türrahmen geschlagen. Bree hat ihm Haferbrei mit Honig gegeben, er hat ihn nicht gegessen und zu Marc gesagt, er habe keinen Hunger. Er hat den Brei an ein Kappa verfüttert.

Ich stoppte ihn und kaute wieder auf meiner Unterlippe herum. *Ist irgendwas Besonderes vorgefallen?*, versuchte ich die Sache zu präzisieren.

Irgendwas Besonderes vorgefallen, wiederholte er meine Worte als Zeichen seiner Verwirrung. Frustration schwang in den Kreisen, die er zog, da er mir nicht das geben konnte, was ich offensichtlich hören wollte.

Schon gut. Vergiss es, seufzte ich stumm und fuhr mit den Fingern durch ihn hindurch, um ihm zu zeigen, dass ich nicht unzufrieden mit ihm war. Der Wind war eben nur der Wind und sein Bewusstsein war anders als das von Menschen.

Nicht mehr so ausgelassen wie zuvor, kehrte er zu den Wiesen zurück, an denen wir gemächlich vorbeifuhren.

Ich starrte wieder in den Himmel.

»Manchmal bist du schon merkwürdig, Cate«, sprach mich Hanna unvermittelt an und schreckte mich damit auf.

»Wie bitte?« Irritiert blinzelte ich und brauchte einen Moment, um aus meinen Gedanken ins Hier und Jetzt zurückzufinden.

»Wenn du so in die Luft starrst, als wäre da etwas, und dann noch mit den Händen tanzt. Du siehst dann einfach ein bisschen *verrückt* aus«, meinte sie mit einem Lächeln im Mundwinkel und winzige Lachfältchen bildeten sich um ihre warmen braunen Augen. Sie sah inzwischen sehr viel wacher aus und die sanft gewellten blonden Haare umrahmten ihr schmales Gesicht, als sie mir einen kurzen Blick zuwarf.

Der Wagen ratterte durch ein Schlagloch und von hinten ertönte kollektives Aufstöhnen.

»Der Wind ist doch dort«, erklärte ich und er freute sich über meine Erwähnung.

»Ja, aber manchmal sieht es so aus, als würdest du mit ihm reden.« Sie sagte es, als hätte sie einen Witz gemacht. Meine Wangen färbten sich augenblicklich rot. Zum Glück sah sie nicht hin, sodass sie keine Rückschlüsse ziehen konnte.

Denn Hanna wusste es nicht. Keiner wusste es, da ich es niemandem gesagt hatte. Nicht einmal Justus.

Schon mehr als einmal hatte ich mir vorgenommen, es ihm zu verraten, und jedes Mal doch wieder aufgeschoben. Zu schwerwiegend war diese Information. Denn ich sprach ja nicht nur mit dem Wind; er antwortete.

Wir rasteten, als die Sonne gerade ihren Zenit überschritten hatte.

Tanja packte die Kochutensilien aus und ihr Mann Kai entfachte ein Kochfeuer. Hanna war, wie so typisch für sie, gleich hinübergeeilt und hackte mit Garan zusammen Gemüse. In letzter Zeit schien sie etwas übereifrig. Und Garans Gesichtsausdruck nach zu urteilen, dachte er das auch. Ich verstand Hanna jedoch zu wenig, um den Grund zu erraten.

Ayo, Mei und Bree holten in unserem Wagen ein wenig Schlaf nach. Das würde ihnen guttun. Bree schlief meist mit Ayo in einem Bett, da sie ihres noch im Wagen ihrer Eltern hatte.

Obwohl sie bereits fast siebzehn war und ihre Kräfte sich entfaltet hatten, war ihr nicht das Privileg zuteilgeworden, bei den Frauen zu wohnen.

Das war keine böse Absicht, vielmehr waren sämtliche Betten bereits besetzt. Die gesellschaftliche Zurückstufung zu einem Kind, die sie dadurch empfand, machte ihr ziemlich zu schaffen.

Manchmal glaubte ich, sie gäbe mir die Schuld daran. Weil ich nicht zu ihnen gehörte und trotzdem ein Bett beanspruchte, in dem ich so gut wie nie schlief.

Wahrscheinlich war das auch der Grund, warum sie mich nicht leiden konnte.

Um ihrer Schmach zu entgehen, legte sie sich so oft es ging zu Ayo, die sich ihrerseits über die Anwesenheit ihrer besten Freundin freute.

Im Gegensatz zu ihnen wäre es mir recht gewesen, ihr das Bett zu überlassen und die Hängematte zu meinem festen Schlafplatz zu bestimmen.

Ich war nun mal anders. Warum es leugnen?

Justus, der bei Marc und Dante stand, sah zu mir herüber und versuchte meinen Blick aufzufangen. Ich wandte mich jedoch wie zufällig ab. Noch war mir mein Wutausbruch von heute Morgen viel zu peinlich und mein Herz schmerzte bei dem Gedanken an Justus.

Neben mir im Gras saßen die Kinder, die mit Würfeln spielten. Ich beugte mich zu ihnen, um einen guten Grund zu haben, meinen Blick gesenkt zu halten, und wurde von ihnen direkt ins Spiel miteinbezogen.

Benji schob mir einen roten Würfel zu und Vivien zeichnete gleich eine Spalte für meine Punkte mit einem Stock in den Boden. Juju, die noch gar nicht richtig zählen konnte, kletterte mir wie selbstverständlich auf den Schoß.

Das Spiel war einfach, aber ich musste den Wind mehrmals davon abhalten, den Würfel nicht zu meinen Gunsten zu beeinflussen.

Ich war gerade haushoch am Verlieren, als er nah an mein Ohr kam und über meine Wange strich, um meine Aufmerksamkeit auf sich zu ziehen.

Da kommen vier Männer zu euch, flüsterte er mit Nachdruck und ich wandte mich ihm sofort zu. *Sie sind bewaffnet. Sie suchen ein Mädchen. Es hat sich in Marcs Wagen versteckt.*

Ich blinzelte ein paar Mal und war wie erstarrt. Was sollte ich mit dieser Information anfangen? Ich konnte ja schlecht zu Justus rennen und ihm sagen, dass ein Trupp zu uns unterwegs war. Wie sollte ich denn bitte erklären, woher ich das wusste?

»Da kommen Reiter auf uns zu!«, schlug in diesem Augenblick Bree Alarm und lehnte ihren leicht schwankenden Körper an den Türrahmen. Ihre sonst so fein säuberlich geflochtenen Haare sahen vom Schlafen sehr zerzaust aus. Ihre Feuergabe hatte sie wohl direkt aus dem Schlaf gerissen.

Alle erstarrten in ihren Bewegungen. Selbst die kleine Juju wurde mucksmäuschenstill.

Ich seufzte, von meiner Bürde befreit, erleichtert auf.

»Sind sie nur in der Nähe oder kommen sie tatsächlich auf uns zu?«, fragte Kai und Bree strich sich mit säuerlicher Miene den Zopf nach hinten.

»Glaubst du, ich würde aufstehen, wenn sie nur in der Nähe wären? Sie reiten in gerader Linie über die Felder genau auf uns zu. Es sind vier. Und sie haben ein zusätzliches Pferd dabei.«

»Aus welcher Richtung kommen sie?«, verlangte Kai zu wissen und sah zu Justus.

Bree hob den Arm nach Westen.

»Danke, Bree«, hielt Justus sich knapp und straffte die Schultern. Er tauschte Blicke mit Marc und Van. Die beiden stellten sich zu ihm, an die Seite ihres Vaters.

Angu, Janko und Fin kamen hinzu und alles geschah, ohne dass jemand ein Wort sagte. Jedem war klar, was getan werden musste, wenn es die Familie zu verteidigen galt.

Dante wollte ebenfalls aufstehen, doch sein Vater hielt ihn davon ab. Seine Geschicklichkeit im Kampf war noch dürftig und keiner von uns wollte, dass Dante sich unnötigerweise in Gefahr brachte.

Seine Feuerkräfte waren zwar gewaltig, aber nicht hilfreich, wenn man sie um jeden Preis geheim halten musste.

Juju klammerte sich mit ihren kleinen Fingern an mein Kleid und ich legte ihr beruhigend die Hände auf den Rücken. Sie spürte wohl die Spannung, die unter uns herrschte.

Vorsichtig zog sie sich an mir hoch, den kleinen Mund nahe an mein Ohr.

»Was ist los?«, wisperte sie.

»Nichts Schlimmes«, versicherte ich ihr, obwohl ich das eigentlich nicht wusste.

Moment, nein. Ich wusste sehr wohl, was los war. Ich hatte mich so daran gewöhnt, alle unerwünschten Informationen, die der Wind mir aufdrückte, gleich zu verdrängen, dass ich es gar nicht realisiert hatte.

Wieso war da ein Mädchen im Wagen der Männer?

Zögerlich stand ich auf, gab mir Mühe, nicht aufzufallen, und hob Juju auf den Arm, da sie sich weiterhin an mir festklammerte.

Justus' Kopf schnellte sofort zu mir herum, als er meine Bewegung bemerkte. Auch wenn ich mir nicht erklären konnte, wie ihm das hatte auffallen können.

Sein Blick war eine offene Frage. Und ich kannte ihn lange genug, um zu wissen, welche es war: *Sind sie wegen dir hier?*

Ich schüttelte leicht den Kopf, gerade so, dass er es verstehen würde, und versuchte mich an einem zuversichtlichen Gesichtsausdruck.

Er runzelte die Stirn und sah nicht überzeugt aus. *Bist du sicher?*, sollte das wohl heißen.

Ich schenkte ihm einen strengen Blick und gab Juju an ihre Mutter ab, die ihr sanft den Kopf streichelte und sich mit ihr und Sally in ihren Wagen zurückzog.

Justus schien noch immer nicht sonderlich überzeugt, aber er sah nicht weiter zu mir, sondern wandte sich in die von Bree angegebene Richtung.

Bree hatte inzwischen Gesellschaft von Ayo und Mei bekommen. Wenn etwas Spannendes passierte, konnten sogar Kopfschmerzen zur Nebensache werden.

Als die Reiter hinter einer kleinen Baumgruppe zum Vorschein kamen, wurden alle noch unruhiger.

Wir wurden während unserer Reisen selten behelligt. Wenn wir nicht gerade an einem Dorf haltmachten und Waren feilboten oder ein Feuerspektakel veranstalteten, interessierten sich die Menschen so gut wie gar nicht für uns.

Am Ende waren wir, so beeindruckend sie die Feuerspektakel auch fanden, nur ein Haufen Vagabundengesindel, das in bunten Holzwagen durch die Lande zog.

Die Pferde näherten sich schnell. Die Reiter hatten ledernes Rüstzeug an und der letzte von ihnen führte eine graue Stute mit sich.

Brees Feuerkunst war wirklich erstaunlich. Sie konnte Feuer und Wärme mit einem inneren Sinn erspüren und sogar grob bestimmen, in welcher Entfernung sie sich befanden. Daher diente Bree uns als Vorwarnung für solch ungebetene Besucher.

Die Männer und Fin bauten sich in einer Linie vor uns und den Wagen auf und zwangen die Reiter anzuhalten.

Der vorderste schwang sich geübt aus dem Sattel und landete mit den geputzten Stiefeln im Staub des Feldes. Ein schmales Langschwert hing an seinem Gürtel und seine Hand schwebte als stille Drohung über dem Griff. Er hob stolz das Kinn.

Auf seiner ledernen Brustplatte erkannte ich das Wappen, das ich schon über der Tür des Stadtrates gesehen hatte. Sie kamen also aus dem Ort, den wir heute früh verlassen hatten.

»Uns ist eine junge Frau abhandengekommen«, eröffnete er das Gespräch, ohne Atem an eine Begrüßung zu verschwenden.

»Beschreibt sie uns und wir werden nach ihr Ausschau halten«, entgegnete Kai, ungerührt von dem barschen Ton des Soldaten.

Der Truppenführer lachte humorlos auf und kam noch einen Schritt näher. »So einfach ist es nicht, Vagabund. Man sagt, sie wäre zuletzt bei euch gesehen worden.«

Kai schürzte die Lippen, sah nicht gerade überzeugt aus.

In meinem Kopf stauten sich die Gedanken, die ich nicht auszusprechen wagte. Der Wind hatte mir gesagt, dass da eine Frau in Justus' Wagen war. Die Wahrscheinlichkeit war hoch, dass es sich um die gesuchte handelte. Doch wieso war sie dort? Was hatte sie da verloren?

»Wie ihr sicher wisst, gab es gestern ein Spektakel. Etliche junge Frauen waren dort. Warum sollten wir dafür verantwortlich sein, wenn eine von ihnen nicht nach Hause gekommen ist?«, hielt Kai dagegen. Er war nicht so kaltblütig, wie er dabei klang, das wussten wir alle. Doch natürlich würde er vor dem Soldaten keine Schwäche zeigen.

Dieser seufzte genervt und gab seinen Männern einen Wink. »Wir werden eure Wagen durchsuchen müssen«, kündigte er an, und es war nicht als Bitte gedacht. Seine Männer schickten sich an, von ihren Pferden zu steigen.

»Nein«, erwiderte Kai schlicht. Er und die anderen traten dem Trupp einen Schritt entgegen, zeigten ihre Entschlossenheit.

Der Anführer wich instinktiv zurück, die Hand lag sofort am Schwertgriff. Eines der Pferde scheute bei all der Spannung in der Luft, sodass der Reiter Mühe hatte, es zu besänftigen.

Die Feuerleute waren aber auch ziemlich Furcht einflößend, wenn sie das wollten; selbst wenn man nicht wusste, dass sie Funkenbälle nach einem werfen konnten. Sie überragten alle um einen Kopf, in ihnen brannte das Feuer eines Kriegers und keiner von ihnen war für sein ruhiges Gemüt bekannt.

Die Miene des Soldaten verfinsterte sich zunehmend. Er war es offenbar weder gewohnt, Widerworte zu bekommen, noch auf Gegenwehr zu stoßen.

Mir wurde heiß und kalt gleichzeitig. Ich wünschte mir, der Wind hätte mir nichts gesagt und ich dadurch auch nichts gewusst. Denn das Wissen darum, dass das Mädchen wirklich hier war, erdrückte mich.

Wenn diese Situation in einem Kampf endete und dabei jemand verletzt wurde, dann wäre ich schuld daran, weil ich nichts gesagt hatte.

»Es ist so«, setzte der Soldat nach, die Stimme ein wenig respektvoller. Er hatte also auch nicht vor, einen Streit zu provozieren. Sein Blick schweifte wachsam über die Gruppe. »Es ist nicht irgendein Mädchen«, sagte er endlich. »Sie ist die Tochter unseres Bürgermeisters. Da werdet ihr verstehen, dass wir alle Möglichkeiten in Betracht ziehen müssen, um sie zu finden«, betonte er, traf aber nicht auf Verständnis.

Die Feuerleute rührten sich nicht von der Stelle, nicht mal ein Wimpernzucken war zu sehen.

Mir glühte bereits der Kopf vor Anspannung. Jeder musste mir ansehen, dass ich etwas wusste.

Und da traf mich die Erkenntnis wie ein Stein am Kopf. Mir kam eine Erinnerung an blaue, goldbestickte Seide, ein zuckersüßes Kichern und zwei Gestalten, die in Marcs Wagen verschwanden. Das Mädchen, das wir zuvor im Hof des Stadtrats gesehen hatten.

Wind!, rief ich still und er kam unter meinem Haar hervor. *Ist sie das Mädchen, das Marc heute Nacht bei sich hatte?*

Ich konnte spüren, wie er kicherte. Das war dann wohl ein *Ja*. Kappadreck!

»Immer noch kein Grund, uns zu beschuldigen!« Kais Stimme war hart wie ein Fels.

Meine Lippen zuckten, doch die Worte wollten mir nicht über die Lippen. Dabei tat es mir so weh, weil ich wusste, dass er im Unrecht war.

Die Männer des Trupps sahen unsicher von einem zum anderen.

»Man behauptet, sie habe die Nacht in eurem Lager verbracht«, brachte der Soldat vor und umklammerte den Griff seines Schwertes fester.

Ich fuhr mir mit der Hand über meine schweißnasse Stirn, nahm mir vor, es zu sagen, sobald der Mann das Schwert ziehen sollte, und konnte nur hoffen, dass es dann nicht zu spät war.

Langsam müsste der Groschen doch auch bei den Feuerleuten fallen.

Und das tat er. Bei allen Winden! Ein Stein fiel mir vom Herzen, als sich plötzlich alle Köpfe zu Marc drehten.

Es war unter uns allgemein bekannt, was er in seinem Wagen so trieb. Meistens lachte man nur darüber oder hielt ihm vor, die Gefühle junger Mädchen nicht ernst zu nehmen. Manchmal bekam er auch eine Standpauke von seiner Mutter.

Aber heute war es anders.

»Marc?« Kai blickte ihn drohend an.

Marc zog den Kopf ein.

»Sie hat nicht gesagt, dass sie die Tochter eines Bürgermeisters ist. Und ich habe sie heute Morgen vor Sonnenaufgang nach Hause geschickt«, verteidigte er sich sofort und verschränkte reserviert die Arme vor der breiten Brust. Keiner sagte etwas, deshalb setzte er noch: »Ich schwör's!«, hinzu.

Angu und Justus lösten sich aus der Reihe und liefen zum blauen Wagen hinüber. Justus riss die Tür auf und trat, dicht gefolgt von seinem Schwager, ein.

Es dauerte nur einen Augenblick, bis eine weibliche Stimme zu kreischen begann. »Lasst mich los, ihr ungehobelten Grobiane!«, schrie das Mädchen, das am Arm nach draußen gezerrt wurde.

Marcs Gesicht erbleichte und er wandte sich verschämt ab.

»Lady Elena!«, rief der Truppenführer und trat einen Schritt nach vorn. Die Linie der Feuerleute löste sich auf und ließ ihn ungehindert durch.

»Nein, nein!«, klagte Elena wenig damenhaft und versuchte sich aus Justus' Griff zu befreien.

»Ich habe nicht gewusst, dass sie da ist«, versicherte Marc uns immer wieder, doch er erntete nur böse Blicke.

Es war einfach zu typisch. Wäre ich nicht so erleichtert, dass es nicht zu einem Kampf gekommen war, wäre ich sicher auch wütend auf ihn gewesen.

»Nehmt sie mit«, sagte Justus, als er den Soldaten erreichte, und schob das zappelnde Mädchen von sich.

»Mylady.« Der Truppenführer verbeugte sich knapp vor ihr und übernahm sie.

»Nein!«, schrie sie weiter aus vollem Hals, dass es in den Ohren wehtat, und stemmte die Füße in den Boden. »Ihr versteht das nicht! Ich gehöre hierher!«

Der Anführer seufzte. »Jaja, das hatten wir ja schon«, grummelte er, blickte einen Moment verzweifelt drein und warf sich dann die junge Frau ungalant über die Schulter wie ein Sack voll Mehl. »Verzeiht, Lady Elena«, murmelte er dabei nur und ging zu seinem Trupp zurück.

»Es ist Liebe! Wir lieben uns! Ich will nicht weg! Er liebt mich!« Elenas Kreischen erreichte eine neue Tonhöhe.

Marcs Gesicht glühte vor Scham und er sah nicht hin, als man das Mädchen auf das freie Pferd setzte.

Kai trat vor. »Meine aufrichtige Entschuldigung«, sagte er und rieb sich die Stirn. Es war offensichtlich, dass auch er sich für seinen Sohn schämte.

Der Truppenführer zuckte jedoch mit den Schultern. »Ja, wir entschuldigen uns ebenfalls«, erwiderte er bescheiden und wahrte damit Kais Stolz, was ich für eine sehr großzügige Geste hielt.

Kai runzelte die Stirn. Wir hatten alle eine andere Reaktion erwartet.

Der Mann schwang sich in den Sattel. »Macht euch keine Sorgen«, rief er Kai zu. »Das war nicht das erste Mal. Danke für die Kooperation.« Er nickte ihm zum Abschied zu und setzte sein Pferd in Bewegung.

»Marc! Marc!«, schluchzte Lady Elena, und dann ritten sie auch schon über den Feldweg davon.

»Du Vollidiot!«, brüllte Kai und schlug Marc mit der flachen Hand ins Gesicht.

Dieser zuckte nicht zurück. Er war sich bewusst, dass er es verdiente.

Doch mein schlechtes Gewissen nagte weiter an mir. Ich hatte das Mädchen zwar nicht in den Wagen geführt, aber auch nichts dafür getan, die Situation sanfter zu lösen.

»Hat dir ein Kappa in den Kopf geschissen?!«, fuhr Kai ihn weiter an. »Wie kannst du uns nur so beschämen und in so eine Gefahr bringen? Was, wenn sie uns angegriffen hätten? Oder uns vorgeworfen hätten, sie entführt zu haben?«

Marc antwortete nicht und ließ Kais Schimpftiraden über sich ergehen, bis diesem die Puste ausging.

Erschöpft sah er seinen jüngsten Sohn an und schüttelte den Kopf. »Wenn ich sehe, dass du wieder ein Mädchen abschleppst, werde ich dir Feuer unterm Hintern machen!«, drohte er ihm, bedachte ihn noch einmal mit einem stechenden Blick und ging zu seiner Frau, die ihm beruhigend die Hand auf die Schulter legte.

Der Vorfall fand ein Ende, die Spannung wich langsam und kurz darauf saßen alle beisammen und aßen.

Nur Marc war offensichtlich der Appetit vergangen. Er verkroch sich im Wagen und ließ sich nicht mehr blicken.

Und auch an mir ging es nicht spurlos vorbei.

Geheimnisse waren ein wichtiges Gut. Gerade die Feuerleute wussten das und Justus sagte mir auch ständig, ich solle besser darauf achten. Ihnen fiel das offensichtlich nicht so schwer wie mir. Doch das Feuervolk existierte aus diesem Grund ja auch noch, meins jedoch nicht.

Das verpasste mir den Dämpfer, den ich gebraucht hatte und der mein schlechtes Gewissen mit Angst überlagerte. Es war besser, dass ich nichts gesagt hatte.

Oder?

Ich machte es mir bei Juju und Sally bequem, die mir beim Würfelspiel das Versprechen abgenommen hatten, mit ihnen zu essen. Mir war das nur recht, es lenkte mich ab. Sowohl von dem, was gerade passiert war, als auch von der Sache heute Morgen.

Justus sah immer wieder zu mir herüber und ich versuchte das geflissentlich zu übersehen.

Mein Herz zog sich jedes Mal zusammen, wenn ich seinen Blick auf mir spürte, und ich konnte nur mit Mühe verhindern, rot anzulaufen.

Juju nahm mich glücklicherweise voll in Beschlag. Wie ein kleines Wolfsjunges schlug sie ihre Zähnchen in einen Rebhuhnschenkel und verschmierte dabei Öl und Gewürze in ihrem ganzen Gesicht. Ihr zuzusehen brachte mich mehr als einmal zum Lachen, doch sie weigerte sich hartnäckig, sich beim Essen helfen zu lassen.

»Ich kann das allein«, sagte sie bockig und ihre ältere Schwester Sally kicherte vergnügt.

Ich löffelte ohne Appetit ein paar Linsen. In letzter Zeit bekam ich kaum etwas runter, ohne mich zu zwingen, und ich fürchtete, dass es an meiner verzwickten Verliebtheit lag.

Als Kai zum Aufbruch rief, hatte ich das großzügige Stück Rebhuhn, das auf meinem Teller lag, nicht mal angerührt.

6

Die Zeit verging im immer gleichen Trott.

Marc hatte nach dem misslichen Zwischenfall mit der Tochter des Bürgermeisters nicht gerade einen Stein im Brett. Doch die Lage normalisierte sich schnell wieder und kaum fünf Tage danach lachte und witzelte er mit Dante und Mei wie zuvor.

Nur Kai behielt an den Abenden ein wachsames Auge auf ihn. Marc war sich dessen nur zu gut bewusst und verhielt sich allen hübschen Dorfjungfern gegenüber nett, aber reserviert.

Ich für meinen Teil legte mich frühzeitig schlafen. Auf keinen Fall wollte ich wissen, was Justus tat. Auch dem Wind schärfte ich ein, nichts zu erzählen. Selbst wenn es mir unter den Nägeln brannte, es zu erfahren.

Noch immer ging ich Justus aus dem Weg und wir hatten seit unserer Auseinandersetzung im Wald auch kein Wort mehr gewechselt. Ich wusste, dass das nicht ewig so weitergehen konnte, aber irgendwie schaffte ich es nicht, mich dazu zu überwinden, ihn einfach anzusprechen.

Wir hatten uns als Kinder nie viel gestritten und wenn doch, dann war damals alles so viel einfacher gewesen, weil unser größtes Problem darin bestand, dass ich mich weigerte, Schuhe zu tragen.

Schuhe trug ich immer noch nicht gern, aber alles andere hatte sich verändert. Wann hatten wir aufgehört, so zu sein wie früher?

Ich wusste nicht, was ich zu ihm sagen sollte. Wahrscheinlich würde er erfahren wollen, was denn nun vorgefallen war. Aber es war mir unmöglich, ihm den wahren Grund zu nennen. Er durfte nicht wissen, wie sehr ich ihn mochte.

Da es nicht in seiner Natur lag, gegen meinen Willen auf mich zuzukommen, sagten wir weiterhin nichts.

Obwohl mir unser Schweigen sonst immer gefallen hatte, war diese Stille eine Qual. Es war eine andere Art von Schweigsamkeit. Eine, die uns nicht das Gefühl unserer eigenen kleinen Welt gab, sondern Distanz zwischen uns schaffte.

Und es tat weh.

Ich wusste nicht, wie er sich fühlte, aber mir ging es miserabel. Schließlich war ich nicht nur in ihn verliebt, er war auch mein bester Freund.

Sogar das Windspiel, sein Geschenk, musste ich in das weiche Tuch einwickeln und in meinem Fach verstauen, weil ich den Anblick nicht ertrug.

Auch den anderen fiel schnell auf, dass bei uns etwas nicht stimmte, da Justus und ich sonst so gut wie unzertrennlich gewesen waren. Fast wie Bruder und Schwester.

Mei sprach mich mehrere Male darauf an, doch ich wechselte immer das Thema, um nicht darüber reden zu müssen.

Es war der sechste Tag unserer Schweigsamkeit, als Justus auf die Idee kam, sich von Mei die Haare schneiden zu lassen. Es war ein ruhiger und sonniger Vormittag, an dem Hanna Perlenarbeiten knüpfte, Garan seiner fragwürdigen Leidenschaft fürs Kochen nachging und Fin auf der Suche nach Heilkräutern durch den Wald zog.

Mei hatte viele Talente, doch eine Schere zu handhaben war keines davon.

Justus hockte so unbeweglich wie möglich auf einem Baumstumpf, während Mei einige Strähnen kürzte.

Ich saß auf der Holztreppe vor meinem Wagen und sah heimlich zu, wobei ich vorgab, am Saum meines Kleides weiterzunähen.

Mei legte den Kopf schräg und fuhr ihrem Bruder mit der Hand durch das dichte Haar. Dann zog sie an mehreren Haarbüscheln und zupfte sie zurecht. Ab und zu schnitt sie etwas ab.

Ich stöhnte. Was das nur geben sollte?

Der Wind kicherte, zog ein paar Runden um mich herum und tanzte wieder davon.

Mei schnitt eine Stelle an der Seite etwas zu kurz und ich vergrub die Finger im Stoff meines Kleides, da ich am liebsten aufgesprungen wäre, um ihr die Schere aus der Hand zu reißen.

Sie setzte erneut an und Justus zuckte zurück.

»Willst du mir das Ohr abzuschneiden?«, rief er entrüstet und Mei zog die Schere schnell weg. Ihre Augenbrauen hatten sich zweifelnd zusammengezogen und nachdenkliche Falten bildeten sich auf ihrer Stirn.

Das war zu viel für mich. Schnell legte ich die Näharbeit wieder in den Korb, obwohl ich nicht mehr als ein paar Stiche geschafft hatte, erhob mich von der leise knarrenden Treppe und lief auf die beiden zu.

Ohne Vorwarnung nahm ich Mei die Schere aus der Hand. »Das ist ja nicht mit anzusehen!«, schimpfte ich empört.

Mei sprang erschrocken zur Seite, als ich mich hinter Justus drängte und anfing, ihm systematisch die Haare zu schneiden. Ich würde meine liebe Mühe haben, aus diesem Geschnipsel noch eine ordentliche Frisur zu machen.

»Na endlich.« Mei atmete sichtlich erleichtert auf.

Justus lachte. Er bedankte sich und wollte den Kopf zu mir drehen.

»Beweg dich nicht!«, befahl ich schroff und fuhr ihm mit einer Hand durch die seidig weichen Strähnen, um die Länge anzugleichen. Sein Haar fühlte sich wirklich wundervoll an.

Ich hatte ihn die letzten Tage so vermisst, dass ich von meinen Gefühlen geradezu überrollt wurde. Vor allem seine Stimme und seine Nähe.

Das war gar nicht gut. Ich musste damit aufhören.

»Ich hatte wirklich Angst, dass ich ein Ohr verliere«, brummte er und warf Mei einen Seitenblick zu.

Sie grinste und setzte sich neben uns ins Gras.

»Wieso fragst du auch Mei? Du bist selbst schuld, wenn du ihr eine Schere in die Hand drückst«, fuhr ich ihn an und Mei lachte verhalten. Das verwirrte mich.

Der Wind kehrte zu mir zurück und auch er kicherte wieder.

Abrupt hörte ich auf zu schneiden, sah erst zu Mei und dann zu Justus, der sich lächelnd zu mir drehte. »Fertig?« Seine Augen strahlten noch mehr als sein Lächeln.

Mein Herzschlag beschleunigte sich und mir wurde ganz flattrig im Bauch. Das fühlte sich so viel besser an als der harte Klumpen, der mir die letzten Tage Übelkeit bereitet hatte, und ich beschloss, dass alles besser war als Liebeskummer.

»Was geht hier vor?«, schaffte ich trotzdem misstrauisch zu fragen und stemmte sogar eine Hand in die Seiten.

»Was soll denn vorgehen?«, erwiderte Justus mit gespielter Unschuldsmiene und berührte seine Locken, die jetzt um einiges kürzer waren als zuvor. Obwohl er mir mit den Zotteln besser gefallen hatte, sah er auch jetzt verdammt gut aus.

Mei lachte noch lauter, was meine Vermutung bestätigte, dass die beiden irgendetwas ausgeheckt hatten.

Wahrscheinlich war es am Ende sogar, Meis Unvermögen mit der Schere zu nutzen, mich zu ärgern und von der Treppe zu ihnen zu locken. Zuzutrauen war ihnen alles.

»Dreh dich wieder um«, ordnete ich an und schüttelte den Kopf über Mei, die vor Lachen auf dem Boden lag, bis sie von Ayo gerufen wurde, um ihr bei den Ständen zu helfen. Die beiden tuschelten und kicherten.

Ich lächelte nur. Ob meine Vermutung nun stimmte oder nicht, war nicht wichtig. Justus und ich redeten wieder miteinander und das machte mich sehr glücklich. Leider.

Zügig schnitt ich die restlichen Haare und kontrollierte noch einmal, ob ich auch wirklich nichts vergessen hatte. Dann ließ ich einen kurzen kräftigen Windstoß die abgeschnittenen Reste wegpusten.

Um sie Mei nicht zurückzugeben, steckte ich die Schere in die Tasche meiner Rockschürze. Justus saß immer noch da und ich legte die Hände auf seine Schultern und senkte aus einem Impuls heraus die Stirn auf seinen Kopf.

Eigentlich sollte ich so etwas nicht tun, aber ich wollte ihm einfach nah sein nach all den Tagen, die ich es nicht gewesen war. »Fertig«, flüsterte ich.

»Danke«, sagte er und schob zu meiner Überraschung seine Hände über meine. Sie waren so warm. Mein Herz pochte wie verrückt. Ich hatte vergessen, dass Justus so warm war.

Er lachte und hob den Kopf. Ich wich ein Stück zurück, damit er zu mir aufsehen konnte. Seine Augen wirkten dunkler als sonst und glühend wie gebrannte Maronen. »Was hältst du davon, Wachteln jagen zu gehen?«, wollte er wissen.

»Hier im Wald gibt es Wachteln?«, entgegnete ich skeptisch und befreite unauffällig meine Hände. Justus bemerkte es nicht oder tat zumindest so.

»Klar. Ich habe heute früh eine Menge gesehen.« Er stand auf und marschierte los, um seinen Bogen und Pfeile zu holen.

»Ich habe noch keine gesehen«, rief ich verwundert und lief ihm nach.

»Da, wo du geschlafen hast, sind ja auch keine gewesen.« Seine Stimme klang gedämpft, als er seinen Wagen betrat.

Ich zog irritiert die Augenbrauen nach oben. »Woher weißt du denn, wo ich geschlafen habe?«, platzte es aus mir heraus, obwohl ich die Frage eigentlich nicht hatte stellen wollen.

Justus schwang sich aus der Tür und grinste. Ein Grinsen, das ich bisher nur an Marc gesehen hatte: das Wolfsgrinsen.

»Du glaubst doch nicht wirklich, dass ich nicht immer ein Auge darauf habe, wo du grade steckst?«, behauptete er und eine kleine Flamme sprang aus der Glut in meinem Herzen.

Wachteln sahen wir nur wenige, obwohl Justus steif und fest behauptete, am Morgen mindestens zwei Dutzend beobachtet zu haben.

Aber dafür lachten wir viel, alberten herum und zu meiner Erleichterung führte das Gespräch nie zu unserer Auseinandersetzung der letzten Woche.

Selbst das Feuerspektakel an diesem Abend machte mir mehr Spaß als die vorigen und auch Justus wirkte viel gelöster.

Seit meinem Ausraster hatte ich mich gehütet, zu genau auf ihn zu achten, doch bei den Feuerspielen war er mir trotzdem sehr zurückhaltend vorgekommen.

Nach dem großen Finale, als der Applaus langsam abebbte, servierten einige Dorfbewohner ihr kleines bescheidenes Gebäck.

Diesmal floh ich nicht in den angrenzenden Wald, um mich schlafen zu legen. Ich blieb und nahm mir ein einfach geformtes Zuckerbrötchen. Es war köstlich, noch viel besser als die Nussschnecke, die ich bei meinem letzten Fest gegessen hatte. Ich probierte gleich ein zweites, das mit rotem Kompott gefüllt war. Herrlich! Hefegebäck war einfach mein Lieblingsessen.

Justus stand mit Marc und drei jungen Männern aus dem Dorf zusammen. Sie plauderten über die diesjährige Ernte und den Weg, den wir mit den Wagen noch zurücklegen würden, bevor der Winter uns nach Hause rief.

»Achtet gut auf euch«, sagte der eine von ihnen. »Die Unruhen hier in den Grenzgebieten werden immer schlimmer.«

»Sind die Fürsten immer noch im Zwist? Haben die nicht langsam genug, sich gegenseitig Spione auf den Hals zu hetzen?«, schnaubte Marc laut und nippte an einem Becher.

»Weswegen streiten sie sich denn?«, erkundigte ich mich und die Männer sahen erstaunt auf. Sie hatten anscheinend gar nicht bemerkt, dass ich zu ihnen getreten war. Mir war es selbst kaum aufgefallen, doch plötzlich stand ich neben ihnen, um mich an dem Gespräch zu beteiligen.

Justus warf mir einen erschrockenen Blick zu und sah dann warnend zu den anderen. Fast hatte ich das Gefühl, er wollte, dass sie mir nicht antworteten.

»Sie streiten sich um Land«, sagte einer der Dörfler etwas verunsichert und sah von mir zu Justus und wieder zurück.

»Um welches? Ich dachte, die Grenze der Meeresgebiete wäre durch den Nordfluss klar abgesteckt?«

Justus seufzte tief.

»Cate, wie ist das Gebäck?«, fragte er mich unvermittelt und ich sah ihn an, als hätte er nicht mehr alle beisammen. Was sollte das denn für eine plumpe Art sein, das Thema zu wechseln? Wieso wollte er nicht, dass ich Antworten auf meine Fragen bekam?

»Sehr gut, besonders die Zuckerbrötchen sind die besten, die ich je gegessen habe.« Mit ausgestrecktem Finger zeigte ich auf die Platte, auf der ich sie gefunden hatte, wandte mich aber sofort wieder an den Dörfler und schaute ihn auffordernd an.

Er sah noch irritierter aus. Sicher wusste er nicht recht, was er von Justus' Kommentar halten sollte. Ich wusste es ja auch nicht.

»Und?«, forderte ich ihn auf, damit er mir seine Aufmerksamkeit schenkte, und er blinzelte zu mir herunter.

»Sie kämpfen um die Landesspitze«, brachte er etwas unsicher heraus und schob die Hände in die Hosentaschen. »Die Windküste.«

Ich verschluckte mich beinahe an dem Bissen, den ich gerade im Mund hatte.

»Es liegt nicht auf eurer Route, aber es ist ein wunderschöner Landstreifen. Mein Vater und ich waren letzten Herbst einmal dort. Ich habe noch nie so einen wundervollen Strand gesehen«, fuhr er fort und ich vergaß zu atmen.

Ich wusste, dass die Fürsten von Albahr und Mari seit Jahren in einem Konflikt standen. Doch ich hatte mich nie viel für Politik interessiert. Doch zu hören, dass sie um die Windküste stritten, versetzte mir einen Schlag.

Meine Heimat, schoss es mir durch den Kopf. Ich kannte den Strand und die seichten Wellen, die um die nackten Knöchel schäumten und sich sanft wieder zurückzogen. Die Sonnenuntergänge, die hellen Laubwälder, die flachen Steppenländer, durchzogen von Flussläufen. Oft träumte ich davon, sehnte mich danach, wusste, dass mir dieser Ort ins Herz geschrieben war.

Es war die Heimat meines Volkes gewesen, bevor die Menschen es ausgerottet hatten. Jetzt, da es kein Windvolk mehr gab, gehörte es niemandem.

Außer vielleicht mir. Aber ich konnte schlecht einen Anspruch geltend machen, ohne mich zu verraten. Und das würde mich in Lebensgefahr bringen.

Justus nahm sanft meine Hand und holte mich aus meinen Gedanken in die Wirklichkeit zurück.

Ich schluckte umständlich und sah in die Gesichter der Anwesenden, die alle ein wenig verwundert dreinblickten. Die Dörfler glaubten sicher, ich wäre ein wenig verrückt.

»Ich hole mir noch ein Zuckerbrötchen«, stammelte ich, obwohl ich noch ein halbes in Händen hielt, und wandte mich schnell ab.

Justus drückte ein letztes Mal meine Finger und ließ mich dann widerwillig gehen.

Ohne wirklich darauf zu achten, lief ich zu den Platten und stand ratlos davor. Der Appetit war mir vergangen.

Laila trat lächelnd neben mich und stupste mich mit der Schulter an. »Na, alles in Ordnung?«, fragte sie leichthin und nahm sich ein Gebäck.

Ich nickte und schaffte es sogar, ihr ebenfalls ein Lächeln zu schenken. Doch es gefror mir im Gesicht, als ich hinter ihr einen jungen Mann entdeckte, der mir einen kalten Schauder über den Rücken jagte. Er war schlank, etwas schlaksig und beobachtete mich. Seine blonden Locken tanzten in einem leichten Lüftchen.

Bei allen Winden, es war wieder der Kerl aus der Stadt, in der wir die Briefe am Haus des Stadtrates abgegeben hatten.

Er war mir gänzlich entfallen nach der Sache mit Justus und diesem Mädchen.

Warum war er hier? War es Zufall? Es musste Zufall sein.

Oder hatte Mei am Ende recht gehabt? Er hatte sich Hals über Kopf in mich verliebt und folgte uns nun von Dorf zu Dorf.

Blödsinn! So etwas passierte nur in Geschichten und nicht in der Wirklichkeit. Und vor allem nicht mir.

Der junge Mann fing kurz meinen Blick auf, lächelte wieder dieses besondere Lächeln und verschwand dann mit schnellen Schritten in der Dunkelheit.

Ich fröstelte, obwohl es nicht wirklich kalt war, und fühlte mich einen Moment lang so schrecklich einsam, als wäre ich der einzige Mensch auf der Welt.

Heute Nacht wollte ich auf keinen Fall allein sein. Ich war von einer Nervosität befallen, die sich nicht abschütteln ließ. Besonders, weil der Wind schon wieder verschwunden war.

Keine Ahnung, was zurzeit mit ihm los war, aber es trug nicht gerade zu meiner Beruhigung bei. Im Gegenteil.

Ich floh zwischen den Dörflern hindurch zu meinem Wagen. Immer noch spürte ich die Beklemmung in meiner Brust, rief den Wind noch einmal und hängte schnell das Windspiel wieder auf. Nur zur Sicherheit. Schließlich hatte ich den Wind die Male zuvor immer wieder dort vorgefunden. Doch diesmal blieb er weiterhin fern.

Doch obwohl der Fremde verschwunden war, hielt ich mich den restlichen Abend in der Nähe der anderen, um zu keinem Zeitpunkt ganz allein zu sein.

Es war noch nicht sehr spät, als die letzte Gruppe Dörfler den Weg nach Hause antrat. Das gefiel mir an den kleinen Dörfern. Es war alles viel familiärer, nicht so große Menschenmassen, und man kam früher ins Bett.

Als ich wieder zu meinem Wagen lief, fand ich dort auch endlich den Wind in gleichmäßigen Bahnen um die Muscheln kreisen. Er summte wieder dieses Lied, unterstützt von den leisen Klängen der silbernen Röhren.

Was ist nur los mit dir?, fragte ich ihn wie jedes Mal besorgt.

Erneut trug er mir nichts als tiefe Erschöpfung entgegen. Keine Erklärung. Doch zumindest war er da.

Liebevoll berührte ich ihn und er schmiegte sich müde an meine Hand.

Als ich wieder hinausging, folgte er mir und zog träge an meinem losen Haar.

Die Dörfler waren gegangen und viele von uns schon in ihren Betten verschwunden.

Ich wusste nicht recht, was ich tun sollte. Unmöglich konnte ich heute Nacht in einem stickigen Wagen schlafen, in dem Ayo schnarchte und Mei im Traum redete. Allein im Wald wollte ich allerdings genauso wenig sein.

Zum ersten Mal wünschte ich mir, dass Marc ein Mädchen mitgenommen hätte, damit Justus gezwungen wäre, bei mir zu sein.

Ich konnte ihn ja kaum darum bitten, bei mir zu bleiben. Oder etwa doch? Früher hätte ich es einfach gemacht, doch seit unserem Streit und all den Gefühlen, die in mir tobten, fühlte ich mich unsicher, fahrig und unwürdig.

Leise, damit ich die anderen nicht störte, holte ich mein Schlafbündel aus dem Wagen und trat wieder raus in die Dunkelheit der Nacht. Der Himmel war klar, der Mond warf Schatten auf die Lichtung und die Sterne funkelten wie Millionen Glühwürmchen.

Nicht weit entfernt hörte ich eins der Kappa muhen.

»Du bist noch wach?«, fragte Justus überrascht und ich schreckte zusammen. Er kam die Stufen seines Wagens hinunter und auf mich zu. »Ich dachte, du wärst schon schlafen gegangen. Ich wollte grade schauen, wo du dich in den Wald geschlagen hast.« Er gähnte und ließ die muskulösen Schultern kreisen, um sie zu lockern.

Ich seufzte still und wünschte mir, er würde mich auf der Stelle in die Arme schließen, mir übers Haar streichen und sagen, dass alles in Ordnung war. »Justus?«

Er sah mich fragend an.

Ich öffnete den Mund und stockte. Es war so schwer, mich zu überwinden und meine Gedanken in Worte zu fassen.

Obwohl ich all meinen Mut zusammennahm, schaffte ich es trotzdem nicht, ihm in die Augen zu sehen. »Kannst du … ich möchte nicht … wäre es möglich, dass du …«, stammelte ich, krallte die Finger in das Schlafbündel und versuchte schnell noch einmal darüber nachzudenken, wie ich es am besten formulierte.

»Was ist los? Du bist ja blass wie ein Gespenst«, sagte er und Sorge trat an die Stelle der Müdigkeit, die vorher seine Züge gezeichnet hatte.

»Ich bin doch immer blass«, wollte ich mich rausreden, doch Justus streckte seine große, warme Hand nach mir aus und berührte meine Wange.

»Aber nicht so blass. Wenn du so vor dich hin stotterst, bist du normalerweise so leuchtend rot wie ein Signalfeuer.«

Er machte sich immer so viele Gedanken um mich. Der beste große Bruder der Welt, wenn ich ihn nur länger als solchen betrachten könnte.

»Es ist nichts. Vergiss es lieber.« Ich wand mich aus seiner beschützenden Hand, drückte mein Schlafbündel fester an die Brust und wandte mich dem Wald zu.

»Cate?«

Ich blieb stehen, drehte mich aber nicht um. Wenn ich es tat, würde ich nur schwach werden.

»Du glaubst doch nicht wirklich, dass du mir so davonkommst.« Justus war mit wenigen Schritten bei mir, packte mich an den Schultern und drehte mich zu sich.

Ich bemühte mich, im Dunkeln meine Zehen zu erkennen.

»Ich verspreche, ich sage nichts zu deinem Verhalten der letzten Tage. Aber wenn es dir nicht gut geht oder etwas ist, bei dem ich dir helfen kann, dann lass mich dir helfen.« Seine Stimme war dunkel und weich wie die Nacht selbst.

Wenn du nur wüsstest, dachte ich bei mir, und wie ich es mir selbst prophezeit hatte, brannte meine Gegenwehr nieder wie ein Haus aus Stroh.

Ich gab dem übermächtigen Drang nach, lehnte mich vor und drückte meine Stirn gegen Justus' breite Brust. Er strahlte in der kühlen Nachtluft eine unglaubliche Wärme aus. Wärme, die ich jetzt wirklich gut gebrauchen konnte.

Justus seufzte tief und strich mir übers Haar, genau wie ich es mir kurz zuvor ausgemalt hatte.

Doch es fühlte sich anders an. Ich hatte geglaubt, es müsse wunderschön sein. Aber zu wissen, dass er in mir eine kleine Schwester sah, die es zu beschützen galt, vergiftete den Moment mit einer Bitterkeit. Außerdem würde ich ihn, egal wie, niemals für mich gewinnen können.

Tränen quollen aus meinen Augen und liefen über. Ich konnte nicht mehr. Die Gefühle für Justus raubten mir Appetit, Kraft und Verstand. Der Blick dieses blonden Fremden jagte mir plötzlich noch mehr Angst ein. Und der Wind war, aus mir unerfindlichen Gründen, krank geworden.

»Es ist alles zu viel«, schluchzte ich und begann zu zittern. Wie armselig ich aussehen musste. Das war der Tiefpunkt.

Ich schalt mich selbst für mein feiges Selbstmitleid und versuchte, mich schnell wieder zusammenzureißen. Der Wind, dem es besser zu gehen schien, strich mir an den Händen entlang und flüsterte Ermutigungen.

Justus legte die Arme um mich, zog mich ganz nah an sich und ich wurde von einer Geborgenheit überwältigt, die mir den Atem raubte. Es kam mir vor, als wurde Justus immer wärmer.

Angestrengt versuchte ich das Schluchzen zu unterdrücken. Denn der nun erreichte Tiefstand gab mir neuen Mut. Oder war es Verzweiflung?

»Ich möchte nicht allein im Wald schlafen«, brachte ich atemlos heraus und spürte, wie Justus nickte.

Vorsichtig ließ er mich los und gebot mir mit einer Geste, kurz auf ihn zu warten. Er ging zu seinem Wagen und zog aus dem Fach unter dem Kutschbock sein Schlafbündel hervor.

Keine Fragen, kein Zögern. Justus kam meiner Bitte nach.

Schweigend machten wir uns auf, meine Hand in seiner, um ein geeignetes Baumpaar zu suchen. Er half mir, die Hängematte zwischen die beiden Stämme zu spannen, und blickte mich dabei immer wieder an.

»Danke«, sagte ich leise und schaffte es sogar, ein wenig zu lächeln.

»Willst du mir nicht sagen, was los ist?«, fragte er unvermittelt und nahm wieder meine Hand.

Ich mochte es, wenn wir uns berührten. Es war eine so gewohnte Geste und doch begann ich ihr mehr Wert beizumessen, als ich es früher getan hatte.

Langsam schüttelte ich den Kopf. Dass ich in ihn verliebt war, konnte ich ihm nicht sagen. Es würde alles zwischen uns kaputtmachen. Denn ich war mir ziemlich sicher, dass er meine Gefühle nicht erwiderte. Die Gesetze des Feuervolkes waren sehr eindeutig.

Irgendwas würde ich aber sagen müssen, um Justus' Sorge zu zerstreuen. Also konnte ich ihm wenigstens die anderen Dinge berichten.

Ich seufzte zum bestimmt hundertsten Mal.

»Erinnerst du dich an den Mann im Haus des Ratssekretärs. Der, der uns die Tür aufgehalten hat?«, fragte ich vorsichtig.

Justus nickte.

Ich hob leicht vom Boden ab, setzte mich in die Hängematte und zupfte Justus am Ärmel, damit er sich neben mir niederließ.

»Der, von dem Mei behauptet hat, er habe ein Auge auf dich geworfen?«, brummte er und setzte sich umständlich zu mir.

Wir lehnten uns nach hinten und ich konnte zwischen den Blättern der Bäume sogar ein paar Sterne ausmachen. Justus war ganz nah bei mir, schenkte mir Sicherheit.

»Er hat mich so seltsam angesehen«, murmelte ich und erinnerte mich an das Lächeln, das er mir vorhin zugeworfen hatte. Mir wurde übel, wenn ich daran dachte.

»Sag mir bitte nicht, dass du dich in ihn verguckt hast«, sagte Justus plötzlich streng und ich schrak bei seinem harten Tonfall zusammen. Was war denn das?

»Nein!« Ich boxte ihm gegen das Knie. »Er war an dem Abend beim Fest und hat mich beobachtet.« Mir fuhr ein unangenehmer Schauder über den Rücken. »Und heute war er wieder da.«

»Was? Kann das Zufall sein?« Justus schien kurz zu überlegen. »Hast du ihn die letzten Abende auch gesehen?«

Ich schüttelte den Kopf, zuckte aber gleichzeitig ratlos mit den Schultern. »Ich bin nach dem Feuerspektakel gleich schlafen gegangen.« Es gefiel mir nicht, das zuzugeben, denn es könnte zu weiteren Fragen führen.

Doch Justus blieb einfach still und starrte in die Dunkelheit.

»Er macht mir Angst«, gab ich zu und drückte mich enger an ihn. »Sein Blick und dieses seltsame Lächeln. Es fühlt sich komisch an. Als ob er irgendwas über mich wüsste.« Erst nachdem ich es ausgesprochen hatte, wurde mir bewusst, was ich da eigentlich gesagt hatte.

Justus war sofort alarmiert. »Du glaubst, er weiß, wer du bist?«, fragte er scharf. Ich spürte seinen bohrenden Blick, auch wenn ich im Schatten der Bäume sein Gesicht kaum erkennen konnte, und atmete tief durch.

»Ich habe keine Ahnung«, antwortete ich wahrheitsgemäß und rieb mir die Augen. »Es gibt aber noch mehr.«

»Mehr was?«

»Probleme«, erklärte ich und spürte den Windhauch, der uns umschwebte. Jetzt, wo ich einmal angefangen hatte zu erzählen, fiel es mir auch viel leichter. »Es geht um den Wind.«

Justus sagte nichts, wartete darauf, dass ich weitersprach. Der Wind kam zu mir, wie als Bestätigung, dass er nicht schon wieder verschwunden war.

»Es ist, als ob er in letzter Zeit ab und zu krank wäre. Er …« Ich stockte wieder und bedachte meine Worte noch einmal. »Er verschwindet für eine Weile, und jedes Mal, wenn ich ihn dann suche, finde ich ihn bei dem Windspiel, das du mir gekauft hast.« Kurz hatte ich überlegen müssen, wie ich es ihm beschreiben sollte, ohne ihm zu sagen, dass der Wind mir nicht antwortete, wenn ich ihn rief.

»Und das passiert, seit du das Windspiel hast?« Justus bewegte sich und die Hängematte geriet ins Schaukeln. Verhalten zischend hielt er sich am Rand fest. Er mochte es nicht, wenn die Seile schwangen. Dabei waren wir vielleicht gerade mal einen Meter vom Boden entfernt.

»Ja, schon dreimal, zuletzt vorhin beim Fest. Er dreht sich dann immer in den gleichen Schleifen um diese silbernen Stäbe.« Ich machte die Bewegung mit den Fingern nach, um zu zeigen, was ich meinte.

Er schwieg.

»Justus?«, fragte ich, nur um sicherzugehen, dass er nicht eingeschlafen war.

»Mach das bitte noch mal«, bat er mich plötzlich und klang, als wäre ihm etwas eingefallen. Vorsichtig setzte er sich auf und zog mich ebenfalls hoch.

Ich beeilte mich, die Geste zu wiederholen. Drei in sich geschwungene Kreise.

Justus erzeugte eine kleine Feuerkugel auf seiner Handfläche und hielt sie zwischen uns. Erst folgte sein Blick meinem Finger, dann sah er mich an.

»Du bist nicht mehr so blass«, sagte er und lächelte.

Ich spürte die Röte in mein Gesicht steigen, wusste aber nicht recht, warum es mir peinlich war. Mir ging es viel besser, nachdem wir etwas geredet hatten. Und seine Wärme tat das ihre dazu.

»Und was ist jetzt mit den Kreisen? Oder findest du es nur hübsch, wie sich meine Hand durch die Luft bewegt?«, fragte ich schnippisch, um meine Unsicherheit zu überspielen.

Er lachte kurz auf und löschte die Flamme. »Nein. Aber ich habe so was schon mal gesehen. Das Feuer verhält sich manchmal auch seltsam; und es summt dabei.«

Das Lied. »Ja, der Wind fängt an zu singen!«

»Dann wird es so sein«, murmelte Justus und lehnte sich wieder in die Hängematte. Langsam, damit sie nicht anfing zu schaukeln. »Hast du mal von den Artefakten des Feuers gehört?«, erkundigte er sich und ich verneinte.

Justus räusperte sich und fuhr sich mit den Händen durchs kurze Haar. »Die Artefakte des Feuers sind eine Reihe an Edelsteinen. Oft werden sie in Schmuckstücke eingearbeitet und von den Würdenträgern getragen. In den Steinen werden überschüssige Feuerkräfte gespeichert.«

»Wie können Feuerkräfte überschüssig sein?«, unterbrach ich ihn und machte große Augen.

»Leg dich hin. Ich erkläre es dir. Du darfst aber nicht einschlafen«, mahnte er mich und ich lehnte mich an ihn.

»Keine Sorge«, flüsterte ich und spürte trotz all der Sorgen, die mich belasteten, die Schmetterlinge in meinem Bauch.

»Die Feuermagie ist eine Kraft, die sich gleichmäßig auf uns alle im Volk verteilt. Doch jeder von uns entwickelt diese Macht für sich weiter, lebt mit ihr und bereichert sie.

Würde ich beispielsweise sterben, würde die Kraft, die ich als Sechzehnjähriger erhalten habe, zurück an alle anderen gehen. Aber alles, was ich selbst dazu beigetragen habe, bleibt zwar für ein paar Generationen in der Feuermagie erhalten, kann von den anderen aber nicht genutzt werden. Es sind überschüssige Feuerkräfte.

Damit sie aber nicht verloren gehen, werden sie alle fünfundzwanzig Jahre bei einem großen Fest vom Oberhaupt des Feuervolkes in einen Edelstein gebannt. Und nebenbei ein neues Oberhaupt erwählt.« Er sah mich an, versicherte sich, dass ich verstand.

Ich nickte zögerlich und versuchte mir nicht vorzustellen, dass Justus sterben könnte.

»Gut, dann kommt jetzt die relevante Information«, kündigte er an und ich lachte leise.

»War das bisher nicht relevant?«, fragte ich und er drehte sich zu mir.

»Nicht so sehr. Mir ist nur aufgefallen, dass ich dir wirklich selten von uns erzähle. Ich glaube immer, du müsstest das alles schon wissen.«

Sein Gesicht war meinem ganz nah und ich musste mich daran erinnern, ihm zuzuhören.

»Also. Legt man eines der Artefakte ins Feuer oder kommt ihm damit nahe, beginnen die Flammen in Schleifen um die Edelsteine zu ziehen und die Steine summen dazu ein geheimes Lied der Macht.«

Ein geheimes Lied der Macht, echote es in meinen Gedanken. Ich war seit zwölf Jahren mit ihnen unterwegs, hatte bereits elf Winter in ihrer Stadt verbracht und keiner hatte je auch nur eine Silbe davon erwähnt.

Na ja, warum hätte ich, als Außenseiterin, es auch wissen sollen? Es war eines der Geheimnisse des Feuervolkes, und allein schon, dass sie mich in die Feuerstadt ließen, war eine sehr großmütige Geste.

Aber was bedeutete das alles jetzt für mich?

Ich hatte bisher nur selten nach Parallelen zwischen den Völkern gesucht. Die Art, wie ich mit dem Wind umging und sie mit dem Feuer, war so grundverschieden, dass ich immer geglaubt hatte, es müsse in allen anderen Bereichen ebenso sein.

Sie hatten keinen persönlichen Bezug zu ihrem Element, wie ich ihn zu meinem hatte, und behandelten ihre Kräfte wie Werkzeuge, die sie zu Hilfe nahmen und dann wieder löschten. Bei mir war der Wind ein Teil meiner Seele, bestimmte meine Wünsche und Sehnsüchte. Ich beherrschte ihn nicht einfach, sondern arbeitete mit ihm zusammen wie mit einem Freund.

Doch das Kreisen des Windes um das Windspiel war wirklich eigenartig und auch das Singen gab mir einen guten Grund, es mit den Artefakten des Feuers zu vergleichen.

War es ein Artefakt des Windes?

Der Wind war so still gewesen, dass ich für einen Augenblick befürchtete, er wäre schon wieder verschwunden. Doch als ich ihm meine Aufmerksamkeit schenkte, tanzte er sofort um die Hängematte herum.

Ist das wahr?, fragte ich ihn. *Ist das Windspiel ein Artefakt?*

Zum Schutz und zur Ermutigung, gab er zurück. *Die Windartefakte, so besonders, so geachtet und trotzdem hat es alles nichts genützt.*

Es war kein klares *Ja*, aber es reichte als Bestätigung.

Der Wind stob davon und rauschte kraftvoll durch die Baumkronen über uns. Junge Bäume und lange Äste ächzten, jammerten. Es klang, als würde der Wind weinen und sein verlorenes Volk betrauern.

Ich konnte ihn gut verstehen, denn auch ich vermisste es, zu einer Familie zu gehören, Teil eines Volkes zu sein.

»Ein Windartefakt, was?«, sagte ich müde zu Justus. Meine Augenlider waren mittlerweile schwer und mein Geist wirr. Es musste sehr spät sein.

Er rieb sich die Augen und nickte. »Wenn es so ist, Cate, und es tatsächlich ein Artefakt ist, so wie es das bei uns gibt, dann sollten sich dir zwei Fragen stellen«, sagte er und schob sich vorsichtig aus der Hängematte. »Erstens, ob es noch mehr von ihnen gibt und wie du sie so schnell wie möglich in deinen Besitz bringst. Und zweitens …« Er stockte und zündete mit der einen Hand eine winzige tanzende Feuerkugel an, um mir in die Augen sehen zu können. Müde, aber todernst kamen die nächsten Worte über seine Lippen. »… musst du dir bewusstwerden, dass du im Moment *allein* die gesamte Kraft deines Volkes besitzt. Nur weil alle weg sind, ist sie ja nicht verloren. Sie sammelt sich. Und zwar in dir. Wie mächtig bist du also wirklich?«

Ich schluckte gegen meinen trockenen Hals an. So viele Gedanken, so viel, über das ich nachdenken musste.

In dieser Nacht blieb mir der Schlaf trotz Müdigkeit fern.

7

Der Morgen graute und mein Kopf fühlte sich an wie Grütze. Ich hatte die ganze Nacht gegrübelt und jetzt, wo feiner Dunst vom Boden aufstieg, hatte ich das Gefühl, noch weniger zu wissen als zuvor.

Was sollte ich mit diesen neuen Informationen anfangen?

Ich hatte versucht, mit dem Wind darüber zu sprechen, er gab mir auf meine Fragen jedoch keine sinnvollen Antworten. Und sobald ich konkret nachhakte, verstummte er.

War er wirklich krank? Oder war ich es vielleicht?

Mir war sogar schon der Gedanke gekommen, dass es an meiner Verliebtheit liegen könnte. Allerdings hielt ich das doch für abwegig.

Am wahrscheinlichsten erschien mir, dass das Windspiel die Ursache war oder auch meine Unfähigkeit, es zu verwenden.

Ich wälzte mich auf die andere Seite. Meine Hängematte schwankte dabei leicht. Meine Gefühle spiegelnd zog der Wind träge durch die Baumkronen über mir.

Justus hatte die ganze Nacht selig geschlafen. Anfangs hatte er leise geschnarcht, sich dann auf den Bauch gedreht und seitdem nicht mehr viel bewegt.

»Weil es gebraten besser schmeckt«, hatte er vor ungefähr zwei Stunden im Schlaf gemurmelt und sich an der Stirn gekratzt.

Vorsichtig linste ich über den Rand meiner Hängematte und betrachtete sein schlafendes Profil. Mit den strubbligen Haaren und dem entspannten Gesicht wirkte er viel jünger. Mein Herz schlug mir bis zum Hals, während ich ihn musterte. Seine weich geschwungenen Lippen waren leicht geöffnet und er atmete gleichmäßig.

Mein Kopf war so furchtbar übermüdet, dass ich mich nicht vor meinen eigenen Gedanken retten konnte. Wie sich seine Lippen wohl anfühlten? Wie es war, ihn zu küssen?

Unbewusst fuhr ich mir mit der Zunge über den Mund. Ob er wohl aufwachte, wenn ich es versuchte?

Erschrocken zog ich den Kopf zurück und der Schreck half mir, wieder klarer zu sehen.

Ich konnte ihn unmöglich küssen! Was dachte ich da eigentlich?

In meinen Wangen brannte die Röte und ich legte die Fingerspitzen daran, um sie zu kühlen.

Als hätte ich nicht schon genug Probleme.

Lautlos erhob ich mich aus der Hängematte und schwebte den Baumwipfeln entgegen.

Am Horizont ging die Sonne auf.

Obwohl mein Kopf und mein Körper sich immer noch matt und müde anfühlten, hielt ich mich bisher eigentlich ganz gut. Nur Mei sprach mich auf meine dunklen Augenringe an. Falls Justus sie bemerkte, sagte er zumindest nichts dazu. Nur hin und wieder warf er mir besorgte Blicke zu.

Es war gerade Mittag und wir hielten zum Essen an einem Waldrand.

Ich vergrub meine nackten Zehen im weichen Boden, hing meinen Gedanken nach, starrte in meine Suppe und knabberte an einem Brotfladen, den Garan mir aufgezwungen hatte. Gestern war er noch ein Kind gewesen und heute backte er Brot wie ein Meister.

»Was ist los, Bree? Ist dir nicht gut?«, erkundigte sich Ayo vorsichtig bei ihrer Freundin. Die beiden saßen hinter mir im Gras, eine Schale mit Eintopf und Brot in der Hand. Neugierig drehte ich mich zu ihnen.

Bree starrte mit weit geöffneten Augen in ihre Suppe, dann wandte sie den Kopf ruckartig gen Süden. Achtlos glitt ihr das Essen aus der Hand, als sie sich erhob.

Ayo versuchte die Suppenschale noch aufzufangen, war aber zu langsam. Die Flüssigkeit ergoss sich über ihre Finger und lief ins Gras, die Schale blieb überraschenderweise heil. Zum Glück war Ayo unempfindlich gegen Hitze.

Inzwischen beobachteten alle Bree, die ein paar Schritte ging, den Blick wie in eine andere Welt gerichtet. Sie sah etwas, was uns anderen verborgen blieb, und wir warteten gespannt darauf, dass sie etwas sagte.

Dante war ebenfalls aufgestanden und hatte sich schützend hinter sie gestellt. Es kam nicht selten vor, dass sie sich überanstrengte und dann einfach ohnmächtig umfiel, wenn sie versuchte, zu weit zu sehen.

Ich dachte kurz daran, den Wind zu fragen, der bis eben noch mit dem Dampf meiner Suppe gespielt hatte und nun aufgeregt um meinen Kopf flog.

Er wartete nur darauf, mir mitzuteilen, was er wusste.

Doch da machte Bree endlich den Mund auf. »Da ist eine Kutsche. Keine Meile von hier.«

»Kommt sie auf uns zu?«, fragte Marc ein wenig übereifrig. Offensichtlich hatte er das Gefühl, etwas wiedergutmachen zu müssen, nachdem der letzte Besuch von Fremden für ihn nicht so gut verlaufen war.

Bree blinzelte verstört und sah ihn an. Erst jetzt schien sie wieder völlig da zu sein. »Nein, aber sie wird angegriffen von einem halben Dutzend. Sie war ziemlich stark bewacht. Acht Mann! Vier sind bereits tot. Im Innern der Kutsche sitzt eine Frau.« Sie sah von einem zum anderen, als wäre sie nicht sicher, was sie mit ihrer eigenen Information anfangen sollte.

Was war zu tun?

Auch die Wagenleute blickten sich gegenseitig fragend an.

Normalerweise hielt sich das Feuervolk aus sämtlichen Auseinandersetzungen der gewöhnlichen Menschen raus, um keine unnötige Aufmerksamkeit auf sich zu ziehen.

Mir fiel es jedoch schwer, einfach hier zu sitzen und es geschehen zu lassen. Sollte dort im Wald tatsächlich jemand angegriffen werden, konnte ich persönlich es verantworten, durch meine Untätigkeit seinen Tod mit zu verschulden?

Auch in Brees Gesicht spiegelten sich diese Bedenken, selbst wenn ich das von einer so kaltschnäuzigen Person wie ihr nicht gedacht hätte. Ihr Blick schnellte wieder in die Richtung, in der sich offensichtlich die Kutsche befand. »Jetzt sind es fünf«, flüsterte sie, doch wir hatten sie alle gehört.

Es rührte sich noch immer niemand. Bree ballte sie Hände zu Fäusten und mir brach der Schweiß aus.

Der Wind wurde energischer und ich schenkte ihm widerwillig meine Aufmerksamkeit.

Sie ist die Tochter des Fürsten von Mari!, wisperte er aufgeregt und zog fest an meinen Haaren.

Aua. *Wer?*, fragte ich ihn.

Die Frau in der Kutsche. Sie wird von albahrischen Soldaten überfallen.

Ich wusste kaum, wie mir geschah, doch ich erschrak so sehr, dass ich plötzlich kerzengerade dastand.

»Was ist los, Cate?«, wollte Mei wissen und sah erstaunt zu mir auf.

Jetzt oder nie, Cate, sagte ich zu mir selbst und wusste, dass ich es bereuen könnte, jetzt den Mund aufzumachen. Doch das letzte Mal hatte mich das schlechte Gewissen schon umgetrieben. Und diesmal standen sogar akut Menschenleben auf dem Spiel.

»Die Frau in der Kutsche ist die Tochter des Fürsten von Mari«, stieß ich aus und nun starrten alle *mich* an.

Mit zusammengepressten Lippen wartete ich auf die erste unangenehme Frage, doch sie kam nicht. Glücklicherweise war der Angriff an sich wichtiger als mein plötzliches Wissen über die Herkunft des Opfers.

Ihre Blicke wanderten geschlossen zu Kai, von dem sie eine Entscheidung erwarteten. Der große Mann stemmte die Hände in die Hüften und wandte sich an seine Frau. »Was sagst du?«

Die Spannung war kaum noch auszuhalten, machte mich so hibbelig, dass ich kurz davor war, den Wind auszuschicken, um Tanja zu schupsen, damit sie endlich etwas sagte.

»Ihr solltet handeln«, entschied sie und Kai nickte.

»Ich denke auch«, erwiderte er und ich atmete erleichtert auf.

Marc und die anderen Männer stellten sofort ihre Essensschalen zur Seite. Justus eilte zu seinem Wagen, holte seinen Jagdbogen und die Pfeile und reichte Marc seine Wurfdolche.

Auch die anderen bewaffneten sich mit dem, was sie hatten, Bree wies ihnen die Richtung und schon waren sie im Dickicht des Waldes verschwunden.

Mir und den Zurückgebliebenen blieb nichts als zu warten. Quälend langsam verging die Zeit. Bree stand noch immer abwesend da, ihre Sinne wohl auf das Geschehen eine Meile entfernt konzentriert.

Ich schickte den Wind los, um ihnen zu helfen. Er trieb sie voran, wehte die Äste der Bäume aus dem Weg und ich ließ ihn Justus sogar einmal schubsen, damit er nicht vom Weg abkam.

»Sie sind angekommen«, teilte Bree uns mit. Dann blinzelte sie überrascht und lächelte. Das war ein gutes Zeichen.

Als die Männer zurückkehrten, sahen sie sehr erschöpft aus. Es war eben nicht ohne, zuerst eine Meile zu rennen und anschließend ein halbes Dutzend Soldaten in die Flucht zu schlagen, wie mir der Wind erzählte.

Marc führte ein Pferd an den Zügeln, auf dem eine wunderschöne Frau kauerte. Sogar mit verstrubbelten Haaren und erschöpfter Miene wirkte sie immer noch so anmutig wie eine Prinzessin.

Ich beäugte sie aus der Ferne und fragte mich, wieso Frauen, die sowieso schon reich waren, zudem derart bezaubernd aussehen mussten. Das war doch unfair!

Doch in ihrer Lage wäre ich wiederum auch nicht gern. Denn die Auseinandersetzungen zwischen den beiden Fürstentümern machte selbst vor unschuldigen Mädchen nicht halt, wenn ihre Entführung jemandem zum Nutzen sein konnte.

Von ihren Wachen hatte keiner den Angriff überlebt. Wie sie sich wohl fühlte?

Marc reichte die Zügel an Mei weiter und half der Frau vom bloßen Rücken des Tieres herunter. Er lächelte sie aufmunternd an und erntete dafür einen warnenden Blick von seinem Vater, der mehr sagte als tausend Worte.

Niemand wusste so recht, was zu tun war, bis Tanja zu der Fürstentochter trat, um ihr einen Sitzplatz und eine Schale Wasser anzubieten.

Da kam wieder Leben in die Gruppe. Alle umringten das schöne Mädchen und stellten Fragen: Wer sie war? Woher sie kam? Warum sie angegriffen wurde? Und so weiter.

Sie hieß Elyssabed von Mari, Prinzessin von Berill, und war gerade auf dem Weg von der Sommerresidenz der Familie zurück in die Hauptstadt gewesen. Sie taute während des Gespräches etwas auf und erzählte uns schließlich alle Einzelheiten des Überfalls und wie schrecklich aufwühlend es für sie gewesen war.

Die Frauen und Kinder hingen an ihren Lippen, als sie die Ereignisse mit blumigen Worten schilderte.

Ich fand sie zu theatralisch. Doch vielleicht würden die anderen darüber ja vergessen, dass ich vorhin etwas gewusst hatte, was ich nicht hätte wissen können.

Ich seufzte, erhob mich, um nicht weiter zuhören zu müssen, und ging zu Justus, der mit Kai und Fin diskutierte.

»Wir können sie schlecht einfach hier aussetzen«, sagte Fin gerade und machte mit den Händen eine hilflose Geste.

»Mitnehmen können wir sie aber auch nicht!«, entgegnete Justus energisch.

Sie bemerkten nicht, dass ich zu ihnen trat. Also drehte ich mich wieder zu der Tochter des Fürsten und musterte sie von Weitem.

Das lange goldblonde Haar, das so typisch für die Südregion war, hatte man kunstvoll um ihren Kopf geflochten und es schimmerte im Licht der Mittagssonne. Die Seide ihres Kleides war in mehreren Rottönen gefärbt und mit Glassteinen bestickt. An der einen Seite war der Rock aufgerissen, was wahrscheinlich beim Kampf passiert war, und entblößte ein Stück ihres hellen Schenkels. Anscheinend war ihr das noch gar nicht aufgefallen oder sie zeigte ihr Bein mit Absicht her.

»Wir können sie zur nächsten Stadt bringen. Dort gibt es immer Soldaten und eine Kutsche dürfte auch nicht so schwer zu organisieren sein«, mischte ich mich ins Gespräch der anderen ein und drehte ihnen das Gesicht wieder zu.

Sie sahen überrascht aus. Diese Idee war ihnen wohl noch nicht gekommen.

»Was ist mit ihrer Kutsche eigentlich passiert?«

»Eines der Räder ist gebrochen«, antwortete Justus. Sein Blick wirkte erstaunt und noch etwas lag darin, was ich nicht einordnen konnte.

Meine Ohren wurden heiß.

»In dieser Gegend gibt es nur Dörfer. Die nächste Stadt dürfte drei Tagesreisen entfernt sein.« Kai nickte. Ihm schien der Vorschlag zu gefallen und er lächelte erleichtert.

»In unserem Tempo also dann sechs Tage. Das wäre zumindest mal ein Kompromiss«, stimmte Fin zu.

»Ihr wollt trotzdem Feuerspektakel veranstalten? Warum fahren wir die Strecke nicht am Stück? Dann sind wir die Fürstentochter schneller wieder los«, protestierte Justus und seine Augenbrauen zogen sich zu einem finsteren Blick zusammen.

Kai war dagegen. Das Spektakel ausfallen zu lassen würde zu viel Aufmerksamkeit erregen. Vor allem hier in den Grenzlanden war es besser, jeden Ärger zu vermeiden.

Besonders, wenn man die Tochter des Fürsten von Mari bei sich hatte.

»Ich habe mich mit den Dörflern unterhalten. Die Auseinandersetzungen zwischen den beiden Fürsten spitzen sich zu. Selbst im eigenen Land ist man nicht mehr sicher. Überall sind Spione unterwegs.« Kai hatte die Stimme gesenkt und sah sehr besorgt aus.

Mir kam sofort der Mann mit den blonden Locken und den tiefblauen Augen in den Sinn, der mir erst gestern wieder begegnet war. Vielleicht war es kein Zufall, dass er in den Grenzlanden herumschlich. Und er musste auch nicht zwangsläufig hinter mir her sein. Vielleicht war er einer dieser Spione.

Kai verließ den Kreis und die anderen machten ihm Platz, als er vor die Fürstentochter trat, die ihm irritiert entgegensah.

Nur sehr knapp und auch nicht besonders vornehm verbeugte er sich vor ihr. »Mylady, wir bieten Euch an, Euch bis zur nächsten Stadt zu geleiten. Dort könnt Ihr Euch eine Kutsche nehmen und Eure Reise fortsetzen.«

Das Mädchen sah ihn mit großen Augen an. Sie war gerade dabei gewesen, mit aufgeregter Stimme zu schildern, wie sehr sie das Auftauchen ihrer Retter überrascht hatte. Doch jetzt wurde ihr Gesicht verschlossen und spitz. Sie drückte Tanja die Wasserschale in die Hand und erhob sich, trotz des zerrissenen Kleides, äußerst elegant von der kleinen Holzbank.

»Ach, ihr bietet mir das an? Aber könnt ihr denn für meine Sicherheit garantieren?« Herausfordernd reckte sie das Kinn und ich fragte mich, was sie mit solch einer Erkundigung bezweckte.

»Mylady, in der jetzigen Situation habt Ihr eigentlich keine andere Wahl, als darauf zu vertrauen.« Kais Augen blitzten und ich verstand. Die Fürstentochter hatte geradewegs seinen Stolz angegriffen. Sie forderte ihn heraus. Doch ob sie das absichtlich tat, wusste ich nicht. »Natürlich müsstet Ihr Euch unauffälliger kleiden. Aber wer würde eine Fürstentochter schon bei einer Handvoll Wagenleute suchen? Ich bin davon überzeugt, dass Ihr in unserer Gesellschaft weitaus bessere Chancen habt, Euer Ziel zu erreichen, als wenn Ihr mit Eurer geschmückten Kutsche reist. Das hat sich ja bereits gezeigt.« Abschätzig blickte Kai auf sie herab, doch das Lächeln, das sich auf Elyssabeds Gesicht ausbreitete, ließ ihn unsicher werden. List, Arroganz und das Wissen, immer alles zu bekommen, was sie sich wünschte, lag auf ihren Zügen.

»Das ist wahr. Und ziemlich schlau«, bestätigte sie und mir schwante nichts Gutes. »Daher verlange ich, dass ihr mich die ganze Strecke von hier bis zu der Stadt meines Vaters mitnehmt. Es wäre ja nicht auszuhalten, sich ein zweites Mal in so eine Gefahr zu bringen.«

Kai war für einen Moment sprachlos. Damit hatte er wohl nicht gerechnet.

»Das ist nicht möglich!«, ging Justus dazwischen. Sein Gesicht war jetzt wirklich finster und ich hatte einen Augenblick Angst um die Fürstentochter.

Sie ließ sich jedoch nicht einschüchtern. Im Gegenteil. Die Ablehnung stachelte sie noch mehr an. »Wenn ihr mir das verweigern solltet, werde ich dafür sorgen, dass euch in Zukunft die Durchfahrt durch dieses Land verweigert wird«, warf sie ihm an den Kopf und stützte die schlanken Arme in die Taille. »So einen Feind wollt ihr doch nicht, oder?«, fügte sie hinzu und lachte so glockenhell, als hätte sie einen belanglosen Scherz gemacht.

Uns allen hingegen war nicht zum Lachen zumute, denn das konnten wir uns tatsächlich nicht leisten.

»Wir könnten Euch auch einfach im nächsten Graben verscharren«, zischte Justus gefährlich, trat einen Schritt auf sie zu und ballte die Hände zu Fäusten. Die Muskeln an seinen Oberarmen spannten sich unter dem Hemd und ich machte schon einen Schritt auf ihn zu, da ging sein Vater dazwischen.

Denn obwohl das auch ihm nicht gefallen konnte, war er schlau genug, sich nicht gegen so eine mächtige Frau zu stellen.

»Wir werden darüber nachdenken«, knickte er widerwillig ein.

Justus' Kiefer schien Steine zu zermahlen vor Wut.

»Tut das«, entgegnete die Fürstentochter spitz und wandte sich an Tanja. »Besorgt mir unauffällige Kleider und zeigt mir, wo ich mich umkleiden kann«, befahl sie, als würde sie eine Dienstmagd scheuchen.

Tanja sah sie nur entgeistert an, schockiert von so viel Frechheit und ungeschminkter Arroganz. Dann wanderte ihr Blick zu Kai, der seine Frau mit einem stillen Nicken bat, der Aufforderung nachzukommen.

Es dauerte länger als gewohnt, bis wir weiterfahren konnten. Die Fürstentochter, die wir ab sofort mit *Lyssa* ansprechen sollten, damit sie keine unnötige Aufmerksamkeit erregte, ließ sich in unseren Wagen führen. Sie wählte das schönste Kleid, das Hanna in ihrer Truhe hatte, weil diese am ehesten ihrer Figur entsprach. Hanna sagte nichts, doch ich konnte ihr ansehen, wie sie schluckte, als sie ihren Schatz hergab, den sie seit Monaten mit kunstvollen Stickereien verzierte.

Die Flechtkunst auf ihrem Kopf löste sie selbst, nachdem Ayo ihr zweimal unabsichtlich an den Haaren zog, und verlangte dann nach bunten Bändern, wie die anderen Frauen sie in den Haaren trugen. Tanja sträubte sich und erklärte ihr, dass es eine Tradition der Wagenleute war. Die Farben zeigten die Zugehörigkeit einer Frau zu einem Clan und Tanja konnte es nicht mit ihrer Ehre vereinbaren, ihr eines der Bänder auszuhändigen.

Ich konnte dem nur zustimmen. Nicht weil meine Ehre hierbei eine Rolle spielte, sondern weil ich die Bänder auch nie hatte tragen dürfen. Und wenn ich schon nicht zu ihnen gehören durfte, dann eine eingebildete Fürstentochter erst recht nicht.

Elyssabed meckerte natürlich, empfand es als Frechheit, ihr etwas vorzuenthalten, und berührte mit spitzen Fingern alles, was sich in ihrer Reichweite im kleinen Innenraum des Wagens befand.

Als sie die Hand nach meinem Windspiel ausstreckte, das über meinem Bett hing, ging ich dazwischen und holte einen braunen Leinenstreifen aus einem Beutel am Fußende meines Bettes. Die Fürstentochter nahm es pikiert hin, obwohl sie sichtlich verärgert darüber war.

Doch nachdem sie mich eingehend gemustert hatte und feststellte, dass ich ebenfalls keine Bänder trug, ließ sie sich beruhigen.

Mit einem einfach geflochtenen Zopf, der ihr bis an die Taille reichte, setzte sie sich wie selbstverständlich auf den Kutschbock neben Hanna und strich sich viel zu elegant die Falten aus dem Rock ihres Kleides.

Und obwohl sie uns allen den letzten Nerv raubte, sah sie noch immer hinreißend aus.

Da Bree unbedingt mit Ayo und Mei bei der Fürstentochter sitzen wollte, räumte ich den Platz. Gerade als ich mich daranmachte, mir einen anderen zu suchen, zeigte Elyssabed auf mich. »Warum trägt sie keine Bänder in den Haaren?«, fragte sie ganz unverblümt und legte den Kopf zur Seite wie eine Katze.

Mir ging ein Stich durchs Herz und ich wandte das Gesicht zu Boden, damit sie nicht sah, wie ich vor Scham errötete.

»Weil sie nicht zu uns gehört«, antwortet Bree kühl, setzte sich aufrechter hin und schob ihren roten Zopf nach hinten, der wie immer mit grünen Bändern verziert war.

»Sagt, wie viele seidene Kleider habt Ihr in Eurem Besitz?«, erkundigte sie sich und zeigte mir damit einmal mehr, für wie unwichtig sie mich hielt.

Mir standen die Tränen in den Augen, als ich mich vom Wagen entfernte. Ich schob es auf meine Übermüdung, da ich sonst eigentlich nicht so schnell weinte. Zumindest bildete ich mir das gern ein.

Geknickt schlich ich zu Justus' Wagen, der sich für gewöhnlich hinter unserem einreihte, und kletterte auf den Kutschbock.

Dante saß dahinter an der Wand und seufzte. Er sah zu Kai, Tanja, Justus und den anderen Entscheidungsträgern, die sich an Kais Wagen versammelt hatten und lebhaft diskutierten.

Ich wusste, dass Dante bei ihnen sein und mitreden wollte. Doch als fünfter Sohn wurde er selten gefragt.

Er wandte den Kopf und zuckte zusammen, als er mich auf dem Kutschbock entdeckte. »Seit wann sitzt du da?«, fragte er überrascht und fuhr sich mit den Händen durchs hellbraune Haar, um es zu glätten. Er ließ es sich gerade wachsen, weil Bree anscheinend einmal gesagt hatte, ihr gefiele es besser, wenn er es lang trug.

Ich verstand nicht, wie er eine Schwäche für jemanden wie Bree haben konnte, die ihn entweder behandelte wie Kappadreck oder als wäre er nicht existent.

»Noch nicht so lang«, beruhigte ich ihn und versuchte mich an einem Lächeln.

Die Versammlung löste sich auf und alle strebten zu ihren Wagen. Justus' Gesicht war immer noch finster. Das Ergebnis der Unterredung missfiel ihm also. Und das hieß, dass wir Elyssabed wohl den ganzen Weg in die Hauptstadt von Mari mitnehmen würden.

Ohne ein Wort schwang er sich zu mir auf den Kutschbock und nahm die Zügel auf.

Marc ließ sich neben Dante nieder und warf uns einen bedeutungsvollen Blick zu. *Bloß nicht drauf ansprechen!*, hieß das und wir hielten uns dran.

Schweigend setzte sich der Zug in Bewegung und die schlechte Stimmung lag deutlich spürbar über uns allen.

Justus neben mir war warm und das gleichmäßige Ruckeln des Wagens machte meine Augenlider träge, auch wenn ich mich darum bemühte, wach zu bleiben. Denn Justus war so still, dass es schon unheimlich war, und starrte so verbissen auf das Kappa vor sich, als wollte er es mit seinem Blick in Brand setzen. Als die Zügel zwischen seinen Fingern zu qualmen begannen, legte ich ihm schnell die Hand auf den Arm, damit er sich beruhigte.

»Wir schaffen das schon«, flüsterte ich und rutschte noch ein Stück näher an ihn heran, sodass unsere Knie bei jeder Bodenwelle aneinanderstießen. »Wir haben doch dich, der auf uns aufpasst.« Ich lächelte und Justus atmete tief durch, ein verstecktes Schmunzeln im Mundwinkel.

Seine Nähe tat mir gut und ihm die meine wohl ebenfalls, denn seine Schultern entspannten sich nach einer Weile wieder.

Das Land zog an uns vorbei. Wald löste Felder ab und dann kamen wir durch eine sanfte Hügellandschaft. Auf den weiten Wiesen grasten Kappa, Schafe und ein paar Esel. Die Schäferhunde hoben verschlafen die Köpfe, wenn wir auf den festen Straßen vorbeiratterten.

Ich sah in den Himmel, beobachtete die Vögel beim Segeln und spürte mein schlechtes Gewissen, weil ich heute Morgen ein wenig in den Baumkronen gesessen hatte, obwohl ich wusste, was Justus davon hielt.

Der Wind flüsterte, erzählte von weißen Städten, fröhlichen Farben und vom Meer, das nicht mehr weit war. Bald würden wir es erreichen.

Doch dann kam mir in den Sinn, dass Berill, die Hauptstadt von Mari, tiefer im Landesinneren lag und nicht gerade am Ozean. Außerdem war sie fernab der Route, die wir sonst nahmen.

Wenn Kai die Fürstentochter tatsächlich zurückbringen wollte, kürzte er dann die Strecke ab und fuhr dafür nicht ans Meer?

Ich seufzte und hoffte, dass es nicht so war.

8

Ich erwachte, als der Wagen holpernd vom Weg auf eine kleine Waldlichtung fuhr. Der Schreck fuhr mir in die Glieder und ich brauchte einen Moment, um zu begreifen, wo ich war und wieso ich mich nicht bewegen konnte.

Mein Kopf ruhte auf Justus' Schoß und er hielt mich mit einem Arm fest an sich gedrückt. Mit der anderen Hand zog er an den Zügeln, um das widerwillig muhende Kappa zu verlangsamen.

Bei allen Winden, ich war auf Justus eingeschlafen!

Schnell wollte ich mich aufrichten, der unangenehmen Situation entfliehen, doch Justus verstärkte seinen Griff um mich, verhinderte, dass ich durch den Ruck vom Kutschbock geschleudert wurde, der den Wagen zum Stehen brachte.

Unüberhörbar klopfte mir das Herz in der Brust und ich richtete mich eilig auf, als Justus mich losließ. Mein Gesicht war heißer als je zuvor.

»Was sollte das denn?«, wollte ich ihn anfahren und gab vor, entrüstet zu sein. Doch mein Ton verunglückte in einer viel zu hohen Stimmlage.

»Entschuldigung«, erwiderte Justus außer Atem und hängte die Zügel an den Knauf des Kutschbocks. »Es kam alles auf einmal. Das Kappa wollte ausbrechen, und du hast dich plötzlich bewegt, und …« Er blickte in mein feuerrotes Gesicht und es war mir, als verfärbten auch seine Ohren sich langsam. War ihm die Situation etwa genauso peinlich wie mir? Das hatte es ja noch nie gegeben.

»Ach, vergiss es«, murmelte er schnell, wandte sich hastig ab und stieg nach unten, um das Tier zu beruhigen, das immer noch aufgeregt muhte.

Ich wusste nicht, was ich sagen sollte, wusste nicht mal, was ich denken sollte. Nur Tausende kleine Schmetterlinge kribbelten in meinem Bauch, als ich Justus hinterherblickte.

Der Wind kam zu mir, blies mir beschwingt eine Böe ins Gesicht und pustete dabei meine Röcke durcheinander.

Das nächste Dorf hat einen wunderschönen Brunnen und der Dorfälteste Ranu hat eine so große Nase, dass alle ihn heimlich Ranu Rübennase nennen, flüsterte er vergnügt. Über seinen Übermut konnte ich nur den Kopf schütteln, aber wenigstens lenkte es mich von Justus ab.

Hinter mir erwachte Marc mit einem Schnarcher und setzte sich auf. Verschlafen rieb er sich die Augen und streckte seine Arme über den Kopf, sodass sein Hemd die Muskeln an seinem Bauch freigab.

Dante schlief an ihn gelehnt und sabberte auf seinen Hemdkragen.

Was für ein fürchterlich träger Abend, dachte ich und wünschte mir, er wäre es wirklich. Denn in dem Moment fiel mir die Fürstentochter wieder ein.

Fin tauchte neben uns auf und klatschte laut in die Hände, worauf Marc zusammenzuckte und Dante aus dem Schlaf schrak. »Los, Jungs, Holz sammeln!«, rief sie beschwingt.

Holz sammeln? Mit großen Augen sah ich sie an und sie lächelte mir flüchtig zu.

Das Feuervolk benötigte nicht viel Holz, um ein Feuer in Gang zu halten. Normalerweise schichteten wir ein paar dickere, angekokelte Holzklötze übereinander und einer der Feuerleute entzündete sie.

Durch die Anwesenheit des Feuervolkes brannte es weiter, ohne das Holz zu verschlingen. Daher benutzten wir schon seit Wochen die gleichen vier Scheite, um den Eindruck eines normalen Feuers zu erwecken.

Dante sah verwirrt aus und Marc war gerade im Begriff, sich lautstark zu beschweren, als die Tochter des Landesfürsten sich neben Fin stellte und uns interessiert beäugte.

Den Dörflern, die abends dem Spektakel beiwohnten, fiel ein seltsames Feuer nicht auf. Doch jemandem, der den ganzen Tag mit uns zusammen war, dem musste irgendwann etwas komisch vorkommen.

Marc klappte den Mund wieder zu, ohne etwas gesagt zu haben. Mit grimmiger Miene packte er den verschlafenen Dante am Arm und zog ihn mit sich in Richtung Wald.

Auch ein paar der anderen waren bereits dabei, Holz zu suchen. Es war leicht, den Unmut in ihren Gesichtern zu lesen.

Es würde sich so einiges ändern, solange Elyssabed bei uns war.

Auch Fin ging davon und ließ mich mit der Fürstentochter allein zurück. Justus war mit dem Kappa irgendwohin verschwunden.

Sie musterte mich mit ihren hellblauen Augen abschätzig von Kopf bis Fuß und ich hatte das Gefühl, unter ihrem kritischen Blick zu schrumpfen. Musste ich etwas sagen? Sollte ich vielleicht einfach weggehen wie die anderen auch? Erwartet sie irgendeine bestimmte Reaktion von mir?

»Wie war dein Name? Cathrin?«, fragte sie mich schließlich, fasste mit der zierlichen Hand um den Knauf am Kutschbock und schwang sich graziös herauf. Sie setzte sich, platzierte ihren Zopf über ihrer Schulter und kontrollierte den Fall ihres Rockes.

Sie war wahrhaftig die Tochter eines Fürsten.

»Cate«, korrigierte ich sie mit leiser Stimme und ärgerte mich, weil ich es lauter hatte sagen wollen. Warum wurde ich nur immer so schnell nervös? Meine Hände schwitzten bereits, obwohl noch nichts weiter passiert war. Warum konnte ich Dinge nie so aussprechen, wie ich es gern wollte?

Elyssabed zuckte mit den Schultern und strich sich über den Zopf.

Ich wusste diese Frau nicht richtig einzuschätzen. In ihrem Gesicht bewegte sich ständig etwas. Einen Augenaufschlag hier, ein angedeutetes Lächeln da. Machte sie das mit Absicht oder passierte das alles von allein?

»Und wessen Liebste bis du?« Leicht spitzte sie die Lippen.

»Wie bitte?« Ich war so irritiert von ihrem Mienenspiel gewesen, dass ich die Frage überhört hatte.

»Welcher der Männer ist dein Liebster?«, wiederholte sie, und diesmal konnte ich eindeutig sehen, dass es ihr missfiel, sich wiederholen zu müssen.

Die Frage schockierte mich und Schamesröte stieg mir ins Gesicht. So wie immer. Fast schämte ich mich dafür, dass ich mich immer schämte.

»K-keiner«, stotterte ich erhitzt und drehte meine Finger ineinander.

»Ach.« Elyssabed sah überrascht aus. »Ich dachte nur …«, sie zuckte mit den Schultern, »… weil du die Einzige bist, die anders ist als die anderen.«

»Ja.« Mehr konnte ich nicht sagen, da mir der Hals eng wurde.

Überraschenderweise schien es ihr nicht entgangen zu sein, dass dies bei mir ein wunder Punkt war, denn sie hob sogleich abwehrend die Hände. »Ich meine das keinesfalls böse. Im Gegenteil«, bemühte sie sich einzulenken und lächelte. »Ich bin sogar ziemlich froh, dass du anders bist. Da fühl ich mich gleich wohler«, gestand sie und strich sich eine Strähne aus dem Gesicht. »Stell dir vor, wie seltsam es für die Leute sein muss, mich allein bei all diesen finsteren Gestalten zu sehen. Die würden doch glauben, ich wäre entführt worden.« Sie lachte und es erreichte zum ersten Mal auch ihre Augen. »Außerdem habe ich zu Hause eine Freundin, die dir sehr ähnlich sieht.«

Verblüfft blickte ich sie an. Nachdem sie uns erpresst hatte, damit wir sie mitnahmen, war ich davon ausgegangen, dass sie unfreundlich und hochnäsig sein musste.

Doch jetzt wirkte sie erstaunlich nett. Vielleicht hatte sie mit ihrem Gehabe ja auch nur ihre Angst überspielt. Schließlich wäre sie fast vom Feind entführt worden, ehe *finstere Gestalten*, wie sie sie nannte, sie gerettet und in ihr Lager verschleppt hatten. Das konnte nicht spurlos an ihr vorbeigegangen sein.

»Sie sind nicht wirklich finster«, versuchte ich ihre Vorstellung von den Feuerleuten ein wenig zu erhellen. »Sie sind nur lieber unter sich.« *Und sie werden nicht gern erpresst,* fügte ich in Gedanken hinzu.

Sie nickte und legte die Handflächen aneinander. Ihre Finger waren lang und filigran, ihre Nägel perfekt oval und blank poliert. »Bist du nur auf der Durchreise oder gehörst du dazu?« Sie sah in den Wald hinter mich und dann wieder zu mir.

Ich zwang mich, mich nicht umzudrehen, um zu sehen, was ihre Aufmerksamkeit erregt hatte. »Ich gehöre dazu«, wiederholte ich ihre Worte und es war mir plötzlich egal, was Bree vorhin gesagt hatte. Denn es stimmte nicht. Nicht ganz zumindest.

Ich war zwar nicht Teil des Feuervolkes, aber irgendwie gehörte ich doch zu den Wagenleuten.

Vielleicht sollte ich aufhören, das ständig zu vergessen, und ein bisschen weniger in Selbstmitleid schwelgen.

»In gewisser Weise«, schwächte ich dennoch ab, damit es der Wahrheit näher kam. Mein Mund lächelte von ganz allein und mein Herz wärmte sich an dem winzigen Funken der Zugehörigkeit.

Auch Elyssabed lächelte. »Wie lange bist du schon bei ihnen?«, erkundigte sie sich und ich fühlte mich geschmeichelt, dass es sie zu interessieren schien.

»Seit zwölf Jahren.«

Ihre Augen verwandelten sich in große blaue Teiche. Ich war selbst überrascht, wie schnell die Zeit vergangen war.

»Und was ist mit deiner Familie?«

Das Lächeln gefror mir auf den Lippen. Es war, als würde eine Faust meine Brust zusammenpressen, während ich versuchte, die Erinnerungen nicht zuzulassen.

»Sie ist tot«, brachte ich sehr leise heraus und bemühte mich um Haltung, damit Elyssabed sich deswegen nicht schlecht fühlte. Sie hatte es ja nicht wissen können.

»Das … das tut mir leid! Ich wollte nicht … Ich hätte nicht fragen sollen«, stammelte die Fürstentochter und senkte beschämt den Blick.

»Schon gut«, flüsterte ich und der Wind streichelte liebevoll meine Hände. Mit den Augen suchte ich nach Justus, der hinter mir im Wald auf einem Baumstumpf saß, eine Axt in der Hand, und herübersah. Er hatte mich damals gerettet. Wegen ihm war ich nicht allein auf einem Schlachtfeld zurückgeblieben.

Als sich unsere Blicke kreuzten, blickte er sofort weg und rief Marc etwas zu, der mit Dante zusammen einen umgestürzten Baumstamm über den Waldboden zog.

Zwar verstand ich nicht, was er gesagt hatte, aber es war mir auch egal. Was zählte, war, dass er mich angesehen hatte.

Auch ich wandte mich wieder um und blickte in das wunderschöne Gesicht der Fürstentochter. Wie schnell man doch vergessen konnte, dass man gerade noch mitten in einem Gespräch gewesen war.

»Wie ist sein Name?«, fragte sie und ich blinzelte verwirrt.

»Wessen?«

»Von dem Mann mit der Axt. Er starrt schon die ganze Zeit mit düsterer Miene zu uns herüber.« Ihr Blick ging an mir vorbei zu Justus.

Die Art, wie sie ihn ansah, war mehrfach zu deuten. Einerseits lag verhaltene Wut darin, was nicht weiter verwunderlich war, schließlich hatte er ihr gedroht, ihre Leiche in einem Straßengraben zu verscharren, aber auch Faszination.

Ein Stich leiser Eifersucht traf mein Herz.

Bitte nicht er, bitte nicht Justus!, flehte ich still und schloss für einen Moment die Augen. Denn da war noch mehr in Elyssabeds Blick, der sich stetig veränderte und andere Facetten zum Vorschein brachte, die ich nicht mehr so einfach erraten konnte. Und die mir Angst machten.

Es war, als zöge ein kalter Nordwind durch meinen Kopf.

»Das ist Justus«, beantworte ich ihre Frage widerwillig und fühlte mich gar nicht gut dabei. »Er ist mein bester Freund«, fügte ich eilig hinzu und schalt mich im selben Augenblick für diesen Leichtsinn. Ich versuchte, ihn für mich zu haben, Ansprüche an ihm geltend zu machen. Dabei konnte ich ihn gar nicht haben.

Doch sie kann es auch nicht!, spottete meine innere Stimme und ich erhob mich ohne Vorwarnung vom Kutschbock.

Elyssabed blinzelte überrascht.

»Entschuldige mich«, sagte ich knapp, sprang hinunter ins Gras und hielt auf Tanja zu, die mit Hanna und Garan vor ihrem lilafarbenen Wagen saß und Brotteig knetete. Tai entfachte gerade mühsam ein kleines Feuer aus Holzspänen und Rinde. Die großen Steine, die wir zum Backen verwendeten, lagen bereit.

Als ich mich auf die Holzbank zu ihnen setzte, hob Tanja erstaunt den Kopf und spähte an mir vorbei in die Richtung, aus der ich gekommen war. Ich sah nicht hin, denn ich wusste auch so, dass ihr Elyssabed auffallen musste.

Sie seufzte wie zur Bestätigung, nickte mit wissender Miene und kippte mir wortlos einen Löffel voll Mehl über die Hände. Dann legte sie einen großen Klumpen Teig vor mir auf den niedrigen Tisch.

»Kräftig durchkneten«, wies sie mich an.

Ich begann zu kneten. Und wie ich knetete! All meine Wut, Eifersucht und enttäuschten Hoffnungen schlug ich mit den Fäusten in den Teig.

»Und wo werde ich schlafen?«, fragte Elyssabed beim Essen, als Bree ihr sagte, dass am heutigen Abend sonst nichts weiter mehr passieren würde. Wir wollten alle früh zu Bett gehen, um uns von dem Reisetag zu erholen und für morgen bereit zu sein.

»Ähm. Ich weiß es nicht«, gab sie zu und sah sich Hilfe suchend um. Ayo, die neben ihr saß, wusste es ebenso wenig und Dante zuckte nur mit den Schultern, da sein Mund voller Kartoffelpüree war. Justus und Marc schwiegen.

Justus hatte sich offensichtlich immer noch nicht mit dem Gedanken angefreundet, Elyssabed bis zur Hauptstadt mitzunehmen.

Marc dagegen versuchte krampfhaft wegzusehen, was ihm bisher weniger gut gelungen war. Sein Blick huschte ständig zu Elyssabed und er verschlang sie mit Haut und Haaren. In seinem Kopf lockte er sie sicher schon in seinen Wagen.

Doch ich hatte gehört, wie sein Vater ihm in dieser Sache gleich einen Riegel vorgeschoben hatte. »Denk nicht mal dran«, hatte er ihn gewarnt und Marc hatte sich beleidigt auf die Lippe gebissen.

»Du kannst mein Bett haben«, bot ich an, als niemand antworten konnte, und versuchte unverfänglich zu lächeln. Warum auch nicht, ich schlief ja eh im Freien.

Sichtlich erleichtert atmete Elyssabed auf. »Welcher Wagen ist denn deiner?«, wollte sie wissen und drehte sich nach hinten um.

»Der grüne«, ereiferte sich Ayo aufgeregt und grinste breit. Wahrscheinlich hoffte sie auf nächtliche Unterhaltungen.

»Aber ist das nicht der Wagen, in dem du schläfst?«, erkundigte sich Elyssabed verwirrt und sah sich nach Ayo um.

»Ja, mit Hanna und Mei«, bestätigte diese und Brees Gesicht wurde immer verkniffener. Es ärgerte sie jetzt wohl mehr denn je, dass sie kein Teil davon war.

Elyssabed biss vorsichtig in den Brotfladen, den ich vorhin auf einem Stein ausgebacken hatte. Er war an einer Ecke ein wenig verbrannt, da ich nicht besonders geschickt im Kochen war.

Es von Tanja oder Garan zu lernen konnte jedoch sehr mühsam sein, da ihnen ihre Feuerfähigkeiten zugutekamen.

»Und wo werdet ihr solange schlafen?«, fragte Elyssabed ganz unbedarft in die Runde.

»Auch in dem Wagen. Es gibt vier Betten darin«, sagte Ayo etwas unsicher.

Diese lachte jedoch glockenhell, als erlaubte man sich einen Scherz mit ihr. »Das ist unmöglich!«, rief sie aus und schüttelte königlich den Kopf. »Niemand kann von mir verlangen, in einem Raum mit anderen Menschen zu schlafen. Was wären denn das für Zustände?«

Es war nicht zu glauben. Ich starrte sie entgeistert an. Alle taten das. Diesmal sogar Justus.

Elyssabeds Lächeln wurde schwächer, als sie die Blicke bemerkte, die man ihr zuwarf. Sie räusperte sich verhalten. »Ihr meint wirklich, dass ich ...« Sie stockte kurz und holte tief Luft. »... dass ich mit euch zusammen in einem Wagen schlafen muss?« Das Lächeln verschwand und Panik stieg in ihre Augen. So hatte sie sich ihren Plan, sich von uns durchs Land kutschieren zu lassen, wohl nicht vorgestellt.

Keiner sagte ein Wort, obwohl Justus nur zu gern etwas geäußert hätte. Ich konnte es spüren und legte ihm sofort eine Hand auf den Arm, damit er ruhig blieb. Denn er stand kurz vor dem Platzen. Die Arme angespannt, eine tiefe Furche zwischen den Augenbrauen und ein gefährliches Glühen in den Augen. Er wollte am liebsten lautstark in die Luft gehen und ihr, wenn sie auch nur noch einen Piep von sich geben sollte, den Hals umdrehen.

Fest grub ich meine Nägel in seinen Unterarm und war entschlossen, den Griff auch nicht zu lockern.

Es kam mir vor, als würde sogar seine Haut vor Anspannung heißer werden.

Dann machte Marc den Mund auf und ich sah ihm an der Nasenspitze an, was er sich dabei dachte. »Du könntest unseren Wagen haben«, meinte er leichthin und lächelte ein strahlendes Wolfslächeln. Entweder er spürte die Spannungen seines Bruders nicht oder er ignorierte sie. Ich tippte aber auf Ersteres.

»Wirklich?«, kam Elyssabed ihm sofort entgegen und strahlte erleichtert.

Ich ärgerte mich über Marc. Auch wenn es gehässig war, hätte ich mir gewünscht, die Fürstentochter hätte sich mit der Situation arrangieren müssen. Das wäre nur gerecht gewesen.

Marc sonnte sich geradezu in ihrem Lächeln und straffte die Schultern. »Natürlich«, bestätigte er und machte eine gönnerhafte Geste mit der Hand. »Dante übernachtet einfach bei seinem Bruder und Justus schläft sowieso ständig draußen.«

Ständig war natürlich übertrieben, aber der Wahrheitsgehalt von Marcs Aussagen sank meist antiproportional zur Schönheit, mit der er es zu tun hatte.

»Das ist wunderbar«, seufzte die Fürstentochter und legte mit einem zufriedenen Ausdruck die Handflächen aneinander. »Dann ist es abgemacht«, stellte sie sichtlich zufrieden fest, erhob sich und schwebte davon, um sich aus dem Wasserfass zu bedienen.

Justus' Anspannung wich langsam und ich lockerte den Griff. Auf seinem Arm sah ich die tiefen halbmondförmigen Einkerbungen meiner Fingernägel. Es musste ziemlich wehgetan haben, doch er sah nicht einmal hin. Er drehte sich nur zu Marc, der sich mit stolzgeschwellter Brust und siegessicherem Lächeln Kartoffelbrei in den Mund schaufelte.

Justus seufzte laut und schüttelte den Kopf.

»Was?«, fragte Marc ihn und schaffte es nicht, sein Grinsen zu verbergen.

»Und wo schläfst du?«, wollte Justus von ihm wissen und wandte sich seinem Essen zu, das er so ruhig aß, als wäre alles bestens.

Marc verharrte kurz. Es war beinahe hörbar, wie es in seinem Kopf ratterte. Dann sackten seine Schultern nach unten und er starrte seinen Bruder an.

Darüber hatte er sich wohl bisher keine Gedanken gemacht.

Der Abend ging zu Ende und Marc verbrachte die Nacht, vor sich hin fluchend, auf einer harten Kappamatte neben Justus im Wald unter meiner Hängematte.

9

Mei kam auf mich zugelaufen und ich schob den Nähkorb gleich wieder zurück, den ich gerade erst hervorgeholt hatte. Ich würde doch zu nichts kommen, denn Mei hatte diesen bestimmten Ausdruck im Gesicht. Kichernd ließ sie sich vor mir ins Gras fallen und ihre vielen schmalen Zöpfchen tanzten um ihren Kopf. »Du glaubst nicht, wen wir im Dorf gesehen haben«, eröffnete sie aufgeregt und steckte mich mit ihrer Fröhlichkeit an.

»Wirst du es mir trotzdem erzählen?«, fragte ich sie belustigt und auch ein wenig neugierig.

Mei war an diesem Nachmittag mit Marc, Ayo, Bree und Elyssabed ins nächste Dorf gegangen, um ein Kleid für die Fürstentochter zu kaufen. Selbst Hannas Prachtgewand war ihr nicht genug gewesen. Doch ich glaubte, Hanna machte das nichts aus und sie nahm es nur zu gern wieder zurück.

Obwohl Marcs eigene Unüberlegtheit ihn für die Nächte nach draußen verbannte, gab er nicht auf, um Elyssabeds Gunst zu werben, was die anderen argwöhnisch beäugten.

Sie hielten sich bisher nur zurück, weil es so schien, als hätte er ohnehin keine Chancen bei ihr.

»Diesen Mann mit den blauen Augen. Der, den wir am Haus eines Stadtrates getroffen haben. Er hatte uns damals die Tür aufgehalten. Erinnerst du dich?«, erzählte Mei aufgeregt. »Ist das nicht irre?«

Es war, als träfe mich ein Stein am Kopf. Mir wurde schwindelig, oben und unten verkehrten sich und es fühlte sich an, als würde ich fallen.

Er war hier! Der Mann, der mich immer mit diesem seltsamen Blick und dem ungewöhnlichen Lächeln bedacht hatte.

Wo ist er? Warum ist er hier?, beschwor ich den Wind, der gerade noch fröhlich mit dem quietschenden Fensterladen an unserem Wagen gespielt hatte. Doch sobald ich ihn mit dieser Frage berührte, zerfiel er einfach. Erschrocken sprang ich auf, versuchte nach ihm zu haschen, doch da war er schon verschwunden und hinterließ nur ein unangenehmes Blitzen auf meiner Haut.

Der Wind hatte sich aufgelöst, sein Bewusstsein war zerflossen und die Luft um mich herum stand still.

Mei sah mich erstaunt an.

»Bist du dir sicher, dass er es war?«, drängte ich sie und sie zuckte erschrocken vor mir zurück.

»Was ist denn los, Cate?«, wollte sie verwirrt wissen, ohne auf meine Frage zu antworten.

Ich ließ sie einfach im Gras sitzen und lief ohne Umschweife in den Wald hinter den Wagen. Ich fühlte mich schwer wie ein Stein, meine Füße lösten sich nur widerwillig vom Boden und kleine Steinchen und Äste bohrten sich schmerzhaft in meine nackten Sohlen.

Der Wind hatte sich einfach aufgelöst! Es war nicht zu fassen. Er war verschwunden, als ich ihn nach dem Mann fragte, den ich fast verdrängt hatte. Das konnte doch kein Zufall sein. Nicht schon wieder.

Schon von Weitem hörte ich, wie Holz auf Holz schlug. Dante und Justus führten zwei robuste Stöcke gegeneinander und lieferten sich einen Übungskampf.

Die Kinder und Janko standen um die beiden herum und beobachteten das Geschehen begeistert und johlend. Sie lachten, als Dante einen Schlag auf den Hintern bekam.

Doch mir war es gleich, ob sie gerade kämpften. Ich musste mit Justus sprechen.

Ohne anzuhalten rauschte ich zwischen den Kindern hindurch und wich Dantes vorbeisausenden Stock aus, der seinen Schlag nicht schnell genug stoppen konnte.

Ich packte Justus am Arm, ungeachtet der Tatsache, dass er Dante gerade von den Beinen reißen wollte, und zog ihn mit mir aus dem Kreis hinaus.

»Woah, Cate!«, rief er überrascht, wehrte sich aber nicht, nachdem er mir ins Gesicht gesehen hatte. Ich fühlte mich wie ein Gespenst und sicher war ich auch so bleich.

Er warf Janko im Vorbeigehen den Stock zu und folgte mir tiefer in den Wald.

»Cate?«, sprach er mich sanft an, als die anderen außer Hörweite waren und ich immer noch weiterlief. Er blieb stehen und zwang mich dadurch, ebenfalls zu verharren.

Doch am liebsten wäre ich einfach weitergelaufen. So weit weg, dass niemand uns jemals finden konnte. Nur Justus und ich.

»Cate?« Seine Stimme wurde eindringlicher und er legte warm die Hand auf meine, die sich ihm immer noch in den Arm drückte.

Sofort löste ich sie und stellte fest, dass ich ihm schon wieder meine Nägel in die Haut getrieben hatte.

»Entschuldigung«, entfuhr es mir, und ich strich vorsichtig über die roten Abdrücke. Sie befanden sich direkt neben denen von gestern, die noch deutlich zu sehen waren, da sich langsam kleine dunkelblaue Blutergüsse darunter bildeten.

»Vergiss den Arm«, sagte er und versuchte meinen Blick einzufangen. »Was ist passiert?«

»Mei …«, stammelte ich und wusste gar nicht, wie ich anfangen sollte. »Mei … Sie hat ihn wiedergesehen. Im Dorf. Und dann … der Wind ist einfach …« Von jetzt auf gleich fing ich an, unkontrolliert zu zittern. Verzweifelt rief ich den Wind, doch er antwortete nicht. Er war weg. Ich hatte gesehen, wie er sich aufgelöst hatte. Panik machte sich in meinem Kopf breit, drückte gegen meine Stirn. Es fühlte sich unendlich falsch an, von ihm getrennt zu sein.

»Wen? Wen hat Mei im Dorf gesehen?«, drang Justus an mich und packte meine Schultern.

Seine Berührung gab mir Halt, half mir, mich nicht so verloren zu fühlen. »Den blonden Mann. Der, der mich verfolgt«, brachte ich heraus und Justus zog mich so unvermittelt an sich, dass ich vor Schreck erstarrte.

»Bist du sicher, dass er dich verfolgt?«

Er presste mich so fest an sich, dass ich mich nicht rühren und kaum atmen konnte. Seine Wärme umfing mich und mein Herz schmolz wie Wachs im Feuer.

Gerade war ich noch in Panik gewesen und jetzt stand ich schon in akuter Gefahr, meinen Verstand zu verlieren.

»Justus«, keuchte ich, weil er mir die Luft aus der Lunge presste.

Sofort lockerte er den Griff. »Ist der Wind wieder verschwunden?«, fragte er mit zusammengezogenen Augenbrauen und ich war überrascht.

»Ja«, hauchte ich. »Aber woher weißt du …«

»Er hat mich nicht geschlagen«, sagte er nur und schüttelte den Kopf, als wäre es unwichtig.

»Er schlägt dich?«, fragte ich ungläubig und schaffte es nicht, das alles in meinem Kopf zusammenzubringen. Warum schlug ihn der Wind? Und warum hatte ich das noch nie bemerkt? Es war alles so verwirrend.

»Vergiss es. Was ist mit dem Mann?«, nahm Justus den Faden wieder auf.

Mir war so schwindlig, dass es mich nach unten zog und ich mich ins trockene Laub setzen musste. Justus tat es mir gleich, ohne mich einen Moment aus den Augen zu lassen.

»Ich glaube, *er* ist dafür verantwortlich, dass der Wind verschwindet«, fasste ich meinen Verdacht in Worte und achtete auf Justus' Reaktion. Doch er schien nicht zu begreifen.

»Das erste Mal ist es auf dem Marktplatz passiert, kurz nachdem wir ihm am Haus des Stadtrates begegnet sind«, erklärte ich und konnte nicht fassen, dass mir das nicht früher schon aufgefallen war. »Dann noch mal am gleichen Abend, als ich ihn auf dem Fest gesehen habe. Und das dritte Mal vor zwei Tagen, als er wieder aufgetaucht ist. Der Wind war immer unmittelbar nach seinem Erscheinen verschwunden. Und gerade erzählte mir Mei, er sei im Dorf, und der Wind löst sich vor meinem inneren Auge einfach auf.

Justus, wie kann das sein? Wie kann es sein, dass er zu so etwas fähig ist?« Meine Stimme wurde immer lauter. Ich hätte am liebsten geschrien, so frustriert war ich.

Justus' Ausdruck hatte sich gewandelt, von Verwirrung zu Erkennen und dann zu tiefer Nachdenklichkeit. Düster kniff er die Augenbrauen zusammen. »Ich weiß es nicht«, war das Einzige, was er dazu sagte.

»Ich auch nicht.« Wie von allein kippte mein Kopf an seine Schulter und ich versuchte nur daran zu denken, dass Justus immer auf mich aufpassen würde, egal was kam. »Es macht mir Angst«, murmelte ich kleinlaut.

»Mir auch, Cate.« Justus legte den Arm um meine Schultern und drückte mich an sich. »Mir auch.«

So saßen wir, bis die Sonne ihre letzten roten Strahlen durch den Wald warf. Erst dann gingen wir zurück, Hand in Hand wie immer.

Mein Blick fiel immer wieder auf die dunklen Abdrücke an Justus' Arm, bis er es bemerkte.

»Mach dir keinen Kopf«, sagte er lächelnd. »Ich halt das schon aus. Und beim letzten Mal hat es wirklich geholfen.« Sein Lächeln wurde breiter und ich ließ mich davon anstecken.

»Ich wollte ja nicht, dass du der Fürstentochter gleich den Hals umdrehst.«

Er hob abschätzig eine Augenbraue. »Ich hätte ihr nicht den Hals umgedreht«, verteidigte er sich. »Ich hätte sie lediglich übers Knie gelegt und ihr den Hintern blau und grün gehauen.« Er schürzte die Lippen und schielte zu mir herunter.

Ich konnte es mir nur zu gut vorstellen.

Plötzlich gab Justus ein »Oh!« von sich und schob seinen Hemdsärmel noch weiter nach oben, sodass ich die Clantätowierung auf seinem muskulösen Oberarm sehen konnte. »Ich habe noch mehr. Schau dir das an«, meinte er und ich erblickte einen fies aussehenden Bluterguss kurz unterhalb der Tätowierung, der sich von Violett in Gelb-Braun verfärbte.

»Wo hast du den denn her?«

Er lachte auf. Seine Zähne blitzten in der untergehenden Sonne und seine Augen waren schwarz wie Kohlentöpfe.

»Da hast du mich gebissen«, verkündete er amüsiert und beobachtete mit sichtlich wachsender Begeisterung, wie mein Gesicht erst bleich und dann spürbar feuerrot wurde.

Irgendwann kostete mich dieser Mann wirklich den Verstand.

Doch ein Geräusch unterbrach uns und unsere Blicke schossen nach oben. Wind rauschte durch die Baumkronen, kam auf uns zu und verstrubbelte mir das Haar so wild, dass ich kaum noch etwas sehen konnte.

Und Justus lachte einfach weiter.

10

Als sich alle auf das Feuerspektakel vorbereiteten, fing Elyssabed an, sich komisch zu benehmen. Den ganzen Tag war sie eine umgängliche Person gewesen, hatte sich gut mit Bree, Fin und Tanja unterhalten, Freude am Verkaufen unserer Ware gezeigt und war am frühen Nachmittag mit Marc und den Mädchen in der Stadt gewesen.

Doch jetzt am Abend, wo jeder etwas anderes zu tun hatte, als sich mit ihr zu beschäftigen, wurde sie unerträglich. Sie jammerte darüber, noch Hunger zu haben, obwohl sie beim Essen die Hälfte hatte stehen lassen. Sie kreischte laut um Hilfe, als ein Käfer über ihr Knie lief, und ließ Marc und Justus keinen Moment allein, als die beiden sich in ihrem Wagen umziehen wollten.

»Cate!«, hörte ich Justus über den ganzen Platz brüllen und streckte den Kopf aus dem lilafarbenen Wagen. Ich hatte Laila dabei geholfen, sich in das nachtblaue Glitzergewand zu zwängen, das durch den stetig größer werdenden Bauch langsam zu eng wurde. Auch wenn Hanna schon alle Nähte so weit wie möglich rausgelassen hatte.

Justus trug noch immer seine gewöhnliche Kleidung, obwohl Angu und Tai bereits die Fackeln anzündeten. Die Arme vor der Brust verschränkt, blickte er mit finsterer Miene konsequent an der Fürstentochter vorbei, die neben ihm stand und nicht aufhörte zu reden. Sie erzählte gerade, wie wundervoll ihr eines der Kleider im Dorf gefallen hatte und Mei und Ayo sie davon abgehalten hatten, es zu kaufen, weil es zu auffällig gewesen wäre.

Justus sah sie weder an noch reagierte er auf ihr Geplapper. Als er mich bemerkte, hellte sich sein Gesicht jedoch sofort auf.

»Zum Glück, Cate!«, rief er, packte Elyssabed unsanft am Arm und schob sie zu mir. »Kümmere dich mal schnell um *das da*«, meinte er nur kurz angebunden und schubste sie ein Stück in meine Richtung. »Ich muss mich umziehen.« Und schon war er im Wagen verschwunden.

Na toll, danke, Justus, dachte ich und verdrehte in Gedanken die Augen.

Die Fürstentochter rieb sich empört den Arm, obwohl Justus unmöglich fest zugedrückt haben konnte. »Er ist ganz schön ungehobelt«, jammerte sie.

»Ich werde ihm sagen, dass er in Zukunft ein wenig netter sein soll«, behauptete ich, obwohl ich nicht wusste, ob das irgendetwas bewirken konnte.

»Oh, das wäre wirklich toll«, jubelte Elyssabed freudig, musterte mich kurz und blinzelte dann, als wäre ihr etwas eingefallen. Unvermittelt hakte sie sich bei mir unter und spazierte mit mir im Licht der Fackeln über den Platz.

»Cate, sagtest du nicht, du und Justus seid beste Freunde?«

Augenblicklich verspürte ich wieder dieses ungute Gefühl. Das, was jetzt kam, würde mir sicher nicht gefallen.

»Ja?«, erwiderte ich mit leicht misstrauischem Ton und rieb mir die Nase. Von Weitem hörte ich bereits die aufgeregten Stimmen der Dörfler, die über einen kleinen Trampelpfad vom Dorf zur Lichtung spazierten, um das Spektakel zu sehen.

»Gut.« Elyssabed trat vor mich, damit ich nur sie ansah. »Dann weißt du sicher, welche Art von Frauen er so bevorzugt. Nicht wahr?«

Wie festgefroren stand ich da. Was sollte ich dazu sagen?

Natürlich wusste ich, mit welcher Art von Frau Justus an den Abenden redete, welche er heimlich im Schatten der Bäume geküsst hatte und wie ihr Kichern klang, wenn sie sich in seiner Aufmerksamkeit sonnten.

Mir wurde schlecht, wenn ich daran dachte, mich an all die Gesichter erinnerte. Schön waren sie. Er konnte es sich schließlich leisten, nur die Schönste mit seinen Avancen zu beehren.

Mir stiegen die Tränen in die Augen, so furchtbar fühlte ich mich plötzlich. Zum Glück war es bereits dunkel, und das Licht der Fackeln erreichte uns kaum. Ich blinzelte sie fort.

Elyssabed war auch schön. Wahrscheinlich schöner als jede andere, die ich je gesehen hatte. Ihr Haar war strahlend blond und glänzend, das Gesicht fein geschnitten, mit hohen Wangenknochen und großen blauen Augen. Auch ihre Figur war ideal, wohlgeformt und doch an den richtigen Stellen üppig.

Sie war perfekt. Genau die Art Frau, die Justus an einem normalen Abend ansprechen würde. Mit der er bis in die Nacht flirtete und die am Ende möglicherweise mit einem Kuss auf den Lippen nach Hause schwebte.

Bei allen Winden, es fühlte sich an, als risse mir jemand das Herz aus dem Leib.

»Er mag Frauen, die schön sind«, wisperte ich, weil meine Stimme nicht mehr hergab. Selbst wenn ich es wollte, ich schaffte es nicht, sie anzulügen. Was hätte das auch gebracht, jeder andere hätte ihr die Frage auch so beantwortet.

Ein leises Lächeln erschien auf Elyssabeds perfekten Lippen und ihr Blick sprühte vor Entschlossenheit.

Mein Herz bekam einen tiefen Riss und ich schnappte nach Luft.

Sie wollte ihn haben und hatte beschlossen, ihn auch zu kriegen, weil sie wusste, dass sie schön war.

Während des Feuerspektakels verhielt sich Elyssabed ruhig. Sie saß neben den Musikern und bestaunte alles mit großen Augen.

Von meinem Platz, oben auf den Wagen, beobachtete ich einmal mehr die Eleganz der Akteure und bewunderte sie dafür.

Als Justus an der Reihe war, konnte ich ihn jedoch nicht ansehen. Mein Herz flatterte wild wie ein verletzter Vogel, obwohl ich stattdessen den Blick über die Dorfbewohner schweifen ließ.

Die Dörfler waren zahlreich erschienen. Neben dem Rauschen und Knistern des Feuers waren viele *Ah*s und *Oh*s zu hören.

Manchmal glaubte ich für einen Schreckmoment, den blonden Mann mit den meeresblauen Augen zu sehen. Doch er war es nie wirklich.

Mein Einsatz kam und das Spektakel ging zu Ende.

Ohne Appetit aß ich das Gebäck, während ich nach bekannten Gesichtern in der Menge von lachenden Dörflern suchte, und fand natürlich als Erstes Justus. Als wäre er die Sonne und ich eine Blume, die ihren Kopf immer ihm entgegenstreckte.

Er stand allein an einen Baumstamm gelehnt und trank aus einer Schale. Justus, der Mann, dem schon immer mein Herz gehörte.

Gerade wollte ich zu ihm gehen, als Elyssabed ihn erreichte.

Wie angewurzelt blieb ich stehen und sah dabei zu, wie die Fürstentochter kokett ihr Haar zurückwarf und ihn anlächelte, als wäre er ein leckeres Törtchen. Sie zeigte wie all die Frauen die gleiche Haltung, den leicht herausfordernden Gesichtsausdruck, spitzte leicht die Lippen, um die Aufmerksamkeit ihres Erwählten auf sich zu ziehen. Auch sie präsentierte ihren Körper so vorteilhaft wie möglich.

Wie kam es, dass sie das alle konnten, nur ich nicht?

Ich schüttelte den Kopf und rieb mir die Augen, während mein Kopf so überfordert war, dass ich laut schreien wollte. Wieder schlafen zu gehen wäre sicher das Schlaueste. Doch ich konnte nicht, wollte nicht mit der Ungewissheit leben und beobachtete sie weiter, obwohl mir bewusst war, dass es für mich sehr schmerzhaft enden konnte. Elyssabed machte ihre Sache wirklich fantastisch.

Ich hielt die Luft an, sah zu Justus, der einen Schritt zur Seite trat und das Gesicht verzog. Kein einladendes Lächeln, kein in ihre Richtung beugen.

Mir fiel ein Stein vom Herzen, groß wie ein ganzer Berg. Schön zu sein reichte wohl doch nicht aus.

Justus hörte ihr höflich zu, trank weiter aus seiner Schale, ließ seinen Blick immer wieder abschweifen und als Marc zu ihnen stieß, atmete er sichtlich erleichtert auf. Noch einige Augenblicke hielt er aus, bis Marc das Gespräch übernommen hatte, und entfernte sich dann unauffällig.

Beinahe hätte ich laut aufgelacht, so sehr freute ich mich. Sie hatte alles versucht, alle Weiblichkeit ausgespielt und Justus war nicht darauf eingegangen. Ich war so glücklich, dass ich mich vom Wind am liebsten in die Lüfte hätte tragen lassen, um dort mit ihm zu tanzen.

Doch das ging natürlich nicht.

Der Appetit kam zu mir zurück und ich holte mir schnell noch eines der Hefebrötchen mit rosafarbener Zuckerglasur, bevor es keine mehr gab.

11

Diese Nacht wurde ich von Albträumen geplagt. Der blonde Mann verfolgte mich durch den Wald. Er kam mir immer näher und sein Blick brannte sich in meinen Kopf.

In Panik rannte ich durchs Unterholz. Doch ich stolperte die ganze Zeit und kam kaum voran. Laut rief ich den Wind um Hilfe an, doch er antwortete mir nicht.

Die Feuerleute waren plötzlich da, doch sie halfen mir nicht. Sie sahen mich nur an, rührten keinen Finger und lösten sich einer nach dem anderen in Luft auf, bis nur noch Justus übrig war. Angestrengt versuchte ich, zu ihm zu gelangen, mühte mich, weinte und schrie nach ihm, doch er drehte sich nicht einmal um.

Und dann war da Elyssabed neben ihm.

Sie lachte und warf ihr goldenes Haar zurück. Und Justus sah sie an, stimmte in ihr Lachen ein, legte den Kopf schräg und stützte die Hände lässig in die Hüfte.

Mein Herz gefror. »Justus! Justus, nein!« Wie konnte er mit ihr flirten, wie konnte er nur Augen für sie haben, wenn ich in Gefahr war.

Warum kam er nicht, um mich zu beschützen?

Die Fürstentochter schlug ihn spielerisch gegen die Brust und kicherte, woraufhin Justus sie liebevoll an der Hand nahm, sanft ihre Wange streichelte und sie wegführte.

»Nein, bitte! Du nimmst ihn mir weg. Wieso nimmst du ihn mir weg?«, schrie ich verzweifelt, doch niemand hörte mich. Sie waren fort.

Alles verschwamm in tobendem Feuer und Schreien. Schemen mit Schwertern stachen auf flüchtende Schatten ein, Rauch brannte in meiner Lunge. Meine Angst war so überwältigend, dass ich glaubte, darin zu ertrinken.

Weit entfernt öffnete Justus die Tür seines Wagens, ging mit Elyssabed hinein und schloss sie hinter sich.

Am Türgriff baumelte das in Silber gefasste Trinkhorn.

Ich erwachte mit einem Schrei. Zitternd versuchte ich mich aufzusetzen, doch etwas hielt mich fest. Jemand. *Nein!*

Verzweifelt schlug ich um mich, wollte mich von den Händen befreien, die meine Schultern packten.

»Cate«, flüsterte Justus eindringlich. »Cate. Es war nur ein Traum. Alles ist gut. Es war nur ein Traum«, sprach er sanft auf mich ein und ich blinzelte in die finstere Nacht.

»Es war nur ein Traum«, sagte ich zu mir selbst, doch meine Hände wollten einfach nicht aufhören zu zittern.

Bei allen Winden!

Ich konnte mich kaum beruhigen, versuchte die Bilder meines Unterbewusstseins nicht an mich ranzulassen und schaffte es erst wieder richtig durchzuatmen, als Justus mich an sich zog.

Seine Wärme tat so gut und half mir, in die Wirklichkeit zurückzufinden.

»Besser?«, erkundigte er sich, als das Zittern nachließ, und strich mir das wirre Haar aus dem Gesicht. Es fühlte sich feucht an. Hatte ich so sehr geschwitzt?

Es war so finster, dass ich Justus kaum sehen konnte. Wo war der Mond?

»Machst du bitte Licht?«, bat ich ihn und meine Stimme klang dünn und brüchig in der beängstigenden Stille um uns herum.

Eine kleine flackernde Flamme entzündete sich nahe bei mir und Justus tauchte aus der Dunkelheit auf. Es tat gut, ihn zu sehen.

»Ich habe schlimme Sachen geträumt«, sagte ich noch einmal, um den Schreck zu verbannen, und rieb mir das Gesicht. Es war ebenfalls feucht. Hatte ich etwa auch geweint?

»Ich hab's gemerkt«, brummte Justus nur und hob vielsagend eine Augenbraue.

»Ich auch«, bemerkte eine weitere Stimme aus der Dunkelheit und ich schrak so heftig zusammen, dass ich beinahe aus der Hängematte gefallen wäre, hätte Justus seinen Arm nicht noch um mich geschlungen.

Marc trat in den Lichtkreis. Ach ja, er war ja auch hier. Wasser tropfte ihm aus dem Haar und auch sein Gesicht und sein Hemd waren nass.

»Was ist mit dir passiert?«, fragte ich verwirrt und sah ihn erstaunt an. »Wieso bist du so nass?«

»Es hat geregnet«, behauptete er schlicht und schürzte beleidigt die Lippen.

Es hatte geregnet? Sofort rief ich den Wind. Er brauste vom Himmel herunter und fegte über den Waldboden, wild und ungebändigt. Ein Glück, er war noch da.

Beruhige dich!, ermahnte ich ihn und er wurde sofort schwächer, verwandelte sich in einen Hauch, der sanft mein Gesicht streichelte.

Alles war nass, weil es geregnet hatte. Das ergab auch viel mehr Sinn. Ich tastete nach meiner Überdecke, die sich mit Wasser vollgesogen hatte.

»Wieso hat es geregnet?«, flüsterte ich, eher an mich als an die Brüder gerichtet.

»Das sollten wir eher dich fragen«, warf Marc trotzdem ein. »Du bist doch das Mädchen, das über den Wind gebietet. Woher kommen also die Regenwolken, wenn nicht von dir?«, blaffte er mich an und verschränkte mürrisch die Arme vor der breiten Brust. Er schlief ohnehin schon ungern im Freien, aber nass werden mochte er noch weniger.

»Es tut mir leid«, sagte ich leise.

Es lag wohl daran, dass ich schlecht geträumt hatte. Der Wind war ein Spiegel meiner Gefühle und hatte das Wetter durch meine Ängste verändert. Mir war nur nicht klar gewesen, dass dies auch im Schlaf passierte.

»Zuerst hat es nur gestürmt«, berichtete Justus und warf einen Seitenblick auf seinen Bruder. »Ich bin wach geworden. Habe mir aber nichts weiter dabei gedacht. Es stürmt öfter, wenn du schlecht träumst.«

War das so? Warum erzählte mir das niemand?

»Doch dann hat es angefangen zu regnen. Marc ist aufgewacht und …« Justus verstummte und blickte in den Wald. Auch Marc hatte seinen Kopf gedreht und starrte in die Dunkelheit.

»Was ist los?«, flüsterte ich und blinzelte ebenfalls in die Richtung. Waren dort nicht die Wagen? Kam da jemand durch den Wald?

»Jungs?«, hörte ich Vans Stimme und nur einen Augenblick später erfasste das schwache Licht seine Züge. »Ist alles in Ordnung bei euch?« Er sah direkt mich an.

Ich wusste nicht recht, was ich sagen sollte. Das war mir zu viel Aufmerksamkeit. »Ähm, ja, ich denke schon«, erwiderte ich, weil es schien, als erwartete er eine Antwort von mir.

»Wir haben uns Sorgen gemacht. Vater hat mich geschickt. So schlimm gestürmt hat es lange nicht mehr und dann auch noch der Regen. Bist du dir sicher, dass alles in Ordnung ist?«, fragte er skeptisch und ich nickte hastig.

»Sie hatte nur einen Albtraum«, erklärte Justus und hängte die Feuerkugel neben sich in die Luft.

Van nickte, doch sein Blick war nicht zu deuten. »Cate, nichts gegen dich, aber du solltest vorsichtiger sein. Du kannst es dir von uns allen am wenigsten leisten, deine Kräfte nicht kontrollieren zu können.« Seine Stimme war schneidend und seine Worte trafen mich wie eine Ohrfeige, auch wenn sie vermutlich nicht böse gemeint waren. Verlegen biss ich mir auf die Unterlippe.

»Eure Sachen sind sicher nass.« Er drehte sich nach den Schlaflagern seiner Brüder um. »Wenn ihr wollt, könnt ihr bei den Kindern schlafen. Sally haben wir schon zu Juju gelegt und Benji hat gesagt, dass er sein Bett teilt.« Natürlich hatte Van bei diesem Angebot Marc und Justus gemeint, denn für mich gab es ja jederzeit einen Ort im Wagen der Frauen.

Doch da wollte ich nicht hin. Zum einen weil ich innerhalb des kleinen Wagens nicht gut schlief, und zum anderen weil ich mir jetzt Gedanken über die Sicherheit der anderen machte.

Was, wenn ich wieder einen Albtraum hatte und der Wind den Wagen auseinandernahm? Jetzt, da ich wusste, dass ich des Nachts eine Naturgewalt war, konnte ich es nicht über mich bringen, näher zu den Wagen zu gehen.

Justus schien es mir anzusehen. Er lächelte mich müde an. »Danke, aber ich bleibe hier draußen bei Cate.«

Innerlich atmete ich auf und strich ihm dankbar am Arm entlang.

»Marc?«, wandte sich Van an seinen jüngsten Bruder, der sich demonstrativ schüttelte.

»Ich komme mit. Ich will keinen Augenblick länger hier draußen schlafen!«

Typisch Marc. Wessen Idee war es denn gewesen, ihren Wagen der Fürstentochter zu überlassen?

Van grinste nur. »Wenn du dich bereit erklärst, jeden Abend eine Geschichte zu erzählen, bevor die Kinder schlafen gehen, wirst du dauerhaft ein Bett vorfinden«, erklärte er leise.

Marc nickte und fuhr sich durch die nassen Haare. »Klar. Gar kein Problem«, erwiderte er und folgte Van durch den Wald. Sein nasses Schlafbündel ließ er einfach liegen.

»Aber nichts Unanständiges«, hörte ich Van noch sagen und Marc lachte kurz auf. Dann waren sie verschwunden.

Still rief ich den Wind und wies ihn an, den Himmel langsam wieder zu klären, damit wir am Morgen wieder schönes Wetter hatten. Er sollte sich dabei jedoch Zeit lassen, um keine auffälligen Wetterphänomene hervorzurufen. Falls so was den Menschen in den Dörfern auffiel, würden sie sicher ahnen, dass da etwas nicht mit rechten Dingen zuging.

»Soll ich deine Decke trocknen?«, fragte Justus und ich löste mich aus dem Gespräch mit dem Wind.

»Wie willst du das machen?«, wollte ich wissen und kämpfte mich mühsam aus ihr heraus. Zum Glück hatte die Unterdecke nicht so viel abbekommen.

»Ich verdampfe das Wasser mit Hitze«, sagte er, als wäre es selbstverständlich. Er nahm etwas umständlich das vollgesogene Teil von meiner Hängematte und legte es sich um den Körper.

»Verbrennt die Decke nicht, wenn du darunter Feuer machst?« Ich blinzelte ihn verwirrt an.

»Kein Feuer, Cate. Hitze«, korrigierte er mich und die Decke begann plötzlich zu dampfen.

Moment. Was? Erstaunt sah ich den Dampf im leichten Wind verwehen. »Wie machst du das?«, rief ich viel lauter, als ich gewollt hatte, und Justus betrachtete mich skeptisch.

»Cate, Windkind des Südens, wir kennen uns seit zwölf Jahren. Ich habe meine Kräfte seit sieben davon und du behauptest, ahnungslos zu sein?« Er warf die Decke wieder über mich und ich zupfte sie verlegen zurecht. Sie war tatsächlich trocken und warm, als hätte man sie im strahlenden Sonnenschein ausgelegt.

»Wovon redest du?«

Justus sah mich erst erstaunt an, merkte dann wohl, dass ich wirklich nicht verstand, und lachte auf. »Du hast echt keine Ahnung, was?« Er setzte sich auf sein Lager unter mir und verschwand damit aus meinem Blickfeld.

Das konnte ich nicht auf mir sitzen lassen und ich spähte über den Rand meiner Hängematte.

Justus fischte gerade nach Marcs Decken und breitete sie unter sich aus.

»Wovon habe ich keine Ahnung?«, fragte ich ihn, doch er grinste nur und drehte sich einfach zur Seite.

Hatte er wirklich vor zu schlafen, ohne mir zu sagen, worum es hier eigentlich ging?

Dann war es still.

War er etwa eingeschlafen? Das war ja nicht zu fassen!

»Hey!«, fuhr ich ihn an. »Wovon habe ich keine Ahnung?«, wiederholte ich die Frage und bekam nur einen verhaltenen Lacher als Antwort.

Genervt rollte ich mich zurück und starrte in den sich langsam lichtenden Himmel. Sogar einige Sterne waren bereits zu sehen. Es war nicht mehr so finster wie zuvor.

Und ich lag schon wieder wach und konnte nicht schlafen, nur weil Justus mir nicht sagen wollte, was ich von ihm nicht wusste.

Was hatte er noch für Geheimnisse vor mir? Von allen Feuerleuten war er der verschwiegenste, mit geheimnisvollen Zügen und unergründlichen Augen. Wie konnte ich mir da einbilden, ihn so gut zu kennen?

»Verdammt!«, fluchte ich leise und hörte ihn unter mir gleichmäßig atmen. Dieser blöde Kerl war doch tatsächlich eingeschlafen.

Glücklicherweise schlief ich die restliche Nacht völlig traumlos und erwachte, als die Sonne am wolkenlosen Himmel aufging.

Justus war bereits weg, als ich mich aufsetzte und über den Rand meiner Hängematte spähte.

Das Frühstück brachte allerdings so einiges an Aufregung, als plötzlich Dantes Unterarm in Flammen stand. Er war natürlich selbst daran schuld, weil er sich schwertat, seine Kräfte zur Gänze zu kontrollieren.

Doch auch Bree hatte ihren Anteil. Sie hatte dem armen Kerl an diesem Morgen schon mehr als einmal schöne Augen gemacht. Das war völlig neu und ich traute der Sache nicht so recht.

Nicht nur, weil sie überraschenderweise ihre Meinung geändert haben sollte, sondern vor allem, weil Ayo und die Fürstentochter immer in der Nähe waren und sich zwanghaft das Lachen verkneifen mussten.

Es war also sicher so etwas wie ein Spiel auf Kosten des armen Dante, der nicht wusste, wie ihm geschah.

Und schlussendlich endete es in einem Desaster.

Elyssabed schrie auf und erst da begriffen wir anderen, wie schwerwiegend das Missgeschick war.

Im ersten Moment wussten wir nicht mal, was wir tun sollten. Wie löschte man ein Feuer, ohne Feuer- oder Windkräfte zu benutzen?

Zum Glück reagierte Elyssabed schneller als wir. Sie griff nach dem kleinen Wasserfass und goss den gesamten Inhalt über Dante.

Endlich kam Leben in uns. Zuerst stießen wir Schreckensrufe aus, die so gespielt klangen, dass man sie kaum glauben konnte. Dann tauchte Fin auf, ein helles Leintuch in der Hand, und legte dieses schnell über Dantes Arm, damit man nicht sah, dass er unter den verbrannten Resten seines Ärmels völlig unversehrt zum Vorschein kam.

Erst als Fin ihn hochzerrte und mit sich zog, kam er auf die Idee zu schreien. »O nein!«, rief er sehr uninspiriert und ich schämte mich für diese schlechte Schauspielkunst.

»Es tut so weh!«, kreischte er noch, dann hatte Fin ihn schon in ihren Wagen gezogen.

Ich konnte nur den Kopf schütteln und versuchen, bestürzt auszusehen.

Zum Glück war Elyssabed zu schockiert, als dass ihr unser gespielter Schreck aufgefallen wäre.

Justus, der neben mir gesessen hatte, war aufgestanden und starrte die Fürstentochter an. Sein Blick war wild und ich hatte kurz Angst, dass er sie schon wieder übers Knie legen wollte.

»Was ist los?«, fragte ich ihn, doch er antwortete nicht. Er musterte nur angestrengt Elyssabed.

Ich sah ebenfalls hin. Sie war immer noch in hellem Aufruhr. Bree und Ayo ließen sich durch Elyssabeds Aufregung mitreißen und lieferten nun ein perfektes Schauspiel an ihrer Seite.

»Hey, was ist?«, wiederholte ich und berührte Justus am Arm.

Er holte tief Luft, so als hätte er sie zuvor angehalten. »Nur ein kleiner Funke und auf einmal wandelt sich das Bild über einen Menschen«, sagte er plötzlich, als ich schon nicht mehr mit einer Antwort rechnete. Seine Stimme war ausdruckslos, doch in seinen Augen flackerte es.

Es fiel mir schwer, das richtig zu deuten. Sowohl die Worte als auch das Funkeln in seinem Blick. Erneut bestätigte es sich, dass ich ihn nicht so gut kannte, wie ich immer gedacht hatte.

Verunsichert saß ich da, die Schüssel voll Haferbrei in der Hand, und entschied mich, ihn einfach nach der Bedeutung von all dem zu fragen, da setzte er sich in Bewegung. Rasch ging er zu Elyssabed und den Mädchen.

Mein erster Impuls war, ihm zu folgen und ihn aufzuhalten. Doch er sah nicht so aus, als wäre er wütend. Und er war es auch nicht.

Als er sie erreichte, legte er der Fürstentochter eine Hand ganz leicht auf den Arm, sah sie an und versuchte, sie mit seiner ausgleichenden Art und ermutigenden Worten zu beruhigen.

Vor Erstaunen stand mein Mund weit auf. Schnell wandte ich den Blick ab und dachte verstört über seine Worte nach.

Etwas hatte sich gerade verändert. Justus hatte sich verändert. Der letzte Satz musste eine entscheidende Bedeutung haben, aber es wollte mir nicht aufgehen.

Vielleicht meinte er, dass sich Elyssabeds Bild von den Feuerleuten änderte, weil sie gesehen hatte, wie Dante in Flammen stand. Aber konnte es das sein? Hätte irgendwer von ihnen ernsthaft geglaubt, dass sie etwas anderes dachte, dass sie verstand, was sie da gerade gesehen hatte, wäre sie sicher nicht mehr lange am Leben.

So brutal es auch klang. Das Feuervolk konnte nicht riskieren auffliegen, nur weil es ein Mädchen am Leben gelassen hatte. Sie alle stellten das Überleben ihres Volkes immer über das eines Einzelnen. Selbst bei Feuermenschen.

Falls einer von ihnen angegriffen wurde oder in Gefangenschaft geriet, durfte er sich nicht mit seinen Feuerkräften zur Wehr setzen, wenn nur die kleinste Chance bestand, dass es jemand sah, der es weitererzählen konnte.

Das war der einzige Grund, warum das Feuervolk noch existierte, während man das Windvolk ausgelöscht hatte. Es galt Geheimhaltung um jeden Preis.

Was war es also, das Justus plötzlich so verändert hatte?

Wie er da bei den Mädchen stand, Elyssabeds Blick festhielt und ihre Gedanken in andere Bahnen lenkte, damit sie wieder Farbe im Gesicht bekam, machte es auch nicht den Eindruck, als wollte er sie töten.

Im Gegenteil. Umso länger ich zusah, desto mehr erschien es mir, als freundete er sich mit ihr an. Woher aber der plötzliche Wandel?

Wandel! Hatte er nicht gesagt, dass sich durch einen Funken das Bild über einen Menschen wandeln könne? Meinte er damit sein Bild über sie?

Elyssabed machte einen unbeholfenen Witz und Justus lachte. Ich traute meinen Augen kaum. Er lachte.

Schockiert stellte ich meine Schüssel beiseite, der Appetit war mir vergangen. War er etwa von ihrer schnellen Reaktion beeindruckt, mit der sie Dante zu retten versuchte? Oder hatte sie mit ihrer zarten Art und dem vor Schreck bleichen Gesicht seinen Beschützerinstinkt geweckt?

Ich kannte niemanden mit einem so ausgeprägten Beschützerinstinkt wie ihn. Immer hatte er die Augen überall, um auf alle gleichzeitig aufzupassen. Besonders auf mich.

Ich tat mich schwer, es mir einzugestehen, aber es war so. Stets hatte ich gemeint, eine besondere Stellung bei Justus einzunehmen, dass er sich für mich persönlich verantwortlich fühlte – seit dem Zeitpunkt, als er mich damals aus einem Wasserfass gefischt hatte.

Konnte Elyssabed mir diesen Platz nehmen? Einfach so?

Ich schüttelte den Kopf. Wie konnte ich Justus so wenig Vertrauen entgegenbringen?

Nur weil sie sich einmal erschreckt hatte, machte sie mir doch nicht gleich meine Stellung streitig. Wer war sie denn schon? Ein Mensch, ohne jede Ahnung von der Welt. Vor allem von unserer.

Entschlossen nahm ich die Schüssel wieder zur Hand und schob mir trotzig einen Löffel voll Haferbrei mit Honig in den Mund. Ich kaute und schluckte und es wurde zu einem bitteren Klumpen, der mir in den Magen rutschte.

Doch ich aß auch noch einen zweiten Löffel voll und redete mir ein, dass die Welt noch genauso war wie vor einer Stunde.

12

Fürst Bolaress stand auf einem der Balkone und starrte auf die verschlungenen Straßen, die durch die Stadt zur Festung führten. Der Wind zerrte an seinen seidenen Morgenröcken und die Sonne ließ das helle Gestein der Stadt aufleuchten, brach sich glitzernd im Wasser des Afon, der die Oberstadt von der Unterstadt trennte.

Der Fürst wartete. Er wartete schon seit Tagen.

Nicht auf seine Tochter, die vor ein paar Tagen die Sommerresidenz verlassen haben musste, um wieder zurück in die Hauptstadt zu kommen. Sie würde noch mindestens eine Woche brauchen, oder auch länger, wenn sie in jeder kleinen Stadt hielt, um Kleider, überteuerten Schmuck und weiteren unnützen Firlefanz zu kaufen.

Nein, der Fürst von Mari wartete auf eine ganz andere Person.

Ein eigentümlicher roter Kutschwagen tauchte in den Straßen unter ihm auf, als er die Prachtbrücke in die Oberstadt überquerte. Der Fürst rief laut vor Begeisterung und stürmte in den Salon, in dem drei Diener bereits auf ihn warteten.

»Holt meine feierlichen Gewänder!«, befahl er und einer der Diener entfernte sich hastig. Ein anderer goss Wein in einen goldenen Becher, den er Bolaress anbot.

Der Fürst lehnte ab, war viel zu erhitzt, um sich mit Wein zu beschäftigen, und lief aufgeregt im Zimmer hin und her.

Als der erste Diener nach einigen Augenblicken noch nicht wieder aufgetaucht war, nahm er den Weinbecher doch und leerte ihn, ohne abzusetzen. Er war wahrhaftig kein besonders geduldiger Mensch. Schon gar nicht bei Dingen, die er so ersehnte wie diesen Besucher.

Es kam ihm vor wie Ewigkeiten, bis sein Lakai mit einem Bündel fein säuberlich gefalteter Kleider zurückkam.

»Beeilt euch!«, rief der Fürst ungehalten und hob die Arme, damit man ihn umkleiden konnte. Heute war es ihm egal, dass sein bereits ergrautes Haar durcheinandergeriet, und er schickte den Diener mit dem Kamm wieder weg. Stattdessen fuhr er sich nur kurz mit der Hand über den Kopf und setzte sich eine der fürstlich mit Steinen besetzen Hauben auf.

Schnell warf er einen Blick in den Spiegel, um seiner Eitelkeit Genüge zu tun und seine leicht gebräunte Haut und die wachen blaugrauen Augen zu bewundern.

Er hatte schon immer eine Vorliebe für farbenfrohe Kleidung gehabt. Das feierliche Gewand war in strahlenden Blautönen gefärbt und mit vielen bunten Perlen bestickt. Das Wappen seines Landes, ein Fischreiher mit ausgebreiteten Flügeln und einem zappelnden Fisch im Schnabel, war groß mit Goldfäden auf den Rücken gestickt.

Gerade als man ihm noch die breite rot schimmernde Schärpe umlegte, erschallten im Hof die Fanfaren, die den Besucher ankündigten.

Sein Puls schnellte nach oben und die Aufregung ließ seinen Magen flattern. Erhaben straffte er die Schultern und scheuchte mit einer Handbewegung die Diener davon, die immer noch dabei waren, penibel alle unerwünschten Fältchen aus dem Gewand zu streichen. Nach einem letzten Blick in den Spiegel verließ er seinen privaten Salon, ging schnellen Schrittes den hellen Säulengang entlang, um am oberen Ende der breiten Festtreppe auf den lang ersehnten Gast zu warten.

Das Tor wurde geöffnet und ein Mann, begleitet von einigen Palastdienern und einem Wachsoldaten, betrat die Halle.

Er war auffallend groß und hager, hatte all die jugendlichen Züge verloren, die er bei ihrem letzten Zusammentreffen gehabt hatte. Was nur natürlich war nach all den Jahrzehnten, die mittlerweile vergangen waren. Doch das kantige Gesicht mit den hervortretenden Wangenknochen war unverkennbar.

Die knochigen Schultern des Mannes waren schmal und selbst unter dem fremdländischen, dick gewebten Gewand schienen sie ungewöhnlich spitz.

Die Kleidung stammte eindeutig von einem der Nordstämme und die dunkeln, natürlichen Farben weckten alte Erinnerungen, die der Fürst schnell beiseiteschob.

Dies hier war wahrlich nicht der Moment, alten Gefühlen nachzuhängen.

Und so konzentrierte sich Bolaress auf die Ketten, die um den Hals des Besuchers hingen. Sie waren aus verschiedensten Materialien mit skurrilen Amuletten.

»Willkommen in Berill, Professor Low«, ließ der Fürst seinen weichen Bariton erklingen, der in dieser Halle besonders vorteilhaft von den Wänden widerhallte, und breitete die Arme zur Begrüßung aus. »Wie wundervoll, Euch nach so vielen Jahren wiederzutreffen.« Er stieg langsam die Stufen hinunter, sodass die Perlen seines Gewandes im Sonnenlicht schimmerten, das durch die Oberlichter in die Halle fiel. »Und welch eine Ehre, Euch hier zu empfangen.«

Der hagere Mann verbeugte sich förmlich und lächelte schlicht. Es war ihm nicht anzusehen, ob der pompöse Auftritt ihn beeindruckte.

Musik, dachte der Fürst bei sich. *Eine Fanfare hier und jetzt hätte es noch spektakulärer gemacht.* Doch nun war es zu spät dafür. Sei's drum.

»Verehrter Fürst, die Ehre ist ganz meinerseits«, sagte der Professor und seine Stimme war tief wie ein Brunnen.

»Ihr seid sicher erschöpft von der langen Reise, Professor. Mein Hofmeister wird Euch Eure Gemächer zeigen«, bot der Fürst an, der sich selbst gern als gastfreundlichen Menschen betrachtete, als er am unteren Ende der Treppe angelangt war. Aus einer Nische trat auf ein Zeichen ein älterer Herr mit ernstem Gesicht.

»Mein verehrter Fürst, es ist überaus freundlich von Euch, zuerst an mein Wohlergehen zu denken. Doch ich muss ehrlich gestehen, dass ich es nach dem ausführlichen Brief, den Ihr mir geschrieben habt, kaum erwarten kann, Eure so hochgelobte Sammlung zu Gesicht zu bekommen.« Die Augen des Professors blitzten und der Fürst sah in ihnen die Entdeckerlust, die er sich erhofft hatte.

Tief atmete er ein und warf sich in die Brust. Seine Sammlung war sein ganzer Stolz. Seit Jahren trug er antike Stücke aus aller Welt zusammen, besonderen Schmuck, Handwerk und andere Artefakte. Es war seine Leidenschaft. Ständig schickte er sachkundige Männer durchs ganze Land und darüber hinaus, um nach weiteren wundervollen Kleinoden Ausschau zu halten.

Es ehrte ihn zutiefst, dass Professor Tantarus Low, ein hochgeschätzter und außergewöhnlicher Völkerkundler, ein solches Interesse an seinem Schatz hegte und er ihn hatte dafür gewinnen können, die Stücke zu katalogisieren. Das würde seiner Sammlung einen zusätzlichen Wert geben und sie allgemein noch anerkannter machen.

»Aber selbstverständlich. Es ist mir ein außerordentliches Vergnügen«, frohlockte er und wies die Treppe hinauf. »Folgt mir, Professor. Ich zeige Euch meinen *Saal der Schätze.*«

Obwohl der Fürst gerade an nichts anderes als seine Sammlung denken konnte, tauschte er Belanglosigkeiten über die Reise, das Wetter und das derzeitige Wohlbefinden mit dem Professor aus, wie es sich für Edelmänner bei Hofe gehörte.

Als zwei Diener die Türen zum *Saal der Schätze* öffneten, verstummten sie jedoch.

Das Zimmer war einst ein prächtiger Festsaal gewesen, mit wunderschönen pastellenen Wandmalereien, Bildteppichen, hohem Kuppeldach und großen Bogenfenstern, die den Raum hell und luftig wirken ließ.

Doch nun, da die Feste, Bankette und Bälle im neuen Teil der Festung veranstaltet wurden, hatte der Fürst diesen Saal für seine eigenen Zwecke umgestalten lassen. Überall standen Sockel mit Skulpturen aus Stein und verschiedenen Metallen. Schmuck und andere antike Kostbarkeiten waren in Vitrinen ausgestellt, Truhen und Schränke voller Kunst und handgefertigten Gegenständen.

»Fantastisch!«, rief der Professor aus und konnte sich kaum festlegen, was er als Erstes untersuchen wollte.

»Nicht wahr?«, gab der Fürst zurück und betrachtete seine Sammlung voller Stolz.

»Darf ich?« Der Professor zeigte in den Saal.

»Aber selbstverständlich! Fühlt Euch wie zu Hause, seht Euch alles an. Schließlich habe ich Euch dafür eingeladen.« Der Fürst lachte und fühlte sich wie der reichste Mensch der Welt.

Tantarus Low trat über die Schwelle und spürte förmlich all die Geheimnisse, die er lüften würde. Sie flüsterten ihm zu, lockten ihn in ein Meer aus Wissen.

Seit er denken konnte, hatte er sich für Menschen und ihre Art zu leben interessiert. Als kleiner Junge war er fasziniert gewesen von den Händlern aus fernen Ländern, von ihren Kleidern und Umgangsformen.

Als er alt genug war, hatte er sich aufgemacht, die Welt zu erforschen. Einer der Kaufmänner aus dem Westen hatte ihn mitgenommen. Dadurch hatte er viel über deren ausschweifendes Leben und über ihre entspannte Art erfahren.

Die Gebirgsvölker hatten ihn danach lange in Atem gehalten. Es waren raue und recht unfreundliche Menschen, und es hatte ihn viel Zeit gekostet, ihr Vertrauen zu erlangen. Sie waren Jäger und dem Stein sehr zugetan. Diese Leute schürften tief in den Bergen, erforschten Höhlen und bauten Minen. Einfach faszinierend!

Zu der Zeit hatte es begonnen, dass er von Fürsten und Königen eingeladen wurde, die sich an seinem Wissen bereichern wollten. Doch ihm war es nur recht. Geschätzt zu werden öffnete ihm die Türen zu all dem Wissen, das er ersehnte.

Nur der Norden hatte es ihm schwer gemacht, was ihn nur noch mehr herausgefordert hatte. Der Professor war den unterschiedlichen Stämmen beigetreten und hatte ihre strengen Sitten und Riten mit Freuden ergründet.

Jetzt wieder zurück im Süden zu sein, wo die Sonne heiß brannte und die Menschen auf offener Straße lachten, war nach all der Zeit seltsam, aber auch befreiend. Ein Grund mehr, der Einladung nach Mari zu folgen. Und er war sich sicher, dass er hier so einiges Neues ergründen würde.

Er hatte sein Leben der Forschung gewidmet und es keinen Tag seines Lebens bereut.

Er wanderte zwischen den Kisten, Tischen und Vitrinen herum, entzifferte Inschriften, sah Bekanntes wie Unbekanntes und kam dann an einen Durchgang, der zu einem offenen Pavillon führte. Es gab keine Wände, nur einen niedrigen Sims, was bei der Höhe gewagt anmutete. Unter ihnen ersteckte sich Berill in alle Himmelsrichtungen und Tantarus Low hielt die Luft an, als er in das schimmernde Licht trat, das durch das mit buntem Glas durchbrochene Dach fiel. Zwischen den bauchigen Säulen flatternden weiße Vorhänge.

Doch das eigentlich Faszinierende an diesem Bau war nicht nur seine Beschaffenheit, sondern die Gebilde, die von der Decke hingen. Auf den ersten Blick wirkte es, als handelte es sich nur um ein einziges, das sich durch den ganzen Raum spannte. Bei näherer Betrachtung erkannte er jedoch mindestens zwei Dutzend Einzelstücke.

Sie alle waren verschieden und wiesen doch einige Gemeinsamkeiten auf. Jedes Stück bestand aus mehreren langen Röhren in unterschiedlichen Stärken und aus diversen Materialien. Und in allen hingen bunte Steine, Glas, Perlen und Muscheln.

Sie waren wunderschön. Er musste sich eingestehen, dass er so etwas noch nie gesehen hatte. »Was ist das?«, fragte er den Fürsten, der hinter ihm den Pavillon betrat.

»Das sind Windspiele. Sie stammen von einem Volk, das einst an der Südspitze des Landes gelebt hat. Ich bin besonders stolz auf diese Sammlung. Sie sind schwer zu kriegen und werden zu hohen Preisen gehandelt.« Der Fürst fuhr mit der Hand durch die Röhren, die sogleich aufgeregt zu klingen begannen.

»Wirklich bemerkenswert«, sagte der Professor und spürte die Aufregung in seinen Adern, wie immer, wenn er auf etwas Großes stieß. »Wie heißt dieses Volk? Wo kann ich es finden?« Er musste die Menschen kennenlernen, die so wundersame Dinge herstellten.

»Es nannte sich das Volk des Windes. Es ist nirgendwo mehr zu finden.«

Der Professor runzelte die Stirn. »Wie ist das möglich? Wohin ist es gegangen?«

»Man hat es getötet«, antwortete ihm der Fürst und seine Bestürzung darüber hielt sich offensichtlich in Grenzen. »Die Menschen hierzulande und auch die in Albahr hatten große Angst vor ihnen. Sie besaßen die Fähigkeit, den Wind zu lenken. Einige konnten sogar fliegen. Eigenartig waren sie und unberechenbar wie das Wetter selbst.« Der Fürst hielt inne und sein sorgenvoller Blick hatte etwas Aufgesetztes. »Es entstanden Unruhen, eine Auseinandersetzung. Dabei sind sie alle umgekommen.«

Tantarus Low bekam einen Klumpen im Magen und die Freude darüber, der Einladung des Fürsten gefolgt zu sein, schmälerte sich. Vermutlich war es nicht allein die Angst der Menschen gewesen, sondern der Fürst hatte ein ebenso großes Interesse daran gehabt, sie loszuwerden.

Am liebsten hätte er tief geseufzt, doch er wollte seine Gefühle dem Fürsten nicht mehr offenbaren. Sein Interesse an dem Volk des Windes war geweckt und er würde so viel wie möglich über es herausfinden, egal wie sein Gastgeber dazu stand. Seine Geschichte reizte ihn auf Anhieb, obwohl er bezweifelte, dass es jemanden gegeben hatte, der fliegen konnte. Aber dem würde er auf den Grund gehen.

13

Nimm den Kopf runter, Symmon«, raunte Uro und griff mit der linken Hand nach, um sich besser an dem Vorsprung unter dem Erkerfenster festhalten zu können.

»Wenn ich den Kopf noch weiter runternehme, sehe ich aber nichts mehr. Und dann wäre die ganze Kletterpartie umsonst!«, fauchte dieser zurück und schob vorsichtig den Fensterverschlag weiter auf.

Im Inneren des Erkerzimmers entkleideten sich gerade die schwatzenden Kammerzofen der Herzogin von Waalen, die derzeit dem Fürstenhof von Berill einen Besuch abstattete. Sie schickten sich an, ein Bad zu nehmen und sich gegenseitig mit einem Stück Rosenseife den Rücken einzureiben. Leider standen sie alle so ungeschickt, dass Symmon die besten Stellen gar nicht sehen konnte.

»Wenn sie uns entdecken, war diese Kletterpartie nicht nur umsonst, sondern auch peinlich«, warf Uro ein und lugte über den groben Stein hinweg ins Zimmer.

»Dir vielleicht. Mir ist nichts peinlich«, entgegnete Symmon gepresst und zog sich mit den Händen näher an den Erkersims, um besseren Halt für die Füße zu finden. Das größte der drei Mädchen drehte sich ein Stück zu ihnen, doch ihr Haar war so lang und schwer, dass es ihre Brüste bedeckte. Es war aber auch zu schade.

Uro rollte mit den Augen. »Ich erinnere dich ja nur ungern an den Vorfall im letzten Monat. Sich des Abends in Frauenkleidern in sämtlichen Spelunken herumzutreiben war nicht deine beste Idee. Auch nicht, um Informationen für Fristan zu erschleichen. Und vor allem nicht, als du nach dieser durchzechten Nacht im Bett von Bäcker Olaf erwacht bist.«

»Und wie der geguckt hat, die blinde Tonne, als er gemerkt hat, dass er sich einen Mann als Bettwärmer gesucht hat. Ein Glück für mich, dass wir beide zu betrunken waren für …« Eine der Frauen ließ ihren Blick zum Fenster schweifen, sodass Symmon und Uro sich schnell wegducken mussten. »Aber du hast recht. Peinlich war das schon«, wisperte der drahtige Krieger und lachte leise. Der Abend war so verrückt gewesen. Das unbequeme Mieder und die engen Schuhe. Er beneidete die Frauen nicht um ihre Gewänder.

»Ja. Ich habe gehört, dass der Bäcker seit diesem Vorfall von seinen auserkorenen Bettgespielinnen ausreichende Beweise ihrer Weiblichkeit verlangt, bevor er sie mit nach Hause nimmt.« Uro gluckste und hatte Mühe, sich dabei festzuhalten.

Symmon krümmte sich vor Lachen.

»Hört ihr das?«, fragte eine der Zofen und trat ans Fenster, während sie sich ein leinenes Tuch um ihre weiblichen Rundungen schlang. Es reichte ein Blick über das Fensterbrett und sie entdeckte die beiden Männer, die sich an die Brüstung des Erkers klammerten. Ihr entfuhr ein spitzer Schrei. Symmon und Uro lachten dadurch nur noch lauter und entkamen so auch nicht dem Schlag, den die Zofe mit einem Schürhaken auf sie herabsausen ließ.

Sie erwischte Symmon an der linken Schulter, während sich Uro rechtzeitig ducken konnte, sich dafür aber das Knie an der Mauer aufschlug.

Beide Männer fluchten lautstark und entgingen nur um Haaresbreite einem weiteren Hieb, da sie sich von der Mauer abstießen und rückwärts in die Tiefe fallen ließen.

Mit lautem Krachen durchschlugen sie das morsche Holzdach des angrenzenden Heulagers. Lachend, spuckend und ihre Verletzungen reibend, kletterten sie aus dem getrockneten Gras und stapften auf den Hof hinaus. Die Knechte, die hier gerade zu tun hatten, machten erst große Augen, verzogen sich jedoch schnell, als ihnen bewusst wurde, wen sie hier vor sich hatten.

»Hoffentlich brecht ihr euch irgendwann den Hals!«, schrie ihnen die Zofe hinterher, die es offensichtlich nicht wusste. Sonst wäre ihre Wortwahl sicher anders ausgefallen.

Doch Symmon störte sich nicht daran; besser so, als dass alle um ihn herum buckelten. Er und sein Kumpan verbeugten sich elegant vor den zeternden Frauen, die sich anschickten, ihre Seifenstücke nach ihnen zu werfen, und lüfteten die nicht vorhandenen Hüte, um den Spott noch auf die Spitze zu treiben. Dann machten sie auf dem Absatz kehrt und spazierten durch einen kleinen Seitenausgang auf den inneren Festungsvorhof.

Das Chaos, das sie angerichtet hatten, würde jemand anderes aufräumen. Hauptsache war nur, dass Symmons Vater davon erfuhr, um die Maskerade aufrechtzuerhalten.

Ein paar der Diener, die ihnen begegneten, neigten sofort die Häupter und murmelten höfliche Grußworte, die Symmon gern überhörte.

Diese ganze edle Tuerei ging ihm so sehr auf die Nerven. All die Bräuche des Südens waren nicht für jemanden wie ihn gemacht, der sein halbes Leben woanders gelebt und gekämpft hatte.

Uro nutzte den unaufmerksamen Moment der Dienerschaft, um sich einen Apfel aus einem Korb zu stibitzen.

Die Sonne schien heiß heute und reflektierte unangenehm auf dem hellen Gestein der Festung.

»Ich glaube, dein Vater hat Besuch«, sagte Uro, zeigte auf einen eigenartigen, dunkelrot lackierten Kutschwagen, der nahe der Tore im Schatten stand, und biss in den rotbäckigen Apfel.

Symmon lehnte sich im Schatten an eine Mauer und blinzelte in die Richtung. Im Norden schien die Sonne niemals so grell wie hier. Sie war kühl und sanft und besser für die Augen.

»Das ist so ein Professor, der sich seine *Sammlung* anschauen soll. Irgendein hochwichtiger Mann. Angeblich war er sogar schon bei den Nordstämmen.« Symmon nahm Uro den Apfel aus der Hand, als dieser gerade ein zweites Mal abbeißen wollte, und schlug seine Zähne selbst hinein.

»Bist du ihm dort begegnet?«, erkundigte sich Uro und Symmon schüttelte den Kopf.

»Der Norden ist groß, mein Freund, die Stämme wandern und ich war damals ein Kind«, antwortete er schmatzend und wischte sich den Mund am schwarzen Stoff seines Hemdes ab.

»Sicher, dass es nicht deine Schwester ist?« Uro starrte auf den Apfel. Er wollte ihn sich auf Symmons Art zurückholen, doch dieser verpasste ihm wie beiläufig einen Klaps auf die Finger, als er es versuchte.

Sie beobachten die Stallburschen dabei, wie sie den Wagen behutsam in den Kutschverschlag stellten, die Pferde ausspannten und zu den Ställen führten.

»Sehr sicher. Erstens würde sie nie in einem so seltsamen Gefährt reisen. Und zweitens …« Er biss noch einmal ab und gab Uro das Apfelgehäuse zurück. »Hörst du, wie die Zofen aufgeregt hin und her rennen, wie eine anstrengende Frauenstimme zetert und gleichzeitig damit prahlt, das schönste Kleid im ganzen Land erstanden zu haben?« Er sah Uro mit hochgezogenen Augenbrauen an, der nur genervt auf den kläglichen Rest des Apfels in seiner Hand sah und dabei die Augen verdrehte.

»Nein«, schnaubte Uro und Symmon zuckte mit den Schultern.

»Dann wird Elyssabed nicht hier sein.« Symmon stieß sich von der Mauer ab, griff in seine Umhängetasche und warf seinem verdutzten Freund einen frischen Apfel zu. »Lass dir nicht alles gefallen, nur weil mein Vater ein Fürst ist«, schimpfte Symmon und Uro lachte auf.

»Keine Sorge, ich lass mir von dir nur alles gefallen, weil man gegen deinen Dickschädel keine Chance hat.« Uro schüttelte den Kopf und biss in das Obst. »Das haben du und deine Schwester gemeinsam«, fügte er feixend hinzu und auf Symmons Armen breitete sich trotz der Hitze eine ekelhafte Gänsehaut aus.

»Wie garstig von dir, mich mit diesem Weibsstück zu vergleichen.« Symmon schüttelte sich angewidert.

Schlimm genug, dass er nach dem Tod seiner Mutter hier in den Süden zu einem Vater kommen musste, der sich nur für sich selbst und seine Schätze interessierte. Aber die Halbschwester hätte er sich wirklich schenken können.

»Man könnte fast glauben, du magst sie nicht«, witzelte Uro, der genau wusste, wie Symmon sich fühlen musste, und der Fürstensohn lachte humorlos auf.

»Man könnte fast glauben, du wünschst dir, dass sie schnell wieder hier ist.« Er sah Uro verächtlich an.

»Hey, sie ist wunderschön.«

Sie schlenderten an der Mauer entlang, immer im Schatten und durch das große Haupttor in den äußeren Ring.

»Ja, da hast du recht. Aber das war's dann auch schon«, verkündete Symmon, der es leid war, über Elyssabed zu sprechen. Er ließ die linke Schulter kreisen, um sie nach dem Schlag mit dem Schürhaken zu entspannen. Das würde einen Bluterguss nach sich ziehen. Und sein Rücken sah bestimmt auch nicht besser aus. Aber so war das nun mal, wenn man nur tat, was einem grade in den Sinn kam.

Bei dem Stamm seiner Mutter hätte er sich solche Albernheiten nie erlauben können.

Doch hier war es egal, was er tat. Selbst wenn er nackt herumlief oder die Festung in Brand setzte, würden alle in ihm noch den ehrenvollen Nachfolger seines Vaters sehen. Es war geradezu lächerlich.

»Als würdest du mehr von einer Frau verlangen«, spottete Uro und sie gingen weiter durch das Gewirr von Lieferanten und Bediensteten auf das Haupttor zu.

»Ich verlange von einer Frau, dann und wann mal still zu sein«, gab Symmon zurück und beide lachten auf, was seine Stimmung glücklicherweise wieder hob. Still zu sein war eindeutig keine von Elyssabeds Tugenden.

Die Oberstadt mit ihren hellen, luftig gebauten Häusern breitete sich unter ihnen aus und strahlte ebenso hell wie das Gestein der Festung. Überall flatternden bunte Tücher und Menschen in glänzenden Seidengewändern stolzierten umher wie farbenfrohe Vögel.

In solchen Momenten vermisste Symmon die erdenen Töne der Nordstämme. Dort war nichts grell und pompös gewesen.

Glücklicherweise lag ihr Ziel auf der anderen Seite des Afon, dem Fluss, der die Stadt in zwei Teile spaltete. Hinter der Prachtbrücke und dem Ehrenplatz erstreckten sich nur noch die engen, schmutzigen Gassen der Unterstadt.

»Auf zum *trunkenen Schwätzer*«, verkündete Symmon lautstark und Uro grinste.

»Du willst dich schon so früh am Tag betrinken? Welch ein Frevel!«, rief er so laut, dass es auch die edlen Damen hören konnten, die ihnen auf der breiten Feststraße entgegenkamen.

Die Frauen sahen erschüttert zu Symmon, der nur ein anzügliches Lächeln für sie bereithielt, worauf sie empört und mit geröteten Wangen die Blicke senkten.

Symmon lachte und legte dem Freund einen Arm um die Schultern. Uro verstand ihn, half ihm, mit all dem Irrsinn zurechtzukommen, obwohl er als Sohn des Hofverwalters hier in Berill aufgewachsen war.

»Schließlich müssen wir unsere Kletterpartie doch gebührend feiern«, erklärte er und reckte ruhmesreich die Faust in die Luft.

»Als würde ich *Nein* sagen«, erwiderte Uro und biss ein letztes Mal in den Apfel.

»Genau das ist dein Problem seit jeher, mein Freund. Du kannst einfach nicht *Nein* sagen«, führte Symmon den Witz mit gespieltem Ernst weiter aus und sie überquerten die Straße, um nicht der prallen Sonne ausgeliefert zu sein.

»Es würde auch nichts nutzen, zu dir *Nein* zu sagen, du würdest mich ja doch mit reinziehen«, murmelte Uro und wog das Apfelgehäuse in der Hand.

»Wie bitte?«, empörte sich der Fürstensohn mit unschuldigem Ton und Uro warf ihm das Gehäuse an den Kopf.

Die Unterstadt war nicht weit, wenn man die Schleichwege kannte.

Das Schankhaus *Zum trunkenen Schwätzer* war eine kleine und verwinkelte Spelunke, erbaut aus gräulichem Holz und alten geschwärzten Ziegeln. Hier trieben sich auch schon am frühen Nachmittag allerlei seltsame Gestalten herum.

Uro und Symmon grüßten den bulligen Tauron an der Tür mit Handschlag und setzten sich an ihren Stammtisch.

An der Wand ihnen gegenüber prangte eine mit Kohle gezeichnete Sonne, die jedem Kundigen alles verriet, was man über die Menschen hier zu wissen hatte. Denn die *Schwarze Sonne* war hierzulande der Name der Diebesgilde.

Nicht der beste Umgang, wenn man darüber nachdachte, woher Symmon und Uro stammten. Eigentlich sollten sie die vornehmsten Männer des Landes sein. Mehr oder weniger zumindest, denn ihre Abenteuerlust und ihr Geschick, immer in Schwierigkeiten zu geraten, stieß in den gehobenen Kreisen nicht auf allzu viel Anklang.

Was Symmon nur recht war. Er suchte die Schwierigkeiten geradezu. Er wollte, dass die Menschen sich an den Kopf fassten, sich empörten, ihre Meinungen hinterfragten. Vergebliche Mühe, das wusste er selbst. Aber wer etwas verändern wollte, durfte sich nicht nur zurücklehnen, fett fressen und mit antikem Firlefanz befassen.

Das Leben spielte nicht in bunten Ballsälen, sondern draußen in der Welt. Und da war die Diebesgilde sehr viel näher dran als der Fürst und Symmon musste am Puls bleiben.

Die Kriegspolitik trat, soweit er das bisher beurteilen konnte, seit bestimmt zehn Jahren auf der Stelle. Die sinnlose Auseinandersetzung mit zeitweiligen blutigen Scharmützeln, die sein Vater mit Albahr führte, war eine Farce. Und doch verschlang sie Unmengen an Geld, Zeit und auch immer wieder die Menschenleben von Soldaten und Bewohnern des Grenzgebietes.

Und worum ging es? Um ein Stück Land, das keinem der Gegner zustand, weil sie das Volk, das es einst bewohnte, heimtückisch und aus reiner Gier zu Tode gebracht hatten.

Symmon ärgerte sich immer wieder darüber, dass er damals noch nicht hier und auch nicht alt genug gewesen war, um seinem Vater diese Idee, die dem Wahnsinn selbst entsprungen sein musste, auszureden.

Solange er und Uro der Diebesgilde angehörten, konnten sie wenigstens irgendetwas bewirken. Zwar nicht immer auf legalem Weg, aber dafür auf weitere Sicht hoffentlich wirksamer als alle Sackgassen-Maßnahmen, die der Fürst von Zeit zu Zeit vornahm. Denn die Vorteile, die er sich gegenüber seinem Gegner verschaffte, hielten nie sehr lange an.

Symmon atmete tief die tabakgeschwängerte Luft ein und genoss die dunklen Farbtöne, die ihn umgaben. Im *trunkenen Schwätzer* fühlte er sich mehr zu Hause als in der weißen Festung. Hier fand er immer, was er brauchte, Informationen genauso wie Zerstreuung. Und ab und an eine Leichtsinnigkeit, auf die er gegen irgendwen wetten konnte.

14

Der Wind rauschte durch die Bäume am Rand der Lichtung. Er war sehr stürmisch in den letzten Tagen. Was wahrscheinlich an mir lag.

Denn ich war verzweifelt.

Auch wenn ich mir immer wieder einzureden versuchte, dass es nicht so war, schien es doch, als hätte ich mit meiner Vermutung recht.

Justus war seit jenem Morgen nicht mehr von Elyssabeds Seite gewichen. Er saß beim Essen neben ihr, ging mit ihr in die Dörfer, ließ sie bei sich auf dem Kutschbock sitzen und war sogar bei den Festen nach dem Feuerspektakel bei ihr.

Immerhin flirtete er nicht. Kein einziges Mal hatte ich einen falschen Blick von ihm gesehen oder ein herausforderndes Lächeln. Im Gegensatz zu ihr, die jede Gelegenheit nutzte, um ihm schöne Augen zu machen. Er war stets freundlich, hilfsbereit und zuvorkommend, mehr jedoch nicht.

Ich verstand die Welt nicht mehr.

Der Wind schlug lautstark einen Fensterladen zu und ich ließ es ihn direkt ein zweites Mal tun. Es war zum Haareraufen. Wären die nicht ohnehin schon fürchterlich verknotet?

Von den Lösungen, die mir zu Justus' Verhalten einfallen wollten, gefiel mir eine weniger als die andere.

Was, wenn er in sie verliebt war? Ich hatte Justus noch nie ernsthaft verliebt gesehen, wer wusste schon, wie das bei ihm aussah? Vielleicht ja genau so!

Er schlief nicht einmal mehr unter meiner Hängematte. Keine Ahnung, wo er sich nachts rumtrieb, bei mir jedenfalls nicht.

Soweit ich von Marc wusste, war Justus zumindest nicht in ihrem Wagen. In dem seines älteren Bruders allerdings auch nicht. Niemand schien zu wissen, wo Justus zurzeit die Nächte verbrachte. Die anderen konnten sich wenigstens einbilden, er wäre draußen im Wald bei mir.

Brees Gezeter riss mich aus den Gedanken.

»Warum immer ich?«, rief sie und stampfte wütend mit dem Fuß auf.

Tanja stemmte die Hände in die Seite und sah auf ihre Nichte hinab. »Weil ich es gesagt habe! Nimm Ayo mit. Ihr zwei vertrödelt eure Zeit doch sowieso nur nutzlos mit Geschnatter und Getratsche.«

Wütend und schimpfend drehte sich Bree um und stapfte mit Ayo im Schlepptau in den Wald.

Ich zog die Beine an und umschlang meine Knie.

Gedankenverloren saß ich auf dem lackierten Holz des Daches und sah den anderen zu, wie sie herumwuselten und ihrer Arbeit nachgingen.

Hanna fertigte aus feinen Schnüren und Glasperlen eine Brosche. Fin rührte mit Elias Hilfe eine Salbe an, die von hier oben aussah wie gelblicher Eiter, und Elias' Miene nach zu schließen auch nicht besser roch.

Hoffentlich war sie nicht für den armen Dante, der seit Tagen gelangweilt herumsaß, während alle ihm ständig sagten, er solle sich schonen. Selbst am Feuerspektakel durfte er nicht teilnehmen, schließlich würde sein Verband verbrennen.

Van, Angu und Tai waren mit ihren Frauen in das nächste Dorf gegangen und hatten die Kinder bei Beress und Tanja gelassen. Zuerst hatten sie sich Würfelspielen gewidmet, doch dann war Marc aufgetaucht und nun spielten sie mit ihm *Die Heldensaga des Dresch Karonan* nach; eine Figur aus den Abenteuergeschichten, die Marc den Kindern erzählte.

Bree und Ayo waren zum Holzsammeln verdonnert worden. Eine unliebsame Arbeit, da alle wussten, wie völlig überflüssig sie eigentlich war.

Die Zwillinge stritten gerade darüber, welcher der Stöcke, die sie gefunden hatten, denn nun Dresch Karonans *schwarzes Schwert der Verzweiflung* war, als Mei zwischen den Wagen hindurchgestürmt kam.

»Ich habe Steinpilze entdeckt!«, rief sie triumphierend und warf die Arme in die Luft.

Tanja erhob sich mit freudigem Gesicht von ihrem Platz vor dem lilafarbenen Wagen. »Wirklich? Moment …« Sie räumte Kartoffeln von einem Korb in einen anderen. »Ich gebe dir den hier. Bring so viele, wie du finden kannst.« Sie pustete den Dreck heraus und reichte ihn an ihre Tochter weiter, die schon ungeduldig von einem Fuß auf den anderen trat. »Und nimm jemanden mit«, setzte Tanja gleich hinterher, als Mei ihr den Korb beinahe aus der Hand riss, und bedachte sie mit einem strengen Blick.

»Ach, Mama«, nörgelte Mei und sah sich aber gehorsam nach jemandem um. »Marc?«

»Bin beschäftigt«, antwortete der Angesprochene sofort und band Garan ein schwarzes Tuch so um, dass es wie der Umhang von Dresch Karonans bösem Widersacher aussah.

»Haha! Dresch Karonan, dies wird dein Untergang sein!«, rief Garan mit verstellter Stimme und reckte einen Ast in die Luft.

Er war so süß, dass ich einfach über ihn lachen musste. Das hob meine Laune ein wenig und ich entschloss mich gerade, vom Dach des Wagens zu klettern, um Mei zu begleiten, als Elyssabed von ihrem Spaziergang zurückkehrte – Justus neben sich.

Wie er an ihr klebte! Mir wurde wieder schlecht, der Entschluss hinunterzusteigen löste sich im vorbeirauschenden Wind auf und meine Stimmung kippte erneut.

»Justus! Genau zur richtigen Zeit.« Tanja zeigte lachend zu Mei. »Sie hat Pilze gefunden. Kannst du sie begleiten?«

»Ist sie nicht langsam alt genug, um das allein zu machen?«, erwiderte er trocken.

Doch der Blick seiner Mutter duldete keinen Widerspruch.

Justus seufzte und löste sich von Elyssabeds Seite.

»Ist es weit?«, erkundigte sich die Fürstentochter sofort und schloss zu den beiden auf.

Am liebsten hätte ich mich übergeben. Jetzt würde ich erst recht nicht mehr von dem Wagen steigen. *Sollen sie doch Arm in Arm verrotten!* Wütend wiegte ich mich vor und zurück. Mir wurde noch elender, als ich sie mir wirklich Arm in Arm vorstellte, und ich verdrängte den Gedanken schnell wieder aus meinem Kopf.

Ich beobachtete, wie sie zu dritt in den Wald gingen. Justus immer einen Schritt hinter Elyssabed.

Laut schnaubte ich. Was dachte er sich nur dabei? Dieser Idiot!

Ach, Kappadreck!

Als sie nicht mehr zu sehen waren, hielt ich es nicht länger auf meinem Platz aus. Eine Unruhe erfasste mich, die sich nicht so leicht abschütteln ließ. Also gab ich mir einen Ruck, kletterte an der Rückseite des Wagens hinunter, damit die anderen mich nicht sahen, und ging ebenfalls tiefer in den Wald.

Der Wind hatte mir am Morgen von einem kleinen See erzählt.

In der Nähe des Nordflusses, der seinen Namen nur daher hatte, da er von Norden her ins Meer floss, gab es viele solcher Seen, in denen man hervorragend baden konnte.

Ich ging dort immer allein hin. Es hätte keinen Zweck gehabt, jemanden zu fragen, ob er mitkommen wolle.

Feuer und Wasser vertrug sich nicht gut. Deshalb vermied das Feuervolk es im Großen und Ganzen, nass zu werden. Gewaschen wurde sich mit einem feuchten Tuch und die Haare am besten kopfüber, damit der Körper ja keinen Tropfen zu viel abbekam.

Es wirkte manchmal fast lächerlich, wie wasserscheu sie alle waren.

Und Elyssabed zu fragen war ausgeschlossen. Zum einen war sie sowieso mit Justus und Mei zum Pilzesuchen gegangen, zum anderen wollte ich sie nicht in meiner Nähe haben.

Als sie mich gestern kurz angesprochen hatte, schwärmte sie mir vor, wie wundervoll es doch war, von einem so starken und gut aussehenden Mann wie Justus überallhin begleitet zu werden. Schnell hatte ich mich entschuldigt und war in den Wald gerannt, um dort laut zu schreien. Der Wind hatte meine Stimme verborgen, sodass mich keiner hören konnte. Auch wenn ich mir heimlich wünschte, dass Justus angerannt gekommen wäre, aus Angst, mir wäre etwas passiert.

Aber ich wusste, dass es ein alberner Gedanke war.

Der See war wesentlich kleiner als der letzte und hatte an drei Seiten ein steil aufsteigendes Ufer. Ich kletterte den Hang an einer flacheren Stelle hinunter und verkniff es mir, zu fliegen. Es wäre alles so einfach, wenn ich fliegen könnte, ohne ständig Angst zu haben, dass mich jemand sah. Obwohl mich der Wind sicher warnte, wenn ich nicht allein war, traute ich es mich trotzdem nicht.

Ich entkleidete mich schnell und hängte meine Sachen in einen Baum.

Das Wasser war kalt und klar, als ich hineintauchte. Eine Wohltat für meine von der Sonne erhitzten Haut. Ich schwamm ein paar Bahnen, verlor jedoch schnell die Lust.

Gerade rieb ich mich mit kleinen Kieseln ab, als der Wind zu mir kam. Ich spürte seine Aufregung schon, bevor er mich erreichte. *Mei kommt zu dir!*, rief er mir zu und brauste ungehalten weiter.

Mei? Aber wenn es nur Mei war, warum dann diese Aufregung?

Als ich plötzlich einen Schrei hörte und das Rutschen von Geröll, blieb ich erschrocken stehen. Nur ein Augenzwinkern später rauschte Mei auf einer kleinen Steinlawine über die Kante des Hanges zu meiner Rechten und stürzte die letzten fünf Meter hinunter ins Wasser.

»Bei allen Winden!«, schrie ich auf und schnellte wie ein Pfeil durch die Luft zu der Stelle, an der sie untergegangen war.

Ich sah sie nur schwer im aufgewühlten Wasser. Steine und Erde trübten die Sicht. Doch es reichte zu wissen, wo sie ungefähr war. Ich ließ mich fallen, griff nach unten, erwischte einen sich windenden Körper an der Bluse und zog. Sie zappelte und schlug um sich, machte es mir schwer, sie nach oben zu ziehen.

Wasser drückte gegen meine Lunge und ich wünschte mir, der Wind könnte mir helfen. Doch unter Wasser konnte er uns nicht erreichen.

Wir durchbrachen die Wasseroberfläche, ich holte hastig Luft und auch Mai japste laut. Sie schien endlich zu begreifen, dass ich ihr half, wurde ruhiger und ließ sich von mir an Land ziehen. Mein Herz schlug mir bis zum Hals und ich war so erleichtert, direkt zur Stelle gewesen zu sein.

»Bist du verletzt?«, fragte ich sie eindringlich, besah mir ihre Arme und Beine und wagte es nicht, sie zu umarmen. An den Ellenbogen hatte sie fiese Schürfwunden. Ich schlug ihre klatschnassen Hosenbeine hoch. Dort schien alles so weit in Ordnung zu sein.

»Cate?«, japste Mei völlig aufgelöst und sah mich ungläubig an.

»Bist du verletzt?«, wiederholte ich die Frage.

Der Wind rauschte. Er sagte etwas, aber ich hörte nicht zu.

»Ich denke nicht«, antwortete Mei mit kläglicher Stimme und griff an ihre rechte Seite. Anscheinend hatte sie doch ein bisschen was abbekommen, aber wenigstens war nichts Schlimmeres passiert.

Auf einmal kam Justus den flachen Hang runtergeschlittert. »Mei!«, brüllte er und blieb erschrocken stehen, als er uns entdeckte.

»Mir geht's gut! Schau gefälligst weg«, fauchte Mei und setzte sich umständlich auf. Sein blasses Gesicht wurde augenblicklich rot wie glühende Kohlen. Schnell wandte er den Blick ab.

Erst da wurde mir bewusst, dass ich nackt war. Mein Kopf fühlte sich auf einmal an wie frisch gekochter Krebs.

O verdammt, er hatte mich nackt gesehen! Justus hatte mich nackt gesehen! Meine Wangen schien zu verglühen vor Scham und ich eilte zu meinen Kleidern, um mich hastig anzuziehen.

Ich habe versucht, dich zu warnen, hauchte der Wind. *Du hast mir nicht zugehört!*

Bei allen Winden! Jetzt war es zu spät. Ich scheuchte ihn, damit er mich trocken pustete.

»Ist ihr was passiert?«, hörte ich Elyssabed von weit oben rufen. Typisch, das Prinzesschen traute sich nicht den Hang herunter.

»Ist dir was passiert?«, gab Justus die Frage an Mei weiter.

»Ich denke nicht.« Ihr Tonfall war jetzt sehr viel vager als gerade eben noch und als sie versuchte aufzustehen, verzog sie schmerzlich das Gesicht. »Ich werde eine Menge blaue Flecken haben«, stellte sie fest und zog die nasse, ärmellose Bluse nach oben, um ihren Bauch zu betrachten und den Rücken zu betasten. An der engen Weste, die sie darüber trug, war die Schnürung gerissen und sie hing schlaff an ihr herunter.

»Und Schürfwunden«, fügte ich hinzu.

Ich verknotete mein Brustband und band eine Schleife in die Kordel an der Unterhose. »Wie ist das eigentlich passiert?«, wollte ich wissen, um mich abzulenken, und schlüpfte in meine grüne Lieblingsbluse.

Justus schnaubte nur und verschränkte die Arme vor der Brust.

Bildete ich es mir nur ein oder flimmerte die Luft über seinem Kopf?

»Wir waren Pilze sammeln und dann stand da ein riesiger Steinpilz«, erzählte mir Mei und setzte sich ächzend wieder hin.

»Direkt am Abhang. Ich habe dir gesagt, du sollst ihn stehen lassen!«, knurrte Justus entrüstet, drehte sich zu seiner Schwester und zeigte anklagend mit dem Finger auf sie.

Ich quietschte vor Schreck und hielt mir das Kleid vor den Körper.

»Verdammt! Entschuldige«, zischte er und wandte sich wieder ab.

Schnell zog ich mir den Stoff über den Kopf und versuchte, die Schnürung an den Seiten zu schließen. Was nicht so einfach war, so völlig verwirrt, weil mein bester Freund, der Mann, in den ich verliebt war, mich splitternackt gesehen hatte.

»Warum hast du sie nicht aufgehalten?«, fragte ich und gab die Bemühung auf, eine schöne Schleife hinzubekommen. Das war jetzt auch schon egal.

Ich konnte mir ziemlich genau vorstellen, wie Mei, trotz der Ermahnung, an den Riesensteinpilz hatte rankommen wollen. Es war so typisch für sie, dass es mich wunderte, dass Justus das nicht auch klar gewesen war.

»Ich hatte es ihr doch gesagt«, verteidigte er sich und fuchtelte mit der Faust in der Luft herum.

»Gesagt? Hier geht es um Mei. Ein Sack voll Flöhe hört besser als sie. Wo war dein Kopf?«, erwiderte ich und zog genervt die Augenbrauen zusammen.

»Hey«, empörte sich Mei, doch wir überhörten sie geflissentlich.

»Ich … ich war beschäftigt«, meinte Justus mit hartem Ton.

»Womit warst du beschäftigt?« Ich wrang meine Haare aus und trat zu den beiden. Schnell tippte ich ihm gegen den breiten Rücken, damit er wusste, dass ich angezogen war.

»Ich war einfach abgelenkt!«, fuhr er auf, während er sich umdrehte, und starrte mich wütend an.

Hoppla! Warum war er denn so sauer? Ich hatte ihn doch nur gefragt, was los gewesen war.

Obwohl ich spürte, dass er das Thema am liebsten hätte fallen lassen, konnte ich nicht anders, als weiter zu fragen. »Womit warst du abgelenkt?«

Doch da ging es mir plötzlich auf. Die richtige Frage war: *von wem*? Entgeistert riss ich die Augen auf.

Justus biss sich erst auf die Unterlippe und befeuchtete sie dann mit der Zunge. Er fühlte sich offensichtlich gar nicht wohl in seiner Haut. Und mir war ebenfalls elend zumute.

»Elyssabed, nicht wahr?«, fauchte ich entrüstet. »Was hast du mit ihr getrieben, hm? Hat sie dich zufällig hinter einen Baum gelockt?«, warf ich ihm an den Kopf und erschauderte bei dem Gedanken.

Wie schrecklich! Was, wenn sie sich geküsst hatten? Wie sollte ich das nur ertragen?

»Da war ein Käfer«, versuchte er sich zu verteidigen. »Auf ihrem Rock.«

»Auf ihrem Rock?!«, rief ich wenig geistreich. Was sagte ich da nur? Bei allen Winden! Was, wenn er ihren Rock gelüftet hatte? Ich wollte auf der Stelle sterben.

»Ja, sie hat geschrien. Ich habe versucht den Käfer wegzunehmen.« Er sah mich gehetzt an wie ein Tier, das sich in die Enge gedrängt fühlte. Und da war auch Wut, wahrscheinlich auf Mei, die nicht hören konnte, und auf mich, die ich immer weiterbohrte. Oder aber auf sich selbst, weil er sich für seine Schwester verantwortlich fühlte und es vermasselt hatte.

»Du kümmerst dich um Käfer, während deine Schwester in den Tod stürzt?«, keifte ich ihn an und schlug ihm mit der Faust gegen die Brust.

»Sie ist ins Wasser gefallen«, wehrte er ab und zeigte auf Mei, die sich gerade aufrichtete. »Ihr ist ja nicht mal wirklich was passiert!«

»Aber was, wenn da kein Wasser gewesen wäre? Oder sie sich den Kopf gestoßen hätte und ohnmächtig geworden wäre? Dann wäre sie ertrunken!« Meine Stimme überschlug sich fast.

Sie hätte tot sein können!

Ich dumme Gans! Ich war so sauer, weil er sich nur noch für Elyssabed interessierte, dabei wäre Mei beinahe gestorben. Es war zwar mein eigenes Argument gewesen, aber ich hatte geredet, bevor ich realisiert hatte, was ich da sagte.

»Schluss jetzt!«, schrie Mei, stellte sich zwischen uns und schob uns auseinander. »Ich bin am Leben und alles ist in Ordnung. Ich bin nur ein bisschen nass geworden.«

Der Wind kam herbei und pustete Mei gezielt an, damit auch sie trocknete. Irritiert sah sie zu mir. Ich ließ ihn aufhören und er zog beleidigt davon, um kleine Wellen auf dem See zu schlagen.

Ich hatte das Mittagessen verpasst. Aber es war mir gleich. Ich hätte eh nichts runtergekriegt.

Mei und Justus waren mit Elyssabed gegangen, nachdem Mei unseren Streit beendet hatte, und ich war allein am See zurückgeblieben. Aufgewühlt und wütend auf Justus und auf mich selbst.

Dieser Idiot, dieser Schuft! Wann war er nur so unvorsichtig geworden? Und warum hatte ich mich mit ihm streiten müssen?

Es dauerte länger als sonst, bis meine Wut vollkommen verraucht war und eine Leere in mir zurückließ. Langsam erhob ich mich, fühlte mich zerschlagen und klopfte mir die Erde vom Kleid. Ich brauchte lang für den Rückweg und hob erst den Blick, als der Wind Töne an mein Ohr trug. Im Lager spielten sie Musik.

Als Erstes hörte ich Ayos Trommeln, die sie wie wild schlug, dann eine Flöte und als ich um einen Wagen herumkam, setzte Bree gerade mit ihrer Geige ein.

Sie spielten fröhliche Tanzmusik und ein paar der anderen stellten sich zu einem Reigen auf.

Es herrschte ausgelassene Stimmung, die gar nicht zu meinen Gefühlen passte. Doch ich ging trotzdem näher heran und setzte mich auf die Treppe vor unserem Wagen.

Der Wind stürzte sich fröhlich zwischen die Tanzenden und wirbelte wie verrückt um sie herum.

Laila saß neben mir auf einem Hocker, wippte mit den Füßen und klatschte in die Hände. Tanzen konnte sie in ihrem Zustand nicht mehr. Sie lächelte mir aufmunternd zu und ich bemühte mich ebenfalls, nicht zu trüb dreinzusehen.

Marc forderte gerade die Fürstentochter zum Tanz auf. Sie nahm an, aber ich konnte an ihrem Blick zu Justus ablesen, dass sie lieber von ihm aufgefordert worden wäre.

Ich gab einen zischenden Laut von mir und stützte mein Kinn in die Hand. Darauf konnte sie lange warten! Nicht ein einziges Mal in zwölf Jahren hatte ich Justus tanzen sehen. Ihn hatte kein Betteln oder Weinen, keine Bestechung meinerseits erweichen können.

Mein Blick ruhte auf ihm, wie er in der Nähe der Musiker saß und sich mit Fin unterhielt. Mein Herz schmerzte und ich wandte mich den Tanzenden zu.

Was nicht gerade besser war. Ich konnte Elyssabed dabei zusehen, wie es ihr spielend gelang, nach kürzester Zeit den Tanz zu erlernen und über die Wiese zu wirbeln, als täte sie seit Jahren nichts anderes. Marc lachte laut und alle klatschten ihr Beifall.

Obwohl ich mich bemühte, meine düstere Miene festzuhalten, ließ die Musik sehr bald meinen Fuß im Takt auf die Stufen tippen und meine Laune hob sich mit jedem Lied ein Stück mehr. Mir ging es mittlerweile sogar so gut, dass ich wahrscheinlich *Ja* gesagt hätte, würde man mich zum Tanzen auffordern.

Leider kam das eher selten vor. Zwar konnte ich einigermaßen gut tanzen, doch meiner Schüchternheit wegen lehnte ich öfter ab, als ich wollte.

Mei ließ sich neben mich fallen und betrachtete mit gerümpfter Nase ihren Arm. Ich wusste sofort wieso, denn der unangenehme Geruch nach Moorschlacke erreichte auch mich. »Schau dir das an«, sagte sie und zeigte mir die eklig stinkende Salbe auf der Schürfwunde an ihrem Ellenbogen. »Warum müssen die Sachen von Tante Fin immer so stinken?«, empörte sie sich und pustete eines ihrer Zöpfchen aus dem Gesicht.

Ich lächelte sie an und war nur froh, dass ihr nichts weiter passiert war. Am liebsten hätte ich Mei umarmt, doch die Salbe hielt mich davon ab.

Hanna kam schwer atmend auf uns zugetaumelt und sackte neben uns auf die Stufen. Strahlend und mit geröteten Wangen blickte sie uns an. So sah man Hanna selten.

Ihr Anblick brachte mich zum Lachen. Ihr fiel es allerdings aus dem Gesicht. »Wie sehen denn deine Haare aus?«, rief sie schockiert und ich fasste mir reflexartig an den Kopf.

Mein Haar war mittlerweile getrocknet und heillos verknotet, da ich es nicht gekämmt und der Wind, wie ich, getobt hatte.

Sofort war Hanna wieder auf den Beinen und holte eine Bürste aus dem Wagen, die sie wie einen Zauberstab schwang. Eifrig setzte sie sich hinter mich und versuchte, sorgfältig alle Knötchen zu entfernen, ohne mir dabei allzu sehr wehzutun. Sie war die Einzige, die das schaffen konnte, sodass ich mich noch auf etwas anderes als meine schmerzende Kopfhaut konzentrieren konnte.

Und das war gut, denn Kai hatte seine Mandoline zur Hand genommen und begann darauf zu spielen. Es wurde ruhiger im Lager. Die erschöpften Tänzer setzten sich, tranken Wasser und lauschten den Klängen des Saiteninstrumentes. Irgendwann stimmte Tanja mit ein und alle applaudierten überrascht. Ihre weiche Stimme trug problemlos über die Lichtung und sie sang ein romantisches Lied über die Schönheit des Waldes, über eine Reise und einen Liebsten, der zu Hause auf sie wartete.

Hanna teilte mein Haar und flocht es mir mit geübten Fingern. Egal, wie oft ich ihr sagte, dass es unnütz war, mich zu frisieren, sie versuchte es immer wieder und ärgerte sich im Nachhinein, dass sich mein Zopf nach kürzester Zeit auflöste.

Dem Wind gefiel es nicht, wenn meine Haare nicht frei waren. Er war schon der Meinung, ich wäre es nicht. Da sollte es wenigstens mein Haar sein.

»Ach, komm schon, Justus«, hörte ich Ayos Stimme und reckte neugierig den Hals.

Kai hielt ihm das Instrument hin.

»Zier dich nicht so. Sing etwas für uns«, drängte Tanja ihn und lachte über seinen unwilligen Gesichtsausdruck.

Er hatte die Arme abwehrend vor der Brust verschränkt und sah seine Eltern finster an. »Das ist doch nicht euer Ernst?«, empörte er sich und weigerte sich, die Mandoline entgegenzunehmen.

»Los, Justus!«, rief Mei neben mir, stand auf und lief nach vorn, um ihn weiter anzustacheln.

Und dann bestürmten sie ihn alle. Sein Gesicht wurde immer finsterer und ich war mir sicher, dass er dabei bleiben würde, als die kleine Juju vom Schoß ihrer Mutter rutschte und zu Justus rannte.

Als das Mädchen ihn erreichte und ihm ans Knie tippte, verflog sein grimmiger Blick sofort. Er hob sie hoch, sie strich ihm mit der Hand über die Wange und flüsterte etwas in sein Ohr.

Wie gebannt sah ich zu.

Was sagt sie?, fragte ich den Wind und er kam vergnügt zu mir.

Sie bittet ihn, er solle für sie spielen. Sie will ihm dafür auch einen Kuss schenken.

Fast musste ich laut auflachen. Erst drei Jahre alt und schon verschenkte sie Küsse.

Justus seufzte laut. »Na gut, ich mach's! Gib mir das Ding.« Alle brachen in Jubel aus, selbst ich, und Hanna zog mir unbeabsichtigt an einer Strähne.

Ich liebte es, wenn Justus spielte, auch wenn es ein sehr seltenes Vergnügen war. Wenn er es tat, dann meist früh am Morgen irgendwo im Wald, wo ihn keiner hören konnte.

Was für eine Verschwendung seines Talents.

Er setzte Juju auf den Boden und ließ sich von seiner Mutter die Mandoline reichen. Sofort wurde es still.

Kurz hielt er inne, dann legte er die Finger an die Saiten und stimmte ein langsames Lied mit vielen traurigen Tönen an, die mir sofort nahegingen. Die Melodie hatte ich nie zuvor gehört, doch sie fühlte sich vertraut und einsam an. Als wäre das Herz des Menschen, der sie ersonnen hatte, nicht heil und nicht frei. So wie meines.

Justus sang erst leise, zögerlich und mir stellten sich alle Härchen am Körper auf. Seine Stimme zu hören war mir so vertraut. Sie hatte mich an jedem Tag meiner letzten zwölf Lebensjahre begleitet. Und doch war es auch so anders, ihn singen zu hören, so tief und warm. Als wäre der Junge, der er damals gewesen war, unendlich weit weg.

Wie viel sich doch verändert hatte.

Justus sang von einem kalten Morgen, dem Sonnenaufgang, der Endlosigkeit des Himmels und von der haltlosen Zuneigung zum Morgenstern, der ihn jede Früh verließ, allein ließ mit seinen Gedanken.

Es war mir nicht möglich, meinen Blick von ihm abzuwenden. Die Welt um mich herum verschwand, nur noch Justus existierte und er sang nur für mich. Mein Herz floss geradezu über vor Gefühlen. Ich wollte die Hände ausstrecken, ihm durchs Haar fahren, ihm sagen, dass ich ihn nicht jeden Morgen verlassen würde. Ich würde bei ihm bleiben bis ans Ende der Zeit.

Als der letzte Ton verklungen war, brach stürmischer Applaus los und riss mich in die Wirklichkeit zurück, als erwachte ich aus einem Traum.

Elyssabed war von ihrem Platz aufgesprungen und eilte direkt zu ihm.

Doch Justus beachtete sie nicht, sah bloß über die Menge seiner Zuhörer zu mir. Plötzlich wich ihm alle Farbe aus dem Gesicht. Er fuhr erschrocken hoch und die Mandoline glitt ihm aus den Händen.

Ich zuckte zusammen. Sein Schreck wurde meiner, als mir bewusst wurde, wieso er so reagiert hatte. Mit einem lauten Poltern krachte ich aus der Luft auf die Holzstufen vor dem Wohnwagen unter mir.

Einige sahen sich verwundert nach mir um, auch Elyssabed starrte verwirrt herüber.

Es war mir, als legte sich ein Fels auf meine Brust und ich konnte nur mühsam atmen. Verdammt, wieso war ich geflogen? Ich hatte es nicht mal gemerkt, es nicht mit Absicht gemacht.

Wusste Elyssabed nun Bescheid?

Wenn sie es gesehen hatte, würde sie mich verraten, es jemandem erzählen, und die würden kommen, um mich zu holen und zu töten wie die anderen. Ob man die Feuerleute bestrafen würde, weil sie mich versteckt hatten?

Was, wenn man auch sie tötete?

Oder würden sie es nicht dazu kommen lassen und vorher Elyssabed umbringen? Sie war die Tochter des Fürsten von Mari.

Bei allen Winden! Was hatte ich getan?

Der Wind, der meine Angst spiegelte, zog augenblicklich eine Mauer aus dichter Luft um mich. Sie war nicht zu sehen, stieß andere Menschen jedoch von mir und sie machte mir noch mehr Angst. Der Wind tat so etwas nur, wenn er wirklich in Sorge um mein Leben war. War ich so gefährdet? Hatte Elyssabed mich also tatsächlich gesehen?

Justus packte sie am Arm und drehte sie zu sich. Er wechselte einige Worte mit ihr und sie lachte zaghaft.

Er hat sie gefragt, ob es ihr gefallen hat, informierte mich der Wind.

Es war mir ausnahmsweise mal lieb, zu wissen, was vor sich ging.

Sie fand es wundervoll, flüsterte der Wind weiter. *Und sie wüsste gern, von wem die Rede ist. Ob der Morgenstern ein Mädchen sei und ob es lange her wäre, dass er es erdacht hat.*

Ich schluckte und unterdrückte den bitteren Kloß Eifersucht, der sich in meinem Hals bilden wollte. Das war jetzt nicht wichtig!

Er sagt, er habe sich nichts gedacht und dass er wohl nicht fesselnd genug war, wenn du so einfach einschläfst.

Ich erhob mich von der Treppe. Eingeschlafen? Versuchte er sich eine Geschichte auszudenken, die mich retten konnte? Ich rieb mir schnell die Augen, um mein Möglichstes zu tun, damit seine Worte überzeugend wirkten.

Elyssabed kicherte und blickte verstohlen zu mir.

Sie sagt, dass du beinahe von der Treppe gefallen seiest vor Müdigkeit. Die Mauer um mich lockerte sich. Der Wind und ich verloren an Anspannung.

Sie hatte mich nicht gesehen! Ein Stein fiel mir vom Herzen. Ich gähnte, um sie auch wirklich davon zu überzeugen, dass ich beinahe geschlafen hatte. Dann setzte ich mich wieder auf die Stufen.

Die Angst wich langsam und hinterließ ein kaltes Zittern, das meinen ganzen Körper erfasste. Ich schlang mir die Arme um den Oberkörper, damit es aufhörte, doch es half nichts. Wäre ich doch nur am See geblieben.

Plötzlich war Justus bei mir, packte mich am Oberarm und zerrte mich hoch. Verwirrt ließ ich mich mitziehen, wusste nicht, ob ich furchtsam oder erleichtert sein sollte, ihn bei mir zu wissen, und folgte ihm in den Wald.

Zwar konnte ich sein Gesicht nicht sehen, da er stur geradeaus blickte, doch ich spürte, dass er wütend war. Nicht zuletzt daran, dass er meinen Oberarm schmerzhaft zusammenquetschte.

Er blieb hinter einer dichten Baumgruppe stehen und es dauerte etwa fünf Herzschläge, bis er sich zu mir umdrehte. Es fühlte sich an wie eine Ewigkeit.

Mit vor Wut flackernden Augen starrte er mich an, den Mund zu einem Strich zusammengepresst. Seine Nasenflügel blähten sich bei jedem Atemzug. Aber er sagte kein Wort.

Die Stille war erdrückend, noch hundertmal schlimmer als die sechs Tage, die wir schweigend verbracht hatten. Ich musste etwas sagen, egal was, sonst würde ich platzen,

»Es tut mir leid«, kam über meine Lippen, doch es war wohl nicht das Richtige.

»Es tut dir leid?!«, fuhr Justus mich an und schüttelte mich am Arm, um den er den Griff keineswegs gelockert hatte.

Es tat weh, war aber nichts gegen den Schmerz, den sein Blick in meinem Inneren erzeugte. Er sah mich an, als hasste er mich. Wahrscheinlich hasste er mich wirklich.

»Weißt du eigentlich, was du getan hast?«, schnaubte er gepresst. Am liebsten hätte er mich angeschrien, doch er wagte es wohl nicht, aus Angst, man könnte ihn bis zu den Wagen hören.

Mein Herz war wie zu Eis erstarrt, mein Magen bäumte sich auf und ich konnte Galle auf der Zunge schmecken.

»Ich wollte das doch nicht.« Meine Stimme klang kläglich und ich schämte mich unendlich, doch mein Gesicht blieb kalt und totenblass.

»Es ist aber passiert!«, schrie er nun doch.

Ich zuckte zusammen, als hätte er mich geschlagen. »Und sie hat dich gesehen! Ich weiß, dass sie das hat. Sie hat es nur nicht wahrgenommen. Ich habe ihr gesagt, du wärst sicher eingenickt und dann weggekippt. Zum Glück hat sie mir das geglaubt.«

Ich konnte nichts sagen. Bei allen Winden, wie hatte das passieren können?

»Aber was, wenn sie es nicht geglaubt hätte oder sie das nächste Mal genauer hinsieht?«, drang er auf mich ein und benutzte exakt die gleiche Argumentation wie ich noch vor Kurzem bei Meis Absturz.

Ich schloss die Augen, um nicht auf der Stelle in Tränen auszubrechen.

»Es wird kein *nächstes Mal* geben«, hauchte ich verzweifelt und schluckte hart.

Ganz plötzlich ließ Justus meinen Arm los und ich taumelte haltlos zurück.

»Wie willst du das versprechen? Du kannst es ja nicht mal kontrollieren!«, blaffte er und seine Augen schienen Funken zu sprühen.

Natürlich kann ich das!, wollte ich zurückgeben, aber der Wind, der mir jäh das dunkle Band aus den Haaren riss, mit dem Hanna den Zopf zusammengebunden hatte, hätte mich Lügen gestraft. Er war zu einer ausgewachsenen Böe angeschwollen, rauschte heftig durch die Baumkronen über uns und wirbelte das Laub in die Luft.

Justus fing blitzschnell das Band auf, bevor es vom Wind davongetragen wurde. »Hör auf damit!«, befahl er und seine Stimme war hart wie Stein.

O nein, er hasste mich!

Ich erschauderte und fuhr mit der Hand an die Stelle, an der er mich gepackt hatte. Sie tat noch immer weh und ich zuckte zusammen.

Es lag mir auf der Zunge, etwas zu erwidern, ihm zu sagen, dass ich doch nicht immer schuld daran war. Aber er würde es nicht verstehen. Für ihn war der Wind keine Persönlichkeit, sondern nur ein Werkzeug, genau wie das Feuer.

Mein Herz splitterte an seinem unverhohlenen Hass, und Wut keimte in den Scherben, die mir in die Brust stachen. Es war das Einzige, was ich jetzt noch fühlen konnte, ohne weiter verletzt zu werden.

In mir kam das Bedürfnis hoch, ihn anzuschreien, ihm zu sagen, dass ich den Wind vielleicht gar nicht damit aufhören lassen wollte. Dass ich nicht seine Schwester war, der er befehlen konnte, und dass *er allein* daran schuld war, dass mir in letzter Zeit die Kontrolle entglitt. Dass er mich um den Verstand brachte.

Aber ich tat nichts von alledem. Der letzte Rest Würde, der mir und meinem zerschlagenen Herzen noch geblieben war, sagte mir, dass ich keinen Sturm erzeugen konnte, nur weil ein Mann mir das Herz gebrochen hatte.

Mein Wille war stärker als geahnt und ich erkämpfte mir ein Stück Kontrolle zurück.

Es tat mir unendlich weh, meinen Stolz zu ignorieren und der Wut nicht freien Lauf zu lassen. Ich schloss die Augen, rief den Wind zur Ruhe und er verstummte augenblicklich.

Es lagen nur wenige Wimpernschläge zwischen Justus' Worten und jetzt, auch wenn eine ganze Welt dazwischen zu liegen schien.

Der Luft war wieder vollkommen ruhig, der Schmerz und die Wut tobten weiter. Ich versuchte den Schmerz tief in mir zu verstecken und nur den Ärger in meinen Blick zu legen, als ich die Augen wieder öffnete. Doch es gelang mir nicht. Nicht mal ein bisschen.

Noch immer starrte Justus mich an. Sein Gesicht war nicht mehr so hasserfüllt wie gerade, dafür jedoch unergründlich. Er streckte mir das Band hin, das er aufgefangen hatte, aber ich nahm es nicht entgegen.

So ließ er es los und es segelte in völliger Windstille zwischen mir und ihm nach unten.

»Es ist wohl besser, wenn ich dich ab jetzt in Ruhe lasse«, sagte er mit einer Kälte, die mir die Nackenhaare aufstellte, und wandte sich zum Gehen.

Das braune Band kam sachte auf dem Boden auf. Doch ich sah es nicht mehr, da meine Tränen mir die Sicht nahmen.

Ich verplemperte meine Zeit wieder an dem kleinen Waldsee, an dem ich saß und weinte, bis ich zu erschöpft war, um noch mehr Tränen zu vergießen.

Jetzt, als die Sonne am Horizont verschwand, streifte ich am Seeufer entlang. Es wurde schnell dunkel.

Ich überlegte zurückzugehen, entschied mich aber dagegen. Seit Dante nicht mehr beim Feuerspektakel mitmachte, war das Ende ohnehin ein anderes und sie kamen gut ohne mich zurecht.

Also lief ich noch einmal um den See und kauerte mich an die Stelle, an der Justus und ich uns am Vormittag das erste Mal gestritten hatten.

Wie hatte das alles passieren können?

Ich schlug mir die Hände vors Gesicht, weil ich ganz genau wusste, dass ich es versaut hatte. Jetzt würde er sich niemals in mich verlieben. Nicht dass ich mir vorher wirklich eine Chance ausgerechnet hatte, aber nun war es endgültig vorbei.

Selbst unsere Freundschaft war in die Brüche gegangen.

Wie hatte ich mich nur in ihn verlieben können, wenn es doch von vornherein zum Scheitern verurteilt war? Wie hatte ich das nur zulassen können?

Ich raufte mir die Haare.

Wäre es überhaupt zu verhindern gewesen? Wie sollte ich jetzt damit umgehen? Selbst wenn ich es schaffte, meine Gefühle beiseitezuschieben oder gar aufzugeben, wäre zwischen Justus und mir ja nicht alles wieder beim Alten.

Was konnte ich nur tun? Was?

Zusammengekauert zog ich die Knie an und legte die Stirn darauf.

Vielleicht sollte ich noch mal mit ihm reden? Allerdings müsste ich warten, bis sich seine Wut etwas abgekühlt hatte. Möglicherweise morgen. Oder übermorgen?

Bei allen Winden, ich bekam es mit der Angst zu tun, wenn ich nur daran dachte, ihm wieder gegenüberzustehen. Könnte ich es ertragen, wenn er mich wieder so ansah? So voller Hass und Kälte.

Ich wollte auf der Stelle sterben!

Der Wind strich mir sanft über den Nacken. Ich hatte ihm ausdrücklich verboten zu stürmen, auch wenn es meiner Stimmung entsprochen hätte. Justus sollte keinerlei Anlass mehr haben, länger auf mich sauer zu sein als nötig.

Die Luft wurde langsam kälter und da ich nur ein leichtes Kleid trug, fror ich bald.

Ich blieb sitzen, solange ich es aushielt, und lief dann noch ein paar Schritte hin und her. Aber ich musste ja doch zurück, also gab ich mir einen Ruck und trat den Rückweg an.

Der Wind führte mich durch die Dunkelheit zu den Wagen, sagte nichts und hielt sich nah bei mir. Als spürte er, dass ich das gerade brauchte.

Schon von Weitem konnte ich die Musik und das Gelächter des Volksfestes hören. Da alle Fackeln brannten, war das Feuerspektakel bereits vorbei. Und so ausgelassen, wie sie klangen, wohl schon eine ganze Weile.

Tief atmete ich durch, bevor ich mich weiter näherte.

Eigentlich musste ich Justus heute ja gar nicht mehr begegnen, redete ich mir gut zu. Ich konnte mein Schlafbündel holen und wieder im Wald verschwinden.

Sollte er weiterhin so an Elyssabed hängen, würde ich ihn auch in der nächsten Zeit kaum zu Gesicht bekommen, wenn ich ihm nur ein bisschen aus dem Weg ging.

Ich seufzte. Es wäre viel zu einfach, sich der Sache nicht zu stellen.

Und das an sich war ziemlich traurig. Waren wir nicht mal wie Geschwister gewesen? Hatten wir nicht täglich die Köpfe zusammengesteckt und Geschichten und Spiele erdacht? Hatten wir früher nicht den ganzen Tag zusammen gelacht, waren spazieren gegangen oder im Wald jagen gewesen?

Was war nur aus uns geworden?

Ich spürte, wie mir die Tränen wieder in die Augen stiegen, und zwang mich, an etwas anderes zu denken.

Still trat ich auf die Lichtung, immer in den Schatten, als ich zwei Gestalten am blauen Wagen bemerkte. Ein Gespräch wehte zu mir herüber, auch wenn ich nicht verstand, was gesagt wurde. Im ersten Moment dachte ich, es wäre Marc, der wieder eine Frau bei sich hatte, aber nach nur einem Wimpernschlag erkannte ich Justus' Stimme. Ich würde sie überall und unter jeglichen Umständen erkennen.

Sofort stieg Panik in mir auf. Was sollte ich tun? Weglaufen? Ihn ansprechen? In meinem Innern herrschte absolutes Chaos.

Noch während mir all diese Fragen durch meinen Kopf schossen, passierte etwas, mit dem ich niemals gerechnet hatte.

Die Frau trat einen Schritt vor und das schwache Licht der Fackeln fiel auf ihr Profil. Es war unverkennbar Elyssabed. Sie stellte sich auf die Zehenspitzen, legte die Arme um Justus' Hals und küsste ihn.

Sie küssten sich!

Meine Gedanken war augenblicklich wie leer gefegt. Nur ein einziger blieb: *Er liebt mich nicht.*

Wie irrational es auch sein mochte, ich konnte an nichts anderes mehr denken. Obwohl ich geglaubt hatte, ich hätte diese Tatsache bereits begriffen, tat der Beweis mehr weh als jemals irgendetwas zuvor.

Mir entglitt die Kontrolle und der Wind fuhr blitzartig und so heftig unter meinem Haar hervor, dass die Wagen neben mir durch die Druckwelle ins Schwanken gerieten. Er schlug gegen Justus und Elyssabed, nur wenige Herzschläge nachdem sich ihre Lippen berührt hatten, und Elyssabed wurde von ihm weg und auf den Boden gerissen.

Justus flog herum. »Cate!« Die Überraschung in seiner Stimme war deutlich zu hören. Er sah mich, obwohl ich im Schatten stand, Unglaube in den Augen.

Bei allen Winden, was hatte ich getan? Ich hatte meine Kräfte benutzt – und das schon wieder vor der Fürstentochter.

Doch der Gedanken verwehte sofort und zurück blieb das Bild, wie sie sich geküsst hatten. Justus und Elyssabed.

Er liebte mich nicht!

Es fühlte sich an, als würde mir jemand mein Herz aus der Brust reißen. Ich konnte kaum atmen, mir war speiübel.

Mein Körper bewegte sich wie von allein. Ich drehte mich um und rannte los.

»Cate!«, schrie Justus hinter mir her, aber ich ignorierte ihn. Was konnte er mir schon sagen, was nicht noch mehr wehtun würde.

Ich rannte so schnell ich konnte und der Wind trieb mich voran. Was zuvor eine heftige Böe gewesen war, entwickelte sich zu einem Sturm. Die Bäume bogen sich, die Blätter rauschten und die Äste knarrten lautstark.

Doch ich konnte nicht anders, als immer weiterzulaufen.

Justus hatte Elyssabed geküsst. Sie hatten sich geküsst. Er liebte sie. Niemals hätte Justus sie geküsst, wenn er sie nicht lieben würde. Mit der Tochter des Fürsten trieb man keine Spielchen.

Würde er die Gesetze seines Volkes für sich brechen?

Mir wurde schwindlig, doch ich blieb nicht stehen. Mein Atem ging rasselnd. Wie weit war ich schon gelaufen? Ich wusste es nicht. Ich wusste auch nicht, wo ich war, und es war mir auch völlig egal.

Denn er liebte mich nicht. Er würde mich niemals lieben. Warum auch? Ich war für ihn nur eine Schwester. Vielleicht nicht mal mehr das. Nie wieder würde es sein wie früher. Nie wieder!

Ich bekam kaum noch Luft, aber ich weigerte mich anzuhalten und steigerte mich immer weiter hinein.

Bis ans Ende der Welt würde ich laufen. Weit weg und nie zurückkommen!

Dunkle Punkte tanzten vor meinen Augen, ich konnte kaum noch atmen. Keine Luft! Mein Fuß blieb an etwas hängen und ich fiel. Bevor ich auf dem Boden aufkam, versank die Welt bereits in Schwärze.

Er liebt mich nicht!

15

Justus wusste nicht, wie ihm geschah, als Elyssabed sich ihm plötzlich an den Hals warf und ihm ihre Lippen auf den Mund drückte. Er hatte gewusst, dass die Fürstentochter sehr forsch war, aber damit hatte er nicht gerechnet.

Für einen Wimpernschlag war er vor Überraschung wie gelähmt.

Doch dann hob er die Arme, wollte sie von sich schieben, kam aber nicht dazu, da ein heftiger Windstoß sie von ihm fortriss.

Elyssabed stürzte zu Boden, die Haare im Gesicht, und Justus achtete nicht mehr auf sie. Sofort drehte er sich um zur Quelle der Windböe.

Cate stand hinter ihm im Schatten zwischen den Wagen und starrte ihn an.

»Cate!«, rief er überrascht, wollte wütend auf sie sein, weil sie schon wieder so leichtsinnig ihre Kräfte benutzte, sich selbst in Gefahr brachte. Doch ihm blieben die Worte im Hals stecken, als er trotz der Dunkelheit in ihre vor Schreck geweiteten Augen blickte. Ihr Atem ging stockend und ihr Gesichtsausdruck wurde von Herzschlag zu Herzschlag schmerzerfüllter, als hätte ihr jemand ein Messer zwischen die Rippe gejagt. Ihr Anblick war wie ein Schlag in die Magengrube.

Dann drehte sie sich abrupt um und rannte davon, schneller, als ein Mensch es eigentlich konnte. Ihre Füße berührten kaum den Waldboden.

»Cate!«, schrie er ihr nach, sah nur noch ihren Schatten in der Nacht verschwinden. Sein Inneres stand in Flammen, spiegelte den Schmerz in Cates Augen. Er musste ihr hinterher.

Elyssabed stellte sich ihm so unvermittelt in den Weg, dass er beinahe über sie gefallen wäre. »DU!«, toste sie mit unheilvoller Stimme und griff nach seinem Handgelenk. Ihre Finger waren kalt auf seiner erhitzten Haut. Er musste sich zusammenreißen, seine Temperatur senken.

»Was glaubst du eigentlich, wer du bist?«, fuhr Elyssabed ihn an. »Du weist mich zurück? Du stößt mich zu Boden?«

Justus erwiderte nichts, riss bloß seine Hand los. Er musste Cate hinterher und konnte sich kaum darauf konzentrieren, was sie sagte.

»Wären wir nicht hier, sondern in der Festung meines Vaters, könnte ich dich hinrichten lassen. Einfach so! Wenn wir dort wären …«

»Wir sind aber nicht dort!«, schnitt Justus ihr scharf das Wort ab und musste sich höllisch zusammenreißen, sie nicht anzuschreien. »Wir sind hier! Und hier hat ein Mann das Recht, eine Frau abzuweisen, wenn er sie nicht will.«

Sie war wirklich das arroganteste, selbstverliebteste und unvernünftigste Miststück, das ihm je untergekommen war. Und er hatte es satt, wollte das einfach nicht mehr. Seit Tagen lagen seine Nerven blank, weil er ihr seine ganze Aufmerksamkeit schenken musste.

Sie reiste mit ihnen, war ständig in der Nähe. Und das machte Justus Angst. Seine Familie, ja, sein Volk war in Gefahr, solange diese Frau mit ihnen zusammenlebte. Bei Dantes Unfall hatten sie Glück gehabt, doch würde sie immer noch an Zufall glauben, wenn so etwas öfter passierte?

Natürlich waren sie auch sonst immer vorsichtig. Sie alle hatten von klein auf gelehrt bekommen, Stillschweigen über ihre Kräfte zu bewahren. Nicht einmal Juju würde auf die Idee kommen, auch nur ein Wörtchen darüber verlauten zu lassen. Aber gegen manche Dinge war man einfach nicht gefeit.

Dante verlor öfter mal die Kontrolle. Justus' Mutter und auch Hanna und Garan gingen oft viel näher an das Kochfeuer heran, als ein normaler Mensch es könnte, und Mei spann in unbesonnenen Momenten Feuerfäden zwischen ihren Fingern.

Die Fürstentochter musste es früher oder später merken. Es war einfach nicht möglich, täglich mit ihnen zusammen zu sein, ohne es irgendwann zumindest zu ahnen.

Und auch nur eine Ahnung war schon zu viel.

Justus hatte handeln müssen. Da er ihr nicht den Hals umdrehen durfte, verfolgte er sie stattdessen auf Schritt und Tritt, sah, was sie sah, hörte, was sie hörte, und erstickte den leisesten Verdacht im Keim.

Es war wirklich leicht gewesen, ihr Vertrauen zu gewinnen. Fast zu leicht. Das arrogante Ding hatte ihm schöne Augen gemacht, jede Gelegenheit genutzt, sich ihm aufzudrängen.

Doch was als einfache Landplage auftrat, könnte für seine Familie den Tod bedeuten! Er würde nicht zulassen, dass es so endete. So hatte er sie ertragen und zahlte jetzt den Preis dafür.

Und nicht nur er. Denn seine Launen hatte er an Cate ausgelassen.

Dabei ging es ihr schon seit einer ganzen Weile nicht besonders gut. Sie litt still, nur für sich. Er hatte es in ihrem Gesicht gesehen, gespürt, wie der Wind in den vergangenen Tagen auffrischte und wild durch die Baumkronen rauschte. Etwas bedrückte sie, wahrscheinlich die Sache mit dem Windspiel und dem Mann, der sie verfolgte. Ernste Dinge, und er hatte sich nicht einmal die Zeit genommen, sie danach zu fragen.

Stattdessen hatten sie gestritten. Zuerst wegen Mei, die sich ja unbedingt in den Tod stürzen wollte, und später wegen ihrer fehlenden Selbstkontrolle.

Sie war geflogen. Vor den Augen aller. Vor Elyssabeds Augen!

Justus hatte den Schreck gesehen, als sie es bemerkte, wie sie aus der Luft auf die Treppe des Wagens gefallen war.

Sie hatte es nicht bewusst getan und doch war Justus so wütend darüber gewesen. Sie brachte sich ständig in so furchtbare Gefahr.

Er hatte das Schlachtfeld gesehen, damals vor zwölf Jahren. Hunderte, vielleicht sogar Tausende tote Körper. Überall Blut und Rauch, und eine Stille, die ihn in seinen Albträumen verfolgte.

Er war zu weit gegangen, als er Cate heute angefahren hatte, und wusste auch, dass es nicht fair gewesen war, ihr keine Chance für eine Entschuldigung zu geben.

Aber was, wenn jemand erfuhr, wer sie war, *was* sie war … Er konnte und wollte sich nicht vorstellen, was mit ihr geschehen würde. Das würde sein Herz nicht verkraften.

Sie war doch Cate, das Mädchen, das er geschworen hatte, auf ewig zu beschützen. Das Mädchen, das niemanden sonst auf der Welt hatte. Das Mädchen, das ihn verstand und immer zu ihm hielt. Das Mädchen, das eine so wohltuende Quelle der Ruhe war. Eine Ruhe, die ihm Frieden gab.

Er musste sie suchen. Und da war ihm sogar Elyssabed gleichgültig. Sollte Marc es übernehmen, sie Tag und Nacht zu bewachen. Der riss sich ja förmlich darum.

»Ich glaube dir nicht!«, schäumte die Fürstentochter in ihrer Wut. »Wieso bist du so nett zu mir, wenn du mich nicht willst?«, hielt sie ihm vor und ihre Augen blitzten im flackernden Licht der Fackeln.

Frauen! Wie war sie nur wieder auf so eine Schlussfolgerung gekommen? So was konnte er nicht verstehen.

»Keine Sorge«, sagte er tonlos. »Das wird sich in Zukunft ändern.« Und dann ließ er sie stehen. Er musste Marc finden, damit er ab jetzt den Aufpasser spielen konnte.

Er entdeckte ihn schnell, umringt von einem halben Dutzend Dorfmädchen, die sich alle darum rissen, von ihm zum Tanz aufgefordert zu werden.

Unauffällig näherte sich Justus von der Seite und legte seinem Bruder eine Hand auf die Schulter. Sie tauschten nur einen Blick und Marc nickte. Er vertröstete die Schar Bewerberinnen und ging mit Justus ein Stück hinaus in die Dunkelheit, weg von den feiernden Dorfbewohnern.

»Was ist los?«, wollte er wissen.

»Du musst ab jetzt auf Elyssabed aufpassen. Sie hat sich mir förmlich an den Hals geschmissen. Wenn ich sie noch länger ertragen muss, erschlage ich sie!«, zischte er und Marc fing an zu lachen. Nie nahm er etwas ernst!

»Das ist nicht lustig, Marc. Meine Nerven liegen blank. Ich habe seit Tagen kaum geschlafen und mich allein heute zweimal mit Cate gestritten!«, schnauzte Justus ihn an und er riss sich sofort zusammen.

»Und was soll ich tun?«, fragte Marc und Justus war ihm dankbar, dass er nicht weiter nach Cate fragte. Er konnte auch so in Marcs Gesicht sehen, dass es ihn schockierte.

Es hatte mal eine Zeit gegeben, in der sie höchstens ein- oder zweimal im Jahr Unstimmigkeiten gehabt hatten, die alle zusammen nicht annähernd so schlimm gewesen waren wie eine der heutigen Auseinandersetzungen.

Verdammt!

Justus fuhr sich nervös mit der Hand durch die Haare. »Ich habe sie vor unserem Wagen stehen lassen, nachdem sie mich geküsst hat. Keine Ahnung, wo sie hingegangen ist«, meinte er und trat von dem einen Bein aufs andere. Er wollte los, nach Cate suchen, nachsehen, wo sie war, sie in den Arm nehmen.

»Sie hat dich geküsst?!«, rief Marc schockiert und packte Justus an den Oberarmen.

»Ja, verdammt. Ich habe doch gesagt, sie hat sich mir an den Hals geworfen!«

»Und was hast du gemacht?«, ereiferte sich Marc und Justus musterte ihn mit zusammengekniffenen Augen. Er wusste nicht, ob sein Bruder wirklich Anteil an seiner Situation nahm oder einfach nur sensationsgeil war.

»Ich wollte sie wegschieben. Aber Cate war schneller. Sie hat sie mit einem Windstoß zu Boden gestoßen«, sagte er und schüttelte Marcs Hände ab. Verdammt, warum war es ihm nur so furchtbar peinlich, dass sie das mit angesehen hatte? Was hatte sie gedacht, als sie einen Windstoß schickte? Wusste sie überhaupt, dass er den Kuss nicht gewollt hatte?

»Catie hat es gesehen?« Marc fielen beinahe die Augen aus dem Kopf, was Justus' dunkle Vorahnung nur noch bestätigte.

»Elyssabed glaubt allerdings, *ich* hätte sie weggeschubst. Sie hat nicht gemerkt, dass es Cate war. Du gehst jetzt nach ihr sehen. Um Cate kümmere ich mich.«

»Wo ist Catie denn?« Marc zog düster die Augenbrauen zusammen und sah sich nach ihr um. Er machte sich Sorgen. Zu Recht.

»Ich weiß es nicht«, gab Justus zähneknirschend zu. »Sie ist in den Wald gelaufen.« Sie konnte überall sein, denn sie war so unberechenbar wie das Element, mit dem sie verbunden war. Sie war anders als jemand aus dem Feuervolk, weicher, wankelmütiger. Immer verzog sie sich mit ihren Gedanken in die Luft, an Orte, an die ihr niemand folgen konnte, und ließ keinen an sich heran. Selbst Justus musste sich immer erst vorsichtig herantasten, brauchte Geduld und viel Feingefühl, bevor sie ihm einen kleinen Teil ihrer selbst öffnete.

Er war so ein Hornochse! Wieso hatte er sie nur heute so angeschrien? Wieso hatte er seine eigenen Gefühle nicht im Griff gehabt?

»Was hast du angestellt?«, kreischte plötzlich eine harsche Stimme und Hanna verpasste Justus einen Hieb in die Seite, der mehr wehtat, als er zugeben wollte.

»Was?«

Sie starrte ihn finster an und Justus fragte sich sofort, woher sie wusste, was er getan hatte. War Cate etwa zurückgekommen?

»Elyssabed sitzt vor meinem Wagen und heult sich die Augen aus dem Kopf. Und der Einzige, der dafür verantwortlich sein kann, bist du!«, fuhr sie ihn an und bohrte ihm ihren Zeigefinger in die Brust.

Elyssabed! Bei allen sengenden Feuerstürmen! Justus unterdrückte ein Knurren. »Hanna. Verdammt, das interessiert mich im Moment herzlich wenig!«

Sie taumelte eingeschüchtert einen Schritt zurück und blickte ihn verunsichert an.

»Marc?« Er sah ihn auffordernd an.

Dieser nickte nur und verschwand in Richtung der Wagen. Sein Bruder würde sich um die Fürstentochter kümmern und konnte das bestimmt auch besser als er. Das hätte er ihm von Anfang an überlassen sollen. Wenn man an Marcs Verantwortungsgefühl appellierte, tat er seine Sache auch gewissenhaft. Hoffte er.

Justus wandte sich wieder an Hanna, die verstimmt die Lippen aufeinanderkniff.

»Elyssabed hat sich an mich rangemacht und ich habe sie abgewiesen. Mehr ist nicht passiert«, versuchte Justus es ruhiger, weil er das Gefühl hatte, Hanna eine Erklärung schuldig zu sein.

Sie verschränkte allerdings die Arme vor der Brust und starrte ihn weiterhin nieder. »Du bist selbst schuld, wenn du mit dem Herz eines Mädchens spielst. Hättest du dich nicht so offensichtlich für sie interessiert, wäre das nie passiert!«

Justus hob ungläubig die Augenbrauen. »Ich interessiere mich überhaupt nicht für sie!«, empörte er sich und straffte die Schultern, um seiner Aussage Nachdruck zu verleihen.

»Das sah aber ganz anders aus. Wir alle haben gesehen, wie du ständig in ihrer Nähe herumgeschweift bist. Was sollen wir da bitte anderes denken?« Hanna schnaubte genervt und schob patzig das Kinn nach vorn.

Justus starrte sie an und der Groschen fiel. »O verdammt!«, raunte er und fuhr sich wiederholt mit den Händen durchs Haar.

Wusste eigentlich irgendwer außer Marc, was er damit hatte bezwecken wollen? Hatte Cate es auch so gesehen wie Hanna? Wenn sie dachte, er hege Gefühle für Elyssabed, und dann die Sache mit dem Kuss …

Sein Herz sackte ab und es war ihm, als würde er fallen. Es war eine Katastrophe!

»Ich habe versucht, sie im Auge zu behalten, damit ich notfalls verhindern kann, dass wir auffliegen. Nach der Sache mit Dantes Arm … Ich dachte, das wäre klar«, stöhnte er und fluchte innerlich.

»Ach, und jetzt ist es auch noch Dantes Schuld?«, bekam Hanna es in den falschen Hals und ihre Augen sprühten förmlich Funken.

»Nein, verdammt! Können wir später darüber reden?«, rief Justus und warf die Hände in die Luft. Warum mussten Frauen so kompliziert sein? »Tu mir einen Gefallen und sieh nach, ob Cates Schlafbündel noch in eurem Wagen ist«, bat er sie im freundlichsten Ton, den er gerade zustande brachte.

»Cate?« Sie sah ihn irritiert an, riss dann aber erschrocken die Augen auf und polterte los: »Oh, du Idiot! Du hast es verbockt, nicht wahr? Seit wann ist sie weg?« Hanna schlug ihm wieder in die Seite und Justus zuckte zusammen. Sowohl wegen des Schlags als auch wegen ihrer Worte. Denn er hatte es tatsächlich verbockt und sie war weg.

Wie auch immer Hanna das so schnell gewusst hatte.

»Keine Ahnung! Nicht lang. Sie ist in den Wald gerannt. Verfluchter Kappadreck. Ich weiß nicht mal, wo ich nach ihr suchen soll, wenn ihr Schlafbündel noch da ist.« Sein Puls raste, seine Gedanken drehten sich im Kreis und ihm wurde immer deutlicher bewusst, wie verzwickt seine Situation war.

Cates Schlafplatz zu finden war für gewöhnlich leicht. Sie bewegte sich meist nie weit weg vom Lager. Es reichte, hinter den Wagen etwa dreihundert Schritte in den Wald zu laufen. Doch wenn ihr Bündel noch hier war, hatte er für seine Suche keinerlei Anhaltspunkt.

»Ich sehe nach«, sagte Hanna und eilte zwischen den Dörflern davon zu den Wagen. Gerade heute, wo Justus wünschte, dass sie früher gingen, tanzten und lachten sie besonders ausgelassen. Die Musik war so fröhlich, dass es ihn schmerzte.

Doch in diesem Moment verstummten die Instrumente plötzlich, das Lachen wurde zu wirrem Rufen, die Frauen kreischten und alle flüchteten von der Lichtung in Richtung Dorf.

Justus hob den Blick und starrte fassungslos in den finsteren Himmel. Dicke Tropfen klatschten auf sein Gesicht und es dauerte nur einen Augenblick, bis sein Hemd so nass war, dass er es hätte auswringen können.

Es regnete! Das Feuer in der Mitte des Platzes zischte und erlosch kläglich unter dem wasserfallartigen Regenguss.

Justus rannte über die langsam im Wasser versinkende Wiese und stürmte in den ersten Wagen, den er erreichen konnte.

Seine Eltern waren darin und auch Mei, Ayo und Bree.

»Du bist ja vollkommen durchnässt!«, rief Tanja, als sie ihn sah.

Das Wasser rann aus seinen Kleidern und bildete auf dem Boden große Pfützen, als hätte er in einem See gebadet.

»Schon gut. Nicht so schlimm«, wehrte Justus ab, als sie ihm eine Decke über die Schultern legen wollte. Er hatte im Moment andere Sorgen.

»Ich glaube, ich habe seit zehn Jahren keinen solchen Regenguss mehr erlebt«, behauptete Kai und reichte die Decke an die Mädchen weiter, die frierend beieinanderstanden.

Die hochsommerliche Luft hatte sich rapide abgekühlt.

»Seit zwölf, Vater! Es hat nicht mehr so geregnet seit dem Tag, an dem wir Cate gefunden haben«, verbesserte Justus und massierte sich verzweifelt die Schläfen.

Alle blickten ihn erschrocken an.

»Wo ist Cate?«, fragte Mei, die eins und eins als Erste zusammengezählt hatte.

»Ich habe keine Ahnung.« Es tat unendlich weh, das immer wieder zugeben zu müssen, da er die Schuld spürte, die auf seinen Schultern lastete. Und Mei würde das auch sofort wissen.

Hanna stürmte durch die offene Tür, schlug die Decke zurück, die sie sich gegen den Regen über den Kopf gezogen hatte, und schüttelte sich. Niemand von ihnen besaß mehr Wachsumhänge. Cate hatte ihnen allen immer Sonnenschein geschenkt.

Justus sah Hanna erwartungsvoll an.

»Ihr Bündel ist noch da.«

»Scheiße!« Justus schlug mit der Faust gegen die Wand und der Wagen erzitterte unter der Wucht seines Gefühlsausbruchs. Verzweiflung schnürte ihm den Brustkorb enger.

»Ist sie etwa weggelaufen?« Seine Mutter blickte verwirrt zwischen ihm und Hanna hin und her.

»Kann gut sein«, antwortete er und begann, in dem kleinen Wagen auf und ab zu gehen.

»Justus, du Drecksbruder!«, blaffte Mei ihn sofort an. »Sie ist sicher weggelaufen, weil du sie die ganze Zeit angeschrien hast!«

Er zuckte bei ihren Worten zusammen, sah Cate vor seinem inneren Auge. Ihr blasses Gesicht, der Schmerz in ihren Augen. Mei hatte recht, doch er wies es von sich, um klar denken zu können.

»Entweder sie ist bereits so weit weg, dass wir aus ihrem Wetterbereich herausgekommen sind, oder …« Er holte tief Luft und Hanna sprach aus, was er sich nicht einmal vorstellen wollte.

»Oder es geht ihr so furchtbar, dass sie dieses Wetter herbeigerufen hat.« Sie rieb sich mit einem Zipfel ihrer Decke über das nasse Gesicht. »Hoffen wir, dass sie einfach nur weit weg ist.«

Justus wusste nicht, welche der beiden Möglichkeiten für ihn schlimmer wäre. Er wusste nur, dass er sie finden musste. Besser früher als später. Falls sie sich von ihnen weiter entfernt und entschieden hatte zu fliegen, war es vielleicht sogar schon zu spät, sie wieder einzuholen.

Sein Blick ging zu Bree. Wenn sie ihre Feuergabe einsetzte, würde sie Cate vielleicht auch auf die Entfernung erfühlen können. »Bree, kannst du sie ausfindig machen?«

Das Mädchen kniff die Lippen zusammen, trat reserviert einen Schritt zurück und blickte ihm finster entgegen.

Justus bekam ein ganz schlechtes Gefühl. Er wusste, dass Bree und Cate nicht gerade die besten Freundinnen waren. Doch dies hier war eine Notsituation. Und Cate war schließlich auf ihre Art Teil der Familie.

»Bree, bitte. Konzentriere dich und such sie für uns«, bat auch Hanna sie.

Im Stillen dankte er ihr für die Unterstützung. Auch wenn sie im Alltag nicht viele Berührungspunkte hatten, konnte man immer auf sie zählen.

Bree schüttelte nur vehement den Kopf, wich noch weiter zurück. Sie hatte tatsächlich vor, ihre Hilfe zu verweigern? Justus konnte es nicht begreifen.

»Bree!«, rief Kai, der neben Justus trat. »Was ist denn los mit dir?«

»Ich werde euch nicht helfen, diese blöde Kappakuh zu finden!«, keifte sie und schlang die weichen Arme um ihren Körper. »Ich bin froh, dass sie endlich weg ist, und hole sie sicher nicht zurück. Sie hat uns nur Ärger gemacht! Sie gehört nicht hierher, und sie gehört nicht zu uns! Am liebsten wäre mir gewesen, sie wäre damals mit dem Rest ihrer verwünschten Art umgekommen!«, spuckte sie aus, das Gesicht zu einer wütenden Fratze verzogen.

Justus konnte sie nur schockiert anstarren. Das hatte sie nicht gesagt? Das konnte einfach nicht ihre wahre Meinung über Cate sein?

Mei holte aus und schlug ihr mit der flachen Hand ins Gesicht. Es ertönte ein lautes Klatschen und Bree stürzte, mehr vor Schreck als vor Schmerz, auf die Knie.

Sie waren alle wie erstarrt.

»Wie kannst du nur so etwas sagen?!«, schrie Mei sie an und baute sich vor ihr auf. »Nimm das zurück, du fiese Gans!«

»Mei«, japste Tanja, blieb jedoch ungehört.

»Nimm es zurück!«, wiederholte Mei und Bree bäumte sich auf.

»Niemals!«, kreischte sie zurück und Mei spannte die Muskeln, um sich auf sie zu stürzen.

Doch Ayo ging schnell genug dazwischen. »Aufhören! Beruhigt euch. Mei, hör auf zu prügeln! Und du hörst auf, ein giftsprühendes Miststück zu sein!« Streng sah sie zwischen den beiden hin und her, dann packte sie Bree am Arm und zerrte sie auf die Füße. Mei trat einen Schritt von ihr zurück, erdolchte Bree jedoch weiterhin mit ihrem Blick.

Justus musste also ohne ihre Hilfe zurechtkommen und wollte auch auf keinen Sinneswandel mehr warten. »Dann gehe ich sie allein suchen«, teilte er den Anwesenden mit und schob sich zur Tür.

»Ich komme mit«, sagte Ayo bestimmt und hielt ihn damit auf. »Außer mir und Hanna wird dir im Moment sowieso niemand von uns nützlich sein.« Auch ihr Blick schweifte wütend zu Bree, die sich abgewandt hatte und Augenkontakt vermied.

Hanna nickte, sie würde auch mitkommen. Auch wenn ihre Fähigkeit, Licht zu erzeugen anstatt Hitze, vom Feuervolk oft als niedriger erachtet wurde, konnten sie sie, im Gegensatz zu den anderen, auch im Regen nutzen.

»Bree?«, versuchte Justus es ein letztes Mal, doch sie sah ihn nicht an und hielt sich nur die schmerzende Wange, die sich langsam rot verfärbte.

»Ich will auch mitkommen«, sagte Mei, aber er schüttelte den Kopf.

»Du könntest nichts ausrichten. Es ist stockfinster da draußen. Du würdest dich nur verirren und dann müssten wir schon zwei Leute suchen«, erklärte Justus und legte seiner Schwester kurz den Arm um die Schultern. Er war furchtbar stolz auf sie, obwohl er nicht gutheißen sollte, dass sie ihre Freundin schlug. Doch ihre Loyalität gegenüber Cate ging ihm zu Herzen und er war froh, sie zu haben.

»Lasst uns gehen«, wandte er sich an Hanna und Ayo, die sich in große Felldecken wickelten.

Der Regen hatte den Boden der Lichtung bereits so aufgeweicht, dass sie knöcheltief im Schlamm steckten und Justus führte sie in die Richtung, in der er Cate als letztes gesehen hatte.

Nachdem sie genügend Abstand zwischen sich und das Lager gebracht hatten, schlugen Hanna und Ayo die Decken etwas auf und begannen zu leuchten.

Ayo erzeugte ein helles weißes Licht, mit dem man fast hundert Schritt weit sehen konnte. Hannas reichte nicht so weit, war aber nicht minder hell.

Als Erstes gingen sie hinunter zum See, an dem Justus sich heute Vormittag mit Cate gestritten hatte. Doch sie war nirgends zu entdecken.

In regelmäßigen Abständen heizte Justus den beiden Frauen mit seiner erhöhten Körperwärme die Decken auf, damit sie nicht zu sehr froren. Es war so kalt, dass man den Atem sehen konnte.

»Sie ist auf keinen Fall so weit weg, dass wir nicht mehr in ihrem Wettergebiet sind«, rief Hanna, während sie entschieden, in welcher Richtung sie jetzt weitersuchen sollten.

»Wie kommst du darauf?«, fragte Ayo mit klappernden Zähnen und sah sich um.

»Es regnet, als hätte jemand die Himmelsschleusen geöffnet. Es ist so kalt, dass wir fast erfrieren. Und das im Hochsommer! Das ist auf keinen Fall natürliches Wetter.« Hanna blinzelte sich das Wasser aus den Augen.

»Was nun?«, wollte Ayo wissen und trat von einem Fuß auf den anderen.

»Wenn ich das nur wüsste«, antwortete Justus und schlang seine Arme um das zitternde Mädchen, um es ein wenig aufzuwärmen. Dabei versuchte er an ihr vorbeizusehen, um nicht geblendet zu werden.

»Du kennst sie am besten. Wo würde sie hingehen, wenn es ihr wirklich schlecht geht?«, grübelte Hanna und ging ein Stück in den Wald hinein.

Justus seufzte und schüttelte nur verzweifelt den Kopf. Er kannte sie am besten, aber das hieß nicht, dass er auch nur erahnen konnte, was in ihrem Kopf vor sich ging. Vor ein paar Tagen hätte er noch behauptet, dass sie zu ihm kommen würde, wenn es ihr nicht gut ging. Aber wenn er jetzt darüber nachdachte, war das schon lange nicht mehr so.

Als Kinder hatten sie immer aufeinander aufgepasst, wo der eine war, konnte man auch den anderen finden. Doch sie hatten sich verändert. Justus war erwachsen geworden, hatte sich auch um andere Dinge gekümmert. Und Cate …

Er schloss die Augen, spürte die Tropfen auf sein erhitztes Gesicht prasseln und dachte an sie. An ihr verhaltenes Lächeln, wie ihre Wangen sanft erröteten, sobald ihr etwas peinlich war. Ihr nackter Körper unten am See. Und daran, wie sie ihn angesehen hatte, als er das Lied auf der Mandoline spielte. Sein Herz hatte so laut geschlagen, dass er beinahe den Text vergessen hätte.

Wann war sie erwachsen geworden? Wieso hatte er es verpasst? Und seit wann schon sah sie ihn so an, dass ihm die Hitze in den Kopf stieg?

Die Verzweiflung fasste nach ihm, ließ ihn schwindelig werden und er holte tief Luft. »Cate!«, schrie er ihren Namen in das Unwetter hinein und seine Stimme wurde vom Regen verschluckt. »Cate!«, rief er noch einmal, noch lauter und getrieben von seiner Panik, und plötzlich schlug ihm ein unerwarteter Windstoß den Regen kräftig ins Gesicht.

Er und Ayo, die er immer noch im Arm hielt, taumelten zurück. Was war das denn gewesen?

Er ließ das Mädchen los und drehte sich in die Richtung, in die der Wind ihn geschubst hatte, und er tat es wieder. Er trieb ihn vom See weg und weiter in den Wald hinein.

Was das ein Zeichen? Justus begann zu laufen, erst langsam, dann schneller. Ayo und Hanna folgten ihm, ohne zu fragen.

Der Wind schob sie voran und drückte Justus zurück auf den richtigen Weg, wenn er davon abkam. Ayo und Hanna erhellten den Wald.

Justus hatte schon öfter erlebt, dass der Wind ihm den Weg zeigte. Er hatte Cate nie danach gefragt, nicht gewagt, das Mysterium ihrer Windkräfte anzutasten, aber er war sich sicher, dass sie ihn damit leitete.

War sie es? Wollte sie von ihm gefunden werden? Oder wollte der Wind, dass sie gefunden wurde?

Es fühlte sich an wie eine halbe Ewigkeit, die sie durch den finsteren, verregneten Wald liefen. Ayo und Hanna brauchten zwei Pausen, in denen Justus fast um den Verstand kam. Ohne sie konnte er allerdings auch nicht weiter.

Und dann hörte der Wind unvermittelt auf, sie voranzutreiben und ihnen in die Kleider zu fahren. Er zerstob zu allen Seiten und riss dabei die Regentropfen mit sich.

»Sie muss irgendwo hier sein«, sagte Justus und hoffte, er deutete den Wink des Windes richtig. »Cate!«, rief er, in der Hoffnung, sie würde aus ihrem Versteck kommen. Doch es regnete einfach nur immer weiter und sie begannen zu suchen.

Es dauerte nicht lange, bis Ayo aufschrie.

»Hier ist sie!«, kreischte sie und Justus und Hanna stürmten zu ihr.

Zwischen den großen Wurzeln eines Baumes lag zusammengerollt eine kalkbleiche Cate. Selbst ihre Sommersprossen schienen verblasst zu sein. Sie war völlig durchnässt und eiskalt, als Justus nach ihr griff und sie in seine Arme zog. Schmutz klebte in ihrem porzellanweißen Gesicht.

»Cate«, hauchte er ihren Namen. »Kleiner Vogel.« Die Stimme versagte ihm. Er schüttelte Cate leicht, doch sie bewegte sich nicht. Bei allen Feuerstürmen! War sie etwa tot?

Panik schrie so laut in seinem Kopf, dass er sich nicht bewegen konnte. Sein Körper begann zu zittern, obwohl er hier wohl der Einzige war, der nicht fror. Was sollte er nur tun, wenn sie tot war? Wie konnte er es ertragen? Wie sollte er es sich jemals verzeihen, nicht auf sie achtgegeben zu haben?

Hanna schob ihn nach hinten, beugte sich über Cate und hielt das Ohr an ihren Mund. »Sie atmet«, stieß sie erleichtert aus und legte Justus beruhigend die Hand auf die Schulter.

»Sie … sie ist eiskalt«, stammelte er, weil er kaum einen anderen Gedanken in seinem Kopf fassen konnte, und drückte Cate fest an sich. Dass sie am Leben war, trieb ihm beinahe die Tränen in die Augen.

»Ist sie ohnmächtig?«, wollte Ayo wissen und gähnte verhalten.

»Sie wird sicher nicht schlafen«, spottete Hanna leise und legte ihre Decke über Cate.

Justus hob das eisig kalte Windkind auf seine Arme. Sie war so leicht, so zerbrechlich. Sie war das Mädchen, das er gefunden hatte vor vielen Jahren. Das in seinen Armen nachts geweint hatte, wenn die Albträume sie heimsuchten.

Doch sie war auch die Frau, die ihm heute mit nur einem Blick den Herzschlag in die Höhe getrieben hatte. Die Frau, die ihm ein Rätsel geworden war, weil er weiterhin das Mädchen in ihr hatte sehen wollen.

Sie war Cate. Seine Cate.

Justus drückte seine Körpertemperatur noch weiter nach oben, um sie zu wärmen, hielt sie ganz fest und flehte, dass es ausreichend war.

Die kleine Gruppe machte sich auf den langen Heimweg. Die Schwestern liefen voraus und Justus immer ihrem Licht hinterher.

Er konnte den Blick allerdings nicht von der Frau in seinen Armen nehmen. Was wäre passiert, wenn er sie nicht gesucht hätte? Wäre sie erfroren?

Hatte sie erfrieren wollen?

Der Gedanke jagte ihm einen grausigen Schauer über den Rücken und stach ihm so schmerzhaft in die Brust, dass er zusammenzuckte. Niemals wieder durfte er zulassen, dass ihr etwas zustieß. Nie mehr würde er sie so leichtfertig aus den Augen lassen.

Regentropfen hingen in ihren Wimpern, das Haar klebte dunkel vor Nässe in ihrem wunderschönen Gesicht. Justus raste schmerzhaft das Herz in der Brust, als er Cate noch näher zog und ihr behutsam einen Kuss auf die Stirn drückte.

Genau in diesem Moment hörte es auf zu regnen.

16

Als ich aus dem Schlaf dämmerte, war es so wunderbar warm, dass ich wohlig seufzte. Ich wagte kaum, mich zu bewegen. Der Untergrund, auf dem ich lag, fühlte sich nicht wie meine Hängematte an, eher wie mein Bett im Wagen. Entfernt hörte ich ein Kappa muhen.

Eine verschwommene Erinnerung an endlose Dunkelheit und beißende Kälte ließ mich erschaudern und ich kämpfte darum, nicht sofort wieder einzuschlafen. Was war nur geschehen?

Es dauerte eine ganze Weile, in der ich immer wieder wegnickte, doch nach und nach kam auch der Rest der Wirklichkeit zu mir.

Ich war weggerannt, hatte beschlossen, nicht zu den Feuerleuten zurückzukehren. Wollte nie wieder Justus begegnen!

Bei allen Winden, wie war ich nur auf so eine Schnapsidee gekommen? Wie hätte ich das denn schaffen sollen?

Justus hatte mich verletzt, sich in letzter Zeit nicht um mich geschert, mich angeschrien und mir sogar Hass entgegengebracht. *Er hat eine andere geküsst*, schoss es mir durch den Kopf und mein Herz brach ein weiteres Mal.

Und doch hatte ich keine Ahnung, wie ich es ohne ihn aushalten sollte.

O Mann, Cate! Du weißt auch nie, was du willst!, schalt ich mich selbst und drehte mich zur Seite.

Mein Arm stieß gegen etwas sehr Warmes und ich öffnete irritiert die Augen. Neben mir lag Justus, so dicht bei mir, dass seine Stirn beinahe die meine berührte. Mein Kopf war auf seinen Arm gebettet.

Er schlief und ich glaubte im ersten Moment selbst noch zu träumen, weil ich mir nicht erklären konnte, wie das möglich war. Ungläubig sah ich mich um, erkannte die blau bemalten Schnitzereien, das Brandloch in der Decke, das Mei mit Brettern verschlossen hatte und von dem noch einzelne Regentropfen ins Innere perlten.

Die Informationen erreichten meinen Verstand alle gleichzeitig.

Ich lag mit *Justus* in *seinem* Bett!

Auf einen Schlag war ich hellwach. »Bei allen Winden!«, japste ich, versuchte aufzuspringen und riss dabei die Wolldecke mit mir aus dem Bett. Am Leib trug ich eines von Hannas bestickten Nachthemden, in das die kühle Luft zog und mir so offenbarte, dass ich darunter nackt war. Was war mit meiner Unterwäsche geschehen?

Justus, den ich gleich mit geweckt hatte, setzte sich taumelnd auf. »Was ist passiert?«, rief er verwirrt und etwas zu panisch.

Schnell riss ich die Decke vor meinen Körper. Mein Kopf glühte vor Scham und als ich Justus betrachtete, musste ich mich zwingen weiterzuatmen.

Er saß auf dem Bett, nur mit einer hellen Leinenhose bekleidet. Sein Oberkörper war nackt und ich konnte deutlich mehr bestaunen als nur die Tätowierung auf seinem rechten Oberarm. *Bei allen Winden! Nur nicht durchdrehen!!*

Mein Herz raste und ich konnte keinen klaren Gedanken fassen, so schnell wirbelten sie durch meinen Kopf.

Justus blinzelte mich an. »Es ist nicht so, wie es aussieht«, verteidigte er sich, noch bevor ich irgendetwas gesagt hatte, und hob abwehrend die Hände. Seine Bauchmuskeln bewegten sich unter der gebräunten Haut, als er sich gerader aufrichtete.

Ich holte japsend Luft.

»Cate, ehrlich. Ich habe dich nicht angefasst«, redete er weiter auf mich ein und ich riss meinen Blick von ihm los, nur um auf die zerwühlten Laken zu starren.

»Warum lag ich in deinem Bett?«, war das Erste, was ich rausbrachte.

»Ich … Wir! Hanna, Ayo und ich. Also, wir haben nach dir gesucht und dich im Wald gefunden. Es hat geregnet und du wärst fast erfroren. Wir wussten nicht … ich konnte dich doch nicht …«, stammelte er und fing meinen Blick auf.

Mein Bauch flatterte wie verrückt.

O verdammt! Ich konnte doch nicht schon wieder dieses Gefühl haben. Nicht bei einem Mann, der mich gar nicht wollte. Und den ich obendrein nicht haben konnte. Aber die Tatsache, dass er sich um mich gesorgt und nach mir gesucht hatte, rief in mir ein unglaubliches Glücksgefühl hervor.

»Und wieso war ich nun in deinem Bett?« Ich war froh, dass er offensichtlich nicht ahnte, was genau mich so aus der Ruhe brachte. Wer glaubte in so einer Situation auch schon, dass ich nervös war, weil ich ihn halb nackt so attraktiv fand.

»Du warst eiskalt und Hanna meinte, nun ja, sie meinte, wenn ich dich wärme, dann würdest du nicht krank werden oder … sterben.« Er holte tief Luft. »Sagte ich, dass es Hannas Idee war?« Es war ihm sichtlich peinlich und sein Gesicht zeigte vor Verlegenheit rote Flecken.

Ich nickte nur, wusste nicht wohin mit meinen Händen und krallte sie noch fester in die Decke. »Und warum grade du? Warum nicht Hanna oder Mei?«

»Weil … weil ich wärmer bin.« Justus seufzte laut, schüttelte den Kopf und fuhr sich mit der Hand durchs Haar. »Ich kann es immer noch nicht fassen, dass du das nicht weißt, Cate. Du musst das doch gemerkt haben«, meinte er, rutschte zur Seite und klopfte auffordernd neben sich aufs Bett.

Bei allen Winden, mir wurde ganz anders bei dem Gedanken, zurück zu ihm ins Bett zu steigen. Vor allem, wenn man bedachte, dass er quasi nichts am Körper trug als diese leichte Hose. Er hatte so wunderschöne Arme.

Ich zögerte zweimal, ehe ich mich überwinden konnte, mich zu ihm zu setzen. Am anderen Ende der Matratze ließ ich mich nieder, nur weit genug von Justus weg, damit die beschämenden Gedanken in meinem Kopf nicht noch schlimmer wurden.

Justus schien davon nichts zu merken, griff zielstrebig nach meinen Händen und zog mich näher zu sich. Die Decke rutschte zu Boden und mein Herzschlag dröhnte mir in den Ohren.

Doch Justus achtete nicht darauf, dass ich ihm meine Finger wieder entziehen wollte, sondern hielt sie fest umschlossen und legte seine Handfläche an meine.

Er war so warm und ich blinzelte gegen meine Nervosität an.

In mir wirbelten Emotionen durcheinander wie in einem Orkan. Mir wurde abwechselnd heiß und kalt und mein Herz war dabei, zu platzen.

»Fühlst du es?«, fragte er und es durchzuckte mich heftig.

Ich zwang mich zur Konzentration, atmete tief durch und versuchte zu spüren, was er mir zeigen wollte. Denn sicher hatte er nicht die Schmetterlinge in meinem Bauch gemeint.

Und tatsächlich, seine Hand fühlte sich zunehmend wärmer an und die Hitze verstärkte sich noch weiter. Erschrocken zog ich die Hand zurück, als seine Haut so heiß wurde, dass ich mich beinahe daran verbrannte. Mit großen Augen starrte ich ihn an.

Die Erkenntnis kam spät, doch als ich verstand, zog ich scharf die Luft ein. »Du … du kannst das schon immer?«, fuhr ich auf und konnte es selbst nicht fassen. Er hatte Kontrolle über seine Körpertemperatur und ich hatte es nicht gemerkt.

»Seit sieben Jahren, Schnarchnase«, gab Justus zurück und lachte. Es war so schön, wenn er mit mir lachte. Selbst wenn er über mich lachte, war es noch schöner, als nichts von ihm zu haben.

Ich war so schrecklich verliebt, wie sollte ich mich jemals daraus retten?

Verlegen schlug ich die Beine unter und zog mir die Decke wieder vor den Körper, um mich nicht so bloß zu fühlen.

»Woher hätte ich das denn wissen sollen?«, maulte ich gespielt und fühlte, wie mein Gesicht bis zu den Ohren rot wurde. Ich konnte ihm ja schlecht auf die Nase binden, dass mir so oder so immer heiß wurde, wenn ich in seiner Nähe war.

Justus lachte noch immer und wuschelte mir durchs Haar.

Wenn doch die Zeit anhalten und dieser Moment ewig währen könnte. Doch nicht mal der Wind vermochte so etwas. Und obwohl Justus offensichtlich mehr Kräfte besaß, als ich gewusst hatte, zweifelte ich stark daran, dass er über die Zeit gebieten konnte.

Ich strich mir die wirren Strähnen aus dem Gesicht und die Gefühle in meinem Bauch zwangen meine Mundwinkel dazu, sich zu heben.

»Cate«, sagte Justus meinen Namen, so weich, dass ich schmelzen wollte, und ich sah ihn an. Seine Augen waren dunkel wie glühende

Maronen. Mein Blick sank in seinen und er beugte sich ganz langsam zu mir herüber. Oder ich mich zu ihm? Die Luft knisterte wie kurz vor einem Gewitter und ich vergaß zu atmen.

Plötzlich wurde die Tür aufgerissen und Marc kam in den Wagen gestürmt. »Na, ihr Turteltauben. Ausgeschlafen?«, rief er grinsend und ich fiel vor Schreck beinahe vom Bett. Schnell presste ich mir die Decke noch fester in den Körper.

»Kannst du nicht anklopfen, du Hornochse? Du hast uns zu Tode erschreckt!«, grollte Justus genervt und fuhr sich wieder mit den Händen durchs völlig verstrubbelte Haar.

»Mama hat gesagt, ich soll nachsehen, wie es Catie geht«, behauptete Marc völlig ungerührt und lächelte diebisch. »Aber ich sehe, dass wir uns umsonst solche Sorgen um sie machen. Vielleicht solltet ihr das Horn an die Tür hängen, dann platz ich auch nicht rein.« Marc zog das frechste Wolfsgrinsen, das ich je gesehen hatte, und mir schoss das Blut so schnell in den Kopf, dass mir schwindelig wurde.

»Bist du verrückt geworden?!«, quiekte ich erschrocken und wusste genau, was er mit seinen Worten andeutete. Etwas Unmögliches, was niemals passieren würde.

Und doch ertappte ich mich dabei, mich zu fragen, ob es mir nicht gefallen würde, wenn das wirklich Justus' Absicht gewesen wäre. Ich konnte ihn nicht ansehen, wollte nicht, dass er mir die Gedanken womöglich von der Stirn ablesen konnte.

Marc lachte laut und es ärgerte mich, dass er mich so aufziehen konnte. Um nicht in Peinlichkeit zu versinken, schlug ich ihm gegen die Schulter, doch er zuckte nicht mal.

»So, das reicht«, sagte Justus und der Ausdruck in seinem Gesicht war so finster, dass er einem Angst machen konnte. »Sag Mama, dass es Cate besser geht«, forderte er seinen Bruder auf und Marc verdrehte die Augen, trat aber sofort den Rückzug an.

»Krieg dich wieder ein. Niemand wird sie dir wegnehmen«, murmelte er und verschwand durch die Tür, die er hinter sich zuzog.

Ich starrte Justus entgeistert an, der tief ein- und wieder ausatmete. »Was ist los mit dir?«, fragte ich leise, während er die Beine aus dem Bett schwang und sich an die Kante setzte. Er sah zu mir auf, was seltsam war, da es sich sonst immer andersherum verhielt. Die Wut war in dem Moment gewichen, in dem sein Bruder verschwunden war, und ich konnte seinen Blick nicht deuten.

Seine großen Hände fassten nach meiner Taille und ich schreckte so sehr zusammen, dass ich die Decke fallen ließ. Er schlang die Arme um meine Mitte, zog mich noch ein Stück näher und ich starb tausend Tode. Es fühlte sich so unglaublich gut an und gleichzeitig war ich mir sicher, dass ich das alles lieber nicht empfinden sollte.

Justus drückte seine Stirn an meinen Bauch und mir wurde schwindlig, so trunken war ich vor Verliebtheit. So viele Berührungen, so viel Justus. Und das, nachdem ich ihn in der letzten Zeit kaum gesehen oder gesprochen hatte.

Wieso jetzt? Ich konnte mich nicht erinnern, dass er so etwas schon mal gemacht hätte.

»Es gefällt mir nicht, wie er über dich geredet hat«, sagte Justus und wich keinen Fingerbreit von mir zurück.

Ich strengte mich an, meine Stimme wiederzufinden. Mein Herz war so voll, dass es überzulaufen drohte. Meine Finge fuhren wie von selbst in Justus' Haar. Ich musste jetzt unbedingt etwas sagen. Irgendwas! Sonst würde ich mit Sicherheit dumme Sachen tun.

»Du bist heute aber launisch«, brachte ich heraus und versuchte zu lächeln. *O Cate, wieso sagst du so etwas Dämliches? Konzentrier dich gefälligst!*

Doch das war leichter gesagt als getan.

Justus zog mich noch fester an sich.

Ich würde sterben, sicher. An Atemnot oder an einem rasenden Herzschlag. Wusste er eigentlich, was er mir da antat?

»Ich habe im ersten Moment gedacht, du wärst tot«, nuschelte er an meinen Bauch, verharrte noch einen Augenblick und hob dann den Kopf. »Und ich wusste nicht, was ich tun sollte. Ohne dich.«

Ich schluckte schwer, um den Kloß in meinem Hals loszuwerden. Aber es gelang nicht. Justus sah mich so furchtbar traurig an, dass es schwer war, nicht in Tränen auszubrechen. Eine kleine Flamme entfachte die Glut in meinem Herzen, von der ich gefürchtet hatte, sie wäre für immer erloschen.

Bitte lass es kein Traum sein! Bitte lass mich jetzt nichts Dummes sagen!

Doch Justus ließ mich los, bevor ich irgendetwas tun konnte, was garantiert auch besser so war. Er schob mich eine Armlänge von sich und schnaubte. Sein Ausdruck wandelte sich und er blickte plötzlich sehr zornig zu mir auf.

Oje!

»Tu das nie wieder!«, schnauzte er mich an, stand unvermittelt vom Bett auf und baute sich in voller Größe vor mir auf. »Ich warne dich, Cate! Wenn das noch mal vorkommt, dann leg ich dich übers Knie! Ich schwör's! Du kannst dir gar nicht vorstellen, was für Ängste wir ausgestanden haben!«

Die Flamme in mir flackerte und erlosch. Er behandelte mich, als wäre ich seine Schwester. Ich war so dumm. Meine Gefühle waren dumm. Wie sollte da auch mehr sein? Schließlich gab es Gesetze. Und er hatte gestern erst Elyssabed geküsst.

Das Stechen in meinem Magen bereitete mir Übelkeit und die Enttäuschung brach sich in mir Bahn, auch wenn ich das gar nicht wollte.

»Ich weiß nicht, ob ich das garantieren kann«, sagte ich reserviert und reckte das Kinn nach vorn, um mir selbst zu beweisen, dass ich stark sein konnte. »Wer weiß, wann ich mal wieder vor dir fliehen muss.«

Ich erwartete, dass er mich weiter beschimpfen würde, mich bockig nannte, wie er es zu Mei immer sagte. Doch stattdessen wich jegliche Farbe aus seinem Gesicht, er starrte mich entgeistert an und sackte aufs Bett zurück, als hätten seine Knie nachgegeben.

Was hatte ich getan? Mein Widerstand verpuffte zusammen mit seiner Wut. »Ich nehm's zurück. Ich habe es nicht so gemeint«, hauchte ich und fühlte mich wie der unsensibelste Mensch der Welt.

Justus wich meinem Blick aus, zuckte mit den Schultern, als wäre es nicht wichtig, und griff nach seinem Hemd, das irgendwo auf dem Boden lag.

Ich suchte nach Worten, während er sich hastig anzog, wusste aber nichts zu sagen, was die Situation besser gemacht hätte. Justus schob sich an mir vorbei zur Tür, hielt allerdings mitten in der Bewegung inne und drehte sich noch einmal um.

Als befürchtete er, ich würde zurückweichen, streckte er ganz langsam die Hand nach mir aus, berührte mich jedoch nicht.

Ich hielt die Luft an.

»Es tut mir leid. Ich hätte dich gestern nicht anschreien dürfen«, entschuldigte er sich.

Zaghaft versuchte ich mich an einem Lächeln. »Schon gut«, entließ ich ihn und er nickte.

»Ich sag den Mädels, sie sollen dir Kleider bringen«, meinte er noch schnell und öffnete die Tür. Sofort schlug ihm der Wind entgegen, wehte hinein und verhinderte, dass Justus sie wieder schließen konnte.

Ich widmete ihm meine Aufmerksamkeit, als er um mich herumwirbelte, an meinem Nachthemd zerrte und fröhlich um meine Finger tanzte, mit denen ich durch ihn hindurchfuhr. Es tat gut, ihn bei mir zu haben. Er freute sich so sehr, dass es mir gut ging. Das konnte ich spüren.

Genauso wie ich wusste, dass ich auch ihm wehgetan hatte. Und all das nur wegen einer aussichtslosen Liebe.

Justus hatte gesagt, die anderen wären in Sorge gewesen, und ich hatte nur an mich gedacht. Was, wenn ich wirklich erfroren wäre? Sie wären sicher traurig gewesen.

Jetzt kam mir mein gestriger Ausbruch noch bescheuerter vor. Ich hatte wirklich weglaufen wollen? Wie dumm ich doch war. Wieso war ich nur immer so überdramatisch?

Ich werde sein, wo du bist, flüsterte der Wind und schmiegte sich an meine Wange.

Ein leises Lächeln legte sich auf meine Lippen und dann stürmte Mei auch schon mit einem Bündel Kleider in der Hand den Wagen. Sie warf sich mir an den Hals und rief etwas, das in meinem Haar unterging. Ich verstand nur: »Wir haben uns solche Sorgen gemacht!« und »Bree, die Ziege …« und »bleich wie eine Leiche.«

Aber es war eigentlich egal. Ich erwiderte die Umarmung und war nur glücklich, heute früh hier im Lager erwacht zu sein und nicht irgendwo anders ganz allein.

17

Wir zogen heute nicht weiter. Der Regen und all die anderen Umstände, an denen ich die Schuld trug, waren Grund, die Abreise einen Tag zu verzögern.

Zuerst machte ich mir Sorgen, dass ich damit alle verstimmt hatte, doch anscheinend freuten sie sich über den freien Tag. Und darüber, dass ich da war. Sie wollten alle mit mir reden, sich vergewissern, dass er mir gut ging.

Tanja zwang mir eine Schale mit Haferbrei auf und Garan schenkte mir sogar einen Teil seiner Erdbeeren, da vom Frühstück sonst keine übrig geblieben waren. Die Wagenleute waren so bemüht um mich, dass es schon unheimlich war, und ich fühlte mich unwohl, im Fokus ihrer Aufmerksamkeit zu stehen.

Justus wich mir nicht von der Seite. Beim Frühstück saß er neben mir und ließ mich nicht aus den Augen.

»Wenn du meine Erdbeeren willst, kannst du sie haben«, sagte ich ihm, um ihn darauf aufmerksam zu machen, wie seltsam er sich verhielt. Wie sollte ich unter solchen Umständen denn essen?

Erst als Van ihn bat, ihm bei den Kappa zu helfen, ließ er mich widerwillig zurück und ich floh mit meinem Frühstück zu Mei, Ayo und Hanna in den Schatten einer Tanne.

Die Einzige, die sich heute nicht um mich riss, war Elyssabed. Sie spazierte mit hocherhobenem Kopf an uns vorbei und sagte zwar kein Wort zu mir, doch ihr Blick sprach Bände. Sie hätte mir am liebsten die Augen ausgekratzt und tat es sicher nur nicht, weil Marc an ihrer Seite war und sie auf Schritt und Tritt begleitete, wie es Justus zuvor getan hatte.

»Was ist mit ihr?«, fragte ich Mei, die verächtlich das Gesicht verzog, als sie sah, wie Elyssabed davontänzelte, als wäre sie auf einem Ball.

Ich hatte eine geheime Vermutung, doch ich traute mich kaum, den Gedanken zu Ende zu führen.

»Die ist nur giftig, weil Justus sie abgewiesen hat«, raunte Mei mir zu und mein Herz geriet aus dem Takt, als ein Glücksgefühl meinen Körper erfasste wie ein Frühlingswind.

Ayo reckte interessiert den Hals. »Ich habe gehört, sie hat versucht ihn zu küssen und er hat sie so fest von sich gestoßen, dass sie zu Boden gestürzt ist«, ereiferte sie sich und ich bemühte mich darum, keine Miene zu verziehen. Denn Elyssabed hatte es nicht nur versucht, sondern getan und auch nicht Justus hatte sie zu Boden gestoßen, sondern ich. Doch das war nicht wichtig. Für mich zählte nur, dass Justus diesem Kuss nicht zugestimmt hatte.

Der Wind kitzelte mich vorwitzig im Nacken.

Sie haben sie für dich mitten in der Nacht aus dem Wagen gejagt. Sie musste in deinem Bett schlafen. Und sie hat sich die ganze Zeit herumgewälzt und sich über Ayos Schnarchen geärgert, flüsterte er und es fiel mir so schwer, nicht zu lächeln wie eine Verrückte.

»Hört auf, so einen Unsinn zu reden, und lasst die arme Cate essen«, ermahnte uns Hanna, doch ich konnte keinen Bissen mehr zu mir nehmen. Mein Bauch flatterte wie verrückt und ich hielt mich nur noch mit dem letzten Rest Vernunft am Boden.

»Ich muss eine Runde spazieren gehen«, verkündete ich atemlos und stand auf. Die fast leere Schüssel Haferbrei ließ ich im Gras stehen.

»Sollen wir mitkommen?«, fragte Mei und ich winkte ab. Das Grinsen kräuselte bereits meine Lippen.

»Ich muss ein wenig für mich sein. Ich geh auch nur zum See runter«, versprach ich und nahm Reißaus, bevor mich jemand aufhalten konnte.

Meine Füße flogen beinahe über den Waldboden, der immer noch matschig war vom nächtlichen Regen, doch es kümmerte mich nicht. Denn ich konnte nur daran denken, dass Justus die Fürstentochter abgewiesen hatte.

Bei allen Winden, ich war so glücklich, dass ich weinen wollte.

Der Waldsee glitzerte in der Vormittagssonne und der Wind erzählte mir alles bis ins kleinste Detail und ich ließ es ihn noch mal wiederholen, nur weil es so schön war.

Elyssabed hatte Justus gegen seinen Willen geküsst! Warum hatte ich nicht gestern schon gefragt?

Aber ich war selbst schuld. Wenn ich dem Wind den Mund verbot, brauchte ich mich nicht zu wundern, dass solche Missverständnisse passierten.

Ich konnte meine Freude über diesen Tag kaum zügeln. Alles stand kopf und ich träumte all den Berührungen nach, die wir heute schon geteilt hatten. Ich war schließlich in seinen Armen erwacht. Auch wenn es nur dazu gedient haben mag, mich aufzuwärmen, war es doch so wunderschön, dass ich nicht aufhören konnte zu lächeln.

Es hatte sogar einen Moment gegeben, in dem ich geschworen hätte, er würde mich gleich küssen. Oder hatte ich mir das nur eingebildet?

Wie verwirrt ich war! Es war einfach unmöglich, sich keine Hoffnungen zu machen, selbst wenn er mich angeschnauzt hatte, als wäre ich seine Schwester.

Auch wenn ich es versuchte, es war wirklich schwer, meinen Kopf zu zügeln, damit er nicht völlig übergeschnappte Dinge erdachte.

Denn unsere Situation hatte sich über Nacht nicht geändert. Selbst wenn er etwas für mich übrighätte, ich war nicht von seinem Volk und die Gesetze waren mehr als eindeutig. Es war den Feuerleuten verboten, etwas Ernsthaftes mit jemandem zu haben, der nicht von ihrem Volk war.

Ich spazierte am See entlang und blickte übers Wasser. Es war trüber als gestern, weil der Regen den Boden aufgewühlt hatte.

Mei hatte mir erzählt, wie heftig das Wetter gewesen war. Der Regenguss, die Kälte und die Sturmböen. Und allein ich war dafür verantwortlich.

Inzwischen hatte ich Angst, jemand könnte dadurch vielleicht auf die Idee kommen, dass nicht alle vom Windvolk tot waren. Nach zwölf Jahren war das vielleicht nicht gerade der erste Gedanke der Menschen, aber trotzdem hätte ich so ein großes Risiko nicht eingehen dürfen.

Gewissensbisse machten sich in mir breit und ich sammelte einige flache Steine auf, die ich über die Wasseroberfläche flippen ließ, um mich abzulenken.

Gerade hatte ich den See zur Hälfte umrundet, als ich ein Geräusch hörte. Prüfend sah ich mich um und ließ sie restlichen Steine zu Boden rieseln.

Hinter mir erhob sich eine Felswand, etwa dreißig Fuß hoch, und das Geräusch kam von dort oben. Rascheln und lautes Knacken von Ästen. Wenn es ein Tier war, dann aber ein großes.

All die Gedanken, die gerade noch meinen Kopf verstopft hatten, verstummten und ich rief den Wind zu mir.

Was ist das?, fragte ich und spürte plötzlich, wie er sich langsam aufzulösen begann. Das Bewusstsein des Windes zerfaserte und entglitt mir. Nein! Wieso jetzt?

Sofort fiel mir der Mann ein, dieser blonde Kerl, der uns vor Wochen die Tür zum Haus des Stadtrates aufgehalten hatte. War er etwa hier? War er es, der sich oben auf dem Felsen befand?

Der Wind schwand, aber diesmal sah ich nicht nur entsetzt dabei zu, sondern klammerte mich mit meiner Seele so fest ich konnte an die seine.

Es fühlte sich an, als würde er weggesaugt werden, und ich hielt eisern fest. Es tat mir weh wie kleine Nadeln, die sich in meinen Geist bohrten, doch ich war stärker als der Sog und zog den Wind zu mir zurück.

Es dauerte nur einen Wimpernschlag, da wurde es schon leichter und der Wind sammelte sich erschöpft in meinem Haar. Atemlos stützte ich die Hände auf den Knien ab. Mir schwirrte der Kopf und mir graute jetzt schon davor, mir das alles erklären zu müssen.

Doch die Zeit bleib mir nicht, denn über mir brach jemand durchs Gestrüpp. Mein Blick schnellte nach oben, Blätter stoben vom Abhang und über den See und ich sah, wie eine Gestalt über den Felsrand sprang.

Ich wollte erschrocken aufschreien, doch es blieb mir im Hals stecken, als ich beobachtete, wie die Person nicht wie erwartet fiel, sondern langsam nach unten schwebte. Die Kleider flatterten im Wind, die Sonne verfing sich im blonden Haar.

Er war es, der Mann, der mich verfolgt hatte. Leicht wie eine Feder landete er am Ufer des Sees.

Ich war starr vor Schreck. War er gerade geflogen? Konnte das möglich sein? Niemand konnte fliegen, außer er war vom Windvolk.

Mein Herz schlug wie wild in meiner Brust.

Bei allen Winden! Er war wie ich.

»Hey!«, rief ich und der Fremde zuckte zusammen.

Sein Kopf flog herum und er riss erschrocken die Augen auf, als er mich sah.

»Bist … bist du vom Windvolk?«, stotterte ich und konnte kaum atmen vor Aufregung.

Doch den Mann schien unser Wiedersehen weniger zu erfreuen. Der Ausdruck in seinem Blick wechselte von Angst zu böser Entschlossenheit. Er stieß sich vom Boden ab und schoss auf mich zu, die Fäuste geballt. Er war schneller, als es einem normalen Menschen möglich wäre.

Doch ich konnte das auch! Geschickt tauchte ich unter seinem Arm hindurch, drehte mich zur Seite und schickte ihm den Wind entgegen, der sich unter meinem Haar versteckt gehalten hatte. Er erfasste den Mann, schleuderte ihn durch die Luft und ließ ihn unsanft gegen die Felswand krachen.

Entgeistert starrte er mich an, rieb sich den Kopf, blieb aber auf Abstand.

Ich trat vorsichtig näher, musterte ihn. Seine schlaksige Gestalt, das verstrubbelte Haar, das einfache Hemd und die zerschlissene Hose.

Auch er betrachtete mich ganz genau und ich frage mich, was er in mir wohl sah. Noch nie hatte ich mich gegen einen anderen als Justus mit meinen Windkünsten verteidigt. Meine Finger zitterten.

»Du bist vom Windvolk«, sagte der Mann ganz leise und setzte sich mühsam auf.

Ich hatte ihn wohl fester getroffen als beabsichtigt.

»Ja«, war das Einzige, was ich zu sagen vermochte. Mein Hals war so trocken, dass ich kaum schlucken konnte.

Der Fremde lächelte. Doch diesmal war es nicht dieses seltsame Lächeln, bei dem sich die Mundwinkel kaum bewegten, sondern ein echtes. Eines, bei dem man unwillkürlich zurücklächeln musste. Er nickte und seine meeresblauen Augen begannen immer mehr zu strahlen. »Und ich habe gedacht, es gäbe niemanden mehr«, lachte er und schwang sich mit dem Wind auf die Füße.

Aufgeregt rannte ich zurück zu den Wagen, versuchte dabei, mit den Füßen den Bodenkontakt nicht zu verlieren und nicht schneller zu sein, als es sich gehörte.

Beinahe knallte ich mit Hanna zusammen, die gerade um die Ecke bog und vor Schreck einen Korb voll Äpfel fallen ließ, die durchs Gras davonkullerten.

»Entschuldigung!«, rief ich nur und lief weiter zu Justus' Wagen. Der Wind hatte es mir gesagt, dass ich ihn dort finden würde.

Ohne anzuklopfen, riss ich die Tür auf und stolperte über die letzte Stufe hinein.

Justus richtete sich überrascht in seinem Bett auf und die Saiten der Mandoline in seinen Händen klirrten disharmonisch.

»Du wirst nicht glauben, wer mir gerade begegnet ist!«, platzte es aus mir heraus. Ich musste mich mit dem Rücken an der Wand abstützen, weil ich sonst wohl umgefallen wäre.

»Wer?«, fragte Justus irritiert.

Ich holte japsend Luft, die mir in der Lunge brannte. »Der Mann … der Mann, der den Wind verschwinden lässt«, brachte ich endlich heraus.

Justus sprang wie von einer Wespe gestochen auf. Seine Mandoline polterte neben ihn auf den Boden.

»Wo?«, rief er, griff nach meinen Schultern und schob mich zum Bett, damit ich mich setzen konnte. Mir war kurz nicht wohl bei dem Gedanken, schon wieder auf seinem Bett zu sitzen. Ich musste aufpassen, dass ich mich da nicht irgendwann zu wohlfühlte.

Sicher wäre ich jetzt rot geworden, wenn mein Gesicht es durch die Rennerei nicht ohnehin schon wäre.

»Am See«, antwortete ich, obwohl ich etwas ganz anderes hatte sagen wollen. Justus brauchte nur einen Handgriff, da hatte er sein Jagdmesser und den Bogen zur Hand.

Mir rauschte das Blut in den Ohren. Das ging hier in eine ganz falsche Richtung.

»Nein!«, rief ich, sprang auf und stellte mich ihm in den Weg. »Hör mir erst mal zu. Er ist wie ich! Verstehst du? Deshalb kann er das mit dem Wind. Er ist vom Windvolk!«, quietschte ich, weil ich zu aufgeregt war, um ruhig zu bleiben, und Justus erstarrte vor mir.

Sein Gesicht wurde so blass, dass ich mir Sorgen machte.

»Sicher?«, brachte er heraus und ich wusste nicht, was ich davon halten sollte. Freute er sich nicht für mich? Begriff er, was ich ihm da gerade gesagt hatte?

»Er ist von einem Felsen gesegelt, als wäre er eine Feder, und dann war er so schnell bei mir, um mir eine zu verpassen, als wäre er der Wind selbst«, erzählte ich voller Elan und konnte es vor meinem inneren Auge noch einmal sehen. Ich war so begeistert davon, dass ich von einem Fuß auf den anderen trat und Justus am liebsten um den Hals gefallen wäre. Doch er zog ein Gesicht, als würde er gleich jemanden erwürgen wollen.

»Er hat dich geschlagen?«, brauste er auf und hatte natürlich nur die Hälfte gehört.

Das hätte ich wohl besser verheimlicht.

»Er hat es nur versucht. Ich bin ausgewichen. Jetzt beruhig dich.« Das hatte ich mir aber anders vorgestellt. Justus' Ausdruck blieb grimmig und meine Euphorie wurde ebenfalls leiser.

»Wo ist er jetzt?«, fragte er misstrauisch, grimmig und ballte die Hände zu Fäusten.

»Er ist noch am See. Ich habe ihm gesagt, ich muss erst mit euch sprechen, bevor ich ihn ins Lager mitbringen kann.«

»Hast du ihm von uns erzählt?« Justus' Ton war scharf und ich fühlte mich wie vor den Kopf gestoßen.

»Natürlich nicht!«, rief ich empört. Ich war doch nicht bescheuert.

Justus nickte. »Dann muss ich jetzt mit den anderen reden.« Er wandte sich zur Tür und zögerte. Er zog die Augenbrauen so finster zusammen, dass sich eine steile Falte dazwischen bildete. »Und du bist dir sicher, dass er vom Windvolk ist?«, versicherte er sich, die Stimme immer noch voller Argwohn.

»Das habe ich dir doch gesagt. Er kann fliegen. Ich habe es gesehen«, antwortete ich ihm ernst und gab es auf, darauf zu hoffen, Justus würde sich über meine Neuigkeiten freuen.

Keine Ahnung, was in seinem Kopf vorging, sodass er nicht sehen konnte, wie besonders dieser Moment für mich war.

Immer hatte ich gedacht, ich wäre die Letzte meines Volkes, allein und zurückgelassen. Niemals wäre ich auf die Idee gekommen, dass außer mir noch jemand den Angriff überlebt hatte.

Eine Gänsehaut überkam mich, wenn ich an damals dachte. Ich vermied es, darüber nachzudenken. Doch selbst wenn ich es tat, waren die Erinnerungen daran unklar und verschwommen.

Weiße Tücher, fröhliche Gesichter, Laternen, die im Wind baumelten. Das Gefühl von purem Glück, das sich jedoch in Todesangst verwandelte. Plötzlich waren überall Schreie, Menschen liefen durcheinander, alles stand in Flammen. Auch ich hatte geschrien, bis mich jemand packte, hinter ein Haus führte und in ein Fass mit Wasser setzte. Ich bekam einen Kuss auf den Kopf und der Deckel schloss sich über mir.

Ich saß im Dunkeln, bis zum Hals im Wasser, und wartete. Wartete und versuchte, all die Schreie nicht zu hören, sie nicht in meinen Kopf zu lassen.

Und dann kam die Stille. Unendlich lange und tiefe Stille, die mir noch größere Angst eingejagt hatte als das Geschrei.

Ewigkeiten vergingen und dann war da eine Stimme. Eine Jungenstimme, die mir Hoffnung gab, mich aus meiner Starre riss und die Tränen in mir löste, die ich lauthals aus mir herausweinte. »Ist da jemand?«, hatte die Stimme gefragt und der elfjährige Justus hatte den Deckel des Fasses geöffnet.

Als ich den blauen Wagen verließ, standen die Entscheidungsträger schon zusammen und redeten. Ich versuchte nicht die Aufmerksamkeit auf mich zu lenken und schlich mich zu Mei, die auf den Stufen unseres Wagens saß.

»Ein anderes Windkind?«, fragte Mei mich und in ihrem Gesicht sah ich die Freude, die ich bei Justus vermisst hatte.

»Ja, sieht so aus.« Ein Lächeln schlich sich auf meine Lippen und die Aufregung von vorhin kehrte schleichend zu mir zurück.

»Gut, dass Elyssabed grade mit Marc und Bree in der Stadt ist«, raunte Justus' Schwester mir zu und ich nickte.

Das war wirklich gut.

Mein Blick wanderte zu denjenigen, die im Kreis am Feuer standen und redeten. Justus hatte die Arme vor der Brust verschränkt, Tanja gestikulierte wild.

Der Wind spielte mit meinen Haaren und ich hätte ihn gern gefragt, was genau sie beredeten. Doch ich traute mich nicht, war in letzter Zeit viel zu neugierig gewesen und hatte deswegen ein schlechtes Gewissen.

Als Justus sich zu mir drehte und mich zu ihnen winkte, lag mir meine Aufregung wie ein Stein im Magen. Zögerlich stand ich auf, verbarg meine zitternden Hände hinter dem Rücken und kam zu ihnen ans Feuer.

Jeder blickte anders drein. Janko schien zuversichtlich. Beress lächelte mich ermutigend an. Kai war nicht glücklich und Fin durchbohrte mich mit ihrem stechenden Blick. Justus verzog keine Miene, legte mir dafür aber seine Hand auf den Rücken, mit der Absicht, mich zu beruhigen.

Das ging allerdings nach hinten los. Die Wärme seiner Berührung machte mich nur noch nervöser.

Wieso hatte ich mir nur eingebildet, sie müssten alle begeistert sein von der Neuigkeit, dass ich nicht mehr allein war? Sie waren Fremden gegenüber ein misstrauischer und übervorsichtiger Haufen. Zu Recht, wenn man bedachte, wieso man mich für die Letzte meines Volkes gehalten hatte, aber trotzdem auch ein Schlag für mich.

»Cate«, ergriff Kai das Wort und sah mir fest in die Augen. »Wir wissen, dass diese Entdeckung für dich wichtig ist. Doch nur weil er ein Windkind ist, können wir ihn nicht sofort als Freund betrachten.«

Mir wurde elend zumute und nun war ich doch froh über Justus' Hand auf meinem Rücken. Der Wind drückte sich als warmer Hauch in meinen Nacken.

»Daher darfst du ihm nichts über das Feuervolk erzählen, wenn du ihn zu uns bringst. Solange wir nicht wissen, was für ein Mensch er ist, können wir unser Vertrauen nicht blind in einen Fremden setzen«, fuhr Kai fort und sah mich eindringlich an.

Ich holte schnappend nach Luft, spürte, wie Erleichterung meine verkrampften Schultern löste. »Natürlich«, bestätigte ich viel zu schnell und nickte heftig. »Danke.«

Kai nickte ebenfalls. »Gut, dann hol ihn mal her«, forderte er mich auf und bemühte sich um einen lockeren Tonfall.

Tanja legte mir die Hände auf die Schultern und drehte mich zu sich. »Cate, mein Liebling. Denk immer daran. Auch wenn du jetzt jemanden gefunden hast, der von deinem Volk ist; wir werden immer auf deiner Seite sein!«

»Danke«, sagte ich noch einmal und lächelte.

Justus bestand darauf, mich zum See zu begleiten, und ich wusste nicht, wie ich darüber denken sollte. Einerseits war ich froh, nicht allein zu sein, aber andererseits war ich noch nicht damit versöhnt, dass er sich überhaupt nicht mit mir freute.

Wir schwiegen den ganzen Weg über.

Der Wind hielt sich dicht bei mir, als hätte er Angst, schon wieder zu verschwinden. Ein Teil von mir versuchte immer auf ihn zu achten, um ihn aufzuhalten, falls es passieren sollte.

Der blonde Mann saß noch an der Stelle, an der ich ihn verlassen hatte, und starrte über den See. Er hörte uns kommen, stand auf und lächelte uns entgegen.

»Justus, das ist Felio. Felio, das ist Justus«, stellte ich die beiden einander vor und fühlte mich mulmig dabei, weil ich genau wusste, wie Justus sein konnte.

»Freut mich«, sagte der Mann vom Windvolk und streckte Justus die Hand zum Gruß hin.

Doch Justus ignorierte die Geste, verschränkte demonstrativ die Arme vor der Brust und musterte den Fremden mit finsterem Blick. Ich wusste, dass er es nicht aus bösen Absichten mir gegenüber tat, aber es ärgerte mich doch, dass sein Misstrauen auf mich zurückfiel.

»Dann nicht«, murmelte Felio und senkte die Hand wieder.

Unauffällig stieß ich Justus den Ellenbogen in die Seite und er sah mich an. *Was?*, schien sein Blick zu sagen, als wäre er sich keiner Schuld bewusst, und ich versuchte ihn stumm zur Höflichkeit zu ermahnen. Er seufzte, nahm die Arme allerdings nicht herunter und straffte zusätzlich die Schultern, sodass er Felio um einen Kopf überragte.

Ich biss mir auf die Lippe und die Röte stieg mir ins Gesicht. Diese Situation war so unangenehm, dass man es beinahe in der Luft schmecken konnte.

»Du bist also der Kerl, dem wir vor Wochen im Haus eines Stadtrates begegnet sind«, brummte Justus und bemühte sich tatsächlich, nicht ganz so finster dreinzuschauen. Schnell blickte er zu mir, um sich zu vergewissern, dass ich damit zufrieden war.

War ich nicht, aber wenigstens bemühte er sich.

»Ja. Ich erinnere mich an Cate. Sie ist mir gleich ins Auge gefallen. Muss wohl am Wind liegen. Du warst also damals auch dabei?«, antwortete Felio und versuchte einen lockeren Ton anzuschlagen.

»Ja«, erwiderte Justus und wieder entstand diese unangenehme Stille.

Dieses Gespräch war furchtbar. Wieso hatte ich Justus nur mitkommen lassen?

»Gibt es nicht bald Essen? Wir sollten vielleicht zurück«, warf ich ein und lächelte gezwungen. »Du bist eingeladen, Felio«, setzte ich hinzu und ignorierte absichtlich Justus' Reaktion.

»Danke. Das ist wirklich sehr freundlich«, erwiderte Felio und sein Lächeln strahlte wie die Sonne selbst.

Zum Glück ließ er sich von Justus nicht abschrecken.

»Justus' Mutter kocht und es schmeckt immer sehr gut«, plauderte ich weiter und bemühte mich, mir meine Nervosität nicht anmerken zu lassen.

Felio nahm seinen großen Rucksack auf, der an einem Stein gelehnt hatte, und wir setzten uns in Bewegung.

Die beiden Männer waren wie Tag und Nacht.

Der eine groß und muskulös, mit Haaren und Augen so dunkel wie Kohle. Der andere schmal und schlaksig, mit blasser Haut und Augen so blau wie der Himmel.

Ein Sonnenstrahl verfing sich in Felios Haar und in diesem Moment erinnerte ich mich an einen Tag am Meer, der so weit in der Vergangenheit lag, dass er aus meinem Kopf verbannt worden war. Mir kam mein Vater in den Sinn, wie der Wind ihm das Haar zerzauste. Er war ebenfalls blond gewesen. Ähnlich wie Felio.

Jetzt kam es mir noch abwegiger vor, dass ich mich vor ihm je gefürchtet hatte.

Justus schnaubte missmutig neben mir und nahm meine Hand. Ich schrak aus meiner Erinnerung, entzog sie ihm und schlang mir die Arme verlegen um den Körper.

Obwohl es sonst eine ganz normale Geste zwischen uns war, schämte ich mich jetzt dafür, von Felio dabei beobachtet zu werden.

Was würde er denken, wenn er uns so sah? Würde er glauben, zwischen uns wäre mehr als nur …? Ja, was eigentlich?

Justus stapfte weiter durch den Wald, als wäre nichts passiert, und mir schlug das Herz bis zum Hals, hin- und hergerissen zwischen meinen Gefühlen.

Ich ließ mich zu Felio zurückfallen und verschränkte nervös die Hände hinterm Rücken. »Und warum ziehst du durch die Südlande?«, fragte ich ihn, weil mir nichts Besseres einfiel und ich mich von Justus ablenken musste, der sich nicht mal nach mir umdrehte.

»Ich bin auf der Suche nach wichtigen Dingen.« Felio sah prüfend zu Justus, der sich zwar teilnahmslos gab, doch von dem ich genau wusste, dass er jedem Wort lauschte, das wir sprachen.

Felio ahnte das sicher und senkte die Stimme. »Ich weiß nicht, wie alt du warst, als …« Er leckte sich nervös über die Lippen. »Ich weiß also auch nicht, wie viel du über … unser Volk weißt. Ich bin auf der Suche nach etwas, das mal sehr wertvoll gewesen ist für das Windvolk. Und das nicht in den falschen Händen sein sollte.«

Ich verstand zwar nicht wirklich, was er sagen wollte, aber das würde ich ihn wohl später fragen müssen. Denn offensichtlich traute er Justus nicht.

Der hatte sich bisher auch nicht gerade beliebt gemacht. Ich hoffte, dass es mit den anderen besser wurde. Wenn sich alle so unhöflich verhielten, wäre es mir mehr als unangenehm.

Als wir ankamen, hatten sie gerade mit dem Mittagessen begonnen und Felice, die heute am Topf stand, reichte Felio eine Holzschale mit Reis, gegrilltem Lamm und Artischocken, die Garan mit Knoblauch gefüllt hatte.

Ich bedeutete Felio, sich neben mich auf die Treppe vor dem grünen Wagen zu setzen und wir übersahen gemeinsam die interessierten Blicke der anderen.

War es wohl seltsam für ihn, dass alle wussten, was er war? Wäre ich an seiner Stelle, ich hätte sicher vor Angst kaum atmen können.

Ich aß, ohne es zu schmecken, und auch Felio probierte vorsichtig. Er richtete sich so plötzlich auf, dass ich beinahe von der Treppe gefallen wäre. »Wow, das ist ja fantastisch!«, rief er und sah mich mit leuchtenden Augen an. »So gutes Lamm habe ich in meinem Leben noch nicht gegessen«, sagte er zu mir und ich musste lachen.

Damit war das Eis gebrochen und die seltsame Stille zerfloss. Tanja errötete, Kai lachte laut und alle entspannten sich. Noch während des Essens begann er sich mit Hanna über Rezepte auszutauschen und schmunzelte über Marcs Witze. Später berichtet er uns, wo im Land er schon überall gewesen war und Ayo und Mei quetschten ihn über verschiedene Modeerscheinungen aus. Er brachte den Kindern ein neues Spiel mit kleinen Steinen und einer Feder bei, und gegen Nachmittag half er Janko, eines der Räder nachzubessern, damit es nicht bei der nächsten Unebenheit brechen konnte.

Selbst mit Elyssabed wechselte er ein paar höfliche Worte, die ich nicht hören konnte, da die Fürstentochter mir strikt aus dem Weg ging.

Felio und ich hatten ausgemacht, dass wir uns am Abend Zeit für persönlichen Austausch nehmen würden, wenn alle zu Bett gegangen waren. Ich hatte so viele Fragen an ihn und er sicher auch an mich. Doch ihm fehlte noch der Mut, frei über das alles zu reden, solange die anderen zuhören konnten.

Ich konnte nicht verlangen, dass er den Wagenleuten einfach so vertraute. Schließlich trauten sie ihm ja genauso wenig. Vielleicht war es ihm sogar ganz fremd, dass jemand von seiner Herkunft wusste. Sicher hatte er es auch immer geheim halten müssen, so wie ich.

Ich rechnete zurück. Es waren zwölf Jahre vergangen, seit das Windvolk ermordet worden war. Wenn Felio etwas jünger als Justus war, dann müsste er damals ungefähr neun oder zehn gewesen sein.

Wie war es ihm danach ergangen? Wo hatte er sich versteckt, dass die Angreifer ihn nicht gefunden hatten?

Mir schwirrte der Kopf von all den Fragen. Doch ich tröstete mich damit, sie ihm am Abend zu stellen, und knüpfte den ganzen Nachmittag an einer zweiten Hängematte aus Kappafell. Da wir kein Bett in den Wagen für ihn hatten, wollte ich ihm wenigstens das bieten können, selbst wenn ich auf die Schnelle nur die einfache Version zustande brachte.

Justus setzte sich zu mir ins Gras und ich sah kurz von meiner Arbeit auf, um ihm ein Lächeln zu schenken. Still saßen wir beisammen und ich konnte neben ihm endlich wieder aufatmen. Die Distanz, die ich in der letzten Zeit zwischen uns gespürt hatte, war verflogen und mein Inneres schmerzte nicht mehr so sehr, auch wenn ich mir nicht einbildete, dass ich das, was ich wirklich von ihm wollte, jemals haben konnte.

Und jetzt war ja auch Felio da. Jemand, der wie ich war und mit dem ich mich austauschen konnte. Das würde mir mehr als genug Ablenkung verschaffen.

Ich war richtig aufgeregt.

»Cate«, sprach Justus mich an und ich sah von meiner Knüpfarbeit auf.

Seine Augen schienen heute nicht so dunkel zu sein wie sonst, was aber auch am Stand der Sonne liegen konnte, die ihm entgegenschien. Es war mir sogar möglich, das sternförmige Muster in seinen Augen zu erkennen, das sich vom Rest der braunen Iris absetzte. Wie schön seine Augen doch waren.

»Ich weiß, du und … Felio, ihr wollt später ungestört über … euch reden. Aber mir ist nicht wohl dabei, wenn ihr zwei allein im Wald seid«, sagte er, senkte den Blick und köpfte ein Gänseblümchen mit den Fingern.

Ich schüttelte den Kopf über ihn. »Ich werde schon nicht weglaufen, nur weil du nicht in meiner Nähe bist«, erwiderte ich und zog meine letzten Knoten nach.

Kappafell war störrisch und ich hatte meine liebe Mühe damit. Allerdings fühlte sich das Kappa, von dem ich die Wolle abgeschnitten hatte, jetzt sicher wohler und luftiger in der Nachmittagshitze.

»Das meine ich nicht.« Justus versuchte meinen Blick aufzufangen. Die Sorge stand ihm ins Gesicht geschrieben. »Was, wenn er dich in der Nacht anfällt? Wer weiß schon, was er wirklich vorhat.«

Ich blinzelte ungläubig. »Das ist Quatsch, Justus. Was soll er schon vorhaben?«, schnaubte ich und hob skeptisch die Augenbrauen.

Bisher hatte ich Felio in keinster Weise als aufdringlich empfunden und konnte mir auch nicht vorstellen, dass mich jemand anfallen wollen würde.

Justus kniff die Lippen aufeinander. Kein gutes Zeichen. »Wenn ich in der Nähe wäre, dann könnte ich auf dich aufpassen«, presste er hervor und verhaltener Ärger schwang in seiner Stimme mit.

Irgendwie hatte ich ihn wohl vor den Kopf gestoßen. Ich musste achtgeben, was ich sagte. Justus war heute sehr reizbar.

»Wenn du in der Nähe bist, wird nichts aus dem Gespräch zwischen Felio und mir, weil er dann keinen Piep sagen wird«, erklärte ich sanfter. »Bitte.«

Meine Bitte erreichte ihn offenbar nicht. Seine Miene wurde nur noch unwilliger.

»Ich schicke dir einen Windstoß, wenn etwas passiert«, setzte ich hinzu und lächelte verkrampft. Er sagte immer noch nichts. Also probierte ich es mit meinem letzten Trumpf. »Justus. Es ist mir wirklich wichtig, dass ich mit Felio reden kann. Er und ich, wir sind vielleicht die Letzten eines ganzen Volkes, von dem ich nichts weiß. Ich muss so viel von ihm wissen, was mir sonst niemand sagen kann.«

Justus seufzte tief. *Endlich!* »Gut. Aber du schickst mir einen Windstoß. Ich schlaf im Wagen von Van, bei den Kindern. Und wehe, der Wagen wackelt dann nicht so, dass er fast umfällt«, knurrte er und ich lachte. Was er sich für Sorgen machte. Wahrscheinlich würde er heute Nacht bei jedem kleinen Lüftchen angerannt kommen.

Der Gedanke war albern, aber nach so vielen Tagen, an denen ich gefürchtet hatte, er würde sich nur noch um Elyssabed kümmern, tat es gut, in seiner Aufmerksamkeit zu stehen.

Justus blieb bei mir sitzen, während ich die Hängematte weiterknüpfte. Von irgendwoher hatte er sich ein Stück helles Holz besorgt und begann daran zu schnitzen. Schweigend saßen wir beisammen und genossen den Sonnenschein, bis Laila zum Abendessen rief.

Ich wurde gerade mit der Hängematte fertig, als die Sonne am Horizont verschwand und die meisten von uns beschlossen, schlafen zu gehen.

Felio folgte mir in den Wald, wo wir unweit der Wagen unser Nachtlager einrichteten.

»Schläfst du immer so?«, fragte er und testete vorsichtig, ob das enge Knotennetz sein Gewicht auch trug.

»Meistens«, antwortete ich und sah ihm dabei zu, wie er einen dicken Wollumhang aus seinem Rucksack zog.

Vorsichtig hob ich vom Boden ab und setzte mich in meine Hängematte. Der Wind zog kleine Kreise um meine nackten Fußgelenke. Ich hatte schon wieder vergessen, Schuhe anzuziehen und meine Füße waren ganz dreckig vom feuchten Erdboden. »Ich habe ein Bett in einem der Wagen. Aber ich schlafe lieber draußen.«

»Sehr bequem«, lobte Felio und sah anerkennend zu mir rüber. »Ich sollte mir auch so ein Ding zulegen. Wenn mir das früher eingefallen wäre, hätte ich nicht immer auf dem Boden und in Bäumen schlafen müssen«, meinte er und rollte sich in seinen Umhang gewickelt hin und her.

Ich kicherte leise und versuchte mir vorzustellen, wie es wohl aussah, wenn man oben in einem Baum schlief. »Du kannst sie behalten. Ich habe sie für dich gemacht.«

Felio setzte sich überrascht auf. Seine Hängematte schaukelte so heftig, dass Justus sicher mulmig geworden wäre. Doch ihn störte es nicht. Im Gegenteil.

»Wirklich? Danke«, sagte er und grinste. »Wer hätte gedacht, dass das einzige Windvolkmädchen auch noch so nett ist.«

Ich errötete spürbar. Natürlich tat ich das. Man hatte mir gerade ein Kompliment gemacht, und das kam nun wirklich nicht oft vor.

»Bist du etwa rot geworden?«, rief Felio amüsiert und begann zu lachen. »Du bist wirklich bezaubernd.«

Schon wieder ein Kompliment. Meine Ohren wurden heiß. Mein Erröten nannte nie jemand *bezaubernd.* Die anderen kannten es von mir aber auch nicht anders. Was antwortete ich denn auf solche Worte?

»Hast du heute Mittag nicht gemeint, du ziehst durchs Land, um etwas zu suchen?«, wechselte ich das Thema und hoffte, er würde nicht merken, wie plump ich dabei vorging.

Er merkte es, denn er lachte noch lauter. »Du kannst wohl nicht so mit Komplimenten, was?« In seinen blauen Augen blitzte der Schalk.

Ich versuchte, woanders hinzusehen, um mich wieder zu beruhigen.

»Scheint so«, murmelte ich und ärgerte mich darüber, dass ich nicht so locker sein konnte wie andere Mädchen, selbst wenn ich es bei ihnen schon hundertmal gesehen hatte. Sie beantworteten ein Kompliment mit einem koketten Lächeln, strichen sich das Haar nach hinten und sagten so etwas wie: *»Aber nicht doch.«* Und ich wurde einfach nur rot wie eine Tomate. Was sollte daran *bezaubernd* sein?

»Doch zu deiner Frage«, meinte er und mir fiel ein Stein vom Herzen, dass er auf den Themawechsel einging. »An dem Tag, als wir uns zum ersten Mal begegnet sind, war ich in dem Dorf, um einen wichtigen Gegenstand zu erwerben. Ein Windspiel. Aber du warst schneller.«

Säße ich nicht schon längst kerzengerade da, würde ich es spätestens jetzt tun. »Du suchst nach dem Windspiel?«, zählte ich eins und eins zusammen und plötzlich ergab alles einen Sinn. Deshalb war er uns gefolgt. Nicht wegen mir, sondern wegen des Windspiels.

»Ja. Und ich bin euch sogar hinterhergereist, um eine Möglichkeit zu finden, nun ja, es in meinen Besitz zu bringen.« Er sah sichtlich verlegen auf seine Hände.

»Du wolltest es stehlen«, äußerte ich nüchtern. Ich war nicht dumm, ich wusste, was er hatte sagen wollen.

»Ich wäre nie auf die Idee gekommen, wenn ich gewusst hätte, dass du vom Windvolk bist«, beeilte er sich zu erklären und fuchtelte mit den Händen in der Luft herum. »Ich hatte ja nicht ahnen können … Ich meine, weißt du überhaupt, was das ist, was du da hast? Oder hast du es gekauft, weil es so hübsch ist?«

»Ich weiß, was es ist«, sagte ich und wollte gerade hinzufügen, dass Justus es mir erzählt hatte, hielt mich aber sofort zurück. Wie hätte ich erklären können, woher Justus das wusste?

»Wirklich?« Felio klang überrascht. »Du weißt von den Artefakten des Windes?«

»Ja.« Es war seltsam, mit einem fast Fremden über so etwas zu reden. Aber es kam mir auch so vor, als würde ich ihn bereits ewig kennen. Und auch die anderen schienen ihn zu mögen. Er war ein redegewandter, hübscher junger Mann, der schnell Freundschaften schloss und wusste, wie man sich beliebt machte. Auch bei mir, das konnte ich nicht leugnen.

»Das habe ich jetzt nicht erwartet. Wie alt … warst du, als *es* passiert ist?«, fragte er zögerlich und mit vorsichtigem Ton. Auch er konnte es nicht aussprechen.

Mein Magen zog sich zusammen.

Wir hatten damals alles verloren, auch wenn mein Verstand das meiste aus dieser Zeit verdrängt hatte. Zum ersten Mal konnte ich mit jemandem darüber reden, was wirklich passiert war.

»Ich war sechs«, antwortete ich und der Wind strich mir beruhigend über den Rücken.

»Oh, dann bist du schon achtzehn«, rechnete er sich aus. »So viele Überraschungen! Ich hätte dich auf höchstens fünfzehn geschätzt.«

Ich stöhnte innerlich auf. Na toll! Justus würde sich niemals für ein Mädchen interessieren, das aussah, als wäre es noch ein Kind. Dabei hatte ich gedacht, ich wäre endlich darüber hinaus, als meine Brüste eine ordentliche Größe angenommen hatten. Aber anscheinend war das wohl nicht genug.

»Wenn du weißt, was die Windspiele sind, dann verstehst du sicher, warum es so wichtig ist, dass alle in unseren Besitz zurückkommen. Nicht auszudenken, was passieren würde, wenn jemand die Kräfte darin für sich nutzt«, flüsterte Felio mir verschwörerisch zu.

Das war neu. »Es ist möglich, die Kräfte darin zu nutzen?«

»Natürlich. Sie wurden gesammelt, um mit ihnen das Volk zu schützen, falls es angegriffen wird.« Er stockte und mir kamen wieder neue Fragen in den Sinn.

Doch gerade hatte ich nicht den Mut und wartete ab, ob er noch mehr sagen würde.

»Was nicht so gut funktioniert hat, offensichtlich«, fügte er mit bitterem Ton zu seiner Erklärung hinzu.

Die Dämmerung schritt weiter fort, die Konturen der Bäume verschwammen zunehmend.

»Wie kam es dazu?«, traute ich mich zu fragen und verbot meinem Kopf, die grausigen Bilder an die Oberfläche zu zerren, und scheiterte. »Weißt du, wie sie es gemacht haben, die Menschen? Wie konnten sie alle umbringen?« Ein brennendes Haus, beißender Rauch in der Lunge. Eine Frau, die an den Haaren gepackt wurde. Ein Soldat mit silberner Rüstung. Ein Schwert, von dem Blut auf den Boden tropfte. Angst in jedem Winkel meines Seins.

Es schüttelte mich heftig und ich wickelte mir meine Decke eng um den Körper. Ich musste aufpassen, dass ich nicht zu viel darüber nachdachte, damit meine Albträume nicht zurückkehrten.

Doch ich musste trotzdem wissen, wie das alles hatte passieren können. Warum hatte der Wind sie nicht beschützt?

»Der Tag, an dem es passierte, war der *Tag des wechselnden Windes.* Ich denke, es gab damals Spione im Windvolk. Menschen, die sich mit Windkindern verheirateten. Sie haben den besten Zeitpunkt gewählt, damit sie alle auf einmal erwischten.«

Ich blinzelte in die Nacht. »Was war das für ein Tag?«, fragte ich und meine Stimme war nur ein Hauch.

»Alle fünfundzwanzig Jahre wurde im Windvolk die überschüssige Kraft in die Artefakte gebannt und ein neues Oberhaupt gewählt.«

Das erinnerte mich sehr an das, was Justus mir vom Feuervolk berichtet hatte. Es gab also wirklich mehr Parallelen, als ich dachte.

»Es passierte in dem Moment, in dem der Wind sich vom Oberhaupt gelöst hatte und zwischen dem Volk hindurchwanderte, um ein neues zu erwählen«, raunte er bitter, doch der Wind trug mir seine Worte herüber. »Am *Tag des wechselnden Windes* waren alle Windleute in der Windstadt versammelt, und ohne erwählten Anführer konnte niemand die Artefakte einsetzen.« Felio verstummte.

Mir wurde schlecht. Bisher hatte ich geglaubt, die Menschen hätten während einer Unruhe aus einer Laune heraus angegriffen und uns getötet. Aus Angst, im Affekt!

Doch dass sie es so präzise geplant hatten, drehte mir den Magen um.

»Und ein Mensch, der nicht zum Windvolk gehört, kann die Kräfte auch nutzen?«, wollte ich wissen, um auf andere Gedanken zu kommen.

Ich dachte an Justus und an den Abend, an dem er mit mir in der Hängematte gesessen und mir die Sache mit den Artefakten erklärt hatte. Auch er sagte mir damals, ich solle die Windartefakte in meinem Besitz haben.

»Ich bin mir nicht sicher. Aber ich habe davon gelesen«, sagte Felio. »Trotzdem möchte ich es, ehrlich gesagt, nicht darauf ankommen lassen. Die Artefakte entfalten ihre Kräfte umso schneller, je mehr zusammenkommen. Wenn irgendwer sie hat, würde mir das nicht gefallen.«

Das musste ich erst mal verdauen. So viel Neues, was mich innerlich aufwühlte. Die Artefakte des Windes in den Händen von jemandem, der den Wind zu kontrollieren gedachte. Oder was hatte er sonst damit vor?

»Und weißt du, wo sie sind?«, fragte ich vorsichtig. Wenn wir sie suchen müssten … Wäre das zu schaffen? Sie konnten doch überall sein.

»Ich habe welche«, flüsterte Felio und klang auch nicht mehr so traurig wie gerade noch. »Zwei habe ich vor einem Monat in einem abgelegenen Ort weiter im Süden entdeckt. Dann noch eines, nicht weit von hier, bei einem alten Mann, der fast blind war und es mir für ein Mittagessen überlassen hat.« Er griff nach seinem Rucksack und zog etwas heraus. Ich konnte ihn kaum noch sehen, als er etwas zu mir herüberreichte.

Es waren drei Leinenbeutel, die ich auf meinem Schoß bettete und vorsichtig öffnete. Der Mond blinzelte zwischen den Blättern der Bäume hindurch und spiegelte sich in den silbernen Röhren, die ich hervorzog. Zwischen ihnen hingen flache, ovale Steine an groben Schnüren. Das Windspiel war anders als meins, doch ebenfalls wunderschön.

Die anderen sahen ähnlich aus. Nur dass beim letzten die Röhren aus bemalten Bambusstäben bestanden.

Als ich eines in die Luft hob, begann der Wind sofort zu singen. Wieder dieses Lied, das mich an das Meer und an Freiheit erinnerte.

Und dann waren da Gesichter. Sie lachten und tanzten. Menschen, die sich gemeinsam in die Luft erhoben, den Sonnenuntergang betrachteten und Muscheln am Strand sammelten.

Ich ließ das Windspiel sinken und die Erinnerungen verblassten. Der Wind summte leise weiter, zog über uns hinweg in die Baumkronen.

»Was hast du gesehen?«, fragte Felio, der wohl genau wusste, was die Artefakte bewirken konnten.

Ich zögerte jedoch, konnte die Gefühle dazu nicht einordnen, schluckte. »Menschen. Windkinder. Und das Meer.« Es fühlte sich nicht richtig an, es zu verraten. Als wären es die Erinnerungen anderer Leute, zu denen nur mir allein Zugang gewährt worden war.

»Erstaunlich, nicht wahr?«, murmelte er und streckte die Hand aus, damit ich ihm die Windspiele wiedergab.

Ich reichte sie ihm und er verstaute sie fein säuberlich in seinem Rucksack.

»Es gibt eine Methode, wie wir die anderen schneller finden können, ohne das ganze Land danach abzusuchen«, eröffnete er mir.

Meine Augen gewöhnten sich zunehmend an die Dunkelheit und ich konnte Felio jetzt im Mondschein viel besser sehen als noch vor einigen Momenten. Er lächelte und sah dabei sehr verheißungsvoll aus. »Gib mir deine Hände«, sagte er, kletterte aus der Hängematte und kam zu mir herüber. Zögernd streckte ich sie ihm hin und er nahm sie in seine.

Es war ein komisches Gefühl. Nicht wie bei Justus, weniger vertraut. Seine Hände waren kühl und die Berührung war mir unangenehm.

»Gut. Schließ die Augen.«

Ich tat es, wenn auch etwas unsicher. »Da ist ein Lied im Wind. Kannst du es hören?«

Der Wind sang es über mir in den Baumkronen und ich nickte.

»Wir singen es mit ihm in unseren Gedanken. Dann musst du dem Lied nur noch folgen«, flüsterte Felio.

Ich hätte meine Hände gern zurückgezogen, doch ich wollte ihn nicht vor den Kopf stoßen. Er war so nett und bemüht.

Also versuchte ich ihm zuliebe seinen Anweisungen nachzukommen.

Das Lied hing in der Luft und ich summte es mit dem Wind, erst ganz zaghaft, dann mit mehr Entschlossenheit. Eine Kraft ging davon aus, die so weit war wie der Himmel, und ich fühlte mich klein und bedeutungslos. Wer war ich, dieses Lied zu singen?

Doch ich ließ es mich davontragen, wirbelnd in der Dunkelheit der Nacht. Vor meinem inneren Auge erschienen die Windspiele in Felios Rucksack. Das Lied zog mich weiter in den grünen Wagen, wo ein weiteres über meinem Bett hing.

Und dann flog ich, schnell wie der Wind, laut wie ein Sturm über Felder und Wälder, weiter nach Nordosten, in einen Saal ohne Wände und weißen wehenden Vorhängen.

Da waren sie. All die fehlenden Windspiele baumelten von der Decke und sangen mit mir. Die Klänge, die sie erzeugten, wenn die Röhren gegeneinanderschlugen, ergaben die Harmonie, die ich mit dem Wind sang.

Sie waren genauso schön wie die, die ich bisher kannte, und schimmerten im Mondlicht, das durch die großen Bogenfenster hineinschien.

»Was siehst du?«

Felios Stimme katapultierte mich zurück in meinen Körper und ich riss erschrocken die Augen auf. Es war wie ein Schock, wieder nur ich zu sein, in der Dunkelheit des Waldes.

Ich entzog Felio sofort meine Hände.

»Ich habe ganz viele Windspiele gesehen.«

»Wo?«, fragte er weiter und ich war noch zu benommen, um meine Eindrücke richtig zu ordnen.

»Sie hingen zusammen in einem Saal. Nordöstlich von hier. Alles war weiß und … und aus Stein, denke ich. Weißer Stein. Vielleicht … ein Schloss«, stammelte ich.

»Berill«, hauchte Felio. »Die weiße Festung ist das Herz der Hauptstadt von Mari. Dann hat der Fürst sie also doch.«

Berill, echote es in meinem Kopf. Dort war ich noch nie gewesen. Wir hatten immer einen Bogen um die Hauptstädte gemacht und uns eher an die Dörfer gehalten. ›Zu viel Aufmerksamkeit von zu vielen Menschen‹, hatte Kai einmal gesagt; und die wollten wir schließlich nicht auf uns ziehen.

Und da traf es mich plötzlich wie ein Schlag. »Die Frau, die mit uns reist. Elyssabed. Du hast sie sicher gesehen«, erzählte ich aufgeregt. »Sie ist die Tochter des Fürsten von Mari!«

»Prinzessin von Berill. Ja, das hat sie erwähnt«, erwiderte Felio trocken. »Aber wir werden ihr kein Wort darüber sagen! Und den anderen deiner Freunde am besten auch nicht.« Sein Ton war scharf geworden.

»Was?«, rief ich und zuckte bei meiner eigenen lauten Stimme zusammen. »Warum?«

Er sah mich eindringlich an, war mir viel zu nahe. »Wir dürfen keinem etwas davon sagen. Die Tochter des Fürsten könnte uns verraten. Sie würde nicht still bleiben, wenn es um die Besitztümer ihres Vaters geht.«

»Du willst sie also auch stehlen«, ging es mir auf und ich sah ihn mahnend an.

»Hast du einen besseren Plan?«, hielt Felio patzig dagegen und verschränkte die schmalen Arme vor der Brust.

»Wir könnten sie ihm abkaufen.« Selbst ich hörte den Zweifel in meiner Stimme. Wenn der Fürst so viele Windspiele besaß, dann sammelte er sie sicher und wusste, dass sie wertvoll waren.

Ich erinnerte mich gut daran, wie viel Justus für mein Windspiel ausgegeben hatte.

»Wir stehlen sie ihm nicht wirklich. Sie gehören ihm nicht. Sie gehören uns! Sie wurden uns weggenommen!«, sagte Felio hart und bedachte mich mit einem Blick, der wohl zuversichtlich wirken sollte.

»Und warum die anderen? Warum soll ich es Justus nicht sagen?«, hakte ich nach, fühlte mich furchtbar, weil ich genau wusste, dass Felio Justus nicht traute. Und andersherum genauso.

Felio seufzte und wischte sich nervös die Hände an der Hose ab. »Nur weil es unser Recht ist, ist es dadurch nicht weniger gefährlich. Wissen ist gefährlich, Cate! Du bringst sie in Gefahr, wenn du ihnen so etwas sagst. Das hier ist eine Angelegenheit, die nur dich und mich etwas angeht. Nur Kinder des Windes«, flüsterte er und sah mich flehend an.

Ich seufzte stumm.

Nur er und ich. Denn wir waren die Letzten unseres Volkes.

18

Niemals!«, rief Fristan und stellte den Humpen ab. »Niemals sind deine Schwerter aus dem Norden besser als unsere.«

Symmon lachte auf. »Ha! Schärfer sind sie allemal und härter obendrein.« Mit einer weit ausholenden Geste zog er sein Kurzschwert und drehte es, sodass das Licht der Lampen auf der Klinge auf und ab glitt.

»Aber es ist mickrig«, behauptete sein Gegenüber und zog seine eigene Waffe. Das Schwert war lang und breit, und der Griff, wie für den Süden üblich, protzig mit Edelsteinen verziert.

»Versuch mal, mit diesem Dachbalken an deiner Seite eine Hauswand hochzuklettern«, merkte Symmon an und zeigte auf Fristans auffälligen Zweihänder.

»Wieso sollte ich an einer Wand hochklettern, wenn ich dich für so was habe«, konterte dieser mit einem Schmunzeln und schob das Schwert wieder in die Scheide.

»Sehr wahr. Aber für einen Dieb ist das Ding ganz schön unpraktisch. Und laut! Was bist du nur für ein Anführer?«, spottete Symmon mit gespieltem Vorwurf, steckte seinerseits die Klinge weg und nahm einen tiefen Schluck von seinem Getränk.

Das kalte Bier lief ihm süßlich herb die Kehle hinab, benebelte zunehmend seine Sinne und ließ ihn alle Probleme vergessen.

Fristan lachte und schlug ihm so fest auf den Rücken, dass Symmon sich prompt verschluckte und das Bier ihm in die Nase stieg. Es brannte wie Sau und die Tränen schossen ihm in die Augen.

Und doch war es besser, hier zu sein als in der weißen Festung. Dort hätte niemand darüber mit ihm gelacht, dass Bier aus seiner Nase floss.

Uro konnte sich kaum halten, so sehr amüsierte er sich. Beinahe wäre ihm sogar eines der Schankweiber vom Schoß gerutscht, die ihn umgarnten, als wäre er ein Edelmann.

»Ich wette um die Schlafhaube meiner Frau, dass ich bei einem Zweikampf mit meinem Schwert gegen deines gewinne«, verkündete Fristan und die Männer johlten, selbst wenn die meisten nicht einmal wussten, worum es ging.

Symmon fischte der Magd, die gekommen war, um die Sauerei aufzuwischen, den Lappen aus der Hand, trocknete sich damit das Gesicht ab. »Jederzeit, alter Mann«, schnaufte er. »Ich halte mit dem albernen Schwanenhut meines Vaters dagegen.«

Der ganze Schankraum lachte schallend, als sie ihre Wette besiegelten, indem sie anstießen und ihre Krüge in einem Zug leerten.

Diese unbeschwerten Momente waren die besten dieser Tage. Besser, als der Etikette des Hofes ausgeliefert zu sein. Wenn er wenigstens etwas zu tun gehabt hätte. Ein Auftrag von Fristan, dem er hätte nachgehen können. Etwas, das ihn forderte, das Spaß machte und mit dem er einen tieferen Einblick in die Welt des Südens bekam.

Ein weiteres Bier wurde vor Symmon abgestellt und er wollte gerade danach greifen, als er Tauron bemerkte, der ihm die prankige Hand auf die Schulter legte.

»Da steht jemand für dich vor der Tür«, raunte er und Symmon seufzte.

»Und das vor dem Mittagessen«, grummelte er, weil es nur eine Person in dieser Stadt gab, die ihn hier aufsuchen würde, aber nicht eintreten durfte.

Er bedankte sich bei dem Türsteher und erhob sich mürrisch.

»Alles in Ordnung?«, fragte Uro, doch Symmon winkte nur ab und trat nach draußen.

Die Sonne brannte erbarmungslos vom blauen Himmel herab und zeichnete scharfe Schatten. Gegenüber der Schenke wartete ein schwarz gekleideter Mann.

Symmon schlenderte zu ihm, atmete die schwüle Luft ein und fragte sich, ob man ihm wohl ansah, dass er angetrunken war. Es war zu hoffen.

»Mein Herr«, sagte der Mann in Schwarz und verbeugte sich knapp in militärischer Haltung.

Symmon verdrehte die Augen.

»Ich habe dir hundertmal gesagt, du kannst dich in diesem Teil der Stadt nicht vor mir verbeugen, Alasar. Bitte, was sollen denn die Leute denken«, witzelte der Fürstensohn und lächelte süffisant. Eine junge Frau eilte mit einem großen Krug in der Hand die Straße entlang und beäugte die beiden Männer neugierig. Symmon zwinkerte ihr spielerisch zu, um von Alasar abzulenken, und ein scheues Lächeln glitt über ihre Lippen, als sie mit schwingenden Hüften in eine Gasse abbog.

»Mein Herr! Euer Vater verlangt Euch zu sehen«, sagte der Soldat, was Symmon schon geahnt hatte.

Es war immer Alasar, der ihn an seine Pflichten erinnerte. Auch wenn er nicht verstehen konnte, wieso der Mann sich dazu herabließ. Er war der Hauptmann der Schwarzen Garde, ein Posten, der ihm Ehre machte. Jemand wie er sollte nicht in der Unterstadt herumirren, um Nachrichtenbote zu spielen.

»Und warum?«, schnaufte Symmon und hörte das Lallen in seiner Stimme. Prompt fühlte er sich wie der Versager, den er mimte.

Sein Vater hatte Vorstellungen gehabt, als er ihn aus seinem Leben im Norden riss. Einen Helden hatte er erwartet. Einen nordischen Berserker, der sich für ihn in seinen sinnlosen Krieg stürzte, damit er sich selbst nicht darum kümmern musste.

Nur weil Symmon von seinem Nordstamm zum Kampf ausgebildet worden war, hieß das aber noch lange nicht, dass er sich kopflos in jede Schlacht stürzte. Egal über wie viele Garden er ihn als Kommandant setzen würde.

Lieber ein Versager als ein Idiot.

Alasar stützte die Hände in die Seiten und seufzte demonstrativ. »Ich weiß, Ihr habt hier Euren Spaß«, sagte er mit unverhohlener Abscheu. Ihm war es auch nicht recht, einem wie Symmon unterstehen zu müssen. »Aber findet Ihr es nicht noch ein wenig früh für Alkohol?«

»Die zwei, drei Bier«, erwiderte Symmon mit einer wegwerfenden Handbewegung.

»Sechs«, verbesserte Uro, der zu ihnen in den Schatten trat und sich an die Hauswand lehnte. »Was gibt's?«

»Ich weiß es nicht. Klingt nach etwas Familiärem.« Der Hauptmann wischte sich den Schweiß von der Stirn.

»Na toll«, stöhnte Symmon genervt und wollte sich gar nicht vorstellen, was sein Vater ihm wieder für Vorwürfe machen wollte. Es musste eine bittere Enttäuschung für ihn sein, dass der Sohn, um den er sich die ersten siebzehn Jahre seines Lebens nicht geschert hatte, nicht so gut zu seiner Trophäensammlung passen wollte. Und das hatte sich in den fünf Jahren seit Symmons Ankunft im Süden auch nicht geändert.

Doch er ging trotzdem mit dem Hauptmann, auch wenn er lieber der Verantwortung entflohen wäre. Er konnte es allerdings nicht auf sich sitzen lassen, dann genauso zu sein wie sein Vater.

Die weiße Festung ragte über ihnen auf und schimmerte so unwirklich im gleißenden Licht, als wäre sie bloß eine Lichtspiegelung.

Alasar verließ sie am Haupttor, klopfte dem Fürstensohn aufmunternd auf die Schulter und verschwand im Inneren der Festungsmauern.

Symmon verstand diesen Mann einfach nicht. Immer wieder kam er zu ihm, erinnerte ihn daran, wer er sein sollte, rügte ihn, nur um ihn schlussendlich mit einer freundlichen Geste ziehen zu lassen.

Er fragte jedoch nicht weiter, ließ sich von Uro ins Hauptgebäude begleiten und trat dann allein in den Audienzsaal, in dem der Fürst sich gerade von einem Tuchhändler seine Ware zeigen ließ.

»Ach du meine Güte, Symmon. Wo hast du denn den Fetzen her, den du da trägst?«, rief der Fürst entsetzt, als Symmons schwere Stiefeltritte durch den Saal hallten.

Symmon machte sich nicht die Mühe, an sich herabzusehen, er wusste, dass seine ausgebeulten graugrünen Sachen nicht dem entsprachen, was bei Hofe gern gesehen wurde.

»Was?«, fragte er verständnislos. So sah er schließlich immer aus. Nicht jeder konnte sich an den bunten, ziemlich albernen Prunkkleidern des Fürsten erfreuen.

Zumindest fand Symmon sie albern. Lieber würde er bei den Schweinen schlafen, als jemals so etwas Geschmackloses zu tragen.

Die Hose seines Vaters war fliederfarben und bauschte sich wie ein Kürbis um die Knie herum. Das Wams hatte ein sattes Hellblau mit grünen Stickereien und das Hemd, mit weiten trompetenartigen Ärmeln, leuchtete in stechendem Sonnengelb.

Die Stoffe auf dem langen Tisch vor ihm waren sogar noch schlimmer und schimmerten im Licht, das durch die großen bogigen Fenster hineinfiel.

Symmon wandte den Blick ab und sah zu dem Händler und seinen zwei Gehilfen, die sich nicht weniger bunt gewandeten. Dem Hofstaat gefiel die farbenfrohe Pracht offensichtlich, denn sie ahmten die skurrile Mode mit viel eigener Kreativität nach.

»Aber sei's drum«, ließ der Fürst das Thema fallen und betrachtete einen grün schimmernden Seidenstoff. »Lady Merilla von Waalen hat mich darauf aufmerksam gemacht, dass deine werte Schwester schon vor einer Woche hätte hier eintreffen sollen«, meinte er und warf Symmon einen auffordernden Blick zu.

»Und was hat das mit mir zu tun?«, wollte er wissen und trat widerwillig näher.

Er überragte seinen Vater um einen halben Kopf. Die Menschen im Norden waren größer gebaut als die im Süden. Auch sein schwarzes Haar zeigten eindeutig seine Herkunft. Wäre sein Gesicht nicht so fein geschnitten wie das der Südländer, hätte er schon längst daran gezweifelt, überhaupt der Sohn des Fürsten zu sein.

»Du wirst sie natürlich suchen gehen«, eröffnete der Fürst und warf die Arme in die Luft. Die Seide segelte zu Boden.

»Wieso?«, schnaubte Symmon und wusste, dass er so ziemlich der einzige Mensch auf der ganzen Welt war, der so mit dem Fürsten reden konnte und ungeschoren davonkam. Und er nutzte es in vollen Zügen aus.

Der Fürst kniff verstimmt die Lippen aufeinander und etwas von seinem alten Kämpfertum blitzte in seinen Augen auf.

»Stell dir vor, ihr könnte etwas passiert sein«, sagte er mit so kontrollierter Stimme, dass Symmon eine Gänsehaut den Rücken runterlief. »Wir haben nicht nur Freunde in diesen Zeiten. Das wüsstest du, wenn du deine Pflicht tun würdest. Wenn dir schon mein Volk nichts bedeutet, sollte dich zumindest dein eigen Fleisch und Blut kümmern.«

Symmon spürte den Stich tief in seiner Brust, verzog jedoch keine Miene. Das Volk bedeutete ihm sehr wohl etwas. Sogar so viel, dass er sich weigerte, in diesem sinnlosen Streit zweier Fürsten mitzumischen.

»Na wunderbar. Dann gehe ich wohl meine *Schwester* suchen«, schnaubte er wütend und drehte sich auf dem Absatz um, in der Absicht, den Saal wieder zu verlassen.

Sein eigen Fleisch und Blut, dass er nicht lachte. Elyssabed war so weit von ihm entfernt wie der Süden vom Norden. Die einzigen Dinge, die sie gemeinsam hatten, waren der Vater und die Tatsache, dass ihre Mütter bereits verstorben waren. Eine Stammesführerin aus dem Norden und eine goldene Fürstin aus dem Süden.

»Nimm deine Garde mit«, wies der Fürst ihn an und Symmon kam ins Stolpern.

Das war ja wohl die Höhe. Er blieb stehen und starrte zu seinem Vater zurück. Eine tolle Finte. Er weigerte sich, die Garde zu führen, um in den Krieg zu ziehen, also schickte sein Vater sie ihm einfach so mit. Der Mann wollte ihn unter allen Umständen als Kommandant von Soldaten sehen. »Ich soll die Schwarze Garde mitnehmen, nur weil Elyssabed wahrscheinlich so viele Kleider gekauft hat, dass die Pferde lahmen?«, schnaubte Symmon, obwohl ihm klar war, dass es nichts bringen würde. Das würde Alasar überhaupt nicht gefallen.

»Aber ja doch«, antwortete ihm der Fürst. »Du darfst dich jetzt entfernen.«

Symmon atmete tief durch, um nicht die Fassung zu verlieren, und ging.

Uro wartete auf dem Gang. »Und?«, fragte er, als Symmon zu ihm trat.

»Elyssabed ist in Verzug und wir sollen sehen, wo sie bleibt.« Symmon fuhr sich, immer noch außer sich, mit den Händen durchs Haar. »Und der werte Herr wünscht, dass wir die Schwarze Garde mitnehmen.«

»Nicht sein Ernst«, flüsterte Uro und zog zweifelnd die Augenbrauen zusammen. Wenigstens einer, der ihn verstand.

»Doch. Und deswegen gehen wir uns jetzt umziehen. Wenn wir schon mit einer Kriegskompanie reisen, dann auch in Schwarz«, verkündete er genervt und schlug Uro auffordernd gegen die Schulter.

19

Es war bereits Abend. Professor Tantarus Low saß immer noch an einem Tisch über ein Schmuckstück gebeugt und betrachtete es im Schein der Laternen, die einige Diener kurz nach Sonnenuntergang aufgestellt hatten.

Nur widerwillig beschäftigte er sich mit der kunstvoll geschmiedeten Kette, für die er wesentlich mehr Begeisterung aufgebracht hätte, würde ihn das Studium über das vergangene Volk des Windes nicht so in Atem halten.

Er hatte alle Schriften zusammengekratzt, die er finden konnte, war durch die Stadt gezogen auf der Suche nach mehr. Er hatte die Leute befragt, die damals Kontakt zum Windvolk gehabt hatten. Zumeist Händler oder Kaufleute.

Das in dunkelbraunes Leder eingeschlagene Buch lag am Rande der Tischplatte und wartete darauf, dass er sich ihm wieder widmete. Gefangen von seiner Faszination, versuchte er, alles darin zu Papier zu bringen. Doch das brauchte Zeit.

Wenn er doch nur noch mehr Schriftliches gehabt hätte. Wie die Notizen eines Reisenden oder die Briefe eines Mannes, der sich selbst *der Windalchemist* nannte. So wie er das Gesehene beschrieb, musste er in enger Beziehung zum Windvolk gestanden haben.

Trotz der wenigen Informationen hatte er viel Interessantes erfahren. Über die Kultur, die Fähigkeiten; erstaunliche Dinge, die er fast nicht glauben wollte.

Auch die Windspiele hatte er genauestens untersucht, katalogisiert und farbige Illustrationen dazu gezeichnet.

Nun saß er da und war gezwungen, sich mit den anderen Kunstwerken des Südfürsten zu beschäftigen. Schließlich war er deswegen eingeladen worden.

Der Wind frischte auf und wehte seine Dokumente durcheinander, die er auf dem Tisch nebenan ausgebreitet hatte. Er war vom Pavillon zur offenen Tür hereingekommen.

Der Professor erhob sich stöhnend und drückte das Kreuz durch, das dabei leise knackte. Schlurfend ging er zu den Türen, um sie zu schließen. Auch wenn es schade war, die kühle Nachtluft auszusperren, nachdem der Tag ihn mit seiner Hitze gequält hatte.

Der Wind wehte stärker und Tantarus Low ließ sich dazu hinreißen, eine Pause einzulegen und nach draußen in den Pavillon zu treten. Die Windspiele über seinem Kopf klimperten in der bewegten Luft und erzeugte ein riesiges Durcheinander an Tönen. Es hielt jedoch nicht lange an.

Der Wind zirkulierte, schlug die Töne langsamer an und der Professor lachte auf, als er für einen Moment glaubte, eine Melodie heraushören zu können.

Sein Lachen erstarb jedoch, als das Lied der Klangröhren immer deutlicher wurde. Eine getragene Symphonie, melancholisch, die die Sehnsucht nach Ferne und Freiheit weckte.

»Der Wind singt«, flüsterte Tantarus Low fasziniert und starrte fassungslos zu den Windspielen, die im Takt hin und her schaukelten. Die Brise zog Kreise um die Kunstgebilde, sich wiederholende Kringel und Schleifen, immer in gleichmäßigen Bahnen.

Das war kein Zufall. Das musste die Macht des Windvolkes sein!

Doch noch bevor er etwas tun konnte, verstummte das Lied und Tantarus Low stürzte aus dem Pavillon zurück in den Saal.

Er versuchte sich das Lied im Gedächtnis zu halten, war aber leider nicht mit großer Musikalität gesegnet und hatte daher auch keine Möglichkeit, es in irgendeiner Form festzuhalten.

Aufgeregt rannte er aus dem *Saal der Schätze*, wurde von einem Diener abgefangen, der ihn direkt zum Fürsten brachte.

Sein Gastgeber verweilte in dem Festsaal, in dem die Feier noch im Gange war. Lächerlich bunt gekleidete Männer und Frauen tanzten vornehme Reigen und die reichlich gedeckte Tafel lockte mit exotischen Gerüchen.

Der Professor war ebenfalls zu den Festlichkeiten eingeladen gewesen, hatte aber dankend abgelehnt. Der Raum mit den wertvollen Gegenständen gefiel ihm besser als ein betrunkener Haufen Edelleute, die ohne Sinn und Verstand ihre Zeit totschlugen.

Jetzt musste er sich dem trotzdem aussetzen. Schnell lief er zwischen den Lachenden hindurch und stieß dabei eine Dame in die Arme eines galanten Herrn, was beide nicht sonderlich schlimm zu finden schienen.

»Mein Fürst«, stieß er außer Atem hervor, als er beim Landesherrscher ankam. Ihm war schwindelig von dem Lauf und er musste sich erst einmal am reich verzierten Tisch abstützen.

»Professor Low! Welche Ehre, Euch heute Abend hier zu sehen.« Der Herrscher erhob sich sichtlich überrascht aus seinem Sessel und breitete wohlwollend die Arme aus. Der Stoff seiner weiten Ärmel schimmerte wie die Flügel von Libellen.

»Ich danke Euch, mein Fürst«, keuchte er und beruhigte sich langsam wieder. Ein Diener kam herbei, brachte einen Stuhl und einen Kelch mit verdünntem Wein. »Ich bin zu Euch geeilt, weil gerade etwas so Unglaubliches geschah, dass ich … es ist … Ich brauche einen Musikkundigen. Jemanden, der Musik notieren kann.« Er sagte es, doch leider fürchtete er, das ihm beim lauten Spiel der Musikanten im Saal das wundersame Lied des Windes schon wieder entfallen war.

Der Fürst winkte einem Diener und sah den Professor weiterhin auffordernd an.

»Also. Eure Windspiele, die Kunstwerke des Windvolkes. Sie … sie haben gesungen! Ein Lied, so schön und gleichzeitig so traurig, wie ich es noch nie gehört habe! Was hat das zu bedeuten?«, schaffte er es endlich, seine Gedanken in Worte zu fassen, und der Fürst machte große Augen.

»Das ist unglaublich! Mir war bekannt, dass sie singen können, doch kam ich bislang nie in den Genuss. Es ist wirklich erstaunlich«, beteuerte er und Tantarus Low sackte in seinem Stuhl zusammen, als er erkannte, dass der Fürst ihm in diesem Punkt keine neuen Informationen liefern würde.

»Hat Euch zuvor schon einmal jemand berichtet, dass die Windspiele gesungen hätten?«, wollte er wissen und der Fürst zuckte mit den Schultern.

»Nein, niemals. Zu dumm, dass ich es verpasst habe.«

»Das ist wirklich eine große Neuigkeit«, sagte plötzlich jemand neben ihnen und ein Mann trat aus dem Schatten der Vorhänge am Rande des Saals. Seine Gewänder waren vollkommen weiß, sodass er zwischen all den bunten Gestalten herausstach, und seine Gesichtszüge sprachen von einer Intelligenz, wie der Professor sie selten gesehen hatte.

»Lord Peka. Gesellt Euch doch zu uns. Darf ich Euch Völkerkundler Professor Tantarus Low vorstellen? Er ist hier, um meine Schätze zu katalogisieren«, erklärte der Fürst. »Professor, dies ist mein hochgeschätzter Berater und Freund, Lord Peka. Er und seine Tochter Macadamya wohnen in einer wunderschönen Stadtresidenz, gleich neben der äußeren Festungsmauer.«

»Sehr erfreut«, sagte der Professor eilig und neigte höflich den Kopf, obwohl er sich nicht sicher war, wirklich so erfreut zu sein.

Lord Pekas Augen blitzten im Schein der Kerzen, und ihm wurde noch mulmiger zumute. Wie ein Lord, der ein gesetztes Leben am Hofe des Fürsten führte, sah er nicht gerade aus. Und dieser wissende Blick, mit dem der Mann in Weiß ihn bedachte, ließ ihn nicht mehr los.

20

Und seitdem bist du bei ihnen?«, fragte Felio mit ungläubiger Miene und starrte in den Himmel.

»Ja«, bestätige ich und lächelte. »Sie passen auf mich auf.«

»Aber bist du nicht langsam alt genug, um auf eigene Faust die Welt zu erkunden?« Er stützte sich auf die Ellenbogen, um mich anzusehen.

Wir beide saßen auf dem Dach von Justus' Wagen, der ratternd über eine Brücke fuhr.

Folgte man der Straße Richtung Nordosten, lag dort die Hauptstadt von Mari. Berill, in deren Herz alle Windspiele hingen, die uns noch fehlten.

Dank Elyssabed machten wir keinen Bogen hinunter ans Meer und dann an der Küste nach oben, sondern nahmen direkten Kurs darauf.

Mir tat es weh, das Meer nicht sehen zu können, auf das ich mich schon das ganze Jahr gefreut hatte. Doch je näher wir der Hauptstadt kamen, desto aufgeregter wurde ich.

Schließlich brach man nicht alle Tage bei einem Fürsten ein, um etwas zurückzustehlen.

Egal wie sehr ich mir einredete, dass die Windspiele eigentlich unser Eigentum waren, ich fühlte mich doch nicht wohl dabei. Was, wenn wir erwischt wurden? Wenn man erfuhr, wer wir waren, wo wir herkamen? Wenn ich dadurch das Feuervolk in Gefahr brachte?

Ich seufzte. Der Wind wehte fröhlich und kühlte uns die Gesichter, die von der Spätnachmittagssonne erhitzt waren.

Im Stillen dankte ich ihm und er sauste weiter, hinauf zu den Vögeln, die in der Brise segelten, erhaben über die Welt.

Ich wollte Felio gerade antworten, als der Wagen heftig holperte und ich mich festhalten musste, um nicht herunterzufallen. Auch Felio klammerte sich an eines der Bretter, die das schwarz gerußte Loch verdeckten. Sie waren nicht sonderlich gut befestigt, aber es reichte, um Regen abzuhalten. Alles Weitere würden wir wohl erst im Winter in Teallach, der Stadt des Feuervolkes, ausbessern können.

»Alles in Ordnung bei euch da oben?«, rief Marc besorgt und ich stemmte mich auf die Knie. Vorsichtig krabbelte ich zur Dachkante und blickte kopfüber hinunter. Eine Haarsträhne kringelte sich und kitzelte mich an der Nase.

»Ja. Uns geht es gut. Was war los?«

Dante und Justus blickten zu mir nach oben.

Marc starrte weiter geradeaus, die Zügel des Kappa fest in der Hand, und zuckte mit den Schultern. »Ein Ast. Ich dachte, er würde brechen, wenn wir drüberfahren. Aber, na ja …«

»Bei solchen Gelegenheiten brechen gern die Räder. Pass besser auf«, rügte ihn Justus und schlug ihm gegen den Hinterkopf.

Marc zischte und rieb sich die Stelle. Sicher hätte er es nicht so einfach auf sich sitzen lassen, wenn er nicht das Kappa hätte lenken müssen.

Ich kicherte und Justus sah wieder zu mir hoch. »Wann hast du das letzte Mal etwas getrunken?« Ohne meine Antwort abzuwarten, reichte er mir den Wasserschlauch. »Du kannst auch ein bisschen runterkommen und dich in den Schatten setzen«, meinte er viel zu beiläufig und klopfte auf den Platz neben sich.

Dieses Angebot war wirklich sehr verlockend, doch dann hätte ich Felio allein lassen müssen und das kam mir unhöflich vor.

»Du solltest vielleicht ein bisschen hier raufkommen und die Sonne genießen«, erwiderte ich daher, auch wenn mir klar war, dass das nie passieren würde, und zog mich mit dem Schlauch von der Kante zurück.

Felio lag immer noch auf dem Dach und sah in den Himmel. Ob er wohl auch immerzu ans Fliegen dachte, wenn er die Vögel sah?

Ich setzte mich wieder neben ihn und schraubte den Schlauch auf.

»Hast du vor, dein Leben lang bei diesen Menschen zu bleiben?« Er blickte zu mir hoch.

Ich trank einige Schlucke Wasser, ehe ich antwortete. »Warum sollte ich nicht bei ihnen bleiben wollen?« Ich fragte es ihn und auch mich selbst. Ich hatte nie sehr weit in die Zukunft gedacht, mir nie überlegt, wie mein ganzes Leben aussehen sollte.

»Sie engen dich ein, Cate. Ohne sie könntest du tun und lassen, was du willst«, sagte Felio und machte eine ausladende Geste mit den Händen. Der Wind tanzte um seine Handgelenke und flüsterte mir zu, dass die Freiheit auf mich wartete. Wie zur Bestätigung fuhr er mir unter den Armen hindurch, als wollte er mich anheben.

Ich könnte alles tun, wenn ich nicht mehr unter den Regeln der Feuerleute leben müsste. Könnte fliegen, wann ich wollte, und am Meer wohnen. Das wäre ein Leben, wie es dem Wind für mich gefallen würde.

Es war leicht, sich vorzustellen, wie ich am Strand stand, die Füße im feinen Sand und das Rauschen der Wellen in der Luft. Wie die Sonne unterging und ich einfach dortbleiben könnte, ohne dass mir jemand sagte, wir müssten langsam los.

Doch dann war da in meiner Vorstellung Justus neben mir. Und Mei, die mit den Kindern im Sand Burgen baute. Marc und Ayo und Hanna, die um ein Lagerfeuer saßen, und Tanja, die anfing, zu den Klängen der Mandoline zu singen.

Kopfschüttelnd lächelte ich über mich. Selbst wenn ich mir vorstellte, frei und allein zu sein, schlichen sie sich doch in meine Gedanken. Das war mir noch nie so bewusst gewesen wie jetzt.

Ja, ich wollte frei sein, wollte fliegen und mit dem Wind davontanzen. Aber nicht allein. Ohne Justus und die anderen Wagenleute wäre es niemals so schön.

»Nein«, sagte ich entschieden und drehte mich wieder zu Felio.

»Was, nein?« Er sah mich forschend an. Doch ich ignorierte seine Frage und reichte ihm den Wasserschlauch, damit er auch etwas trinken konnte.

»Ohne sie wäre ich einsam. Sie sind ...« Ich öffnete den Mund, fand jedoch nicht das richtige Wort. »Sie sind wie ...« Freunde? Nein, passte nicht ganz.

»Deine Familie?«, schlug Felio missmutig vor.

Ich hatte mich nie getraut, es so zu formulieren. Aber es passte irgendwie. Obwohl wir manchmal stritten oder nicht einer Meinung waren. Auch wenn Bree mich nicht mochte und ich anders war, waren sie für mich doch genau das.

»Ja. Meine Familie«, lachte ich.

Ob sie das wohl auch so sahen?

»Was ist mit dir? Welchen Menschen bist du so begegnet?«, fragte ich Felio überschwänglich, von meinem Hochgefühl getragen, und bereute es sogleich, als ich sein düsteres Gesicht sah.

»Niemandem von Belang«, zischte er verletzt und ich zuckte zusammen.

Oh, dumme, dumme Cate! Wie hatte ich nur so taktlos sein können. Schließlich konnte ich nicht annehmen, dass er, nachdem seine Eltern getötet worden waren, auch Menschen getroffen hatte, die sich seiner angenommen hatten.

Was, wenn er seitdem allein gewesen war? Niemanden hatte, der sich um ihn gekümmert hatte, niemanden, der ihn hielt in den dunklen Nächten, in denen er den Verlust seiner Familie betrauerte, in denen die Albträume ihn plagten. Bei allen Winden, wie furchtbar das gewesen sein musste!

Aus einem Impuls heraus rutschte ich näher zu ihm und schlang ihm die Arme um die Mitte.

Er war so viel schmaler als Justus. Ich konnte problemlos um ihn herumfassen.

»Es tut mir so leid«, flüsterte ich und roch seinen eigenwilligen Geruch nach kalter Luft.

Felio seufzte laut und klang sehr unwillig. Doch als ich den Kopf hob, war sein Blick weich und er legte mir die Hand auf den Kopf.

»Mach dir nichts draus«, sagte er und lächelte halb. »Jedem das seine. Du hast deine Familie und ich habe meine Freiheit.«

Wir lagerten am Abend auf einem offenen Feld und wurden durch einige kleine Hügel vor direkten Blicken aus dem Dorf geschützt.

Der Dorfälteste war überrascht, als wir nach einem Lagerplatz fragten. Schließlich waren wir zum ersten Mal in der Gegend, da wir nicht unserer gewohnten Route folgten. Allerdings wandelte sich die Überraschung schnell in Vorfreude, als die Leute hörten, dass wir morgen Vormittag Stände aufbauen und am Abend ein Feuerspektakel veranstalten würden.

Aus Mangel an Bäumen war ich gezwungen, im Wagen zu schlafen. Da es in der Nacht aber furchtbar warm war, ließen wir die Fensterläden und die Tür offen, und der Wind wehte angenehm hindurch.

Felio hatte es sich unweit des Lagers auf einigen liegen gelassenen Heuballen bequem gemacht. So hatte ich kein schlechtes Gewissen, ihn draußen allein zu lassen.

Ich schlief unruhig, obwohl der Wind ständig bei mir war. Es war ungewohnt, nach so langer Zeit wieder bewusst in meinem Bett zu liegen.

Zusätzlich quälte ich mich mit unnützen Gedanken.

Lange dachte ich über die Freiheit nach, über das Leben, das Felio bisher wohl geführt hatte. Wie furchtbar einsam er gewesen sein musste, wollte ich mir nicht mal vorstellen.

Doch egal wie intensiv ich versuchte, mich weiter darauf zu konzentrieren, ständig tauchte Justus in meinem Kopf auf. Auf eine Weise, in der ich nicht über ihn nachdenken sollte. Obwohl ich ihn in den hintersten Winkel verbannte, kam er doch immer wieder hervor.

Und in den späten Nachtstunden, in denen der Mond verschwand und tiefe Dunkelheit sich über uns legte, als mein Verstand müde war und ich doch nicht schlafen konnte, trieb meine Fantasie Unsinn mit meinen Wünschen, die ich sonst nicht einmal zu denken wagte.

Justus, wie er meine Hand hielt und mich in den Arm nahm. Wie es wäre, wenn er mich lieben würde. Wenn ich morgens in seinem Bett erwachte, nicht weil ich gerade fast erfroren wäre, sondern weil es mein Platz war. Sein entspanntes Gesicht neben mir, während er schlief.

Und irgendwann verwischte die Grenze zwischen Fantasie und Traum, sodass ich nicht genau sagen konnte, wann ich eingeschlafen war.

21

Die Sonne schien kräftig auf uns herab, obwohl es noch früh am Morgen war. Es war ungewohnt, nicht die Kühle des Waldes um sich zu haben, und ich fühlte mich etwas verloren ohne das Rauschen der Blätter und die dicken Stämme, die Schutz und Zuflucht versprachen.

»Seit wann redet Dante eigentlich nicht mehr mit Bree?«, fragte ich Mei, die beim Frühstück neben mir saß.

Sie verzog das Gesicht und da wurde mir bewusst, dass ich auch sie lange nicht mit Bree hatte reden sehen.

»Sie hat Mist gebaut«, nuschelte Mei und ich bildete mir ein, sie mit den Zähnen knirschen zu hören. »Und als Dante davon erfahren hat, ist ihm seine Schwärmerei für sie ganz plötzlich abhandengekommen.«

Ihr Ton war vieldeutig. Aber offensichtlich war, dass bei *dem Mist* auch ihre Freundschaft einen Knacks bekommen hatte.

Verstohlen sah ich zu Dante, der versuchte, sich heimlich mit einem Stock unter dem Verband zu kratzen. Was war nur vorgefallen, dass er, der seit Jahren kein anderes Mädchen angesehen hatte, plötzlich seine Zuneigung zu Bree hatte verlieren können?

Es fröstelte mich bei dem Gedanken. Ich wusste, dass Bree zu so manchen Bosheiten fähig war. Aber wahrscheinlich stellte ich es mir auch schlimmer vor, als es wirklich gewesen war.

Ich fragte nicht weiter, da Mei nicht so aussah, als wollte sie darüber reden, und stocherte stattdessen in meinem Essen herum. Mein Magen war flau von all den beschämenden Träumen der letzten Nacht.

Bree saß mit Elyssabed auf der anderen Seite unseres Lagers, das Haupt hoch erhoben, genauso stolz wie eh und je. Doch während ich noch hinsah, zuckte sie plötzlich zusammen, erstarrte und blickte in die Ferne.

Das war kein gutes Zeichen.

Sah sie etwas? Bekamen wir schon wieder unerwarteten Besuch?

Doch Bree kniff störrisch die Lippen aufeinander und wandte sich mit zusammengezogenen Augenbrauen wieder ihrem Essen zu.

Da stimmte etwas nicht. Ich rief nach dem Wind, der über die Felder zu mir brauste.

Männer kommen zu euch, eröffnete er mir, noch bevor ich fragen konnte. *Es sind Krieger. Schwarze Krieger.*

Wie erstarrt saß ich da, wusste nicht, wie ich mit dieser Information umgehen sollte. Hatte Bree sie etwa gesehen und keine Vorwarnung gegeben? Wieso tat sie das?

War es wegen Elyssabed? Oder Felio? Aber warum sagte sie es dann nicht wenigstens ihrer Mutter Fin oder Kai?

Mein Herz schlug mir bis zum Hals und der Schweiß brach mir aus. Schnell sah ich mich nach Felio um und entdeckte ihn ein Stück weiter mit Tai. Die beiden Männer unterhielten sich angeregt und lachten laut über etwas, was Laila zum Gespräch beitrug. Sie saß auf einer kleinen Bank und aß einen Apfel, während sie mit einer Hand über ihren Bauch strich.

Niemand ahnte etwas und ich wäre am liebsten einfach aufgesprungen und hätte es herausgeschrien. Doch ich wusste nicht wie. War ich dadurch nicht genauso schlimm wie Bree?

Was, wenn die Krieger feindlich gesinnt waren?

Was wollen sie?, fragte ich den Wind und seine Antwort überraschte mich so sehr, dass ich mich beinahe an meinem Essen verschluckte: Er kicherte.

Wie frech von ihm. Ich machte mir schreckliche Sorgen und er lachte einfach.

Sie kommen wegen Elyssabed, säuselte er und rauschte über das Feld davon. Ihm war es egal, ob wir im Wald waren oder auf offenem Gelände. Er hatte überall seinen Spaß.

Es war zwar beruhigend, dass er sich um mich keine Sorgen zu machen schien, doch ich machte sie mir dennoch. Wenigstens besaß er die Güte, die Richtung zu wechseln und das Geräusch vieler klappernder Hufe zu uns herüberzuwehen.

»Hört ihr das?«, rief ich sofort und die anderen lauschten überrascht.

»Sind das Pferde?«, fragte Mei, die es glücklicherweise auch hörte. Mir fiel ein Stein vom Herzen, dass ich es ohne viel Aufsehen geschafft hatte, die anderen darauf aufmerksam zu machen.

Das Getrappel wurde stetig lauter und die Unruhe unter uns größer. Viele Blicke gingen fragend zu Bree, die ihnen auswich und sich desinteressiert grüne Bänder in die Haare flocht.

Irgendetwas stimmte mit ihr ganz und gar nicht. Doch wir hatten gerade andere Sorgen als Bree. Und ich war wohl auch die Letzte, die sie darauf ansprechen konnte.

Es dauerte nicht lang, da waren die ersten Reiter auf den Hügeln zu sehen.

Die Männer, Fin und Miso erhoben sich schnell und bildeten eine Linie vor dem Lager, wie sie es zu tun pflegten, wenn wir unerwarteten Besuch bekamen.

Etwa zwei Dutzend Reiter in schwarzen Rüstungen machten auf der Hügelkuppe halt. Sie sahen so bedrohlich aus, dass es einem bang wurde.

Nur der Blick auf Justus' Rücken half mir, nicht die Nerven zu verlieren. Er stand gerade da, den Kopf hoch erhoben, die Arme locker vor der Brust verschränkt. Er zeigte keine Angst, war die Ruhe selbst.

»Ja, ist das denn die Möglichkeit!«, schrie Elyssabed plötzlich in die unangenehme Stille, sprang von ihrem Platz auf und ließ ihre Schale achtlos auf den Boden fallen, wo sie klirrend auf dem harten Lehmboden zersprang. »Nicht zu fassen!« Sie raffte eilig ihre Röcke und lief zu den Männern nach vorn.

»Du weißt, wer das ist?«, fragte Kai und Elyssabed schnaubte laut.

»Ob ich das weiß? Die Spielzeugsoldaten meines dämlichen Bruders sind das!«, kreischte sie beinahe und stampfte auf dem Boden herum wie ein Kind. »Was für eine Erniedrigung! Nicht einmal die Weiße Armee bin ich meinem Vater wert. Welche Schande!«, jaulte sie und wir sahen sie verdutzt an.

Zumindest für den Moment, bis sich zwei Reiter aus dem Trupp Schwarzer Krieger lösten und in schnellem Tempo auf uns zugeritten kamen. Nur wenige Schritte vor Elyssabed und den Männern zügelten sie ihre Pferde und kamen zum Stehen. Keiner hatte auch nur mit der Wimper gezuckt.

Es handelte sich um einen Krieger in Rüstung und einen jungen Mann, der zwar Schwarz trug, allerdings kein Kämpfer zu sein schien.

»Wie ich sehe, seid Ihr wohlauf, Mylady!«, rief der eine, während die Fürstentochter fuchsteufelswild die Fäuste ballte. Mit einer Hand nahm er den Helm ab und schwarzes, wildes Haar kam zum Vorschein.

Trotz des scharfen Blickes war sein Grinsen so breit und strahlend, dass es einem Prinzen würdig gewesen wäre. Und wenn er Elyssabeds Bruder war, dann war er als Fürstensohn von einem Prinzen nicht weit entfernt.

Als Soldat in seiner schwarzen Rüstung hatte er so bedrohlich gewirkt, doch das Lachen in seinem Gesicht entschärfte die Situation sofort. Er befestigte seinen Helm und stieg aus dem Sattel.

»Spar dir dein blödes Gequatsche. Symmon, du Stück Kappadreck!«, kreischte Elyssabed und stieß ihm ihren Zeigefinger gegen die Brust.

»Du hast Fluchen gelernt. Erstaunlich«, antwortete der Fürstensohn gelassen und Elyssabeds Gesicht wurde rot vor Wut.

»Wieso bist du hier? Willst du mich verhöhnen?«

»Wohl kaum. Vater hat mich geschickt, um dich zu suchen.«

Die Reihe der Feuerleute lockerte sich. Alle beobachteten mit wachsendem Interesse das Gespräch. Ich konnte kaum hinsehen, fragte mich, wieso Elyssabed ihren Bruder so wenig leiden konnte. Und wieso die beiden sich kaum ähnlich sahen.

Der zweite Mann saß ebenfalls ab und der Wind wirbelte ihm durch seine hellbraunen Locken, sodass er kaum noch etwas sehen konnte.

»Mylady Elyssabed. So schön wie eh und je, selbst in den Gewändern einer Magd«, grüßte er sie und verbeugte sich sogar vor ihr, was wenig Eindruck auf die Fürstentochter machte.

»Aufhängen werde ich dich lassen, Uro, wenn du irgendwem davon erzählst«, fauchte Elyssabed bissig, der das Kompliment wohl nicht aufgefallen war.

Oder aber ich hatte es falsch verstanden und es war gar kein Kompliment gewesen.

»Das wirst du schön bleiben lassen«, sagte ihr Bruder mit zutiefst genervtem Ton und legte demonstrativ die Hand auf den Griff seines ungewöhnlich kurzen Schwertes.

»Ihr freundlichen Leute«, wandte er sich an uns und ignorierte dabei Elyssabed, die schon den Mund geöffnet hatte, um etwas zu erwidern. »Ich kann mir nicht mal im Geringsten vorstellen, wie es dazu kam, dass meine Schwester in eurer Obhut geblieben ist. Aber es war nicht leicht, euch zu finden. Ihr seid abseits eurer Route, nicht wahr?«

Kai trat vor und neigte ganz kurz den Kopf, was mehr Ehrerbietung war, als er für gewöhnlich über sich brachte. »Ihr habt wohl Nachforschungen angestellt«, sagte er und nickte dann. »Wir waren wegen Eurer Schwester auf dem Weg nach Berill.«

»Ihr hattet vor, sie bis nach Hause zu bringen?«, fragte der Fürstensohn und es spiegelte sich echtes Entsetzen auf seinem Gesicht.

»Ja, Symmon. Es gibt auch noch nette Menschen auf dieser Welt«, zeterte Elyssabed und warf in einer übertriebenen Geste ihren Zopf nach hinten.

»Und solche, die erpresst werden, um andere nach Hause zu bringen«, warf Justus ein und ich war überrascht, dass es gerade er war, der sich dazu äußerte. War er immer noch so wütend auf Elyssabed, dass er sich dazu hinreißen ließ?

Ich erhob mich von meinem Platz und bewegte mich im Schatten des Wagens auf die Männer zu, näher zum Ort des Geschehens.

Elyssabed schnappte pikiert nach Luft und ihr Gesichtsausdruck wurde so finster, dass ihr Kopf sicher geraucht hätte, wäre sie ein Kind des Feuers gewesen.

»Verstehe«, antwortete der Fürstensohn verbissen und öffnete eine der Taschen am Sattel seines schwarzen Pferdes. »Was schulde ich euch für das Beherbergen meiner Schwester?«, fragte er.

»Den Aufwand kannst du gar nicht bezahlen«, feixte Justus und verschränkte die Arme vor der Brust. Die Feuerleute lachten.

Empört drehte Elyssabed sich zu ihm. Viel fehlte nicht und ihr wären die Augen aus dem Kopf gefallen, wie sie zu Justus starrte und nicht glauben konnte, dass er so etwas gesagt hatte.

Ich blieb hinter ihm stehen, konnte es selbst nicht glauben und Elyssabed tat mir plötzlich schrecklich leid. Egal, wie viel Ärger sie uns gemacht hatte und wie viel Kummer sie mir im Speziellen bereitet hatte; von allen verlacht zu werden hatte ich ihr nicht gewünscht.

»Aber ich kann es versuchen«, konterte der Fürstensohn, zog einen Beutel hervor und warf ihn Van zu, der neben seinem Bruder stand.

Dieser fing ihn gekonnt aus der Luft, wog ihn in der Hand und zog überrascht die Augenbrauen hoch. Sicher war er sehr schwer.

»Hast du rein zufällig ein paar Sachen gekauft, die wir mitnehmen müssen?«, fragte der Sohn des Fürsten seine Schwester und zeigte damit, dass er sie, trotz seiner offenen Abneigung gegen sie, doch recht gut kannte.

Sie verkniff säuerlich den Mund. »Rein zufällig, ja«, sagte sie schnippisch und wandte sich von ihm ab.

Bree stürmte sofort auf den blauen Wagen zu und verschwand darin. Tanja legte ihre Essensschale ins Gras und folgte ihr, jedoch wesentlich langsamer.

»Wünscht Ihr oder Eure Männer etwas zu trinken, Mylord?«, erkundigte sich Fin höflich und machte sich von ihrem Mann los, der ihr den Arm um die Taille gelegt hatte.

»Wirklich sehr zuvorkommend, aber wir haben, was wir brauchen«, antwortete der Fürstensohn bescheidener, als ich ihm zugetraut hatte, und neigte zum Dank leicht den Kopf.

Tanja und Bree kamen aus dem Wagen, in den Händen zwei große Bündel, die sie in Leinentücher geschlagen hatten.

Der Mann, den Elyssabed *Uro* genannt hatte, griff sich fassungslos an die Stirn und kam ihnen entgegen, um diese in Empfang zu nehmen.

»Pass ja auf damit«, schnaubte Elyssabed und ließ sich von ihrem Bruder auf sein Pferd heben.

Uro verdrehte die Augen, während er die Bündel sorgsam am Sattel festschnallte.

Mit verschränkten Armen thronte die Fürstentochter auf dem schwarzen Ross, wunderschön wie eh und je, und starrte beleidigt in den Himmel.

Ihr Bruder sah zu ihr und stieß ihr mit dem Ellenbogen gegen das Knie, doch sie hielt die Nase nur noch höher. Er seufzte.

»Normalerweise hat sie Manieren«, grummelte er entschuldigend in unsere Richtung und neigte abermals den Kopf. »Also bedanke ich mich in ihrem Namen bei euch«, fügte er hinzu und schwang sich in einer geschmeidigen Bewegung hinter seine Schwester in den Sattel.

Elyssabed rührte sich nicht, sah uns nicht an und gab keinen Laut von sich, als ihr Bruder sie mit einem Arm festhielt und sein Pferd wendete. Sie und Uro ritten den Hügel wieder hinauf, wo die anderen Soldaten auf sie warteten.

Bree winkte Elyssabed enthusiastisch zum Abschied, blieb jedoch ungesehen. Und dann war sie fort. Ebenso plötzlich, wie sie zu uns gestoßen war.

Alle schienen erleichtert zu sein und bis auf Bree würde sie wahrscheinlich auch keiner vermissen.

22

Der Tag verlief wie sonst auch. Nur ohne den Wald.
Und ohne Elyssabed.

Selbst von Felio bekam ich kaum etwas zu sehen, da er sich mit den Leuten aus dem Dorf unterhielt, die in großer Zahl kamen, um die Kleinigkeiten zu begutachten, die wir zum Verkauf anboten. Danach versuchte er sich zu beweisen und focht einen Übungskampf gegen Marc aus, den er natürlich gnadenlos verlor. Niemand von den Wagenleuten war im Ringen besser als Marc. Tanja und Garan ging er beim Mittagessen zur Hand, diskutierte mit Mei über Hauskonstruktionen in Bäumen und spielte Fangen mit Cookie und den Zwillingen. Irgendwann sah ich ihn sogar angeregt mit Bree sprechen. Er machte sich bei den Feuerleuten sehr beliebt. Ein gutes Zeichen, wie ich fand. Sie alle schienen ihn wirklich zu mögen.

Alle, bis auf Justus. Der saß vor meinem Wagen, schnitzte wieder an etwas herum, beobachtete Felio aus den Augenwinkeln und zog dabei eine so finstere Miene, als versuchte er, ein Gewitter heraufzubeschwören.

Ein Glück für uns, dass er diese Fähigkeit nicht besaß.

Ich hatte gerade den Nähkorb hervorgeholt und sah nach, wo ich das letzte Mal aufgehört hatte, den Saum an meinem Kleid hochzunähen. Schon seit Wochen saß ich dran und kam einfach nicht weiter.

Felios Lachen wurde vom Wind zu uns getragen und Justus schnaubte verächtlich. Seine Laune war wirklich fürchterlich. Heute Morgen hatte ich noch angenommen, es läge an seiner Wut auf Elyssabed, doch da schien mehr zu sein, was ihm den Tag vermieste.

»Was stört dich an ihm?«, fragte ich und Justus drehte den Kopf zu mir.

»An wem?«

Als ob er das nicht wüsste.

Ich tat ihm den Gefallen, darauf zu antworten. »An Felio. Hast du immer noch Angst, er würde jemandem etwas antun?« Ich nähte einen weiteren Stich. Dann war natürlich das Garn zu Ende und ich bemühte mich um einen sauberen Knoten.

»Weiß nicht«, murmelte er und seine Stimme klang tiefer als sonst, weil er genervt war. Er blickte zu Felio, der lachend bei Bree und Ayo stand, einen Apfel in der Hand.

»Du hast wirklich noch Zweifel?« Ich war ehrlich erstaunt. Felio war so ein offener und netter Kerl. Die anderen machten sich ja auch keine Sorgen. Warum dann Justus?

»Du etwa nicht?«, platzte er empört heraus und sah mich herausfordernd an. Er schien irgendwas in meinem Gesicht zu sehen, was ihm nicht gefiel, und er presste den Mund zu einem schmalen Strich zusammen. Schlechtes Zeichen! »O nein, ich vergaß. Du und er, ihr seid ja jetzt beste Freunde. Er musste nur einen kleinen Windtrick aus dem Ärmel ziehen und schon vertraust du ihm alles an, was er wissen will.« Seine Augenbrauen zogen sich düster zusammen.

Der verbale Angriff traf mich wie ein Schlag in die Magengrube. Das war nicht fair! Warum behauptete er so etwas? Und warum war er in letzter Zeit andauernd so gereizt?

»Ach Justus!«, fuhr ich ihn an und zerknüllte den Stoff des Kleides zwischen meinen Fingern. »Warum willst du dich ständig mit mir streiten? Wir waren doch früher auch nicht so!« Ich konnte es einfach nicht verstehen. Was hatte sich denn geändert?

»Früher hast du auch nicht so dumme Sachen gemacht!«, schnauzte er zurück.

Mir blieb der Mund offen stehen.

Langsam wurde ich wütend, obwohl ich versuchte, ruhig zu bleiben. »Du willst sagen, es wäre dumm, ihm zu vertrauen?«, sagte ich gepresst und zog die Garnrolle aus dem Nähkorb, um Justus nicht ansehen zu müssen. Sonst wäre mir sicher der Kragen geplatzt. Musste er sich so aufspielen?

»Ja, das will ich! Du weißt absolut nichts über ihn!«, rief er genervt und warf die Arme in die Luft.

»Ach ja? Ich weiß, dass er vom Windvolk ist! Von meinem Volk!«, betonte ich. Gerade er musste doch verstehen, was das bedeutete.

Justus schüttelte den Kopf. »Er hat uns über Wochen verfolgt. Warum hat er sich nicht früher zu erkennen gegeben, wenn ihr zwei euch doch so gut versteht, weil ihr vom gleichen Volk seid?«, maulte er und ich wusste wirklich nicht, wieso ihm das nicht klar war.

»Woher hätte er das denn wissen sollen? Ich trage schließlich kein Schild um den Hals, auf dem *Windkind* steht!«, fauchte ich ihn an und sagte nicht, dass es Justus selbst war, der mich immer und immer wieder dazu anhielt, meine Kräfte geheim zu halten. Die Wut rauschte mir bereits durch den Bauch und es kostete mich Mühe, den Wind davon abzuhalten, sich meinen Gefühlen anzuschließen.

Justus verkniff wieder die Lippen. Doch nicht so wütend wie erwartet, denn Unwilligkeit zeichnete seine Züge. Ihm waren also die guten Argumente ausgegangen. Meiner Meinung war er allerdings trotzdem nicht.

Mit aller Kraft kämpfte ich den Ärger in mir zurück, glättete die Wogen und schluckte meinen Stolz. »Ach, komm schon, leg mal dein Misstrauen beiseite und sei ein bisschen freundlich zu ihm. Dann wirst du schnell erkennen, dass er ein netter Mensch ist.«

Justus zeigte keine Regung, doch ich gab nicht auf.

»Bitte, Justus. Tu es für mich.«

Ich war ihm viel wert, das wusste ich, aber wenn er sich festgefahren hatte, war es nicht sicher, ob ich ihn umstimmen konnte.

Justus blickte mir in die Augen und ich gab nicht dem Drang nach, wegzusehen. Ganz langsam schmolz die feste Miene in seinem Gesicht und ich seufzte erleichtert.

Er hob die Hand und wuschelte mir sanft durchs Haar, das vom Wind wahrscheinlich sowieso total zerzaust war. Aufmunternd lächelte ich ihn an und er lächelte leicht unsicher zurück.

Was mich wiederum verunsicherte.

Verlegen strich ich mir eine Strähne hinters Ohr und spürte, wie mir die Röte in die Wangen stieg.

Meine Finger zitterten so sehr, dass ich den neuen Faden nicht durchs Nadelöhr bekam, während mein Blick immer wieder zu

Justus glitt, der sich seiner Schnitzarbeit zugewandt hatte. Die dunklen Haare glänzten in der Sonne und ich wäre gern mit den Fingern hindurchgefahren. Aber ich traute mich nicht.

Frustriert legte ich das unfertige Kleid zurück in den Korb. Wenn das so weiterging, würde ich damit niemals fertig werden.

Als der Abend nahte, verließ Justus mich, jedoch nicht, ohne kurz meine Hand zu nehmen und sie zu drücken. Irritiert sah ich ihm hinterher, als er sich über die Wiese entfernte. Meine Gefühle gerieten durcheinander und die Träume von letzter Nacht zogen wie eine süße Frühlingsböe durch meinen Kopf.

Hätte ich doch nie angefangen, mir zu wünschen, Justus so viel näher zu sein, als ich es konnte.

Ich sah ihn, wie er seinen Vater ansprach und die beiden im Zwiegespräch davonstapften.

Die Sonne küsste bereits den Horizont, färbte die wenigen Wolken in Rosa und Orange und ich genoss den Sonnenuntergang mit einem Seufzen auf den Lippen und bittersüßen Gefühlen auf der Zunge.

Es blieb nicht lange so ruhig, denn alle bereiteten sich auf das Feuerspektakel vor. Eine deutlich spürbare Vorfreude lag in der Luft.

Dante durfte endlich den Verband abnehmen, unter dem sich die Haut durch Fins seltsame Salben grünlich verfärbt hatte. So hatte das Spektakel wieder sein pompöses Ende zurück.

Ich machte es mir mit dem Wind auf einem Wagen bequem, um von dort auf unseren Einsatz zu warten.

Ayo begann die Trommeln zu schlagen und mir pochte das Herz schneller.

Die Zuschauer waren zahlreicher als in den Wochen zuvor. Was wohl gut daran liegen konnte, dass wir zum ersten Mal in dieser Gegend waren; viel näher an Berill als je zuvor.

Laila lockte das Publikum mit ihrer magisch klingenden Stimme und eröffnete den Abend. Die Leute waren beeindruckt von Meis Tänzen und Marcs Feuerspuckkünsten. Als Miso und Felice begannen, Vögel aus dem Feuer zu holen und sie über ihre Köpfe fliegen zu lassen, verschlug es ihnen die Sprache.

Vor einem Publikum aufzutreten, das unser Feuerspektakel zum ersten Mal sah, machte allen besonders viel Spaß, da wir dieses ganz anders beeindrucken konnten.

Als Justus auftauchte, zog er auch mich in seinen Bann. Ich konnte meine Augen keinen einzigen Augenblick von ihm nehmen, wollte keinen Moment verpassen, nicht die Feuerbälle, die er in die Luft wirbelte, das Muskelspiel seiner nackten Arme und sein Lachen. Es war wunderschön zu sehen, wie sich ein kleines Grübchen auf seiner Wange zeigte und winzige Lachfältchen an seinen Augen entstanden.

Ich zerfloss förmlich zu einer Pfütze. In meinem Bauch kribbelte es und mein Herz lief über vor Bewunderung. Der Wind kreiste um meinen Kopf, um ihn zu kühlen, was ich wirklich bitter nötig hatte, damit ich nicht vor Hitze zerging.

»Faszinierend«, flüsterte plötzlich eine Stimme neben mir, und ich schrak zusammen. Felio hatte sich zu mir gesetzt und sah auf die Feuerleute hinab, die zur schneller werdenden Musik ihre Stäbe schwangen und Feuer durch die Luft wirbelten.

Ich war so von Justus' Anblick gefesselt gewesen, dass ich ihn nicht bemerkt hatte.

Obwohl ich Felio mochte, zerstörte er mir den Moment, in dem ich nur für Justus existiert hatte.

»Von hier oben hat man eine ganz neue Sicht«, sagte Felio fröhlich und grinste mich an. »Wie machen die das?«

Mein Mund wurde staubtrocken. Ich durfte es ihm nicht sagen, aber ich war auch nicht besonders gut im Lügen.

Also lächelte ich und konnte nur hoffen, dass es echt wirkte. »Zauberei«, raunte ich und war froh, dass man im Schein des Feuers meine erröteten Wangen nicht sah.

»Nein, jetzt mal im Ernst. Wie schützen sie sich vor Verbrennungen? Und wie schaffen Dante und Angu es, dass ihre Unterarme brennen? Das ist der Wahnsinn!«, rief er und blickte zuerst runter auf den Platz und dann wieder zu mir. Seine Augen leuchteten, als er mich erwartungsvoll ansah.

Was sollte ich denn jetzt bitte sagen? Mir wollte keine gute Ausrede einfallen.

Doch da hörte ich das Finale der Musik. Gleich würde es vorbei sein.

»Moment«, hielt ich ihn hin und raffte meine ganze Konzentration zusammen, um bloß nichts falsch zu machen.

Ich setzte mich aufrecht hin, versicherte mich, dass der Wind bei mir war, und wartete auf den letzten Schlag von Ayos Trommeln.

Marc ging in Position, Dante stellte sich vor ihn und dann war es so weit. Eine riesige Feuerwolke erhellte den Platz, ich ließ den Wind hinabsausen, der mit einem Schlag alle Flammen löschte.

Geblendet von der Feuerwolke, wirkte die Welt vollkommen schwarz.

Plötzlich packte mich Felio am Arm und riss mich nach hinten mit sich vom Dach des Wagens. Der Schreck zuckte durch meinen Körper, als wir fielen, doch wir wussten beide, wie man sich abfing. Als wären wir leicht wie Federn, kamen unsere Füße auf dem Gras auf. Niemand hatte uns gesehen. Da konnte ich mir ausnahmsweise mal sicher sein.

Auf der anderen Seite begann das Publikum mit riesigem Getöse zu klatschen und zu grölen.

Der Schreck fiel langsam von mir ab und ich blinzelte überrascht. »Bist du verrückt geworden?«, fuhr ich Felio an, der meinen Arm nicht losgelassen hatte.

»Cate?«, flüsterte er, als hätte er mich nicht gehört. »Weißt du es?«

»Was weiß ich? Was ist denn los? Du hast mich zu Tode erschreckt! Lass mich los!« Ich wollte ihm meinen Arm entreißen, doch er ließ mich nicht, verstärkte seinen Griff sogar noch.

»Weißt du es?«, wiederholte er die Frage, jetzt noch eindringlicher.

Langsam machte er mir Angst.

Auf der anderen Seite des Wagens entzündete jemand die Fackeln wieder und ein schwacher Schein drang zu uns.

Ich konnte Felios Gesicht erkennen. Wenn mich nicht alles täuschte, war er totenblass.

»Was ist denn passiert?«

Er ignorierte meine Frage erneut.

»Du weißt es also nicht?« Endlich ließ er mich los, hielt sich beide Hände an den Kopf und raufte sich die Haare. Er wirkte ernst und gehetzt. Was war denn nur passiert?

»Diese Menschen, mit denen du reist, deine *Familie* …«

Mir gefiel ganz und gar nicht, wie spöttisch er das Wort *Familie* ausgesprochen hatte.

»… die sind nicht wie normale Menschen. So wie du zum Windvolk gehörst, gehören sie zu einem Feuervolk!«

Mir blieb der Atem stehen. Damit hatte ich nicht gerechnet. Wie hatte er das herausgefunden?

Ich wusste von Tanja, dass das Windvolk und das Feuervolk sich gekannt hatten. Wusste Felio deshalb, dass es sie gab, und war daher schneller draufgekommen?

Was sollte ich jetzt nur tun?

»Das weiß ich«, schnaubte ich und wusste nicht, ob ich das Richtige tat.

Felio packte mich unsanft an den Schultern. »Du weißt das?!« Fassungslos schüttelte er mich.

Ich war froh, dass der Applaus noch nicht verebbt war und ihn so niemand außer mir gehört hatte. Was dachte er sich dabei, es einfach so herumzubrüllen?

Furcht und Ärger mischte sich in meinem Bauch und ich riss mich mit einem Ruck los. Felio hätte das nicht mal wissen sollen, so ein Kappadreck. Was sollte ich jetzt Justus sagen?

»Natürlich weiß ich das! Ich lebe mit diesen Menschen seit zwölf Jahren zusammen. Glaubst du, sie würden mich unter sich dulden, wenn sie ständig Angst haben müssten, dass ich so etwas herausfinde?«, blaffte ich ihn an und flehte innerlich, dass er jetzt bloß nicht durchdrehte.

Felio ließ die Hände sinken und wandte das Gesicht zur Seite, wodurch es noch tiefer im Schatten lag. »Und warum hast du es mir nicht gesagt?«

Ich wusste nicht, was der Ton seiner Stimme zu bedeuten hatte. War er enttäuscht von mir? Oder sauer? Ich konnte es nicht einordnen.

»Ich durfte nicht«, antwortete ich wahrheitsgemäß. »Sie wollten dich erst besser kennenlernen und dann entscheiden, ob ich es dir erzählen darf.«

Felio seufzte tief. Seine Züge waren ausdruckslos. »Wirst du ihnen sagen, dass ich es weiß?« Er sah mir direkt in die Augen.

Mir war nicht sehr wohl zumute und meine Gedanken rauschten in meinem Kopf.

Wie würden die anderen reagieren, wenn sie es erfuhren? Falls sie ihm auch nur ein bisschen misstrauten, würden sie ihn töten wollen! Und zumindest von Justus wusste ich, dass es nicht nur ein bisschen war.

»Nein. Jedenfalls nicht in der nächsten Zeit«, beschwichtigte ich ihn und rieb mir die Arme. Ich fröstelte, obwohl es nicht kalt war, und ich hatte ein ungutes Gefühl, das mir auf die Brust drückte und mich kurzatmig machte.

Seit Felio da war, kam es mir vor, als müsste ich Justus ständig etwas verheimlichen. Das gefiel mir nicht, doch es ließ sich auch nicht ändern.

Der Wind kam zu mir und stupste mich an. Er wollte wieder herumstreunen und ich ließ ihn mit einer heimlichen Handbewegung ziehen. Er wehte in die Dunkelheit und rauschte leise durch das hohe Gras.

»Da seid ihr!«, rief eine fröhliche Stimme und wir zuckten heftig zusammen. Es war Mei, die verdattert bei uns stehen blieb. »Stör ich euch?«, erkundigte sie sich vorsichtig und ich schüttelte den Kopf. Obwohl ich mich erschrocken hatte, war ich wirklich froh, sie zu sehen und dieser seltsamen Situation zu entfliehen.

»Nein, nein«, wehrte ich daher ab und hakte mich bei ihr unter. »Schon in Ordnung.« Ich schenkte ihr ein Lächeln, und sie erwiderte es auf ihre heitere Art.

»Kommst du auch aufs Fest, Felio?«, fragte sie und zog mich hüpfend mit sich hinaus auf den Platz und zu den anderen, die zusammen mit den Dorfbewohnern ein großes Feuer entzündeten.

Bree setzte ihre Geige an und spielte einen schnellen Reigen. Die anderen Instrumente stimmten ein und kurze Zeit später tanzte eine ganze Reihe von Feuerleuten und Dörflern miteinander.

Marc hatte sich natürlich mal wieder eine wahre Schönheit als Tanzpartnerin gesucht. Zu Zöpfen gedrehtes weißblondes Haar, ein elegantes rotes Kleid, das ihre geschwungenen Hüften betonte. Bei den Blicken, mit denen er sie bedachte, fragte ich mich, ob Justus wohl noch eine Nacht bei seinem Neffen schlafen musste.

Doch das interessierte mich nicht mehr, als ich Justus erblickte. Er stand am Feuer und sprach mit einer Frau. *O nein.* Sofort schlug mein Herz schneller und mein Mund wurde ganz trocken.

In der Zeit, in der Elyssabed bei uns gewesen war, hatte er jedes Fest an ihrer Seite verbracht und über sie gewacht. Er hatte keine Augen für irgendein Mädchen gehabt. Aber jetzt war sie weg.

Ich trat ein paar Schritte näher, um ihn besser zu sehen. Flirtete er mit ihr? War sie schön? Und wollte ich das wissen, obwohl mir bewusst war, dass es wehtun konnte?

Ich drückte mich im Schatten des nächsten Wagens herum, damit er mich nicht bemerkte. Der Wind kam zu mir zurück und tanzte sachte mit meinen Haaren.

Ich konnte nicht genug sehen, trat nur wenige Schritte näher heran, da hob Justus den Blick, sah mich sofort und lächelte. Mein Herz machte einen Satz und mir wurde schwindelig. Er hob die Hand, winkte mich zu sich, als hätte er bereits auf mich gewartet.

Das überraschte mich so sehr, dass ich nur zögerlich hervortrat und zu ihm ging.

Ist sie schön?, fragte ich den Wind im Stillen, ohne zu wissen, ob er so etwas überhaupt beurteilen konnte.

Ihr Ehemann sagt ihr jeden Tag, dass sie schön ist. Er heißt Gal und ist Gerber, flüsterte er mir zu und ich blinzelte überrascht. Ihr Ehemann?

Die Frau drehte sich zu mir, als ich zu ihnen trat, und erstaunt erkannte ich, welchem Irrtum ich erlegen war. Tiefe Lachfalten zierten ihr Gesicht, leichte Altersflecken auf den Wangen und silbernes Haar, das ich fälschlicherweise für blond gehalten hatte. Sie war alt, und selbst wenn ich ihrem Mann durchaus recht geben konnte, war sie niemand, mit dem Justus geflirtet hätte.

»Cate, darf ich vorstellen, das ist Fura, die Frau des ansässigen Gerbers. Sie hat mir gerade zugesichert, dass wir bei ihr Leder zu einem sehr guten Preis kaufen können«, stellte Justus uns vor und ich lächelte.

»Wirklich toll«, sagte ich, obwohl ich nicht wusste, was ich mit dieser Information anfangen sollte. Warum holte er mich zu einem Gespräch dazu, mit dem ich nichts zu tun hatte?

»Guten Abend, Cate«, grüßte Fura und nickte mir freundlich zu. Dann seufzte sie verträumt und sah zum Feuer. »Es muss schön sein, so zu leben. Immer durchs Land ziehen zu können und Feste zu feiern.« Sie zeigte zu den Wagen, die sich dunkel vom endlosen Feld abhoben. »Als ich jung war, habe ich mir immer gewünscht, die Welt zu erkunden«, erzählte sie schwärmerisch. »Und Feste finde ich auch toll. Am besten gefällt mir die Musik.« Sie lachte und ich beschloss, sie zu mögen.

»Die Musik mag ich auch«, kam Justus ihr entgegen. »Und die Gespräche.«

»Was man für unzähligen Menschen begegnen muss«, seufzte Fura und schenkte mir einen auffordernden Blick. »Und was magst du am liebsten?«

Diese kleine Aufmerksamkeit reichte schon, meine Wangen erröten zu lassen. »Ich … ich mag das Hefegebäck«, stammelte ich und wunderte mich, dass es mir so peinlich war, das zuzugeben.

Justus und Fura lachten laut und mein Gesicht brannte noch schlimmer.

»Es gibt wohl sonst immer was zu essen?«, erkundigte sich Fura und Justus nickte. Gelassen schob er die Hände in seine Hosentaschen.

»Ja, die Dörfler erwarten uns auf unserer üblichen Route meist schon und bringen Gebäck und Wein mit«, erklärte er und sie seufzte.

»Wirklich schade, dass wir das nicht vorher gewusst haben. Mit etwas zu essen und ein bisschen Wein wäre es sicher noch lustiger.« Doch dann kam ihr Lächeln sofort zurück. »Tanzt ihr nicht?«, fragte sie so unerwartet, dass ich zusammenschreckte. »Es sieht so reizvoll aus. Wenn meine Knie nicht so alt wären, würde ich sicher nicht hier stehen und zuschauen. Warum stürzt ihr zwei euch nicht ins Getümmel, anstatt mit einer alten Frau zu tratschen?«

Sofort schüttelte ich den Kopf.

Justus tanzt nie, wollte ich sie gerade aufklären, da schnitt Justus mir das Wort ab.

»Ja, warum nicht?«, sagte er gelassen und ich traute meinen Ohren kaum. Hatte er das gerade wirklich gesagt? Nie und nimmer hatte er das gesagt!

Ungläubig starrte ich ihn an.

»Möchtest du mit mir tanzen, Cate?«

Ich hielt die Luft an. Es war mir beinahe unmöglich, in die endlose Tiefe seiner dunklen Augen zu sehen, ohne dass ich darin verloren ging. Meine Knie verwandelten sich sofort in Grütze und in meinem Bauch kribbelte es so heftig, dass ich nicht mal an Hefegebäck denken wollte.

Ich wusste nicht, wie mir geschah, doch meine Lippen verzogen sich zu so einem breiten Lächeln, dass mir die Wangen schmerzten. Natürlich bekam ich keinen Ton heraus.

Justus war es Antwort genug. Er lachte so wunderschön wie nie zuvor, nahm meine Hand in seine und nickte Fura noch einmal zu, bevor er mich zu der Gruppe der Tanzenden führte.

Ich fühlte mich, als würden meine Füße in der Luft schweben, und ich vergewisserte mich schnell, dass es nicht wirklich der Fall war.

Am liebsten hätte ich Justus gefragt, wie er dazu kam, plötzlich tanzen zu wollen, traute mich aber nicht, weil ich fürchtete, er würde es sich dann anders überlegen. Außerdem hätte ich sowieso kein Wort herausgebracht.

Als er meine zweite Hand in seine nahm, die sich so wundervoll warm anfühlten, und mich ein Stück zu sich zog, war es sowieso vorbei mit Überlegungen jeglicher Art.

Mein Kopf war unfähig, etwas anderes zu tun, als an Justus zu denken. Die Welt um uns herum war auf einen Schlag verschwunden, nur wir beide existierten noch.

Und wir tanzten. Er wirbelte mich im Kreis, führte mich durch die Figuren und verhaspelte sich manchmal, was mich zum Lachen brachte. Doch die anfängliche Holprigkeit war schnell verschwunden und wir tanzten, als hätten wir nie etwas anderes getan. Wenn unsere Finger sich berührten, zauberte es warme Wellen auf meine Haut und als ich nach einer Drehung in seinen Armen landete, glaubte ich, auf der Stelle ohnmächtig zu werden vor Glück. Der Wind wirbelte um uns und wir tanzten und tanzten, bis ich kaum mehr atmen konnte.

Als uns von all den Drehungen schwindelig wurde, zog Justus mich zum Feuer und wir ließen uns zusammen ins stoppelige Gras fallen.

Justus, der ebenfalls außer Atem war, lachte immer noch. »Wenn ich gewusst hätte, dass das so viel Spaß macht, hätte ich das früher ausprobiert.«

Ich wollte ebenfalls lachen, doch mir fehlte die Luft dafür.

»Das war wirklich das erste Mal, dass du getanzt hast?«, brachte ich schließlich heraus und strahlte ihn an.

»Na ja, fast. Als Kind hat mich meine Mutter gezwungen, mit ihr die Schritte zu üben. Tanzen kann man das aber nicht nennen«, antwortete er etwas selbstironisch.

Mein Herz flirrte, mein Blut rauschte mir in den Ohren und mein Verstand konnte es nicht begreifen. Er hatte mit mir getanzt. Seinen ersten richtigen Tanz, und das mit mir. Mit mir!

Wahrscheinlich war mein Kopf glühend rot, doch das war mir gleich. Wichtig war nur, dass Justus bei mir war.

»Wie kommst du gerade jetzt auf die Idee, tanzen zu wollen? Hast du dich vorher nicht getraut?«, neckte ich ihn, doch mein Lächeln verglühte, als ich ihm in die Augen sah.

Sein Blick war so intensiv, dass ich sofort hoffnungslos darin unterging, und er war mir so nah, dass ich die Hitze seines Körpers spüren konnte. Wurde er heißer oder bildete ich mir das jetzt wirklich ein?

Er grinste so schelmisch, dass mir die Luft wegblieb, legte den Kopf zur Seite und zuckte leicht mit der Schulter. »Vielleicht war es einfach an der Zeit«, stellte er mit rauer Stimme fest und mir rieselte eine Gänsehaut den Rücken hinunter.

Bei allen Winden! Flirtete er etwa mit mir?

Beinahe wäre ich vor Schreck aufgesprungen. Dieser Abend wurde immer verwunderlicher. Zuerst tanzte Justus und jetzt flirtete er mit *mir*!

Ging das mit rechten Dingen zu?

»Cate, geht es dir gut?«, erkundigte er sich sichtlich irritiert und ich wusste nicht, was ich antworten sollte.

Ob es mir gut ging? Keine Ahnung. Sollte es mir gut gehen? Ich blinzelte.

»Ich hole dir einen Schluck Wasser.« Er lachte und strich mir flüchtig mit dem Daumen die Wange entlang. »Das nächste Mal machen wir nicht gleich drei Tänze hintereinander.« Er erhob sich und ging zu einer Bank, auf der unsere Wasserfässer standen.

Er hat nächstes Mal *gesagt!*, schoss es mir durch den Kopf und ich dachte, vor Freude umkommen zu müssen. Er wollte wieder mit mir tanzen.

Der Wind taumelte zwischen den Tanzenden hin und her wie ein Betrunkener, spiegelte meine Freude und meine Verwirrtheit.

Was sollte ich nur tun?

Justus' Verhalten war sicher keinem Wein zuzuschreiben, denn den gab heute nicht. Und verwechselt hatte er mich nach zwölf Jahren des Zusammenlebens wohl sicher auch nicht.

Mein Kopf war ganz wirr, meine Gefühle dagegen viel zu deutlich. Schnell und hart schlug mein Herz gegen die Rippen und in meinem Bauch kribbelte es, als hätte ich einen ganzen Ameisenstamm verschluckt.

»Hier«, sagte Justus leise und reichte mir eine Holzschale voll Wasser. Als ich sie entgegennahm, berührten sich unsere Fingerspitzen und ich musste achtgeben, die Schale vor Nervosität nicht fallen zu lassen.

Ich trank in kleinen Schlucken und Justus setzte sich wieder neben mich ins Gras. Eine Weile starrten wir nur ins Feuer und schwiegen gemeinsam. Ich hätte sowieso nicht gewusst, was ich sagen sollte.

Auf der anderen Seite des Feuers entdeckte ich Laila und Tai, die sich mit ein paar Dorfbewohnern unterhielten. Als Laila zu mir herübersah, lächelte sie mit einem so wissenden Zug um den Mund, dass mir das Herz in den Hals rutschte.

Verlegen schielte ich zu Justus, der viel zu dicht neben mir saß. Was die anderen wohl dachten, wenn sie uns so sahen? Ihnen war sicher nicht entgangen, dass er getanzt hatte. Mit mir! Und nun saßen wir gemeinsam am Feuer.

Würden sie glauben, zwischen uns wäre etwas? Mehr als Geschwister? Und falls ja, würden sie es gutheißen? Es war schließlich immer noch gegen das Gesetz! Er durfte nichts Ernsthaftes mit mir anfangen. Oder?

Wenn er das überhaupt wollte. Vielleicht flirtete er ja nur mit mir, weil Marc das hübscheste Mädchen schon beschlagnahmt hatte.

Ich schüttelte leicht den Kopf über meine unsinnigen Gedanken. Nein, so etwas würde er nicht tun! Oder?

Verstohlen musterte ich Justus' Gesicht, bis er es merkte und sich zu mir drehte. Ich unterdrückte meinen ersten Impuls, schnell woanders hinzusehen. Wie albern wäre das denn gewesen?

Er öffnete den Mund, um etwas zu sagen, und klappte ihn wieder zu. Ich blinzelte, sah verlegen auf meine Hände.

»Wirklich schade, dass … dass es kein Hefegebäck gibt«, stammelte er und wirkte dabei außerordentlich nervös.

Er war doch nicht nervös wegen mir, oder?

»Ja, stimmt«, brachte ich mit piepsiger Stimme heraus und wusste nicht weiter.

»Hey, Leute«, rief Marc, der plötzlich neben Justus auftauchte, und wir zuckten erschrocken zusammen.

»Wäre es für dich in Ordnung, wenn du noch eine Nacht bei Benji schläfst? Ich hätte den Wagen gern für mich«, sprudelte es aus ihm heraus und ich fragte mich, ob ich wohl ein Stück von Justus wegrutschen sollte. War es nicht viel zu offensichtlich, wie dicht wir beieinandersaßen? Oder bildete ich mir das nur ein, weil es sich plötzlich so anders anfühlte? So wichtig. So voller Gefühle, die diesmal nicht nur ich spürte.

»Wenn es sein muss«, brummte Justus.

»Mann, verflucht, das letzte Mal ist ewig her. Und ich habe sie extra gefragt, wer ihr Vater ist«, versuchte Marc sich zu verteidigen und stemmte die Hände in die Seiten.

»Jaja«, schnaubte Justus nur. »Mach, was du nicht lassen kannst. Viel Spaß.«

Marc hielt inne, seine Eile hatte er anscheinend vergessen. Verdutzt sah er Justus an und die Brüder tauschten bedeutungsvolle Blicke. Dann sah Marc zu mir und ich begriff, dass er verstanden hatte.

Mein Gesicht wurde sofort feuerrot und ich starrte angestrengt auf meine Schuhe.

»Kann ich kurz mit dir reden?«, fragte Marc lauernd und ich sah auf. Er hatte mit Justus gesprochen.

»Geht das später?«, wollte dieser wissen und er klang nicht so ruhig, wie er hätte sein können.

»Gut. Morgen! Aber du kommst nicht drum herum«, warnte Marc bissig und hob streng den Finger. Die beiden starrten sich noch einen Augenblick an, bis Marc sich aus der Hocke erhob und irgendwo hinter uns verschwand.

Meine Gedanken stolperten alle übereinander, taumelten zwischen zu vielen Emotionen, dass mir alles zu viel wurde. Zu viel, was einfach nicht sein konnte.

Vielleicht sollte ich besser gehen.

Ich stemmte die Hände gegen den Boden, um mich zu erheben, spürte das harte Gras in meine Handflächen stechen.

»Wo willst du hin?« Justus sah mich mit großen Augen an, fasste nach meiner Hand. Seine Finger strichen über meinen Handrücken und ich schmolz. *O verdammt!*

»Ich denke, ich sollte jetzt schlafen gehen«, sagte ich zögerlich, ohne es wirklich zu wollen.

Justus fuhr sich mit der Zunge über die Unterlippe und biss dann darauf. Seine Lippen waren wunderschön. Und sicher auch unglaublich weich. »Magst du nicht noch ein bisschen bleiben?«, fragte er fast schüchtern und meine Knie gaben nach.

Und da saß ich nun und war nicht fähig, wieder aufzustehen. »Warum nicht?«, flüsterte ich und strich mir nervös eine Haarsträhne hinters Ohr.

Justus lächelte, zog mich noch näher zu sich und verschränkte vorsichtig unsere Finger miteinander.

Das Feuer knisterte, Funken flogen ab und zu heraus und die Welt war für einen Augenblick perfekt.

23

Ich saß auf der Treppe vor meinem Wohnwagen und starrte in den langsam heller werdenden Himmel. Ich war früher wach als beabsichtigt und konnte nicht gerade behaupten, viel geschlafen zu haben.

Gestern hatten wir am Feuer gesessen, bis es beinahe heruntergebrannt war, und Mei hatte mich schlaftrunken mit in den Wagen geschleppt.

Justus war noch sitzen geblieben. Er hatte mir eine gute Nacht gewünscht und mich angelächelt, während er etwas widerwillig meine Hand losgelassen und mir mit vieldeutigem Blick hinterhergesehen hatte.

Zu erschöpft war ich einfach eingeschlafen, sobald mein Kopf das Kissen berührt hatte.

Doch jetzt versuchte ich, all die Geschehnisse zu begreifen. Es kam mir vor wie ein Traum. Hatte Justus wirklich mit mir getanzt? Hatte er mich tatsächlich mit diesem Blick angesehen, der mir das Herz schmelzen ließ?

Hatte ich mir das alles auch sicher nicht eingebildet?

Es war schwer, sich unter den gegebenen Umständen keine Hoffnungen darauf zu machen, dass er meine Gefühle in irgendeiner Form erwiderte.

Wie konnte das nur passieren? Ihm musste doch klar sein, dass die Gesetze des Feuervolkes uns im Weg standen. Ich war so dumm gewesen, mich trotzdem in ihn zu verlieben. Aber er war doch der Beständige von uns, er hätte sich doch nicht auch in mich verlieben dürfen. Was sollte aus uns jetzt nur werden?

Vorausgesetzt, ich bildete mir das alles nicht nur ein.

Ich seufzte. Was für ein Wahnsinn.

Ein Geräusch drang an meine Ohren und ich strich mir schnell das Haar aus dem Gesicht.

Die Tür des blauen Wagens erzitterte und öffnete sich dann langsam.

Mein erster Gedanke galt Justus und sofort setzte das Herz einen Schlag aus. Ich musste mich selbst daran erinnern, dass er dort nicht geschlafen hatte, wie das in Metall gefasste Horn an der Klinke zeigte.

Zarte Füße kamen zum Vorschein und der Zipfel eines roten Kleides. Die Frau, die sich gerade davonschlich, zog an einem hellen Tuch und wickelte es sich um die bloßen Schultern, während sie leise die Tür schloss. Sie sah sich verstohlen um und entdeckte mich.

Überrascht zuckte sie zusammen und drückte dann die Hand auf ihren Mund, um nicht laut zu kichern. Mäuschenstill stieg sie die drei Stufen hinunter, schlich barfüßig auf mich zu und ging langsam vor mir in die Hocke.

»Guten Morgen«, flüsterte sie und ihre Lippen verzogen sich zu einem Lächeln. »Ich bin Susan.« Sie strich sich eine goldene Locke aus dem Gesicht hinters Ohr.

Ich blinzelte verwundert. Warum hatte sie mich angesprochen?

»Cate«, sagte ich trotzdem und sah sie erwartungsvoll an. Die sanften Sonnenstrahlen ließen ihre Haare leuchten und ihre Augen wirkten im blassen Gesicht riesengroß. Sie war wirklich eine sehr schöne Frau.

»Gehörst du zu den Reisenden?«, fragte Susan grinsend und es versteckte sich etwas Freches in ihrem Mundwinkel.

Ich nickte als Bestätigung.

»Ich war heute Nacht … nun ja.« Sie stockte und befeuchtete ihre Lippen mit der Zungenspitze. »Sagen wir, ich war zu Gast bei Marc.«

»Ich weiß«, erklärte ich und fragte mich wieder, was sie eigentlich von mir wollte.

Susan machte große Augen. »Oh«, hauchte sie, »kommt es denn öfter vor, dass er …« Sie setzte neu an. »Ich will eigentlich wissen, ob es ihn sehr treffen wird, wenn ich ohne ein Wort davonschleiche und er allein erwacht?«, kam sie endlich auf den Punkt und sah mich schuldbewusst an.

Das war mal was Neues. »Was möchtest du von mir hören?« Ich dachte an die Tochter des Bürgermeisters, die laut gekreischt hatte, es handle sich hier um wahre Liebe.

»Die Wahrheit wäre nett.«

Ich musste lächeln.

»Ja, er macht das öfter, und nein, er wird nicht traurig sein«, sagte ich daher und sie seufzte erleichtert.

»Zum Glück! Ich hatte schon Angst, ich könnte ihm das Herz brechen«, gab sie zu und richtete sich wieder auf. »Gut, dann grüß ihn noch mal von mir, wenn er aufwacht, Cate. Und danke für die Auskunft.« Sie winkte mir und lief über das taunasse Gras in Richtung Dorf. An ihrem rechten Handgelenk baumelte ein Paar silberne Sandalen.

Marc würde einen angenehmen Morgen haben. Niemand, den er rausschmeißen musste. Das ersparte uns allen die Peinlichkeiten.

Ich sah in den jetzt schon viel helleren Himmel. Die letzten Sterne versteckten sich im endlosen Blau und es zog mich hinauf.

Doch gleichzeitig war ich mir noch niemals zuvor so sicher gewesen, dass es richtig war, nicht dort oben allein zu sein, sondern hier unten bei Justus. Bei Mei. Bei Tanja. Bei Marc. Bei all den anderen. Und plötzlich musste ich lachen.

Wir brachen wie gewohnt nach dem Frühstück auf. Im Dorf holten wir einen Stapel Leder bei Fura ab und machten uns dann auf den Weg.

Es würde vier Tagesreisen in Anspruch nehmen, wieder unsere ursprüngliche Route zu erreichen.

Ich saß neben Mei auf dem Kutschbock, obwohl ich nichts lieber getan hätte, als bei Justus zu sein. Doch sie hatte mich gefragt, ob Felio und ich nicht bei ihr mitfahren wollten, da sie sonst allein gewesen wäre.

Ich konnte nicht *Nein* sagen. Und sie mit Felio allein zu lassen war mir auch nicht geheuer gewesen. Schließlich wusste ich nicht, wie er die Offenbarung von gestern verdaut hatte.

Doch meine Sorge war unbegründet und er lachte und plauderte mit ihr, als wäre ihm gestern nicht aufgegangen, dass sie zu einem Volk gehörte, das über das Feuer herrschte.

Er verhielt sich vollkommen normal und ich war froh darüber. So würde vorerst niemandem auffallen, dass er mehr wusste.

Während die beiden in ihr Gespräch vertieft waren, dachte ich an Justus. Er saß mit Marc und Dante auf dem Wagen hinter uns. So nah und doch so fern. Ich vermisste seine Nähe.

Der Wind tanzte umher, so ziellos und verträumt, wie meine Gedanken es waren.

Justus redete jetzt sicher mit Marc. Die Blicke beim Frühstück waren sehr eindeutig gewesen und daher war es vielleicht nur gut, dass ich nicht dabei war. Auch wenn mich die Neugierde in den Nacken biss.

Doch ich traute mich nicht, den Wind danach zu fragen. Es war zu privat und ich hätte mich furchtbar gefühlt, zu lauschen.

Ich bildete mir ein, dass es nicht um mich ging, nicht darum, dass wir getanzt und zusammengesessen hatten. Nicht darum, dass Marc ganz genau wusste, was da gestern geschehen war und meine ganze Welt auf den Kopf gestellt hatte.

Mein Bauch kribbelte wieder, als ich an Justus' Hand dachte, die sich um meine geschlossen hatte, so wie immer und doch so anders. Es konnte doch überhaupt nichts anderes bedeuteten, als dass er mich mochte. Oder?

Und wenn ich recht behielt, würde er es mir sagen? Ich stellte mir vor, wie er das wohl anstellen würde, erdachte mir Unterhaltungen, die alle auf betretenes Schweigen hinausliefen. Justus war kein Mensch vieler Worte. Und ich auch nicht.

Das würde fürchterlich werden.

Falls er mich denn wirklich mochte. Vielleicht ging auch nur meine Fantasie mit mir durch und eigentlich war gestern nichts Ungewöhnliches passiert. Möglicherweise hatte er mir einfach nur so sehr den Kopf verdreht, dass ich schon Andeutungen sah, wo keine waren.

Mir kam der völlig abwegige Gedanke, mit jemandem darüber reden zu wollen. Mei vielleicht. Doch wenn ich nur versuchte, einen Satz zu formulieren, mit dem ich sie darauf ansprechen konnte, wurde mein Mund ganz trocken vor Verlegenheit. Also verwarf ich den Gedanken wieder.

Dann lenkte Felio mich ein wenig ab, weil er Geschichten über das Windvolk erzählte, über das Meer und wundersame Kräfte, über Sagen und Geschichten.

Bei der Rast am Mittag gab es Reis und Knollengemüse, doch ich bekam kaum etwas runter, da Justus neben mir saß und mir ab und zu verstohlene Blicke zuwarf. Genau wie ich ihm. Wir sprachen kein Wort, rückten aber so nah zusammen, dass sich unsere Knie immer wieder berührten.

Dann ging es weiter und gegen Abend erreichten wir ein kleines Waldstück aus Birken, Buchen und einigen Kirschbäumen am Rande eines Hügels, wo wir unser Lager aufschlagen wollten.

Angu und Dante liefen ins Dorf, um die Bewohner von unserer Anwesenheit in Kenntnis zu setzen.

Wie erschlagen taumelte ich vom Kutschbock herunter auf das weiche Gras. Die Reise hatte mir zugesetzt, oder aber es lag am mangelnden Schlaf. Ich aß nichts zu Abend und zog mich stattdessen mit meinem Schlafbündel in den Wald zurück. Alles in mir schrie nach ein wenig Ruhe und Einsamkeit.

Es war so schön, endlich wieder im Wald zu sein. Das sanfte Licht der Abendsonne, das durch die Blätter fiel, der Wind, der leicht durch die Baumkronen über mir rauschte und einige Wolkenfetzen auseinanderzupfte, die gewohnten Geräusche und Gerüche. Der Wald war wie ein Zuhause. Ich konnte mir nicht vorstellen, jemals ein anderes Leben zu leben als dieses. Immer auf der Reise und dem Wald so nah. Und ab und an auch dem Meer.

Ich lag in meiner Hängematte und blickte in den Himmel. Noch viel zu früh, um schlafen zu gehen, aber sehr angenehm, nur die Stille zu genießen.

Ich hatte mich in meine Decken eingewickelt, obwohl es nicht kalt war. Aber die Erschöpfung ließ mich frösteln und meine Gedanken träge werden.

Ich hörte leise Schritte im Laub und richtete mich langsam auf, um zu sehen, wer kam.

Mein Herz hoffte auf Justus, doch es war Felio, der durch den Wald schlenderte, die Hängematte unterm Arm und seinen Rucksack lässig über eine Schulter gehängt. »Hey, macht es dir was aus, wenn ich mich in deine Nähe *hänge*?«, wollte er wissen, grinste breit und ich lächelte zurück.

Eigentlich wäre es mir lieber gewesen, noch ein bisschen allein zu sein, aber ich wollte ihn nicht vor den Kopf stoßen.

Er band seine Matte allerdings gute zehn Schritt von mir entfernt in die Bäume. Vielleicht schätzte er die Ruhe heute ähnlich wie ich.

Ich beobachtete, wie er mit seinen langen Fingern feste Knoten in das Seil knüpfte, und fragte mich, ob wohl alle vom Windvolk so gewesen waren wie wir.

Felio fing meinen Blick auf, lächelte fein und kam langsam zu mir.

Der Wind tanzte durch den Wald, zupfte an seinen Kleidern und brachte immer wieder Bewegung in das blonde Haar. Sah das bei mir auch so aus?

Er blieb neben mir stehen und lehnte sich lässig an den Baumstamm. »Es ist bald so weit«, sagte er leise.

Ich wusste sofort, wovon er sprach, und mir drückte der Bauch bei dem Gedanken.

»Näher werden wir nicht an Berill herankommen. Morgen Nacht sollten wir los.« Er bedachte mich mit einem ernsten Blick. Ich nickte und er tat es auch.

Dieses Geheimnis wog schwer und ich würde froh sein, wenn alles vorbei war. Es drückte mir auf die Brust, erschwerte mir das Atmen und ich schluckte gegen die Enge in meinem Hals an.

»Nach dem Feuerspektakel?«, erkundigte ich mich mit gedrückter Stimme und biss mir auf die Unterlippe. Es fühlte sich furchtbar an, wenn ich mir ausmalte, was wir vorhatten.

»Ja, das wäre am besten. Wenn wir uns beeilen, können wir noch vor Ende des Festes zurück sein. Vorausgesetzt, die feiern hier genauso gern wie in den anderen Dörfern«, witzelte Felio, um die Stimmung aufzulockern.

Mir war jedoch nicht zum Lachen zumute. Ich klammerte mich an den Gedanken, dass die anderen vielleicht nicht einmal merken würden, dass wir fort gewesen waren.

Felio hatte recht. Es war am besten, wenn es keiner merkte und wir niemandem davon erzählten. Vor allem nicht Justus. Er würde mich niemals gehen lassen.

»Du siehst müde aus«, sagte Felio plötzlich und sah mich fragend an.

»Ich schlafe nur zu wenig«, murmelte ich abwehrend und sah an ihm vorbei in den Wald.

»Und du isst nicht genug«, fügte er hinzu und überraschte mich damit. »Du hast in den letzten Tagen kaum etwas gegessen, und ich glaube nicht, dass das normal für dich sein kann.«

Ich senkte den Blick auf meine kalten, blassen Hände. Dabei hatte ich wirklich geglaubt, es fiele nicht auf.

»Ich kriege einfach nichts runter«, gab ich zu.

Felio hob skeptisch eine Augenbraue.

»Ich bin nicht krank oder so«, versuchte ich zu erklären, damit er sich keine Sorgen machte. »Ich habe nur so viel … nachzudenken.« Es war zwar nicht die ganze Wahrheit, doch meiner Meinung nach das Unverfänglichste, was ich sagen konnte.

»Über diesen Kerl, oder?«, stellte Felio flapsig fest.

Ich hob erschrocken den Blick. Genau dieser Unterhaltung hatte ich versucht aus dem Weg zu gehen. Ich konnte doch wohl kaum mit Felio über Justus reden.

Doch ich brauchte nichts zu sagen, meine verräterische Gesichtsfarbe verriet mich zur Genüge.

»Liebst du ihn, oder ist das nur so eine lockere Sache zwischen euch?«, bohrte Felio weiter.

Meine Wangen wurden noch heißer und meine Hände fingen an zu schwitzen.

Ich liebte Justus, von ganzem Herzen und viel mehr, als gut für mich war. Aber das konnte ich nicht zu Felio sagen.

Wie Justus darüber dachte, wusste ich nicht.

Mir wurde ganz elend. Warum schaffte ich es nicht, einfach etwas Lustiges zu sagen, um damit das Thema zu wechseln?

Doch da schweifte Felios stechender Blick auf einmal ab. »Wenn man vom Wolf spricht …«, grummelte er und ich sah mich um.

Justus kam durch den Wald zu uns gestapft und mein Herz schlug sofort schneller.

Er kam mir vor wie ein Retter, denn jetzt konnte ich Felio die Antwort schuldig bleiben. Ich senkte meinen Blick, damit Felio nicht bemerkte, wie dankbar ich für diese Unterbrechung war.

»Cate«, grüßte Justus mich und ich genoss den Klang seiner Stimme. »Felio?«, setzte er mit einer gewissen Schärfe hinzu.

»Ich werde mich schlafen legen. Gute Nacht«, verabschiedete dieser sich knapp und verschwand eilig. Es war ein ziemlich plumper Abgang, doch Justus äußerte sich nicht dazu. Er hatte ihn ja auch provoziert.

»Darf ich?«, fragte er und zeigte auf meine Hängematte.

Ich nickte, ohne aufzusehen, und er kletterte mir gegenüber hinein. Bei ihm sah das immer schrecklich umständlich aus. Die Matte schwankte gefährlich, als er sich zurechtsetzte, und er klammerte sich krampfhaft an den Seilen fest. Unsere Beine lagen nun nebeneinander und ich bildete mir ein, seine Körperwärme sogar durch zwei Decken hindurch zu spüren.

»Cate?« Seine Stimme war tief und weich, doch ich sah ihn nicht an. Mein Herz klopfte hart gegen meinen Brustkorb.

»Was ist los?«, wollte Justus wissen, als ich beharrlich schwieg. Er legte einen Finger unter mein Kinn und hob es sachte an. »Über was habt ihr geredet?«, frage er so leise, dass Felio es nicht hören konnte. Dann zog er die Hand wieder zurück.

»Nichts Wichtiges«, presste ich hervor und wusste, er glaubte mir kein Wort.

Ich hatte mich geirrt. Er war nicht mein Retter, sondern stürzte mich nur von einem peinlichen Gespräch ins nächste. Und dieses hier würde noch schlimmer sein, weil es Justus war, der mir jede Lüge an der Nasenspitze ansehen konnte.

Doch er fragte glücklicherweise nicht weiter nach. Er zwang mich selten zum Antworten. »Weißt du eigentlich, dass es schwer ist, mir dir zu reden, wenn du so bist?«, sagte er stattdessen.

Ich biss mir auf die Unterlippe.

»Wenn ich wie bin?«, erkundigte ich mich nervös und spielte mit einem losen Faden der Überdecke.

»So verschlossen.« Justus seufzte leise. »Wenn man genau sieht, dass Hunderte Gedanken durch deinen Kopf rasen und du doch keinen davon mitteilst. Das ist frustrierend.«

Ich hörte ein Lächeln in seiner Stimme und sah auf. Der Blick aus seinen dunklen Augen zog mich sofort in seinen Bann. Jetzt konnte ich nicht mehr so leicht wegsehen.

»Also, was geht in dir vor, Cate?«, fragte er mich und seine Worte waren so lockend, dass ich mir zutiefst wünschte, ich könnte es ihm einfach sagen.

Das mit Felio und den Windspielen. Der Plan, den wir gemacht hatten. All die Geheimnisse.

Aber noch mehr von meinen Gefühlen für ihn. Was er für mich war. Was es mir bedeutet hatte, als er mit mir tanzte. Wie es mir ging, wenn er mir nah war. Dass ich manchmal an nichts anderes denken konnte, als von ihm geküsst zu werden.

Doch mein Mund blieb stumm und ich begann unter meinen Decken zu schwitzen.

Mühsam kämpfte ich mich aus ihnen hervor, ohne die Hängematte zu sehr ins Schwingen zu bringen, und seufzte ebenfalls.

Justus wartete geduldig darauf, dass ich etwas sagte.

Es war so peinlich für mich und doch wollte ich ihn gleichzeitig daran teilhaben lassen, was ich dachte. Ich schluckte schwer und versuchte mich zu konzentrieren. Der Wind kam zu mir, strich mir zur Unterstützung über den Kopf.

»Es fällt mir schwer, über das zu reden, was ich denke«, brachte ich schließlich zusammen und in Justus' Gesicht entstand ein Lächeln. Er hatte wahrscheinlich nicht mehr mit einer Antwort gerechnet.

»Und es ist immer so peinlich«, sagte ich leise und schaffte es endlich, den Blick von seinen Augen loszureißen.

»Vielleicht sollten wir schlafen gehen und morgen weiterreden?«, bot er an und ich wusste, dass er es mir nur leicht machen wollte. Doch gleichzeitig war ich enttäuscht, dass er schon wieder gehen wollte. Ich hatte ihn heute den ganzen Tag kaum gesehen und sehnte mich doch danach, jeden Augenblick bei ihm zu sein.

»Jetzt kannst du ja endlich wieder in deinem Bett schlafen.« Ich schaffte es sogar zu lächeln.

»Ich wollte eigentlich draußen schlafen«, äußerte Justus, als wäre es nur eine Nebensächlichkeit, und mir wurde flau im Magen.

»Hier?«, fragte ich viel zu hoffnungsvoll und sah ihm erstaunt in die Augen.

»Ja.« Er senkte den Blick, als könnte er meinem nicht mehr standhalten. »Wenn es dir nichts ausmacht«, fügte er hinzu und nickte in Felios Richtung.

Das süße Gefühl der Freude machte sich in mir breit.

»Ja! Ich meine, nein. Nein, es macht mir nichts aus.« Meine Mundwinkel zogen sich unweigerlich nach oben, obwohl ich versuchte, mich zusammenzureißen.

»Gut.« Er stand auf und auf seinem Gesicht erschien ebenfalls ein strahlendes Lächeln. »Dann geh ich mein Schlafbündel holen.«

Wir redeten bis spät in die Nacht hinein über alle möglichen Dinge. Über das perfekte Wetter, unsere Reise vom letzten Jahr und den kommenden Winter. Justus erzählte von Dante, der langsam das Gefühl hatte, seine Kräfte unter Kontrolle zu kriegen. Ich berichtete ihm von dem, was Felio heute Mei und mir über das Windvolk erzählt hatte.

Und irgendwann waren meine Augen so schwer, dass ich mitten im Satz einschlief.

24

Ich erwachte, als der Wind mir über die Wange strich.

Nur noch ein bisschen, flüsterte ich ihm zu und wollte ihn wegscheuchen. Doch er war gar nicht bei mir. Er kam gerade aus den Bäumen zu mir gerauscht.

Das bin ich nicht. Das ist Justus, raunte er mir zu und ich war augenblicklich wach. Verwirrt öffnete ich die Augen.

Justus zog die Hand zurück, mit der er mir eine Haarsträhne aus dem Gesicht gestrichen hatte.

Es war wie im Traum. Ich hatte schon so oft von ihm geträumt.

Er stand neben meiner Hängematte, ein Lächeln auf den Lippen, den Jagdbogen und den Köcher über der Schulter.

»Guten Morgen, kleiner Vogel«, sagte er sanft und ich rieb mir ungläubig die Augen. »Hast du Lust, mit mir zur Jagd zu gehen?«

Langsam setzte ich mich auf. Der Morgennebel kroch bereits über den Boden. Es musste kurz vor Sonnenaufgang sein.

»Was gibt es denn zu jagen?«, murmelte ich und fasste meine Haare im Nacken zusammen.

»Ich habe vorhin einen Hasen gesehen«, erzählte Justus und lehnte sich an den Baum neben mir an, während er darauf wartete, dass ich mich aus meinen Decken befreite.

Vorhin? Seit wann war er denn wach?

Als ich endlich die Beine über den Rand schwang, packte mich Justus überraschend an der Taille und hob mich aus der Hängematte, als würde ich nicht mehr wiegen als ein Kissen. Doch die unerwartete

Nähe war schneller vorbei, als ich sie genießen konnte, da nahm er schon meine Hand und zog mich hinter sich her, tiefer in den Wald.

Seine Finger war wunderschön warm, im Gegensatz zu meinen Eisfingern, und das Verliebtheitsgefühl war schlimmer als jemals zuvor.

Ich mochte es, mit ihm auf die Jagd zu gehen. Da meine bloßen Füße nicht zwangsläufig den Boden berühren mussten, war ich sehr geschickt darin, keine verräterischen Geräusche zu erzeugen. Außerdem half mir der Wind, indem er unseren Geruch nicht zu den Tieren trug.

Ich entdeckte den ersten Hasen in einem großen Feld aus Waldklee und gab Justus mit den Händen ein Zeichen.

Er zog lautlos einen Pfeil aus dem Köcher und legte ihn an. Konzentriert spannte er die Sehne und neigte den Kopf leicht.

Ich betrachtete ihn, wie er dastand, so groß und stolz, so wunderschön, mit seinem dunklen Haar und den vor Anspannung zusammengezogenen Augenbrauen.

Mein Herz schlug mir bis zum Hals.

Der Pfeil sauste durch den halbdunklen Wald und traf sein Ziel so präzise, dass ich einen begeisterten Hüpfer machte. Ich war so wahnsinnig stolz auf ihn, dass ich nicht anders konnte, als ihm meine Arme um den Bauch zu schlingen. Vielleicht aber auch, weil ich so aufgeregt war und mir seine Nähe so sehr wünschte. »Das war ein perfekter Schuss!«, rief ich und erschrak gleich darauf vor meiner eigenen Überschwänglichkeit.

Sofort ließ ich ihn los.

»Entschuldige«, wisperte ich.

Er musste sich offensichtlich das Lachen verkneifen. Wenn wir zu laut waren, würden wir alles Wild im Umkreis verscheuchen. Falls ich das nicht bereits getan hatte.

Justus wuschelte mir mit der Hand durchs Haar und ich sah ihn dafür gespielt böse an, obwohl ich sehr glücklich war.

Wir waren schon lange nicht mehr nur zu zweit unterwegs gewesen. Es kam mir vor, als wäre es ewig her.

Als Kinder waren wir oft zusammen mit Van und Angu jagen gewesen. Doch seit die beiden eigene Kinder hatten, blieb ihnen dafür keine Zeit.

Den Hügel hoch gibt es noch mehr Hasen, flüsterte der Wind, und ich dankte ihm für die Information.

Es dämmerte bereits und so wurde es leichter, sich auf dem unebenen Waldboden fortzubewegen.

Ich zeigte in die Richtung, die der Wind mir gewiesen hatte, und Justus nickte. Er fragte nicht wieso, sondern folgte mir den Hügel hinauf, der an manchen Stellen so steil war, dass wir ganze Stücke klettern mussten.

Insekten schwirrten durch die Luft, Blätter rauschten über unseren Köpfen im warmen Wind und die Vögel stimmten lauthals ihr morgendliches Konzert an.

Auf dem Weg zum Kamm des Hügels sahen wir nur einen einzigen Hasen, der jedoch vorzeitig Reißaus nahm. Doch das war nicht weiter von Bedeutung, als ich oben angekommen durch das Dickicht brach. Vor mir breitete sich ein riesiges Tal aus. Der Hügel war höher als erwartet und auf der anderen Seite weggebrochen, wodurch eine steil abfallende Kante entstanden war.

»Justus!«, rief ich aufgeregt und lächelte breit. »Beeil dich und sieh dir diesen Ausblick an!«

»Der wird auch noch da sein, wenn ich mich nicht beeile«, erwiderte er amüsiert, sputete sich aber trotzdem.

Am Horizont ging eben die Sonne auf und beschien sanft die Kronen der hellen Bäume und die dahinter liegenden Felder. Am Himmel hingen farbige Wolkenfetzen und der Rest verwandelte sich langsam in sattes Blau.

Es war traumhaft schön. Seufzend ging ich bis zur Kante. Die Sonne beim Aufgehen zu sehen gefiel mir noch besser als Hefegebäck. Falls man mich zwischen den beiden Dingen zur Wahl stellen sollte.

Der Wind fuhr mir fröhlich durchs Haar und zerrte am Rock meines Kleides. *Komm mit mir der Sonne entgegen*, flüsterte er verführerisch und ich lächelte wehmütig.

Ich kann nicht, erwiderte ich und streckte die Arme aus, sodass er angenehm an meinen Fingern zog. *Du weißt, ich will bleiben.*

Doch der Wind ließ sich nicht entmutigen und kreiste weiter fröhlich um mich herum. Dabei nahm er einige Blätter vom Boden auf, die zuerst um mich herumtanzten und dann in den Himmel segelten.

Ich lachte laut und drehte mich im Kreis, dass der Rock um meine Beine wirbelte.

»Fall nicht runter«, warnte Justus mich spaßhaft und ich blieb zu ihm gedreht stehen. Er lehnte lässig an einer Birke und beobachtete mich mit unergründlichem Blick.

»Etwa so?«, fragte ich herausfordernd und tat so, als wollte ich einen Schritt über die Kante treten.

Justus zuckte sofort zusammen, sein Gesichtsausdruck entglitt ihm und er kam hastig auf mich zu.

Offensichtlich hatte ich ihn erschreckt und das gefiel mir auf skurrile Art mehr, als ich dachte. Ich lachte ihn aus für seinen instinktiven Drang, mich in so einer Situation zu beschützen.

Er zog finster die Augenbrauen zusammen.

»Das ist nicht witzig, Cate«, mahnte er streng und ich musste noch mehr lachen.

»Natürlich ist das witzig«, prustete ich und tanzte an der Kante entlang. »Mach dir keine Sorgen. Ich kann nicht runterfallen«, versicherte ich ihm und grinste.

Er packte mich mitten in meiner Drehung am Handgelenk und zog mich ein Stück vom Abgrund zurück.

Verwundert sah ich ihn an. Machte ihm das wirklich so viel aus?

Seine dunklen Augen ruhten auf mir und als sich unsere Blicke trafen, stand, nur ganz kurz, die Zeit still.

»Ich … ich habe was, ähm, für dich. Ein Geschenk.« Abrupt ließ er mich wieder los und griff nach der ledernen Tasche, die immer an seinem Gürtel hing. Bedächtig zog er etwas heraus und reichte es mir.

Ich öffnete die Hände und er legte einen kleinen Gegenstand hinein. Erstaunt nahm ich ihn hoch. Es war ein Anhänger an einem ledernen Band, ein aus Holz geschnitzter Vogel, der gerade die Flügel aufspannte, um davonzufliegen. Er war filigran, fein gemasert und wunderschön gearbeitet. Wenn man genau hinsah, konnte man den melancholischen Blick des Tieres erkennen.

»Das ist wirklich für mich?«, fragte ich ungläubig und sah zu Justus auf, der viel zu nah vor mir stand.

»Gefällt er dir? Ich dachte, der Vogel passt ganz gut.«

Ich war so gerührt, dass ich nicht antworten konnte.

Justus hatte mir ein Geschenk gemacht. Schon wieder. Er musste unglaublich viel Zeit und Mühe investiert haben.

Die Gefühle in mir drehten durch und ich spürte, wie mir die Tränen in die Augen traten. Ich bemühte mich, sie wegzublinzeln, was nicht gut gelang. *O verdammt!* Schnell wischte ich mit dem Ärmel darüber.

»Danke«, brachte ich schließlich heraus.

Justus nahm mir das Band ab und öffnete einen kleinen metallenen Drehverschluss. Auffordernd hielt er mir die Kette hin.

Ich drehte ihm den Rücken zu und schob mein Haar zur Seite, damit er mir das Band mit dem Anhänger anlegen konnte.

Seine Finger streiften dabei sacht meinen Hals und ich bekam eine Gänsehaut, die sich auf meinem ganzen Körper ausbreitete.

Ich fühlte mich so leicht, dass ich glaubte zu fliegen.

Gerade wollte ich mich wieder umdrehen, ihm für das wunderschöne Geschenk erneut danken, da legte mir Justus die Arme um meine Taille. Ich hielt die Luft an, als er den Kopf neigte und seine Lippen meinen Nacken berührten.

Bei allen Winden! Mir wurde augenblicklich so schwindlig, dass ich sicher zur Seite gesackt wäre, wenn Justus mich nicht gehalten hätte. Mein Herz holperte und raste dann, als wollte es aus meiner Brust ausbrechen.

Justus drehte mich vorsichtig zu sich und seine Hände fühlten sich heiß an durch den Stoff meines Kleides. Ich sah in seine kohlschwarzen Augen, die mich mit einem so sehnsüchtigen Blick bedachten, dass sie beinahe glommen.

Er kam mir näher und ich schloss wie von selbst die Augen, als seine Lippen meine berührten. Der Kuss war so weich und sanft, dass ich geradezu gegen Justus schmolz und mein ganzer Körper kribbelte.

Er hielt mich, als fürchtete er, mich kaputt machen zu können. Doch als ich meine Lippen auf seinen bewegte und mich enger an ihn drückte, wurde er schnell mutiger und noch wärmer. Er zog mich fester an sich, strich mir die Wirbelsäule entlang nach unten, während ich meine Finger in seinem dunklen Haar vergrub. Ich glaubte, jeden Moment ohnmächtig zu werden.

Und plötzlich wurden seine Lippen so heiß, dass ich mich daran verbrannte. Erschrocken löste ich mich von ihm und taumelte zurück.

Mein Atem ging stoßweise und ich berührte mit zitternden Fingern meinen Mund, der sich wund anfühlte.

Justus, der ähnlich schnell atmete, sah mich verwirrt an.

Es war mir nicht möglich, einen klaren Gedanken zu fassen, und so blicken wir uns eine Weile nur schweigend an.

»Ich«, begann Justus schließlich mit belegter Stimme, »ich wollte dich nicht überfallen.«

Mich nicht überfallen? Na ja, das war ihm nicht wirklich gelungen. Er hatte mich geküsst. Und ich den Kuss erwidert.

Bei allen Winden! Ich schlug die Hände vor die brennenden Lippen.

Er liebt mich!, schrie mein Inneres. Aber wie konnte das sein? Das durfte doch nicht sein!

Der Wind sauste um uns herum, ruhelos und aufgedreht.

»Du hast mich verbrannt«, informierte ich ihn und nahm die Hände von den Lippen, damit der Wind sie kühlen konnte.

Justus brauchte eine Weile, um zu verstehen, was ich gesagt hatte. Er schien genauso aufgewühlt zu sein wie ich, denn seine Körpertemperatur war mittlerweile so heiß, dass die Luft um ihn flimmerte.

»Oh, tut mir leid«, sagte er schließlich. »Das war keine Absicht.« Er schloss die Augen, brauchte einen Moment und das Flimmern verschwand.

Ich musste mir ein hysterisches Lachen verkneifen. Gerade Justus, der immer dafür sorgte, dass alle sich zusammenrissen und ihre Kräfte unter Kontrolle hatten, verlor sie wegen eines Kusses.

Eines Kusses mit mir!

Am liebsten hätte ich ihn sofort wieder geküsst. Doch ich durfte nicht. Da war etwas, das ich von ihm noch wissen musste. Auch wenn es diesen Moment zerstören könnte. Wenn ich ihn nicht jetzt fragte, würde mich die Gedanken auffressen.

»Justus. Ist es nicht so, dass … dass eure Gesetze so etwas verbieten?«, stammelte ich, zeigte auf ihn und mich und hoffte, dass es nicht die falsche Frage gewesen war. Dass uns dieses Gesetz jetzt nicht überrollte und diesen wundervollen Moment zerstörte wie der Frost die zarten Blüten.

Justus streckte die Hände nach mir aus, zog mich zu sich und ein vorsichtiges Lächeln breitete sich auf seinem Gesicht aus. »Nein.

Es gibt nur Gesetze, die mir verbieten, mich an Uneingeweihte zu binden. Aber ich bin mir ziemlich sicher, dass du in den letzten Jahren umfassendes Wissen über das Feuervolk gesammelt hast«, flüsterte er an meinen Lippen, doch ich konnte dem Kuss noch nicht nachgeben, kämpfte um meine wacklige Fassung. Er war mir so nahe, näher als jemals zuvor.

»Bist du dir sicher?«, wollte ich wissen und Justus nickte. Seine Nasenspitze strich an meiner entlang.

»Ja«, hauchte er und ich widerstand nicht länger.

All die Sorgen, die ich mir die letzten Wochen gemacht hatte, die meine Träume vergiftet und zerstreut hatten, fielen von mir ab und ich küsste Justus mit der Leidenschaft eines Gewitters.

Blitze zuckten durch meine Finger, Sturm tobte in meinem Herz und Justus' Lippen liebkosten meine wie ein Sommerregen.

»Ist dir bewusst, dass du fliegst?«, lachte er leise, als ich mich schwer atmend von ihm löste. Mein Gesicht auf seiner Augenhöhe.

Das war mir gar nicht aufgefallen. Ich zwang meine Füße schnell wieder auf die Erde zurück, sank vor Justus nach unten und er folgte mir, um mich wieder zu küssen.

Und ich war so unbeschreiblich glücklich, dass es mir schwerfiel, auf dem Boden zu bleiben.

Die Sonne strahlte inzwischen hell vom wolkenlosen Himmel. Die anderen waren bestimmt schon wach und vielleicht war Tanja bereits dabei, das Frühstück zuzubereiten. Wir konnten nicht ewig durch die Wälder streunen.

Justus dachte wohl ähnlich, denn er löste sich von mir, sammelte seine Sachen auf und streckte mir die Hand hin. »Lass uns zurückgehen«, schlug er vor und ich legte meine Hand in seine.

Wie vorgestern nach dem Tanz, verschränkte Justus unsere Finger miteinander und schon wieder verloren meine Füße den Kontakt zur Erde. Ich spürte es ganz genau, doch ich konnte es einfach nicht verhindern.

25

Verträumt schlenderte ich durch die Gassen des Dorfes, in das uns Tanja geschickt hatte, um blaues und rotes Band für die Haare und Kreide für den Unterricht der Kinder zu kaufen.

»Wie schön! Sieh dir das an, Cate!«, rief Mei von einem Straßenstand aus und hielt ein silbernes Kettchen hoch, an dem bunte Glasperlen baumelten. Ich ging zu ihr und sah es mir an.

»Es ist ein Fußkettchen«, erklärte uns die junge Frau am Stand, an deren Ohrläppchen riesige goldene Ringe hingen, die fast auf den schmalen Schultern auflagen.

»Wie viel kostet es?«, wollte Mei wissen und bekam einen annehmbaren Preis genannt. Sie zog ihr Geldsäckchen aus violetter Seide hervor, in dem sie ihr Erspartes aufbewahrte, und kaufte es.

Ich ließ meinen Blick währenddessen die Straße entlangschweifen und beobachtete einen alten Mann, der Gemüse kaufte und sich zwischen zwei angebotenen Kohlköpfen nicht entscheiden konnte. Kinder trieben einen Holzreifen die Straße hinunter und ein paar schwatzende Mädchen trugen weiße Wäsche in Bastkörben nach Hause. Die Welt schien heute viel fröhlicher zu sein. Auch der Wind tanzte vergnügt durch die Gassen.

»Wieso lächelst du den ganzen Morgen schon so schön?«, sprach mich Mei plötzlich an.

Erschrocken zuckte ich zusammen und meine Gedanken schweiften zu Justus und den Küssen bei Sonnenaufgang. Sofort begannen meine Wangen zu glühen.

Was Mei natürlich sofort sah.

»Ist irgendwas passiert?«, fragte sie und bedachte mich mit einem halben Lächeln, unsicher, ob sie sich darüber freuen durfte.

»Was soll denn passiert sein?«, erwiderte ich, klang dabei aber wohl nicht sehr überzeugend. Ich war eine miserable Schauspielerin.

»Ach, komm schon, Cate. Kannst du nicht einmal was preisgeben?«, ereiferte sich Mei und stieß mir spielerisch den Ellenbogen in die Seite.

Wir gingen weiter zu einem Weber, der uns auf der Suche nach Bändern empfohlen worden war.

Mein Grinsen wurde noch breiter und Mei regte sich dadurch nur noch mehr auf. Doch wie sollte ich ihr den Grund für mein ständiges Lächeln erklären? *Dein Bruder hat mich geküsst!*, wäre zu direkt, oder?

Obwohl … Vielleicht könnte ich es ihr sagen. Ich müsste sie nur bitten, es niemandem zu erzählen. Ob das funktionierte?

Außerdem würden dann sicher haufenweise unangenehme Fragen folgen. Würde sie es gutheißen?

Wir betraten das Haus des Webers und suchten unter den Tausenden Bändern, die von der Decke herabhingen, die aus, die uns am besten gefielen. Mei fand sie absolut überteuert und startete eine hitzige Diskussion mit dem Weber, der sich jedoch weigerte, seine Preise zu verhandeln. Schließlich bekamen wir sie aber für die Hälfte und Mei strahlte, als wäre sie die Königin der Welt. Der Händler allerdings war froh, sie los zu sein.

Ich musste die ganze Zeit lachen. Es war mir unmöglich, meine gute Laune zu unterdrücken, nichts schien sie trüben zu können.

Mei hatte recht. Ich lächelte heute wirklich mehr als sonst. Aber es gab ja auch allen Grund dazu.

Bei allen Winden, ich war so furchtbar verliebt.

»Sagst du's mir jetzt?«, fragte Mei das gefühlt hundertste Mal.

Ich war so wahnsinnig glücklich, dass ich wirklich das Bedürfnis hatte, es ihr zu sagen. Ich holte tief Luft und hakte mich bei ihr unter. »Wenn ich es dir erzähle, musst du es für dich behalten«, sagte ich ernst.

Sie nickte eifrig und grinste wie ein Honigkuchenpferd.

»Ich meine das ernst. Niemandem! Auch nicht Ayo«, versuchte ich der Sache noch etwas Nachdruck zu verleihen. Denn wenn es erst einmal raus war, würden alle darüber reden. Und das brauchte ich nun wirklich nicht.

»Ja, Cate, ich schwör's.« Meis Augen glänzten vor Wissbegierde.

Ich blieb stehen. Mein Mund wurde ganz trocken.

»Justus … hat mich geküsst«, platzte es aus mir heraus und Mei starrte mich mit großen Augen an.

»Ist das dein Ernst oder willst du mich aufziehen?«, fragte sie unsicher und ich wusste nicht, was ich von dieser Reaktion halten sollte. Wahrscheinlich hätte ich es ihr besser nicht erzählen sollen. Mein Gesicht wurde immer heißer und ich zog verschämt die Schultern hoch.

»Bei allen sengenden Feuerstürmen, es ist dein Ernst!«, rief sie aus und packte mich bei den Armen. »Und wie hat er es angestellt? Hast du ihn abgewiesen oder den Kuss erwidert? Wann war das? Heute Morgen?«, bestürmte sie mich und ich blinzelte verwirrt, wich ihrem Blick aus.

Dann nahm ich eine Bewegung wahr, die meine Aufmerksamkeit auf sich zog, und blickte an Mei vorbei in eine schmale Gasse neben uns.

Dort stand Felio in den Schatten und winkte mich zu sich. Dringlichkeit lag auf seinem Gesicht. Etwas war passiert, das konnte ich spüren.

Ich sah wieder zu Mei, die mich immer noch anstarrte und alle paar Sekunden eine neue Frage stellte.

»Entschuldige mich kurz«, bat ich, machte mich aus ihrem Griff los und ließ sie einfach stehen. Ich lief zu Felio, der sich ein Stück weiter in die Gasse zurückgezogen hatte.

»Was ist los?«, wollte ich wissen. Er wirkte gehetzt und friemelte nervös an den Trägern seines Rucksacks.

»Wir müssen los«, sagte er und linste an mir vorbei zu Mei, die mir langsam hinterherkam und uns dabei irritiert ansah.

»Was meinst du mit ›Wir müssen los‹?« Ich starrte ihn schockiert an. Wollte er etwa sofort nach Berill gehen? Wir hatten doch einen Plan, und der besagte, dass wir uns erst heute Abend wegschleichen und wieder da sein würden, bevor jemand etwas merkte.

»Wir müssen auf der Stelle aufbrechen«, bestätigte Felio meine Befürchtung und ich öffnete schon den Mund, um zu protestieren. Sofort hob Felio abwehrend die Hände. »Bitte, Cate. Du musst mir jetzt vertrauen. Es ist von großer Wichtigkeit, dass wir jetzt gehen!«

Ich sah ihm in die Augen, blau wie das Meer, Angst stand darin. Was war passiert?

Was hatte der Wind ihm gesagt?

Ich wollte den Wind schon selbst fragen, als ich mich im letzten Moment daran erinnerte, dass ich ihn nicht nutzen durfte, um etwas über Felio in Erfahrung zu bringen.

Bei meinen letzten Versuchen war er für Stunden verschwunden gewesen. Aber da hatte ich noch nicht gewusst, wer Felio war.

Er war vom Windvolk. Meinem Volk. Und ich sollte ihm wirklich vertrauen.

»Gut«, gab ich also nach. »Aber lass mich Mei schnell Bescheid sagen.« Ich wollte aus der Gasse laufen, als Felio mich zurückhielt. Wieder dieser angstvolle Blick.

»Felio, ich kann nicht einfach abhauen. Die anderen machen sich doch Sorgen, wenn ich für einen Tag verschwinde, ohne jemandem Bescheid zu sagen«, machte ich ihm mit mehr Bestimmtheit klar, als ich es von mir gewohnt war. Dann entzog ich mich ihm und ging Mei entgegen, die mich verwirrt ansah.

»Was ist mit Felio?«, fragte sie und ich nahm sie bei der Hand. Ihr Blick war besorgt. Sie schien zu ahnen, dass etwas nicht in Ordnung war.

»Mei, Felio und ich müssen schnell etwas erledigen«, eröffnete ich ihr. »Aber wir kommen so schnell wie möglich zurück. Also mach dir keine Sorgen und sag den anderen, dass sie sich auch keine machen müssen.«

Mei zog die Stirn kraus. »Wo müsst ihr denn so plötzlich hin?«

Ich wollte es ihr sagen, doch ich konnte nicht. Ich durfte Mei nicht in Gefahr bringen.

»Ich erkläre es dir, sobald wir zurück sind. Es tut mir leid! Ist es in Ordnung, wenn ich dich allein lasse?«

Mei nickte und ich lächelte sie zuversichtlich an, damit sie auch sicher wusste, dass alles gut war. Dann ließ ich ihre Hand los und eilte wieder zu Felio.

»Folge mir«, wies er mich an und ich rannte ihm nach in das Gewirr der Gassen. Der Wind folgte uns rauschend, aufgeregt, und trieb uns immer schneller voran.

Nervös saß ich auf einem Ast und sah der Sonne beim Untergehen zu.

Neben mir lehnte Felio am Baumstamm. Er hatte seine Arme vor der Brust verschränkt und grübelte seit geraumer Zeit über etwas nach, über das er offensichtlich nicht reden wollte.

Mit ihm zu schweigen war nicht so wie mit Justus. Es betrübte mich, wenn er nicht mit mir redete, und ich suchte fieberhaft nach einem Thema, um diese bedrückende Stille zu beenden.

»Es ist schon seltsam mit dem Wind, nicht wahr?«, sagte ich unbestimmt, weil ich hoffte, Felio damit neugierig zu machen. Doch er biss nicht an, starrte nur weiter in den Sonnenuntergang, die Stirn in Falten gelegt.

Also schwieg ich wieder und versuchte nicht daran zu denken, was wir gleich vorhatten. Zu gern hätte ich ihn gefragt, warum wir am Morgen so übereilt aufgebrochen waren. Doch etwas schien ihn zu verängstigen und ich würde ihn nicht drängen, wenn er nicht darüber sprechen wollte.

Wir saßen hier im Wald vor Berill und warteten auf die Nacht. Solange es noch hell war, wäre es viel zu riskant, zur Festung zu fliegen, um die Windspiele zu holen.

Ich arbeitete bereits seit dem Nachmittag daran, dass der Wind uns ein paar dunkle Wolken zusammenschob, damit der Mond und die Sterne versteckt wurden.

Er tanzte heiter mit meinen Haaren und rauschte gleichzeitig kräftig durch die Blätter des Baumes, auf dem wir saßen. Er war aufgeregt wie ich, doch sehr glücklich. Ich war heute mit ihm gelaufen so geschwind wir konnten. Und als Felio meine Hand genommen hatte, waren wir geflogen, über Wälder und Wiesen, in einer Geschwindigkeit, die einem ein Kitzeln in den Bauch zauberte. Es war ein fantastisches Gefühl gewesen.

Zumindest solange ich nicht darüber nachdachte, was Justus wohl davon halten würde. Er wäre stinkwütend auf mich und ich bekam es jetzt schon mit der Angst zu tun, wenn ich nur daran dachte.

Er würde ausrasten, weil ich einfach so mit Felio abgehauen war. Bestimmt würde er mich anschreien und ich hätte all die wundersamen Momente der vergangenen zwei Tage wieder zunichte gemacht.

Zwischen Justus und mir war etwas geschehen in den letzten Tagen. Seit dem Tanz. Seit dem Kuss.

Zögerlich tastete ich nach dem kleinen hölzernen Vogel, der um meinen Hals hing. Ich betrachtete ihn zum hundertsten Mal an diesem Tag und fuhr mit dem Zeigefinger sacht über die zum Abflug aufgespannten Flügel. Er war wunderschön und gab mir das Gefühl, dass Justus mich wirklich gernhatte.

Ich verkniff es mir, den Wind nach ihm zu fragen und ob er mich möglicherweise vermisste. Oder sich Sorgen machte. Oder rasend vor Wut war.

Oh, ich wollte es gar nicht wissen! Ich würde es noch früh genug erfahren. Obwohl ich es trotz allem kaum erwarten konnte, wieder zurückzukehren. Selbst wenn er mich anschrie, war das besser, als ohne ihn zu sein.

So nett Felio auch war, er war nicht Justus. Nur bei ihm fühlte ich mich wohl und beschützt. Ich wünschte mir, ich hätte ihm gesagt, was wir vorhatten.

Er wäre dagegen gewesen und wir hätten gestritten und …

Vielleicht war es doch besser, dass ich nichts gesagt hatte.

Die Sonne verschwand ganz langsam, die Wolken zogen sich dichter zusammen und erstickten die Dämmerung. Bald war es so finster, dass ich die Hand kaum vor Augen sehen konnte. Nur die erhellte Stadt spendete uns einen kleinen Schimmer.

»Es ist so weit«, sagte Felio, als hätte er irgendeine Art von Signal erhalten, und reichte mir die Hand zum Aufstehen. »Lass uns noch mal den Plan durchgehen.«

Ich kämpfte mich auf die müden Beine und nickte, auch wenn ich mir nicht sicher war, dass Felio es im Schatten der Baumkrone sehen konnte.

»Du bist die Vorhut, fliegst rüber zur weißen Festung, lässt dich vom Wind zu den Artefakten bringen«, zählte er auf, was wir schon mehrere Male besprochen hatten, doch bei meiner Nervosität war das sicher nicht falsch.

»Du bleibst erst einmal hier und wartest auf mich«, führte ich weiter aus, auch wenn es mir missfiel, dass ich allein in die Festung des Landesfürsten musste. Doch bei dem Gedanken, dass wir uns beide in Gefahr brachten, war mir nicht weniger wohl. Und Felio hatte schon recht, dass zwei fliegende Personen schneller entdeckt wurden als eine sehr viel kleinere.

Falls ich bis zum Morgen nicht zurück war, konnte er bei den Feuerleuten Alarm schlagen. Auch wenn ich nicht wusste, wie sie mir dann noch helfen sollten.

»Ich suche mir eine Stelle, von der ich dich besser im Blick behalten kann«, meinte Felio und diese Aussicht beruhigte mich nicht wirklich.

»Und wie finde ich dich dann?«

»Lass den Wind dich leiten«, war seine plumpe Antwort und er setzte seinen Rucksack auf dem Ast ab, um ihn zu öffnen.

Ich biss mir auf die Unterlippe. Wenn ich den Wind bei mir behalten wollte, konnte ich ihn nicht auf Felio ansprechen. »Ich bin mir nicht so sicher, dass das funktioniert. Ich kann den Wind nicht nach dir fragen. Wenn ich es versuche, verschwindet er.«

Felio hielt in seiner Bewegung inne. »Er verschwindet?«

Sofort hatte ich das Gefühl, zu viel gesagt zu haben, und musste mich selbst daran erinnern, dass es Felio war, der hier vor mir stand. Er war ein Windkind. Ich brauchte mich nicht fürchten, denn er würde es verstehen.

»Na ja, es ist, als würde er knistern und dann löst sich meine Verbindung zu ihm auf. Geht dir das mit mir auch so?«, fragte ich leise und versuchte, Felios Gesicht im Dunkeln auszumachen.

Er trat einen Schritt aus den Schatten. »Nein. Aber das liegt sicher an meinem Schutzwall«, sagte er sofort und ich war erleichtert. »Ich habe die Luft um mich herum … verstärkt. Das ist vielleicht das falsche Wort. Verdichtet? Verstehst du?« Er lächelte leicht.

Ich lächelte unwillkürlich zurück. »Ja, das kenne ich. Ich wusste nur bisher nicht, wofür es gut sein soll. Möglicherweise prallt der Wind dann an sich selbst ab, wenn er versucht, dich zu sehen.« Diese Erklärung klang zumindest in meinen Ohren am logischsten. Der Wind stand sich selbst im Weg.

»Möglich«, bestätigte Felio. »Und er löst sich dann auf?«, hakte er noch mal nach.

»Ja, er entzieht sich mir. Ich finde ihn erst wieder, wenn er völlig erschöpft seine Bahnen um mein Windspiel dreht.« Wenn die Windspiele eine Quelle von Macht waren, erklärte sich das jetzt auch. Ich dachte daran, wie schwer und verlassen ich mich fühlte, wenn der Wind nicht bei mir war. Wie um mich zu beruhigen, kam er zu mir und zog fröhliche Runden um meinen Körper.

»Das ist ja interessant«, murmelte Felio, klang aber eher so, als wäre er mit den Gedanken woanders. Ich hörte das Rascheln von Stoff und Felio zog einen Beutel zum Umhängen aus seinem Rucksack. Ich nahm ihn entgegen.

»Ich entzünde auf einer Lichtung ein kleines Feuer. Das siehst du von oben. Dann können wir uns dort treffen.«

»In Ordnung. Ich beeile mich«, versicherte ich und lächelte. Es fiel mir allerdings schwer, da meine Nervosität immer schlimmer wurde. Außerdem plagte mich mein Gewissen. Ich wollte den Fürsten nicht bestehlen. Und ich hätte es Justus sagen sollen!

Doch jetzt war es zu spät, um einen Rückzieher zu machen. Er würde so oder so sauer sein, ob ich die Windspiele nun stahl oder nicht.

Ich ergriff Felios Hand, um mir Mut machen zu lassen. Er drückte aufmunternd zu, ohne zu zögern. Egal wie seltsam er manchmal war, im Herzen war er doch ein guter Kerl, da war ich mir sicher.

Mit einem stillen Seufzen ließ ich wieder los, erhob ich mich in die Luft und ließ mich vom Wind tragen, der mir angenehm kühl durch die Kleider flatterte. Ich stieg so hoch, dass die Stadt weit unter mir lag. Sie wirkte riesig, selbst von hier oben. Nicht so beeindruckend wie Teallach, die Feuerstadt, aber doch beachtlich. Durch ihre Mitte zog sich der Afon, der vom Egralin-Gebirge in Richtung Südosten ins Meer floss.

Er teilte die Stadt in zwei Hälften. Die edle Oberstadt auf ihrem Hügel und die gemeine Unterstadt.

Ich hatte von Elyssabed aufgeschnappt, dass sich in der Unterstadt nur Diebe und Bettler herumtrieben, es bestialisch stank und äußerst gefährlich war, sich dort aufzuhalten. Sie würde keinen Fuß dorthin setzen und ich würde es mitten in der Nacht auch nicht tun, selbst wenn ich von ihrer Meinung nicht besonders viel hielt.

Eilig flog ich im Schutz der Dunkelheit unter den finsteren Wolken, die den Himmel bedeckten. Die Festung thronte auf der Kuppel des Hügels und ich näherte mich vorsichtig den hellen Türmen.

Einer der Höfe war noch hell erleuchtet. Ich hielt mich im Schatten und spähte flüchtig nach unten. Der Wind trug mir Musikfetzen zu und ich konnte tanzende Gestalten ausmachen, die fröhlich feierten.

Sie feiern ein erfolgreiches Turnier, bei dem …

Ich schnitt dem Wind das Wort ab, da ich mich auf etwas anderes konzentrieren musste.

Führe mich zu dem Raum, in dem ich die Windspiele gesehen habe, bat ich ihn. Er wehte gleichmütig um meinen Kopf herum, drehte und zog mich mit sich zur gegenüberliegenden Seite der Festung, hinauf zu einem der höchsten Türme.

Schon von Weitem sah ich den bauchigen Pavillon, in dessen Fenstern weiße, leichte Gardinen flatterten.

Der Wind fuhr hinein und wirbelte die Tücher auseinander.

Licht war nicht wirklich auszumachen. Gerade mal ein leichter Schimmer, der von einer Kerze stammen konnte.

Ist dort jemand?

Der Wind tanzte um mich herum.

Im Pavillon nicht, aber im Raum dahinter sitzt ein Professor. Er katalogisiert die Schätze des Fürsten.

Wie soll ich denn hinein, wenn er dort ist?, rief ich stumm und ballte verzweifelt die Hände. Ich hatte angenommen, dass ich allein sein würde. Wie dumm ich doch war. Es waren schließlich die Schätze des Fürsten, natürlich wachte jemand über sie.

Unentschlossen setzte ich mich so geräuschlos wie möglich auf das Dach des Pavillons. Die Aufregung und die Angst, gesehen zu werden, lähmten mich und machten mich unentschlossen.

Sahen sie mich, würden sie mich jagen, genau wie Justus es mir immer predigte. Aber ohne die Windspiele wollte ich auch nicht zurück. Nicht, wenn ich jetzt so nah dran war.

Bei allen Winden, was sollte ich jetzt nur tun? Ich war so nervös, dass ich schwitzte, ein Kloß saß mir im Hals und leichte Panik flatterte durch meinen Bauch.

Es war ein Risiko, dessen war ich mir die ganze Zeit bewusst gewesen, oder hatte mir zumindest eingeredet, es zu wissen. Und es war wichtig, dass die Windartefakte in unserem Besitz waren. Das hatte selbst Justus gesagt!

Ich versuchte mir meine Chancen auszurechnen. Wenn dieser Professor nur im Nebenraum war, würde er mich möglicherweise gar nicht hören, wenn ich leise genug war. Ich musste nur in den Pavillon schleichen, die Windspiele einpacken und wieder verschwinden.

Einen Mann konnte ich doch sicher überlisten. Oder nicht?

Zumindest konnte ich nicht ewig hier sitzen. Felio machte sich sicher Sorgen, wenn ich zu lang brauchte. Also gab ich mir einen Ruck und erhob mich langsam.

Nervös und ängstlich blickte ich über die schlafende Stadt unter mir. All diese Menschen hatten weder eine Ahnung, dass ich hier oben war, noch dass es mich überhaupt gab. Und das musste auch so bleiben.

Ich bewegte mich quälend langsam an die Kante des Daches heran, ließ mich kopfüber hinunter und blickte zischen den wehenden Vorhängen hindurch. Der Raum dahinter lag verlassen da und wurde nur von schwachem Kerzenschein beleuchtet, der vom Nebenzimmer hereinschien.

Nichts bewegte sich, kein Laut war zu hören. Also glitt ich auf den Fenstersims und in den Pavillon. Mein Blick wanderte an die Decke und ich stellte mit Schreck fest, dass sie leer war.

Dies war eindeutig der Raum, den mir der Wind gezeigt hatte. Die tanzenden Gardinen, die Säulen aus weißem Stein und die Stadt, die ich draußen erahnen konnte, wenn der Wind den Blick darauf frei machte.

Wieso waren die Windspiele nicht hier?

Als ich mit ihnen sang, hatten sie an der Decke gehangen, geklimpert und in der Sonne geglitzert.

Mein Puls rauschte mir in den Ohren, meine Finger zitterten. Ich blickte auf nackte Haken, die in die Dachbalken gedreht waren.

Ich zögerte, den Wind zu rufen, um ihn danach zu fragen. Wenn es um die Artefakte ging, bekam ich immer nur schwammige oder überhaupt keine Antworten von ihm. Nur als ich mit ihm und Felio gesungen hatte, waren sie mir klar erschienen.

Konnte ich die Windartefakte ohne Felio rufen, um zu erfahren, wo sie hingekommen waren?

»Wie bist du hier reingekommen?«, fragte eine aufgeregte Stimme und ich fuhr erschrocken herum, stolperte zurück und stieß mir den Hinterkopf an einer der Säulen an.

In der Tür stand ein Mann, groß und hager, mit weißem Gesicht und einer Lampe in der Hand.

O nein! Was sollte ich tun? Er hatte mich gesehen! Ich flog zwar im Moment nicht und zum Stehlen war ich auch noch nicht gekommen, aber wie sollte ich ihm eine plausible Erklärung für mein Eindringen liefern?

Weglaufen war nicht möglich. Er stand in der einzigen Tür, und wenn ich zum Fenster hinaussprang, wusste er gleich, wer ich war.

Sofort zog der Wind sich zusammen, spiegelte meinen Schock und bildete einen Schutz um mich.

Der Mann starrte mich wortlos an.

Mein Herz raste, mein Puls pochte mir in den Ohren, die Füße bleischwer. Ich erwiderte seinen Blick wie ein verschrecktes Kaninchen.

Bei allen Winden, Cate! Beweg dich!, spornte ich mich an, doch es half nichts. Die Angst lähmte mich.

Der Wind verstärkte seinen Schutz und meine Haare begannen zu wehen.

Es vergingen mehrere Augenblicke, bis der Mann sich rührte. »So kann das nicht weitergehen«, sagte er zu meiner Überraschung und fuhr mit den Fingern über die seltsamen Amulette, die um seinen Hals hingen. »Wenn wir weiter hier stehen und uns anstarren, ist es bald Morgen. Wenn du nicht die Absicht hegst, mich anzugreifen, nutze ich die Gelegenheit, das Wort zu ergreifen.«

Ich blinzelte verwirrt. Der Wind stockte und verfing sich in den Vorhängen.

»Mein Name ist Tantarus Low. Ich bin Völkerkundler«, stellte sich der Mann doch tatsächlich vor und neigte den Kopf zum Gruß.

Ich war immer noch unfähig zu sprechen.

»Und du bist?«

Ich leckte mir über die trockenen Lippen. Unmöglich konnte ich ihm sagen, wer ich war! Erwartete er, dass ich mich zu ihm setzte und eine Tasse Tee mit ihm trank?

Ich schluckte. »Ich … ich ziehe es vor, meinen Namen nicht zu nennen«, flüsterte ich, weil meine Stimme nicht mehr hergab.

Tantarus Low lächelte sanft und hängte die Lampe an einen Haken an der Wand. »Äußerst interessant. Ich nehme an, du hast dich nicht verlaufen? Wenn es so wäre, hätte ich gesehen, wie du durch den Saal gehst. Und das habe ich nicht«, stellte er ruhig fest und ließ sich gelassen auf den Sims des nächsten Fensterbogens nieder. Er trug ein einfach gewebtes Gewand und viele skurrile Ketten mit wunderlichen Anhängern. Er sah nicht gerade wie jemand aus, der am Hofe eines Fürsten lebte. Wahrscheinlich war er kein Südländer. Vielleicht wusste er nicht einmal vom Windvolk.

»Also bist du entweder eine sehr versierte Schleicherin oder du bist die Wand nach oben geklettert. Denn geflogen bist du wohl kaum.«

Ich schrak zusammen und bemühte mich, es zu verbergen, aber ich kannte mich. Es war mir sicher auf die Stirn geschrieben, dass er ins Schwarze getroffen hatte.

Tantarus Low hörte abrupt auf zu lachen, starrte mich an und seine Augen wurden immer größer. Er wusste also doch vom Windvolk. Mein Puls raste in meinen Ohren.

Der Mann erhob sich vom Fenstersims, musterte mich so unverhohlen, dass ich zitterte.

Was hatte er vor?

Angst verlangsamte meine Gedanken, half mir nicht gerade dabei, eine gute Fluchtmöglichkeit zu finden.

Zum Fenster raus war keine gute Idee, weil ich so aus seiner Vermutung klare Gewissheit machen würde.

Konnte ich wohl schneller an der Tür sein als er? Er stand direkt daneben, es sah also eher schlecht aus.

Sollte ich ihn mithilfe des Windes zur Seite stoßen?

Ich wünschte mir so sehr, dass Justus hier wäre. Doch im gleichen Moment wusste ich auch, welches Schicksal den Völkerkundler dann ereilen würde. Ein langer Sturz in die Tiefe vermutlich.

Der Mann machte einen Schritt auf mich zu und ich sprang automatisch auf den Fenstersims, was ihn innehalten ließ.

»Nein, warte«, stieß er hervor, hob ganz langsam die Hände, um seine guten Absichten kundzutun. Es half wenig dabei, mich sicherer zu fühlen.

Der Wind frischte auf, blies die Vorhänge auf und gab den Abgrund hinter mir frei. Er brauste wie ein kleiner Sturm durch den Pavillon und ich gebot ihm mit aller Konzentration, die ich aufbringen konnte, still zu sein. Wenn er sich so verräterisch verhielt, konnte ich auch gleich aus dem Fenster davonfliegen.

»Ich tue dir nichts. Ich schwöre es bei meinem Leben«, sagte Tantarus Low sanft und trat einen Schritt zurück. In seiner Stimme schwang etwas Warmes mit, etwas Ehrfurchtsvolles. »Du bist ein Windkind, nicht wahr?«

Bei allen Winden, er wusste, wer ich war!

So oft hatte man mich schon vor diesem Moment gewarnt, wenn ich zu unüberlegt handeln würde und dadurch jemand erfahren würde, was ich wirklich war. Doch nie hatte mir jemand gesagt, wie ich mich verhalten musste, sollte dieser Fall tatsächlich eintreten. Was war zu tun?

»Ich werde dich nicht verraten«, fuhr er fort und setzte sich wieder auf den Fenstersims neben der Tür. Die Hände behielt er oben. »Ich habe dein Volk in den letzten Wochen studiert und ich weiß, was euch widerfahren ist. Ich spreche euch mein Mitgefühl aus«, sagte er und die Emotionen seiner Stimme besänftigten etwas in mir, ließen mich leichter atmen.

Ich war von solchen Konfrontationen mit Menschen schon in meinen Albträumen geplagt worden, hatte mir erdacht, wie sie mit Waffen und Feuer hinter mir her waren. Doch niemals hätte ich damit gerechnet, dass mir jemand sagen würde, dass er mitfühlte.

»Ich hätte mir nicht träumen lassen, dass ich jemals einem von euch begegnen würde. Es erleichtert mich zutiefst, dass sie alle falschlagen und ihr doch noch am Leben seid.«

Ich wusste nicht genau, woher es kam, doch ich hatte das starke Bedürfnis, mich bei ihm zu bedanken für die Freundlichkeit, die er mir entgegenbrachte. Doch mir war klar, dass dies nicht der richtige Zeitpunkt für Vertrauensseligkeiten war.

Ich musste beim eigentlichen Plan bleiben.

»Wo sind die Windspiele?«, fragte ich mit festerer Stimme, als ich mir zugetraut hätte. Die Situation fühlte sich so viel entspannter an als gerade noch und ich musste mir selbst sagen, dass ich noch lange nicht aus der Gefahr heraus war. Doch der Völkerkundler wirkte nicht gefährlich auf mich.

»O nein«, seufzte er so unheilvoll, dass meine Knie weich wurden. Seine Augen richteten sich auf den Boden zu seinen Füßen und seine Augenbrauen zogen sich traurig zusammen. »Sie sind heute gestohlen worden.«

Ich starrte ihn an, konnte nicht begreifen, was er da sagte. Wieso sollte jemand anderes die Windspiele stehlen? Und das genau jetzt, wo ich vorhatte, sie zu holen.

»Wie kann das sein?«, sagte ich mehr zu mir als zu ihm und fühlte mich wie vor den Kopf gestoßen. Ich war hierhergekommen, hatte mich so in Gefahr gebracht und sie waren weg.

Was konnte ein anderer damit wollen? War es so, wie Felio behauptet hatte? Konnten auch andere sich der Kräfte bemächtigen, die darin gespeichert waren?

Der hagere Mann nickte bedacht. »Wie kann das sein?«, sinnierte er über meine Frage. Er sah auf seine dürren, langgliedrigen Finger, drehte an einem der unzähligen Ringe und hob dann den Blick wieder zu mir. »Es wurde heute ein Turnier veranstaltet, zu dem mich der Fürst eingeladen hatte, ihn zu begleiten. Ich war also nicht hier, als sie gestohlen wurden. Die Wachen vor der Tür haben nichts gesehen. Die Diebe müssen also wie du geflogen oder eben die Wand hinaufgeklettert sein. Ich habe mir die Mauer angesehen, es scheint mir nicht unmöglich.«

Es irritierte mich, dass er voraussetzte, ich wäre hier reingeflogen, ohne den kleinsten Beweis.

Ich sah an mir hinunter. Na ja, ich sah wirklich nicht aus wie jemand, der eine Wand nach oben geklettert kam.

Und was, wenn diejenigen, die die Windspiele gestohlen hatten, auch geflogen waren? Seit ich Felio getroffen hatte, wusste ich schließlich, dass ich nicht die einzige Überlebende war. Warum sollte es nicht noch mehr geben?

Doch war es Zufall, dass die Windspiele gerade jetzt gestohlen worden waren? Was war der Auslöser, dass jemand gleichzeitig mit uns auf die Idee gekommen war?

Ich musste zu Felio zurück und mit ihm darüber reden. Wir würden die Windartefakte erneut suchen und dann Gewissheit haben.

»Wenn sie nicht hier sind, muss ich jetzt wieder gehen«, erklärte ich und sah den Mann auffordert an. Am liebsten wäre es mir gewesen, er hätte das Pavillon verlassen, sodass ich ungesehen wieder verschwinden konnte. Doch das Wissen über meine Existenz würde er dennoch behalten.

Am sichersten wäre es, ihn aus dem Fenster zu stürzen. Doch so kaltblütig war ich einfach nicht. Ich konnte keinen Unschuldigen umbringen, nicht einmal für meine Geheimnisse.

Wind, rief ich stumm und er kam sofort zu mir. *Was für ein Mensch ist dieser Völkerkundler?*, fragte ich ihn und er schmiegte sich an mich.

Ein neugieriger, flüsterte er und ich wusste seine Stimmung nicht richtig einzuschätzen. Einerseits wirkte er, als machte er sich wenig Sorgen um meine Sicherheit, andererseits war er aber gleichzeitig bereit, mich zu verteidigen, wenn es sein musste. *Gutmütig ist er auch*, wisperte er und tanzte zu den Vorhängen.

Als hätte der Mann unsere stille Unterhaltung gehört, stand er plötzlich auf und trat einen Schritt auf mich zu. »Ich will dir wirklich nichts Böses. Gestattest du mir nur eine Frage, bevor du gehst?«

Ich zuckte erneut zusammen, bemühte mich aber, zu ihm aufzusehen.

Er war vor die Lampe getreten und sein Gesicht wurde nur noch schwach beleuchtet. Das knochige Aussehen verstärkte sich durch die tiefen Schatten.

Durfte ich ihm wirklich trauen? Mein Herz sagte *Ja*, Justus' Stimme in meinem Hinterkopf sagte *Nein*.

Der Mann holte tief Luft und fingerte nervös an seinen Amuletten herum. »Ich bin nicht von hier, wie du sicher schon bemerkt hast und ich habe von deinem Volk erst erfahren, als ich an den Hof des Fürsten kam. Keiner, den ich nach dem Windvolk gefragt habe, hat mir eine richtige Antwort gegeben. Und das, was ich gelesen habe, ist auch nur sehr lückenhaft. Doch ich habe von Großem gelesen«, seine Stimme bekam einen leicht verträumten Klang und ich wünschte mir, ich könnte mir diese Schriften ebenfalls ansehen. »Dass ihr fliegen könnt und den Wind leitet. Dass ihr Dinge nur mit eurem Willen bewegt und es in seltenen Fällen sogar vorkam, dass jemand unter euch das Wetter beeinflussen konnte. Es klingt so unglaublich, dass ich es kaum zu glauben vermag. Also frage ich dich: Ist das wahr?« Tantarus Low bedachte mich mit einem erwartungsvollen Blick.

Ich sah den Wissensdurst in seinen Augen, selbst in dem schlechten Licht.

Was sollte ich sagen? Er wusste über mein Volk mehr als ich. Ich musste mich jetzt entscheiden, ob ich ihm vertrauen sollte oder nicht.

»Falls Ihr mich verraten solltet, werden sie mich umbringen«, erinnerte ich ihn daran.

»Ich weiß«, erwiderte er traurig.

Ich atmete tief durch und nickte. »Es ist wahr«, sagte ich und der Völkerkundler schnappte nach Luft. Er griff nach dem Fenstersims, um sich zu setzen, allerdings ohne mich aus den Augen zu lassen. »Das mit dem Fliegen und dem Wetter?«, versuchte er sich noch einmal zu versichern und ein unerwartetes Lächeln stahl sich auf meine Lippen.

Wenn ich nicht so Angst haben müsste, dass er mich verriet, hätte ich ihn sicher gemocht, diesen seltsamen Mann, der sich so brennend für mein Volk interessierte.

Ich zeigte in den Himmel. »Die Wolken sind von mir, damit mich das Mondlicht nicht verrät«, antwortete ich und die ganze Situation fühlte sich einfach nur absurd an. Ich stand hier und erzählte einem Fremden, wer ich wirklich war und was ich konnte. War ich denn noch zu retten?

Ich musste hier weg. Zu Felio, um mit ihm herauszufinden, wo die Windspiele abgeblieben waren.

»Ich muss aber jetzt wirklich los«, kündigte ich also an und wandte mich dem Abgrund zu.

Tantarus Low erhob sich prompt. »Sehe ich dich wieder?«, rief er und streckte eine Hand in meine Richtung, als wollte er mich berühren, obwohl das ganze Zimmer zwischen uns lag.

»Ich weiß es nicht«, antwortete ich wahrheitsgemäß und der Wind wehte den Vorhang zwischen den Professor und mich. Ich nutzte den Moment und verschwand so schnell ich konnte in die Nacht.

Es dauerte eine Weile, bis ich Felio fand. Er hatte ein kleines Feuer entzündet, das mich zu ihm führte, wie er es mir angekündigt hatte.

Unweit davon landete ich auf dem Waldboden und rannte das letzte Stück auf ihn zu.

Er fuhr erschrocken hoch, als ich durch ein Gestrüpp auf die Lichtung stolperte, ließ sich aber wieder auf den Hintern sinken, als er mich erkannte. Jedoch kam die Panik zurück, als er den leeren Beutel an meiner Seite sah.

»Was ist passiert?«, rief er und lief mir entgegen. »Geht es dir gut?« Er legte mir den Arm um die Schulter und führte mich zur wärmenden Feuerstelle.

»Sie wurden gestohlen!«, platzte ich heraus und setzte mich auf den Stein, an dem Felios Rucksack lehnte. Der stand offen und im Gras daneben lagen zwei aufgeschlagene Päckchen mit Brot und Käse.

Felio hatte Essen für uns vorbereitet.

»Wie meinst du das?«, fragte er verunsichert und hockte sich neben mich.

»Die Windspiele! Sie waren nicht mehr da. Sie wurden heute Nachmittag von jemandem gestohlen«, versuchte ich es ausführlicher zu erklären und wieder zu Atem zu kommen nach dem schnellen Flug.

»Das … Aber … Das ist doch unmöglich!« Felio starrte mich entsetzt an. Sein Blick veränderte sich, wurde verzerrt. »Von wem?«, fuhr er mich wütend an und ich zuckte zurück. Diese Art von Gefühlsausbruch war ich von ihm nicht gewohnt.

»Woher soll ich das wissen?« Warum war er denn plötzlich so aufgebracht? Ich konnte doch nichts dafür.

Er sprang auf und lief nervös auf und ab. »Gut, dann müssen wir sie eben wieder rufen, um zu erfahren, wo sie sind.« Abrupt blieb er vor mir stehen und streckte mir die Hände entgegen.

Verwirrt und auch ein wenig eingeschüchtert von seinem hektischen Verhalten stand ich zögerlich auf. Nicht unbedingt glücklich mit der Situation, ergriff ich seine Hände und schloss die Augen.

Seine Haut war kalt und feucht.

Nur mit Mühe lenkte ich meine Konzentration auf den Wind, der über unseren Köpfen durch die Baumkronen rauschte, und erinnerte mich an die Melodie. Der Wind stimmte sofort ein, zog mich mit sich und ich konnte die Windspiele im Rucksack neben mir erkennen.

Vier eingewickelte kleine Päckchen, die sangen, auch wenn der Wind sie kaum erreichte.

Moment, vier?

Sofort verstummte ich innerlich, entzog Felio meine Hände und starrte ihn entgeistert an.

»Wieso ist mein Windspiel in deinem Rucksack?«, wollte ich wissen und hatte kein gutes Gefühl dabei.

Er schluckte sichtbar und machte nervöse Gesten. »Ich wollte … dass sie alle zusammen sind, wenn wir die vom Fürsten geholt haben«, stammelte er.

»Aber warum hast du mir nicht gesagt, dass du es mitnehmen willst?« Ich sah in sein schuldbewusstes Gesicht.

»Ich … Es tut mir leid, Cate«, murmelte Felio, kniff die Lippen zusammen und senkte den Blick.

Mein Ärger legte sich sofort wieder und ich seufzte. Es war jetzt nicht der richtige Zeitpunkt zum Streiten. Außerdem war er die letzten zwölf Jahre allein gewesen und hatte sich nur durchgebracht, indem er stahl, da war es ja irgendwie verständlich, dass er es nicht besser wusste.

»Lass uns einfach die Windspiele finden«, sagte ich versöhnlich und hielt ihm meine Hände wieder hin.

Er lächelte schmal, nickte und ergriff sie.

Wieder schloss ich die Augen und versuchte mich zu sammeln. Es fiel mir jetzt noch schwerer und ich brauchte eine ganze Weile, um in das Lied hineinzufinden. Doch schließlich trug mich der Gesang davon.

Der Wind zog mich über den Wald und die Stadt hinweg, wirbelte mit mir in die Richtung, aus der wir am Morgen gekommen waren.

Und dann sah ich sie.

Vor Schreck ließ ich Felios Hände los und taumelte zur Seite.

Konnte das wahr sein? Wie hatte das passieren können?

»Und?«, drängte Felio und ich sah blinzelnd zu ihm auf.

»Justus hat sie«, brachte ich heraus und glaubte es selbst kaum.

Ich hatte die Windartefakte in einer Tasche gesehen. Eine Tasche an Justus' Sattel, der auf einem Pferd zu den Wagen ritt.

Das ergab doch überhaupt keinen Sinn. Er hatte doch rein gar nichts von alledem gewusst. Was ging hier vor?

»Sag das noch mal!«, forderte mich Felio auf und ich sah zu ihm. Seine Gesichtszüge wirkten angespannt und ausdruckslos. Er und Justus waren sich wohl immer noch nicht ganz geheuer.

»Justus hat die Windspiele. Er reitet zurück zu den Wagen«, erwiderte ich und begriff es immer noch nicht. War Justus der Dieb, der die Windspiele gestohlen hatte? Wie, verdammt, war er in den Pavillon gekommen? Geklettert sicher nicht. Nicht in dieser Höhe!

»Bei allen Winden!«, entfuhr es Felio und er hielt sich den Kopf.

»Mach dir keine Sorgen«, versuchte ich ihn zu beruhigen. »Das ist eine gute Nachricht.«

Das hoffte ich zumindest. Denn es fiel mir nur ein plausibler Grund ein, wieso Justus das getan haben könnte – und das war für mich. Ich hatte keine Ahnung, woher er es gewusst hatte, aber ich war mir sicher, er hatte die Windspiele für mich geholt.

Meine Wangen wurden heiß und ich schämte mich noch mehr dafür, mit Justus nicht darüber gesprochen zu haben. Dieser Ochse, wie konnte er nur so etwas Gefährliches tun, ohne mir Bescheid zu sagen?

»Lass uns schnell das Feuer löschen und zusammenpacken«, schlug ich vor und drehte mich eilig zu Felios Rucksack. Ich verschnürte Brot und Käse in ihren Tüchern und steckte sie vorsichtig ein.

Es war so erleichternd, dass sich dieses ganze Abenteuer so gut entwickelt hatte. Ich war nicht gefangen genommen worden, Justus wusste bereits Bescheid und ich musste nur noch zu ihm zurückkehren.

Wenn wir uns beeilten, konnten wir in kürzester Zeit zurück sein.

Etwas traf mich schmerzhaft am Kopf und die Wucht des Schlages warf mich zu Boden. Sterne tanzten mir vor den Augen und ich schaffte es nicht einmal, einen Laut über die Lippen zu bringen, da dämmerte ich schon in die Bewusstlosigkeit ab. Das Letzte, was ich noch wahrnahm, war eine verschwommene Gestalt, die über mir stand.

Es war Felio, einen dicken Stock in der Hand.

26

Justus starrte verträumt in die Wolken, die vereinzelt über den blauen Himmel zogen, und dachte an Cate.

An ihr Haar, das er beiseitegestrichen hatte, um ihr die Kette anzulegen. An die Haut in ihrem Nacken, die ihn verführt hatte, seine Pläne über den Haufen zu werfen. Ihre Lippen, die nach Tau schmeckten, und ihre Hände, die in sein Haar fuhren und ihn noch näher an sie zogen.

Diese Frau kostete ihn den Verstand.

Er hatte sich so oft überlegt, was er sagen und was er tun würde, um ihr die Kette zu überreichen. Wie sie reagieren würde. Wobei Letzteres immer schwierig einzuschätzen war.

In manchen Dingen war Cate so vorhersehbar, um in anderen so unberechenbar zu sein wie der Wind selbst.

Das sie sich über das Geschenk freute, hatte er sich ausrechnen können. Doch nachdem er sie mit dem Kuss so überrascht hatte, hätte er sicher nicht damit gerechnet, dass sie ihn erwidern würde.

Sie war also immer noch *seine* Cate.

Er hatte sie schon immer geliebt, seit dem Moment, als er sie zum ersten Mal sah. Doch sie waren Kinder gewesen und seine Liebe die eines Kindes. Unschuldig und ohne Sehnsüchte, aber dennoch Liebe.

Und dann war Justus älter geworden und Cate war immer noch ein Kind gewesen, sodass er beschlossen hatte, dass kindliche Liebe nicht so bedeutsam war. Dass sie auch Freundschaft sein konnte und mehr nicht.

Justus wollte sich am liebsten selbst dafür ohrfeigen. Beinahe hätte er zu spät gemerkt, dass Cate längst kein Kind mehr war und die Liebe, die er für sie empfand, längst nichts Kindliches mehr an sich hatte.

Cate war weggelaufen und er hatte sie gesucht. Die schlimmste Nacht seines Lebens! Zuerst, weil er um ihr Leben fürchten musste. Dann später lag sie wieder aufgewärmt neben ihm im Bett, die wunderschöne Frau, die sie nun mal war. Nah an ihn geschmiegt, gleichmäßig atmend. Noch nie zuvor hatte er sich so gefühlt wie in dieser Nacht. Er war verrückt geworden, während er versuchte, vernünftig zu bleiben.

Hanna schreckte ihn aus seinen Tagträumen, als sie ihn im Vorbeilaufen anstupste. »Heute ist der Tag für das Nachrichtenfeuer«, erinnerte sie ihn und wuselte aufgeregt weiter, um alle zusammenzutrommeln.

Es war genau einen Monat her, dass die Feuerleute sich das letzte Mal in Teallach gemeldet hatten. Und es wurde nicht gern gesehen, wenn sie sich verspäteten. Das bereitete den Angehörigen zu Hause in der Stadt nur unnötige Sorgen.

Aber zum Glück hatten sie ja Hanna, die viel zu pflichtbewusst war, um es sie vergessen zu lassen.

Marc schichtete unter Hannas prüfendem Blick das Holz auf. Justus hatte vorgehabt zu helfen, doch nachdem er vor lauter Gedankenlosigkeit nur im Weg stand, setzte er sich lieber auf einen Holzklotz. So ließ er auch mal die anderen machen und gestattete sich, weiter vor sich hin zu träumen.

Müsste er nicht gleich beim Nachrichtenfeuer anwesend sein, hätte er sich jetzt die Mandoline aus dem Wagen seiner Mutter stibitzt und wäre damit im Wald verschwunden. Seine Gedanken kreisten und er brauchte etwas, um sie zur Ruhe zur bringen, zu ordnen und in Melodie zu verwandeln.

So lange, bis Cate wieder zurück war. Mei hatte sie mit sich in das nahe gelegene Dorf genommen, um einige Besorgungen zu machen. Und jetzt saß er hier und ärgerte sich, dass er nicht mitgegangen war. Er fühlte sich einsam ohne sie, bildete sich ein, die Wärme ihrer Hand in seiner zu spüren, wenn er nur an sie dachte.

Doch er hatte nicht zu auffällig sein wollen. Die anderen waren tratschsüchtige Hühner, wenn es um so etwas ging, und er wollte alles erst einmal allein mit Cate ausmachen. In Ruhe und in der Zeit, die sie dafür brauchten.

Aus irgendeinem Grund war er davon ausgegangen, die anderen würden ihnen ansehen, dass etwas vorgefallen war. Aber niemand hatte etwas gesagt. Nicht mal einen bedeutungsvollen Blick hatten sie ihm zugeworfen.

Bis auf seinen Vater vielleicht, der ein schmales Lächeln hatte sehen lassen und sich dann wieder seinen Beschäftigungen zuwandte. Mit ihm hatte Justus auch bereits geredet. Vorgestern, als ihm klar wurde, dass er sich versichern musste, dass ihm nichts im Weg stand, Cate zu gestehen, dass er sie liebte.

Bree jammerte wegen ihres Kleides, Ayo versuchte sie zu beschwichtigen, die Kinder rannten kreischend über die Wiese.

Alles schien wie immer zu sein. Dabei hatte sich alles verändert. Auch wenn er nicht sagen konnte, was es genau war, was den großen Unterschied machte.

Er hatte Cates Hand gehalten, woraufhin sie ihn wunderschön anlächelte, und er wusste, dass er immer bei ihr bleiben würde.

Das war vorher auch schon so gewesen und doch fühlte es sich ganz anders an.

Hanna eilte an ihm vorbei, um das Räucherwerk aus einem der Wagen zu holen, und machte ein Aufsehen wie ein verrücktes Huhn.

Justus beobachtete sie, wie sie danach suchte, eine Handvoll nahm und dann mit freudigem Gesichtsausdruck zurückrannte. Sie war schon immer fleißig gewesen, aber in letzter Zeit übertrieb sie es. Was ging da vor?

Laila setzte sich schnaufend zu ihm und lächelte ihn an. Justus sah auf ihren Bauch, der so kugelrund war, dass er sich manchmal fragte, wie seine Schwester überhaupt noch aufrecht laufen konnte.

Er und Laila waren sich altersmäßig am nächsten. Doch da sie immer schon auf eigenen Füßen gestanden und seinen Beschützerdrang bewusst abgelehnt hatte, war ihre Beziehung nicht so tief wie die zwischen Mei und ihm.

»Weißt du, was mit Hanna los ist?«, fragte er sie, um sich von seinen Gedanken abzulenken.

Laila lachte auf.

»Ach Justus. Sie ist verliebt. Das sieht man doch«, antwortete sie und zeigte auf den Holzstapel für das Nachrichtenfeuer, den Hanna so akribisch vorbereitete, als wollte sie ein Kunstwerk erschaffen.

»Und in wen?«

»Bist du schwer von Begriff oder tust du nur so?«, erkundigte sich Laila amüsiert und streckte die Beine aus. »Huh. Justus, kannst du mir sagen, wie es meinen Füßen geht? Ich habe sie lange nicht mehr gesehen.«

Jetzt lachte auch er. »Soweit ich das sehe, geht es ihnen gut. Tun sie weh?«

»Und wie. Aber ich denke, es dauert nicht mehr lang, bis das Baby kommt. Es zieht schon alles nach unten.« Sie stöhnte angestrengt, streifte sich die Stoffschuhe ab und wackelte mit den geschwollenen Zehen.

»Es ist so weit!«, rief Hanna aufgeregt und strich sich noch dreimal über die Haare, um sicherzugehen, dass ihre Frisur richtig saß.

Bree gab das Zeichen, dass sich keine Fremden in der Nähe aufhielten, Dante entzündete das Feuer mit seiner Hand und die anderen versammelten sich darum.

Justus fragte sich, wo Felio steckte. Offensichtlich ja nicht in der Nähe, sonst hätte Bree etwas gesagt. Wenn es nach ihm ging, könnte sich dieser kleine Schleimer auch weiter von ihnen fernhalten.

Er war genau zum falschen Zeitpunkt gekommen. An dem Tag, an dem Justus sich seinen Gefühlen für Cate gestellt hatte, tauchte dieser windige Wichtigtuer auf und verdrehte ihr den Kopf. Seitdem hieß es nur noch Felio hier und Felio da. Selbst Justus' eigenen Leute waren ganz angetan von seinem Charme.

Justus war es nicht gewohnt, dass Cate einen anderen Mann so ansah, und das hatte ihn in der vergangenen Woche gereizt und fahrig werden lassen.

Wie sie bei ihm gesessen hatte und sich angeregt mit ihm unterhielt, wo Justus ihr, selbst nach all den Jahren, noch jedes einzelne Wort entlocken musste, zündete brennende Eifersucht in ihm.

Seine Ansichten über Felio waren nicht gerade vorurteilsfrei, aber dennoch schwor er darauf, dass mit dem Knaben irgendwas nicht stimmte.

Das Räucherwerk ging in dickem orangefarbenem Rauch auf und ein Knall riss Justus ins Hier und Jetzt zurück. Eine Gestalt schälte sich aus dem Rauch, trat aus den Flammen und klopfte sich den Ruß von den Kleidern.

»Ich grüße euch! Schön, euch zu sehen«, sagte Ulan und hustete. »Da habt ihr es aber gut gemeint mit dem Räucherwerk. Ich hätte euch auch gefunden, wenn ihr nicht versucht hättet, den Himmel zu verdunkeln.«

»Ja, manche Feuerkünste sind nun mal risikoreicher als andere. Wer von einem Feuer zum anderen wandern kann, der muss mit solchen Tücken rechnen«, witzelte Marc.

»Du bist doch nur neidisch, *Feueratem*«, flachste Ulan und zog ihn in eine kurze Umarmung.

»Alles in Ordnung in der Stadt?«, erkundigte sich Kai.

»Nichts Ungewöhnliches. Die üblichen Zankereien der Clans«, gab er zur Antwort und drehte sich zu Beress und Abdell. »Oh, Beress! Mellani hat ihr Kind bekommen. Einen Jungen. Sie haben ihn nach seinem Großvater benannt.«

Ihr ältester Sohn Raska lebte mit seiner Frau Mellani und dem Rest der Familie in Teallach und das Neugeborene war Enkelkind Nummer sieben, soweit Justus sich erinnerte.

Nicht jeder liebte das Wagenleben so wie sie. Raska hatte es nie gefallen, unterwegs zu sein, und er bevorzugte die Behaglichkeit von steinernen Häusern.

Sie tauschten noch mehr Neuigkeiten und Stadttratsch aus, und Justus versuchte all dem zu folgen, obwohl er sich wenig dafür begeistern konnte. Soweit er wusste, war die Gerüchteküche der Stadt auch nicht Ulans Interessengebiet, doch Fin, Bree und ein paar der anderen erwarteten von ihm solche Nachrichten und so horchte er immer seine Schwestern aus, bevor er die Wagenleute besuchen kam.

Hanna stand dicht neben ihm, strahlte ihn die ganze Zeit über an und irgendwann fiel Justus auf, dass die beiden die Hände ineinander verschlungen hielten.

Deshalb war Hanna also so aufgeregt hin und her gerannt. Ulan und Hanna! Dass ihm das vorher nicht aufgefallen war, wunderte ihn aber nicht. Für so was hatte er kein Auge.

Nachdem die ersten Neuigkeiten ausgetauscht waren, setzten sie sich gemeinsam in die Sonne. Die Kinder waren mit Ayo und Felice weiter draußen auf der Wiese und spielten im hohen Gras Verstecken. Nachdem der orangefarbene Rauch sich verzogen hatte, war es für sie nicht mehr spannend gewesen.

»Ihr werdet es nicht glauben, aber die Windalchemisten haben eine Nachricht an uns geschickt, die ich an euch weiterleiten soll«, eröffnete Ulan plötzlich und nahm Hanna den Becher mit Wasser ab, den sie umsichtig, wie sie war, für ihn besorgt hatte.

Justus horchte auf. Das war mal eine wichtige Information.

»Wer?«, fragte Marc und Justus wunderte sich nicht, dass sein Bruder das nicht wusste.

Die Windalchemisten waren ein kleines Volk, das weit oben an der Schneegrenze des Egralin-Gebirges hauste. Sie waren entfernte Nachkommen eines Windvolk-Angehörigen, der vor Hunderten Jahren mit einer menschlichen Frau ein Kind gezeugt hatte. Ihre Kräfte hatten sich im Laufe der Generationen so verwässert, dass sie nur noch ein schlechter Abklatsch des Windvolkes waren.

Sie lebten völlig von der Welt abgeschottet und die Einzigen, die wohl noch wussten, dass es sie gab, waren vereinzelte Feuerleute.

Justus hatte sich einmal mit ihnen beschäftigt, in der Hoffnung, Cate besser zu verstehen. Doch sie hatten kaum noch etwas gemein mit dem Windvolk und waren sehr abweisend gewesen. So hatte er es vorgezogen, Cate nichts von ihrer Existenz zu erzählen, damit sie nicht verletzt wurde.

Und vielleicht auch, weil er damals die Angst hegte, sie würde die Wagenleute verlassen, um bei diesen unterkühlten Eigenbrötlern leben zu wollen, nur weil sie weit miteinander verwandt waren.

»Komische Kauze hoch im Gebirge. Sie leben zwischen ihren Windmaschinen und lassen niemanden zu sich nach oben«, erklärte Ulan schnell und verzog das Gesicht. Er dachte über die Windalchemisten wohl so wie Justus. »Sie sagen, der Neffe ihres Obersten Gelehrten wäre ausgerissen und wir sollen nach ihm Ausschau halten. Er ist der irrsinnigen Idee verfallen, Windmagie in sich zu erwecken.«

»Und wie will er das anstellen? Die Windkunst ist den Windalchemisten beinahe so fern wie den normalen Menschen«, schnaubte Justus, in Gedanken noch bei dem ablehnenden Brief, den er damals von den Windalchemisten erhalten hatte.

»Wusstet ihr, dass das Windvolk genauso Artefakte besessen haben soll wie wir? Der Oberste Gelehrte vermutet, dass sein Neffe sie finden will, um durch die Kraft darin ein richtiges Windkind zu werden.«

»Und was hat das mit uns zu tun?«, fragte Kai.

»Liegt das nicht auf der Hand? Ihr habt das letzte Windkind bei euch. Da ist der Gedanke doch nicht so abwegig, dass sie ihre Artefakte besitzt. Und dann könnte der Ausreißer bei euch auftauchen.«

»Was?«, kam es entsetzt von Justus, doch er blieb ungehört. Er versteifte sich, sein Puls beschleunigte sich und ein bitteres Gefühl breitete sich in seinem Bauch aus wie bitterer Schmerz.

»Sie hat aber doch keine Artefakte«, sagte Van, der sich gerade zu ihnen gesetzt hatte.

Justus schluckte. Das war gar nicht gut. »Doch, hat sie«, erwiderte er und wollte gerade dazu ansetzen, seinen schrecklichen Verdacht zu äußern, da wurde er bereits von den anderen unterbrochen.

»Ist das dein Ernst?«, platzte es aus Marc heraus und auch sein Vater starrte Justus irritiert an. »Warum haben wir das nicht gewusst?«, wollte er wissen und Tante Fin verschränkte beleidigt die Arme vor der Brust. »Wieso hast du uns nichts davon erzählt?«

Justus fasste sich an den Kopf, in dem nur ein einziger Gedanke saß und ihn stach. »Das ist doch gar nicht relevant«, übertönte er die anderen. »Seht ihr die Verbindung nicht? Ein Mann, der sich als Mitglied des Windvolkes ausgibt und bei uns auftauchen könnte …«

»Felio!« Tante Fin riss die Augen weit auf und Justus war erleichtert, dass er mit seinem Verdacht nicht allein war.

Ulan sah verwirrt aus und Hanna neigte sich zu ihm, um ihm leise den Sachverhalt zu erklären.

»Jahrelang haben wir gedacht, Cate wäre die Letzte ihres Volkes, und plötzlich taucht dieser Typ auf. So groß kann ein Zufall nicht sein«, ereiferte sich Justus und merkte, wie die Wut in ihm aufloderte. Seine Körpertemperatur stieg bereits an.

Er hatte Felio nie getraut. Wie er dahergekommen war und sich bei allen beliebt gemacht hatte, der kleine Betrüger. Felio hatte Cate gesagt, er wäre vom Windvolk, und sie hatte sofort ihr Vertrauen in ihn gelegt. Und ihm sicher auch alles gesagt, was er wissen wollte.

Justus versuchte es sich nicht vorzustellen. Er erinnerte sich an den Blick, mit dem sie ihn gebeten hatte, netter zu Felio zu sein. Wie wichtig es ihr gewesen war, mehr über sich und ihr Volk zu erfahren. Es würde ihr das Herz zerreißen, wenn sie hörte, dass Felio sie hintergangen hatte.

»Wir sollten ihn damit konfrontieren, bevor wir voreilige Schlüsse ziehen. Wir sehen ja, wie er reagiert«, schlug Van vor und Justus grollte.

»Voreilige Schlüsse? Ist es nicht offensichtlich?«

Marc legte ihm eine Hand auf die Schulter, die er sofort abschüttelte.

»Weiß jemand, wo Felio gerade ist?«, wollte er wissen und Hanna sah auf.

»Er ist nach dem Frühstück im Wald verschwunden und seitdem nicht wieder aufgetaucht.«

Justus erhob sich und auch sein Vater zögerte nicht. Ihm war die Sorge ins Gesicht geschrieben. Er glaubte wohl auch nicht an einen Zufall. »Dann lasst uns mal zu ihm gehen«, sagte Kai und wandte sich zum Wald. Van und Tai schlossen sich an.

Sie fanden Felio an der Stelle, an der er letzte Nacht geschlafen hatte. Er saß auf seiner Hängematte im Schneidersitz, die Hände im Schoß, die Augen geschlossen, und die Feuerleute hatten ihn umringt, bevor er sie überhaupt bemerkte.

Justus brauchte ihn nur zu sehen und wäre am liebsten sofort auf ihn losgegangen. Seine Hände zuckten und er ballte sie zu Fäusten.

Felio schlug die Augen auf und lächelte sie an. »Grüßt euch. Was gibt es?«, fragte er fröhlich und sah in die finsteren Gesichter. Sein Lächeln schwand langsam. »Was ist passiert?«, erkundigte er sich irritiert und sah von einem zum anderen.

Justus wollte ihn beschimpfen, doch der Gedanke an Cate setzte ihm einen Kloß in den Hals. Am liebsten hätte er die Hängematte in Brand gesetzt.

»Uns ist eine Nachricht zugetragen worden, Felio. Ein Freund hat uns berichtet, dass dein Onkel, der Windalchemist, dich sucht«, sagte Kai so ruhig, wie Justus es niemals gekonnt hätte.

Es dauerte keinen Wimpernschlag, da reagierte Felio auch schon. Er sprang aus seiner Hängematte wie ein aufgeschrecktes Reh, das Gesicht vor Angst verzerrt, und stürmte auf die Lücke zwischen Justus und Tai zu.

Aber Justus war schneller. Er kannte die Reaktionen, die man durch die Unterstützung des Windes haben konnte, und hatte sogar damit gerechnet. Er hielt dem Windstoß stand, schnappte sich Felio aus der Luft und nahm ihn gröber in den Schwitzkasten, als es nötig gewesen wäre.

Der kleine Dreckskerl schrie auf und zappelte wie ein Fisch im Netz und Justus wich seiner Hand aus, da er versuchte, ihn zu kratzen. Van packte mit zu, umschloss Felios Füße, während Windböen ihnen Laub in die Augen wehten.

Er hatte mehr Windtricks auf Lager, als ein Windalchemist können sollte, und das bedeutete, dass er es tatsächlich geschafft hatte. Er hatte Windspiele in seinem Besitz und zog Kraft aus ihnen.

Tai nahm sich seine herumwirbelnden Arme vor, was es wesentlich einfacher machte, ihn festzuhalten, und der Wind erstarb augenblicklich.

»Lasst mich los«, schimpfte Felio laut, als auch ihm aufging, dass es kein Entkommen mehr gab. »Ihr dämlichen Kappaochsen versteht das nicht! Mein bescheuerter Onkel ist ein Schwachkopf! Ihr habt alle keine Ahnung. Lasst mich gefälligst in Ruhe!«

Sie ließen ihn nicht, schleppten ihn unter Zeter und Geschrei ins Lager zurück, wo die anderen sie bereits erwarteten. Die Neuigkeit hatte sich wohl schnell unter ihnen herumgesprochen.

Felio beschimpfte sie aufs Übelste, bezeichnete sie mit Worten, die keiner von ihnen je gehört hatte, und wechselte zwischen zwei Sprachen hin und her.

Es war erschreckend und niemand zweifelte daran, dass er es war, vor dem die Windalchemisten gewarnt hatten. Er war nicht vom Windvolk!

»Darf ich vorstellen. Felio, der Windalchemist«, rief Justus über das Geschimpfe hinweg und drückte etwas fester zu, was Felio röcheln ließ.

»Was sollen wir jetzt mit ihm tun?«, fragte Van und hatte Mühe, Felios zappelnde schmale Füße weiterhin festzuhalten.

»Wir sperren ihn erst einmal ein, dann können wir uns in Ruhe beraten«, schlug Kai vor und Marc öffnete sofort die Tür des blauen Wagens.

Justus war so voller Wut, dass er am liebsten selbst geschrien hätte, als er den Windalchemisten ins Wageninnere stieß und die Tür hinter ihm verriegelte.

Cate würde zusammenbrechen, wenn sie es erfuhr. Da war er sich sicher. Wie erzählte man jemandem, der immer nach einem winzigen Teil Vergangenheit gesucht hatte, dass alles nur Betrug war?

Er konnte sich gut daran erinnern, wie es damals gewesen war, als er sie aufgelesen hatte. Wie sie ihr erklären mussten, dass jeder, den sie gekannt hatte, nicht mehr am Leben war. Er sah ihr kleines Gesicht vor sich, das kalkbleich zu Tanja aufgesehen hatte, mit riesigen verwaschenen Augen, während sie seine Hand zerquetschte.

Und all die Tränen. Tagelang hatte sie geweint, sich jede Nacht mit Albträumen gequält. Sogar noch Jahre später.

Justus konnte kaum atmen vor Wut und sein Körper war so heiß, dass das Gras zu seinen Füßen ergraute.

»Wir werden ihn töten!«, verkündete er und wollte es wirklich. Er wollte diesem Mistkerl den Hals umdrehen für die Schmerzen, die Cate empfinden würde.

Sein Vater atmete tief durch. »Wir können ihn doch nicht einfach umbringen«, versuchte Kai ihm zu erklären.

Aber er wollte es nicht hören.

»Wisst ihr, was er Cate damit antut? Er hat ihr gesagt, er wäre vom Windvolk. Und sie hat es geglaubt«, sagte er eindringlich und zeigte anklagend auf seinen Wagen. Seine Gefühle brannten ihm Löcher in seine Eingeweide und er wünschte, er könnte in Flammen aufgehen, so wie Dante.

»Und ihn zu töten hilft ihr?«, erwiderte sein Vater gereizt und blickte ihm streng in die Augen.

»Sein Onkel wird ihn heil zurückhaben wollen«, erhob Ulan die Stimme und Justus schleuderte ihm einen Feuerball vor die Füße, damit er es nicht wagte, sich hier weiter einzumischen.

»Dann hätte sein Onkel wohl besser auf ihn aufpassen sollen!«, knurrte er.

»Jetzt beruhigt euch wieder!«, rief Tanja energisch und stellte sich zwischen sie. »Ihr benehmt euch fürchterlich. Es bist nicht du, der betrogen wurde, Justus. Es ist Cate. Also sollte sie zumindest anwesend sein, wenn hier solche Entscheidungen getroffen werden.«

Justus atmete tief ein und hielt die Luft an. Er gab es ungern zu, aber sie hatte recht. Auch wenn es ihm davor graute, Cate die Wahrheit zu sagen.

Nur mit viel Konzentration gelang es ihm, die Hitze von seiner Haut zu verbannen.

»Wo ist Cate überhaupt?«, fragte Hanna, die dicht bei Ulan stand und sich an seinen Arm klammerte. Vor den beiden qualmte ein Loch in der Wiese.

»Sie ist mit Mei ins Dorf gegangen«, antwortete Justus und ließ die Schultern sinken.

Warten war nicht gerade das, was er sich jetzt wünschte. Aber es war sicher besser, wenn er sich erst einmal beruhigen konnte. Denn er war sich im Klaren, dass er derjenige sein würde, der es Cate sagen musste.

Es kam ihm vor, als hätte er eine halbe Ewigkeit gewartet, bis Mei am Waldrand entlang auf die Wagen zuspazierte. Sofort sprang er von seinem Holzklotz auf und lief ihr entgegen.

Auch die anderen wurden aufmerksam.

»Wo ist Cate?«, rief Justus, als er bemerkte, dass Mei allein war. Sofort war das schlechte Gefühl wieder da und biss ihm in die Eingeweide.

Mei kam näher. Ihr Gesicht wirkte nachdenklich. »Ich versteh es nicht. Sie ist mit Felio mitgegangen und hat gesagt, sie müssen was erledigen, aber wir sollen uns keine Sorgen machen.«

Justus' Herz gefror und er starrte seine Schwester einen Moment ungläubig an. Das konnte doch jetzt nicht wahr sein! Hektisch drehte er sich um, rannte zu seinem Wagen, riss beinahe den Riegel aus der Wand, als er ihn hastig öffnete und die Tür aufschwang.

Der Wagen war leer und durch das rußige Loch in der Decke konnte er den Himmel sehen.

Felio hatte die Bretter ausgehebelt und war hinausgeklettert. Und das ohne ein Geräusch zu machen. Das war unmöglich!

»Kappadreck!«, schrie er und schlug die Tür so ungestüm zu, dass der ganze Wagen erzitterte.

»Was ist denn passiert?«, wollte Mei wissen und sah verstört in die Runde.

»Felio ist nicht von Windvolk«, erklärte Marc ihr und legte ihr beruhigend den Arm um die Schulter. »Er ist ein Betrüger.«

Mei schlug schockiert die Hände vor den Mund. »Wie kann das sein?«, wollte sie wissen, doch Justus hörte ihr nicht mehr zu.

Panik flutete seinen Körper wie Säure und er ballte die Hände zu Fäusten. »Wir müssen sie zurückholen«, keuchte er und begann hektisch hin und her zu laufen.

Hatte er sich nicht erst vor ein paar Tagen geschworen, sie nie wieder aus den Augen zu lassen? Wieso war er, verdammt noch mal, nicht mit ins Dorf gegangen?

Er musste sofort los, Cate finden und sie zurückbringen. Er musste sie einfach zurückhaben! Nicht vorzustellen, was dieser Dreckskerl ihr alles antun könnte.

Verzweifelt raufte er sich die Haare. Wie konnte sie nur so arglos sein und mit Felio mitgehen?

Er musste wissen, wo sie war.

»Bree!«, stieß er aus und wirbelte zu ihr herum. Sie ließ Ayos Arm los, bei der sie sich untergehakt hatte, und ihr Gesicht verlor auf der Stelle jegliche Farbe.

»Nein. Justus.« Sie stöhnte auf und wich nach hinten zurück, als er mit großen Schritten auf sie zukam. »Nein!«, wiederholte sie energischer, doch er packte sie bei den Schultern.

Wieso war dieses Kind nur so verbohrt? Wie tief konnte Hass denn gehen? Hatte sie denn nichts aus dem letzten Mal gelernt, als sie sich geweigert hatte, nach Cate zu suchen? Hatte sie nicht genug davon, dass seitdem kaum noch jemand etwas mit ihr zu tun haben wollte?

Selbst Ayo, die als Einzige noch zu ihr hielt, starrte sie jetzt mit böser Miene an.

Am liebsten hätte Justus Bree geschüttelt und ihr Gewalt angedroht, damit sie ihre Gabe einsetzte, um Cate zu suchen. Aber das würden die anderen wohl nicht zulassen.

Was konnte er also tun, um sie umzustimmen? Bree war stur wie ein Esel, Drohungen perlten an ihr ab wie an einem Wachstuch. Aber sie war auch stolz und sie strebte nach Anerkennung.

Also gab es nur eine Möglichkeit, auch wenn sie vielleicht drastisch war. Doch Justus würde alles tun, damit er Cate wieder in Sicherheit wusste.

Er sank vor ihr auf die Knie. »Du musst, Bree«, beschwor er sie und sah ihr in die großen grünen Augen. »Ich flehe dich an! Bitte!«, bettelte er und kämpfte sein Ehrgefühl hinunter, das ihm in den Nacken biss.

Bree kniff die Lippen aufeinander, unwillig, zitterig. Bebte ihre Unterlippe?

Justus ließ nicht locker. »Was muss ich tun, damit du mir hilfst, Bree? Alles … ich tue alles!«, versuchte er ihr klarzumachen, doch sie wandte sich ab.

»Bree!«, zischte Ayo scharf. »Mach nicht noch mal den gleichen Fehler!«

Bree zog die Nase hoch. Sie zitterte nun deutlich und in ihren Augen sammelten sich Tränen.

»Bree, du musst …«, setzte Justus wieder an und wurde unterbrochen.

»Ich kann's nicht«, schwappten die Worte aus ihrem Mund und sie blinzelte ununterbrochen, um die Tränen loszuwerden.

»Natürlich kannst du!«, mischte sich Mei ein und trat zu ihr. Soweit Justus wusste, hatte sie seit dem letzten Vorfall kein Wort mehr mit ihr geredet.

Bree schlug abwehrend in die Luft, als Ayo ihr eine Hand auf den Rücken legen wollte. »Ich kann es nicht und konnte es noch nie!«, kreischte sie und wischte sich mit dem Ärmel über die Augen. »Wisst ihr eigentlich, wie demütigend es ist, wenn die Person, die ihr am wenigsten leiden könnt, sich auch noch euren Kräften entzieht? Ich weiß nicht, wie sie es macht, aber ich kann sie nicht sehen!«

Justus starrte sie an, brauchte einen Moment, um zu begreifen. Verdammt!

»Warum hast du uns das nicht früher gesagt?«, rief Justus' Mutter, die sich erhoben hatte, und Justus fragte sich das Gleiche.

»Ja, natürlich!«, keifte Bree sarkastisch und stampfte mit dem Fuß auf. »Lieber steh ich als die Böse da, als mich von diesem Windkind so erniedrigen zu lassen!«

»Was ist mit Felio?«, fragte Justus, der endlich seine Stimme wiedergefunden hatte, und befürchtete das Schlimmste.

»Das Gleiche«, zischte sie und warf ihren dicken roten Zopf nach hinten. »Entschuldigt mich jetzt bitte. Ich fühle mich nicht gut und muss mich hinlegen.« Sie drehte sich auf den Hacken um und stolzierte zu dem Wagen ihrer Familie. Ayo lief ihr nach und Mei sah recht unentschlossen aus, ob sie den beiden folgen sollte oder nicht. Unsicher sah sie zu Justus und er wusste, was sie von ihm wollte.

Er entließ sie mit einer Handbewegung, damit sie sich nicht schlecht fühlen musste, zu ihrer Freundin zu gehen. Sie nickte ihm zu und rannte den beiden hinterher.

Justus stöhnte auf, erhob sich vom Boden und wischte sich den Staub von den Knien. Seine beste Möglichkeit, Cate zu finden, hatte sich gerade in Luft aufgelöst. Verfluchter Mist!

»Und was machen wir jetzt?«, fragte Marc und Justus wünschte sich, darauf eine Antwort zu haben.

»Wieso hat Felio Cate überhaupt mitgenommen? Was wollen die beiden denn *erledigen*?«, fragte seine Mutter, das Gesicht voller Sorgenfalten.

»Ist das nicht offensichtlich?«, mischte sich Ulan ein und Justus hatte beinahe schon wieder vergessen, dass er noch da war. »Wenn die Windartefakte auch nur ein bisschen wie unsere funktionieren, dann müsste Cate doch die Fähigkeit besitzen, sie ausfindig zu machen.«

Justus blinzelte. Ulan hatte recht! Die Feuerleute waren durch das Feuer mit den Artefakten verbunden und ihr Oberhaupt war sogar dazu fähig, sie vor seinem inneren Auge erscheinen zu lassen.

Wenn Cate wirklich die Letzte ihres Volkes war, wäre sie dann nicht automatisch deren Oberhaupt?

»Felio braucht sie, um herauszufinden, wo sie sich befinden. Sie werden wohl versuchen, sie zu holen.« Justus sackte das Herz nach unten. »Sie könnten überall sein.« Tief atmete er ein, um nicht vollkommen durchzudrehen. Die Panik lauerte dicht unter der Oberfläche und verstopfte ihm den Kopf. Das Fürstentum Mari war groß und Albahr ebenso. Und niemand gab ihm eine Garantie dafür, dass die Windspiele nicht über die Grenzen der meeresnahen Fürstentümer hinausgetragen worden waren.

Das Blut rauschte Justus in den Ohren. Er brauchte einen Plan. Etwas, was ihm wenigstens ein wenig Hoffnung schenken konnte. Er konnte Cate nicht aufspüren. Aber vielleicht konnte er herausfinden, wohin sie gehen würde.

Sein Blick wanderte zu Ulan. »Wenn ich dir sage, wie die Windartefakte aussehen, könnten du und dein Clan durch die Feuer schauen, um sie zu suchen?«, fragte er ihn und Ulan nickte.

»Das können wir. Auf jeden Fall«, versicherte er, ohne zu zögern. Justus rechnete ihm seine Hilfsbereitschaft hoch an, wo er ihn doch gerade noch mit einem Feuerball beschossen hatte.

»Danke. Wenn wir die Windspiele finden, bevor Felio sie erreichen kann, wissen wir zumindest, wo er und Cate sein werden«, erklärte Justus die grobe Idee und Hanna gab einen erschrockenen Laut von sich.

»Das Windspiel ist ein Windartefakt?«, stieß sie aufgeregt hervor und riss dabei vor Überraschung ihre Hand aus der von Ulan. »Dann weiß ich, wo sie sind!«

»Was?«, riefen alle durcheinander und Hanna hatte Mühe, sie zu übertönen.

»Der Fürst von Mari hat sie. Als Elyssabed in unserem Wagen geschlafen hatte, ist ihr das Windspiel aufgefallen. Sie hat uns erzählt, dass ihr Vater ein Sammler von Antiquitäten ist und sich in seinem Besitz Dutzende Windspiele befinden.«

Justus konnte sein Glück nicht fassen. Berill war nicht weit. Mit guten Pferden ein Ritt von höchstens anderthalb Stunden. Er musste nicht einmal Ulan durch ein Feuer schicken, um Cate zu holen. Er konnte es selbst tun.

»Jetzt müssen es nur noch die richtigen Windspiele sein«, schnaubte Marc und Justus wollte diesen Gedanken gar nicht zulassen.

»Wenn sie nicht wertvoll wären, würde der Landesfürst sie doch nicht sammeln«, hielt Hanna dagegen.

»Glaubt ihr, die beiden hatten das schon geplant? Wir sind näher an der Hauptstadt als zu irgendeinem anderen Zeitpunkt unserer Reise«, warf seine Mutter ein und Justus schmiedete Pläne.

Würde er sich sofort auf den Weg machen, könnte er es schaffen. Er wusste nicht, wie Cate und Felio sich fortbewegten. Flogen sie, war es schwer, sie einzuholen.

Er konnte sich nur sehr sicher sein, dass die beiden nicht vorhatten, den Fürsten von Mari bei Tag zu bestehlen. Das verschaffte Justus kostbare Zeit.

Mit schnellen Schritten ging er zu seinem Wagen, zog eine Truhe unter seinem Bett hervor und bewaffnete sich mit seinem Jagdmesser. Auch den Beutel mit seinem Ersparten schob er sich in die Tasche am Gürtel. Pfeil und Bogen würde er wohl hierlassen. Die waren ihm in der Stadt nur im Weg.

Er erhob sich und begegnete dem Blick seines Bruders.

Marc stand in der Tür. »Du gehst sie holen?«

»Natürlich«, gab Justus erstaunlich gelassen von sich und ein schiefes Grinsen entstand in Marcs Gesicht.

»Na dann, gibt mir mal meine Wurfaxt rüber«, sagte er und Justus atmete auf. Marc würde also mitkommen, das war sicher eine große Hilfe.

Sie packten in Windeseile das Nötigste und traten nach draußen.

»Wir brauchen Pferde«, informierte er Marc und dieser nickte.

»Schluss jetzt«, unterbrach ihr Vater die wilden Spekulationen der anderen gerade und stellte sich seinen Söhnen den Weg.

»Was?«, fragte Justus herausfordernd und sein Vater schnaubte.

»Justus. Die ganze Sache ist furchtbar. Aber wir müssen auch daran denken, unsere Gesetze einzuhalten. Das Feuervolk muss sich um jeden Preis schützen.«

Justus erstarrte und hoffte inständig, dass sein Vater ihm nicht befehlen würde zu bleiben. Er war nicht nur sein Vater, sondern auch das Oberhaupt seines Clans, und gegen einen strikten Befehl zu verstoßen, wurde im Feuervolk hart bestraft.

Sein Herz stand in Flammen.

Er würde für Cate jede Strafe auf sich nehmen und sein Vater musste wissen, dass ihn seine Worte nicht aufhalten würden.

»Du weißt, dass ich sie holen muss«, sagte Justus und spürte das quälende Brennen in seiner Seele immer deutlicher. Sie hatten bereits darüber gesprochen. Sein Vater wusste, was Justus für Cate empfand.

»Ja. Ich weiß. Aber pass auf dich auf. Und auf deinen Bruder.« Er schenkte Marc einen schmerzvollen Blick. »Verratet euch nicht! Pferde werdet ihr sicher im Dorf leihen können.«

Justus holte tief Luft und merkte erst jetzt, dass er sie angehalten hatte. »Danke«, erwiderte er und sein Vater seufzte nur. Ihm war sicher bewusst, dass dieses *Danke* nicht nur seinen Ratschlägen galt.

27

Justus rannte am Waldrand entlang, in Richtung des Dorfes. Marc war dicht hinter ihm und er war erleichtert, dass sein Bruder ihm ohne weitere Aufforderung gefolgt war. Selbst wenn er sich manchmal wie ein Schwachkopf gab, der oft mehr mit dem Inhalt seiner Hose dachte als mit dem Kopf, konnte man sich doch immer auf ihn verlassen.

Besonders wenn es sich um heikle oder gefährliche Dinge handelte.

Sie erreichten rasch ihr Ziel und fanden ohne Probleme einen Stallmeister, der ihnen zwei schwarze Postpferde lieh, mit denen sie auf dem schnellsten Weg in die Stadt gelangen konnten.

Und dann galoppierten sie auch schon über die Felder, die an Justus vorbeiflogen, ohne dass er sie beachtete. Er hatte nur sein Ziel vor Augen: Cate.

Wieso verdammt hatte sie ihm nicht erzählt, was sie vorhatten?

Felio war doch sicher nicht plötzlich damit angekommen. Mei hatte schließlich behauptet, sie wäre freiwillig mit ihm mitgegangen. Sie sollten sich alle keine Sorgen machen, weil sie nur eben was zu erledigen hätten.

Justus schluckte hart.

Felio musste es mit Cate gemeinsam geplant haben. Doch sie hatte nichts gesagt, es nicht erwähnt, nicht einmal ein bisschen.

Justus kannte sie so gut, schaffte es, die meisten ihrer ungesagten Worte an ihrem Gesicht abzulesen, und hatte es trotzdem nicht kommen sehen.

Hatte sie ihn absichtlich getäuscht? Gab es da noch mehr, was er nicht wusste?

Was, wenn sie die Absicht hegte, gar nicht zu ihnen zurückzukommen? Wenn sie vorhatte, bei Felio zu bleiben? Es wäre nicht das erste Mal, dass sie weglief.

Felio hielt sie möglicherweise gar nicht unter falschen Tatsachen bei sich, um sie danach zu hintergehen. Vielleicht machten die beiden gemeinsame Sache und Cate hatte so eine Möglichkeit gefunden, frei zu sein.

Frei von den Zwängen, die Justus ihr auferlegte, wenn er ihr verbot zu fliegen oder den Wind zu offensichtlich zu leiten. Frei vom Feuervolk, dem sie sich nie richtig zugehörig gefühlt hatte, egal wie oft sie ihr zeigten, dass sie ein Teil der Familie war.

Aber das hätte sie ihm doch sicher vorher irgendwie gezeigt, oder? War er nicht ihr bester Freund?

Hatte er in der letzten Zeit noch mehr verpasst?

Seine Selbstvorwürfe wuchsen wie Unkraut aus seinen Ängsten und er fasste die Zügel fester.

Aber sie hatte ihn doch ebenfalls geküsst. Durch ihre Frage nach den Gesetzen den Feuervolkes sogar angedeutet, dass es etwas Bedeutendes war zwischen ihnen. Das hatte er sich doch nicht eingebildet.

Sie mochte ihn doch, oder nicht?

Sie würde ihn nicht so einfach verlassen, wo er es endlich geschafft hatte, ihr zu zeigen, was er für sie empfand.

Justus fühlte sich, als müsste ihm gleich der Kopf platzen von all den Gedanken, die ihn zunehmend verrückt machten.

Es war bestimmt anders! Felio hatte sie unter Vortäuschung falscher Tatsachen weggelockt und nutzte ihre Naivität und ihre Gutmütigkeit aus, um zu bekommen, was er wollte! Es musste einfach so sein.

Er würde es nicht ertragen, wenn es nicht so war. Seine Panik wuchs und es half nur, sich selbst immer wieder zu sagen, dass Cate ihn nicht verlassen hatte.

Nach etwa einer Stunde kamen die Mauern von Berill in Sicht und dahinter die Stadt, die sich wie ein Seidentuch über den Hügel ergoss, gekrönt von der weißen Festung.

Justus' Seele stand in Flammen, als ihm aufging, wie riesig die Stadt war. Verdammt. Wie sollte er Cate so jemals rechtzeitig finden und zur Rede stellen?

Er gab Marc ein Zeichen und sie verlangsamten ihre Pferde.

»Kappadreck! Mein Hintern tut weh«, schnaubte Marc, doch Justus ging nicht darauf ein.

»Wir können Cate so nicht finden«, sagte er, zeigte auf das Gewirr an Straßen und Gassen, das sich den Hügel hinaufwand wie ein Labyrinth. »Die Stadt ist viel zu groß. Es würde Tage dauern und die haben wir nicht.« Sein Herz wurde schwer wie ein Klumpen Eisen.

Marc seufzte laut und tätschelte den nassgeschwitzten Hals seines Pferdes. »Wir brauchen also einen anderen Plan.«

»Offensichtlich ja.« Justus atmete tief durch, gab der Panik und den Zweifeln keinen Raum in seinem Kopf.

»Was denkst du, wie viel Zeit wir haben?«, wollte Marc wissen und rieb sich den schmerzenden Rücken.

»Nehmen wir an, sie sind hergeflogen, dann sind sie schon in der Stadt. Allerdings kann ich mir nicht vorstellen, dass sie sich die Windspiele bei Tag holen. Es ist Cate. Sie bricht nirgendwo bei Tag ein.«

»Ich würde ja sagen, Catie bricht niemals irgendwo ein«, behauptete Marc und Justus warf ihm einen verschmitzten Seitenblick zu. Er dachte an die unzähligen Male, in denen Cate ihn aus Wut mit dem Wind von den Füßen geholt hatte. Sie hatte ihm schon eine verpasst, ihn angeknurrt, ihn beleidigt. Ihn sogar gebissen. Sie war nicht nur ein sanftes Lüftchen. Sie war auch ein Sturm.

Seine Seele schmerzte, weil er sich so sehr wünschte, Cate zurückzuholen.

»Unterschätz sie nicht«, sagte er. »Sie ist schüchtern, aber sie kann auch anders. Und dann ist da auch noch Felio …« Er versuchte nicht an ihn zu denken. Justus konnte nicht anders, als sich zu wünschen, dass Cate dem Dreckskerl nicht freiwillig gefolgt war. Doch wenn er sie mit Lügen fortgelockt hatte, um an die Windspiele heranzukommen, was würde er tun, um Cate wieder loszuwerden?

Würde sie ihm die Artefakte ihres Volkes freiwillig überlassen, um sich selbst zu schützen? Würde sie kämpfen und verletzt werden?

Oder lag Felio womöglich wirklich etwas an Cate und er nahm sie mit sich fort?

Es fühlte sich an, als zerquetschte eine heiße Faust Justus' Herz.

»Und wenn wir sie uns zuerst holen?«, fragte Marc und riss Justus aus dem Schrecken in seinem Kopf.

»Wie bitte?« Er blinzelte zu seinem Bruder herüber.

Die Pferde trabten langsam weiter und der Bogen des geöffneten Südwesttors wuchs vor ihnen in die Höhe.

»Na, die Windartefakte. Wenn wir sie stehlen, bevor die Sonne untergeht, dann bleibt Catie und Felio nichts anderes übrig, als zu uns zu kommen.«

Bei allen sengenden Feuerstürmen!

»Marc!«, rief Justus aus, dem die Idee wie ein rettender Anker erschien. »Das klingt nach einem Plan.«

Marc wirkte überrascht. »Echt?«

»Natürlich«, bestätigte Justus aufgeregt und fasste sich an den Kopf. »Ich fürchte nur, dass das schwieriger wird, als es sich anhört.« Denn Diebstahl war nicht gerade sein Fachgebiet. Und sich mit dem Fürsten von Mari anzulegen, war auch nicht gerade seine Absicht.

Die Schotterpiste wurde von gepflasterter Straße abgelöst und die Brüder ritten in die Stadt hinein.

Auf dem grauen Platz, der sich vor ihren auftat, war so reger Betrieb, dass sie absitzen und ihre Pferde an den Zügeln führen mussten.

Sie brachten die Tiere zu einer Stallung, in der sie für ein paar Münzen abgerieben und mit Wasser und Hafer versorgt wurden, während die Männer in der Stadt zu tun hatten.

»Und wie wollen wir das machen? Wollen wir einfach so in die Festung spazieren?«, fragte Marc, als sie wieder auf den überfüllten Platz hinaustraten. Er hatte wohl keine Angst, von jemandem belauscht zu werden, so laut wie er sprach, und musterte Justus, dem es schwerfiel, sich so gefasst zu geben wie sein Bruder.

»Ich glaube nicht, dass das funktioniert«, schnaubte er leise und Marc lachte auf.

»Das denke ich leider auch. Wir kennen die Gegend hier viel zu wenig, und in der Festung sind wir auch nie gewesen.«

Justus raufte sich die Haare, wünschte, es gäbe einen einfachen Weg. Ja, er wünschte sich sogar zum ersten Mal in seinem Leben, fliegen zu können, um leicht zu der Festung zu gelangen, die auf der anderen Seite über der Oberstadt aufragte.

Er kannte den Aufbau von Berill von Karten und aus den endlosen Erzählungen von Elyssabed, die er sich hatte anhören müssen. Doch leider nicht gut genug.

»Wenn wir es uns nicht so mit der Fürstentochter verscherzt hätten, hätten wir sie fragen können«, sagte Marc und Justus funkelte ihn böse an, als sie sich an einer Gruppe Zuschauer vorbeidrückten, die einem Gaukler zujubelten.

»Du meinst, wenn *ich* es mit ihr nicht verscherzt hätte«, schnaubte Justus und dachte an Elyssabed. An ihr arrogantes Gehabe und all den Ärger, den er nur wegen ihr gehabt hatte. Sie würde ihnen garantiert nicht helfen. Am besten sie begegneten ihr erst gar nicht. Denn er traute ihr zu, sie direkt in hohem Bogen aus der Stadt zu werfen.

»Justus, ich habe eine Idee. Aber ich fürchte, sie wird dir nicht gefallen.« Marc verzog das Gesicht und Justus ahnte Schreckliches. Aber war das jetzt wirklich noch von Bedeutung, wenn er dafür Cate wiederbekam?

Sie steuerten eine schmale Straße an, die vom Platz weg in eine ruhigere, aber auch düstere Gegend führte.

»Wir haben gerade beschlossen, den Fürsten von Mari zu bestehlen. Ich denke nicht, dass es noch schlimmer werden kann«, nuschelte Justus und Marc zuckte mit den Schultern.

»Wir fragen um Hilfe bei jemandem, der so was öfter macht.«

»Und an wen hast du da gedacht?«, wollte Justus wissen und glaubte nicht daran, dass Marc in Berill viele Leute kannte. Sie waren beide das erste Mal in der Hauptstadt von Mari.

»Die Diebesgilde.«

Justus starrte seinen Bruder ungläubig an und dachte an all die Geschichten, die Marc den Kindern erzählte.

»So was gibt es? In Wirklichkeit?«, vergewisserte er sich, weiterhin skeptisch.

Marc rümpfte sie Nase und hob trotzig das Kinn.

»Glaubst du, ich will dich verarschen? Ich rede schließlich mit den Frauen, mit denen ich schlafe. Und die wissen manchmal eine ganze Menge«, säuselte er verschwörerisch und Justus befiel eine unangenehme Gänsehaut. Er wollte es gar nicht so genau wissen.

»Aber wo finden wir die? Ich kann mir nicht vorstellen, dass das so einfach ist.« Er sah hinter sich auf den Platz.

Leute in weniger edlen Kleidern tummelten sich dort unter der Vormittagssonne. Sie saßen an Tischen, die am Straßenrand aufgebaut waren, redeten und tranken Tee. Es gab einige kleine Geschäfte, Stände und auch Gaukler, die einen Hut durch die Menge wandern ließen.

»Eine Stadt hat immer Augen und Ohren. Wir müssen nur die richtigen Leute fragen«, behauptete Marc und sah sich ebenfalls um.

Justus seufzte in sich hinein.

Doch Marc gab ihm einen Wink und führte sie tiefer ins Gewirr der Gassen, bis er vor einem Mann stehen blieb, der an einer größeren Straßenkreuzung kauerte. Seine Hose war verschlissen, die Füße ohne Schuhe und vor ihm stand ein verbeulter Zinnbecher, in den ab und zu jemand einen Bronzeling hineinwarf.

Marc kramte aus seiner Hosentasche eine Handvoll Münzen und hockte sich vor den Mann. Klappernd ließ er einen Bronzeling davon in den Becher fallen.

Der Bettler öffnete ein Auge und sah wenig interessiert zu ihm herüber.

Sein Bart und das Haar waren wirr und schmuddelig.

Justus schaffte es, keine Miene zu verziehen, als der Wind ihm den unangenehmen Geruch eines ungewaschenen Körpers entgegenwehte. Er hatte zwar keinen Schimmer, was sein Bruder von dem Kerl wollte, aber er vertraute ihm.

Er sagte es nicht gern, aber sein Bruder hatte tatsächlich mehr Ahnung von den Belangen der Städter.

»Ich hätte da eine Frage«, sprach Marc den Mann an und warf eine weitere Münze in den Becher.

Das zweite Auge öffnete sich und blinzelte in die helle Vormittagssonne.

Marc lächelte schief. »Wir suchen nach ein paar Leuten, die uns helfen können.« Noch eine Münze fiel in den Becher.

»Und was für Leute sollen das sein?«, raunte der Mann mit brüchiger Stimme und entblößte eine unvollständige Reihe schwarzer Zähne.

»Am besten jemand, der dafür sorgen kann, dass Gegenstände unbemerkt den Besitzer wechseln.« Erneut klimperte es im Becher und Justus verstand. Auch wenn er daran zweifelte, dass ein Bettler die richtige Ansprechperson war.

»Ist es etwas, was der jetzige Besitzer nicht freiwillig hergibt?« Der Mann lachte glucksend und mit einem bösartigen Klang.

»Könnte man so sagen«, sagte Marc schmunzelnd und Justus fragte sich, wie er den üblen Geruch so gut aushielt.

Geld klapperte ein weiteres Mal.

Die Augen des Bettlers wurden zu schmalen Schlitzen. Er musterte Marc und Justus eingehend, maß wohl mit dem Auge, ob die Information wirklich für sie bestimmt war. Marc griff wieder in seine Tasche und ließ diesmal einen Silberling in den Becher fallen.

Der Bettler grummelte erst unverständlich und hustete dann. »Folgt der Schwarzen Sonne. *Zum trunkenen Schwätzer*. Fragt nach Fristan«, wiederholte er und eine letzte Münze landete im Becher.

»Vielen Dank.« Marc erhob sich und streckte seinen Rücken durch.

»Ich habe zu danken, Jüngling«, schnurrte der Mann, nahm den Becher und ließ die Münzen in eine versteckte Tasche seiner dreckigen Jacke gleiten.

»Dann mal los«, rief Marc, ein breites Grinsen im Gesicht.

Justus klopfte ihm lobend auf die Schulter. »Wie viel hast du dem Kerl gegeben?«

»Was nötig war. Aber jetzt haben wir wenigstens einen Anhaltspunkt«, erwiderte Marc zufrieden und schob die Hände in die Hosentaschen. »Und du wirst mir alles zurückzahlen.«

Zum trunkenen Schwätzer stellte sich als der Name eines Gasthauses heraus, an dessen Hauswand eine mit Kohle gezeichnete Schwarze Sonne prangte.

Es dauerte nicht lang, es zu finden, da es im Herzen der Unterstadt lag und alle Wege dort hinzuführen schienen. Es war ein altes Steingebäude mit schiefem Dach und großen Buntglasfenstern, die einem die Sicht nach innen verwehrten.

Ein bulliger Mann stand davor, beäugte sie aus kleinen, aber wachen Augen und versperrte ihnen den Weg, als Justus nach der Türklinke greifen wollte.

»Was wollt ihr?«, blaffte er und starrte sie grimmig an.

Justus schnaubte genervt und sah hinauf zur Sonne, die ihm zeigte, dass der Mittag nahte. Die Zeit rannte und so wandte er sich mit finsterem Blick wieder dem Türsteher zu, dem wohl in diesem Moment aufzugehen schien, dass Justus großer war als er.

»Wir suchen nach Fristan«, sagte Marc schnell und Justus zuckte nicht einmal mit der Wimper, als der Mann die massigen Arme in die Seite stemmte.

Einen Moment glaubte Justus, er würde sie nicht durchlassen.

Doch dann holte er tief Luft und gab die Tür frei.

»Ich behalte euch im Auge«, schnaubte er, was wohl als Drohung gedacht war. Doch Justus hatte keine Angst vor ihm. Bei einer Auseinandersetzung Mann gegen Mann wäre er dem schwerfälligen Gegner bei Weitem überlegen.

Justus öffnete die Tür und die beiden Brüder traten ein. Durch das Buntglas fiel das Licht nur diesig herein und schuf selbst am Mittag eine schummrige Atmosphäre.

Eine farbenfrohe Gesellschaft aus Frauen in bunten, teilweise sogar recht edlen Gewändern und Männern, die lachend zusammensaßen, bevölkerte die Gaststube.

Justus ließ den Blick schweifen, um herauszufinden, wer von ihnen Fristan sein könnte, selbst wenn er nicht wusste, was er Fristan überhaupt sagen sollte. Was erwartete ihn hier?

Den Mann, der ihm sofort ins Auge fiel, hatte er jedoch sicher nicht erwartet. Er saß an einem Tisch an der Seite, umringt von anderen. Sein Haar war schwarz, was ihn von den für gewöhnlich sehr hellen Südländern abhob.

Justus war ihm bereits begegnet, erst vor wenigen Tagen. Er war zwar nicht Fristan, aber er war der Sohn des Fürsten von Mari.

Und der Kerl zu seiner Linken war sein Begleiter gewesen. Sein wirrer Lockenkopf war ebenfalls unverkennbar.

Justus gab Marc ein Zeichen, um ihn auf die beiden aufmerksam zu machen.

Als der sie entdeckte, zog er scharf die Luft ein. »Ist das nicht der Typ, der Elyssabed mitgenommen hat?«, raunte er und Justus nickte.

Im selben Moment wurde auch der Fürstensohn auf sie aufmerksam und erhob sich prompt von seiner Bank.

Justus dachte im ersten Moment, er fürchtete sich davor, von ihnen erkannt worden zu sein, an einem Ort wie diesem, doch den Fürstensohn schien es wenig zu scheren.

»Wen haben wir denn da? Neulinge!«, rief er lautstark und breitete die Arme aus, als wäre er hier zu Hause.

Alle Köpfe drehten sich zu ihnen. Viele Blicke musterten sie feindselig und Geflüster wurde laut. Kein Wunder hatte dieses Gasthaus einen Türsteher: Es war ein Wespennest. Hier kam nur rein, wer auch dazugehörte. Und sie taten das eindeutig nicht.

Justus wurde nervös unter all der Aufmerksamkeit, zeigte es aber nicht, sondern straffte die Schultern. Was zuerst wie zufällig zusammengekommene Gäste gewirkt hatte, entpuppte sich zu einer verschworenen Gemeinschaft. Und einer Meute hungriger Hunde durfte man keine Angst zeigen.

Was allerdings der Sohn des Fürsten, Symmon von Mari, hier zu suchen hatte, war sicher auch interessant.

»Habt ihr euch verirrt?«, fragte Symmon, da sie weiterhin unentschlossen im Raum standen. Lachend wies er auf die freien Stühle an seinem Tisch.

Ob er sie auch erkannt hatte?

»Nein, ich denke nicht.« Justus trat näher und hoffte, dass dies die richtige Entscheidung war. Schließlich war er hier, um jemanden zu finden, der ihnen bei einem Diebstahl behilflich war, und nicht, um mit dem Sohn des zu Bestehlenden ein Bierchen zu trinken. Was machte der überhaupt hier? War er zufällig hier hineingeraten?

Justus und Marc tauschten einen schnellen irritierten Blick und setzten sich. Der Stuhl knarrte heftig unter Justus' Gewicht, was ihm weitere unfreundliche Blicke einhandelte. Aber das passierte leider öfter. Die Möbel im Süden waren eher für kleinere Menschen gemacht worden.

»Wir suchen nach Fristan«, sagte Justus und die Augenbrauen des Fürstensohns hoben sich überrascht. Er kannte den Namen also.

»Fristan? Und von wem habt ihr diesen Namen?«, wollte er wissen und klang dabei eine Spur zu belanglos, als dass es echt sein könnte. Er wich Justus' Blick aus, indem er eine der Schankdirnen heranwinkte. »Zwei Honigbier für unsere Neuankömmlinge, Stella!«, rief er ihr zu und sie verschwand hinter die Theke.

Justus war die ganze Sache nicht geheuer. Konnten sie wirklich am richtigen Ort sein? Hatte der Bettler sie reingelegt und sie würden gleich verhaftet werden?

Marc öffnete den Mund, um wohl eine Erklärung abzugeben, doch er verpasste ihm einen Tritt.

»Wir haben unsere Quellen«, sagte Justus schnell und starrte den Fürstensohn weiter an.

»Gut, wie ihr wollt. Dann müsst ihr gegen uns spielen«, eröffnete der dunkelhaarige Mann belustigt und etwas in seinen Augen blitzte auf.

Justus packte der Ärger und er knirschte mit den Zähnen. »Wir haben keine Zeit für Spiele«, knurrte er und verschränkte die Arme vor der Brust.

»Wenn ihr nicht spielt, sehe ich keine Veranlassung, Fristan für euch zu rufen«, flachste der Fürstensohn und zuckte mit den Schultern.

Justus hätte ihm gern eine verpasst. Wie er hier saß, in aller Seelenruhe an seinem Bier nippte und sich amüsierte wie ein König. Nicht jeder konnte seine Zeit mit Müßiggang bestreiten wie das verwöhnte Söhnchen eines Fürsten.

Dafür drängte die Zeit zu sehr.

Justus legte seinem Bruder eine Hand auf die Schulter. »Wir sind hier falsch«, schnaubte er und stützte sich auf den Tisch, um sich wieder zu erheben.

»Nein!«, rief Symmon sofort und alles Spielerische wich für den Bruchteil eines Augenblicks aus seinen Zügen.

Justus zögerte.

»Du bist hier richtig. Und solltest du gegen mich gewinnen, hast du einen Gefallen bei mir gut. Wie klingt das?«, spaßte der Fürstensohn und sein Lächeln hatte nur noch den Anschein von Ausgelassenheit.

Der Lockenkopf neben ihm rieb sich freudig die Hände.

Justus wusste nicht, was er davon halten sollte, blieb vorsichtig. Wohin würde sie das führen?

»Was soll das für ein Spiel sein?«, brummte er betont desinteressiert und lehnte sich auf dem Stuhl zurück.

»Völlig gleich. Ihr seid die Gäste, also bestimmt ihr es«, bot sein Gegenüber an und grinste breit.

»Hey! Symmon spielt gegen den Fremden«, rief einer der Männer vom Nebentisch, worauf etliche interessiert zu ihnen herübersahen.

Es war also nichts Ungewöhnliches, dass der Fürstensohn hier saß und spielte.

Der Bettler hatte sie also wirklich reingelegt, oder an diesem Mann war mehr dran, als er gedacht hatte. Schließlich befanden sie sich in der Unterstadt. Einem Ort, an dem jemand wie er sich nicht herumtreiben sollte.

Justus musste das Spiel aber wohl mitspielen, wenn er dahinterkommen wollte. Und womöglich war es sogar von Vorteil, einen Gefallen beim Sohn des Fürsten gutzuhaben, wenn er Cate helfen wollte.

Sein Blick wanderte durch den Raum auf der Suche nach einer Idee, als eine junge Frau an ihren Tisch kam und zwei große Humpen Bier abstellte. Sie zog eine Schachtel Streichhölzer aus ihrer Schürze, entzündete die Kerze auf dem Tisch und entfernte sich wieder.

Kerzen wurden wohl nur für echte Gäste entzündet, stellte Justus fest. Auf jedem Tisch stand eine, aber nur die ihre brannte.

Und da kam ihm die Idee. Natürlich, Feuer. Etwas, bei dem er überhaupt nicht verlieren konnte.

Justus griff nach der Kerze auf dem Nebentisch, entzündete sie an der Flamme der anderen und sah Symmon an.

»Hier. Wer seine Hand länger über die Flamme halten kann.«

Marc, der gerade an seinem Bier nippte, verschluckte sich und hustete ausgiebig. Justus verkniff es sich, ihm einen warnenden Blick zuzuwerfen.

Der Fürstensohn schien nicht lange darüber nachdenken zu müssen. »Alles klar. Euer Spiel, eure Regeln«, stimmte er sofort zu, nahm einen großen Schluck aus seinem Glas und krempelte den Ärmel seines dunklen Hemdes nach oben. »Los geht's!«

Justus streckte die Hand vor und hielt sie über die Flamme der einen Kerze. Der Sohn des Fürsten tat es ihm gleich.

Zuerst passierte nichts und Justus musste sich lediglich anstrengen, seiner Gewohnheit zu trotzen und das Feuer nicht auf seine Hand zu ziehen. Doch nur nach wenigen Sekunden verzerrte sich langsam das Gesicht seines Gegenübers. Justus konnte sich das Gefühl nicht vorstellen. Feuer war für ihn nie zu heiß oder schmerzhaft gewesen.

Der Fürstensohn biss die Zähne zusammen, zitterte und riss dann ganz plötzlich die Hand zurück.

»Scheiße!«, fluchte er und versenkte sie im kühlen Bier, das über den Rand schwappte und auf die Tischplatte spritzte. »Verdammt! Wie machst du das?«, zischte er, klang aber nicht wütend, und Justus zog langsam seine Hand von der Flamme zurück.

Es war wirklich kein faires Spiel gewesen, doch das würde Justus kein schlechtes Gewissen bereiten.

»Gewohnheit«, behauptete er und gönnte sich jetzt doch ein Lächeln.

Symmon maß ihn mit den Augen. »Kann es sein, dass wir uns kennen?«

Justus nickte zögerlich. Der Fürstensohn hatte ihn und Marc also wirklich nicht erkannt. »Vor drei Tagen hast du deine Schwester bei uns abgeholt, Symmon von Mari«, sagte er und griff gelassener nach seinem Bier, als er sich fühlte.

Marc hatte schon die Hälfte von seinem Humpen geleert und saß immer noch. Es konnte also nicht vergiftet sein.

»Er weiß, wer ich bin«, meinte Symmon überrascht und lachte laut los. »Ja, jetzt erinnere ich mich an euch. Die Wagenleute. Die Welt ist klein, was?« Er stieß seinen rechten Banknachbarn in die Seite, der bisher unauffällig geblieben war.

Der Mann war schon ein wenig älter und trug die hellen Haare in einem Zopf. Der Rauch seiner Pfeife stieg in Ringen Richtung Decke.

»Was sagst du dazu, Fristan?«, sprach Symmon ihn an und der Mann nickte.

Das war also Fristan. Er hatte die ganze Zeit über am Tisch gesessen.

Justus musterte den Mann genauer, der ungefähr um die vierzig sein musste. Er war von muskulöser Statur und erwiderte die Begutachtung durch den langsam aufsteigenden Rauch seiner Pfeife.

Was er wohl in Justus sah? Einen Vagabunden? Einen Mann, dem er trauen wollte?

Fristan erhob sich. »Ich sage dazu, dass es mich sehr interessiert, was die beiden Herren zu mir geführt hat«, sagte er mit erstaunlich klarer Stimme und die Männer um ihn herum machten ihm respektvoll Platz.

Justus stand ebenfalls auf und zog Marc von seinem Stuhl hoch.

Fristan führte sie durch den Schankraum zu einer Tür unter der Treppe. Der Raum dahinter war klein und mit verdunkelten Fenstern.

Ein drahtiger Mann mit Zöpfen im weißblonden Bart entzündete ein paar Lampen und stellte sich dann an die Tür. Ein ganzes Arsenal an Messern hing demonstrativ an seinem Gürtel.

Die Möbel waren protziger als erwartet. Eine fein verzierte Kommode, ein Tisch aus glänzendem Holz, edel gepolsterte Stühle.

Die Höhle eines Diebes, schoss es Justus durch den Kopf. Sie waren also tatsächlich da, wo sie hinwollten.

Ein mulmiges Gefühl legte sich auf Justus' Brust wie ein zu enges Kleidungsstück.

»Nehmt Platz«, forderte Fristan sie auf und ließ sich in einen Sessel sinken, dessen roter Brokatbezug im Licht der Laterne schimmerte.

Marc setzte sich zögernd auf einen Stuhl und Justus sah seinem Bruder an, dass ihm die Situation ebenfalls nicht geheuer war.

Justus blieb stehen und verschränkte die Arme vor der Brust. »Ich stehe lieber«, sagte er und der Dieb nickte nur.

»Nun gut. Ihr habt mich gesucht und gefunden. Wer seid ihr also und was, glaubt ihr, kann ich für euch tun?« Er nahm eine Karaffe von einem kleinen Tischchen, zog den Korken und goss sich einen Schluck dunkelrote Flüssigkeit in einen goldenen Kelch. Der schwere Geruch von teurem Wein breitete sich im kleinen Zimmer aus.

»Ich bin Justus und das ist mein Bruder Marc«, stellte Justus sie vor und Marc nickte nur zustimmend. Er war erstaunlich still für seine Verhältnisse. Aber wer konnte es ihm verübeln. Wenn dieser Kontakt nicht möglicherweise helfen würde, Cate zurückzuholen, dann wären sie mit Sicherheit nicht hier.

»Wir benötigen Hilfe … bei einem Diebstahl«, presste Justus die Worte heraus und Fristan lächelte wissend.

»Und da kommt man natürlich zu mir.« Der Mann breitete selbstgefällig die Arme aus. Die Pfeife hing ihm schief im Mundwinkel und der Wein schwappte im Kelch. »Ich muss ehrlich zu euch sein. Ihr seht nicht unbedingt aus wie Diebe oder Hehler. Aber wenn der Preis stimmt, können wir darüber nachdenken.«

Justus' erster Impuls war es, nach den Münzen in seiner Gürteltasche zu greifen, doch er widerstand. Er musste einem Dieb ja nicht auf die Nase binden, wo sich sein Geld befand. Obwohl dieser das sicher schon selbst wusste.

»In Ordnung«, sagte Justus mit fester Stimme.

»Also, kommen wir zu den Details. Was ist es, was ein Mann wie du begehrt?«, erkundigte sich Fristan und Justus dachte sofort an Cate.

Wie der Wind durch ihr Haar tanzte und das Schattenspiel des Waldes ihr Lächeln versteckte.

Es war einfach unvorstellbar. Heute Morgen hatte er nur davon geträumt, wie es sich angefühlt hatte, sie zu küssen, und nun saß er in einem dunklen Raum und engagierte aus Angst um sie einen Dieb. Wie das Leben manchmal so spielte …

»Windspiele«, sagte er schnell, damit er es hinter sich bringen konnte. Er dachte an den Sohn des Fürsten, der draußen im Schankraum saß, und hoffte, dass dieser niemals erfahren würde, was in diesem Raum gerade besprochen wurde. »Sie befinden sich im Besitz des Fürsten von Mari. Und wir brauchen sie, bevor die Sonne untergeht!«

Stille legte sich über den Raum, lauernde Stille. Fristan schwieg, betrachtete Justus mit dem Blick eines Raubtiers, der ihm überhaupt nicht gefiel.

»Wisper? Hol Symmon dazu«, sagte er plötzlich und Justus rieselte eine Gänsehaut den Rücken hinunter. Seine Hand lag sofort auf seinem Jagdmesser.

Dem Mann mit den Zöpfen im Bart entging die Bewegung nicht und auch er zog sofort einen Dolch, den er einmal zwischen den Fingern hindurchsausen ließ.

»Nein, pfui, aus!«, rief Fristan, als wären sie alle nur dumme Hunde, sprang aus seinem Sessel auf und verhinderte so, dass sich Marc auch noch einmischen konnte. »Hier wird kein Blut vergossen. Es hat mich so einiges gekostet, an diesen Teppich heranzukommen!«, fügte er hinzu und sie alle wussten, dass er ihn nicht gekauft hatte. »Steckt eure Klingen weg. Ich habe nicht vor, euch anzukreiden. Doch sicher werden wir den Fürsten nicht bestehlen ohne Symmons Einwilligung.«

Justus konnte nicht glauben, was er da zu hören bekam. Das war doch lächerlich. »Wieso sollte der Sohn des Fürsten so etwas zustimmen?«, knurrte er und malte sich die Chancen aus, die er gegen die beiden haben würde, ohne seine Feuerkräfte zu benutzen. Denn das durfte er auf keinen Fall. Selbst in Bedrängnis oder Gefangenschaft war es immer noch ihr höchstes Ziel, das Geheimnis des Feuervolkes zu wahren.

Marc war ein guter Kämpfer, doch die Schenke war voller Männer. Kappadreck.

»Du unterschätzt ihn, Justus.« Fristans Stimme war messerscharf. »Wenn du meine Hilfe willst, dann beruhigen wir uns jetzt alle wieder. Ihr seid ungewöhnliche Burschen und euer Anliegen noch ungewöhnlicher. Doch meine Neugierde und meine Gutmütigkeit haben auch ihre Grenzen.«

Justus sah zu seinem Bruder, der seinen Blick erwiderte. Marc zuckte mit der Augenbraue, was so viel hieß, dass er nichts gegen einen kleinen Kampf einzuwenden hätte, sollte Justus das wollen.

Doch Justus wollte keinen Kampf. Die Chancen standen zu schlecht und die Zeit rann ihnen wie Sand durch die Finger.

Er schob das Messer zurück in die lederne Scheide.

»Wunderbar«, seufzte Fristan, nahm seinen Kelch wieder zur Hand und leerte ihn in einem Zug.

»Wo ist …« Marc ließ die Frage unbeantwortet und brachte Justus dazu, sich umzusehen. Der Mann mit den vielen Messern war verschwunden. Wahrscheinlich war er aus der Tür hinausgeschlüpft, ohne dass sie es bemerkt hatten.

»Sagt, wo kommt ihr beide her? Ihr seht nicht aus, als wärt ihr aus Mari.« Fristan schenkte sich neuen Wein ein, ohne Justus und Marc etwas davon anzubieten. Doch Justus hätte sowieso abgelehnt.

»Wir sind von nirgendwo. Wir sind ziehende Wagenleute«, behauptete Marc, was sie immer sagten, wenn sie das gefragt wurden. Sie mussten nicht jedem auf die Nase binden, dass sie aus Teallach aus dem Egralin-Gebirge stammten.

»Interessant«, sagte der Dieb und es klang ehrlich gemeint.

Die Tür flog mit solch einer Wucht auf, dass alle Anwesenden zusammenzuckten. Selbst Fristan.

»Ihr habt gerufen?«, rief der Fürstensohn süffisant, ein Kurzschwert in der Hand, und verbeugte sich so albern wie ein Bauerntölpel, der zum ersten Mal bei Hofe antrat.

»Dezent wie immer«, säuselte Fristan und gab ihm mit der Hand den Wink, einzutreten.

Symmon schob das Schwert, elegant wie ein Kämpfer, in die Scheide zurück und lehnte es an den Stuhl, auf den er sich fallen ließ.

Er war also nicht nur ein Höfling und Sympathisant der Diebesgilde, er konnte auch kämpfen.

Würde er ihnen gefährlich werden können?

Der Mann mit dem Lockenkopf schloss ganz leise die Tür hinter sich und lehnte sich an die Wand.

Justus sah von einem zum anderen und konnte sich nicht vorstellen, wie das alles enden sollte.

»Wir werden beauftragt, deinen Vater zu bestehlen«, sagte Fristan, als wäre es nur eine Nebensächlichkeit.

Justus erschrak innerlich über seine Direktheit und blickte den Fürstensohn an, wartete auf seine Reaktion. Er wusste genau, wie er selbst reagieren würde, wenn jemand ihm das zu seinem Vater mitteilen würde. Nervosität und Angst ballten sich in seinem Bauch zusammen und drückten ihm auf den Magen.

»Oh, wirklich? Das ist … überraschend«, erwiderte er jedoch nur und zuckte mit den Schultern, als ginge ihn das eigentlich nichts an.

»Nicht wahr? Sie wollen diese Windspiele aus dem *Saal der Schätze*«, fuhr der Dieb fort und Justus sah, wie Symmon sich versteifte. Der Blick des Fürstensohns wanderte zu Marc und Justus.

»Was will ein Vagabund mit den Windspielen des Windvolkes?«, fragte er langsam und seine Augen bekamen wieder diesen ernsten Ausdruck, den Justus schon in der Schenke an ihm gesehen hatte.

Fristan hatte recht. Justus unterschätzte ihn.

Er gab sich wie ein reiches Söhnchen mit seinen Spielchen und den Albernheiten, doch etwas war da in seinen Augen, etwas Berechnendes, und Justus wusste, dass er bereits zu viel gesagt hatte. Das Windvolk durfte hier keine Bedeutung bekommen, damit niemand auf die Idee kam, es gäbe noch Überlebende.

Er musste vorsichtiger sein, seine Worte weise wählen, sonst verspielte er seine Chancen.

Wäre er doch nur besser mit Worten.

Er sah zu Marc, der hilflos zurückblickte. Seine Klappe war auch nur groß, wenn er nichts zu verlieren hatte. Und sie hatten hier etwas zu verlieren.

»Ist das denn von Belang?«, versuchte Justus sich aus der Frage zu winden. »Die Windspiele sind wichtig für uns. Wenn wir sie nicht heute noch bekommen, dann …« *… dann sehe ich Cate vielleicht nicht wieder.* Er brach ab, wusste nicht, wie er diesen Satz noch beenden konnte, ohne sein ganzes Herz auszuschütten.

»Dann?«, bohrte Symmon weiter und fing Justus' Blick auf.

Jetzt wünschte Justus sich doch, sich gesetzt zu haben. Sein Magen rumorte, seine Haut erhitzte sich. Er durfte nicht an Cate denken, wenn er sich konzentrieren wollte, doch er konnte nicht anders.

Er stellte sich vor, wie sie am Boden lag, der lachende Felio über ihr, die Macht des Windvolkes in seinen Händen. Wenn er ihr etwas antun würde, Justus schwor bei den Funken des ewigen Feuers, er würde dem Hundesohn die Haut von den Knochen brennen.

»Es ist lebenswichtig«, presste er hervor und Symmon zischte abfällig. Ihm reichte es immer noch nicht.

»Um wessen Leben geht es hier? Um deines?« Er zeigte auf Marc. »Um seins?«

Justus holte tief Luft. Es ging um Cates Leben. Und wenn sie nicht weggelockt worden war, sondern ihn verlassen hatte, ging es auch um sein Leben.

Jetzt musste er seine Worte noch weiser wählen. »Jemand anderes … der in schlechte Gesellschaft geraten ist«, sagte er vage und Symmon hob skeptisch eine Augenbraue.

Justus schnaubte laut und verlor so langsam seine Fassung. »Hört zu. Diese *Gesellschaft* will die Windspiele haben! Er wird sie sich heute Nacht holen kommen. Das ist ein Fakt. Wenn ich nicht schneller bin, wird sie …« Er stockte. »Wird jemand in Schwierigkeiten geraten.« Verdammt.

»Sie!«, rief Fristan, dem Justus' Ausrutscher natürlich nicht entgangen war, und beugte sich auf seinem Sessel nach vorn. »Es geht hier um eine Frau!« Es war eine Feststellung, keine Frage. Der Dieb lachte auf und schnippte in die Luft. »Ich habe dich doch richtig eingeschätzt, mein Freund. Du siehst nicht aus wie ein Dieb. Aber wie ein Beschützer.«

»Es geht also gar nicht um die Windspiele«, fasste Symmon zusammen. »Du brauchst sie, um dein Mädchen zurückzuholen.«

»Ja.« Justus fuhr sich fahrig mit der Hand durch die Haare, trat zu einem Hocker und ließ sich darauf sinken. Er knarzte in der Stille des Raums viel zu laut.

Wieso hatte er den Mann nicht einfach bezahlen können und dann wäre die Sache erledigt gewesen?

»Ich mach es«, sagte Symmon plötzlich und sah an Justus vorbei zu dem Mann mit dem Lockenkopf. »Bist du dabei, Uro?«

»Deinem Vater mitten am Tag seinen liebsten Schatz stehlen, ohne dass er es merkt? Aber natürlich. Ich lass mich gern für ein paar Fremde am Galgen aufknüpfen«, antwortete der Mann mit Sarkasmus in der Stimme und stieß sich von der Wand ab, an der er gelehnt hatte.

Symmon lachte und Justus sah ihn irritiert an. Wie konnte er über so etwas lachen? Justus hatte nicht gewusst, dass die Windspiele dem Fürsten von Mari so wichtig waren, und es erschreckte ihn.

Was wusste der Fürst über die Artefakte des Windes?

»Das heißt, er ist dabei«, behauptete Symmon an Justus gewandt und sprang geradezu auf seine Füße. Behände griff er nach seinem Schwert und befestigte die Scheide an seinem Rücken. »Ihr habt meine Schwester ertragen, ohne ihr den Hals umzudrehen. Ich traue euch also mehr zu als ein paar völlig Fremden. Und du hast noch einen Gefallen bei mir gut, Vagabund.«

28

Justus und Marc schlenderten zwischen Symmon und Uro durch einen Dienstboteneingang in den hinteren Teil der weißen Festung. Die Uhr im Turm schlug vier.

Sie unterhielten sich über Belanglosigkeiten und grüßten freundlich alle Mägde und Knechte, die an ihnen vorbeieilten.

Marc schien das leichtzufallen und er verstand sich besser mit Uro, als gut für ihn war. Der beste Freund des Fürstensohns hatte nämlich beinahe nur Blödsinn im Kopf und steckte damit alle um sich herum an.

Bis auf Justus, der ihm nur mit einem skeptischen Blick begegnete, wenn der Lockenkopf seine Witzchen machte.

»Sei entspannter«, flüsterte ihm Symmon zu und Justus quälte sich ein Lächeln auf seine Lippen.

»Er ist nicht der entspannte Typ«, erklärte Marc und Justus hätte sicher mit den Augen gerollt, wäre er nicht so verkrampft gewesen.

Dies hier war kein Spaziergang. Sie kamen in diese Festung, um für Cate die Artefakte des Windes zu stehlen.

Und dass Marc und er Teil dieser Diebestruppe waren, setzte ihm einen Stein in den Magen.

Symmon hatte Fristan von der Angelegenheit losgesprochen, darauf bestanden, dass die Brüder mit ihm kamen, und sie aus dem *trunkenen Schwätzer* geführt. Wieso auch immer er das getan hatte.

Wenigstens entband Justus das von einer Bezahlung an den Dieb. Er hatte zwar so einiges Erspartes, doch nachdem er die goldenen Becher gesehen hatte, war er sich nicht sicher gewesen, ob es wirklich ausreichend gewesen wäre.

»Justus«, sprach Symmon ihn an, als sie durch ein weiteres Tor schritten und auf einen prächtig geschmückten Innenhof traten. Überall hingen Banner in verschiedenen Farben, Männer und Frauen eilten umher, trugen weitere Fahnen und schmückten Mauern und Bögen.

»Hier findet heute Abend ein Turnier statt«, erzählte Uro gerade und Justus achtete nicht auf Marcs Antwort, da er sich dem Fürstensohn zuwandte.

»Diese schlechte Gesellschaft für deine Freundin, von der du gesprochen hast. Wie haben die vor, die Windspiele zu entwenden?«, fragte Symmon und Justus wich unauffällig seinem Blick aus.

»Ich habe keine Ahnung«, log er und sah sich zu allen Seiten um. Er wusste ganz genau, wie Felio es anstellen würde. Fliegend. »Ich weiß nur, dass sie es tun werden.« Wenn Justus nur an diesen Mistkerl dachte, entzündete sich seine Wut nur von Neuem und stärkte seine Entschlossenheit, diese Sache hier durchzuziehen.

Sie überquerten den Platz und Justus musste den Kopf in den Nacken legen, um die Dächer der hohen Türme zu erblicken.

Die Sonne blendete ihn und er war froh, als sie eines der Gebäude durch eine schmale Tür betraten.

Symmon betrachtete ihn weiterhin, als sie eine Treppe nach oben nahmen und über eine prachtvolle Brücke aus hellem Stein und bunten Blumen das Gebäude wechselten.

»Hast du gar keine Skrupel, deinen eigenen Vater zu bestehlen?«, stellte Justus ihm eine Frage, um den jungen Mann dazu zu bringen, sich mit etwas anderem zu beschäftigen, als mit seinem prüfenden Blick Löcher in seine Stirn zu brennen.

»Nicht im Geringsten«, schnaubte Symmon und hielt kurz inne, als Marc und Uro über irgendetwas in Lachen ausbrachen. »Mein Vater ist ein gieriger Mann, dessen einzige Freude im Leben es ist, noch reicher zu werden. Und dabei ist es ihm egal, ob ihm diese Schätze zustehen oder nicht.« Auf Symmons Stirn bildeten sich Falten der Verärgerung und er blickte hinunter in die Stadt, die sich zu ihren Füßen ausbreitete wie verschüttet. In der Ferne glitzerte wie ein silbernes Band das Wasser des Afon.

»Er hat ein ganzes Volk ausgelöscht für ein Stück Land, dass er jetzt nicht einmal haben kann. Mir ist lieber, ein Vagabund hat die Schätze des Windvolkes als er.«

»Du willst ihn damit bestrafen«, schlussfolgerte Justus und ein schmales Lächeln entstand auf den Lippen des Fürstensohns.

»Ein bisschen«, gab Symmon zu und nun musste Justus ebenfalls lächeln.

Was für ein seltsamer Prinz, ganz anders als seine Schwester, wenn nicht sogar das komplette Gegenteil.

»Wo bleibt ihr?«, rief Uro von der anderen Seite der Brücke. »Ich dachte, wir haben es eilig.«

»Wohin habt ihr es eilig?«, fragte eine bekannte Stimme hinter ihnen und Justus erstarrte.

Verdammter Kappadreck! Als hätte er sie mit seinen Gedanken herbeigezaubert, stand Elyssabed hinter ihnen. Dabei hatte er sich gewünscht, dieses Gesicht nie wieder sehen zu müssen.

Die Prinzessin von Berill schritt königlich über die Brücke auf sie zu, zwei junge Frauen an ihrer Seite. Sie alle waren so bunt gekleidet wie die Blumen an der Balustrade der Brücke.

»Symmon«, sagte Elyssabed und strich sich in einer arroganten Geste das aufwendig frisierte Haar zurecht. Die Perlen auf ihrer hellblauen Robe schimmerten im Sonnenlicht. »Was tust du hier?«

»Ich? Das Gleiche könnte ich dich fragen«, konterte Symmon ruhig und richtete sich auf. Er war sehr viel größer als seine Schwester. Nicht so groß wie Justus, doch auffällig, jetzt, wo er direkt neben seiner sonnenblonden Schwester stand.

»Wir machen einen Spaziergang, wollten uns aber selbstverständlich nicht die Füße auf den Straßen dreckig machen«, erwiderte sie spitz und reckte ihre Nase in die Luft, genau wie Justus sie in Erinnerung hatte. »Es treibt sich nun mal nicht jeder in schmutzigen Gegenden herum, so wie du und dein kleiner Freund das zu tun pflegen.«

Sie löste ihren abschätzigen Blick von ihrem Bruder und sah zum ersten Mal zu Justus. Da sie wohl Uro erwartet hatte, fiel ihr vor Überraschung das blasierte Lächeln aus dem Gesicht. »Justus?«, stieß sie erschrocken hervor und starrte ihn mit riesigen Augen an, als wäre er ein Geist.

»Marc?«, fragte die junge Frau zu Elyssabeds Rechten viel zu aufgeregt und Justus sah sich nach seinem Bruder um, der mit Uro zu ihnen kam.

»O nein, verdammt«, stieß Marc jedoch aus, als er sie erreichte, und Justus versuchte sich zu erinnern, wo er das ebenmäßige Gesicht der Frau schon einmal gesehen hatte.

»Hallo, Elena«, begrüßte Marc sie und zwang sich zu einem Lächeln. »Was treibt dich denn hierher?«

»Ich bin zu Besuch bei meiner lieben Freundin Elyssabed. Sie ist die Tochter des Fürsten von Mari«, prahlte Elena affektiert, als hätten sie das nicht alle gewusst, und klimperte mit den dunkel bemalten Wimpern.

Da ging es auch Justus auf. Beinahe wäre ihm ein Fluch entwichen. Lady Elena! Sie war die Tochter dieses Bürgermeisters, die Marc in seinem Wagen vernascht hatte und die dann irrtümlich angenommen hatte, es handle sich um Liebe. O verfluchter Kappadreck! Was kam als Nächstes?

Elena schob sich an ihnen vorbei und hakte sich mit einem Seufzen bei Marc unter, der vor ihr zurückzuweichen versuchte. »Es ist Schicksal«, hauchte sie und Marc schüttelte sich wie ein nasser Hund.

»Was machen die hier?«, blaffte Elyssabed ihren Bruder an, nachdem sie ihre Fassung zurückerlangt hatte, und reckte das Kinn, um ihm in die Augen zu sehen.

»Sie kommen mich besuchen, damit wir gemeinsam den Fürsten bestehlen können«, sagte Symmon geradeheraus und Justus versteifte sich so sehr, dass ihm der Rücken schmerzte. Das hatte er jetzt nicht ernsthaft gesagt.

Justus wollte etwas sagen, protestieren, doch sein Mund war trocken wie die Wüste und er fürchtete, damit alles nur noch schlimmer zu machen.

»Sehr witzig, Symmon.« Elyssabed verdrehte genervt die Augen und stützte in einer großen Geste die Hände in die Hüfte. »Dein nordländischer Humor ist einfach unausstehlich.«

»Sie sind hier wegen … des Turniers! Waffenloser Kampf!«, rief Uro dazwischen, drängt sich neben den Fürstensohn und legte ihm kumpelhaft einen Arm um die Schultern. »Du kannst deine Schwester doch nicht immer so für dumm verkaufen.«

Symmon sagte nichts und Justus glaubte vor Anspannung gleich in Flammen aufzugehen. Zum Glück konnte er das nicht wirklich.

»Wegen des Turniers? Was für eine Überraschung«, sagte Elyssabed, die das kein bisschen zu überraschen schien, und lächelte leicht unterkühlt.

»Nicht wahr?«, erwiderte ihr Bruder im gleichen Ton und warf Uro einen bedeutsamen Blick zu.

Uro zuckte mit den Schultern.

»Wir werden uns den Kampf natürlich ansehen. Eigentlich waren wir sogar gerade auf dem Weg dorthin«, erzählte Elyssabed, als müsste es alle interessieren, und tastete nach einer schweren Edelsteinkette an ihrem Hals.

Justus' Blick blieb für einen Moment an dem teuren Geschmeide hängen, er sah, wie sich die Sonnenstrahlen in den tiefroten Steinen brachen, und wurde von einem seltsamen Gefühl ergriffen, das ihm die Nackenhaare aufstellte.

Er wusste kaum, wo ihm der Kopf stand. Elyssabeds plötzliches Auftreten und dann auch noch Lady Elena. Was war das für ein Turnier? Und wenn sie wirklich teilnehmen mussten, würden Symmon und Uro die Windspiele dann allein holen? Brauchten sie ihn und Marc nicht eigentlich dafür?

»Marc!«, platzte er heraus, bevor er darüber nachgedacht hatte. »Marc ist hier, um daran teilzunehmen. Ich bin nur dabei als … Unterstützung.« Was für ein Blödsinn man doch von sich gab, wenn man nicht wusste, was man sagen sollte.

Marc, der gerade versuchte, die kichernde Elena von seinem Arm loszumachen, sah verzweifelt herüber. »Was tust du da?«, presste er zwischen zusammengebissenen Zähnen hervor, während ihm das Mädchen »Ich werde nur für dich jubeln!« ins Ohr kreischte.

Justus sah ihn hilflos an und Marc seufzte.

»Sollten wir nicht langsam los?«, fragte eine leise Stimme und Justus' Blick fiel auf die dritte Frau, die sich bisher im Hintergrund gehalten hatte. Ein heftiger Stich fuhr ihm in die Brust, als er sie sah und im ersten Moment glaubte, Cate vor sich zu haben.

Sie war klein und schmal, ihr Haar von einem hellen Braun und gerade lang genug, um auf ihren schmalen Schultern aufzuliegen. Sie hatte so schüchtern geklungen, dass er sie für einen kurzen Augenblick verwechselt hatte.

»Wir sind auf dem Weg, Macadamya. Hetz uns nicht!«, fuhr Elyssabed das arme Mädchen harsch an, das betroffen den Kopf senkte.

Justus' Herz schlug ihm bis zum Hals und das Bedürfnis, sie in Schutz zu nehmen, überwältigte ihn beinahe. *Sie ist nicht Cate*, sagte er sich selbst, auch wenn sie große Ähnlichkeit miteinander hatten.

Ihr fehlten die Sommersprossen und das Stupsnäschen, und errötet war sie auch nicht.

»Ist Marc denn schon angemeldet?«, erkundigte sich Elyssabed unwirsch, als wäre ihr die ganze Situation eine große Last. Dabei war sie diejenige, die immer noch hier stand.

»Nein«, antwortete ihr Uro und lächelte so gewinnend, dass Justus ihm seine Freude sogar abkaufte. »Am besten, ihr nehmt ihn gleich mit. Lady Elena ist sicher bereit, ihm bei der Anmeldung behilflich zu sein. Wir kommen dann nach.«

»Was immer mein Schatz wünscht«, säuselte die Frau an Marcs Arm.

Justus hätte sicher darüber gelacht, wäre er nicht gerade damit beschäftigt gewesen, durch die ganze Aufregung seine Körpertemperatur konstant halten zu müssen.

»Lasst euch bloß nicht zu viel Zeit. Sonst sind alle guten Plätze weg«, behauptete Elyssabed, die wohl entschied, dass sie nun genug von ihnen hatte. Sie drehte sich auf dem Absatz ihrer bestickten Pantoffeln um und stolzierte so erhaben von dannen, wie sie auch aufgetaucht war.

Elena und Macadamya folgten ihr eilig und zogen Marc mit sich.

»Ich habe gehört, dass Joel der Knochenbrecher am Turnier teilnimmt«, hörte Justus Elyssabed noch sagen, als sie durch das Tor ins Innere des Gebäudes trat.

»Es heißt, er könne einen Stier an den Hörnern packen und von sich schleudern«, quietschte Elena noch und sie waren verschwunden.

»Musstest du deiner Schwester wirklich stecken, was wir vorhaben?«, maulte Uro und schritt in die andere Richtung davon.

»Keine Sorge. Sie ist so sehr mit sich selbst beschäftigt, dass sie das schon wieder vergessen hat«, erwiderte Symmon schnaubend und Justus folgte den beiden Männern ans andere Ende der Brücke.

Er kannte Elyssabed gut genug, dass er wusste, dass sie nicht so dumm war, wie Symmon sie gern darstellte. Und der Fürstensohn wusste das sicher auch.

Wegen ihm musste Marc nun an einem Turnier teilnehmen, von dem er keine Ahnung hatte. Hoffentlich würde er zurechtkommen.

Der Weg führte sie weiter durch Korridore und weitere Treppen hinauf, sodass Justus sich bald sicher war, den Weg hinaus allein nie wieder zu finden. Er wusste nur eins: Sie stiegen immer höher.

Er versuchte sich nicht vorzustellen, wie weit oben sie bereits waren und mied den Blick aus den Fenstern.

Ihm war es schon nicht einmal geheuer, drei Ellen hoch in einer Hängematte zu schlafen. Bei dem Gedanken an die hohen Türme der weißen Festung wurde ihm schlecht.

Ob es ihm wohl anders ergehen würde, wenn er fliegen könnte? Er bezweifelte es. Zum Glück war er in das Feuervolk geboren. Er hätte ein miserables Windkind abgegeben.

»Ab jetzt leise«, flüsterte Symmon und holte Justus ins Hier und Jetzt. Sie schlichen die Korridore entlang, umgingen ein paar Höflinge und eine Handvoll Wachen, um nicht gesehen zu werden.

Justus versuchte gleichmäßig zu atmen, doch sein Puls raste in seinen Adern. Die Anspannung hatte ihn fest im Griff, während er zwischen bunten Wandteppichen und dekorierten Blumenschalen durch die Festung wandelte.

»Wir sind da.« Symmon öffnete eine Tür zu ihrer Rechten und sie schlüpften in das Zimmer dahinter.

Es war ein heller Raum mit großen Fenstern, in dem mehrere Divane um schmale goldene Tische standen. Keine Spur von den Windspielen.

Uro musste Justus die Verwirrung ansehen, denn er lachte leise auf. »Sie sind nicht hier. Dachtest du, wir können einfach so ungesehen in den *Saal der Schätze* spazieren? Da oben hätten wir an mindestens sechs Wachen vorbeigemusst«, erklärte er und wies auf Symmon, der die dünnen apfelgrünen Vorhänge beiseiteschob, ein fein geschnitztes Gitterfenster öffnete und den Oberkörper so weit hinauslehnte, dass Justus bei seinem Anblick schwindelte.

»Der Pavillon ist direkt über uns. Das sollte funktionieren«, sagte Symmon und Justus bekam eine Ahnung davon, was sie vorhatten.

»Was sollte funktionieren?«, fragte er dennoch und Symmon grinste ihn so schelmisch an, dass ihm Angst und Bange wurde.

»An der Außenmauer nach oben in den Pavillon klettern und die Windspiele holen«, sagte er die verhängnisvollen Worte und Justus musste sich an einer gepolsterten Lehne abstützen, um nicht zu schwanken.

»Der Professor ist sicher weg?«, fragte Uro, zog sich seine Umhängetasche über den Kopf und packte ein dickes Seil aus.

Justus beging den Fehler, nach draußen zu blicken. Sie waren verdammt weit oben. Bei allen sengenden Feuerstürmen! Er würde sterben!

»Ja. Der Fürst hat darauf bestanden, dass er ihn zum Turnier begleitet. Gerade beginnen *Schwertkampf* und *Kampf zu Pferd.*«

Es war, als würde das Zimmer schwanken und Justus kniff die Augen zusammen. *Für Cate!*, beschwor er sich und dachte daran, wie sie ihn für seine Ängste belächeln würde. Dieses kleine fliegende Biest.

Ihm war schon weniger schlecht als gerade eben noch und er traute sich, langsam die Augen zu öffnen.

Uro schnürte sich gerade das Seil auf aufwendige Weise um den Körper, zog den Knoten fest und kletterte, ohne zu zögern, auf den Sims des offenen Fensters.

Wie tief mochte es da nach unten gehen?

»Fass mit an, großer Bursche. Ich kann ihn nicht allein halten, sollte er fallen«, rief Symmon und drückte Justus das Seil in die Hand. »Wickle es dir um den Körper und such dir einen festen Stand. Du bist der Anker«, erklärte der Fürstensohn und half ihm mit dem Knoten. »Besser wären drei Mann gewesen. Aber jetzt muss ich einfach darauf hoffen, dass du und ich das hinkriegen.«

»Ich stürze einfach nicht ab«, lachte Uro viel zu gelöst für jemanden, neben dem es fünfzig Mannshöhen nach unten ging.

»Abgemacht«, erwiderte Symmon und grinste.

In diesem Moment gingen Justus zwei Sachen auf. Erstens: Er würde nicht an einer Turmwand entlangklettern müssen, weil er offensichtlich nur zum Sichern eines Seils gebraucht wurde. Und zweitens: Symmon und Uro waren nicht nur ungewöhnlich, weil sie ihre Zeit mit Diebstahl zubrachten, anstatt gesittet bei Hofe zu leben. Sie waren auch vollkommen verrückt.

Uro war geschickter, als Justus es ihm zugetraut hätte, und kletterte an den groben Fugen des hellen Steins nach oben, als hätte er sein Leben lang nicht anderes getan.

Nicht einmal griff er daneben und verschwand dann aus Justus' Sichtfeld auf dem balkonartigen Pavillon, der sich direkt über ihnen befand.

Es ging ein Ruck durch das Seil und Symmon grinste breit. »Er ist oben«, informierte er Justus und dann ging alles ganz schnell.

Ein Windspiel nach dem anderen rutschte am Seil zu ihnen nach unten und Justus nahm die fein gearbeiteten Gebilde aus Muscheln und Holz entgegen. Er verschnürte sie in Tüchern und legte eins nach dem anderen in eine große Umhängetasche.

Bisher lief alles wie geplant. Doch Justus wagte es nicht aufzuatmen. Noch waren sie nicht entkommen.

»Das war das letzte«, sagte Symmon, als das Seil abermals erzitterte.

Justus half dem Fürstensohn dabei, den todesmutigen Uro zu ihnen abzuseilen, und dann packten die drei in Windeseile alles zusammen. Das Seil verschwand in einem Beutel, die Umhängetasche mit den Windspielen wurde Justus überlassen.

Symmon spähte aus der Tür und gab ihnen einen Wink, sodass sie alle auf den Korridor huschten und sich aus dem Staub machten.

Die quälende Anspannung ließ erst etwas nach, als sie durch das Gewirr an Gängen und Treppen wieder die Brücke erreichten, über die sie gekommen waren.

Justus presste die Tasche fest an seine Seite. Obwohl sich über zwanzig kleine Bündel darin befanden, schien sie nicht besonders viel zu wiegen. Das wunderte ihn aber nicht wirklich. Das war bei Cate ja nicht anders.

Seine Gedanken schweiften ab, wanderten zu ihr und dem guten Gefühl, sie bald wiederzusehen.

Er hatte die Windspiele. Sie würde zurückkommen. Sie musste zurückkommen. Und dann würde er sie fragen, wieso sie gegangen war, ohne ihm etwas davon zu sagen.

Es nagte an ihm, dieser leise Gedanke, dass sie ihn verlassen wollte. Wie sehr er sich auch selbst sagte, dass er sie kannte und wusste, dass ihr Herz zu ihm gehörte, der stechende Dorn des Zweifels blieb und quälte ihn.

Doch der schwerste Teil war erledigt. Er hatte die Windspiele. Die Artefakte des Windvolkes. Cate würde kommen.

Sie verließen das Gebäude an dem Platz, auf dem nun noch mehr Menschen hin und her wuselten und alles für ein großes Fest vorbereiteten.

»Der beste Tag, den du dir aussuchen konntest, Justus«, sagte Uro. »Heute wird so schnell niemand merken, dass etwas fehlt. Und bei all den Menschen wird es schwer, einen Schuldigen zu finden.« Er grinste, zufrieden mit der Welt, und stibitzte einem vorbeieilenden Knecht ein Traubenrebe vom Tablett.

»Dann sollte ich Marc holen, damit wir von hier verschwinden können, bevor es so weit ist«, entgegnete er und hielt den Riemen der Tasche mit den Windspielen fest umklammert.

»Was? Das geht nicht«, rief Uro und verschluckte sich dabei beinahe an einer Traube. Er hustete und zeigte dabei anklagend auf den Fürstensohn, der die Augen verdrehte.

»Er muss an dem Turnier teilnehmen«, erklärte Symmon genervt und verschränkte die Arme vor der Brust. »Da ich meiner lieblichen Schwester gesagt habe, dass wir hier zum Stehlen sind, wird sie sofort Verdacht schöpfen, wenn Marc nicht antritt.«

Justus schnaubte und wünschte sich, er hätte diesem Weib einfach den Hals umgedreht, als er die Gelegenheit dazu hatte.

»Du hättest einfach die Klappe halten sollen«, schnaubte Uro und Symmon zwickte ihn.

»Jaja. Ich sollte so viel und doch bin ich hier«, murmelte er.

»Wie lange geht das Turnier?«, unterbrach Justus die beiden.

»Ich schätze, dass die ersten zwei Disziplinen bereits abgeschlossen sind und *waffenloser Kampf* als Nächstes ansteht. Es gibt eher wenige, die da antreten«, erklärte Uro und zuckte mit den Schultern. »Joel der Knochenbrecher hat einen ziemlich miesen Ruf. Eigentlich will sich niemand für ein mickriges Preisgeld und einen Kuss von der Fürstentochter das Rückgrat brechen lassen.«

»Das sind ja fantastische Aussichten«, schnaubte Justus und Symmon lachte auf.

»Hast du gehört? Der ernste Riese kann Ironie«, witzelte er und Justus stöhnte innerlich auf.

»Gibt es eine Möglichkeit, vorher noch mal mit Marc zu sprechen?«, fragte er und Symmon schüttelte den Kopf.

»Zu spät. Er wird irgendwo in einem Vorbereitungsraum sein. Die lassen da niemanden rein. Die Spiele beginnen gleich«, erwiderte der Fürstensohn.

Zu dumm. Gern hätte er seinem Bruder gesagt, dass er am besten seinen ersten Kampf so gut es ging verlor, damit sie schnell nach Hause konnten.

»Nicht mal dich?«

Symmon überlegte kurz und zog die Augenbrauen zusammen. »Doch, wahrscheinlich schon. Aber wenn du da jetzt hinwillst, verzögert sich alles und es wird noch später.«

»Dann wohl besser nicht«, grummelte Justus und musste hoffen, dass Marc von selbst auf die Idee kam. Er war ja nicht dumm, er wusste, dass die Situation für sie heikel war. Jetzt musste er sich nur noch Sorgen darum machen, dass Marc da auch an einem Stück wieder herauskam.

Sie schlenderten weiter, passierten ein Tor, an dem die Wachen sich huldvoll vor dem Fürstensohn verbeugten, was er nur mit einer Grimasse quittierte.

Justus wurde nicht schlau aus ihm. Wie konnte es sein, dass der Sohn des Fürsten so wenig in das edle Leben des Hofes passte? Er war gewöhnlich gekleidet, sah anders aus als die Südländer und trug ein Schwert bei sich, das nicht wirkte, als diente es der Dekoration.

Hätte er nicht gewusst, wen er vor sich hatte, er wäre eher auf die Idee gekommen, es mit einem Söldner zu tun zu haben, als mit dem Sohn eines Fürsten.

Ihre Schritte führten sie auf einen weiteren Hof, auf dem sich viele edel gekleidete Menschen auf Tribünen tummelten. Getränke wurden von Dienern gereicht und Tücher gegen die Sonne aufgespannt.

Symmon schien zu wissen, wohin er wollte. Er führte sie zielstrebig zu einer Holztreppe, die mit vielerlei bunten Bannern geschmückt war, und hinauf auf die Tribüne.

Auch hier verneigten sich die Soldaten und Uro verkniff sich das Lachen, jedes Mal, wenn Symmon das Gesicht verzog.

Die Bänke waren brechend voll. Überall quetschten sich die Menschen zusammen und es war ein Wunder, dass sie sich noch vorwärts bewegen konnten.

Es war laut und die Luft stand vor Hitze, obwohl ganz langsam Wolken aufzogen. Cate hätte es hier gar nicht gefallen. Sie hasste große Menschenmassen.

In der Arena vor ihnen wurde gerade Pferdemist zur Seite gekehrt und ein Kreidekreis auf den Steinboden gemalt.

»Das ist der Kampfplatz«, rief ihm Uro über den Lärm hinweg zu und zog ihn weiter. »Zwei Kämpfer treten gegeneinander an. Wer den Gegner aus dem Kreis schubst, hat gewonnen. Aber wer mit Ehre gewinnen will, hält seinen Gegner am Boden, bis die Meute bis zehn gezählt hat.«

»Das klingt nicht nach Knochenbrüchen«, erwiderte Justus. Marc würde also nur aus dem Kreis treten müssen, um zu verlieren. Dann konnten sie sich schnell auf den Heimweg machen.

»Wer gebrochene Beine hat, steht auch nicht wieder auf«, warf Symmon ein und schob sich in einen abgegrenzten Bereich ganz vorn, in dem überraschend wenig Menschen saßen. Justus erblickte Elyssabed sofort, die bequem auf einer gepolsterten Bank fläzte und sich in ihren goldenen Becher nachschenken ließ. Er sah genauso aus wie der, den Fristan in seiner Diebeshöhle gehabt hatte.

Ihre Freundinnen saßen rechts und links von ihr. Elena unterhielt sich gerade mit einem schmucken Kerl in weiten Pluderhosen, der ihr unverblümt ins üppige Dekolleté starrte, und lachte so laut, dass Justus es trotz Lärm hören konnte.

Er war sich nicht sicher, ob er wirklich dort sitzen wollte. Elyssabeds Nähe fand er nicht gerade erstrebenswert. Ihm war bewusst, dass sie wütend auf ihn war. Er hatte ihre Annäherungsversuche nicht gerade freundlich abgewiesen und sie dann auch noch verspottet, als sie die Wagenleute verließ.

Und Justus hatte eine Tasche voller Diebesgut bei sich.

Die besten Voraussetzungen für eine Katastrophe.

Andererseits gab es keine anderen Plätze mehr. Und Justus machte sich zu viele Sorgen um Marc.

»Glaubst du, Elyssabed lässt mich neben sich sitzen?«, fragte Uro belustigt, als sie nah genug waren, dass die Frauen sie bemerkten, und Symmon stöhnte auf.

»Ich weiß nicht, wieso es dir so viel Spaß macht, dich von ihr beleidigen zu lassen.«

Uro winkte ab. »Du kannst dich ja zu Lady Elena setzen. Wunderschön und strohdumm.«

»Steh ich nicht drauf«, behauptete Symmon, beendete aber seinen Protest und verscheuchte den Mann in Pluderhosen mit einer einzigen Handbewegung. Dieser buckelte und machte eilig Platz.

»Da seid ihr ja endlich«, zischte Elyssabed wie eine Schlange, nahm einen tiefen Schluck aus ihrem Becher und schwankte dabei leicht. War sie betrunken?

Elena rutsche ein Stück, als Uro sich frech zwischen sie und Elyssabed quetschte, und die Fürstentochter merkte es nicht einmal. Sie war zu sehr mit sich selbst und ihrem Becher Wein beschäftigt.

Für Justus blieb der Platz neben dem schüchternen Mädchen übrig, das er vorhin irrtümlich für Cate gehalten hatte. Er setzte sich vorsichtig, um sie nicht zu verschrecken, und erinnerte sich dann selbst daran, dass sie nicht Cate war und er sie auch nicht so behandeln musste.

Das Mädchen saß still da und warf ihm einen verstohlenen Blick zu. Auf ihrem Schoß lag ein fein säuberlich frisiertes hellbraunes Hündchen mit einer goldenen Kette um den Hals und ließ sich von ihr hinterm Ohr kraulen.

Elyssabed reckte pikiert die Nase und winkte einen Diener heran, der ihr nachschenkte, während Elena sofort lebhaft mit Symmon und Uro zu reden begann.

Das Mädchen neben Justus lehnte sich weit nach vorn, versuchte dem Gespräch zu folgen, doch Elyssabed machte sich so breit auf ihren Kissen, dass sie ihr die Sicht versperrte.

»Gib dich lieber nicht mit denen ab, Damya, Schatz. Sie sind vulgär und unserer Gegenwart nicht würdig«, raunte sie ihr zu und richtete dann ihren stechenden Blick auf Justus. »So wie er zum Beispiel. Als ich ihn kennenlernte, drohte er mir damit, mich tot in einem Straßengraben zu verscharren«, fügte sie lauter hinzu, da der Wein offensichtlich ihre Zunge lockerte, und das Mädchen mit dem Hündchen machte große Augen.

»Wirklich?«, fragte sie und schielte verunsichert zu ihm herüber.

Wäre es nur Elyssabed, er hätte darauf nichts gesagt, doch dem Mädchen wollte er keine Angst machen. Selbst wenn sie jetzt, so aus der Nähe und unter genauerer Betrachtung, Cate gar nicht mehr so ähnlich sah, berührte sie sein Herz, ohne dass er es wollte.

»Du hast uns bedroht. Ich habe dir lediglich einen Schreck einjagen wollen, um meine Familie zu beschützen«, sagte er ruhig und erwähnte nicht, dass sie ihn trotz allem eines Abends angefallen hatte, um ihn zu küssen.

Woraufhin Cate weggelaufen war. War das nicht ein klarer Beweis, dass Cate ihn liebte? Er horchte in sich, doch der Zweifel stach ihn weiterhin.

Aus den Augenwinkeln sah Justus, wie das Mädchen ihn verhalten musterte. Dann zupfte sie an dem seidenen Ärmel ihrer Freundin und flüsterte ihr etwas zu.

Elyssabed seufzte theatralisch. »Ist das dein Ernst?«

Das Mädchen nickte und lächelte scheu.

»Gut, wie du willst«, lallte die Fürstentochter leicht und strich sich eine verirrte Strähne aus der Stirn. »Darf ich bekannt machen? Das ist Macadamya. Sie ist die Tochter eines Lords, der meinem Vater sehr nahesteht«, stellte sie ihm das Mädchen vor, ohne sich jedoch aufzurichten. »Und das ist Justus, der Vagabund«, sagte sie mit triefendem Spott in der Stimme. Ihr Gesicht zeigte keinerlei Freundlichkeit, obwohl sie lächelte. Ihr Blick lastete eiskalt auf ihm.

»Sie sieht Cate sehr ähnlich, nicht wahr?«, fügte sie spitz hinzu, lauernd, und Justus fühlte sich ertappt. Es war, als könnte Elyssabed direkt in seine Gedanken sehen.

»Ich? Wie wer?«, erkundigte sich Macadamya mit leiser Stimme, zog verlegen die Unterlippe zwischen die Zähne, wodurch sie Cate nur noch ähnlicher wurde.

»Wie eine Freundin«, erklärte Justus schnell.

»Wie seine Geliebte!«, spuckte Elyssabed die Worte aus und knallte ihren Becher auf ein kleines Tischchen vor sich.

Seine Geliebte. Justus spürte, wie sich seine Haut augenblicklich erhitzte, und er drängte es angestrengt zurück.

Elyssabed sagte so etwas nur, weil sie wegen seiner Abweisung immer noch wütend auf ihn war.

»Sie ist nicht meine Geliebte«, erwiderte Justus, bemüht, den gleichmütigen Ton beizubehalten, und konnte dabei nicht verhindern, dass seine Ohren rot wurden. Denn allein nur die Vorstellung, Cate und er könnten …

Er riss sich zusammen. Das hier war definitiv der falsche Zeitpunkt für Tagträume.

Elyssabed hob ungläubig die Augenbrauen und hinter ihr reckten Symmon, Uro und Elena die Hälse, um mitzuhören.

Seit wann lauschten sie schon?

»Ach ja? Aber du liebst sie«, fauchte Elyssabed, der man den Herzschmerz deutlich anhören konnte, und Justus presste die Lippen aufeinander. Wenn sie wieder nüchtern war, würde sie diese Konversation sicher bereuen. »Wieso ist sie nicht hier? Hat sie dir etwa einen Korb gegeben? Deine komische kleine Freundin, hm?«, wütete Elyssabed weiter und griff wieder nach ihrem Wein.

»Ich denke, du hast genug«, sagte Uro sanfter, als Justus es ihm zugetraut hätte, und versuchte ihr den Becher abzunehmen.

»Ich trinke so viel, wie ich das will, Stallbursche«, echauffiere sie sich und funkelte ihn böse an. »Das Miststück hat so getan, als wären wir Freundinnen, und hat mich dann hintergangen. Das verzeihe ich ihr nicht«, spie die Fürstentochter aus und erdolchte Justus mit ihren Augen. »Dabei ist sie geradezu lächerlich. Mit ihren verrückten Bewegungen und diesem verstrubbelten Haar. Als würde der Wind persönlich ihren Kopf frisieren«, keifte sie weiter und Justus zuckte zusammen.

Die Wut regte sich in ihm. Es war nicht Cate gewesen, die sie verletzt hatte, sondern er. Elyssabeds bösartige Worte zeigten, dass sie genau das niederträchtige Ekel war, für das er sie hielt. Und die Anspielung mit dem Wind gefiel ihm noch weniger.

Er hatte sie mit Adleraugen bewacht und sie ausgehorcht, nur um sicherzugehen, dass sie weder die Feuerleute noch Cates wahres Wesen ergründete.

Gärte es jetzt nach? Erkannte sie im Nachhinein Dinge, die ihr damals nicht aufgefallen waren? Oder war das mit dem Wind nur eine Redewendung gewesen, die sie gebrauchte, um sich über Cate lustig zu machen?

Kein Wort kam über seine Lippen, doch er hielt dem Blick der Fürstentochter stand. Er versuchte, jede Regung in ihrem Gesicht zu lesen, um den kleinsten Hinweis darauf zu finden, ob sie wusste, wer Cate wirklich war. Doch er fand nur Zorn und Eifersucht.

Ein lauter Gong ertönte und die Menschen auf den Rängen wurden leiser, um den Mann zu verstehen, der die Arena betrat.

Nur zu gern löste er seine Aufmerksamkeit von Elyssabed und sah hinunter zum Kreidekreis, in dem der erste Kampf ausgetragen wurde.

Zwei Unbekannte traten gegeneinander an und es war nicht sonderlich spektakulär. Zuerst rangen sie ein bisschen miteinander, dann stieß der Größere den anderen mit einem gezielten Schubs aus dem Ring.

Es sah einfach aus und unspektakulär. Wenn sie Glück hatten, kam Marc ganz schnell aus dieser Sache wieder heraus.

Er sah seinen Bruder gerade aus einem Tor auftauchen. Er hatte sein Hemd abgelegt, präsentierte dem Publikum seinen muskulösen Oberkörper und ließ sich bejubeln.

Dieser Idiot. Justus bekam sofort die schlechte Vorahnung, dass Marc sich hatte einwickeln lassen. Es war viel zu offensichtlich gewesen, dass ihm die Aufmerksamkeit gefallen würde. Verdammt, Justus hätte doch vorher mit ihm sprechen sollen.

Sein Gegner wurde als Tomba der Gewaltige vorgestellt. Ein breit gebauter Mann, der jedoch mindestens einen Kopf kleiner war als der Mann vom Feuervolk.

Der Gong ertönte wieder und Justus musste dabei zusehen, wie Tomba sofort auf Marc losging. Der wich dem Angreifer reflexartig aus und der Schwung, den der breite Südländer geholt hatte, um Marc umzustoßen, beförderte ihn selbst aus dem Kreis.

Das Publikum brüllte vor Lachen, während Marc zuerst irritiert dreinblickte, dann jedoch begriff und die Arme in die Luft reckte.

Die Menge klatschte und Elena brüllte Marcs Namen.

Die anderen um sie herum stimmten mit ein, wurden immer lauter, bis sie alle im gleichmäßigen Rhythmus »Marc, Marc, Marc!« schrien.

Justus vergrub sein Gesicht in den Händen. Na toll! Gleich den ersten Kampf gewonnen, ohne seinen Kontrahenten überhaupt berührt zu haben.

Da die Menge tobte, wurde schnell der nächste Gegner reingeführt, mit dem es Marc aufnehmen sollte. Es war der Sieger aus dem vorherigen Duell.

Justus konnte sich nicht an den Namen erinnern, doch die hässliche Narbe über seiner Nase war unübersehbar.

Narbengesicht machte nicht den gleichen Fehler wie Tomba. Er stand einfach nur da, die Fäuste erhoben, und wartete darauf, dass Marc zuerst angriff.

Und das tat er. In seinem Übermut und angeheizt von der Menge schnellte er nach vorn und versetzte seinem Gegner einen Stoß.

Narbengesicht schlug nach ihm, doch Marc duckte sich, wie Justus es schon seit Jahren mit ihm geübt hatte, und zog ihm mit einem Tritt die Beine unterm Körper weg.

Das Publikum lachte und applaudierte, als Narbengesicht zu Boden ging und den Staub aufwirbelte. Marc machte einen Satz und setzte sich mit Schwung und großer Geste auf den Rücken des am Boden Liegenden.

»Zehn!«, brüllte die Menge. »Neun!«

Als Narbengesicht sich bei zwei fast befreit hätte, sorgte Marc mit einem gezielten Schlag ins Genick dafür, dass seine Gegenwehr endgültig erstarb.

Der Ohnmächtige wurde von drei Männern vom Platz getragen und Marc ließ sich bejubeln.

Verdammt, fluchte Justus innerlich.

Der Ansager verkündigte den nächsten Kampf zwischen Solly dem Tückischen und Joel dem Knochenbrecher.

Marc zog sich zurück, entdeckte Elena ganz vorn in der Menge, die ihm hektisch winkte, und er kam zu ihr ans Geländer gelaufen. Sie reichte ihm einen Becher mit Wein und Marc stürzte die Flüssigkeit in einem Zug hinunter.

»Na, hat alles geklappt?«, fragte er Symmon und Uro in unverbindlichem Ton, während er zu Justus herüberschlenderte, und Symmon nickte schlicht.

Justus stand sofort auf und stellte sich zu Marc ans Geländer. »Hast du etwa vor, das Turnier zu gewinnen?«, fuhr Justus ihn schroff an und konnte nicht fassen, dass Marc sich tatsächlich so in den Kampf stürzte. »Wir sind hier nicht sicher. Wir sollten so schnell es geht verschwinden.«

»Ich weiß, ich weiß«, verteidigte sich sein Bruder und schnaubte. »Ich kann nichts dafür. Der Erste hat sich selbst besiegt und beim Zweiten habe ich … mich hinreißen lassen.«

Justus seufzte ergeben. Er kannte Marc ja. Sobald man ihm zujubelte, wollte er der Gewinner sein. »Es wäre leichter, wenn du verlierst und wir nach Hause kommen. Als Sieger wollen die uns hinterher vielleicht noch dabehalten und mit uns feiern.«

Marc hob eine Augenbraue und Justus blockte sofort ab.

»Nein! Keine Feier! Kein Bier, keine Mädchen und auf keinen Fall bleiben wir länger als nötig. Wenn die rauskriegen, dass ihnen etwas fehlt, will ich über alle Berge sein, klar?«

Marc klopfte ihm mit seiner staubigen Hand auf die Schulter. »Ich weiß.«

Ein Aufschrei aus dem Publikum erklang und die beiden wandten ihre Aufmerksamkeit der Arena zu. Joel der Knochenbrecher war ein hünenhafter Kerl mit Armen und Beinen so dick wie Baumstämme.

Gerade hob er seinen Gegner in die Luft und schleuderte ihn nicht nur aus dem Kreis, sondern bis zum Rand der Tribüne, wo der arme Kerl bewegungslos liegen blieb.

»Gut«, sagte Marc mit belegter Stimme und sein Gesicht war merklich blasser geworden. »Gegen den will ich nicht kämpfen.«

»Der wird aber dein nächster Gegner sein«, sagte Symmon, der sich neben Justus ans Geländer lehnte.

Marc atmete hörbar aus. »Hat er irgendwo eine Schwachstelle?«, fragte er den Fürstensohn, doch der lachte.

»Du kannst ja versuchen, ihn zu kitzeln«, schlug er vor und zuckte mit den Schultern.

Das war gar nicht gut.

»Sei einfach schneller als er«, bat Justus seinen Bruder und Marc nickte nicht sehr überzeugt.

»Und wenn es dir zu viel wird, kannst du ja immer noch so tun, als wärst du gestolpert und aus dem Kreis gefallen«, riet Symmon, stieß sich vom Geländer ab und kehrte zu seinem Platz zurück.

Der Ansager in der Arena rief Marcs Namen.

Joel der Knochenbrecher stand zu allem bereit im Kreidering und starrte ihm entgegen. Die Menge jubelte, die Sonne wurde vollständig von Wolken verdeckt und der Schatten tauchte alles in eine düstere Stimmung. Justus wurde immer nervöser.

Das Ganze konnte schlimm enden. Er hatte gedacht, die Windspiele zu holen wäre die größte Hürde des Tages gewesen. Doch dabei zusehen zu müssen, wie sein Bruder möglicherweise verprügelt wurde, war noch schlimmer.

Marc standen die Schweißperlen bereits auf der Stirn, noch bevor er die Arenamitte erreichte, und Joel wartete nicht auf den Gong. Kaum hatte Marc den Kreis betreten, warf er sich nach vorn, um Marc aus dem Ring zu stoßen. Der wich jedoch rechtzeitig aus.

Der Knochenbrecher stolperte allerdings nicht aus dem Kreis, sondern wirbelte zurück und holte Marc mit einem gezielten Tritt von den Füßen.

Krachend landete Marc auf dem Hintern. »Verflucht!«, brüllte er gegen das immer lauter werdende Publikum an und bemühte sich, schnellstmöglich wieder auf die Beine zu kommen.

Joel hatte ihn jedoch schon an der Schulter gepackt und holte, ohne zu zögern, zum Schlag aus. Er landete seine gewaltige Faust gekonnt auf Marcs Wangenknochen, packte ihn noch fester und machte sich bereit, Marc aus dem Kreis zu werfen.

Doch Marc musste desorientiert sein, denn er umklammerte verzweifelt Joels Arm, anstatt sich endlich ins Aus befördern zu lassen.

»Was macht er da nur?«, knurrte Justus und presste die Umhängetasche nur noch fester an sich.

Marc ließ sich nicht abschütteln, egal wie heftig Joel ihn zu schleudern versuchte. Stattdessen holte er mit dem rechten Bein aus und rammte seinen Fuß direkt in Joels Magengrube, woraufhin dieser ihn erschrocken freigab.

Marc landete im Staub und der Knochenbrecher taumelte sich den Bauch haltend zurück. In seinem Blick spiegelte sich blanke Wut und sein Kopf lief dunkelrot an.

O nein, o nein. Justus konnte kaum stillhalten, wollte über das Geländer springen und seinem Bruder zu Hilfe eilen.

Marc sprang allerdings nur auf und rieb sich den Hintern. Justus konnte deutlich sehen, wie sich die Muskeln auf seinem Rücken und im Nacken anspannten. Marc war wütend und das war gar nicht gut. Denn erstens wurde er dadurch schnell leichtsinnig und zweitens vergaß er, dass er eigentlich verlieren sollte.

Joel schüttelte seine Arme aus und schnaubte gefährlich. Marc verfolgte jede Bewegung seines Gegners, tänzelte zur Seite und reckte provozierend die Fäuste.

»Was machst du nur?«, rief Justus nun lauter und seine Stimme wurde vom Jubel der Menge verschluckt, als der Knochenbrecher wieder nach vorn stürmte.

Marc wich zur Seite aus, versuchte ganz offensichtlich, sich wendig zu zeigen, und verpasste dabei, dass der Frontalangriff nur der Ablenkung diente. Joel drehte sich und ließ seine Faust nach vorn schnellen. Mit voller Wucht krachte sie gegen Marcs Rippen.

Justus hielt die Luft an und sah dabei zu, wie sein Bruder zusammenklappte. Er stürzte nach vorn, direkt auf den Knochenbrecher zu, und knallte im Fallen mit der Stirn gegen das Nasenbein seines Gegners.

Augenblicklich schossen dem Knochenbrecher Tränen in die Augen, Blut schoss ihm aus der Nase und er taumelte zum wiederholten Mal zurück. Doch diesmal einen Schritt zu weit. Mit seinem linken Fuß übertrat er die weiße Kreidelinie des Kreises.

Die Zuschauer sprangen kreischend von ihren Plätzen, als Marc sich gerade nach Luft ringend auf die Knie mühte.

Justus konnte es nicht fassen. Sein Bruder hatte gewonnen.

Joel heulte auf und hielt sich die Nase, die immer noch heftig blutete.

»Verdammt«, fluchte Justus und die Menge tobte noch lauter, als der Ansager Marc auf die Beine half und ihn zum Sieger seiner Disziplin im heutigen Turnier erklärte.

Justus hätte am liebsten seinen Ärger hinausgeschrien. Sie würden hierbleiben müssen, bis die Siegerehrung vorbei war, und darauf warten, dass die anschließende Feier weit genug fortgeschritten war, um sich unbemerkt aus dem Staub zu machen. Sein Bruder hatte manchmal einfach mehr Glück als Verstand. Er hatte ernsthaft gerade einen Kampf gewonnen, bei dem er zu Boden gegangen war.

So ein Kappadreck!

Justus zog die Umhängetasche zurecht, deren Riemen sich quer über seine Brust spannte. Wenigstens war eine Sache nach Plan verlaufen.

Wenn sie sich die nächsten Stunden unauffällig gaben und Marc nicht zu viel Bier trank, konnten sie es sicher schaffen.

Bald, sagte er sich. *Bald sehe ich Cate wieder!* Und allein dieser Gedanke gab ihm die Kraft, alles Weitere durchzustehen, wenn es denn sein musste.

29

Symmon sah den beiden Brüdern nach, die durch das Dienstbotentor in den Schatten der Mauer verschwanden.

Was für eine seltsame Begegnung.

Er starrte noch eine Weile in die Dunkelheit, dann kehrte er um in den von Fackeln beleuchteten Teil der Festung.

Heute Morgen hatte er nicht erwartet, dass dieser Tag so spannend werden würde. Zwei Männer, die seinen Vater ausrauben wollten, um ein Mädchen zu retten. Da hatte er so auch noch nie erlebt.

Symmon musste zugeben, dass er Justus' Geschichte zuerst nicht geglaubt hatte. Ein geheimnisvoller Bösewicht, der ein Mädchen mit sich nahm, um die Windspiele des Windvolkes zu stehlen, war schon weit hergeholt. Und dann noch zu behaupten, Justus wolle sie in seinen Besitz bringen, damit er das Mädchen retten könne, war noch absurder.

Doch er spürte Sympathie für Justus und seinen Bruder, allein durch die Tatsache, dass sie in umherziehenden Wagen lebten.

Seine Mutter war die Anführerin eines Nordstammes gewesen, bevor sie im Kampf gefallen war und Symmon von einer Delegation seines Vaters seiner Heimat entrissen wurde.

Die Stämme waren ein Nomadenvolk. Sie hatten in großen Zelten gelebt und der Geruch nach Rauch und nasser Erde hing immerzu in der Luft. Symmon hatte es geliebt, wenn sie ihren Lagerplatz wechselten, um neues Weideland für die Tiere zu erschließen.

Justus und Marc rochen nach Heimat und das allein hätte schon gereicht, ihnen zu helfen.

Doch zusätzlich war Symmon so genervt von seinem Vater und Elyssabed und dem ganzen Hof, dass er es nötig hatte, ihnen etwas zu nehmen, was bedeutungsvoll für sie war.

Seit Elyssabed zurück war, ging er ihr weitestgehend aus dem Weg, um sich nicht zum hundertsten Mal anhören zu müssen, wie sie jemandem von dem Angriff der Albahren auf ihr Leben berichtete. Und wie sie wochenlang unter wilden Vagabunden hausen musste, halb wahnsinnig vor Kummer.

Justus und Marc waren ihm nicht wie Wilde vorgekommen und so lädiert hatte Elyssabed auch nicht ausgesehen, als er sie und ihre fünfzehn neu gekauften Kleider abgeholt hatte. Mal davon abgesehen, dass sie lediglich acht oder neun Tage bei den Wagenleuten verbracht hatte.

Sie spielte sich nur wieder auf, genoss die Aufmerksamkeit und verwöhnte sich selbst mit teurem Schmuck und zu viel Wein.

Und sein Vater war nicht besser. Er verbrachte viel zu viel Zeit mit diesem Völkerkundler, der seine Schätze katalogisierte, und Lord Peka, seinem zwielichtigen Berater.

Natürlich sah der Hof in Lord Peka einen Edelmann und nur Symmon schien das Gefühl zu haben, dass dieser Mann nicht das war, was er zu sein vorgab.

Symmon hatte ihn durchschaut. Dieser Lord war ein Kriegstreiber und ein Lügenflüsterer, besessen von Briefen und viel zu interessiert an der Windküste.

Es würde den Fürstensohn nicht wundern, sollte er erfahren, dass es Lord Pekas Idee gewesen war, das Windvolk auszurotten.

Sein Vater sagte ihm, dass er sich das nur einbildete, doch er hatte ein Gefühl für so was.

Seit er vor fünf Jahren nach Mari geholt worden war, sah er in dem Lord keinen Freund. Vielleicht war er durch seine Erziehung bei den Nordstämmen auch zu unwissend in den Belangen von Edelmännern, doch dieser Lord Peka stank zum Himmel.

Und wie sehr dieser sich für das Phänomen der singenden Windspiele interessierte, war gruselig gewesen. Selbst Symmon hatte davon erfahren, obwohl er auf dem besagten Fest nicht einmal anwesend gewesen war.

Konnte es wirklich Zufall sein, dass Justus gerade jetzt aufgetaucht war und genau diese Windspiele hatte an sich nehmen wollen?

Symmon hatte keine Ahnung, was es bedeutete, wenn die Dinger anfingen, besondere Geräusche zu erzeugen. Aber war es nicht offensichtlich, dass es mit dem Windvolk zu tun hatte, wenn sich einer wie Lord Peka dafür interessierte?

War es da so abwegig zu vermuten, dass das Windvolk vielleicht doch nicht so gründlich ausgetilgt worden war, wie man ihm erzählt hatte?

War es dieser Mann, der Justus' Mädchen mit sich genommen hatte? Konnte er vom Windvolk sein?

Wenn Symmon es aus dem Gespräch mit Elyssabed richtig herausgehört hatte, war der Name des Mädchens Cate. Justus war ein schlimmer Geheimniskrämer, aber er brauchte seine Antworten auch nicht, um sich zusammenzureimen, was hier gespielt wurde.

Das alles passte viel zu gut zusammen.

Das Einzige, was er sich nicht erklären konnte, war das Mädchen, Cate. Was hatte sie damit zu tun?

Und würde Symmon jemals erfahren, wie das alles ausging?

Die Tanzmusik des Turnierfestes störte seine Gedanken, als er auf den geschmückten Festplatz trat. Eilig versuchte er den tanzenden Menschen aus dem Weg zu gehen und hielt den Kopf gesenkt, damit ihn bloß niemand erkannte. Nicht auszudenken, wenn irgendeine betrunkene Dame auf die Schnapsidee kommen könnte, ihn um einen Tanz zu bitten.

Nicht lange, da hatte er Uro zwischen den Tanzenden ausgemacht. Sein Freund war nicht gerade der Leichtfüßigste, was verwunderlich war, wenn man bedachte, wie gut er klettern konnte, doch so spät am Abend und nach so viel Wein fiel das auch keinem mehr auf.

Symmon ließ ihn seinen Spaß haben und drängte sich hinter einer Gruppe lachender Edelleute vorbei zum großen Tor. Er musste ins Bett, seine müden Glieder ausruhen.

Doch er war noch nicht einmal alle Stufen zum Tor emporgestiegen, da sah er eine Gestalt in den Schatten.

Der Fürstensohn wusste trotz der schlechten Lichtverhältnisse sofort, um wen es sich handelte. Die gebeugten Schultern, der zu kurze Hals, die eckige Nase. Es war Lord Peka.

Wie passend, dass jemand wie er sich in den Winkeln der Gänge herumdrückte wie ein Tunichtgut.

Schnell verschmolz auch Symmon mit der Dunkelheit und war wieder einmal froh darüber, dass er den gedeckten Farben und einfachen Stoffen der Nordstämme nie abgeschworen hatte. Eine schimmernde Seidenhose hätte ihm das Lauschen sicher schwer gemacht.

Allerdings gab es gar nichts zu hören. Ein Mann trat zu dem Lord, dessen Gesicht Symmon nicht erkennen konnte. Die beiden nickten sich zu, Lord Peka händigte dem Mann ein Pergament aus und dann zog der Fremde sich auch schon wieder ins Innere der Festung zurück.

Symmon schüttelte den Kopf. Wie konnte niemand außer ihm sehen, dass an diesem Lord etwas ganz gewaltig faul war?

Der Fürst lachte nur über die Beschuldigungen seines Sohnes und sagte ihm immer wieder, dass Lord Peka ein feiner Kerl wäre, der nun mal seine Marotten hatte. Doch Symmon dachte sich, dass sein Vater das nur behauptete, weil es so bequem für ihn war, den alten Lord alles für ihn regeln zu lassen, während er sich mit seinen antiken Schätzen vergnügte.

Obwohl er hundemüde war, konnte Symmon nicht anders, als dem Fremden ungesehen zu folgen. Was stand in der Nachricht, die der Lord ihm ausgehändigt hatte, wer war er und was hatte er vor?

Es konnte gar nichts Gutes sein.

Es war nicht schwer, dem Mann auf den Fersen zu bleiben. Nach nur wenigen Schritten zündete er sich eine Laterne an und marschierte durch die Festung, als wäre er hier zu Hause. Symmon huschte ihm durch die Gänge hinterher, immer tiefer in den Sockel des Gebäudes, bis zu den Quartieren der Festungswache. Dort unten trat der Mann wieder ins Freie.

Eine Gruppe weiterer Männer wartete dort auf ihn, alle in schwarz gekleidet und bewaffnet. Jedoch handelte es sich nicht um die Schwarze Garde. Ihre Rüstung war anders und die Gesichter hielten sie hinter Tüchern halb verdeckt.

Wieder wurde nicht gesprochen, nur das Pergament wanderte zwischen ihnen umher, bis jeder es gelesen hatte.

Es wirkte auf Symmon wie ein bescheuerter Kult, als sie sich die Kapuzen ihrer Umhänge über die Köpfe zogen und die Pergamentrolle im Feuer der Laterne verbrannten. Doch wahrscheinlicher war es, dass es sich hierbei um Spione handelte. Männer, die Lord Peka in die Grenzlande oder sogar bis nach Albahr schickte, um weiterhin Zwietracht zu säen, damit die Auseinandersetzung der beiden Länder niemals endete.

Als die Männer auf ihre Pferde stiegen und durch ein kleines Tor die Festung verließen, wusste Symmon, dass es an der Zeit war, die Dinge noch ernster zu nehmen und herauszufinden, was hier eigentlich gespielt wurde.

30

Ich erwachte mit schrecklichen Kopfschmerzen.
Jeder Lichtstrahl stach mir so schmerzhaft in den Augen, dass ich dachte, ich müsste mich gleich übergeben.

Was war denn nur passiert? Was hatte ich getan, dass mein Kopf so schmerzte?

Es kostete Zeit, doch ich schaffte es nach einer Weile, die Augen einen kleinen Spaltbreit zu öffnen, sodass ich das Moos und Laub sehen konnte, auf dem mein Gesicht lag.

Ich war im Wald. Doch wieso lag ich nicht in meiner Hängematte?

Als ich die Hand heben wollte, um mich abzustützen, ging mir auf, dass noch mehr nicht stimmte. Ich konnte mich kaum bewegen, etwas hielt mich fest, zog mich schwer zu Boden.

Angestrengt hob ich den Kopf und sah träge an meinem Körper entlang. Meine Füße waren mit einem groben Strick zusammengebunden und die Handgelenke auf meinem Rücken fühlten sich ebenfalls danach an.

Ich war noch viel zu verwirrt, um das zu begreifen. Mühsam drehte ich mich auf die Seite und schaffte es erst nach mehreren Versuchen, mich aufzurichten. Der Rücken tat mir abscheulich weh und knackte, als ich mich vorsichtig streckte. Mein Schädel fühlte sich an, als würde er bald platzen.

Ich atmete ein paar Mal tief ein und aus, doch der Nebel in meinem Kopf lichtete sich nur langsam.

Laub und Erde klebten mir an der Wange und ich wischte sie ganz vorsichtig an meiner Schulter ab.

Wie war ich hierhergekommen? Wo waren die anderen?

Wind!, rief ich stumm. *Was ist passiert?*

Doch ich erhielt keine Antwort.

Ich rief noch einmal und ein drittes Mal, aber der Wind antwortete nicht. Nicht einmal die Blätter in den Bäumen rauschten. Es war so unheimlich still um mich herum, dass ich es mit der Angst zu tun bekam.

Wo war der Wind? Warum war er verschwunden? Ich hatte doch gar nicht …

Felio! Mit einem Mal lichtete sich der Dunst in meinem Kopf und die Erinnerungen stürmten auf mich ein.

Er und ich waren zusammen losgezogen, um die Windartefakte zu holen. Doch sie waren gestohlen worden.

Etwas stach in meinem Kopf und ich schnappte nach Luft.

Als wir nach ihnen riefen, waren sie wie durch ein Wunder in Justus' Besitz gewesen. Doch was war dann passiert?

Etwas hatte mich am Kopf getroffen und Felio … Verdammter Kappadreck, Felio hatte mich niedergeschlagen! Wieso? Und warum hatte er mich gefesselt?

Das ergab doch alles gar keinen Sinn.

Ich versuchte, meine Hände in der engen Schlinge zu drehen, doch das grobe Seil rieb mir so schmerzhaft über die Haut, dass ich es sofort wieder sein ließ.

Wenn wenigstens der Wind bei mir gewesen wäre, hätte ich mich in die Luft erheben können. Doch so fühlte ich mich schwer und kraftlos wie ein Sack voll Mehl.

Plötzlich durchfuhr es mich eiskalt. Hatte Felio mir etwa den Wind genommen? Das durfte doch nicht wahr sein!

Ich war so dumm. Warum hatte ich ihm auch erzählt, dass der Wind verschwand, wenn ich ihn nach ihm fragte? Mist, Mist, Mist! Warum hatte er das getan?

Verzweiflung und ein Funke Wut packten mich und ich hätte gern irgendwo dagegengetreten. Gegen Felios Bein zum Beispiel. Aber er war nicht hier und ich war gefesselt.

Am liebsten hätte ich mich einfach wieder hingelegt, doch das brachte mich nicht weiter. Es musste für all das doch eine Erklärung geben. Mir fiel jedoch nichts Gutes ein.

Als nicht weit von mir ein Rascheln erklang, horchte ich auf. War da ein Tier?

Ich wollte den Wind rufen, damit er für mich nachsah, doch er blieb stumm. Ich würde ein Windspiel benötigen, um ihn zurückzubekommen, so viel hatte ich mittlerweile gelernt. Doch mein Windspiel hatte jetzt Felio und die anderen waren bei Justus. Am liebsten hätte ich frustriert losgeheult, wenn mein Kopf nicht so furchtbar geschmerzt hätte. O verfluchter Kappadreck!

Ein Summen drang an mein Ohr und ich lauschte angestrengt, bis ich mir sicher war, dass es sich nicht um ein Tier handelte. Jemand summte eine Melodie. Jemand, der mir helfen konnte!

»Hilfe«, brachte ich mühsam heraus und hustete gegen meinen trockenen Hals an.

»Hilfe«, unternahm ich einen zweiten Anlauf und diesmal gelang es besser. »Hilfe!« Mein Kopf zersprang beinahe bei meiner eigenen lauten Stimme und schwarze Punkte tanzten mir vor den Augen.

Angestrengt blinzelte ich sie fort und blickte in das Gesicht eines Mannes. Er war älter und seine Haut an vielen Stellen vernarbt. Er stank entsetzlich nach Vergorenem und Tabak und das Haar hing im strähnig und wirr in die Augen.

»Na, hübsches Ding. Was machst du denn hier?«, fragte er mit heiserer Stimme und musterte mich unverhohlen. Mit knochigen Fingern griff er nach dem Strick an meinen Füßen und zog probeweise daran.

»Hilf mir«, flüsterte ich verzweifelt und kämpfte mit Übelkeit, die mir beinahe der Magen umdrehte.

»Aber natürlich«, versicherte er mir schnarrend und grinste wackelig. »Ich bring dich zu einem Ort, an dem es dir besser gehen wird.«

»Danke«, wollte ich gerade sagen, als mich der Mann grob packte und wie ein Bündel über die Schulter warf. Erschrocken schnappte ich nach Luft, als die plötzliche Bewegung meinen Kopf heftig pochen ließ.

»Was tust du da?«, keuchte ich, doch er achtete nicht darauf, sondern stapfte mit mir durch den Wald. »Was … Warum bindest du mich nicht los?«, versuchte ich es noch einmal, diesmal energischer.

»Hast du was gesagt, hübsches Ding?« Er hielt inne.

»Binde mich los!« Der Schmerz machte mich ganz wirr.

»Aber, Mädchen, ich denk nicht mal dran«, blaffte der Mann und nahm seinen schwankenden Schritt wieder auf.

Wieso wollte er mir nicht helfen? Und was hatte er mit mir vor? Mein Magen krampfte sich zusammen, ich würgte, übergab mich jedoch nicht.

»Wenn ich dich losmache, rennst du mir womöglich weg und dann bekomme ich für dich nicht einen mickrigen Bronzeling«, rief er rau und lachte auf eine so widerwertige Weise, dass ich zitterte.

»Aber … Ich verstehe nicht«, murmelte ich, als er sich ein Stück drehte und mir den Blick auf eine Mauer freigab. War das die Stadtmauer von Berill?

Alles schwankte.

»Ha, mindestens vierzig Silberlinge wirst du wert sein. Vielleicht sogar ein Goldling, wenn du unberührt bist.«

Mir lief es eiskalt über den Rücken.

Wenn ich unberührt war?

Der Widerling wollte mich doch nicht an ein Freudenhaus verkaufen?! Panik vernebelte meine Gedanken zusätzlich zu den sengenden Kopfschmerzen und ich wünschte mir nichts sehnlicher, als wieder bei Justus zu sein.

Warum war ich nur von ihm weggegangen? Er hätte nie zugelassen, dass mir so was passierte.

Verzweifelt versuchte ich, mich zu wehren, zappelte und schlug mit den Beinen aus. Doch der Alte packte mich nur noch fester, sodass ich mich kaum mehr bewegen konnte.

»Hörst du wohl auf! Stell dich nicht so an. So ein Hungerhaken wie du kann froh sein, wenn er regelmäßig was zu beißen bekommt. Sie werden sicher nett zu dir sein.« Erneut lachte der Mann dreckig. »Wenn du ein bisschen nett zu ihnen bist.«

Mir wurde noch elender und ich versuchte mir nicht vorzustellen, was genau er damit meinte.

Wir kamen an die Mauer. Ich konnte nicht viel sehen, doch als ich das Klopfen auf Holz hörte und anschließend ein Schloss knackte, konnte ich vermuten, dass wir uns an einer Tür befanden.

»Hilfe. Bitte helft mir«, flehte ich leise, in der Hoffnung, dass mich jemand anderes hörte, doch niemand sagte ein Wort.

Die Dunkelheit von Mauern umhüllte mich und dann konnte ich im Zwielicht ganz kurz ein karges Zimmer ausmachen, ehe der Mann durch eine weitere Tür auf eine gepflasterte Straße hinaustrat.

»Gleich sind wir da, hübsches Ding«, verkündete der Mann, atmete schwer und schlug mir mit der flachen Hand auf den Po.

Ich knurrte ihn an wie ein Tier. Wenn der Wind bei mir wäre, würde er sich das nicht erlauben können.

Aber er war nicht bei mir und ich hilflos, gefesselt und wütend.

Der Widerling ließ mich wie einen nassen Mantel auf den Boden vor eine Türschwelle klatschen. Meine Wut verlosch im stechenden Schmerz meines Kopfes.

Bei allen Winden, mein Kopf!

Ein Fuß stellte sich auf meine Schulter und drückte mich fester auf den Stein. Über mir würde an eine Tür geklopft.

Die Straße war kaum belebt und stank noch schlimmer als der Mann. Sicher waren wir in der Unterstadt.

Oh, Elyssabed hatte ja so recht gehabt! Sosehr sie sich auch manchmal angestellt hatte, hier wollte ich wirklich nicht sein.

Eine gebückte Gestalt huschte an uns vorbei. Ich wollte um Hilfe rufen, als sie schon in der nächsten Gasse verschwand. Es musste doch jemanden geben, der mir helfen konnte.

Der Mann schlug noch mal gegen die Tür, hinter der sich nichts regte. Sie war rot lackiert und Farbe blätterte davon ab und regnete auf mich herab.

Ich drehte mich leicht und erhaschte zwischen den nah beieinanderstehenden Häusern einen Blick in den Himmel. Sehnsüchtig sah ich hinauf. Wolkenfetzen zogen über das klare Hellblau. Ich konnte von hier aus die Sonne nicht sehen, aber es war sicher irgendwann am Vormittag.

Dass niemand aufmachte, gab mir ein wenig Hoffnung. Der Mann hatte den dreckigen Stiefel von meiner Schulter genommen und ich schaffte es, mich etwas aufzurichten, durchzuatmen.

In der Nähe ging eine Tür auf und vier junge Männer traten aus einer heruntergekommenen Schenke in die Gasse. Sie waren wesentlich besser gekleidet als der Widerling über mir und gingen die Straße entlang, weg von mir.

Ich dachte nicht lange nach und tat das Einzige, was mir blieb. »Hilfe! Helft mir!«, schrie ich so laut ich konnte. Der Schmerz platzte dabei in meinem Kopf, doch das war mir egal, wurde unterdrückt von meiner Panik, die mir wie ein Tier in der Seele wütete.

Der stinkende Mann fuhr erschrocken zu mir herum und versetzte mir einen Tritt gegen die Brust. Alle Luft wurde mir mit einem Schlag aus der Lunge gepresst und ich rang verzweifelt nach Atem. Mein Blick wurde schwummrig, die Ohnmacht drohte mich in die Tiefe zu ziehen.

»Bist du wohl still, du dummes Gör!«, keifte er mich an.

Doch ich war noch nicht am Ende. Verzweifelt kämpfte ich um mein Bewusstsein. Wenn ich es verlor, wäre es vorbei.

»Hey, du!«, rief eine fremde Stimme. »Was tust du da mit dem Mädchen?«

Ich blinzelte und konnte die jungen Männer sehen, die stehen geblieben waren und zu uns herübersahen.

»Helft mir«, keuchte ich kaum hörbar und versuchte, die aufkommende Übelkeit zu unterdrücken.

»Sie ist meine Leibeigene!«, fuhr der stinkende Mann die anderen an. »Ich kann mit ihr machen, was ich will!«

Die Männer starrten ihn misstrauisch an, nickten jedoch und wandten sich zum Gehen.

Nein! Wenn sie gingen, war ich verloren! Dann würde mich dieser Drecksack verkaufen wie ein Stück Vieh.

Ich riss mich zusammen, sammelte alle Kraft, die ich noch hatte, und holte zitternd Luft. Es gab nur eine einzige Person in Berill, die ich kannte und auf die ich mich berufen konnte. »Das ist nicht wahr! Ich bin eine Freundin von Elyssabed. Prinzessin von Berill«, ächzte ich und hoffte inständig, laut genug gewesen zu sein.

»Still!«, polterte der Alte und schlug mir mit der flachen Hand ins Gesicht.

Mein Kopf zersprang in tausend Teile und mein Magen krampfte sich zusammen. Hustend übergab ich mich auf der dreckigen Türschwelle.

»Elyssabed?«

»Sie kam mir doch gleich so bekannt vor. Ist das nicht die Tochter von diesem schnöseligen Lord?«

»Verdammt, du hast recht!«

Ich hatte kaum Zeit, um Luft zu holen, da wurde ich schon wieder gepackt und in die Luft gehoben. Mir war so schwindlig, dass ich mich nicht bewegen konnte.

»Sie gehört mir!«, kreischte der Alte in wilder Aufregung direkt an meinem Ohr.

»Nimm deine dreckigen Finger von ihr, du räudiger Hund!«, rief eine andere Stimme.

Alles drehte sich, die Welt wirbelte herum und dann knallte meine Stirn gegen etwas Hartes.

Als ich diesmal erwachte, pochte der Schmerz immer noch in meinem Kopf. Ich stöhnte schmerzvoll, spürte jeden Knochen in meinem Leib und hob die Hand an die Stirn.

Sie war nicht gefesselt.

Wo war ich?

Erschrocken öffnete ich die Augen, blinzelte in das dämmrige Licht des Raums und setzte mich auf. Sofort waren das Schwindelgefühl und die Übelkeit wieder da.

Angestrengt atmete ich ein und aus, klammerte mich an die groben Laken des Bettes, in dem ich saß, und versuchte mich nicht zu übergeben. Etwas drückte mir auf die Brust, machte mir das Atmen schwer, und als ich in den Ausschnitt meines Kleides linste, entdeckte ich neben Justus' Kette mit dem kleinen Vogel einen riesigen, sich ausbreitenden Bluterguss.

Ich fühlte mich also nicht nur furchtbar, ich sah auch noch so aus.

Doch wenigstens war mir die Kette geblieben. Ich zog sie hervor und umfasste den Vogel mit der Hand, während ich mit der anderen vorsichtig meinen Kopf abtastete. Eine pochende Beule zierte meine Stirn und auch mein Hinterkopf schmerzte ebenfalls heftig.

Was war passiert, nachdem ich abermals die Besinnung verloren hatte? Wo war ich?

Ich blinzelte in den Raum. Er war nicht besonders groß und Staub tanzte im Licht der Mittagssonne, das durch Buntglasfenster hereinfiel. Es gab das Bett, auf dem ich saß, und drei Hocker um einen groben Tisch, auf dem eine Keramikvase mit Margeriten stand. Ansonsten war das Zimmer schmucklos. Nicht einmal Bilder hingen an den Wänden.

Wenn das hier ein Freudenhaus war, dann hatte ich mir bisher falsche Vorstellungen davon gemacht. Das Zimmer sah aus wie in einem gewöhnlichen Gasthaus.

Hatten die Männer auf der Straße mich gerettet? Oder war ich jetzt in noch größeren Schwierigkeiten als zuvor? Schließlich hatte ich kein Geld bei mir und konnte meinen Aufenthalt nicht bezahlen, sollte es sich hier wirklich um ein Gasthaus handeln.

Ich konnte nicht einmal davonfliegen und dem Ganzen entgehen.

Mein Körper war schwer und zog mich nach unten wie nasse Kleider in einem bodenlosen See. Der Wind war immer noch nicht zu mir zurückgekehrt.

Ich saß einfach nur da und wartete. Worauf, wusste ich selbst nicht.

Meine Füße waren kalt, da mir wohl jemand die Schuhe ausgezogen hatte, die Kopfschmerzen und die Übelkeit wurden leichter zu ertragen. Mein Hals war so trocken, dass er schmerzte.

Ich brauchte etwas zu trinken.

Langsam stand ich auf, traute mich jedoch nicht, die Tür zu öffnen. Also trat ich zum Fenster und löste den Riegel. Der Fensterflügel ließ sich nur schwer bewegen und quietschte in den Angeln.

Unten auf der Straße eilten die Menschen geschäftig herum. Sie waren einfach gekleidet, doch die Gegend wirkte nicht halb so dreckig und verkommen wie die Gasse, durch die ich in die Stadt gekommen war. Und das, obwohl ich mich weiterhin in der Unterstadt befand. Ich konnte in der Ferne, auf der anderen Seite des Flusses, die Türme der weißen Festung sehen.

Wind!, rief ich stumm und horchte angestrengt nach draußen. Ich sah Fahnen flattern und Wäsche auf Leinen hin und her baumeln, doch sein Bewusstsein kam nicht zu mir. Ich streckte den Kopf zum Fenster hinaus und meine Haare wehten mir unkontrolliert ins Gesicht, wie bei jedem anderen Menschen auch. Diese Erkenntnis tat mir fast mehr weh als mein Kopf und ich wünschte mir nichts sehnlicher, als endlich wieder zu Hause zu sein. Mit dem Wind, in meiner Hängematte. Und bei Justus.

Unbewusst fasste ich nach dem Vogel, der an dem Band um meinen Hals baumelte.

Ob ich mich wohl einfach rausschleichen konnte? Vielleicht würde man mich ja gar nicht bemerken.

Aber es war ein sehr langer Weg zu den Wagen, wenn der Wind nicht bei mir war. Und reiten konnte ich nicht. Vorausgesetzt, die Feuerleute waren überhaupt noch dort.

Möglicherweise waren sie ja ohne mich weitergezogen. Vielleicht dachten sie, ich würde sie schon finden. Oder sie glaubten, ich hätte sie verlassen, zusammen mit Felio!

Ich blinzelte die Gedanken fort und schalt mich, so wenig Vertrauen zu haben. Zumindest Justus würde nie denken, ich wäre einfach gegangen. Er wusste, dass ich ihn liebte!

Und an Felio wollte ich gar nicht erst denken. Denn das verwirrte mich nur noch mehr und trieb mir die Wut in den Bauch. Hatte er mich wirklich verraten? Wieso tat er mir das an?

Hinter mir fiel die Tür ins Schloss und ich fuhr so erschrocken herum, dass mir wieder schwindelig wurde.

Ein Mann stand im Zimmer und starrte mich finster an. Mein Puls beschleunigte sich, pochte mir in den Ohren und trug Angst in jeden Winkel meines Körpers.

Der Mann war groß, zu groß, um aus dem Süden zu stammen, was die dunklen Haare bestätigten, die ihm wie eine düstere Aura offen bis über die Schultern fielen.

Für einen Moment hatte ich das Gefühl, ihm schon einmal begegnet zu sein, doch es wollte mir mit meinem schmerzenden Kopf nicht einfallen.

Langsam entfernte ich mich vom Fenster und schob mich zurück zum Bett. Einen Schritt nach dem anderen.

Der Blick des Fremden folgte mir. »Es scheint dir besser zu gehen«, stellte er fest und trat näher. Die Arme vor der Brust verschränkt, sah er mit unergründlichen Augen auf mich herab.

Es fühlte sich an, als würde sich sein Blick in meinen Kopf bohren und ich konnte kaum atmen.

Halt suchend klammerte ich mich an den Bettpfosten, versuchte mich ganz klein zu machen, einfach mit dem Holz zu verschmelzen.

»Meine Leute haben dich unten im Schmutzviertel aufgelesen und mitgebracht, weil sie dachten, du wärst die Tochter eines Lords«, erzählte er, zog sich einen Hocker heran und setzte sich vor das Bett. »Doch auch wenn du ihr, wie ich zugeben muss, verdammt ähnlich siehst, kenne ich das Mädchen, für das du gehalten wurdest, zu gut.«

Ich war verwechselt worden? Ich konnte nicht folgen.

»Und nun stellt sich natürlich die Frage: Wer bist du?« Seine Stimme war tief und hatte etwas Drohendes, das mir sagte, dass er gefährlich war.

Wind, rief ich abermals tonlos nach ihm und erhielt weiterhin keine Antwort. Meine Knie zitterten, ich fühlte mich hilfloser als jemals zuvor.

Der Mann hob ungeduldig eine Augenbraue und ich schluckte gegen meinen schmerzenden Hals an. Ich öffnete den Mund, um ihm zu sagen, wer ich war, schloss ihn aber wieder.

Was sollte ich denn erzählen? Dass ich Cate hieß? Und dann? Dass ich zu einer Gruppe gehörte, die mit Wagen durch das Land zog wie Vagabund?

Sicher nicht. Als Nächstes würde ich nur wieder gut verschnürt vor der Schwelle eines Freudenhauses landen.

»Ich bin eine Freundin von Elyssabed, Prinzessin von Berill«, brachte ich heiser heraus und wünschte mir einen Schluck Wasser herbei. Meine Kehle war so trocken wie die Ostwüsten und Angst saß mir wie ein Kloß im Hals.

»Das wüsste ich!«, dröhnte der Mann lauter als erwartet und ich zuckte zusammen. Er griff mit seinem langen Arm über das Bett und packte mich unsanft am Handgelenk, bevor ich überhaupt bemerkte, dass er sich erhoben hatte.

Mir blieb nicht einmal Zeit für einen Aufschrei, da drückte er mich schon in die Matratze und beugte sich bedrohlich über mich. Sein Haar fiel ihm wild ins blasse Gesicht und seine Augen glimmten vor Zorn. »Weißt du, was wir hierzulande mit Lügnern machen?«, zischte er, packte grob mein Kinn und zwang mich, ihn anzusehen. Es schmerzte, doch ich wagte es nicht, einen Laut von mir zu geben.

»Wir schneiden ihnen die Zunge raus«, flüsterte der Mann an meinem Ohr und mir gefror das Blut in den Adern.

»Nein«, hauchte ich, spürte, wie mir die Tränen heiß über die Wangen liefen. Zu viel Panik war in mir, um noch klar zu denken. »Ich lüge nicht«, beteuerte ich, obwohl das nicht der Wahrheit entsprach. Elyssabed und ich waren keine Freunde.

Wäre sie hier, sie hätte mich diesem Mann mit Freuden ausgeliefert. Er setzte ein Knie auf die Bettkante und zog geräuschvoll ein Messer aus seinem Stiefel.

»Nein«, wimmerte ich wieder und versuchte, nach ihm zu schlagen, doch er packte mich nur noch fester.

Bei allen Winden, wieso war ich nur hier? Wieso war ich nicht bei Justus? »Justus!«, heulte ich seinen Namen, wünschte mir mit jeder Faser meines Körpers, er würde herkommen und mich retten.

Der Mann stockte. Ein Augenblick verstrich, ohne dass etwas passierte. Dann noch ein zweiter. »Ich verstehe«, flüsterte der Mann plötzlich und ich starrte ihn überrascht an. Er ließ mich los, erhob sich und steckte in der gleichen Bewegung sein Messer zurück in den Stiefel.

Ich wartete nicht darauf, was das zu bedeuten hatte, rollte mich so schnell ich konnte zur Seite und sprang aus dem Bett. Beinahe wäre ich gefallen, weil der Wind nicht hier war, um mich aufzufangen. Viel zu hastig stürzte ich auf das Fenster zu, wünschte, es wäre ein Ausweg, und klammerte mich an das Fensterbrett. Das Holz war rissig und alt und bohrte sich unangenehm in meine Haut.

Meine Beine schlotterten so sehr, dass sie mein Gewicht kaum trugen. Ich hielt mir den schmerzenden Kopf und versuchte mir auszurechnen, wie tief es vom Fenster aus nach unten ging. Zwecklos! Ohne den Wind war es einfach zu tief.

Der Mann setzte sich wieder auf den Hocker, als wäre nichts passiert. Als hätte er nicht versucht, mich zu verstümmeln. Nur sein Blick hatte sich verändert.

»Justus?«, fragte er und fasste sein Haar wie selbstverständlich auf dem Hinterkopf zusammen. »Großer Kerl, dunkle Haare, hat Angst vor Höhe und redet nicht viel?«, fügte er hinzu und sah mit dem Zopf, den er sich band, nicht einmal mehr halb so bedrohlich aus wie gerade noch. Er betrachtete mich eingehend, wartete auf eine Antwort.

»Wie bitte?«, flüsterte ich, weil ich nicht verstand, was er von mir wollte, und umfasste das Fensterbrett noch fester.

»Justus, nach dem du geschrien hast, ist er groß und redet nicht viel?«, wiederholte der Mann langsam, als wäre ich ein unverständiges Kind.

Ich nickte bedacht und griff unbewusst nach der Kette um meinen Hals. Das glatte Holz des kleinen Vogels zwischen meinen Fingern beruhigte mich. Zum Glück hatte es keinen Schaden genommen.

»Er war hier. Gestern erst. Mit seinem Bruder.« Der Fremde sah mich prüfend an und ich war überfordert von dieser Information.

»Marc oder Van?«, fragte ich automatisch und ein Lächeln erschien in seinem Gesicht. Ein freundliches, echtes Lächeln.

»Marc«, antwortete er und da erkannte ich ihn. Er war Elyssabeds Bruder. Symmon von Mari. »Du hättest mir sagen sollen, dass du *Cate* bist. Dann hätte ich mir die ganze Maskerade gerade sparen können.«

»Bei allen Winden«, hauchte ich und der Druck, der mir die Lunge zerdrückt hatte, ließ endlich nach. Die Panik wich und ich sank kraftlos zu Boden. Tränen quollen ungehalten aus meinen Augen und ich schluchzte vor Erleichterung auf.

Er würde mir nicht die Zunge rausschneiden. Ich war nicht in einem Freudenhaus. Und er kannte Justus.

»Hey, nicht weinen«, sagte der Fürstensohn wenig einfühlsam und ich hörte seine Schritte auf dem Holzboden knarren. »Du bist hier in Sicherheit.«

»Du hast … gesagt, du schneidest mir … die Zunge raus«, hickste ich und hatte Mühe, mich wieder zu fassen.

»Das hätte ich doch nicht wirklich gemacht.«

Energisch wischte ich mir über die Augen. »Und woher hätte ich das wissen sollen?«, schnaubte ich, atmete zittrig ein und zog schniefend die Nase hoch. All die Angst hatte mich so angespannt, meine Nerven zerschlissen und nun, wo sie ein Stück weit von mir abfiel, blieb nichts mehr, was mich aufrechterhielt.

»Komm, setz dich wieder aufs Bett. Du hast dir den Kopf ganz schön angeschlagen. Ist dir schlecht?«, fragte Symmon und ging vor mir in die Hocke. Jede Art von Bedrohlichkeit war von ihm abgefallen und ich erkannte in seinem Gesicht, wie jung er in Wirklichkeit war. Ich schätzte ihn auf gerade mal Anfang zwanzig.

»Ja«, sagte ich, nahm mich zusammen und kam mühsam auf die Füße. Der Fürstensohn reichte mir seine Hand, doch ich ergriff sie nicht, wollte ihn auf keinen Fall berühren.

So sehr traute ich ihm dann doch noch nicht.

Ich brauchte meine Zeit, um das Bett zu erreichen, obwohl es nur wenige Schritte weit entfernt stand.

Symmon räusperte sich, um meine Aufmerksamkeit auf sich zu lenken. »Brauchst du etwas? Was zu trinken?«

Mit schmerzenden Beinen ließ ich mich auf die weiche Matratze sinken und nickte lediglich. Meine Kopfschmerzen wurden wieder schlimmer, jetzt, wo meine Aufregung abklang, und ich wünschte mir, nur kurz die Augen zu schließen.

»Ich hole dir was«, versprach Symmon und wandte sich zur Tür. »Ach ja«, hielte er inne und sah zu mir, wie ich mich in die Kissen sinken ließ. »Mein Name ist Symmon.«

»Sohn des Fürsten von Mari. Elyssabeds Bruder«, ergänzte ich und lächelte schmal. »Es hat gedauert, bis ich dich erkannt habe.«

Der Fürstensohn zuckte mit den Schultern. »Tja. Und du hast nicht gelogen, als du sagtest, dass du meine Schwester kennst«, meinte er und ich bekam ein schlechtes Gewissen.

»Doch, das habe ich«, gab ich zu und zog mir die Bettdecke vor den Körper, um mich nicht so bloß zu fühlen. Mir stieg die Röte ins Gesicht, ohne dass ich es verhindern konnte. »Denn Elyssabed und ich sind nicht gerade befreundet.«

Auf Symmons Lippen bildete sich ein so freches Grinsen, das mir zeigte, dass er das bereits gewusst hatte. »Wer ist schon mit der befreundet?«, behauptete er schlicht und verließ das Zimmer.

Hätte ich nicht so einen schlimmen Durst gehabt, wäre ich sicher eingeschlafen, bevor Symmon zurück war. Doch als er kam und mir einen Becher mit Wasser reichte, war ich sofort wieder wach. Gierig setzte ich ihn an die Lippen, stürzte den Inhalt hinunter und verschluckte mich beinahe daran. Es tat unglaublich gut, als das kalte Wasser meinen wunden Hals hinunterfloss. Ich gab den Becher zurück und Symmon füllte ihn aus einem Krug, ohne ein Wort dazu zu sagen.

Dann klopfte es an die Tür. Ich sah Symmon gerade fragend an, da stürmte ein Mann das Zimmer, ohne auf ein *Herein* zu warten. Das Erste, was mir ins Auge fiel, waren seine hellbraunen Locken und ich erinnerte mich an ihn. Er war dabei gewesen, als Symmon seine Schwester bei uns abgeholt hatte. Wie war noch gleich sein Name?

»Uro!«, rief Symmon lachend. »Du wirst nicht glauben, wer das Mädchen ist.«

»Dann sag es mir«, erwiderte Uro gelassen und zog sich, ohne zu fragen, einen Hocker heran.

»Darf ich vorstellen? Cate!«, eröffnete er verschwörerisch und wies mit der Hand auf mich.

Uros Augen wurden größer. »Nicht wirklich? Cate? Das Mädchen von Justus?«

Bei diesen Worten wurden meine Wangen augenblicklich so heiß, dass ich mich am liebsten hinter meinem Wasserbecher versteckt hätte. Mein Herz raste.

Ich wurde als *das Mädchen von Justus* bezeichnet? In meinem Bauch flatterten die Schmetterlinge durcheinander, wie albern es in dieser Situation auch sein mochte.

Ich vermisste Justus so schrecklich. Dabei war ich selbst schuld an diesem Schlamassel.

»Er hatte recht damit, dass sie in schlechte Gesellschaft geraten ist«, stellte Symmon fest. »Der alte Schmuggler, der sie gefunden hat, behauptete, sie hätte bereits gefesselt im Wald gelegen. Und er schwört, dass sie bereits verletzt gewesen ist.«

Ich verstand nicht alles von dem, was sie sagten, aber vielleicht lag das auch daran, dass ich immer noch Kopfschmerzen hatte und mich fühlte wie an den Boden gekettet.

Wind!, rief ich stumm, doch es geschah nichts. Mein Herz wurde schwer. Ich vermisste auch den Wind so sehr, dass es wehtat. Ich musste zurück. Ich brauchte ein Windspiel. Und vor allem brauchte ich Justus.

Zaghaft wandte ich mich an Symmon und Uro.

»Ich muss nach Hause«, unterbrach ich unvermittelt ihre Unterhaltung.

Sie sahen erst mich und dann wieder einander an.

»Bitte.« Meine Stimme war viel zu leise. Doch ich war müde und hatte nicht die Kraft, mich darüber zu ärgern.

»Ich denke nicht, dass du mit den Kopfverletzungen überhaupt irgendwo hingehst. Du kannst ja nicht mal gerade stehen, wie willst du da eine Fahrt mit der Kutsche aushalten oder reiten?«, wollte Symmon wissen und klang dabei mitfühlender, als ich es ihm zugetraut hätte.

»Aber ich muss! Ich hätte schon heute Nacht zurück sein sollen. Meine Leute machen sich sicher Sorgen und Justus weiß gar nicht, wo ich bin.« Hatte Symmon nicht gesagt, Justus wäre gestern mit Marc hier in Berill gewesen? »Er war hier, um mich zu suchen«, ging es mir plötzlich auf und ich konnte es nicht fassen. Es machte mich unfassbar glücklich und schuldbewusst zugleich.

»Fast. Er war hier, um die Windspiele meines Vaters zu stehlen, damit du und deine schlechte Gesellschaft zu ihm kommen müssen«, schnaubte Symmon und ich schnappte erschrocken nach Luft.

»Aber … aber … wie konnte er das wissen?!«, rief ich und meine Stimme hatte sich in ein Quietschen verwandelt. Bei allen Winden, er würde so was von wütend sein, wenn ich zurückkam.

»Und wie kann es sein, dass du davon weißt?«, platzte es noch weiter aus mir heraus und mein Entsetzen wurde noch größer, als mir bewusst wurde, was das bedeutete.

Symmon wusste, dass ich vorgehabt hatte, seinen Vater zu bestehlen. Egal, wie oft Felio mir eingeredet hatte, dass sie eigentlich uns gehörten, ich fühlte mich wie eine Verbrecherin. Mir wurde augenblicklich wieder schwindelig.

»Wir haben ihm geholfen, Kleines«, sagte Symmon lässig lächelnd und Uro warf sich stolz in Pose, als hätten sie beide eine Heldentat vollbracht.

Das war das absolut Absurdeste, was ich mir hätte vorstellen können. War das hier ein Traum und ich lag in Wirklichkeit ohnmächtig und immer noch gefesselt in dem Keller eines Freudenhauses?

Ich holte tief Luft und spürte schmerzhaft den Bluterguss auf meiner Brust. Nein, das war definitiv kein Traum.

»Meinte Marc nicht, sie hätten ihr Lager gerade südlich von hier, bei Kalor? Das ist nicht weit. Wir können einen Boten schicken«, wechselte Symmon das Thema, als wäre es nicht weiter von Belang, dass er dabei geholfen hatte, seinen eigenen Vater zu bestehlen. »Wenn es für dich genehm ist«, fügte er hinzu und ich wollte schon den Mund öffnen, um zu protestieren, da sprach er weiter. »Ach, Käse. Egal ob es dir genehm ist. Ich kann dich in deinem Zustand auf keinen Fall reisen lassen. Sonst reißt Justus mir den Kopf ab. Der ist wirklich empfindlich, wenn es um dich geht.«

»Ein Bote wird in Ordnung sein«, stimmte ich schnell zu und wandte das Gesicht ab, damit die beiden Männer nicht sahen, wie sehr es mein Herz bewegte, was Symmon über Justus erzählte. In meinem Bauch schwirrten die Schmetterlinge und ich seufzte leise.

Ein Bote würde Justus immerhin sagen, dass es mir gut ging. Dann käme er vielleicht, um mich abzuholen. Mit oder ohne Windspiel. Aber Hauptsache, er war da.

»Ich gebe unten Bescheid«, bot Uro an und stand auf. »Irgendeine besondere Nachricht, die du ihm zukommen lassen willst?«

Hätte mein Kopf nicht bereits geglüht vor Scham, er würde es spätestens jetzt, als ich Uros wissendes Grinsen sah.

»Nein. Danke«, schlug ich das Angebot aus und senkte den Blick auf meine nackten Füße. Wo waren eigentlich meine Schuhe?

Uro verließ uns und ich nippte an dem Wasserbecher, um nichts sagen zu müssen. Diese ganze Situation war so verwirrend. Wie konnte das alles zusammenpassen?

Woher hatte Justus gewusst, was Felio und ich vorhatten? Wieso hatte er sich solche Sorgen gemacht, dass er losgezogen war, um vor mir die Windspiele zu stehlen? Das war doch Irrsinn.

Der Plan war doch gewesen, sofort danach zurückzukommen. Wenn Felio mich nicht niedergeschlagen hätte, zumindest.

Hatte er gewusst, dass Felio mich hintergehen würde?

»Cate, Kleines«, holte mich der Fürstensohn aus meinen Gedanken und ich blinzelte ihn irritiert an. »Verzeih, dass ich so neugierig bin. Aber wie kamst du gefesselt in den Wald?«

Wenn ich das nur selbst so genau gewusst hätte.

»Felio … Mein Begleiter …«, sagte ich und es fiel mir schwer, Felios Namen auszusprechen, »… hat mich mit einem Stock niedergeschlagen und dort zurückgelassen.« Mein Kopf fühlte sich bei diesen Worten seltsam hohl an. Sicher hätte ich wütend sein müssen oder geschockt. Doch ich war so verwirrt, dass ich einfach gar nichts fühlen konnte.

»Warum hat er das getan?«

»Ich habe keine Ahnung«, flüsterte ich und vermied es, Symmon in die Augen zu sehen. »Ich weiß nur, dass er jetzt sicher auf dem Weg zu Justus ist. Ohne mich.« Ich trank noch einen Schluck Wasser, dann war der Becher leer. Meine Kopfschmerzen wurden wieder schlimmer und es war anstrengender als gedacht, hier zu sitzen und zu reden.

Symmon hatte recht gehabt. Ich war nicht in der Lage zu reiten. Mal davon abgesehen, dass ich gar nicht wusste, wie das ging.

»Wegen der Windspiele«, ergänze Symmon. Es war keine Frage, sondern eine Feststellung. »Also funktioniert Justus' Köder. Zur Hälfte zumindest. Denn ich denke, er wollte lieber dich zurück als diesen Felio.«

Ich versteifte mich, spürte das schlechte Gewissen noch schlimmer auf mir lasten. Was hatte ich mir nur bei all dem gedacht? Wie furchtbar dumm ich gewesen war, jemals zu glauben, dies hier wäre eine gute Idee gewesen.

Der Mann vor mir seufzte schwer und sah mich aus seinen stahlgrauen Augen an. Er sah so anders aus als seine Schwester. Sie war die typische Schönheit des Südens. Er hätte genauso gut ein Kämpfer der Nordstämme sein können mit seinen schwarzen Haaren und der Körpergröße.

»Ich kenne die Umstände nicht«, fuhr Symmon fort. »Dafür hat Justus zu wenig geredet und Marc zu sehr darauf geachtet, was er sagt.«

Ich lächelte leicht, weil ich meine Jungs genau so kannte.

»Aber ich bin nicht dumm, Cate! Ich habe gespürt, dass hier etwas vor sich geht«, behauptete Symmon und ich horchte auf. Moment, was meinte er damit?

»Singende Windspiele und ein schmieriger Lord, der sich dafür auch noch interessiert. Und nur wenige Tage später tauchen Justus und Marc hier auf und wollen sie stehlen. Ein Mann wie Justus, der in seinem Leben sicher nicht mehr gestohlen hat als ein paar Küsse. Meine Güte, und dann auch noch Elyssabed, die über dich hergezogen ist, als hättest du ihr eine Hand abgehackt. Sie hat behauptet, der Wind würde deine Haare frisieren. Und Justus ist dabei zusammengezuckt, als hätte sie ihm eine gescheuert.«

Mir wurde heiß und kalt gleichzeitig und Panik biss mich so unvermittelt, dass ich nicht mehr atmen konnte. *Nein, verdammt, nein, nein, nein!*

»Doch jetzt, wo ich dich sehe, ein Mädchen, das kaum so viel wiegt wie eine Feder, ergibt alles Sinn.« Er holte tief Luft.

»Ich bin genauso schwer wie andere Mädchen mit meiner Größe auch«, behauptete ich und hörte mich selbst kaum.

»Bist du nicht, Cate. Du bist vom Windvolk, nicht wahr?«, kamen die schrecklichen Worte aus seinem Mund und er durchbohrte mich mit seinem Blick. »Und dieser Felio? Ist er es auch?«

Mein Herz setzte aus, ich war für einen Moment unfähig zu denken. Meine Sicht verschwamm und in meinen Ohren ertönte ein ekelhafter Pfeifton. Ich roch Blut in der Luft und wurde von den Schreien sterbender Menschen geschüttelt. Der Augenblick dehnte sich aus, als wäre die Zeit stehen geblieben, und ich war gefangen in diesem Augenblick.

»Ich habe es gewusst!«, rief Symmon, sprang so schwungvoll auf, dass sein Hocker nach hinten wegkippte, und packte mich an den Schultern.

Ich spürte, wie mir alles Blut aus dem Gesicht wich.

Er würde mich töten, auf der Stelle. Mit seinen Händen um meinen Hals, schoss es mir durch den Kopf und mir wurde schrecklich schwindlig. Ich bekam kaum noch Luft, Grauen betäubte meine Sinne, die Welt schwankte.

Mein Magen rebellierte, zog sich schmerzhaft zusammen und ich konnte mich gerade noch wegdrehen, bevor ich mich auf den Dielenboden übergab.

»Tut mir leid, verdammt! Tut mir leid!«, drang Symmons Stimme zu mir durch und er klang leicht panisch. Er hatte mich losgelassen und war einen Schritt zurückgetreten. »Scheiße! Ich wollte dich nicht erschrecken. Wirklich, es tut mir leid.« Er drehte sich hektisch zum Tisch, nahm einen neuen Becher und füllte ihn mit Wasser.

Der andere lag in Scherben auf dem Boden.

Mir war furchtbar übel. Stöhnend zog ich die Knie an und rutschte ein Stück weiter auf das Bett. Weg von Symmon.

Der hielt mir immer noch den Becher entgegen und sah mich verschämt an. Ich wusste nicht wieso, aber ich hätte schwören können, dass er mich wirklich nicht erschrecken wollte. Dass er mir nichts antun würde. Dass er mir nicht das Leben nahm.

Was für eine seltsame Welt, dachte ich. Da hatte ich mein Leben lang Angst vor den Menschen gehabt und nun wussten schon zwei mein Geheimnis und niemand versuchte mich zu töten.

Doch sowohl der Professor Tantarus Low als auch Symmon sahen nicht wie Südländer aus. Lag es daran?

»Ich verstehe deine Angst. Aber ich schwöre dir, ich bin nicht dein Feind. Mein Vater hat Schlimmes getan, bevor ich in dieses Land kam, und ich kann es nicht ungeschehen machen.«

Ich sah ihn an, blickte in seine traurigen Augen und wusste, dass damals, als es geschah, als alle getötet wurden, die waren wie ich, Symmon selbst noch ein Kind gewesen war.

»Ich kann nur versuchen, die Zukunft anders zu gestalten. Die Windspiele gehören dir und auch alles andere, was man dem Windvolk weggenommen hat. Ich sorge dafür.« Symmon senkte den Blick und ich schnappte nach Luft. Ich hatte vergessen zu atmen, brachte keinen Ton heraus und fühlte mich verloren in einer Welt, in der ich ganz allein war.

»Ich schicke jemanden, der hier sauber macht. Danach solltest du schlafen. Wenn du dich dabei unsicher fühlst, kannst du die Tür auch von innen abschließen«, bot der Fürstensohn mir an und stellte den Becher, den ich nicht entgegengenommen hatte, auf den Tisch.

Ich wollte nicken, wagte es aber kaum, meinen schmerzenden Kopf zu bewegen.

Symmon ging, ohne eine Antwort von mir zu erwarten, und schloss die Tür ganz leise hinter sich.

Mein Magen rumorte, verschonte mich aber mit weiterem Erbrechen. Vorsichtig krabbelte ich vom Bett und trank noch ein paar Schluck Wasser.

Meine Gedanken schwirrten wild durcheinander und ich konnte gar nicht begreifen, was da gerade geschehen war. Die Erschöpfung forderte ihren Tribut und so legte ich mich wieder hin. Das Bett war bequem, auch wenn es nicht so angenehm schaukelte wie meine Hängematte, und durch das geöffnete Fenster kam frische Luft herein.

Die Abwesenheit des Windes quälte mich jeden Moment und meine Augen brannten, wenn ich an all die Probleme dachte, die darauf warteten, dass ich mich mit ihnen befasste.

Der Sohn des Fürsten wusste, wer ich war. Er sagte, er wolle mir nichts tun, doch ich kannte ihn nicht und seine Worte konnten genauso gut Lügen gewesen sein.

Was, wenn es öffentlich wurde, dass noch jemand vom Windvolk lebte?

Ich drehte mich stöhnend zur Seite, versuchte es mir nicht vorzustellen und schluchzte leise ins Kissen.

Wenigstens war ich nicht bei den anderen, so konnte ich leugnen, dass die Wagenleute es wussten oder ich zu ihnen gehörte.

Sollte es so weit kommen, würde ich Justus nie wiedersehen.

Jetzt, wo ich mich unter der weichen Federdecke zusammenrollte und mein Körper sich müde und zerschlagen anfühlte, da vermisste ich ihn mehr als jemals zuvor. Seinen Trost und seine Sorge um mich. Einen Beschützer, der seine Arme um mich legte und von dem ich wusste, dass er mir bei allen Problemen beistehen würde. Bei ihm war ich nie allein.

Ich hätte es ihm sagen sollen. Oh, dumme Cate! Wieso hatte ich auf Felio gehört? Wieso hatte er mich niedergeschlagen? Und mir den Wind genommen?

Wenn er vorhatte, die Windspiele von Justus zu fordern, warum hatte er mich nicht mitgenommen? Es wäre für ihn doch viel leichter gewesen, mit ihm darüber zu reden, wenn ich dabei war. Oder nicht?

Ich betastete wieder meinen Kopf, der an zwei Stellen bei jeder Berührung abscheulich wehtat. Der Schlaf zog an mir, auch wenn ich darauf warten wollte, dass jemand kam, um sauber zu machen. Damit ich danach abschließen konnte.

Doch ich driftete weg und konnte es nicht verhindern.

31

Ich schreckte aus dem Schlaf, als ich spürte, wie der Wind sich mir näherte. Sofort schlug ich die Augen auf, mein Herzschlag beschleunigte sich und ich rief nach ihm.

Doch er antwortete nicht. Hatte ich geträumt?

Ich horchte in mich und da war er wieder. Immer deutlicher konnte ich ihn fühlen und meine Sehnsucht nahm zu.

Schnell schlug ich die Decke zurück und versuchte aufzustehen, um das Fenster zu öffnen. Jemand musste hier gewesen sein und es geschlossen haben. Auf dem Boden neben dem Bett zeugte nur noch ein nasser Fleck von meinem Missgeschick.

Mir wurde sofort wieder schwindlig, als ich mich auf die Füße stellte, und mein Kopf schmerzte noch immer, allerdings sehr viel erträglicher.

Ich wartete, bis das Schwindelgefühl abgeklungen war, erhob mich vorsichtiger und öffnete den Fensterriegel.

Es war dunkel und die Kühle der Nacht tat mir gut. Rosafarbene Schlieren am Horizont waren die Vorboten des nahenden Morgens. Ich hatte also den restlichen Tag und die folgende Nacht geschlafen.

Intensiv horchte ich nach draußen und versuchte, den Wind zu mir zu ziehen. Sein Bewusstsein war da, ich konnte es ertasten, und doch war es noch zu weit entfernt, um es zu fassen zu kriegen. Außerdem kam es aus der anderen Richtung.

Irritiert drehte ich mich um und konnte mit ansehen, wie ganz leise die Tür geöffnet wurde.

Uros Gesicht wurde von dem Schein einer Kerze erhellt. »Du bist wach«, sagte er erstaunt, als er mich sah, und blieb unschlüssig in der Tür stehen. »Darf ich reinkommen?«

Ich nickte und hoffte, dass er es im Dämmerlicht überhaupt sehen konnte.

Er lächelte mir unsicher zu, kam herein und stellt die Kerze auf dem Tisch ab. Daneben legte er ein dunkles Bündel und ließ sich auf den Hocker fallen. »Unsere Boten haben dir etwas mitgebracht«, sagte er und schob mir das Verpackte zu. Es klimperte verräterisch und ich hielt für einen erleichterten Moment die Luft an.

»Windspiele!«, rief ich viel zu begeistert und nahm mich sofort zusammen. Ich musste ihm ja nicht gleich auf die Nase binden, wie wichtig sie für mich und den Wind waren. Wusste er, dass ich vom Windvolk war? Hatte Symmon ihn eingeweiht? Mit tapsenden Schritten ging ich ums Bett herum und griff bedacht nach dem Bündel. »Hat Justus sie euch gegeben? Ist er hier?«, wollte ich wissen und hoffte es so sehr. Ich wollte ihn sehen.

»Er ist nicht hier«, antwortete Uro und mir wurde das Herz schwer vor Enttäuschung. »Wir haben die Windspiele von einem vorlauten Burschen. Blond, schlaksig, schlägt gern kleine Mädchen ohnmächtig.« Uro legte müde den Kopf in den Nacken, sodass er meinen irritierten Blick nicht sehen konnte.

War das möglich?

»Felio?«, flüsterte ich und konnte es kaum glauben. War er zurückgekommen? Hatte er sie mir bringen wollen, um sich zu entschuldigen?

»Er lungerte in der Nähe vom Wagenlager deiner Leute herum und hat versucht, den Boten ein Pferd zu stehlen.« Uro schnaubte. »Einen Dieb zu bestehlen ist eine verdammt dumme Idee. Sie haben ihn sich geschnappt und als sie die Windspiele bei ihm fanden, brachten sie ihn vorsichtshalber mit.«

Ich holte erschrocken Luft. Er war hier?

»Wo ist er?«, wagte ich es zu fragen und Uro grinste wenig freundlich, was im Licht der Kerze diabolisch wirkte.

»Woanders. Er macht ein großes Theater und flucht in einer mir unbekannten Sprache. Symmon macht ihm gerade ein bisschen Angst, damit er redet.«

Ein harter Klumpen bildete sich in meinem Bauch. Leider wusste ich ganz genau, wie das beim Fürstensohn aussah. Wahrscheinlich drohte er Felio gerade, ihm die Zunge rauszuschneiden.

Aber er würde es doch nicht wirklich tun, oder?

»Bitte. Ihr dürft ihm nicht wehtun«, flehte ich und spürte, wie Kälte sich in meiner Brust ausbreitete.

Uro musterte mich erstaunt.

»Er hat dich niedergeschlagen und gefesselt zurückgelassen. Und du willst trotzdem, dass wir ihm nichts tun?«, fragte er verwirrt und ich nickte heftiger, als für meinen Kopf gut war.

»Ja, ich weiß. Aber er ist ein Freund. Ich weiß nicht, warum er es getan hat. Vielleicht waren seine Gründe gut.«

Uro hob ungläubig die Augenbrauen. »Du bist zu nett, Mädchen«, sagte er und ich wich seinem Blick aus.

»Bitte«, wiederholte ich und Uro seufzte laut. Er konnte mich wohl nicht verstehen. Doch es war gerade alles verzwickt genug und ich hatte nicht die Kraft, mich dem auch noch zu stellen. Ich brauchte den Wind zurück, meine Kraft und meine Leichtigkeit.

Mit den Fingern nestelte ich an dem Knoten des Bündels und fragte mich, wie ich Uro dazu bringen konnte, mich für einen Moment allein zu lassen.

Ich räusperte mich. »Uro. Wärst du wohl so freundlich, mir noch etwas zu trinken zu holen?«, fragte ich leise und wusste, dass er sofort merken würde, dass ich versuchte, ihn loszuwerden. Zum Glück war es noch zu dunkel, als dass er mein errötendes Gesicht sehen konnte.

Uro zog eine Schnute und erhob sich. »Gut, mach ich. Und am besten schaue ich auch nach, ob noch was zu essen da ist. Du musst am Verhungern sein.«

Er sprach es aus und wie auf Kommando knurrte mein leerer Magen in der Stille des Zimmers. Uro lachte auf und meine Wangen glühten noch heißer.

»Ich bin gleich zurück«, versprach er, nahm die Kerze wieder an sich und wandte sich zum Gehen. Bevor er jedoch die Tür hinter sich schloss, warf er mir einen letzten Blick zu und das Lächeln auf seinen Lippen verkam zu einer gequälten Grimasse.

Ein schlechtes Gefühl breitete sich in meinem Magen aus wie vergorene Milch und ich erkannte, dass irgendetwas schiefgelaufen sein musste. War es wegen Felio?

War noch mehr vorgefallen?

Ich überlegte, während ich den Knoten des Bündels löste, und dachte an Justus, der nicht hier war.

Wieso war er nicht hier? Wenn die Boten am Wagenlager gewesen waren, hätte er sie doch sicher begleitet.

Panik biss mir in den Nacken und ich wickelte eilig das erste Windspiel aus einem Tuch. Es bestand aus blau schimmernden Muscheln und silbernen Röhren, die das karge Licht des neuen Tages einfingen. Eine Kraft ging davon aus, die mir zuflüsterte, dass ich in Sicherheit war. Doch konnte ich diesem Gefühl trauen? War ich jemals in Sicherheit?

Ich nahm das Gebilde bei der Aufhängung und hielt es hoch.

Wind!, rief ich und wartete. Nichts geschah und im ersten qualvollen Moment dachte ich, es wäre alles vergebens. Doch dann knallte es draußen und ich fuhr erschrocken zum Fenster herum.

Die Flaggen auf den Dächern, die gerade noch träge heruntergehangen hatten, flatterten so wild, dass sie schnalzten. Der Wind kam näher, fegte so heftig ins Zimmer, dass das Fenster gegen die Wand schlug und das Glas in tausend Splitter zersprang.

Er war hier!

»Wind«, rief ich mit lauter Stimme und konnte die Tränen nicht zurückhalten, als ich sein leises Summen vernahm und die grenzenlose Freude, wieder bei mir zu sein, mich einhüllte. Als heftiger Stoß zog er in sich verschlungene Kreise um die Muscheln des Windspiels und mit jeder Runde wurde die Verbindung zwischen uns stärker.

Er stürmte auf mich ein, hob mich von den Füßen in die Luft. Mein Haar tanzte mir um den Kopf, als er um mich wirbelte, an meinem Kleid zog, um meine Beine und Arme strich und nach mir rief.

Ich bin hier, versicherte ich ihm, sank auf den Boden zurück und ließ das Windspiel auf den Tisch sinken.

Ich darf dich nicht verlieren, mein Windkind. Ohne dich verwehe ich, verdammt dazu, ungehört zu bleiben wie die Erde und das Meer, säuselte er mir ins Ohr und obwohl ich seine Worte nicht deuten konnte, spürte ich die Liebe, die daraus sprach.

Du wirst mich nicht verlieren. Ich werde besser aufpassen, versicherte ich ihm und dachte an Felio, wagte es jedoch nicht, nach ihm zu fragen. Schließlich war der Wind gerade erst zu mir zurückgekehrt.

Felio ist der Artefakte beraubt. Er wird dir nicht mehr schaden, sagte der Wind und ich hielt erschrocken die Luft an. Er sprach über ihn. Das hatte er bisher nicht gekonnt. Ich wartete auf den Sog, das heiße Bitzeln auf der Haut, doch nichts davon geschah.

Er bediente sich der Macht der Artefakte, wisperte er und brauste draußen wie ein kleiner Sturm. Ich spürte seinen Ärger, der mir einen Schauer den Rücken hinunterjagte. Egal was ich je getan hatte, der Wind war niemals auch nur im Entferntesten wütend auf mich gewesen. Was hatte Felio nur angestellt, um ihn so zu erzürnen?

Er benutzte sie, um mich von dir zu trennen. Er missbrauchte die Kraft deines Volkes, um dich zu belügen.

Ich erstarrte, spürte, was er mir als Nächstes sagen würde, noch bevor er es aussprach, und wollte es nicht glauben.

Felio ist kein Windkind, brauste er und schlug erzürnt das leere Fenster erneut gegen die Wand. *Alles, was er an Kräften vorwies, zog er aus den Windartefakten. Sein Blut ist verwässert. Die Zeit fordert ihren Tribut.*

Zitternd ließ ich mich auf die Bettkante sinken. Am liebsten hätte ich den Wind einen Lügner genannt. Doch er konnte nicht lügen. Felio aber schon!

Er hatte mich niedergeschlagen, mich gefesselt, mir den Wind genommen und ich war bereit gewesen, ihm zu verzeihen, wenn er mir nur sagte, aus welchem Grund es geschehen war. Weil ich gedacht hatte, wir beiden wären die Letzten unseres Volkes.

Es war hart zu akzeptieren, dass es nicht so war. Dass ich immer noch allein war. Es schmerzte und stach, ich bekam kaum Luft. Mein Brustkorb zog sich zusammen, als läge ein Amboss auf mir.

Wieso?, fragte ich verzweifelt und der Wind kam wieder zu mir, schmiegte sich an meine Wange.

Weil er die Windartefakte wollte, um stark zu werden. Er brauchte deine Hilfe dafür, flüsterte er an meinem Ohr.

Ich atmete bebend ein und gestand mir ein, dass ich es geahnt hatte. Viele Anzeichen deuteten bereits von Anfang an darauf hin, doch ich hatte sie ignoriert, weil ich hatte glauben wollen, dass ich nicht als Einzige von meinem Volk übrig geblieben war.

Der Wind berührte ihn nicht so wie mich. Er redete nicht mit ihm. Als ich mit dem Wind gesungen hatte, offenbarten sich die Windspiele nur mir, nicht ihm.

Obendrein hatte er mich ganz allein losgeschickt, um die Windspiele aus der Festung zu stehlen, und mich mit fadenscheinigen Argumenten abgespeist. Ich hatte sie geglaubt, weil ich sie glauben wollte.

Dumme Cate!, sagte ich zu mir und lehnte mich auf dem Bett zurück, die Handballen an die Augen gepresst. *Wie konntest du nur so dumm sein?*

Justus hatte es gemerkt! Davon war ich jetzt fest überzeugt. Er hatte ihm die ganze Zeit nicht über den Weg getraut, mir gesagt, ich solle vorsichtig sein und ihm nicht blind vertrauen. Und das hatte ich nun davon!

Felio musste gewusst haben, dass Justus im Bilde war. Deshalb hatte er mich niedergeschlagen und nicht mitgenommen. Justus hätte ihn verraten und ich ihm die Windspiele niemals überlassen.

Ich sehnte mich so sehr nach Justus. Niemals hätte ich so einfach mit Felio weggehen sollen. Mein schlechtes Gewissen quälte mich nun noch heftiger.

War er deshalb nicht hier? Weil er wütend auf mich war?

Das ergab doch gar keinen Sinn. Wieso war er denn sonst losgezogen, um die Windspiele vor uns zu stehlen? Symmon hatte mir gesagt, es war, um Felio und mich zu ihm zu locken. Irgendwas musste passiert sein.

Der Wind strich mir über die Arme und den Nacken, versuchte mich zu trösten, doch ich wollte nur noch zu dem Mann, dem mein Herz gehörte.

Wo ist er?, fragte ich und ließ mich durch den Wind vom Bett heben, um wieder auf die Beine zu kommen.

Der Wind rauschte, zierte sich zu antworten und mein Bauch wurde ganz flau vor Angst. *Das kann ich dir nicht sagen*, flüsterte er.

Was? Wieso nicht? Sonst war er immer so erpicht, mir alles mitzuteilen, und gerade jetzt weigerte er sich?

Wenn ich es dir sage, begibst du dich in Gefahr. Er zog um mich, immer dichter, bildete einen Kokon, der mich schützen sollte und der mich wie eine Gefangene fühlen ließ.

Meine Befürchtung wurde stärker, mein Magen rumorte wieder und krampfte sich schmerzhaft zusammen.

Bei allein Winden, es ist was passiert, nicht wahr? Ihm ist etwas zugestoßen!

Liebstes Windkind …, rauschte der Wind leise und ich schnitt ihm das Wort ab.

»Nein. Du sagst mir jetzt, was passiert ist!«, fuhr ich ihn streng an und der Wirbel um mich herum zerstob kraftvoll im Zimmer. Die Vase auf dem Tisch wackelte unter dem plötzlichen Stoß, fiel über die Kante und zerschellte auf dem Boden zu Scherben.

Als Justus und Marc Berill verlassen haben, sind ihnen Männer gefolgt. Die Männer sind ins Lager eingefallen und haben alle Wagenleute gefangen genommen.

»WAS!«, schrie ich entsetzt und hielt mir mit einer Hand den pochenden Kopf. Der Schmerz war schlagartig zurückgekehrt.

Ich konnte nicht atmen. Es war noch schlimmer als alles, was ich befürchtet hatte. Es tat so weh, als hätte mir jemand einen Speer in den Bauch gerammt. Tränen quollen hervor, ohne dass ich sie zurückhalten konnte. Schwankend klammerte ich mich an den Bettpfosten.

Warum? War es der Fürst von Mari? War es wegen der Windspiele?, drängte ich den Wind zu antworten.

Es war nicht der Fürst. Behutsam strich er mir wieder den Nacken entlang und ich ließ es zu.

Wer dann?, verlangte ich zu wissen, doch er schwieg. »Wind«, zischte ich, weil ich glaubte, er versuchte mich wieder vor irgendwelchen Informationen zu schützen, doch dann spürte ich sein Unwohlsein.

Ich weiß es nicht, flüsterte er.

Wie kannst du es nicht wissen? Seine Antwort machte mir noch mehr Angst. Manche Angaben von ihm waren lückenhaft oder kryptisch, aber niemals hatte er etwas nicht gewusst. Wie konnte es sein, dass jemand etwas vor dem Wind verbarg?

Er spürte, dass ich mit seiner Antwort nicht zufrieden war, konnte es jedoch nicht ändern.

Wo wurden sie hingebracht? Geht es ihnen gut?

Ich musste zu ihnen. Der Wind hatte es gewusst. Ich würde losziehen und mich in Gefahr begeben, wenn ich dadurch helfen konnte, meine Familie zu befreien.

In eine befestigte Burg, in nördlicher Richtung, sagte der Wind. *Es gibt keine großen Verletzungen. Nichts allzu Schlimmes. Noch nicht.*

Das Blut gefror mir in den Adern.

Ich musste sie da rausholen. So schnell es ging!

Doch wie? Wie sollte jemand wie ich, ein Mädchen, es schaffen, jemanden aus einer Burg zu befreien?

Die Männer wollen Informationen, sagen sie. Die Wagenleute weigern sich, zu reden, fuhr der Wind fort.

Ich schnappte nach Luft. *Geht es um mich?*, hauchte ich mit zitternder Stimme und spürte nichts als Kälte.

Ja.

Mein Kreislauf kippte. Bei allen Winden! Ich presste die Hände fester an den Kopf, bis der stechende Schmerz nur noch ein Pochen war.

Es ging um mich! Sie hatten Justus entführt wegen mir! Ich hatte sie alle in Gefahr gebracht mit meiner Nachlässigkeit und meinem blinden Vertrauen zu Felio.

Das hatte ich nicht gewollt.

Diese ganze Sache mit den Windspielen war so viel größer, als ich geahnt hatte. Symmon war es ein Leichtes gewesen, zu erraten, wer ich war. Was, wenn ich mich durch diese Sache weitaus mehr Menschen offenbart hatte als angenommen?

Ich dachte an den alten Professor im Pavillon und konnte kaum noch atmen.

Hat der Professor mich verraten?, fragte ich erschrocken, doch der Wind verneinte.

Langsam stand ich auf, riss mich zusammen und trat an den Tisch. Mein Magen rebellierte, doch ich ignorierte ihn.

Ich atmete tief ein und aus. *Kannst du mir sagen, wo die Burg ist, in die man die Wagenleute gebracht hat?*

Der Wind streifte meine Finger, versuchte mich zu beruhigen. Doch ich schüttelte ihn ab, war zu aufgewühlt, um mich trösten zu lassen.

Die Männer haben die Artefakte mit sich genommen, flüsterte er und ich begriff. Ich konnte sie rufen!

Es dauerte unendlich lange, mich auf das Lied im Wind zu konzentrieren und nicht ständig an Justus zu denken. Die Feuerleute in Gefangenschaft, bedrängt, erpresst. Was würden sie ihnen antun?

Hoffentlich wussten die Leute, die sie gefangen genommen hatten, nichts von der Feuerkunst.

Zaghaft sang ich mit dem Wind, dessen liebliche, leicht melancholische Melodie beruhigend auf meinen Geist und meine angeschlagenen Nerven wirkte. Es führte mich zuerst zu den Artefakten, die vor mir auf dem Tisch lagen. Dann zog ich weiter. Hinaus aus dem Zimmer, über die Unterstadt, die in der aufgehenden Sonne funkelte, und Richtung Norden. Dort lag, umgeben von Wald, eine steinerne Burg mit hohen Mauern und dunklen Türmen. Sie stand erhaben auf einer Klippe, tief unter sich eine strömende Windung des Afon.

Ich flog durch ein schmales Fenster und eine Treppe hinauf in ein Arbeitszimmer. Dort stand unter einem Schreibtisch eine Truhe, fest verschlossen. In ihrem Inneren klimperten die Windspiele.

Erschrocken öffnete ich die Augen und holte bebend Luft. Der Raum, in dem ich stand, kam mir plötzlich noch kleiner vor als zuvor.

Justus und die anderen sind dort?, erkundigte ich mich und ich fühlte mich furchtbar hilflos.

In einem Kerker, in den Tiefen der Burg, flüsterte der Wind.

Ich fasste mir an den Kopf, tastete durch mein verknotetes Haar, spürte die schmerzenden Stellen und kam mir winzig vor in dieser viel zu großen Welt.

Erinnerungen brachen aus den Tiefen meines Seins hervor, Bilder, die ich vor Jahren verdrängt hatte. Grausame Bilder.

Mein Volk war damals gestorben und hatte mich allein zurückgelassen. Jetzt waren die Wagenleute alles, was ich hatte! Ich würde nicht zulassen, dass ihnen etwas geschah.

Ich musste mich zusammenreißen und durfte mich von diesen Emotionen auf keinen Fall unterkriegen lassen.

Mit zittrigen Fingern schlug ich das Windspiel vor mir wieder in das Tuch ein, verknotete es mit den anderen dreien zu einem handlichen Bündel und beschloss, dass ich gehen musste.

Auch wenn ich noch keine Ahnung hatte, wie ich es anstellen sollte, hier herumzusitzen und zu weinen würde mir auch nicht weiterhelfen.

Also wischte ich die Tränen von meinen Wangen und verließ das Zimmer. Der Korridor war noch finster, doch ich konnte eine Treppe ausmachen, die nach unten führte. Natürlich hätte ich auch das Fenster nehmen können, aber der Sonnenaufgang war bereits so weit fortgeschritten, dass mich die ganze Stadt gesehen hätte, wenn ich jetzt davonflog.

Ohne lange zu überlegen, rannte ich die Stufen hinunter. Meine Füße berührten kaum den Boden und ich übersprang die letzten Stufen, um mir selbst Mut zu machen. Ich huschte um eine Ecke und fand mich in einem großen Raum voller Tische und Stühle wieder. Der Geruch von abgestandenem Bier und Tabak hing kalt in der Luft, die ersten Sonnenstrahlen fielen durch das Buntglasfenster und zeichneten Muster auf den Boden.

An der Schanktheke befanden sich vier Männer. Der eine, der dahinter lehnte, entdeckte mich sofort und nickte in meine Richtung, sodass die anderen verstummten und sich zu mir umwandten.

Auf hohen Hockern saßen Symmon und Uro. Die anderen beiden kannte ich nicht, doch der Wind flüsterte mir zu, dass der Mann neben Symmon Wisper genannt wurde. Der ältere hinter der Theke hieß Fristan und war der Anführer der Diebesgilde.

Diebesgilde? Wieso saß der Sohn des Fürsten von Mari mit dem Anführer der Diebesgilde zusammen? Ich konnte mich nicht entscheiden, ob es skurril war oder durchaus Sinn ergab, wenn man sich die vergangenen Ereignisse besah. Oder sogar beides.

Die Männer starrten mich an und ich wünschte, sie würde anderswo hinsehen. Vorsichtig trat ich ein Stück aus dem Schatten der Treppe.

Symmon erhob sich von seinem Hocker und kam auf mich zu. »Cate. Was machst du hier unten? Du solltest dich noch ausruhen«, sagte er und ich schüttelte sachte den Kopf.

Für einen Moment hatte ich das Bedürfnis, Symmon zu sagen, was passiert war, nur um nicht mehr damit allein zu sein.

War er nicht mit einer Truppe von Soldaten angerückt, als er seine Schwester bei uns abholte? Würde er mir helfen können?

Ich kam mir schon dreist vor, darüber nachzudenken. Ein Vagabundenmädchen, das einen Prinzen um Hilfe bat. Als hätte er nichts Besseres zu tun.

Außerdem würde er wissen wollen, woher ich wusste, was mit den Wagenleuten geschehen war. Und das konnte ich ihm unmöglich mitteilen. Oder?

»Ich muss gehen«, sagte ich daher nur und klammerte mich an das Bündel, in dem die Windspiele leise klimperten. »Danke, dass ihr auf mich aufgepasst habt. Ich habe leider kein Geld bei mir, aber wenn ich …«

»Ach was. Vergiss das Geld«, unterbrach Symmon mich und stellte sich mir in den Weg, als ich versuchte, mich an ihm vorbeizuschieben.

Ich stolperte einen Schritt zurück, spürte den Druck in meiner Brust, die Tränen, die ich nur mühsam zurückhielt.

»Wo willst du denn hin? Es ist quasi noch Nacht, du hast nichts gegessen und nicht einmal Schuhe an«, wies der Fürstensohn mich auf meine nackten, staubigen Füße hin.

Ich atmete geräuschvoll aus. Was gab es in dieser Situation Unwichtigeres als Schuhe?

Uro erhob sich ebenfalls. »Dein Essen braucht noch ein bisschen, aber du kannst schon mal einen Apfel haben«, sagte er schnell, griff über die Theke und hielt mir das rotbackige Obst entgegen. Sein Blick war unstet, er schaffte es nicht, mir in die Augen zu sehen.

Sie wissen es, schoss es mir durch den Kopf. Natürlich! Die Boten waren mit schlechten Nachrichten zurückgekehrt und niemand hatte es für nötig gehalten, mir davon zu erzählen?

»Ich muss gehen«, wiederholte ich und bemühte mich, entschlossen zu klingen. Für Justus musste ich mutig sein. Für Mei. Für Marc. Für sie alle.

Doch Symmon gab den Weg nicht frei. »Was ist los?«, fragte er und blickte mich forschend an.

»Lass mich gehen«, forderte ich mit zitternder Stimme, ignorierte seine Frage und versuchte mich gewaltsam an ihm vorbeizudrängen.

Doch er fing mich mit Leichtigkeit ab und packte mich grob am Arm. Irgendwo dort musste ein Bluterguss sein, denn seine Finger um meinen Oberarm taten mehr weh, als sie sollten. »Ganz sicher nicht«, knurrte er so verbissen, dass es mir Angst und Bang wurde. Unsanft schob er mich zu einem der Tische und zwang mich auf einen Stuhl.

»Dein Gesicht ist ein offenes Buch, Kleines. Du solltest uns besser sagen, was los ist«, raunte er gefährlich, als er sich über mich beugte. Sein Gesicht lag vollständig im Schatten und mir lief es kalt den Rücken hinunter.

Versuchte er mir wieder Angst zu machen?

Ich schluckte, versuchte die Furcht von mir zu schieben und spürte doch, wie mir wieder die Tränen in die Augen schossen und in meinem Bauch die Wut erwachte.

Der Druck war zu groß, die Verzweiflung nahm langsam überhand, rauschte durch meine Adern wie lähmendes Gift. Felio hatte mich betrogen. Justus und meine ganze Familie waren in Gefahr. Und das alles nur, weil ich eine vom Windvolk war.

Ich war so wütend auf die Menschen, die mir so etwas wieder antun wollten. Wütend auf mich, weil ich so unbedacht war. Wütend auf Symmon, weil er mir nichts gesagt hatte.

»Bin ich eine Gefangene?«, zischte ich, weil meine Stimme nicht mehr hergab, und Symmon wich sofort vor mir zurück.

Abwehrend hob er die Hände. »Ach verdammt. Nein, natürlich nicht!«, rief er schockiert und rieb sich das Gesicht. Erst jetzt sah ich, wie müde er wirkte. Unter seinen Augen waren dunkle Ringe und sein Rücken knackte, als er sich aufrichtete.

»Ich muss zu Justus«, betonte ich, damit er verstand, wie wichtig es für mich war, und Symmon seufzte laut.

»Du kannst nicht zu ihm. Es ist etwas passiert«, redete er um den heißen Brei herum und stemmte die Hände in die Seiten. Mein Herz klopfte mir bis zum Hals. »Als unsere Boten die Wagen erreicht haben, da war … keiner mehr dort. Alles war zerwühlt und zerschlagen. Es tut mir leid. Wir vermuten, dass sie … entführt wurden«, sagte er stockend und ließ mich dabei keinen Moment aus den Augen.

Zuerst war sein Blick tatsächlich besorgt gewesen, doch jetzt, nachdem er geendet hatte, sah er mich prüfend an. »Du wusstest es bereits!«, fuhr er mich plötzlich an und ich zuckte zurück.

War es so offensichtlich?

Symmon drehte sich sofort zu Uro. »Hast du es ihr erzählt?«, fragte er ihn scharf und Uro schüttelte den Kopf, den Apfel immer noch in seiner Hand.

»Ich habe kein Wort darüber verloren«, versicherte er und Symmons Blick wanderte wieder zu mir zurück.

Ich hatte das schreckliche Gefühl zu fallen und mein Kopf schmerzte. Der Wind ballte sich unter meinem Haar, war so angespannt wie ich.

»Was weißt du noch, Cate? Hast du eine Ahnung, wer es war?«, fragte der Fürstensohn mich und ich biss mir auf die Unterlippe. Jetzt wusste er schon, dass ich ein Windkind war, musste er wirklich auch noch mein letztes Geheimnis aus mir herauspressen? Nicht einmal Justus hatte ich es gesagt.

Wie kam ich aus diesem Schlamassel wieder heraus?

»Cate!«, zischte er drohend und packte mich an der Schulter.

»Ich weiß nicht, wer es war«, wehrte ich ab und versuchte mich loszureißen. »Ich weiß gar nichts«, behauptete ich den Tränen nahe und Symmon schnaubte genervt auf.

»Lüg mich nicht an«, knurrte er. »Du bist eine verdammte Geheimniskrämerin! Wie soll ich wissen, ob ich dir trauen kann, wenn du nicht mit mir redest?«, fluchte der Fürstensohn, kam mir noch näher und ich erwiderte seinen wütenden Blick mit der gleichen Emotion.

»War es Lord Peka? Ich wette, dass er seine Finger im Spiel hat. Dann waren es nämlich *seine* Soldaten, die er mitten in der Nacht losgeschickt hat und deine Leute sonst wo hingebracht haben. Sag es mir!«, befahl er, wagte es, nach dem Vogel um meinen Hals zu fassen, und zog mich an dem Band in seine Richtung.

Er würde es kaputt machen!

»Finger weg!«, fuhr ich ihn an. Heißer Zorn und Verzweiflung brachen in meinem Kopf auf und der Wind schoss hervor wie ein Pfeil. Er traf Symmon mit heftigem Druck gegen die Brust und schlug ihn nach hinten, sodass er zu Boden polterte.

Mit geweiteten Augen starrte er mich an und ich erschrak vor meiner eigenen, viel zu heftigen Reaktion.

Was hatte ich getan?

Sofort griff ich nach meinem Hals, fand das lederne Band unversehrt und auch der kleine geschnitzte Vogel sah noch aus wie zuvor.

Ich hätte erleichtert sein müssen, doch als Symmon sich aufrappelte und auch die anderen Männer im Raum ihre Stimme wiederfanden, erkannte ich, was ich getan hatte.

Ich hatte mich ihnen offenbart. Schon wieder war mir die Kontrolle über meine Gefühle und meine Kräfte entglitten. Ich machte immer und immer wieder die gleichen dummen Fehler.

»Was zum …«, presste der Anführer der Diebesgilde hervor und Uro war von seinem Stuhl aufgesprungen.

Symmon hob die Hand, hielt sie zurück und atmete tief durch. »Damit habe ich nicht gerechnet«, sagte er ruhiger, als ich es jemandem zugetraut hätte, der gerade das erste Mal Bekanntschaft mit meinem wankelmütigen Zorn gemacht hatte. »Ich entschuldige mich dafür, dass ich deine wertvolle Kette berührt habe.«

Was?

»Justus hat sie mir gemacht«, hatte ich das Bedürfnis zu erklären und wäre sicher errötet, hätte mich der Gedanke an ihn nicht zurück in die Wirklichkeit gebracht. Eine, in der Justus gefangen genommen worden war.

»Natürlich«, seufzte Symmon verstehend und hielt Abstand zu mir, was ich gerade ganz gut fand. »Ich möchte dir wirklich helfen, Cate. Wenn du also mehr weißt, dann musst du es mir sagen.«

Ich schloss für einen Moment die Augen, spürte den Wind um mich sausen und vernahm das leise Klimpern der Windspiele auf meinem Schoß. Dies war ein Moment der Entscheidung.

Schon so oft hatte ich dagesessen mit dem Wissen, das der Wind mir zuflüsterte, und hatte doch nicht den Mut aufgebracht, etwas zu sagen. Immer war ich damit davongekommen, hatte mich auf Bree verlassen oder lediglich kleine Hinweise gegeben, damit niemand etwas merkte.

Doch diesmal ging es nicht um einen verlorenen Schuh oder ein Mädchen in Marcs Wagen. Hier ging es um das Leben meiner Familie.

Wieso sagte ich dem Fürstensohn also nicht einfach, was ich wusste?

Ich hatte die Chance zu helfen und ergriff sie nicht. Wie schon so oft. Obwohl ich mich jedes Mal schlecht dabei fühlte.

»Man hält die Wagenleute gefangen. In einer Burg, nördlich von hier«, flüsterte ich und öffnete die Augen. »Sie hat dunkle Türme und spitze Zinnen und unter ihr fließt der Afon.«

»Das ist Burg Amrin. Lord Pekas Landresidenz«, sagte wieder eine Stimme hinter uns und Symmon richtete sich auf, sodass ich den Mann sehen konnte. Es war Fristan, der um die Theke herumkam, sich einen Stuhl herauszog und sich an den Tisch zu mir setzte, so als hätte ich nicht gerade einen Windstoß beschworen. »Woher weißt du das?«, fragte er mich und strich sich die wilden weißblonden Zöpfe aus dem kantigen Gesicht.

Hatte er eben nicht gesehen, was geschehen war? Wusste er nicht, dass ich ein Windkind war?

»Magie?«, sagte ich vorsichtig und Symmon neben mir gab ein grunzendes Geräusch von sich, das sich in ein Lachen verwandelte.

Er lachte in dieser Situation.

Ich war fassungslos.

Es hatte mich so viel gekostet, mich zu überwinden, endlich den Mund aufzumachen, und stand die schlimmsten Ängste aus, und er lachte.

Die Wut kam zu mir zurück und ich musste mich stark zusammenreißen, den Wind nicht wieder auf ihn loszulassen. »Wirst du mir nun helfen oder nicht?«, fuhr ich ihn an und Symmon beruhigte sich wieder.

»Ja. Ich helfe dir«, sagte er und seine Augen schienen zu leuchten. Er nahm Uro den Apfel ab, den er immer noch gehalten hatte, und stellte ihn vor mich auf den Tisch. »Wenn du mir hilfst«, fügte er hinzu und ich konnte nur hoffen, dass ich diesen Handel nicht bereuen würde.

32

Ich hatte mich tatsächlich in einem Gasthaus befunden. *Zum trunkenen Schwätzer,* stand auf dem Schild über dem Eingang und der Wind machte sich einen Spaß daraus, es quietschend hin und her schaukeln zu lassen, als wir nach draußen traten.

Das Kopfsteinpflaster unter meinen nackten Füßen fühlte sich kalt an und ich wünschte mir, ich wäre im Wald, allein, und könnte mich einfach ein Stück in die Luft heben.

»Sag Bescheid, wenn du mich oder meine Leute brauchst«, sagte Fristan zu Symmon und legte ihm brüderlich eine Hand auf die Schulter.

»Mach ich«, erwiderte der Fürstensohn. »Aber ich fürchte, wenn wir eine Burg stürmen müssen, sollte ich Soldaten haben.«

Ich sagte nichts dazu, fühlte mich überfordert mit der Situation und klammerte mich an mein Bündel, in dem die Windspiele fest verschnürt waren.

Uro schulterte eine Tasche und sprach ein paar Worte mit Wisper, der ebenfalls vor das Gasthaus trat und dabei meine Schuhe in der Hand hielt.

»Die hat wohl jemand gestohlen«, sagte er mit sanfter Stimme, die nicht zu den abenteuerlichen Zöpfen in seinem Bart passten, und zwinkerte mir zu, als er sie mir reichte.

Wäre ich nicht so aufgewühlt gewesen, ich hätte ihn sicher nett gefunden.

Schnell schlüpfte ich mit den staubigen Füßen in das weiche Leder meiner Schuhe und sah dabei die schmierigen Flecken auf meinem

Rock. Ich musste fürchterlich aussehen. Und riechen. Meine Haut juckte und der Stoff meiner Bluse fühlte sich steif an vor Dreck und Schweiß.

Aber dagegen konnte ich jetzt nichts tun, also versuchte ich es zu ignorieren und musste hoffen, dass es meine Begleiter nicht störte.

Symmon und Uro führten mich die gewundene Straße entlang. Über den dicht beieinanderstehenden Häusern sah ich die weiße Festung aufragen wie ein in der Sonne glitzernder Zuckerhut.

»Was passiert als Nächstes?«, wagte ich zu fragen, als wir einige Schritte gegangen waren, und sah von einem zum anderen.

»Lord Peka ist nicht irgendwer«, sagte Symmon, als würde es meine Frage beantworten, und rieb sich erschöpft den Nacken. »Er ist der Berater des Fürsten von Mari. Mein Vater überlässt ihm beinahe all seine Staatsgeschäfte.«

Er war also ein wichtiger Mann, dieser Lord Peka. »Aber was will er von mir?«, wollte ich wissen und die beiden Männer sahen mich erstaunt an.

»Wieso von dir?«, stellte Symmon eine Gegenfrage und musterte mich von der Seite.

Kappadreck, dachte ich, als mir bewusst wurde, dass er das ja gar nicht wissen konnte. Gerade wollte ich den Mund aufmachen, um es irgendwie zu erklären, da verzog sich sein Gesicht zu einem verstehenden Ausdruck und er fasste sich an die Stirn.

»Er will dich. Bei den fluchenden Trollen, natürlich will er dich! Es ist Lord Peka!«

»Trolle?«, erkundigte sich Uro skeptisch und Symmon machte eine wegwerfende Geste.

»Lord Peka ist ein verrückter Irrer. Er ist einer derjenigen, die unbedingt einen Krieg zwischen Mari und Albahr provozieren wollen. Er war maßgeblich an den Unruhen der ersten Tage beteiligt …«, zählte er auf, doch ich hatte leider keine Ahnung, was das bedeutete.

»Und er hat das Windvolk auf dem Gewissen«, fasste Uro für mich zusammen und mich traf die Angst direkt ins Herz.

Das hatte Symmon gemeint. Dieser Mann hatte mein Volk getötet? Mir wurde kalt und heiß und ich drängte meine Erinnerungen daran in den Hintergrund, um nicht wieder von den grausigen Bildern überfallen zu werden.

»Ich war damals noch im Norden, aber ich weiß, dass mein Vater, auf Lord Pekas Rat hin, eine Allianz mit dem Fürsten von Albahr schloss, um gemeinsam das Windvolk …« Er stockte und blickte in den Himmel.

»Abzuschlachten?«, half ich ihm, ein Wort zu finden, das an diese Stelle passte, und schüttelte mich bei der Gänsehaut, die meine Haut überzog.

»*Loszuwerden,* hätte ich gesagt. Aber deins passt wohl besser«, seufzte Symmon. »Natürlich hat das nicht lange gehalten, weil jeder die Windküste für sich haben wollte. Und was Lord Peka auch davon hat, er befeuert diese Auseinandersetzung immer weiter. Dieser elende Verschwörer!«

Von den Scharmützeln hatte ich schon öfter gehört. Die Leute in den Grenzgebieten klagten darüber, Elyssabed war aus diesem Grund überfallen worden.

»Und besessen ist er auch, von Briefen und allem, was schriftlich festgehalten ist. Als wäre er sich zu schade zum Sprechen. Im Ernst, er und seine Gefolgsleute benehmen sich wie eine verrückte Sekte«, redete sich der Fürstensohn in Rage und warf empört die Arme in die Luft. »Er führt was im Schilde. Etwas Großes. Ich weiß es!«

Wir bogen in eine Gasse ab, in der die Wäsche an langen Leinen über unseren Köpfen baumelte. Frauen riefen sich von Fenster zu Fenster etwas zu und die ersten Menschen kamen auf die Straßen. Zu viele für meinen Geschmack und ich hielt mich ganz nah bei Symmon und Uro.

»Und was passiert jetzt als Nächstes?«, fragte ich wieder, da ich darauf immer noch keine Antwort erhalten hatte.

Der Fürstensohn ballte die Hände zu Fäusten und verzog das Gesicht zu einer düsteren Grimasse. »Wir holen die Schwarze Garde, stürmen Lord Pekas Burg und holen deine Leute da raus. Und bei der Gelegenheit durchwühlen wir all seine Sachen, damit ich endlich Klarheit über die Dinge bekomme, die in diesem Fürstentum vor sich gehen.«

»Die Schwarze Garde? Dein Ernst? Bist du sicher, dass Alasar da zustimmen wird?«, rief Uro viel zu laut und ich zuckte zusammen. Unsicher sah ich mich um, doch die Menschen in unserer Nähe störten sich nicht daran und gingen ihren täglichen Arbeiten nach, ohne uns zu beachten.

»Ich werde ihm keine Wahl lassen. Mein Vater will aus mir einen Heerführer machen, dann bekommt er seinen Heerführer jetzt auch.« Der Fürstensohn reckte entschlossen seine Faust in die Luft.

Uro und er führten mich durch die Unterstadt, an schönen und weniger schönen Häusern vorbei, auf einen gewaltigen Marktplatz, der von einer Ehrenstatue geziert war, und von dort über die Prachtbrücke in die Oberstadt.

Hier waren die Häuser edler, geschmückt mit Blüten und bunten flatternden Vorhängen in den Fenstern.

Je näher wir der weißen Festung kamen, desto drückender wurde das Angstgefühl in meiner Brust, als würde das Unheil dort oben auf mich warten. Der Wind hielt sich dicht bei mir, flüsterte mir immer wieder zu, dass er da war und mir helfen würde.

Wir betraten die Festung zu meiner Erleichterung nicht, hielten uns weiter unten am Hügel, bis wir zu einer Ansammlung an weniger schmuckvollen Gebäuden ankamen.

Die Kaserne, wie sie mir erklärten. Ich durfte mit eintreten, wurde aber von den beiden Männern in der Obhut einer Magd zurückgelassen. Sie versprachen, zurück zu sein, wenn alles geklärt war.

Mir war es gar nicht recht, schon gar nicht, da ich wusste, dass sich in meiner unmittelbaren Nähe ein Haufen Soldaten befand. Doch ich sagte nichts dazu, fühlte mich auch so schon wie eine Last.

Mir blieb auch nicht viel Zeit zum Grübeln, da die Magd sofort die Nase über meinen Körpergeruch rümpfte und mich kurzerhand in einen Waschzuber setzte, um mich sauber zu schrubben.

Alles zog nur so an mir vorbei, die Kälte in meinem Herz betäubte mich und vermittelte mir das Gefühl, dass nichts mehr sein würde wie früher.

Selbst wenn wir die Wagenleute retten würden, konnte ich nicht mehr dahin zurück, wo ich früher gewesen war. Es war naiv von mir zu denken, ich könnte mich mein Leben lang verstecken und unentdeckt durch die Lande ziehen.

Ich war ein Windkind und offensichtlich war es nicht so schwer, das zu erkennen, wie ich immer angenommen hatte. Vor allem mit meiner mangelnden Selbstkontrolle.

Auch wenn ich bei dem Professor und dem Fürstensohn Glück gehabt hatte, wusste ich, dass es Menschen gab, die mich für immer hassen würden.

Einer dieser Menschen hatte einen Namen: Lord Peka.

Beängstigenderweise wusste der Wind kaum etwas über ihn, was über das Gewöhnliche hinausging. Er war seit fast zwanzig Jahren der Berater des Fürsten von Mari, schätzte seine Ruhe, verbrauchte täglich Unmengen an Papier und hatte eine Tochter namens Macadamya, die mir wohl recht ähnlich sah und mit der ich bereits verwechselt wurde, als Fristans Männer mich vor dem Schmuggler gerettet hatten.

Wenn er wirklich so gefährlich war, wie Symmon behauptete, dann hatte er einen Weg gefunden, es vor dem Wind geheim zu halten.

Also entweder irrte der Fürstensohn sich oder dieser Lord war schlau und kannte den Wind ganz genau. Das erklärte auch, wie es möglich gewesen war, ein Volk, das über den Wind herrschte, einfach so an einem einzigen Tag auszulöschen.

Wusste er auch, dass der Wind mit mir redete?

Mir wurde immer kälter, wenn ich daran dachte, dass wir wirklich vorhatten, zu dieser Burg zu reiten, in der er auf uns wartete. Auf mich wartete.

Ich fühlte mich so klein und hilflos.

Es wurde sogar noch schlimmer, als ich auf den Hof der Kaserne trat und den Fürstensohn erblickte.

Es war merkwürdig, mit anzusehen, wie er sich von *Symmon, der wilde Kerl aus der Diebesspelunke* in *Symmon von Mari* verwandelte. Er trug ordentliche Kleidung und Rüstzeug in Schwarz wie seine Soldaten und brüllte Befehle, die von den Männern unverzüglich ausgeführt wurden.

Ihn so zu sehen machte mir klar, mit wem ich es hier eigentlich zu tun hatte. Da ich seine Schwester Elyssabed auf Wald und Feld kennengelernt und auch unser erstes Gespräch in einem kleinen dreckigen Gasthaus stattgefunden hatte, war mir ganz entgangen, was es wirklich bedeutete, die Kinder eines Fürsten zu sein.

Mit großer Wahrscheinlichkeit würde Symmon die Herrschaft über dieses Land erben, sobald sein Vater es an ihn abtrat. Symmon von Mari war ein Prinz. Und das Ausmaß dessen begriff ich erst in diesem Moment, als er auf ein pechschwarzes Ross aufstieg und so überwältigend machtvoll aussah, dass ich davor zurückschreckte.

Ich war hier zwischen zwei Mächte geraten und verstand nicht, wie ein so großer Konflikt wegen eines kleinen Mädchens wie mir entstanden sein konnte.

»Cate, komm her«, erhob Symmon die Stimme und ich zuckte zusammen, als sich sein Blick auf mich richtete. »Zier dich nicht, wir brechen auf«, warf er mir vor, als ich mich nicht von der Stelle bewegte, und die ersten Soldaten sahen sich nach mir um.

Um ihre Aufmerksamkeit nicht noch mehr auf mich zu ziehen, huschte ich mit hochgezogenen Schultern zu dem riesenhaften schwarzen Pferd. Auch das machte mir Angst, da ich noch nie in meinem Leben auf einem Pferd gesessen hatte.

Ein Kappa war zwar auch groß, aber etwas ganz anderes. Zottelig, mit sanftmütigen runden Augen und langsamen Bewegungen. Ein Pferd war impulsiv, kraftvoll, schnell.

Doch ehe ich etwas sagen konnte, packte mich Symmon schon an den Armen und zog mich auf den Rücken des Tiers hinauf. »Bist du noch leichter geworden?«, fragte er mich mit einem Schmunzeln und half mir dabei, vor ihm in den Sattel zu rutschen.

Ich saß viel zu nah bei ihm, was mir doch etwas unangenehm war, und war froh über das erzwungene Bad. Diese Situation empfand ich schon als peinlich genug, da musste ich nicht auch noch stinken wie eine zerdrückte Baumwanze. Meine Wangen fühlten sich dennoch heiß an.

»Ich wiege genauso viel wie andere Mädchen mit meiner Größe auch«, behauptete ich wieder, sah verschämt woandershin und sagte ihm nicht, dass der Wind mich angehoben hatte.

»Jaja«, lachte er leise. »Rede dir das nur ein.«

Uro winkte mir zu, als er an uns vorbeiritt und sich zu den Soldaten gesellte. Symmon gab seinen Männern, die sich hinter ihm aufgereiht hatten, einen Wink und die Kompanie setzte sich in Bewegung.

Ich gab mir Mühe, nicht aufzuschreien, als das Pferd zu traben begann, und klammerte mich zu meiner Schande viel zu fest an den Arm des Fürstensohns.

Wir ritten durch ein Tor an der hinteren Seite der Kaserne auf die Straße hinaus, den Hügel an der hinteren Seite nach unten, die größtenteils aus Weinbergen und wenigen ausladenden Anwesen bestand.

Da ich mich auf dem schwankenden Rücken des Pferdes alles andere als wohlfühlte, schaffte ich es auch nicht, an Symmon vorbeizusehen, um die Männer zu zählen, die uns begleiteten. Der Wind flüsterte mir zu, dass dreißig Soldaten zur Schwarzen Garde gehörten und ihr Hauptmann Alasar hieß. Den Namen hatte ich zumindest schon einmal gehört.

Wir passierten die Stadtmauern durch das Osttor und ritten durch mehrere Vororte, die schnell von weiten Feldern abgelöst wurden.

Symmon wischte sich den Schweiß von der Stirn. Die Sonne brannte erbarmungslos vom Himmel und ich schickte den Wind, um etwas aufzufrischen.

»Cate. Darf ich dich etwas fragen?«, schreckte mich Symmon aus meiner Absprache mit dem Wind und er warf einen schnellen Blick nach hinten. Sicher, um sich zu vergewissern, dass wir ungehört blieben. Mir wurde mulmig zumute. »Heute Morgen wusstest du über Dinge Bescheid, die du nicht wissen konntest«, begann er, ohne meine Antwort abzuwarten, und ich hielt die Luft an.

Es beunruhigte mich, dass er wieder davon anfing. Ich hatte gehofft, er würde die Sache auf sich beruhen lassen, wie Justus es immer tat.

Er zwang mich nie, mit der Sprache rauszurücken. Und jetzt fragte ich mich, ob es möglicherweise sein konnte, dass Justus immer gewusst hatte, dass der Wind mit mir redete, und deshalb nie gefragt hatte.

»Augenscheinlich willst du mir nicht sagen, woher du die Dinge weißt. Sei es deine mysteriöse Windmagie oder Wahrsagerei, das ist mir relativ egal. Aber ich muss noch mehr wissen, wenn du mehr weißt.«

Ich nickte zögerlich. Noch wagte ich es nicht, erleichtert aufzuatmen, und machte mich auf seine Fragen gefasst.

»Gut. Wo in der Burg werden deine Leute festgehalten?«

Es ging also um das, was uns bevorstand. Auch wenn es sich seltsam anfühlte, hielt mein Beschluss an, mit meinem Wissen helfen zu wollen. Also rief ich den Wind.

»In einem Kellergewölbe. Ein Kerker im Bauch der Festung«, gab ich seine Antwort zaghaft weiter.

Symmon spannte sich hinter mir an, hielt seinen Blick auf den Weg vor uns gerichtet. »In Ordnung. Wie viele Wachen sind in der Burg?«

Der Wind rauschte durch die Felder zu beiden Seiten und flüsterte mit der Melodie der Kornhalme.

»Hundertdreiundzwanzig Männer in Rüstkleidern. Mit Armbrüsten und Schwertern bewaffnet.«

Der Fürstensohn sog scharf die Luft ein. »Das sind viele. Bist du dir sicher?«

»Ich bin mir sicher«, antwortete ich ihm mit fester Stimme und unterließ es, darauf hinzuweisen, dass der Wind nicht log. Sollte er ruhig weiter glauben, es handele sich hier um Wahrsagerei.

Ein leichtes Lächeln tauchte auf Symmons Lippen auf und er sah mich von der Seite an. »Welche Farbe hat das Untergewand von Lord Pekas Tochter?«

Ich hob ungläubig den Blick. Bitte, was?

Rosa mit blauen Stickereien, säuselte der Wind an meinem Ohr und ich schüttelte den Kopf, um den Gedanken wieder loszuwerden.

»Ist das wirklich wichtig?«, wollte ich entrüstet wissen und Symmon lachte schallend auf. Er hatte mich an der Nase herumgeführt.

»Nein. Aber du weißt es, nicht wahr?«

»Das ist nicht witzig, Symmon«, murrte ich ernst und kam mir nun doch etwas unerhört vor, ihn so einfach mit dem Vornamen anzusprechen, jetzt, wo er aussah wie ein echter Fürstensohn.

Doch ihn schien es nicht zu stören. »Warum hat ein Lord hundertzwanzig Soldaten in einer Burg, die mitten im Nirgendwo liegt? Auffälliger kann er kaum zeigen, dass er etwas zu verbergen hat.«

Er zog an dem Zügel des Pferdes und ich hob mich erschrocken mit dem Wind einen Fingerbreit vom Sattel hoch, um nicht herunterzufallen, als das Pferd plötzlich wendete.

»Du kannst fliegen?«, fragte Symmon erschrocken und ich setzte sofort wieder ab.

»Ein bisschen«, log ich und konnte es natürlich mal wieder nicht verhindern, dass mir meine Verlegenheit anzusehen war.

Doch glücklicherweise richtete Symmon seine Aufmerksamkeit schnell auf anderes, als die Soldaten näher kamen und er sein Pferd neben dem eines älteren Herrn einreihte.

Dieser saß so aufrecht im Sattel, wie es nur Soldaten konnten. Das Haar zeigte silberne Strähnen, seine Augen waren hell wie grüne Glassteine, die man in die Sonne hielt.

»Mein Herr«, grüßte der Mann steif, sah Symmon jedoch nicht an.

»Alasar. Burg Amrin wird von hundertzwanzig Männern bewacht!«, eröffnete Symmon ohne Umschweife dem Mann, bei dem es sich wohl um seinen Hauptmann handelte. Er sah sogar ganz genau so aus, wie ich mir einen Hauptmann vorgestellt hatte. »Etwas viel für eine einfache Landresidenz, meint Ihr nicht?«

»Ich meine, dass es eine völlige Schnapsidee ist, die Landresidenz eines Lords anzugreifen, der das volle Vertrauen Eures Vaters genießt«, gab er lediglich zurück und Symmon rümpfte überdeutlich die Nase.

Ich machte mich ganz klein und hoffte, nicht bemerkt zu werden. Zwischen den beiden herrschte wohl dicke Luft.

»Mein Vater ist ein Idiot und das wisst Ihr. Und Lord Peka hat unschuldige Menschen entführt und sie in seinen Kerker eingesperrt. Das ist eine Tatsache! Wir haben das besprochen«, schnaubte Symmon und der Hauptmann schien sich überwinden zu müssen, um zu antworten.

Doch schließlich wandte er sich dem Fürstensohn zu. »Ihr habt behauptet und ich musste mich fügen«, sagte er streng und es war, als könnte ich spüren, wie sich die Wut in Symmons Inneren zusammenballte.

»Wir werden Beweise gegen diesen Mann finden«, versicherte er dem Hauptmann dennoch mit einer erstaunlichen Ruhe in der Stimme, für die ich ihn bewunderte. Er war beherrschter, als ich ihm zugetraut hatte.

Im Gegensatz zu mir. Ich fühlte mich so unwohl in diesem Streit, dass bereits Wolken aufzogen und der Wind stärker blies, als ich vorgehabt hatte.

Schnell ermahnte ich ihn und auch mich zur Ruhe.

»Ich habe mir immer gewünscht, dass Ihr Euch mehr für die Geschicke des Landes interessiert und Euch daran beteiligt, aber nicht auf diese Weise«, tadelte Alasar ihn, als wäre er sein Vater und nicht bloß ein untergebener Hauptmann.

»Das ist meine Entscheidung.« Nun hörte ich Symmons Verärgerung doch und ich fürchtete, dass ich hier in einen Streit geraten war, der gerade erst anfing.

»Ihr missbraucht gute Soldaten für Eure eigene Vendetta«, sagte der Hauptmann gerade und Symmon schnaubte laut.

»Das ist keine Vendetta. Menschen sind entführt worden, werden womöglich misshandelt, und Ihr seht mich an, als würde ich das hier zu meinem eigenen Vergnügen machen.

Als wir das letzte Mal ausrückten, war es, um meine kleine Schwester spazieren zu führen, und da habt Ihr euch nicht beschwert.«

»Als ob Euch diese Menschen etwas bedeuten würden …«, setzte Alasar gerade an und der Fürstensohn unterbrach ihn.

»Ja, tun sie! Zwei davon würde ich sogar als Freunde bezeichnen. Aber selbst wenn nicht, tue ich es für sie«, knurrte er verbissen, lehnte sich nach hinten und gab den Blick auf mich frei.

Damit hatte ich nicht gerechnet. Ich zog die Schultern noch höher, umklammerte den kleinen Vogel um meinen Hals und fühlte mich wie auf dem Präsentierteller.

Hauptmann Alasar sah mich so irritiert an, als hätte ich mich plötzlich hergezaubert. Ihm war wohl noch nicht aufgefallen, dass Symmon nicht allein auf seinem Pferd saß.

»Darf ich vorstellen. Alasar, das ist Cate. Cate, das ist der Hauptmann der Schwarzen Garde, Alasar der Engstirnige.«

Ich nickte ihm zu und überhörte Symmons Spitze gegen den Älteren geflissentlich.

Mit zusammengekniffenen Augen musterte er mich. »Wer ist sie?«, fragte er, als würde ich ihn nicht verstehen.

»Sie ist der Grund, wieso das hier alles geschieht. Sie ist der Dreh- und Angelpunkt«, behauptete Symmon kryptisch und ich konnte dem Hauptmann seinen skeptischen Blick nicht verübeln. Ich verstand es ja selbst nicht.

»Es sind ihre Leute, die Lord Peka gefangen genommen hat. Wir schulden es ihr, sie zu befreien«, setzte Symmon hinzu.

»Wieso sollten wir irgendeinem Mädchen etwas schulden?«, schnaubte Alasar und blickte mich an wie einen ungebetenen Gast. Eine Lauscherin, die ein Gespräch mithörte, das sie gar nichts anging.

Und genau so fühlte ich mich auch.

»Weil sie vom Windvolk ist, verdammt!«, zischte der Fürstensohn und ich fuhr so plötzlich auf, dass ich beinahe vom Rücken des Pferdes gefallen wäre. Der Wind hielt mich, das Tier wieherte und ich klammerte mich am Sattel fest.

»Das kannst du ihm doch nicht einfach erzählen!« fiepte ich atemlos und ein furchtsames Zittern breitete sich über meinem ganzen Körper aus.

Der Hauptmann starrte mich mit unbewegter Miene an. Der Wind ballte sich unter meinem Haar, zu allem bereit.

»Du stehst unter meinem persönlichen Schutz, Cate. Der Hauptmann und auch seine Soldaten werden dir kein Haar krümmen«, versprach Symmon, doch ich war mir nicht so sicher, dass er dieses Versprechen auch einhalten konnte.

»Mein Herr. Alle Windkinder sind vor zwölf Jahren ums Leben gekommen.«

»Ihr meint, alle Windkinder sind von den Soldaten aus Mari und Albahr niedergemetzelt worden. Das war so falsch, ich habe nicht einmal Worte dafür.« Es lag mehr Abscheu in Symmons Stimme, als ich mir hätte vorstellen können. Er war wirklich auf meiner Seite.

»Wenn ich einmal Fürst werde, dann sicher nicht mit so einem Erbe. Wir helfen dem Windkind und das Windkind wird uns helfen. Und wenn wir Glück haben, schnappen wir uns dabei noch den verdammten Lord Peka und beenden diesen verfluchten Krieg, bevor er richtig beginnt.«

Hauptmann Alasar schnaubte laut. »Und was, wenn Ihr Euch irrt? Wenn Lord Peka kein Verschwörer ist und dieses Mädchen Euch an der Nase herumführt?«

»Tut sie nicht, glaubt mir. Ich habe das am eigenen Leib zu spüren bekommen«, raunte Symmon und mir schoss sofort die Röte ins Gesicht.

Es war ja schon peinlich genug, dass ich im Gasthaus die Beherrschung verloren hatte, aber dass er es vor dem Hauptmann erwähnte, machte es mir noch schwerer.

»Ein Windkind.« Alasar musterte mich so eingehend, dass ich am liebsten vor Scham im Erdboden versunken wäre. Was er wohl sah? Ein Glück war ich nicht mehr so schmutzig.

»Ihr Name ist Cate«, wiederholte Symmon tadelnd. »Und starrt sie nicht so an. Wir haben anderes zu tun. Wir brauchen einen Plan, wie wir es am besten in eine Burg schaffen, in der hundertzwanzig Mann bewaffnet auf uns warten.«

Der Hauptmann wandte den Blick jedoch nicht ab, durchbohrte mich mit seinem stechenden Blick.

»Die Leute, die Lord Peka angeblich entführt hat. Sind sie auch vom Windvolk?«, fragte er langsam und ich bekam ein drückendes Gefühl im Bauch.

»Nein, sind sie nicht«, sagte ich sofort. »Sie haben nichts damit zu tun.«

Ich wusste nicht, ob ich diesem Mann trauen wollte. Er war sicher schon lange Soldat. Möglicherweise war er sogar damals dabei gewesen. Ich wollte es mir nicht vorstellen und wich seinem Blick aus.

»Und dieser … Kerl? Der dich im Wald zurückgelassen hat?«, fragte Symmon und ich schüttelte zaghaft den Kopf.

»Nein. Felio auch nicht.« Ein Drücken bildete sich in meinem Hals, der sich nicht schlucken ließ, und ich wollte nicht daran denken, dass er mich hatte glauben lassen, er wäre wie ich.

Mein Leben war ein Scherbenhaufen und nichts war mehr so wie vor ein paar Tagen. Justus, die Wagenleute, Felio, meine Geheimnisse.

Mir blieb nichts als Verzweiflung. Entschlossene Verzweiflung.

»Also, Hauptmann. Was schlagt Ihr vor? Mit welcher Taktik nehmen wir die Burg ein?«, wollte Symmon wissen und richtete sich wieder auf, sodass sein Arm die Sicht des Hauptmanns auf mich einschränkte.

»Ein direkter Angriff wird uns zu viele Leben kosten«, sagte Alasar widerwillig. »Ein Hinterhalt ist bei dem Gelände unmöglich. Wenn es denn wirklich so viele Wachen auf der Burg gibt, wäre eine Ablenkung am Haupttor am klügsten, während wir die Mauer von hinten überwinden und an anderer Stelle in die Burg eindringen. Innerhalb der Festung wäre ihre Überzahl bedeutungslos.«

»Was könnte das für eine Ablenkung sein?«, fragte Symmon weiter und Alasar fuhr sich grüblerisch mit der Hand über den Bart.

»Ein Täuschungsangriff. Wir könnten mehr Männer herbeordern.«

»Oder ein Windkind«, sagte eine Stimme von der anderen Seite und ich drehte überrascht den Kopf. Zu unserer Rechten tauchte Uro auf. Er ritt ebenfalls auf einem schwarzen Pferd, auf dem er saß, als hätte er sein Leben lang nichts anderes getan.

»Das klingt nach einer ziemlich guten Idee«, rief Symmon begeistert. »Cate! Du kannst doch sicher irgendwas tun, Windmagiesachen, die Aufmerksamkeit auf dich ziehen.«

Ich war verunsichert. Natürlich hatte ich vorgehabt zu helfen, wollte alles tun, um Justus und die anderen zu retten. Doch ich hätte nicht erwartet, dass ich vor hundertdreiundzwanzig feindlichen Soldaten offenbaren müsste, dass ich zum Windvolk gehörte.

Doch machte das jetzt wirklich noch einen Unterschied? Dieser Lord Peka wusste, dass ich existierte. Symmon kannte mein Geheimnis, und da er es dem Hauptmann gesagt hatte, wussten es seine Soldaten wohl auch bald.

Die Katze war aus dem Sack und ich hatte bereits festgestellt, dass ich nicht mehr zurückkonnte. Jetzt ging es nur noch vorwärts und ich würde meinem ewigen Versteckspiel für immer *Lebewohl* sagen müssen.

Der Wind spürte meine Angst, rauschte über uns hinweg.

»Ich hoffe es. Ich könnte, na ja, alle Fenster zertrümmern«, schlug ich vor und es fiel mir schwer, mir vorzustellen, dass ich wirklich gefährlich für eine ganze Horde Soldaten sein konnte. »Oder ein Gewitter herbeirufen«, machte ich einen weiteren Vorschlag.

»Du kannst Gewitter machen?«, rief Uro entgeistert und glotzte mich an. Selbst sein Mund war aufgeklappt. Zum Hauptmann sah ich erst gar nicht, wollte seine Reaktion darauf nicht sehen.

»Wie wäre es mit Orkanböen?«, schlug Symmon vor.

Ich runzelte die Stirn.

»Weiß nicht. Das habe ich noch nie gemacht«, sagte ich kleinlaut und wusste im gleichen Moment, dass es nicht stimmte. Ich hatte schon einen Orkan hervorgerufen und wäre darin beinahe erfroren.

»Das wäre zumindest ein Plan«, stellte der Hauptmann fest und ich traute mich doch, über Symmons Arm hinweg zu ihm zu schielen. Er sah mich prüfend an, doch die Schärfe war aus seinem Blick gewichen.

»Wie alt bist du, Cate?«, fragte er mich und mir fiel auf, dass er mich das erste Mal direkt ansprach.

»Ich bin achtzehn.« Ich verschluckte mich vor Aufregung beinahe an meiner eigenen Zunge.

Er nickte und sah wieder nach vorn.

Seine Tochter ist so alt wie du. Sie heißt Sevenja. Sie mag dunkle Rosen und den Geruch von frischem Brot, summte der Wind und ich spürte, wie meine Anspannung sich etwas lockerte. Wenn Hauptmann Alasar mich tatsächlich mit seiner Tochter verglich, dann hatte ich auf jeden Fall Chancen auf Sympathie von seiner Seite und er würde mir nicht bei der ersten Gelegenheit den Garaus machen.

Hoffentlich.

Wir hielten kurz, damit ich von Symmons Pferd rüber zu Uro wechseln konnte, der mich hinter sich sitzen ließ.

Mir tat der Hintern weh, doch ich sagte nichts.

Symmon schickte einen Kundschafter vor, der eine starke Besetzung der Mauer bestätigte. Die Spannung unter den Soldaten nahm zu. Der Fürstensohn und sein Hauptmann planten weiter den Angriff und hielten sich mit Diskussionen auf, denen ich nicht mehr folgte.

Ich klammerte mich nur an Uros Rücken und versank in meinen eigenen Ängsten.

Die Burg Amrin war nicht mehr weit und ich war so aufgewühlt, dass ich zitterte.

Es war meine erste *Schlacht.* Zumindest die erste, an der ich aktiv teilnahm. Ich würde mich offen meinem Feind stellen und ich fürchtete mich davor, dem nicht gewachsen zu sein und dass es nur damit endete, dass mein Blut vergossen wurde.

Meine Gedanken wanderten wie von allein zu all den schrecklichen Erinnerungen. Zu all dem Geschrei, dem Feuer, dem Rauch und der furchtbaren Angst, die ich gehabt hatte. Doch dann zwang ich mich weiterzudenken. An die Dunkelheit des Wasserfasses, das leise Schwappen des Wassers, an Justus' Hand, die meine gehalten hatte. Seine beruhigende Stimme und seine dunklen Augen, die mir immer wieder versichert hatten, dass ich in Sicherheit war, dass er mich beschützen würde.

Mein Herz krampfte sich noch stärker zusammen und ich musste mich beherrschen, nicht in Tränen auszubrechen. Justus! Er hatte versprochen, mich immer zu beschützen, und jetzt war er in einem Kerker eingesperrt. Nur wegen mir!

Ich wünschte, ich könnte mich irgendwo zurückziehen. Für einen Moment allein sein. Der Wind kam zu mir und fuhr mir sanft durchs Haar.

Wind, wie geht es ihnen?, fragte ich und wollte meine Hand heben, um durch ihn hindurchzugleiten. Doch ich hielt mich selbst zurück, da es genau solche Gesten waren, durch die ich auffiel. Er schmiegte sich trotzdem an mich und tanzte mit dem Saum meines Rockes.

Viele Blessuren. Nichts Lebensgefährliches. Justus hat einen Kinnhaken kassiert, als die Wachen Mei geholt haben, flüsterte er und mein Herz wurde zusammengequetscht. *Seine Lippe ist aufgeplatzt und seine Nase hat geblutet.*

Mir war innerlich so kalt, dass meine Unterlippe zu zittern begann. *Wo haben sie Mei hingebracht?*, wollte ich wissen und flehte stumm, dass es ihr gut ging.

In einen Raum. An einen Tisch. Sie holen sie einzeln heraus und setzen sie dorthin.

Und was tun sie in dem Raum? Meine Nerven waren zum Zerreißen gespannt.

Man schiebt ihnen einen Bogen Papier zu. Sie dürfen nicht mehr sprechen, raunte der Wind.

Ich blinzelte irritiert.

Damit hatte ich nicht gerechnet. Folter oder Schmerzen, ja. Aber Papier? Ich hatte angenommen, dass man sie verhören würde. Ihnen Fragen stellte. Über mich, über das Windvolk, über die Windspiele. Aber ein Zettel?

Was steht auf dem Papier?, fragte ich weiter.

Auf dem Papier, echote der Wind und drehte eine Runde um meinen Kopf.

Ja, was steht auf dem Papier?

Ich verstehe nicht?, summte er Wind und ich krallte mich verzweifelt in den Stoff von Uros Jacke. Was war so schwer daran zu verstehen? Ich wollte doch nur wissen, was daraufstand!

Mein Kopf schnellte in die Höhe, als mir eine Idee kam.

Uro blickte sich irritiert nach mir um, doch ich achtete nicht auf ihn. Denn meine Gedanken überschlugen sich.

Wind!, rief ich und er kam hinter meinem Ohr hervor. *Kannst du lesen, was daraufsteht? Kannst du lesen?*, drängte ich ihn.

Lesen, flüsterte er und wirkte verwirrt. *Es sind schwarze Zeichen auf dem Papier. Schwarz auf weiß. Zeichen.*

Ich schluckte schwer und ließ meinen Kopf vorsichtig gegen Uro sinken.

Der Wind konnte nicht lesen. Er konnte nicht wissen, was sie den Wagenleuten mitteilten, wenn sie es nicht aussprachen. Doch wer tat so etwas? Und wieso?

War es, weil Lord Peka besessen war vom geschriebenen Wort? Was für einen Sinn hatte es, ein Verhör auf diese Weise zu führen? Außer dass der Wind mir so nicht darüber erzählen konnte …

Ich schreckte hoch, verlor das Gleichgewicht und wäre beinahe vom Pferd gerutscht. Bei allen Winden!

»Cate. Du musst aufpassen!«, rief Uro von vorn, doch ich war viel zu aufgebracht.

Denn dieser Lord Peka wusste es! Er wusste, dass ich mit dem Wind reden konnte! Deshalb schrieb er alles auf: Damit ich es nicht erfuhr.

»Eine Pause«, keuchte ich auf und Uro zügelte sofort sein Pferd.

Mein Kopf begann wieder zu schmerzen und ich fasste mir an die Stirn.

Lord Peka machte das sicher nicht erst seit Neuestem, sonst hätte der Wind mehr über ihn und seine Machenschaften gewusst.

Wie naiv ich doch war, zu glauben, alle würden denken, es wäre keiner vom Windvolk übrig. Denn wer würde sich die Mühe mit den Briefen machen, wenn er sich sicher sein konnte, dass es niemand über den Wind erfuhr? Dieser Mann hatte also die ganze Zeit gewusst, dass es noch jemanden von uns gab.

Dumme Cate! Ich hätte viel vorsichtiger sein müssen. Schon immer!

Das Pferd kam zum Stehen, während die Soldaten weiter an uns vorbeiritten.

Sofort ließ ich mich nach unten auf die Erde gleiten, schlug panisch die Hände vors Gesicht und lief auf dem Stück Wiese zwischen Weg und Feld hin und her. Mein Atem ging viel zu schnell und mein Herz raste, als wäre es auf der Flucht.

Was, wenn Lord Peka mich besser kannte als ich? Wenn er wusste, wie er mich aufhalten konnte?

Felio hatte es schließlich auch geschafft.

Ich spürte den unbändigen Wunsch, meine Schuhe auszuziehen, um den Erdboden direkt unter meinen Fußsohlen zu spüren. Also beugte ich mich hinunter, löste die Schnürung und schlüpfte heraus.

Als sich das stoppelige Gras in meine Füße bohrte, ging es mir zwar nicht besser, aber die Welt um mich herum hörte auf zu schwanken.

»Alles in Ordnung?«, sprach Uro mich an und ich schüttelte den schmerzenden Kopf.

»Was, wenn ich das nicht kann?«, keuchte ich und presste mir die Fäuste gegen mein rasendes Herz.

Uro sah mich an und auf seinen Lippen entstand ein Schmunzeln.

»Ich habe gesehen, wie Stürme Schiffe versenkt und Türme zum Einsturz gebracht haben. Wenn das hier jemand kann, dann ein Windkind.« Er legte mir einen Arm um die Schulter und drückte mich kurz auf eine unerwartet freundschaftliche Art.

Wäre ich nicht so außer mir gewesen, hätte es mich womöglich gestört, doch darüber konnte ich gerade nicht nachdenken.

»Außerdem bist du nur die Ablenkung, Cate. Denk immer daran, für wen du es machst.«

»Für Justus«, flüsterte ich und mein Herz schmerzte bei jedem Schlag. Für Justus musste ich es schaffen. Er hatte mich immer beschützt. Und wenn ich jetzt dran war, ihn zu beschützen, durfte ich mich nicht fürchten.

33

Symmon und Uro setzten mich unweit des Waldrandes im Schutz der Bäume ab. Die Blätter raschelten vertraut über unseren Köpfen, was mir einen bitteren Geschmack von Heimat bescherte. Es war eine Scheinzuflucht, die mir vorgaukelte, am richtigen Ort zu sein. Und doch war es ganz falsch ohne meine Familie.

Symmon nickte mir bedeutungsvoll zu und Uro drückte mir die Schulter, ehe er sich zurück in den Sattel schwang.

Es war so weit und ich fühlte mich alles andere als bereit.

Durch das Gestrüpp hatte ich einen einigermaßen guten Blick auf Burg Amrin. Sie wirkte finster im Gegensatz zur weißen Festung. Gedrungen und grob.

Ich winkte den beiden Männern, als sie mich verließen, und fing an zu zählen. Bis zweihundert, hatte Symmon gesagt.

»Eins«, flüsterte ich und der Wind wirbelte die Blätter um mich herum auf. »Zwei …«

Symmon war den Plan ein paar Mal mit mir durchgegangen. Obwohl es da eigentlich nicht viel falsch zu verstehen gab, wollte ich es so und Symmon war geduldiger mit mir, als ich es ihm zugetraut hatte.

Sicher spürte auch er die Anspannung.

»Dreizehn, vierzehn …«

Mit jedem Augenblick, den ich allein war, nahm meine Nervosität zu. Was, wenn unser Plan nicht aufging? Wenn ich es nicht schaffte, sie ausreichend abzulenken? Wenn ich nicht genug Kraft hatte, um für sie wie eine Gefahr auszusehen?

Schließlich hatte ich so etwas noch nie gemacht.

»Achtundzwanzig, neunundzwanzig, dreißig …«

Immer hatte man mir gesagt, ich dürfe meine Kräfte nicht einsetzen. Egal zu welchem Zweck. Selbst wenn ich damit nur mich und andere schützen wollte. So lehrten es die Feuerleute, weil die Sicherheit ihres Volkes immer vor dem Einzelnen kam.

»Fünfundfünfzig, sechsundfünfzig …«

Doch ich hatte kein Volk. Ich hatte nur mich. Und ich musste jetzt meine eigenen Regeln machen.

»Hundertdreiundvierzig, Hundertvierundvierzig …«

Der Wind war schon so lange bei mir, dass ich mich kaum an eine Zeit ohne ihn erinnern konnte. Und doch wusste ich fast nichts über meine Kräfte.

War ich nur ein laues Lüftchen oder konnte ich auch ein Sturm sein? War ich nur das schüchterne Mädchen, das sich sein Leben lang hinter Justus versteckt hatte, oder konnte ich auch die Frau sein, die für die kämpfte, die sie liebte?

»Zweihundert«, endete ich und atmete tief durch.

Jetzt würde ich es herausfinden.

Das Herz schlug mir bis zum Hals. Ich vergewisserte mich, dass der Wind bei mir war, und trat mit weichen Knien aus dem Schutz der Bäume auf die flache Wiese vor der Burg. Zittrig ging ich auf dem festgestampften Weg auf das Burgtor zu. Es war geschlossen und ragte vor mir empor wie der Schlund eines Ungeheuers.

Ich fühlte mich winzig im Vergleich zur Riesenhaftigkeit dieses Tores und der grauen steinernen Mauern.

Doch ich durfte mich nicht einschüchtern lassen, dachte an Uros Worte auf dem Weg hierher. Wenn das hier jemand kann, dann ein Windkind, hatte er gesagt und ich klammerte mich daran fest, nahm allen Mut zusammen und holte tief Luft.

»Hey!«, schrie ich so laut ich konnte und meine Stimme warf ein Echo an der finsteren Mauer. Doch es rührte sich nichts. Ich schüttelte nervös die Hände aus, lauschte auf den Wind, der mir gut zusprach. Also rief noch einmal und noch einmal, bis endlich ein Gesicht auf der Mauer auftauchte.

Ein Mann in Rüstzeug und mit einer Armbrust bewaffnet stand auf dem Wehrgang und schirmte seine Augen mit der Hand vor der Sonne ab. Neben ihn traten noch zwei weitere Wachen.

Der Wind wehte über den freien Platz, zupfte an meinem Kleid und meinen Haaren. Ich war nicht allein.

»Was willst du hier?«, rief der Mann in der Mitte. Er war größer als die beiden anderen, und als er näher an den Mauerrand trat, konnte ich das breite Grinsen in seinem Gesicht sehen. »Im ersten Moment dachte ich, du bist die Tochter des Lords. Du siehst ihr verdammt ähnlich, Häschen!«

In meinem Innern zog es sich widerwillig zusammen. *Häschen?* Es gefiel mir nicht, von irgendeinem fremden Mann so genannt zu werden.

»Das hat man mir schon mal gesagt!«, erwiderte ich trotzig und kam dem Tor noch näher. Ich durfte jetzt nur keine Schwäche zeigen. Den Männern nicht und auch mir nicht.

»Ich bin hier …«, begann ich viel zu leise, räusperte mich und versuchte es noch einmal. »Ich bin hier, weil ihr meine Leute gefangen haltet.«

Die Wachen lachten. »Du meinst doch nicht etwa die Vagabunden?«, rief der Mann, hängte die Armbrust an seinen Gürtel und lehnte sich lässig mit den Armen auf den Mauerrand, um mich besser in Augenschein zu nehmen.

»Ich verlange ihre Freilassung!« Meine Stimme klang viel zu hoch vor Aufregung.

Die Männer auf der Mauer lachten lauter. Ich musste für sie ein wahrer Witz sein.

Ein kleines Mädchen, das sie verhöhnen konnten. Das sie nicht ernst nehmen mussten, weil es so schwach aussah.

Ich wollte nicht mehr schwach sein, mich nicht mehr verstecken. Der Wind flüsterte von der Freiheit und ich war bereit, danach zu greifen. Frei zu sein vom ewigen Verstecken, von der Furcht, als das erkannt zu werden, was ich war.

Entschlossenheit glomm in meinem Herzen. Ich kniff die Lippen zu einem schmalen Strich zusammen, ballte die Fäuste und beschloss, dass diesen Männern das Lachen noch vergehen würde.

Ihr Sprecher wischte sich Lachtränen aus den Augen und sah wieder auf mich herab. »Ich kann dich zu ihnen bringen, wenn du willst«, bot er mir gönnerhaft an und stützte sich wieder mit den Armen auf die Mauer.

Im ersten Moment war ich gewillt, auf das Angebot einzugehen. Die Vorstellung, wieder bei den Wagenleuten zu sein, selbst in Gefangenschaft, war verlockend.

Doch ich durfte meiner Feigheit keinen Raum mehr geben. Ich hatte eine Aufgabe zu erfüllen. Ich war das Ablenkungsmanöver.

Symmon und seine Schwarze Garde waren bestimmt schon auf der anderen Seite der Burg. Ich sollte allmählich zur Sache kommen.

In den Vorhof zu gelangen war allerdings nicht die dümmste Idee. Dort konnte ich vermutlich eine Menge Verwüstung anrichten, die sie in hellen Aufruhr versetzen würde.

»Ich verlange ihre Freilassung!«, forderte ich noch einmal, diesmal mit mehr Überzeugung.

Der Wachmann spuckte aus. »Aber natürlich«, sagte er und seine Stimme troff vor Sarkasmus. Er stieß einen Nebenmann mit der Schulter an und sagte etwas zu ihm, was ich nicht hören konnte.

Der Angesprochene schien nicht glücklich darüber zu sein, verließ jedoch sofort seinen Posten und verschwand aus meinem Blickfeld.

Dumpfe Stimmen brüllten Befehle und ich musste mich zusammenreißen, um nicht am ganzen Körper zu zittern. Meine Nerven waren zum Zerreißen gespannt.

Sie wollen dich in die Burg holen lassen, flüsterte der Wind und ich stand da wie versteinert, geplagt von widersprüchlichen Gefühlen.

Doch ich drückte die Angst in den Hintergrund, konzentrierte mich auf den Entschluss, den ich gefasst hatte, auf das Ziel vor meinen Augen. Wie von allein fanden meine Finger den hölzernen Anhänger um meinen Hals und ich atmete tief durch. Ich tat das hier nicht für mich.

Ketten klackerten, Gewinde quietschten, als würde sich ein Monster erheben, und das Tor öffnete sich gerade so weit, dass zwei gerüstete Männer heraustreten konnten. Sie schlenderten mir entgegen, ihre Armbrust lose am Gürtel baumelnd.

Sie wussten nicht, wer ich war. Sie nahmen mich so wenig ernst, dass sie es nicht einmal für nötig hielten, ihre Waffen auf mich zu richten. Wie arrogant.

In meinem Bauch zündete ein Funke Wut, drängte die Panik weiter in den Hintergrund und Wolken zogen am Himmel auf.

Die beiden Männer nahmen mich in ihre Mitte und führten mich, die Hand locker auf meinem Rücken, vorwärts.

Und ich ging mit ihnen.

Dass es sie gar nicht stutzig machte, dass ich mich nicht wehrte? Hielten sie mich für so einfältig, dass ich mich freiwillig von ihnen einsperren ließe?

Der Wind drückte uns vorwärts durch das Tor, das hinter uns mit grauenhaftem Knirschen wieder zufiel. Wir betraten den runden Innenhof und ich sah mich schnell um.

Er war nicht besonders groß. Vor mir ragte das Haupthaus in die Höhe, dunkel und mit kleinen Fenstern. Rechts von mir stand ein schmuckloses Nebengebäude, das mit der Mauer zu verschmelzen schien.

Die Wolken wurden dichter, warfen einen Schatten auf das alte Gemäuer, das sich kalt um uns in die Höhe streckte.

Ein paar Wachen an den Toren blickten neugierig zu mir herüber. Es waren wirklich viele, alle mit dem Fürstenwappen von Mari auf der Brust.

Waren sie auch dabei gewesen, als man mein Volk ermordete?

Ein spitzer Schrei ließ mich zusammenfahren und zog sofort meine ganze Aufmerksamkeit auf sich.

Drei Wachen hatten gerade das Nebengebäude verlassen, eine junge Frau zwischen sich eingekeilt. Die vielen kleinen Zöpfe hingen ihr wild ins Gesicht und ein fast schwarzer Bluterguss zog sich über ihre rechte Gesichtshälfte.

Ich erkannte sie sofort. Es war Mei. Meine Mei! Was hatten sie ihr nur angetan?

»Cate! Nein!«, kreischte sie, dass es mir in den Ohren stach. Sie machte einen Satz auf mich zu und wurde sofort von den Wachen zurückgehalten. »Lauf weg! Lauf!«, schrie sie und ihre Stimme überschlug sich.

Die Männer neben mir griffen nach meinen Armen, drückten so fest zu, dass ich aufkeuchte.

»Sei still!«, brüllte einer der Soldaten Mei an und holte aus.

Er würde sie schlagen! Die Erkenntnis traf mich wie ein Blitz, löste mich aus meiner Starre, ließ die Wut in meinem Bauch auflodern wie einen Feldbrand im Hochsommer.

»Nein!«, rief ich und der Wind explodierte unter meinem Haar. Die Männer, die mich gepackt hatten, wurden zur Seite geschleudert. Die Soldaten neben Mei knallten wie nasse Säcke gegen die Mauer des Nebengebäudes.

Ich war so wütend, dass ich nicht einmal mehr den Schmerz in meinen Armen spürte. »Finger weg von meiner Mei«, zischte ich und meine Stimme hallte gespenstisch von den Wänden des Hofes wider. Ein Gefühl von Macht erfasste mich. Es pulsierte mit jedem Herzschlag durch meine Adern wie Wind in meinem Innern und meine Füße hoben vom Boden ab.

Ich hatte keine Angst mehr.

Um uns herum brach das Chaos aus. Wachen zogen ihre Schwerter, fummelten ihre Armbrüste von den Gürtelschlaufen und riefen wild durcheinander.

Der Wind sammelte sich wie ein Strudel im Burghof, heulte laut und wirbelte Staub in die Luft. Mein Haar tanzte um meinen Kopf und ich war mit einem einzigen Satz an Meis Seite.

»Bist du wahnsinnig?«, kreischte sie mich an, aber ich hatte keine Zeit, darüber nachzudenken. Meine Nerven waren so gespannt wie die Sehnen der Armbrüste, die auf uns gerichtet wurden.

»Schießt!«, rief von irgendwo eine Stimme und gut zwei Dutzend Pfeile sausten auf uns zu.

Mei schrie auf und versuchte, mich mit sich zu Boden zu reißen.

Gleichzeitig ließ ich den Wind auf die Geschosse los, der sie mit einer Böe aus der Bahn brachte. Gut sechs Schritt neben uns prasselten sie gegen die Mauer.

Aus Toren und Gängen tauchten immer mehr Soldaten auf. Ein freudloses Lächeln stahl sich auf meine Lippen. Wenn das mal kein gelungenes Ablenkungsmanöver war, dann wusste ich auch nicht.

Ich griff nach Meis Hand, schnellte wieder auf die Füße und zog sie mit in die Luft.

»Windkind …«, trug mir der Wind das Flüstern der Männer zu und ich sah den Schreck in ihren Gesichtern.

Mein Leben lang hatte ich mich vor Leuten wie ihnen gefürchtet, gedacht, ich wäre ihnen ausgeliefert, wenn sie erführen, wer ich war.

Doch nun waren sie diejenigen, die sich vor mir fürchteten. Jetzt nahmen sie mich ernst!

Entschlossen schickte ich den Wind los, der jeden Soldaten einzeln von den Füßen holte. Reihenweise fielen sie zu Boden wie Herbstlaub. Ihre Waffen schlitterten über das Pflaster davon.

Ich wandte mich Mei zu, die mich mit weit aufgerissenen Augen anstarrte, als wäre ich eine Fremde.

»Wie geht es den anderen?«, fragte ich sie, doch sie reagierte nicht, kam über das Entsetzen nicht hinweg. Dafür hatte ich allerdings jetzt keine Zeit. Ich packte sie fester an den Schultern und schüttelte sie sanft, aber bestimmt, während ich mit dem Wind eine Handvoll Männer gegen eine Mauer drückte, die mit gezückten Schwertern zu uns vordringen wollte.

Mei blinzelte und schluckte hart. »Nicht so gut.«

Mein Herz sackte mir nach unten und alte Bilder von toten Körpern schossen durch meinen Kopf. Panik zuckte wie Blitze durch mich hindurch. Der Wind heulte auf, die Wolken verfinsterten sich schlagartig.

Ich nahm ihre Hand in meine, wie sie es Hunderte Male bei mir getan hatte, um mir Mut zu machen. Sie ließ es zu, drückte sogar meine Finger und verzog das Gesicht zu einem Ausdruck, der Lächeln und Weinen gleichzeitig war.

Jetzt, wo ich neben der zitternden Mei stand und den schlimmen Bluterguss in ihrem Gesicht sah, wusste ich, dass ich keine Wahl gehabt hatte. Ich würde alles tun, um die zu beschützen, die ich liebte.

Wind!, rief ich und Wut quoll wie Gift aus meinen Gedanken. Ich schickte sie zu den Toren des Hauptgebäudes und schlug mit einem heftigen Windstoß dagegen. Das dunkle Holz knarrte gefährlich und die Mauer drum herum bekam die ersten Risse.

Vor so vielen Jahren war ich ihnen ausgeliefert gewesen. Doch heute war ich es nicht mehr und ich würde persönlich dafür sorgen, dass ich nie wieder auf so grausame Art verlor, was mir wichtig war. Niemals würde ich Justus kampflos aufgeben, selbst wenn ich dafür die Kraft aus den Windspielen entfesseln müsste.

Kaum hatte ich das gedacht, spürte ich sie auch schon. Die Windspiele in den Tiefen der Burg und auch die, die ich in der Stadt zurückgelassen hatte. Ihre Kraft strömte zu mir, der Wind trug sie mit sich und erfüllte mich mit einer Stärke, die ich nie gekannt hatte und die meinen Kopf so klarmachte, dass ich glaubte zu leuchten.

Beherzt griff ich wieder nach den Toren, ließ den Wind sich ballen und riss sie mit einem einzigen Ruck meiner Windmagie aus dem Rahmen. Es krachte, Holz barst, Splitter flogen durch die Luft. Ich schleuderte sie zur Seite und scherte mich nicht darum, dass die Mauern zu beiden Seiten nachgaben, die Erde zum Beben brachte und Staubwolken in den Himmel wirbelten.

»Los!«, rief ich Mei über den Krach hinweg zu und sie verschränkte unsere Finger fester miteinander. Mei war auf meiner Seite.

Wir rannten über den Platz und in das gähnende Loch, das ich in die Mauer gerissen hatte, und der Wind sauste uns als Sturm hinterher.

Und wenn ich die Burg Stein für Stein auseinandernehmen musste – ich würde meine Familie finden und retten!

34

Die Burg erzitterte ein weiteres Mal und Symmon hielt inne. Wilde Schreie und das Bersten von Gestein drangen an sein Ohr.

Was auch immer das Windkind da draußen veranstaltete, es war gewaltiger, als er es je für möglich gehalten hatte.

Und es funktionierte fantastisch!

Sie waren ungesehen über die hintere Wehrmauer gelangt und hatten einen der Dienstboteneingänge der Burg gestürmt. Ein Eingang, der mit zwei oder drei Wachleuten mit Leichtigkeit zu verteidigen wäre. Doch sie waren bisher keinem einzigen Soldaten begegnet.

Die Schwarze Garde schwärmte in kleinen Gruppen aus. Sie waren schließlich nicht nur wegen der Vagabundentruppe hier. Lord Peka führte etwas im Schilde und Symmon musste endlich Beweise dafür finden, um seine Theorien zu untermauern.

Der Fürstensohn, Uro und drei weitere Gardisten schlichen einen der Gänge entlang, versuchten über die Treppen in den oberen Teil des Wohnturms zu gelangen, als ein Erdbeben die Burg erschütterte. Bilder fielen von den Wänden, Vasen zersplitterten und einer der Gardisten wäre beinahe zu Boden gestürzt. Staub rieselte von der Decke.

»Verdammt! Was tut sie da?«, keifte Symmon, lief mit Uro den Korridor bis zum Ende und lehnte sich weit durch den leeren Fensterrahmen hinaus. Viele kleine Glassplitter lagen auf Boden und Fensterbrett.

Symmon versuchte etwas zu erkennen, doch es wehte ihm nur eine graue Staubwolke entgegen, die den Himmel zunehmend verdunkelte. Entweder machte Cate ihren Job verdammt gut oder es ging gerade etwas gewaltig schief.

»Mein Herr!«, rief einer der Gardisten und Symmon wandte sich vom Fenster ab. »Wir haben ein Arbeitszimmer und zwei Bibliotheken entdeckt.«

Symmons Puls schnellte in die Höhe. Diese Entdeckung war genau das, was er sich erhofft hatte.

»Perfekt. Nehmt alles mit, was mit dem Krieg gegen Albahr zu tun hat«, befahl Symmon und wollte dem Mann folgen, als ein weiteres Beben die Burg erschütterte. Er klammerte sich an den leeren Fensterrahmen und konnte gerade noch auf den Sims springen, als die Decke herunterstürzte.

»Verflucht! Cate!«, brüllte er nach draußen und hustete, als eine Staubwolke ihn einhüllte und in seine Lunge drang.

»Symmon!«, hörte er Uros panische Stimme durch den Schuttberg, der den Weg zurück versperrte.

»Ich bin in Ordnung! Wie geht es euch?«

»Sind ausgewichen. Kommst du da irgendwie weg oder müssen wir dich ausgraben?« Uro hustete laut.

Der Wind pfiff, zerrte an Symmons Haaren und riss alles mit, was nicht festgenagelt war. Der Fürstensohn wischte sich den Staub mit seinem Hemdärmel aus den Augen und versuchte sich umzusehen. Die Fugen zwischen den Steinen an der Außenmauer waren perfekt, um zum nächstgelegenen Fenster unter ihm zu klettern. Vorausgesetzt, die Erde bebte nicht wieder oder der Sturm würde ihn in die Tiefe reißen. Doch ob er nun drinnen von Steinen erschlagen wurde oder draußen in den Abgrund stürzte, wäre dann auch egal.

»Ich klettere von außen ein Stockwerk tiefer. Sucht einfach weiter nach Beweisen«, brüllte er gegen das Jaulen des Windes an und wartete nicht auf eine Antwort. Er krallte sich an den Fenstersims, verlagerte sein Gewicht und ließ sich mit angespannten Armen ein Stück hinunter, um mit den Füßen Halt an der Mauer zu finden.

»Fall nicht runter!«, konnte er Uro noch rufen hören und brachte sogar ein spöttisches Lächeln zustande. *Scherzkeks!*

Seine Finger schmerzten, er war viel verkrampfter als sonst und wünschte, er besäße das Geschick, das Uro beim Klettern zeigte. Der

Schweiß brach ihm aus, Panik erfasste ihn bei jeder Böe und er hielt sich so nah an der Mauer, wie er nur konnte.

Bloß nicht nach unten sehen, sagte er sich und erreichte endlich das untere Fenster. Gerade glitt er durch das ebenfalls zerstörte Glas auf den Gang, als eine weitere Erschütterung die Burg erfasste. Die Wände erzitterten, der Putz rieselte ihm auf den Kopf und er konnte nur knapp verhindern, dass ihn das herabstürzende Gemälde von Macadamyas Hund Coco begrub. Das Vieh war auch so schon unausstehlich, aber jetzt wurde er sogar noch von seiner Abbildung attackiert.

Das Beben verebbte und Symmon konnte nicht fassen, dass er immer noch am Leben war. »Verfluchte Scheiße«, stieß er aus und eilte den Gang entlang zu den Treppen, in der Hoffnung, wieder auf seine Männer zu stoßen.

Doch ein Schrei ließ ihn innehalten. Er war so voller Angst, dass sich Symmon sämtliche Härchen aufstellten.

Weitere Schreie zerschnitten die Luft und Symmon setzte sich in Bewegung, rannte ihnen entgegen. Mit Schwung bog er um eine Ecke und wäre beinahe mit dem Teppich unter seinen Füßen gegen ein Zierschränkchen gerutscht. Aus den Augenwinkeln erhaschte er die gedrungene Gestalt eines Wachmanns, der eine schreiende Frau in ein Zimmer stieß.

Symmon sah sich kurz um, ob nicht weitere von Lord Pekas Soldaten in der Nähe waren, zog das Kurzschwert seiner Mutter aus der Lederscheide an seinem Rücken und eilte zu der Tür, durch die sie verschwunden waren. Der Kerl hatte sich nicht einmal die Mühe gemacht, sie zu schließen.

Von drinnen kamen erstickte Schreie, die Symmon wie eisige Klumpen in die Eingeweide stachen.

Vorsichtig spähte er in den Raum. Der Mann hielt die Frau zu Boden gedrückt und presste ihr seine wulstige Hand auf den Mund. Panisch hatte das arme Ding die Augen aufgerissen und versuchte mit den Beinen zu strampeln, während der Wachmann ihr den Rock nach oben schob. Eine Kaskade roter Locken züngelte um ihren Kopf.

Der Mistkerl hatte ja Nerven, bei diesem Chaos noch einer Frau Gewalt antun zu wollen.

Doch plötzlich stockte sie in ihrer Bewegung, war wie erstarrt und Symmon hielt inne. Abrupt riss sie den Kopf zurück und biss dem Mann, der sie zu Boden drückte, in die Hand. Der Wachmann brüllte auf und zog sie erschrocken zurück.

»Steh nicht so rum und hilf mir, verdammt!«, kreischte die Frau außer sich und Symmon zuckte zusammen. Sie meinte ihn, musste ihn meinen. Wie hatte sie ihn gesehen?

Doch das konnte er sich später fragen.

Er stürmte das Zimmer, hoffte, das Überraschungsmoment nicht verschenkt zu haben, und rammte ohne weitere Vorwarnung den Soldaten mit seinem vollen Körpergewicht.

Beide wurden zur Seite geworfen und der Soldat landete mit einem dumpfen Geräusch auf dem Rücken. Symmon fing sich gerade noch rechtzeitig und war mit einem Satz über ihm. Durch seine Erinnerung schoss jede Kampflektion, die ihm seine Mutter jemals beigebracht hatte, und er rammte dem widerlichen Kerl ohne zu zögern die Klinge seines Schwertes zwischen die Rippen.

Röchelnd zuckte der Soldat mit den Armen und Symmon zog sein Schwert mit einem Ruck wieder aus ihm heraus. Blut quoll aus der Wunde und rann auf den teuren Teppich. Sie befanden sich wohl in einem der Schlafgemächer.

Der keuchende Atem der Frau holte Symmon ins Hier und Jetzt zurück und er wandte ihr den Blick zu. Sie war jünger, als er gedacht hatte, zitterte und versuchte mühsam auf die Füße zu kommen.

»Bist du verletzt?«, fragte er sie, obwohl offensichtlich war, dass sie es war. Sie belastete den rechten Fuß nicht und auf ihren Armen waren mehrere blutige Schrammen zu sehen. Er wollte sie stützen, doch sie zuckte vor ihm zurück und funkelte ihn aus grünen Augen böse an.

»Fass mich nicht an!«, fauchte sie und schob sich mühsam ein Stück von ihm weg. Rote Strähnen hingen ihr ins Gesicht, eine klebte viel zu verführerisch an ihrer bebenden Unterlippe.

Sie war trotz aller Blessuren wunderschön.

Symmon schnaubte. Er konnte sich gut vorstellen, warum der Mann sich gerade dieses Mädchen geschnappt hatte. Ihre Bluse war zerrissen und zeigte den Ansatz eines üppigen Busens.

»Ich habe zwar eher ein ›Danke‹ erwartet, aber das tut es wohl auch«, meinte Symmon spöttisch und wurde beinahe von den Füßen gerissen, als ein weiteres Beben die Mauern erzittern ließ. Eine Kommode stürzte um und einige Zierteller zersprangen klirrend auf dem Boden.

Jetzt reichte es aber! Genervt schob er sein Schwert zurück in die Scheide an seinem Rücken, stürmte zum Fenster und riss es auf. Zumindest das, was davon noch übrig war. »Verdammt, Cate! Hör auf, uns alle umzubringen!«, brüllte er nach draußen und hoffte, das Windkind würde es hören. Oder durch irgendeine andere Zauberkunst wahrnehmen.

»Cate?«, fragte die junge Frau, die sich an der Wand abstützte und ihn entgeistert anstarrte. »Cate ist hier?«

Überrascht musterte er sie. Der Rock ihres dunkelgrünen Leinenkleides war an der Seite aufgerissen und entblößte einen bunt gemusterten Unterrock und ein Stück ihres blassen Beines. »Du gehörst zu den Wagenleuten«, ging es ihm auf und er fragte sich, wieso ihm das nicht sofort klar gewesen war.

Er hatte angenommen, sie wäre eine der Dienstmägde. Doch natürlich sah sie viel mehr nach einer Vagabundin aus als nach der Magd eines Lords. Allein schon diese Flut an rotem Haar, die sie sich auf dem Hinterkopf zusammendrehte, und der herausfordernde Blick einer freien Frau mit starkem Willen zeugten davon.

»Hab keine Angst. Ich bin gekommen, um euch zu befreien.«

»Und wieso sollte ich dir glauben?«, erwiderte sie bissig, bückte sich rasch nach einer Keramikscherbe, als er einen Schritt auf sie zu machte. Wie ein Messer hielt sie ihm die Scherbe entgegen, doch er lächelte nur müde.

»Weil du keine Wahl hast, Kleines«, erwiderte er, ging einen weiteren Schritt auf sie zu und schlug ihr die Scherbe einfach aus der zitternden Hand.

Ein erschrockener Schrei entwich ihrer Kehle und schon hatte er sie gepackt und auf seine Arme gehoben. So einfach machte sie es ihm jedoch nicht. Sie zappelte, schlug nach ihm, kratzte und warf ihm wüste Schimpfwörter an den Kopf, von denen selbst er nie gehört hatte. Und das imponierte ihm mehr, als es sollte.

Dennoch trug er sie unbeirrt weiter und bemühte sich, trotz all der roten Haare weiterhin zu sehen, wohin er ging.

Als der Boden unter ihnen wieder zu wackeln begann und mit Getöse hinter ihnen wegbrach, klammerte sich die wilde Katze plötzlich doch an ihn und schrie ihm vor Schreck direkt ins Ohr.

»Ruhig, ruhig«, versuchte er es mit sanfter Stimme und presste ihren weichen Körper fester an sich. »Ich bring dich hier raus«, versprach er und beschleunigte seine Schritte. Sie erreichten die Treppe, die glücklicherweise noch intakt war, und er eilte hinunter. Wenn er sich nicht sehr täuschte, dann würde er dort auf die Schwarze Garde stoßen.

Dieses Gebäude würde nicht mehr lange stehen und er konnte nur hoffen, dass sie mittlerweile genügend Beweise nach draußen geschafft hatten.

Verflucht! Der Plan war gewesen, dass Cate sie ablenkte, während sie den wichtigen Teil erledigten. Das Mädchen hatte dagestanden, schmächtig und sommersprossig, und hatte schüchtern geflüstert, sie wisse nicht, ob sie das könne.

Von wegen!

Er hatte sich immer gefragt, wieso die Menschen im Süden sich vor dem Windvolk hatten fürchten können. Einem Volk voller kleiner unschuldiger Cates. Und jetzt zerstörte ein einziges Windkind eine ganze verdammte Burg.

»Bree«, sagte die junge Frau in seinen Armen und schob sich das Haar aus dem blassen Gesicht.

»Wie bitte?«, fragte er und spähte durch ein Loch, das in der Wand prangte. Die Wehrmauer war nicht mehr weit.

»Mein Name ist Bree«, wiederholte sie, schlang ihre Arme um seinen Hals und schmiegte ihr Gesicht an seine Schulter. Da hatte sich jemand aber schnell mit ihm angefreundet.

»Freut mich.« Symmon musste lächeln. »Symmon«, stellte er sich vor und ließ jeglichen Titel weg. Das war sowieso nur albernes Gehabe.

Schlagartig richtete sich das Mädchen auf und er musste hastig nachgreifen, damit es ihm nicht aus den Armen rutschte.

»Elyssabeds Bruder?«, rief sie überrascht und er lachte über ihren verschreckten Gesichtsausdruck. Er hatte schon wieder vergessen, dass die Wagenleute ja seine Halbschwester beherbergt hatten.

Es war nicht mehr weit bis zur Mauer und Symmon schwitzte fürchterlich. Obwohl Bree nicht außergewöhnlich schwer war, handelte es sich bei ihr trotzdem nicht um ein Windkind, das war schon mal klar.

»Hey!«, rief er aus einem Fenster der Gruppe Gardisten zu, die ungeduldig auf der Mauer stand und sich zu allen Seiten umsah.

»Symmon«, rief Uro ihm zu, der schon am Torbogen stand, als der Fürstensohn die letzten paar Stufen nahm.

»Der vordere Teil der Burg ist komplett eingestürzt, mein Herr«, informierte ihn einer der Gardisten, der ihnen entgegenkam. »Hauptmann Alasar hat alle Dokumente, die wir finden konnten, rausschaffen lassen. Wir sind hiergeblieben, um Euch zu suchen.« Der Blick des Gardisten wanderte irritiert zu Bree.

»Sie gehört zu den Wagenleuten«, erklärte Symmon und Bree lugte zwischen zwei roten Haarsträhnen zu dem Soldaten hinüber. Ihr Blick wirkte schüchtern, aber davon würde Symmon sich nicht täuschen lassen. Eine biestige Katze war sie! Es fehlte nur noch, dass sie anfing zu schnurren.

»Lasst uns verschwinden!«, rief Uro und Bree fuhr auf.

»Nein!«, quietschte sie und wollte sich aus Symmons Armen befreien. »Wir müssen meine Familie holen! Sie ist in den Verliesen gefangen«, brachte sie panisch heraus und Symmon zog sie enger an sich, um nicht mit ihr umzufallen.

»Das Windkind holt sie schon raus«, sagte Uro und sein Blick richtete sich zum Himmel, an dem pechschwarze Wolken die Sonne verdunkelten. Blitze zuckten, Donner krachte und ein tosender Wind riss alles zum Zentrum des Sturms, das nur vage im wabernden Staub auszumachen war. »Dafür reißt sie sogar die Burg ein.«

Bree erstarrte, ihre Hände krampften sich in Symmons Nacken zusammen und sie blickte Uro mit großen Augen an. »Windkind?«, flüsterte sie sichtlich entsetzt, auch wenn Symmon sich nicht vorstellen konnte, dass sie es nicht gewusst hatte.

Justus hatte es gewusst, mit Sicherheit. Und dann hatte er sich gefangen nehmen lassen, der Anfänger.

Welche Ironie, dachte Symmon. Justus war gekommen, um Cate zu retten, und jetzt stellte sich heraus, dass jemand wie sie das gar nicht nötig hatte.

35

Getöse drang gedämpft bis in den Kerker. Die Wände erzitterten, Staub und kleine Steinchen rieselten von der Decke.

Justus blinzelte irritiert und sah zu Marc, der sich in einer Ecke zusammengerollt hatte und schlief. Er hatte keine Ahnung, wie sein Bruder es anstellte, hier drin Ruhe zu finden. Auch er war erschöpft, doch an Schlaf war nicht zu denken.

Die Schuldgefühle, die ihn plagten, trugen auch nicht gerade zum inneren Frieden bei.

Hätte er nicht darauf bestanden, mit Marc in die Stadt zu reiten und den Fürsten von Mari zu bestehlen, dann wären sie sicher nicht hier. Die Männer, die sie bei den Wagen angegriffen hatten, waren ihnen offenkundig von der Stadt aus gefolgt.

Bree hatte die Männer zwar frühzeitig bemerkt, aber wer hätte ahnen können, dass sie sie zusammentreiben und in einen Gitterwagen verfrachten würden. Jede Gegenwehr war im Keim erstickt worden, als die Männer Juju zu fassen bekommen hatten und das weinende Kind als Geisel benutzten.

Diese verdammten Schweine. Was hätten sie da noch tun können? Verflucht!

Wieder und wieder dachte Justus alles durch. Überlegte, wo sie einen Fehler gemacht hatten. Beim Turnier? Bei der Feier danach? Oder schon früher? War es Elyssabed gewesen? Hätten sie dem Fürstensohn nicht vertrauen dürfen?

Justus quälten die Gedanken und er fasste sich stöhnend an den Kopf.

Denn hier ging mehr vor sich. Sie wurden nicht dafür bestraft, dass Justus ein Dieb war. Nein, hier ging es um Cate. Darum, dass sie zum Windvolk gehörte. Und das jagte ihm furchtbare Angst ein.

Niemand hatte das ihm gegenüber erwähnt, hier sprach niemand ein unnötiges Wort, aber die Fragen auf den Zetteln, die sie zugeschoben bekamen, zielten alle in eine Richtung.

Ihre Entführer wussten, dass noch jemand vom Windvolk lebte und es sich dabei um ein Mädchen handelte.

Sie wussten oder ahnten zumindest, dass der Diebstahl der Windspiele mit Cate zusammenhing.

Justus hatte nicht nur seine Familie, sondern auch Cate in akute Gefahr gebracht. Er war so ein Idiot.

Die nächste Erschütterung ließ Marc aus dem Schlaf hochfahren.

»Was war das?«, stieß er verschlafen hervor und setzte sich mühsam auf.

Justus starrte misstrauisch an die Decke, von der Staub herunterrieselte, und zuckte mit den Schultern.

»Kein Wort«, knurrte die Stimme des Wachmannes von draußen und Marc rollte mit den Augen.

Sie durften nicht miteinander sprechen, wie seltsam das ihnen auch vorkam. Selbst in den Verhören war bisher kein einziges Wort gefallen. Immer nur Fragen auf Zetteln, die Justus sich geweigert hatte zu beantworten.

Soweit er wusste, hatten auch die anderen geschwiegen. Jeder, der geholt worden war, war mit stolz erhobenem Haupt zurückgekehrt. Geschunden und geschlagen, aber nicht gebrochen. Aber sie hatten sich, ohne es zu wissen, mit Feuerleuten angelegt. Wenn sie etwas konnten, dann war es Geheimnisse zu bewahren.

Trotzdem machte sich Justus Sorgen. Um sie alle, aber vor allem um Mei, die sie vor einer Weile geholt hatten.

Ihm stand der Angstschweiß auf der Stirn, wenn er daran dachte, und er dankte im Stillen dafür, dass sie flach war wie ein Brett und für Männer wenig Reizvolles bot, wenn sie nicht gerade hüftschwingend Feuerfäden spann.

Seine Nase hatte zum Glück aufgehört zu bluten. Sie war zwar noch geschwollen, fühlte sich aber nicht gebrochen an.

Am Ende des Ganges konnte er seit einigen Stunden Lailas Jammern hören. Die Wehen hatten zum denkbar schlechtesten Zeitpunkt eingesetzt. Wenigstens waren Tante Fin und Hanna bei ihr.

Wieder erzitterte das Gewölbe, diesmal heftiger als zuvor.

»Fühlt sich an wie ein Erdbeben«, flüsterte Marc nachdenklich und stand ächzend auf, seinen Arm an die Brust gedrückt. Er wies jede Menge Blessuren von dem Kampf mit dem Knochenbrecher auf. Und dann war er noch so dumm gewesen, sich mit einer der Wachen anzulegen, als sie versucht hatten, ihn in die Zelle zu sperren.

Justus schüttelte den Kopf. »Das fühlt sich anders an«, erwiderte er leise und lauschte weiter.

Eine Tür wurde aufgeschlagen und aufgeregte Stimmen brüllten wild durcheinander.

Was ging da vor sich? Sofort sprang Justus auf die Füße und eilte an die Tür, um durch den Gitterschlitz zu spähen.

Er hörte nicht viel, doch wenige Worte schnappte er auf, sodass er sich zumindest das Wesentliche zusammenreimen konnte.

»Was ist los?«, nuschelte Marc und drängte sich neben ihn.

»Sie werden von irgendwem angegriffen«, erwiderte Justus und wandte seine Aufmerksamkeit wieder den Männern auf der Treppe zu.

»Wir gehen alle. Da ist die Hölle los«, rief der eine und Waffen klirrten.

»Einer muss bleiben«, erwiderte ein anderer. »Die Gefangenen …« Der Rest ging in lautem Getöse unter, das die Mauern abermals erzittern ließ. Viel heftiger als zuvor.

»Los, los!«, schrie jemand und Justus sah einen nach dem anderen die Treppe nach oben hasten.

Dann wurde es still.

In der Zelle am Ende des Ganges hörte Justus Laila keuchen. Ansonsten war niemand zu hören.

»Haben die uns ernsthaft allein gelassen?«, rief Marc viel lauter, als es ihnen erlaubt war, aber niemand schritt ein, brüllte sie an oder drohte ihnen.

Man hatte sie allein gelassen. Das war ihre Chance. Justus rüttelte an dem alten Holz der Tür.

»Was, wenn hier alles einstürzt? HEY!« Marcs Stimme hallte durch das Gewölbe und Justus packte seinen Bruder an der Schulter.

»Wir brennen uns durch die Tür«, kündigte er an und Marc brauchte einen Augenblick, um darauf zu reagieren.

»Bist du sicher? Wenn doch jemand da ist und es sieht und entkommt, dann …«

Justus wusste, was dann war.

»Dann wird er immer noch denken, wir hätten hier drin Feuer gemacht«, unterbrach er Marcs Einwand und sah ihm finster in die Augen. »Außerdem wirst du niemanden entkommen lassen!«

Marc schluckte und trat einen Schritt von der Tür zurück. »Bereit«, sagte er schließlich und Justus entfachte mit einem Fingerschnippen mehrere Feuerbälle in den Händen.

Die heißen Flammen leckten ihm über die Haut, als würden sie ihn begrüßen, und gaben ihm die Zuversicht, alles zu tun, was notwendig war.

Marc holte tief Luft, Justus warf das Feuer in die Höhe und Marcs Atem verwandelte jede der Flammen in eine mannshohe Feuerwolke, die er gegen die raue Tür spie.

Das Holz war alt und trocken und entzündete sich schneller als erwartet.

In Justus regte sich sofort Hoffnung, die ihn antrieb, noch mehr Feuerbälle gegen die Tür zu schießen. Er versuchte, die größtmögliche Hitze hineinzulegen, bis sein Kopf dampfte und die Eisengitter der Tür zu glühen begannen.

Der Rauch zog durch die Gitterstäbe in den Gang und sie konnten einmal mehr froh darüber sein, dass Flammen den Feuerleuten nichts anhaben konnten.

»Seid ihr des Wahnsinns? Hört sofort auf damit!«, hörte Justus seinen Vater durch das Gewölbe rufen, doch er achtete nicht auf ihn.

»Drei, zwei, eins, LOS!«, rief er und gemeinsam traten sie kraftvoll gegen die Tür, die laut knirschte. Wieder und wieder warfen sie sich dagegen, bis das Holz endlich nachgab und die Tür mit einem grässlichen Krachen auseinanderbrach.

Sie stolperten auf den Gang, husteten und sahen sich um. Ihr Vater stand in der Zelle neben ihnen an den Gittern und blickte sie so strafend an, wie nur Väter es vermochten.

»Niemand hier, Vater«, sagte Justus herausfordernd, der genau wusste, was er ihm mit diesem Blick sagen wollte.

Wieder krachte es über ihnen, diesmal noch lauter, und sie alle zogen instinktiv die Köpfe ein. Ein Windstoß fegte die Treppe nach unten und fuhr so kalt in Justus' Kleider, dass eine Gänsehaut seinen Rücken nach unten rieselte.

Und Justus wusste sofort, was es bedeutete. »Cate ist hier!«, rief er und Angst quetschte sein Herz zusammen. Wieso war sie hergekommen? Wusste sie nicht, wie gefährlich das war?

Neben ihm zersprang glühend das Schloss einer Zelle und sein Vater drückte gewaltsam die Tür auf.

»Los jetzt!«, riss er Justus ins Hier und Jetzt zurück und eilte zur nächsten Tür, um sie mit der Hitze in seinen Händen zu öffnen.

Die anderen waren ebenfalls dabei, mit ihren Gaben die Türen zu malträtieren und es dauerte nicht lange, bis sie alle befreit hatten.

Tai und Janko stützten die arme Laila, die sich schluchzend den Bauch hielt. Fin stand hinter ihr und strich ihr beruhigend übers Haar.

Das Gewölbe erzitterte, sie alle erstarrten für einen Augenblick und sahen zur Decke hinauf.

»Was ist da oben los?«, sprach Kai die Frage aus, die sie sich alle stellten, und nahm die kleine Sally auf den Arm, die sich an sein Bein geklammert hatte. Felice trug Juju, die glücklicherweise zu schlafen schien.

Garan hatte an jeder Hand einen der Zwillinge und sah hoffnungsvoll zu den anderen. »Ist doch egal, oder? Lasst uns lieber von hier abhauen«, ereiferte er sich und drängte sich mit Vivien und Justin in Richtung der Treppe.

Sie alle liefen los.

»Fehlt jemand außer Mei?«, erkundigte sich Marc und Justus versuchte auf die Schnelle durchzuzählen.

»Bree«, rief Ayo sofort, die gerade an ihnen vorbeilief und die ersten Stufen nahm. Sie klammerte sich so eng an Dante, dass Justus sie beinahe übersehen hätte.

»Wo ist sie?«, rief Fin erschrocken und Laila stieß einen gequälten Schrei aus.

»Sie wurde geholt. Kurz nach Mei«, erklärte Ayo mit ängstlichem Blick und ihr Bruder legte ihr die Arme um die Schultern.

»Sie wird sicher befragt«, versuchte Dante sie zu beruhigen und zog sie weiter.

Sie hielten sich alle dicht beieinander, die Kinder immer zwischen ihnen, und eilten die Treppe hinauf, auf der auch die Wachen nach oben verschwunden waren. Alle Türen, an denen sie vorbeikamen, standen weit offen, als hätte niemand die Zeit gehabt, sie wieder zu schließen.

Justus wurde von einem bleiernen Gefühl erfasst. Es fühlte sich seltsam an, keiner Menschenseele zu begegnen. Zu einfach. Als ob etwas Schlimmes auf sie warten musste.

Ein Grollen rollte heran und alles bebte so stark, dass sie sich festhalten mussten, um nicht hinzufallen.

Laila schrie wieder auf und sackte nach vorn.

»Kappadreck!«, fluchte Fin und ihre Stimme war so schneidend, dass es Justus eiskalt wurde. »Die Fruchtblase ist geplatzt! Das Kind kommt!«

»Es wird sich noch ein wenig gedulden müssen«, erwiderte Kai verbissen, gab Sally an seine Frau ab, eilte zu Laila und wuchtete sie kurzerhand auf die Arme. »Weiter!«

»Aber wohin?«, rief Angu und zeigte den Flur entlang. Die Decke war eingestürzt und hatte den Weg versperrt.

Etwas zog an Justus und er merkte es erst, als der Wind ihm schmerzhaft gegen den Kopf schlug. Da war er wieder, der Wegweiser, der ihn zu Cate bringen würde.

»Hier entlang.«

Die anderen folgten ihm, hasteten weiter durch halb verschüttete Räume, eine Treppe nach oben.

Das Donnern wurde lauter, Spannung hing in der Luft, sodass sich Justus die Haare aufstellten. Und dann trafen sie unerwartet auf die Quelle des Tumults, als sie am oberen Ende einer breiten Treppe ankamen, die in eine Halle hinunterführte.

Abrupt verharrten sie, ohne wirklich zu begreifen, was sie da sahen.

Die Decke und große Teile der Wände waren eingestürzt, alles lag in Trümmern und Balken ragten wie tote Finger aus dem Schutt. Über sich konnte Justus den schwarzen Himmel sehen, der durch zuckende Blitze erhellt wurde.

Männer in Rüstungen suchten Schutz hinter Mauerstücken und zertrümmerten Möbeln, um von dort mit ihren Armbrüsten auf das zu zielen, was all das Chaos zu verantworten hatte.

In der Mitte des Saales schwebte, in einem Wirbel aus Wind, Staub und Gesteinsbrocken, eine junge Frau. Ihr Haar peitschte in einem wilden Kranz um ihren Kopf. Ihre Arme wirbelten durch die Luft und schickten immer neue Windstöße, die Wände zertrümmerten, bis ganze Stockwerke einstürzten, die mit heftigem Krachen und gewaltigen Erschütterungen niedergingen.

Jeder Pfeil, der auf sie abgeschossen wurde, prallte an einer unsichtbaren Wand ab oder wurde in den Wirbel hineingezogen, der sie umgab und sich langsam durch den Boden fraß.

»Unfassbar«, brachte Justus atemlos heraus, als er es schaffte, wieder einen klaren Gedanken zu fassen. Cate! Seine Cate, die im Alleingang eine Burg auseinandernahm und einen Wirbelsturm erzeugte.

»Ist das Cate?«, fragte Marc mit kratziger Stimme und starrte ungläubig in die Halle.

»Ja, das ist sie.« Justus wusste nicht, ob er wahnsinnig wütend oder unendlich stolz auf sie sein sollte.

Sie offenbarte gerade aller Welt ihre wahre Herkunft, ungeschminkt wütete sie mit ihren Kräften und schlug alles kurz und klein.

Doch andererseits war es unbeschreiblich, wie mächtig sie war. Nichts konnte ihr etwas anhaben, niemand kam an sie heran. Sie war die Herrin des Windes, der Zorn der Stürme und dabei so wunderschön, dass es wehtat. Ihm stockte schier der Atem und sein Herz zog sich sehnsüchtig zusammen, als er sie so sah.

»Cate!«, rief eine Stimme, die eindeutig Mei gehörte.

Ihr Blick richtete sich sofort nach unten, zum Absatz der Treppe, an dem eine Gestalt kniete, die ebenfalls in einen kleinen Windwirbel eingeschlossen war. Mei, die mit ausgestrecktem Arm zu ihnen hinaufzeigte.

Cate hob den Blick. Zuerst spiegelte sich Unglaube darin, doch ihre Lippen verzogen sich sogleich zu einem Lächeln, so strahlend wie die Sonne selbst. »Justus«, hallte ihre Stimme geisterhaft durch den Wind bis in den letzten Winkel der Halle und wurde als Echo von den wenigen noch stehenden Wänden zurückgeworfen. Erneut versank eine davon unter mächtigem Getöse im aufsteigenden Staub.

Doch Justus konnte auf nichts anderes achten als auf Cate, die gekommen war, um sie zu befreien.

36

Ich konnte es kaum fassen.

Ungläubig saß ich auf einem Moosteppich am Waldrand und sah dabei zu, wie Hanna einem der Schwarzen Gardisten den Arm verband. Neben mir lehnte Ayo, die Dantes Rücken mit einer stinkenden Salbe von Fin einrieb.

Mei schlief, den Kopf auf meinem Schoß. Versonnen strich ich ihr durch die kleinen Zöpfchen, die ziemlich zottelig aussahen und in denen sich die blauen Bänder nun vollkommen aufgelöst hatten. Der Bluterguss in ihrem Gesicht sah fürchterlich aus, wurde immer dunkler und das Auge war zugeschwollen.

Seufzend beugte ich mich zu ihr hinunter und gab ihr einen flüchtigen Kuss auf die Schläfe.

Ich wusste nicht, ob ich mich freuen sollte, dass alle wieder in Sicherheit waren, oder furchtbar schämen, weil ich für all ihr Leid die Verantwortung trug.

Und es war nicht wenig. Die meisten von ihnen hatten üble Blutergüsse und Prellungen. Juju wechselte zwischen Weinen und Schlafen ab, und alle wirkten schrecklich erschöpft.

Der Wind strich mir beruhigend den Nacken entlang. Er schien so klein und unscheinbar, jetzt, wo ich wusste, was für eine Kraft ich durch ihn entfesseln konnte.

Die Sonne war längst untergegangen und die Gardisten hatten viele kleine Feuerstellen auf der Wiese ausgehoben, um den Platz zu erleuchten und sich an den prasselnden Flammen zu wärmen.

Ich tastete nach dem prallen Bündel neben mir, das geheimnisvoll klimperte. Uro hatte die Windspiele in den Trümmern der Burg gefunden und zu mir gebracht.

Vor uns im Mondschein lag die Ruine, die ich hinterlassen hatte. Die Wehrmauer war nur noch zu erahnen, das Nebengebäude nicht mehr existent und im Haupthaus prangte ein riesiges Loch, als hätte ein Gigant mit der Faust hineingeschlagen.

Und das alles war ich gewesen!

Ich konnte mich kaum daran erinnern. Immer wieder spukten mir Erinnerungsfetzen im Kopf herum, wie ich einen Soldaten durch die Luft schleuderte oder Pfeile abwehrte. Doch es wirkte surreal und so weit entfernt, als wäre es jemand anderes gewesen. Nicht ich, die schüchterne Cate, sondern eine Naturgewalt, die irgendwo zwischen dem Wind und den Windspielen zurückgeblieben war.

Dunkle Gestalten kamen den Waldrand entlanggeritten und saßen ab. Der Wind flüsterte mir zu, dass es sich dabei um Symmon und seinen Hauptmann handelte, die mit einigen der Gardisten auf der Jagd nach Lord Peka gewesen waren.

Unsere Blicke trafen sich, als Symmon nah an mir vorbeiging. Ich hob fragend die Augenbrauen und er schüttelte mit wütendem Blick den Kopf.

Sie hatten ihn also nicht erwischt.

Wahrscheinlich hätte ich ihn sehr viel schneller finden können. Der Wind erzählte mir von Geheimgängen aus der Burg hinaus und einem verborgenen Haus im Wald. Doch mir fehlte gerade die Kraft dafür.

In diesem Moment gab es für mich nichts Wichtigeres, als dem Knistern der Feuer zu lauschen, Mei über den Kopf zu streichen und in den klaren Sternenhimmel zu blicken, der nun zu sehen war, nachdem sich die Gewitterwolken im Nichts aufgelöst hatten.

Was für ein Tag!

Dumpf meldeten sich meine Kopfschmerzen zurück und das Zittern meiner Hände erinnerte mich daran, dass ich Grenzen hatte.

Wie endlos sich meine Macht auch angefühlt hatte, ich war nur ein Mädchen. Ich musste essen und ganz dringend schlafen.

Viele von uns hatten sich bereits zurückgezogen. Es war eine milde Sommernacht, und es reichten ein trockener Fleck und ein Umhang, um es bequem zu haben. Viele der Gardisten hatten ihre Umhänge und Decken an die Wagenleute verliehen.

Ein Stück weiter, am Waldrand, hatten sie ein kleines Zelt aufgestellt, in dem Laila vor etwa einer halben Stunde einen Jungen geboren hatte. Obwohl sämtliche Hilfsmittel für die Geburt improvisiert worden waren, war alles gut gegangen und der kleine Cheo gesund und munter. Tai hielt stolz seinen Sohn im Arm und ihm war dabei wohl völlig entfallen, dass er eigentlich ein Mädchen hatte haben wollen.

Mei seufzte im Schlaf und murmelte etwas von Grillfisch und Zitronenmelisse. Ich musste lachen. In manchen Dingen war sie ihrem Bruder einfach zu ähnlich.

Auch ich seufzte. Justus …

Wir hatten nicht mehr miteinander geredet seit dem Morgen, an dem wir uns geküsst hatten.

Es fühlte sich an, als wäre es Ewigkeiten her. So viel war seitdem passiert und ich hatte Angst, was er sagen würde, wenn wir uns das nächste Mal gegenüberstanden.

Mein Magen zog sich zusammen und das Atmen fiel mir schwer. Ich tastete mit der Hand nach meinem wummernden Herzen, um es zu beruhigen, und kam dabei an den Bluterguss, der sich nicht mehr so schlimm anfühlte wie noch am Morgen.

Justus würde mir sicher jede Menge Vorwürfe machen. Zuerst war ich, ohne ein Wort zu sagen, mit Felio davongelaufen und hatte dann aller Welt offenbart, dass ich vom Windvolk stammte. Das würde ihm gar nicht gefallen.

Mal ganz davon abgesehen, dass ich der Grund war, warum die Wagenleute entführt und verletzt worden waren.

Er würde mir tagelang Vorträge halten, wie unvorsichtig ich gewesen war und wie dumm. Vielleicht würde er auch einfach nie mehr mit mir reden.

Ich würde es nicht ertragen, wenn er nie wieder mit mir redete.

Vorsichtig strich ich Mei ein Zöpfchen aus dem Gesicht und betrachtete dabei scheu Justus' Silhouette, die sich dunkel gegen eines der Feuer abhob.

Er stand mit seinen Eltern und seinen zwei Brüdern etwas abseits. Es war seltsam, Fin nicht bei ihnen zu sehen, doch die kümmerte sich wohl gerade um Laila und das Baby.

Symmon, Uro und Alasar gesellten sich zu ihnen und Justus' Haltung wurde angespannter. Ich konnte es zwar nicht sehen, aber ich wusste ganz genau, wie sein Gesichtsausdruck dazu aussah. Die Augenbrauen finster zusammengezogen, die Arme vor der Brust verschränkt. Ich kannte ihn so gut und doch war es jetzt anders als zuvor. Etwas hatte sich verändert. Ich hatte mich verändert.

Sie besprechen, wie es morgen weitergehen soll, summte der Wind und strich meine Arme entlang. *Symmon möchte euch alle mit nach Berill nehmen und etwas zu essen organisieren. Er sagt, er schulde euch eine Entschuldigung für das Verhalten von Lord Peka.*

Es war seltsam, dass es mir plötzlich nicht mehr wie heimliches Lauschen vorkam, wenn er mir erzählte, was um mich herum vorging. Jetzt fühlte es sich an wie eine Notwendigkeit.

Viel zu lang hatte ich dem Wind verboten zu sprechen und war dadurch nur in Schwierigkeiten geraten. Immer hatte ich behauptet, wissen zu wollen, wer ich war und woher ich kam. Doch ich hatte dem Wind nicht zugehört, nie begriffen, dass er mir zeigen konnte, was ich suchte.

Das musste ich ändern.

Justus verlagerte sein Gewicht von einem Bein aufs andere, strich sich mit der Hand durchs Haar. Drehte sich immer noch nicht zu mir um.

Bereute er, mich geküsst zu haben?

Wie gern ich auch gewusst hätte, was Justus gerade dachte, der Wind konnte keine Gedanken lesen. Er konnte mir nicht sagen, ob Justus wütend auf mich war, ihn meine Kräfte erschreckt hatten oder ob er überhaupt einen Gedanken an mich verschwendete, wenn er es nicht aussprach.

Wieder entstand dieses beklemmende Gefühl in meiner Brust und ich sehnte mich zu den unbeschwerten Tagen zurück, an denen wir beide uns noch keine Gedanken um so etwas gemacht hatten. Die Tage, an denen die Sonne schien und er meine Hand hielt und wir die Stille des Waldes genossen.

Wieso hatten wir erwachsen werden müssen? Wieso war alles so kompliziert geworden?

Ich fasste mir an die pochende Stirn und beschloss, dass ich besser schlafen gehen sollte. Dabei machte ich mir wenigstens keine unnötigen Gedanken.

Als ein Schatten auf mich fiel, schreckte ich auf und hob den Blick zu der Frau vor mir. Es war Bree, die sich zwischen Ayo und mir zu Boden sinken ließ. »Hey«, flüsterte sie Ayo zu und strich ihr über den Rücken. Selbst in dem schlechten Licht konnte ich sehen, wie geschunden Brees Arme aussahen. An ihrem Hals zeigte sich ein verwaschener Bluterguss.

Unvermittelt drehte sie sich mir zu und ich senkte verlegen den Blick, damit ich ihr nicht in die Augen sehen musste. »Hallo, Cate«, sagte sie und ich erstarrte.

Beinahe hätte ich mich umgesehen, um sicherzugehen, dass hinter mir nicht noch jemand war, der *Cate* hieß.

Doch sie sah mir unverwandt ins Gesicht und lächelte sogar zaghaft. Verschreckt starrte ich zurück, fragte mich, ob dies eine neue Art von ihr war, gemein zu mir zu sein.

»Ich wollte dich … also ich wollte sagen, dass … es …«, stammelte sie plötzlich los und senkte den Blick auf ihre Hände, die sie auf ihrem Schoß zusammengefaltet hatte. »Ach, gut, dass du da bist«, brachte sie schließlich zusammen und tätschelte unsicher mein Knie. Eilig erhob sie sich wieder und warf noch einen schnellen Seitenblick auf Dante, der neben Ayo auf dem Boden döste, bevor sie davonrauschte.

Ich war wie vom Donner gerührt, wusste nicht, was ich sagen sollte. Was war das denn gewesen?

»Das ist ihre Art, *Entschuldigung* zu sagen«, erklärte Ayo leise und bettete ihren Kopf auf den Bauch ihres Bruders.

Ich konnte es nicht glauben. Bree, das Mädchen, das mich ihr Leben lang geschmäht hatte und mir immer das Gefühl gab, nicht in diese Welt zu gehören, hatte sich bei mir entschuldigt?

Ich blinzelte in den Himmel und atmete tief durch.

Gut, dass du da bist, fühlte sich aus ihrem Mund verdammt gut an. Vielleicht gab es ja doch Hoffnung auf ein freundschaftliches Verhältnis zwischen uns.

Ich nahm mir fest vor, ihr meinen Platz im Wagen zu geben, sobald wir zurückkamen, und mich von den anderen nicht deswegen beschwatzen zu lassen. Wenn es denn notwendig war, konnte ich immer noch bei Mei mit im Bett schlafen. Das hatten wir als Kinder auch gemacht.

Der Drang zu Gähnen überkam mich und die Müdigkeit zog schwer an mir. Ich musste schlafen, egal wie voll mein Kopf gerade war. Mein Körper verlangte danach.

Vorsichtig hob ich Meis Kopf von meinem Schoß und bettete ihn auf dem moosigen Boden. Dann legte ich mich neben sie und deckte uns beide mit einer kratzigen Decke zu, die Tanja uns vor einiger Zeit vorbeigebracht hatte.

Mei atmete gleichmäßig und beruhigend. Feuer knisterte, Blätter rauschten und die Sterne flüsterten. Der Wind versteckte sich in meinem Haar, tanzte träge mit ein paar Strähnen und küsste meine Wange, während ich einschlief.

Ich erwachte im Morgengrauen. Nebelfetzen schwebten über dem Boden, der Himmel war verhangen und meine Finger eiskalt.

Mein erster träger Blick ging zu dem Bündel, das neben meinem Kopf lag. Es war noch genau da, wo ich es hingelegt hatte, und ich schloss beruhigt wieder die Augen.

Ich seufzte müde und drehte mich zu Mei, die ein Stück von mir entfernt lag. Vorsichtig rutschte ich näher, doch kaum ertasteten meine Finger den warmen Körper neben mir, ging mir auf, dass es sich dabei unmöglich um Mei handeln konnte. Verwirrt blinzelte ich in das schale Licht des Morgens und konnte nur mit Mühe einen Aufschrei unterdrücken.

Neben mir lag Justus. Mein Herz stolperte und rannte dann davon. Wie war denn das jetzt wieder passiert?

Nicht durchdrehen, Cate! Nicht durchdrehen!

Ich hielt die Luft an. *Wind!*, rief ich im Stillen und er kam sofort zu mir.

Ich musste nicht einmal fragen, da plauderte er schon drauflos: *Justus lag bei Marc. Marc hat ihm immer die Decke weggezogen. Dann kam Justus zu Mei. Doch Mei wurde es zu warm und sie ist zu ihrer Mutter geflohen.*

Zittrig atmete ich aus und sagte mir, dass es nichts zu bedeuten hatte und alles reiner Zufall war. Doch mein Herz ließ sich nicht beruhigen.

Sollte ich aufstehen und gehen, bevor Justus aufwachte und mich bemerkte? Wäre es ihm unangenehm, bei mir zu liegen, wo so viel Unausgesprochenes zwischen uns stand?

Ich dachte es, aber ich rührte mich nicht. Es reichte, Justus' Gesicht zu sehen, und die Sehnsucht überwältigte mich. Er war so nah bei mir, dass ich seine Wärme spürte, und ich konnte nicht widerstehen, mich noch ein Stück an ihn heranzuschieben.

Trotz seiner Blessuren wirkte er auf mich wie immer. Das kantige Kinn, die kleine Narbe über der linken Augenbraue, das dunkle Haar voller Tau. Eine Strähne hing ihm in die Augen.

Mein Magen flatterte wie verrückt, als ich die Hand hob und sie ihm sanft aus der Stirn strich.

Der unbändige Wunsch erfasste mich, die Schramme auf seiner Wange zu küssen, die aufgeplatzte Lippe, den Bluterguss auf seinem Nasenbein. Auch wenn ich wusste, dass ich daran die Schuld trug und wie vermessen es war, mir das nach all dem zu wünschen.

Ganz vorsichtig beugte ich mich vor, nahm an ihm den Geruch von Wärme, Erde und Rauch wahr. Ich schalt mich selbst für mein Verlangen, ihn berühren zu wollen, und hielt mich doch nicht zurück.

Ganz sacht berührten meine Lippen die seinen, nur einen Hauch.

Seine Augenlider flackerten.

Panik erfasste mich, ich wich zurück und schloss eilig die Augen, um mich schlafend zu stellen.

Bei allen Winden, was tat ich denn da? Warum war ich nicht aufgestanden? Mein Herz schlug schmerzhaft gegen meine Rippen.

Es blieb eine Weile still, nichts rührte sich, auch Justus nicht. Vielleicht war er wieder eingeschlafen. Vielleicht hatte er mich gar nicht bemerkt.

»Ich weiß, dass du wach bist, Cate«, raunte er ganz nah an meinem Ohr und mir wäre um ein Haar das Herz stehen geblieben. »Du bist die schlechteste Schauspielerin, die mir je begegnet ist«, flüsterte er mit einem Lächeln in der Stimme und ich öffnete zaghaft die Augen.

Er lächelte tatsächlich. Sehr verschlafen und müde … doch unglaublich anziehend.

»Was hat mich verraten?«, fragte ich leise, damit keine peinliche Stille entstand und ich so tun konnte, als hätte ich ihn nicht im Schlaf geküsst.

»Du bist errötet.« Sein Lächeln wurde zu einem Grinsen und das Grübchen zeigte sich auf seiner Wange. »Darf ich dich was fragen, ohne dass du mir sofort davonläufst?«, wollte er wissen und musterte mich eingehend.

Meine Wangen glühten förmlich vor Scham, doch ich nickte.

»Warum liegen wir zusammen unter einer Decke?«, erkundigte er sich und es machte ihm eindeutig zu viel Spaß, wie sehr ich mich bei dieser Frage wand.

Mein erster Gedanke galt wirklich der Flucht. Doch ich riss mich zusammen und räusperte mich leise, in der Hoffnung, dass meine Stimme zu mir zurückkehrte.

»Mei war es zu warm«, wisperte ich und ermahnte mich, weiterzuatmen. Inständig hoffte ich, dass er nicht gemerkt hatte, was ich im Begriff gewesen war zu tun. Wieso konnte sich nicht ein Loch unter mir auftun oder wir von einem Bären angefallen werden, damit ich aus dieser Situation entkommen konnte?

Justus schloss die Augen und seufzte tief. Eine Gänsehaut rieselte mir den Rücken hinunter.

»Die anderen schlafen noch alle?«

Der Wind zog weite Kreise und bestätigte mir, dass, bis auf eine Nachtwache weiter entfernt, keiner außer uns beiden wach war.

»Ja«, antwortete ich leise und war erleichtert darüber. So konnte Justus wenigstens nicht laut werden, wenn er mir Vorwürfe machte. Tief atmete ich ein und beschloss, es nicht länger aufzuschieben. Die Dinge zwischen uns mussten geklärt werden. Besser jetzt als später.

»Bist du wütend auf mich?«, fragte ich freiheraus und er öffnete überrascht die Augen. Schnell sah ich woanders hin.

Justus antwortete nicht, betrachtete mich nur und ich starb tausend Tode in Erwartung auf seine Antwort.

»Nein«, sagte er schließlich und ich hob vorsichtig den Blick.

»Aber warum hast du mir nichts gesagt?« Seine Stimme klang belegt, enttäuscht und ich schluckte schwer.

»Ich dachte, ich bringe dich und die anderen in Gefahr, wenn ihr wüsstet, dass wir den Fürsten bestehlen wollen«, flüsterte ich und fühlte mich dabei furchtbar elend. Es klang wie eine schlechte Ausrede.

Erstaunlicherweise atmete Justus erleichtert auf. »Du wolltest also nicht mit Felio durchbrennen?«

Ich blickte in seine schwarzbraunen Augen, fragte mich, ob er mich nur aufziehen wollte, und sah zu meinem Entsetzen, dass er diese Frage völlig ernst meinte. Er hatte tatsächlich Angst, ich könnte Felio ihm vorziehen.

Ich war wie vom Donner gerührt, hätte nie erwartet, dass Justus so etwas denken könnte, und legte ihm vorsichtig meine kalte Hand an die Wange.

Wusste er denn nicht, dass ich nur ihn liebte?

Gerade wollte ich den Mund aufmachen, ihm vorwerfen, wie unsinnig dieser Gedanke war, als er seine Arme um meine Mitte schlang und mich zu sich zog. Es kam so plötzlich, dass ich nun wirklich vergaß zu atmen. Und zu denken. Und alles andere auch.

Ewigkeiten schienen zu verstreichen, in denen ich einfach in seinen Armen lag, die Wärme und Nähe genoss und mich fragte, wie ich jemals außerhalb seiner Umarmung hatte existieren können. Ich kuschelte mich ganz fest an ihn und seufzte, als er eine Hand unter mein Haar schob und mit seinen warmen Fingern sanft meinen Nacken umfasste. Er lehnte seine Stirn an meine, so nah, dass ich seinen Atem auf meiner Haut spüren konnte.

Und dann küsste er mich. So vorsichtig, dass ich förmlich verbrannte vor Sehnsucht. Meinen Mund, meine Wange, meinen Hals. Ich konnte ihm nicht nah genug sein.

»Bitte geh nie wieder weg«, flüsterte Justus an meinem Ohr und seine Lippen berührten ganz sacht meine Haut. »Ich tue alles für dich, aber geh nicht mehr weg.«

37

Geräusche weckten mich und ich wurde von der Morgensonne geblendet, als ich langsam die Augen öffnete.

War ich wieder eingeschlafen?

Der Wind rauschte durch die Blätter der Bäume und flüsterte mir Sonnenschein zu.

Justus bewegte sich neben mir und ich stützte mich mühsam auf die Ellenbogen, um ihn anzusehen. Seine Haare standen in alle Richtungen ab und er blinzelte gegen die Helligkeit des Morgens an.

»Hey, kleiner Vogel«, murmelte er, streichelte meinen Arm und lächelte müde. Verliebtheit erblühte in meiner Brust und ich wollte mich gerade vorbeugen, um ihm einen flüchtigen Kuss auf die Wange zu hauchen, da zog uns jemand die Decke weg.

»Aufstehen, Schlafmützen!«, rief Marc lauthals und schreckte uns so sehr auf, dass mein Puls in die Höhe schoss.

Lachend stand er vor uns, die Hände in die Seiten gestemmt, und schien recht stolz auf sich zu sein, uns so überrumpelt zu haben.

»Das wollte ich schon immer mal sagen. Aber ich war noch nie vor euch wach«, erzählte er und ich konnte nur daran denken, dass er uns gerade dabei erwischt hatte, wie wir gemeinsam unter einer Decke geschlafen hatten. Peinlich berührt setzte ich mich auf und wandte das Gesicht ab, damit Marc nicht sah, wie heftig ich errötete.

»Du bist ein Idiot«, sagte Justus trocken, seine Stimme noch rau vom Schlaf, und ich hätte mich am liebsten wieder wie eine Katze an ihn geschmiegt. Doch sicher nicht vor Marc.

Der grinste breit. »Besser wecke ich euch als die anderen«, behauptete er amüsiert, warf sich die kratzige Decke über die Schulter und stolzierte davon, um die Nächsten zu wecken.

Justus quälte sich ebenfalls in eine sitzende Position, rückte aber keinen Fingerbreit von mir ab, obwohl sich um uns herum überall die Leute regten.

Er und ich, dachte ich und betrachtete ihn im Licht des Morgens. Es kam mir vor, als wären wir eine Ewigkeit voneinander getrennt gewesen, dabei waren es lediglich zwei Tage. Doch die Welt hatte sich in dieser Zeitspanne auf den Kopf gestellt.

Ich sah es in den Blicken der Gardisten, die ihre Sachen zusammenräumten und dabei Abstand zu mir hielten. In ihren Augen flimmerte etwas, das mir ein drückendes Gefühl im Bauch bereitete. Sie fürchteten sich vor mir.

Mein Blick wanderte von allein zu der Burgruine drüben am Hang. Trümmer, Gesteinsbrocken, vereinzelt noch ein paar Mauern. Ich hatte diese Burg so gut wie dem Erdboden gleichgemacht. Da musste ich mich über die Reaktion der Gardisten wirklich nicht wundern.

War es damals auch so gewesen? Hatten die Menschen das Windvolk deshalb getötet? Weil wir unberechenbare Naturgewalten waren? Ich hatte mich immer gefragt, wie jemand wie ich denn gefährlich sein könnte.

Nun hatte ich die Antwort.

Ich besaß Kräfte jenseits meiner Vorstellung und hatte mir nie die Zeit genommen, zu lernen, wie man sie kontrollierte. Ohne Sinn und Zweck hatte ich Mauern eingerissen und ein fürchterliches Gewitter erzeugt. Aus Wut und Verzweiflung.

»Komm«, sagte Justus und holte mich aus meinen Gedanken. Er erhob sich und zog mich mit sich auf die Füße.

Meine Glieder waren steif und mir schmerzte der ganze Körper, als hätte ich Muskelkater. Vielleicht hatte ich den nach meinem Ausraster gestern tatsächlich.

Angu und Miso löschten die Glut in den Feuern, Ayo flocht den kleinen Mädchen die Haare und Garan stopfte sich die Taschen mit Wiesenkräutern voll.

Ich versuchte meinen knittrigen Rock mit den Händen zu glätten und wunderte mich, dass Justus keinen Moment von meiner Seite wich. Es gab genug zu tun, doch er blieb bei mir, hielt meine Hand und gab mir die Stärke, zu den anderen zu gehen.

Obwohl ich dafür verantwortlich war, dass sie entführt und eingesperrt worden waren, und sie gesehen hatten, wie ich zu einem Wirbelsturm wurde, behandelten sie mich nicht mit Abscheu oder Angst. Sie umarmten mich, drückten mich fest an sich, lachten und weinten und ermahnten mich, nie wieder einfach so davonzulaufen.

Sie waren wie immer. Bis auf Bree. Sie lächelte, als sie mir einen Wasserschlauch reichte, und hielt mir die Haare, damit ich mir das Gesicht waschen konnte.

Ich traute dieser Entwicklung der Dinge noch nicht, aber es war allemal besser als die eisige Distanz der Gardisten.

Es dauerte nicht lange, da wurden wir zusammengerufen.

Symmon verkündete uns, dass wir immer zu zweit zurück in die Stadt reiten würden. Jeweils ein Gardist und einer der Wagenleute pro Pferd. Spätestens zur Mittagsstunde wären wir in der Stadt. Dort wollte uns der Fürstensohn etwas zu essen und zwei Karren organisieren, mit denen wir zu den Wagen zurückfahren könnten.

Obwohl Hauptmann Alasar mit der Sache nicht unbedingt einverstanden schien, beschloss Symmon, uns mit der Schwarzen Garde bis dorthin zu begleiten. Nur um sicherzugehen.

Während er seine Befehle erteilte, sah er tatsächlich aus wie ein Heerführer. Kühn und verantwortungsbewusst, und ich wusste, wenn die Zeit gekommen war, würde er einen guten Fürsten abgeben. Einer, unter dessen Herrschaft ich vielleicht nicht um mein Leben fürchten musste.

Doch ich wusste, dass dieser Wunsch noch sehr viel weiter entfernt lag, als ich es gern gehabt hätte. Denn Menschen änderten sich nicht von heute auf morgen.

Pferde wurden gesattelt, Absprachen getroffen, alles für die Abreise bereit gemacht. Die Gardisten gingen mir weiterhin aus dem Weg, beobachteten mich argwöhnisch aus den Augenwinkeln und stritten leise miteinander, weil keiner mich mit auf sein Pferd nehmen wollte.

Sie haben Angst vor dir, wisperte der Wind, was ich bereits geahnt hatte, und es lag mir wie ein Stein im Magen.

Wie würde das in Zukunft weitergehen? Wenn selbst die Leute, die eigentlich auf unserer Seite waren, sich vor mir fürchteten, was war dann mit Fremden? Menschen, die schon früher dafür gewesen waren, uns zu töten? Menschen wie Lord Peka.

Die Feuerleute hatten mich immer beschützt. Justus war immer an meiner Seite gewesen, hatte meine Hand nie losgelassen. Immer waren sie alle für mich da gewesen.

Doch die Situation hatte sich verändert. Es war nicht mehr geheim, dass jemand vom Windvolk am Leben war. Viele kannten mich jetzt, wussten, wer ich war.

Mein Geheimnis war keines mehr, ich konnte mich nicht mehr verstecken. Und vielleicht wollte ich das auch gar nicht mehr.

»Ich kann fliegen und wir treffen uns in der Stadt«, sagte ich zu Justus, als wir bereit zum Aufbruch waren.

»Damit du noch mehr Aufmerksamkeit auf dich ziehst? Das ist keine gute Idee. Es wissen auch so schon genug Bescheid. Du musst nicht das ganze Land gegen dich aufhetzen«, brummte er und zog missbilligend die Augenbrauen zusammen.

»Sehe ich auch so«, stimmte Symmon ihm zu, der bei uns stand, und ich seufzte ergeben. Denn sie hatten ja recht.

»Schön, dass ihr euch einig seid«, murmelte ich und Symmon lachte auf.

»Schön, dass ihr wieder zusammen seid«, formulierte er um, sicher um die angespannte Situation etwas aufzulockern, und boxte Justus feixend gegen die Schulter.

Meine Wangen erröteten trotz allem und meine Hand fand wie von allein in die von Justus.

»Du reitest mit Uro«, bestimmte der Fürstensohn und gab seinem Freund ein Zeichen. »Wir brechen auf!«

Justus und ich tauschten einen Blick, der mir zeigte, wie groß seine Sorge um mich wirklich war, und ich hielt fest seine Hand. Das drückende Gefühl wurde stärker und ließ sich auch nicht vertreiben, als Justus mit dem Daumen über meinen Handrücken fuhr und mir Schmetterlinge in den Bauch zauberte.

Mit einem Seufzen löste er sich von mir und ging zu einem der schwarzen Streitrösser hinüber. Er ließ mich dabei nicht aus den

Augen, auch nicht, als er hinter einem grimmig dreinschauenden Gardisten aufsaß, und klopfte demonstrativ auf den Beutel, den er sich über die Schulter geworfen hatte.

Bei ihm waren die Windspiele sicher. Und da Reiten mir auch so schon Schwierigkeiten bereitete, war es auch besser, wenn er sie trug.

»Cate«, sprach mich Uro an und wies zu einem der Pferde. Sein Gesicht sah müde aus und er wirkte anders als gestern. Unsicher folgte ich ihm und ließ mich auf den Rücken des Tieres heben.

Ich hätte auch hochfliegen können, doch ich ließ es sein, da ich mich von allen beobachtet fühlte.

Uro schwang sich wortlos hinter mir in den Sattel.

»Achtung, es geht los«, warnte er mich, gab seinem Pferd ein Zeichen und es trabte langsam an.

Der Fürstensohn führte den Zug an. Zu meiner Überraschung sah ich Bree bei ihm auf dem Pferd sitzen. Ihr rotes Haar war unverkennbar und trotzdem musste ich zweimal hinsehen, um es zu glauben.

Der Wind kam zu mir, schmiegte sich liebevoll an meine Arme und spielte mit meinen Haaren. *Symmon hat sie gestern gerettet*, raunte er und ich verscheuchte ihn nicht, wie ich es sonst tat, nahm die Informationen so an, wie sie kamen. Auch wenn es gewöhnungsbedürftig war. Es war der erste Schritt, um meine eigenen Kräfte besser zu verstehen.

Und das musste ich ganz dringend.

Wir zogen durch den Wald den Hügel hinab, weg von der zerstörten Burg, die wie ein Mahnmal auf den Klippen ruhte.

Es war, als schrie sie zum Himmel, dass dies das Werk eines Windkinds gewesen war, und ich hätte am liebsten geweint, nur um all die Emotionen rauszulassen, die mich zu ersticken drohten.

Ich wusste, dass es die richtige Entscheidung gewesen war, mich zu offenbaren. Für die Rettung meiner Familie. Und, obwohl es mir nun fürchterliche Angst machte, auch für mich.

Denn ich hatte mich so sehr versteckt, dass ich mich selbst nicht kannte.

»Cate?«

Ich wandte mich Uro zu, soweit das auf dem Pferd möglich war. »Das gestern war ziemlich …« Er stockte, sah mir nicht in die Augen. »… heftig.«

»Ja«, sagte ich lediglich und sah wieder nach vorn. Das Gelände war uneben und ich musste mich fest an das Sattelhorn klammern.

»Ich habe schon einige Geschichten gehört. Von früher. Und du hast gesagt, du kannst Orkanböen erzeugen, aber ich hätte nicht gedacht, dass du …« Wieder stockte er und ich spürte sein Unwohlsein. Mir ging es selbst ja nicht besser damit.

»Ich auch nicht, Uro. Ich wusste es auch nicht«, versicherte ich ihm und nun sah er mich doch an.

»Du wusstest es nicht?«, fragte er ungläubig und ich nickte schuldbewusst. Uro seufzte laut und versteifte sich hinter mir im Sattel. »Ich muss dir ehrlich sagen … Ich weiß, du bist ein nettes Mädchen. Zumindest habe ich dich bisher so kennengelernt. Aber nach gestern … habe ich schon ein bisschen Angst vor dir.«

Ich konnte ihm anhören, dass es mehr als ein bisschen war. Und es versetzte meinem Herz einen Stich. Uro und ich waren keine engen Freunde, gerade mal Bekannte, und doch hatte ich gehofft, er würde anders reagieren.

Ob Symmon von Mari sich wohl auch vor mir fürchtete?

Und die Wagenleute?

Justus hatte mir immer gesagt, ich hätte meine Kräfte nicht unter Kontrolle. Der Wind rauschte mit meinen Gefühlen durch die Blätter der Bäume über uns, zog an Ästen und taumelte in den Himmel, haltlos wie ich. Jetzt war er nur ein Lüftchen, doch wenn meine Emotionen mit mir durchgingen, wurde er schnell zu einem Sturm. Wenn ich wütend war, traurig, ängstlich. Albträume und andere unbewusste Handlungen machten mich noch unkontrollierbarer. Und nach dem, was ich gestern getan hatte, konnte ich mich nicht mehr damit herausreden, dass der Wind und ich nicht gefährlich waren. Denn wir waren es!

Ich schluckte den Kloß in meinem Hals hinunter und versuchte zu sprechen. »Ich auch«, brachte ich dünn zustande und wusste, dass es nicht reichte, Erkenntnisse zu fassen. Man musste auch nach ihnen handeln.

38

Die Wagen sahen schrecklich aus, als wir am Abend die Wiese am Waldrand zu Kalor erreichten. Lord Pekas Männer hatten alles herausgerissen, was darin gewesen war, und es achtlos auf der Wiese und im Wald verteilt. Sie sahen aus wie geschlachtet und mir brannte das Herz von all den Schuldgefühlen, die mich überrollten.

Die Schwarze Garde zog am Abend wieder ab, Symmon und Uro blieben, um mit anzupacken.

Ich half ebenfalls so gut ich konnte. Ich faltete Kleidungsstücke, las verstreute Kartoffeln auf, reichte Werkzeug an, hängte Fensterläden wieder in die Scharniere. Doch obwohl ich Hand in Hand mit den anderen arbeitete, fühlte ich mich ihnen noch ferner als sonst.

Was nicht an den Feuerleuten lag, sondern an mir. Mich quälte die Angst, jemandem wehzutun. All ihre blauen Flecken, die Schrammen und die Tränen waren Zeichen meiner Verfehlung. Es waren schlimme Dinge passiert, weil ich nicht gewusst hatte, wer ich war, woher ich kam und wie alles miteinander zusammenhing.

Ich war still und wortkarg, noch mehr als sonst, und ich konnte zumindest Justus ansehen, dass er merkte, dass etwas in mir gärte. Er sagte nichts dazu, drängte mich nicht, ließ mir den Raum, den ich brauchte, um zu einer Entscheidung zu kommen, die ihm nicht gefallen würde.

Als die letzte Tür wieder an Ort und Stelle war und wir das verirrte Kappa vom Hügel heruntergelockt hatten, waren wir wieder bereit, Kalor zu verlassen.

»Ich vermisse das«, sagte Symmon zu mir und streckte die Hände den Wolken entgegen. »Das Leben unter freiem Himmel. Selbst wenn es hier im Süden so unerträglich heiß ist.«

»Dann solltest du uns vielleicht mal besuchen kommen«, meinte ich und Symmon grinste.

»Mal sehen, ob ich dafür in Zukunft Zeit finde«, deutete er an und ich wusste, was das bedeutete. Er hatte sich selbst eine klare Mission gegeben. Er wollte Lord Peka finden und seine Machenschaften aufdecken, was auch immer sich dahinter verbergen mochte.

»Vielleicht kommst du mich mal besuchen, damit ich dich auf dem Laufenden halten kann«, schlug er vor und ich nickte, obwohl ich nicht wusste, ob ich das Angebot wirklich annehmen würde. Doch auf jeden Fall würde ich den Wind in Zukunft öfters nach dem Fürstensohn befragen.

Der Abschied von ihm schmerzte mich mehr als gedacht und auch Uro drückte mich fester an sich, als ich erwartet hatte.

Auch wenn wir uns unter eigenwilligen Umständen begegnet waren, hatten die beiden mir in schwierigen Situationen beigestanden und ich sagte ihnen schweren Herzens *Lebwohl*.

Damit war ich aber nicht die Einzige, denn Bree drückte sich schon seit Tagen recht auffällig in der Nähe des Fürstensohns herum und tauschte das eine oder andere Lächeln mit ihm.

Jetzt trat sie zu ihm, stellte sich auf die Zehenspitzen und hauchte ihm forsch einen Kuss auf die Wange.

Überraschung trat in Symmons Gesichtszüge und die Röte kroch an seinen Ohren empor.

Er räusperte sich vernehmlich und richtete sich noch ein Stück weiter auf. »Kann ich dich wiedersehen?«, fragte er sie hoffnungsvoll und er tat mir ein wenig leid, denn Bree lachte nur.

»Nein«, sagte sie kess, wirbelte herum, dass ihr feuerrotes Haar nur so flog, und stolzierte davon.

Doch Symmon schien nicht enttäuscht zu sein, wie ich erwartet hatte. »Was für eine Frau«, seufzte er, den Schalk in den Augen.

Doch leider wusste ich nur zu genau, dass daraus nichts werden würde. Und Bree wusste es sicher auch, denn sie verschwand im Wagen der Frauen und kam nicht mehr heraus, bis Symmon und Uro sich auf ihre Pferde geschwungen hatten und hinter einer Hügelkette außer Sicht waren.

Wir reisten weiter, tiefer in den Wald, damit wir für ein paar Tage nur für uns sein konnten. Unbehelligt von den neugierigen Blicken irgendwelcher Dörfler.

Besser so, denn der Wind flüsterte mir zu, dass sich die Nachricht meiner Existenz schon fast bis Kalor ausgebreitet hatte.

Es wurde Zeit, dass ich meinen Entschluss bald in die Tat umsetzte.

Ich half Ayo gerade dabei, die Vorhänge in unserem Wagen wieder anzubringen, als sie einen freudigen Schrei von sich gab. Durchs Fenster hatte sie Hanna entdeckt, die mit Ulan von ihrem Spaziergang zurückkehrte.

Hannas blondes Haar, das sie bisher mit einem roten Band zusammengeflochten hatte, fiel ihr offen auf die Schultern und wurde nur durch ein schmales Zöpfchen geziert, das mit einem violetten Band umwickelt war.

Die Wagenleute hatten beschlossen, Ulan durch ein Signalfeuer zu sich zu rufen, um einen Bericht der letzten Tage abzugeben, der in der Feuerstadt sicher für Aufruhr sorgen würde.

Die ganze Zeit über hatte Ulan dabei Hanna im Arm gehalten und sie danach um einen Spaziergang zu zweit gebeten.

Jetzt zeigte sich auch wieso.

Ulan hatte ihr offensichtlich einen Antrag gemacht und sie hatte Ja gesagt. Violett war die Farbe von Ulans Clan und Hanna würde ab heute diese Bänder in den Haaren tragen.

Ayo eilte aus dem Wagen und ihrer Schwester entgegen, um sie zu umarmen und ihr zur Verbindung zu gratulieren. Auch die anderen wurden aufmerksam, eilten herbei, lobten das verheiratete Paar.

»Ich wollte sie schon vor ein paar Tagen fragen. Aber dann kam es mir doch unpassend vor«, erklärte Ulan lachend seinem neuen Schwiegervater Abdell und mein schlechtes Gewissen wuchs ins Unermessliche.

Für die meisten war es keine große Überraschung. Für mich allerdings schon. Ich hatte nicht gewusst, dass sich die beiden schon so lange mochten.

Ich ließ den Vorhang einfach auf Brees Bett liegen und trat in die Tür.

Obwohl ich mich für Hanna freute, bekam ich ein drückendes Gefühl in der Brust, als ich den Vermählungszopf in ihren Haaren betrachtete.

Ein Zopf, den ich mir selbst wünschte.

Mein Blick huschte zu Justus, der keine zwei Schritte von mir am Wagen lehnte. Seit wir wieder zusammen waren, war er nie weit von mir entfernt, auch wenn mir Nähe gerade schwerfiel.

Er fing meinen Blick auf, lächelte, als wüsste er ganz genau, was ich gedacht hatte, und mir sprang beinahe das Herz aus der Brust. Doch auch wenn ich mir gern eingebildet hätte, dass das mit uns ganz einfach war, erinnerte mich der harte Klumpen in meinem Magen doch daran, dass es nicht so war.

So unauffällig wie möglich senkte ich den Blick, damit mein verräterisches Herz meinen Entschluss nicht ins Wanken brachte. Ich musste stark bleiben. Für mich, für meine Familie und nicht zuletzt für Justus.

Als ich aus den Augenwinkeln sah, dass er herüberkam, trat ich wie zufällig zurück in den Wagen und schloss die Tür hinter mir. Mein Puls raste wie wild und ich hätte heulen können, so entsetzlich fühlte ich mich.

Von meinen Gedanken erschöpft lehnte ich mich gegen die Tür und sank auf den Boden.

Der Wind zog zum Fenster herein und kreiste um meine bloßen Knöchel. *Habe keine Angst*, flüsterte er und ich lächelte gequält. Denn ich hatte Angst. Vor dem Unbekannten, vor Justus' Reaktion, vor der Freiheit.

Ich seufzte, wohl zum hundertsten Mal heute, weil ich es am liebsten in alle Ewigkeit vor mir hergeschoben hätte, mit Justus darüber zu reden. Doch ich musste.

Neben mir stand der Korb mit dem Nähzeug. Mein unfertiges Kleid lag noch immer darin und ich gestand mir ein, dass es wohl niemals fertig werden würde.

Es brauchte seine Zeit, bis ich mich etwas gefasster fühlte. Ich erhob ich mich, trat an mein Fach und tastete nach dem Schlafbündel, das ich darin verstaut hatte. Es war dicker als sonst und klimperte, wenn ich dagegenstieß. Daneben lag noch ein zweites Bündel, in das ich ein paar Kleidungsstücke geschnürt hatte. Es fehlte nur noch etwas Verpflegung und alles war bereit. Aber war ich es auch?

Ich atmete tief durch und trat aus dem Wagen.

Draußen wurden gerade die Instrumente ausgepackt, um Hannas Vermählung gebührend zu feiern. Bree stimmte ein heiteres Lied an, das Hanna besonders mochte, und die Ersten stellten sich zum Reigen im Kreis auf.

Ein Lächeln huschte über meine Lippen und etwas Sehnsüchtiges schmolz in meiner Brust.

Hochzeiten waren beim Feuervolk für gewöhnlich keine große Sache. Es gab keine langwierigen Zeremonien oder dergleichen. Nur ein Band, das der Mann der Frau in die Haare flocht, als Zeichen ihrer ewigen Verbundenheit.

Es war von Familie zu Familie verschieden, ob danach gefeiert wurde und wie.

Die Wagenleute pflegten Hochzeiten mit Musik und Tanz zu begehen. So wie ziemlich alles, was es zu feiern gab.

Ich stand abseits im langsam länger werdenden Schatten des Wagens und beobachtete, wie sie fröhlich musizierten, sangen und tanzten. Sie waren so ausgelassen, dass wohl niemand vermuten würde, sie hätten vor wenigen Tagen noch in einem Verlies gesessen. Geschlagen und in Ketten.

Wegen mir!, dachte ich wieder und wieder. *Wegen mir ist das alles passiert!*

Ich erschrak nicht, als Justus von hinten zu mir trat. Insgeheim hatte ich sogar damit gerechnet. Er sagte nichts und ich auch nicht. Doch zum ersten Mal seit Tagen streckte ich meine Hand nach seiner aus. Seine Haut war warm und er verschränkte seine Finger mit meinen.

Mein Magen flatterte bei der einfachen Berührung, die ich mir die letzten Tage versagt hatte. Denn gleichzeitig wurde mir speiübel vor Furcht, weil der Moment gekommen war.

»Ich muss mit dir reden«, sagte ich leise, schaffte es nicht, Justus in die Augen zu sehen.

Er drückte meine Hand fester, als fürchtete er, ich würde gleich wieder loslassen, und zog mich mit sich, zwischen den Wagen hindurch und in den Wald hinein.

Wir gingen schweigend nebeneinander, der Wind rauschte durch die Bäume über uns und mein Kopf war wie leer gefegt. Ich hatte mir so ausführlich ausgedacht, was ich sagen würde, mir ganz genaue Formulierungen zurechtgelegt, damit Justus verstand. Doch nichts davon fiel mir jetzt noch ein.

»Cate«, ergriff Justus das Wort, doch ich konnte ihn immer noch nicht ansehen. Mein Brustkorb schnürte sich enger, atmen fiel mir schwer und unausgesprochene Worte verschlossen mir den Mund. Mir war so kalt.

Justus blieb stehen, streckte die andere Hand nach mir aus und strich mir ganz leicht am Kinn entlang. Meine Haut prickelte unter seiner Berührung und ich hob den Blick zu seinen wunderschönen dunklen Augen.

Die Sorge war ihm ins Gesicht geschrieben und mir fiel auf, dass seine aufgeplatzte Lippe schon fast verheilt war.

»Rede mit mir«, flüsterte er mit Nachdruck und seine Stimme klang so warm und vertraut.

Ich entzog ihm meine Hand. »Ich kann mein Versprechen nicht halten«, sagte ich und Justus runzelte irritiert die Stirn. »Ich muss gehen. Ich muss dich wieder verlassen. Wenigstens für eine Zeit.«

Er stand da wie erstarrt und ich konnte nicht atmen, weil ich solche Angst davor hatte, was er sagen würde.

»Wieso?«, schaffte er es endlich zu fragen und ich krallte meine Finger in den Rock meines Kleides.

»Ich bin schuld an allem, was passiert ist«, sagte ich und Justus schüttelte den Kopf, griff nach mir, wollte mich zu sich ziehen. Doch ich wich ihm aus, erlaubte mir seine Nähe nicht. Gerade jetzt hatte ich sie nicht verdient.

»Das bist du nicht, Cate. Das ist doch Blödsinn!«, ereiferte er sich, doch ich schnitt ihm das Wort ab, bevor er noch weiter auf mich einreden konnte.

»Natürlich bin ich schuld. Ich bin ein Windkind! Weil dieser Lord mich wollte, hat er euch entführt und gefoltert. Weil ich mit Felio mitgegangen bin …« Ich redete mich in Rage.

»Cate«, versuchte er mich ebenfalls zu unterbrechen, doch ich ließ ihn nicht.

»Nur deshalb hat er von mir erfahren! Weil ich unvorsichtig war. Weil ich keine Ahnung habe, wer ich bin!« Ich schrie es beinahe heraus, glaubte an den Worten ersticken zu müssen. Ich hatte mir so viel Schuld aufgeladen, es ging so nicht weiter.

»Du bist Cate. Du bist meine Cate«, sagte Justus eindringlich und ich schlang mir die Arme um den Körper. Der Wind hatte schon wieder aufgefrischt, brachte die Äste über uns zum Knarren.

»Ich bin gefährlich!«, rief ich und trat noch einen Schritt zurück. »Justus, ich bin gefährlich«, wiederholte ich es und die Stimme brach mir weg. Tränen schossen mir in die Augen und ich schluchzte auf, obwohl ich mir so fest vorgenommen hatte, mich meinen Gefühlen nicht zu ergeben.

»Ich erzeugte Stürme im Schlaf. Und Gewitter, wenn ich wütend bin. Ich habe eine ganze Burg zerstört und es ist mir nicht einmal schwergefallen«, heulte ich und Justus zog mich an sich, ohne dass ich es verhindern konnte. Oder wollte. Ganz fest umarmte er mich, hielt mich zusammen, als ich auseinanderzubrechen drohte.

»Ich beschütze dich«, sagte er, war so warm, dass ich nicht anders konnte, als ihm meine Arme um den Hals zu schlingen und mich noch fester an ihn zu pressen. Er roch so vertraut.

»Du kannst mich nicht vor mir selbst beschützen«, schluchzte ich und holte angestrengt Luft. »Justus, bitte. Du musst mich gehen lassen. Ich bin eine Gefahr für euch. Ich muss aufhören, mich zu verstecken, und endlich anfangen herauszufinden, was es bedeutet, ein Windkind zu sein. Ich kann nicht mein Leben lang Angst haben.« Ich hatte keine Ahnung, ob meine Ausführungen Sinn ergaben, wollte noch mehr sagen und verlor den nächsten Satz, als Justus mich küsste.

Bittersüß und mit einem Hauch von Verzweiflung drückte er seine Lippen auf meine und ich klammerte mich an ihn wie eine Ertrinkende. Meine Emotionen rissen mich mit, machten mich ganz schwindelig, kreisten durch meinen Bauch wie brennende Schmetterlinge.

»Ich kann nicht ohne dich leben«, hauchte er an meinem Mund und ich erzitterte. »Ich liebe dich, Cate.«

Mein Herz schmolz in der Hitze seiner Worte und es war so schön, dass es wehtat. Bei allen Winden, er hatte gesagt, dass er mich liebte.

»Ich geh nicht für immer weg. Ich komme wieder«, versicherte ich ihm und drückte meine Stirn gegen seine. Denn auch ich konnte nicht ohne ihn leben. »Aber ich muss herausfinden, was ich bin und wie sich meine Kräfte kontrollieren lassen. Ich darf nicht mehr vor mir selbst davonlaufen.«

»Ich liebe dich«, sagte er wieder und ich fuhr ihm mit den Händen ins weiche Haar.

Meine Füße hoben vom Boden ab, als ich Justus über die Wange streichelte, die verheilenden Blessuren in seinem Gesicht küsste und mir wünschte, es würde eine andere Lösung geben. Eine, die uns nicht trennte.

»Ich liebe dich auch«, flüsterte ich und schloss die Augen. Mein Herz lief über vor Zuneigung und ich vermisste Justus jetzt schon, obwohl ich nicht einmal aufgebrochen war.

»Wohin wirst du gehen?«, fragte er und ich war erleichtert, dass er endlich begann, mit mir darüber zu sprechen.

»Zu den Windalchemisten. Sie haben viel Wissen und eine ganze Bibliothek mit Büchern über das Windvolk«, erklärte ich und Justus nickte leicht, verstehend.

»Woher weißt du von den Windalchemisten?«, erkundigte er sich leise und drückte sein Gesicht in mein Haar.

Ich schluckte, bevor ich den nächsten Satz aussprach, doch es fühlte sich richtig an, endlich mit der Wahrheit herauszurücken. »Der Wind hat es mir gesagt.«

Justus hob sofort den Kopf und sah mir in die Augen. Angespannt hielt ich die Luft an, als er mich forschend betrachtete und ich darauf wartete, was er dazu sagen würde. Doch er nickte nur langsam, verstehend.

Vielleicht war meine Vermutung richtig gewesen und Justus hatte es bereits gewusst. Schließlich hatte er nie gefragt, egal wie viele Ausrutscher mir in meinem Leben schon passiert waren.

Er verstand mich auch ohne Worte. Hatte er schon immer.

»Wie lange wirst du weg sein?«, wollte er wissen und ich zuckte mit den Schultern. Auf diese Frage gab es keine Antwort, egal wie gern ich für ihn und mich eine gefunden hätte.

»So lange wie nötig«, entgegnete ich und versank in seinem Blick. »Ich habe eine Menge zu lernen. Und für euch wird es auch besser sein, dass ich gehe, wenn demnächst ganz Mari von einem gefährlichen Windkind spricht.«

»Für mich wird es nie besser sein, wenn ich nicht bei dir bin«, widersprach er mir und stahl einen Kuss von meinen Lippen, der mir Hitze über die Haut schickte.

»Du bist unmöglich«, schimpfte ich wenig ernst und Justus küsste mich noch einmal.

»Ich? Du willst doch mich verlassen«, empörte er sich gespielt, doch sein neckisches Lächeln verkam zu einem schmerzvollen Zittern. Ich konnte mich nicht erinnern, Justus jemals weinen gesehen zu haben, doch als Tränen seine Wangen entlangrannen, schmerzte es mich so sehr, dass auch ich wieder zu schluchzen begann.

»Schwöre, dass du zu mir zurückkommst!«, flüsterte er, seine Stimme so leise wie ein Hauch.

»Ich schwöre es«, erwiderte ich und küsste ihn, als wäre es das letzte Mal.

Ende

Fortsetzung in Band 2.

Playliste

01. Sailing Again – Joe Mendrick & Kyle Selig
02. Gravity – Sara Bareilles
03. Last Song – Alexis Ffrench
04. Winds of Wander – A Fine Frency
05. Tokka – Agnes Obel
06. Always Mine – Thomas Bergersen
07. Together – Lorenz Weisse
08. Come to Light – Martin Landh
09. Love only knows – Josh Groban
10. Noble Maiden Fair – Ashley Serena, Karliene
11. Wintersong – Marcus Warner
12. Free Indeed – JJ Heller
13. Home – Bruno Major
14. Write it in the Sky – Kina Grannis
15. Open Handy – Ingrid Michaelson
16. Per Te – Josh Groban
17. I hear a Symphony – Cody Fry
18. Adagio for Tron – Marc-André Gautier
19. You matter to me – Sara Bareilles, Jason Mraz
20. Accept & Connect (Orchestral Edit)
    – krodz, Zagareli & Strings

Nachwort & Danksagung

Es war das Jahr 2011, als ich das erste Mal ernsthaft den Beschluss fasste, dass ich ein Buch schreiben würde. Und zwar nicht wie sonst den Anfang einer Geschichte, den ich weiterfantasierte und der niemals ein Ende finden würde, sondern so richtig. Ein richtiges Buch, mit Anfang und Ende!

Wer mich kennt, weiß, wie konsequent ich mit Vorsätzen bin: nämlich gar nicht. So habe ich 2011 kein einziges Wort zu Papier gebracht. Doch ein Jahr später startete ich den zweiten Versuch und schrieb im Frühjahr 2012 die Rohversion von *Vom Wind geküsst*, meinem ersten richtigen Buch.

Natürlich war ich damals aber viel zu *realistisch*, als dass ich angenommen hätte, dass jemals irgendein Verlag das Buch verlegen würde. Wieso auch? Wer würde die Geschichte von Cate schon lesen wollen?

Trotzdem hat mich das Schreiben danach nicht mehr losgelassen und ich kann mit Stolz sagen, seitdem jedes Jahr ein Buch geschrieben zu haben. Das ist bei Weitem eines der konsequentesten Dinge, die ich in meinem Leben vollbracht habe.

Wäre das mal so mit dem Sport … Hahaha!

Es hat viele Jahre und *Animant Crumbs Staubchronik* gebraucht, dass ich mich getraut habe, auch Cate und Justus der Welt zu zeigen.

Und ich wurde erst einmal tief verletzt. Nicht immer läuft es im Leben so, wie man es sich erhofft. Und manchmal auch schlimmer als befürchtet.

Umso glücklicher bin ich nun, dass ich mit dem Buch, das du gerade in Händen hältst, einen Neuanfang für *Vom Wind geküsst* wagen darf. Endlich habe ich das Gefühl, Cate und ich sind angekommen und dürfen jetzt unsere Reise fortsetzen. Im zweiten Band. Und vielleicht auch in eurer Fantasie.

Ich danke meinem Mann Manuel. Auch wenn er mich immer wieder damit aufzieht, dass ich so eine Chaotin bin, steht er immer hinter mir und hält mich, wo ich haltlos bin.

Danke an meine Schwester Becci. Ich möchte dir immer eine große Schwester sein, auf die du stolz sein kannst. Und dass du sehr kritisch bist, spornt mich immer wieder zu Höchstleistungen an. Du sagst mir, wenn ich Mist produziere, und lehrst mich, meine Ansprüche hochzuhalten. Danke.

Ich danke meiner Mama. Immer. Denn sie war mein Fan No.1 und den Platz kann ihr niemand streitig machen.

Danke, Astrid. Wirklich hunderttrillionen Mal Danke! Du und der Drachenmond Verlag sind nicht das Bestmögliche, ihr seid das Beste für mich. Was ich mir bei meiner Reise durch die Bücherwelt auch vorgestellt habe, du hast von Anfang an mehr möglich gemacht, als meine Träume hergegeben haben.

Ich schicke ein Danke an Jazz. Sie war von Anfang an dabei. Als ich die ersten Seiten von *Vom Wind geküsst* schrieb, saß sie sicher irgendwo in der Nähe auf meinem Sofa und hat meine Mangas durchgesuchtet. Du warst eine meiner ersten Leserinnen und bist bis heute Teil eines jeden Buchprozesses. Schön, dass ich dich habe.

Danke auch Jule. Dein Vertrauen in mich und meine Bücher scheint oft so unerschütterlich, dass auch ich glaube, dass am Ende alles gut wird. XD Und meistens hast du auch recht.

Ich danke Alex für das Cover. Es ist mehr als nur ein schickes Kleid für eine Geschichte. Für mich ist dieses Cover das Symbol der Erneuerung. Alex, du hast mir damit den Schritt ermöglicht, das Geschehene loszulassen und wahrhaft neu anzufangen. Auch emotional. Durch dein Cover darf ich mein Buch wieder lieben, auch wenn andere mir diese Liebe beinahe hätten nehmen können.

Ich danke auch Leni. *Vom Wind geküsst* hat sich sehr verändert seit damals, als wir beide damit begonnen haben. Und trotz vieler Überarbeitungen, sowohl am Buch als auch an dir, ist es trotzdem immer noch *unseres*.

Danke an all die anderen Bogi-Menschen, die mich zu diesem Buch inspiriert und mir damals in den Arsch getreten haben, damit dieses Buch auch fertig wird. Svenja, Mark, Jenny und viele andere.

Und ich danke Gott. Ich habe dir meine Träume als kleine Blume anvertraut und du hast daraus ein endloses Feld aus Farben gemacht. Danke für die Menschen, die du mir zur Seite stellst, und dass deine Liebe unendlich ist.

Lin Rina

Animant Crumbs Staubchronik

ISBN: 978-3-95991-391-1, kartoniert, EUR 16,90

England 1890.

Kleider, Bälle und die Suche nach dem perfekten Ehemann. Das ist es, was sich Animants Mutter für ihre Tochter wünscht. Doch Ani hat anderes im Sinn. Sie lebt in einer Welt aus Büchern, und bemüht sich der Realität mit Scharfsinn und einer gehörigen Portion Sarkasmus aus dem Weg zu gehen. Bis diese an ihre Tür klopft und ihr ein Angebot macht, das ihr Leben auf den Kopf stellt. Ein Monat in London, eine riesige, vollautomatische Suchmaschine, die Umstände der weniger Privilegierten und eine Arbeitsstelle in einer Bibliothek. Und natürlich Gefühle, die sie bis dahin nur aus Büchern kannte.

Lin Rina

KHAOS – Touching Soul

ISBN: 978-3-95991-421-5, Klappenbroschur, EUR 14,90

Daya lebt auf einem vergessenen Gefängnisplaneten unter skrupellosen Verbrechern. Nur ihre Gabe, in den Seelen anderer zu lesen und ihre Gefühle zu erspüren, sichert ihr das Überleben.
Als eine Gruppe genetisch veränderter Menschen aus dem Kryoschlaf erwacht, gerät Daya plötzlich zwischen die Fronten von Macht und Gewalt. Doch was ist richtig? Den Soldaten und ihrem Anführer Khaos zu helfen, den Planeten zu verlassen, oder das Leben ihrer Leute zu erhalten?
Denn Khaos ist nicht irgendein Soldat. Seine Seele ist für Daya unwiderstehlich. Aber sich in einen Mann zu verlieben, der nicht zum Lieben geschaffen wurde, ist ein gefährliches Spiel.

Lin Rina

Limea – Innerer Sturm

ISBN: 978-3-95991-274-7, kartoniert, EUR 14,90

Limea strebt danach, die beste Jägerin ihres Inselstammes zu werden.
Als sie einen verletzten Fremdling am Strand findet, bringt sie es nicht über sich, ihn dem sicheren Tod auszuliefern. Stattdessen versteckt sie den Mann mit den silbernen Augen, der ihr das Gefühl gibt, den engen Regeln ihrer Kaste entfliehen zu können.
Doch kann sie ihm auch trauen? Oder ist er die Ruhe vor dem Sturm, der sich bereits drohend am Horizont zusammenbraut?
In einem Kampf auf Leben und Tod wird ihre Entscheidung Rettung oder Untergang bedeuten.